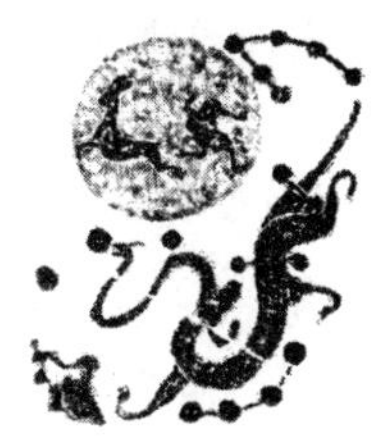

양한시집

보고사

# 서 문

　徐盛 교수가 漢代의 시가 작품을 우리말로 번역하고 아울러 상세한 주석과 해설을 붙여서 한 권의 단행본으로 출간하게 되었다. 기쁜 마음으로 서문을 쓰면서 그간의 노력에 박수를 보낸다.

　2년 전 쯤으로 기억하는데, 서교수가 나를 찾아와서 한대의 시가 작품을 좀 번역해 보았노라고 하면서, 미안해하는 표정으로 원고를 내밀며 한 번 봐달라고 부탁했었다. 나는 천성이 게으른 탓도 있고 또 그 당시에 여러 가지 일들이 겹쳐 있어서, 차분히 읽어보지 못하고 대강 훑어보면서 나와 견해가 다른 약간의 문제점에 대해 토론한 적이 있었다. 그 후 서교수는 강의와 연구 등 분망한 생활 가운데서도 번역 작업을 꾸준히 계속해서, 상당한 분량의 한대의 중요한 시가 작품을 국내 학계와 독자들에게 소개하게 되었다.

　서교수는 원래 홍익대학교 미술대학에서 시각디자인을 전공한 것으로 알고 있다. 서교수가 무슨 생각으로 고려대학교 중문과로 편입해서 중국문학을 공부하게 되었는지는 내 잘 모르겠지만, 오랫동안 나와 가까운 사제지간이 되어 같은 길을 걷고 있다. 지금도 기억이 나는데, 서교수는 내 강의를 들을 때, 늘 강의실 뒤쪽 구석에 앉아서 경청하던 모습이 눈에 선하다. 서교수는 짧은 기간 동안에 중국어와 한문 실력이 日就月將해서 정말 刮目相對하게 되었다. 그 당시에는 졸업생들의 취업이 쉽게 잘 되었는데, 서교수는 오히려 어렵고 고생스러운 학문의 길을 선택했다. 서교수가 선택을 잘 한 것인지 못 한 것인지는 내 아직도 잘 모르겠지만, 서교수는 졸업 후, 고려대 석사과정과 북경대 박사과정을 밟으면서 중국고전문학을 연구했고, 지금도 열심히 학생을 가르치며 꾸준히 연구하고 있으니, 그의 학문에 대한 열정과 성실함에 격려를 보낸다.

4

　우리나라에서 漢詩라고 하면, 漢나라 때의 시라는 의미보다는 한문으로 된 시, 즉 중국 현대의 白話體의 시 이외의 옛날의 한자만으로 지은 시를 의미한다. 그렇기 때문에 唐詩건 宋詩건 朝代의 구별 없이 漢詩라고 말하고 있는데, 이를 틀렸다고 말할 수는 없다. 현재 중국에서도 중국 민족을 '漢族', 중국어를 '漢語', 중국 글자를 '漢字'라고 하는데, 이때 '漢'에는 漢나라라는 의미는 없고 중국이라는 의미가 있다. 중국 역사상 처음으로 통일 국가를 이룬 것은 秦이었지만, 겨우 20여 년간만 존속했고, 400여 년간에 걸쳐 강대한 통일국가를 형성하고 문화를 창조한 것은 한나라이다. 때문에 한대는 중국의 역사상 중요한 지위를 차지하고 있으며, 중국 고전시가의 발전에도 한대의 시가는 중요한 지위를 차지하고 있다.

　중국어에 '飮水思源'이라는 말이 있다. 즉 물을 마실 때 水源을 생각하라는 말이니, 그 근본을 잊지 말라는 뜻이다. 중국의 고전시가는 唐宋 시대에 황금기를 구가했으나, 그 원류를 따져 올라가면 詩經, 楚辭와 한대의 시가문학이라는 수원을 만나게 된다. 시경과 초사는 그 시대가 오래되어 후세 詩歌 발전에 큰 영향을 주지는 못했고, 한대에 이르러서야 새로운 내용과 자유로운 형식으로 詩歌의 발전에 기여를 했다. 한대 시가는 형식에 있어서는 四言體, 五言體, 楚辭體가 있어서 다양하고, 편폭에 있어서도 짧은 동요에서부터 장편의 서사시가 함께 창작되었다. 내용에 있어서는 전쟁의 참상과 부역의 괴로움을 묘사한 것, 고아와 병든 여인의 힘든 생활을 호소한 것, 권력층의 횡포와 관리의 탐학을 풍자한 것, 타락한 세태와 집권층의 불의에 반항한 것, 남녀의 애정과 실연을 노래한 것, 이별의 슬픔과 나그네의 고달픈 신세를 노래한 것, 인생무상을 노래한 것, 신선 세계를 동경한 것, 조정과 위정자를 칭송한 것 등등, 당시의 사회와 가정 그리고 개인의 사상과 감정을 다방면에 걸쳐 잘 반영하고 있다. 한대 시가의 이러한 점들은 후세의 시가 발전에 밑거름이 되었고 새로운 지평을 여는 데에 큰 공헌을 했다.

　우리나라에서 漢詩라고 하면 일반적으로 唐詩를 연상하게 되는데, 이는 당시가 가장 높은 예술적 성취를 이룬 까닭도 있지만, 당시가 우리나라에 많이 번역 소개되었기 때문일 것이다. 이제까지 한대의 시가를 대량으로 번역 소개한 책은 매우 드물다. 이 책은 한대의 시를 악부시, 문인시, 무명씨의 고시 등 세 부류로 나누어 한대의 중요 작품을 거의 망라하고 있다. 나는 이 점을 매우 높게 평가하고 싶다. 또 한 가지 평가하고 싶은 점은 상세하고 풍부한 주석과 해설이다. 한 가지 예를 들면, 蔡琰의 悲憤詩이다. 이 비분시는 五言詩體, 楚辭體, 胡笳十八拍 형식으로 전하는데, 이 3체를 다 수록하고 친절한 해설을 하고 있다. 여러 종류의 주석서를 참고하고 새로운 견해를 많이 채택하였고, 작품에 대한 해설도 매우 상세하고 유익하다. 일반 독자뿐만 아니라 전공 학자들에게도 도움이 되는 바가 적지 않을 것이다.

서교수는 이미 『중국 고대 영물시 연구』, 『그림 속의 그림』 등의 논문과 번역서가 다수 있다. 서교수는 年富力强하니 앞으로 많은 力作을 세상에 내놓으리라 기대하며, 이번의 『양한시집』을 출발점으로 삼아, 계속해서 각 시대나 조대별로 중요 작품을 많이 번역 소개하기를 기대한다.

수락산 寓居에서 이동향<br>
2007년 7월 23일

# 목 차

## 문인시(文人詩) ······ 145

## 무명씨 고시(無名氏古詩) ·········· **295**

## 부록

양한악부시
兩漢樂府詩

# 안세방중가(安世房中歌)

　「안세방중가」는 모두 17장으로 『한서』漢書 「예악지」禮樂志에 실려 있다. 제목 가운데의 '방'房은 신주를 모시는 종묘의 궁실을 말한다. 그러므로 이들 노래는 황제가 조상들에 제사를 지낼 때 사용하는, 음악에 실린 가사이다. 「예악지」의 기록에 의하면 주대周代부터 '방중악'房中樂이 있었는데, 진대秦代에 '수인악'壽人樂이라 이름을 바꾸었고, 다시 한대 초 기원전 193년에 악부령樂府令 하후관夏侯寬을 시켜 악기를 갖추게 한 후 '안세악'安世樂이라 개명하였다고 한다. 『한서』에는 "한대의 방중사악은 고조의 당산부인이 지었다"(漢房中祠樂, 高祖唐山夫人所作也)라고 되어 있어 학자들은 일반적으로 음악과 가사를 유방劉邦의 희첩姬妾인 당산부인唐山夫人이 지었다고 보고 있다. 그러나 녹흠립逯欽立은 작곡과 작시는 다른 문제라고 전제하고, 『한서』에 당산부인이 악곡을 지었다고만 되어 있기 때문에, 작시는 다른 사람이 했을 수도 있다고 보았다. 실제로 『악부시집』에는 작자가 기록되어 있지 않다. 당산부인은 성씨가 당산이라는 점 이외에는 역사서에 다른 기록이 없다.

　오늘날의 문학 관념에서 보면 종묘의 가사는 소홀히 대하기 쉽지만, 고대에는 「안세방중가」를 상당히 중시하였다. 명대의 담원춘譚元春과 왕부지王夫之도 이 시를 칭찬하였지만, 청대 심덕잠沈德潛도 『고시원』古詩源에서 "교묘가사郊廟歌辭는 『송』頌에 가깝고, 「안세방중가」는 『아』雅에 가깝다. 고오古奧한 가운데 화평和平한 음이 깃들어 있어, 가볍지도 않고 용속庸俗하지도 않으며, 전아하고 질서가 있는 서한의 지극히 위대한 문자이다."(郊廟歌近頌, 房中歌近雅. 古奧中帶和平之音, 不膚不庸, 有典有則, 是西京極大文字)라고 하였다. 17장 속에는 사언시를 위주로 하며, 삼언시 혹은 칠언과 삼언이 섞인 잡언시 등이 있어, 서한 초기의 다양한 시 형식의 면모를 볼 수 있다. 그 내용은 주로 안국혜민安國惠民이라는 유가 정치사상의 선양이다.


# 제1장
# 一章


| | |
|---|---|
| 大孝備矣, | 훌륭한 효성을 갖추었나니 |
| 休德昭淸. | 아름다운 덕이 천하를 비추네 |
| 高張四縣, | 사면에 악기를 높이 거니 |
| 樂充宮庭. | 궁정에 음악이 가득 차네 |
| 芬樹羽林, | 깃발과 산개傘蓋가 숲을 이루어 |
| 雲景杳冥. | 구름과 해를 뒤덮는 듯하구나 |
| 金支秀華, | 황금빛 대에 꽃처럼 펄럭이는 |
| 庶旄翠旌. | 수많은 깃털 장식의 깃발들이여 |
| 七始華始, | 「칠시」七始와 「화시」華始의 곡을 |
| 肅倡和聲. | 조화로운 소리로 경건히 노래하니 |
| 神來晏娭, | 신神이여, 여기 와 편히 즐기며 |
| 庶幾是聽. | 이 음악을 들으시길 바라옵니다 |


○大孝(대효): 훌륭한 효도. 군주가 조상에게 제사하므로 먼저 효도에 대해 말하였다. ○休德(휴덕): 아름다운 덕. ○昭淸(소청): 맑고 밝다. ○四縣(사현): '四懸'과 같다. 종묘 궁실의 네 곳에 종이나 북 등의 악기를 설치하다. 고대 중국에서는 신분에 따라 악기

를 설치하는 숫자가 달랐는데, 황제는 사면, 제후는 삼면, 대부는 양면, 사(士) 계층은 한 곳에만 설치할 수 있었다. ○芬(분): '紛'과 같다. 많다. ○羽林(우림): 물총새의 깃털로 장식한 산개(傘蓋)나 깃발이 숲처럼 많음을 말한다. ○雲景(운경): 구름과 해. ○杳冥(묘명): 어둑하다. 안사고(顔師古)는 "올려다보니 구름과 해가 어둑한 듯하다"고 풀이하였다. ○金支(금지): 황금으로 만든 대. 산개나 깃발의 대가 황금으로 만들어졌음을 말한다. ○秀華(수화): 아름다운 꽃. 산개와 깃발은 물총새 깃털로 만들어지므로 황금 대 위에 마치 꽃이 핀 듯하다는 뜻. ○庶旄翠旌(서모취정): 오색 깃털을 깃봉에 장식하여 만든 깃발. '庶'는 많다는 뜻. ○七始華始(칠시화시): 「칠시」와 「화시」라는 악곡 이름. 맹강(孟康)은 "「칠시」는 하늘, 땅, 봄, 여름, 가을, 겨울, 사람의 시작이다. 「화시」는 만물과 꽃의 시작이다. 이는 '육영'(六英)을 악곡 이름으로 삼은 것과 같다."라고 하였다. ○娭(애): 놀다. 즐기다. ○庶幾(서기): 바라다.

　　제사의 시작 때 연주하는, 음악에 맞추어 부르는 가사이다. 경건하고 효성스런 마음으로 궁실의 사면에 악기를 진설하고 산개와 깃발 등 노부鹵簿를 설치하였다. 이러한 배경 끝에 조화로운 노래로 신을 부른다. 어휘와 표현이 지극히 온화하며, 황실의 위엄과 전아한 분위기를 잘 표현하였다. 통행본의 『한서』 등에서는 "七始華始" 이후로 제2장으로 치나, 녹흠립은 급고각본汲古閣本 『한서』와 『악부시집』 등에 따라 위와 같이 구성하였다. 여기서는 이에 따른다.


# 제6장
# 六章


| | |
|---|---|
| 大海蕩蕩水所歸, | 큰 바다가 드넓으니 모든 강물이 모여들고 |
| 高賢愉愉民所懷. | 현인賢人이 자애로우니 모든 백성이 따르네 |
| 大山崔, 百卉殖. | 큰 산이 높디높아 온갖 식물 자라나네 |
| 民何貴? 貴有德. | 백성은 무엇을 숭상하나? 덕德 있는 사람을 숭상하네 |

○蕩蕩(탕탕):  넓고 먼 모양.  ○高賢(고현): 품덕이 높은 현인. 여기서는 황제를 가리킨다.  ○愉愉(유유): 부드럽고 즐거운 모습. 『논어』「향당」(鄕黨)에도 "개인의 신분으로 만나면 즐겁고 편안하다"(私覿, 愉愉如也)는 말이 나온다.  ○崔(최): 높다. 산이 높고 험하다는 '최외'(崔嵬)의 뜻.  ○百卉(백훼): 온갖 식물. 만물을 가리킨다.  ○殖(식): 번성하다.  ○貴(귀); 귀하게 여기다. 숭상하다.

군주가 인덕을 가져야함을 바다와 산에 비기어 표현하였다. 중국 고대에는 자연물의 속성으로 사람의 덕성을 비유하는 수법은 상당히 흔하다. 『관자』管子「형세해」形勢解에서도 "바다는 강물을 마다 않기에 그 넓음을 이룰 수 있고, 산은 흙과 돌을 사양하지 않기에 그 높이를 이룰 수 있다."(海不辭水, 故能成其大; 山不辭土石, 故能成其高)고 하였다.

# 교사가(郊祀歌)

「교사가」는 모두 19장으로 한 무제漢武帝 때 지어졌다. 현재 『한서』「예악지」禮樂志에 실려 전한다. 곽무천郭茂倩은 『악부시집』樂府詩集에서 "교묘가사"郊廟歌辭로 분류하였다. 고대 중국에서 제왕의 제사에 사용된 음악은 두 종류로 천지신명에게 제사지낼 때 사용하는 교악郊樂과 조상에 제사지낼 때 사용하는 묘악廟樂이다. 이들을 합하여 교사악 혹은 교묘악이라 하며, 그 가사가 곧 교묘가사이다. 「예약지」에는 다음과 같이 기록되어 있다. "무제 때 교사郊祀의 예를 제정하여 감천궁에서 하늘의 존귀한 신 태일太一에게 제사하였는데, 건괘乾卦가 상징하는 장안의 서북지방에서였다. 분음汾陰에서 연못 가운데 네모꼴 언덕을 만들어 땅의 신 후토后土에게 제사하였다. 곧 이어 악부樂府를 설립하고 민간에서 수집한 노래를 밤에 익혔는데, 조趙, 대代, 진秦, 초楚 지방의 노래들이 있었다. 이연년李延年을 협률도위協律都尉로 임명하고, 사마상여司馬相如 등 수십 명이 지은 시부詩賦를 뽑아 율여律呂를 맞추니 팔음八音의 가락에 맞는지라 19장의 노래를 만들었다."(至武帝定郊祀之禮, 祠太一於甘泉, 就乾位也; 祭后土於汾陰, 澤中方丘也. 乃立樂府, 采詩夜誦, 有趙、代、秦、楚之謳. 以李延年爲協律都尉, 多擧司馬相如等數十人造爲詩賦, 略論律呂, 以合八音之調, 作十九章之歌.)

현존하는 19장은 사마상여 등 수십 명이 지었다고 했지만, 각 장을 누가 지었는지 구체적으로 알 수 없다. 다만 「청양」青陽, 「주명」朱明, 「서호」西顥, 「현명」玄冥 등 4수는 "추자악"鄒子樂이라 기재되어 있는데, "추자"가 누구인지도 명확하지 않다. 고대 국가에서 제사는 전쟁과 함께 가장 중요한 일이었다. 이들 텍스트는 정치성이 강해 오늘의 문학적 관점에서는 소홀히 취급되는 경향이 있지만, 당시에는 최고의 언어적 구성물이었다. 사마천은 이 19편의 「교사가」는 해독하기 어려운 텍스트로 오경학자들이 함께 습독해야 뜻이 풀어질 수 있다고 하였다. 역대로 각 왕조마다 교묘가사가 있었지만 대부분 찬송에 불과하여 별다른 의의가 없지만, 한대의 작품은 기세가 있고 정취가 깊다. 비록 언어는 고오古奧하고 간삽艱澁하지만 당시 유행한 '신성곡'新聲曲에 실린 탓으로 여러 가지 시 형식이 혼재해 있고 활기가 있음을 볼 수 있다.


**청양**추자악

**靑陽**鄒子樂


| 靑陽開動, | 봄의 양기가 열리어 움직이니 |
| 根荄以遂. | 초목의 뿌리가 뻗어나기 시작하도다 |
| 膏潤幷愛, | 비와 이슬이 내리고 잎이 무성해지니 |
| 跂行畢逮. | 벌레와 짐승이 모두 몰려들도다 |
| 霆聲發榮, | 천둥이 치니 싹이 움트고 |
| 蟄處頃聽. | 굴속의 동물들이 귀를 기울이도다 |
| 枯槁復産, | 시들고 마른 초목에 생기가 돌아 |
| 乃成厥命. | 자신의 생명을 다시 만드는도다 |
| 衆庶熙熙, | 만물이 즐겁고 기뻐함이 |
| 施及夭胎. | 모태 중의 생명에도 미치는구나 |
| 群生啿啿, | 뭇 생명이 살찌고 풍성해지니 |
| 惟春之祺. | 봄의 복스러운 기운이 가득하도다 |

○靑陽(청양): 봄. 고대에는 쇠(金), 물(水), 나무(木), 불(火), 흙(土) 등 다섯 가지 원소를 계절, 방위, 색채 등에 대응시켰는데, 봄은 청색과 동쪽에 해당한다. 그래서 '청양'은 곧 봄을 의미한다. 『이아』(爾雅)「석천」(釋天)에서 "봄은 청양이다(春爲靑陽)"라 하였다. 오늘날에는 3, 4, 5월을 봄으로 치지만 고대에는 음력 1, 2, 3월을 가리켰고, 24절기로는 입춘(立春)에서 입하(立夏) 전날까지이다. ○荄(해): 풀뿌리. ○遂(수): 모두 자라다. ○膏潤(고윤): 초목을 윤택하게 만드는 비나 이슬. ○愛(애): '薆'와 같다. 덮다. 초목이 무성히 우거지다. ○跂行(기행): 발로 기어다님. 또는 그 동물. ○逮(체): 이르다. ○霆聲(정성): 천둥소리. ○壙(암): 굴. ○頃聽(경청): 귀 기울여 듣다. 고대 사람들은 초봄의 천둥소리를 듣고 동면하는 짐승이 잠깨거나 알에서 애벌레가 움직이기 시작한다고 생각하였다. ○枯槀(고고): 겨울을 지나오면서 시들고 마른 초목. ○産(산): 생기다. 자라다. ○衆庶(중서): 여러 가지 무리. 만물. ○熙熙(희희): 기쁘고 즐거운 모양. ○夭(오): 아직 어린 동식물. ○胎(태): 아직 모태 중에 있는 생물. ○啿啿(담담): 풍성한 모습. ○祺(기): 복(福).


봄의 신에게 제사지낼 때 부르는 노래이다. 초목이 자라고 동물이 뛰노는 활기찬 모습을 노래하면서, 봄의 생명감을 표현했다.


주명 추자악

朱明 鄒子樂

| | |
|---|---|
| 朱明盛長, | 여름에는 무성하게 성장하니 |
| 敷與萬物. | 만물이 뻗어나고 자라나도다 |
| 桐生茂豫, | 초목의 줄기가 통하여 번성하고 빛나니 |
| 靡有所詘. | 굽어서 펴지지 않는 게 없도다 |
| 敷華就實, | 꽃이 피고 열매가 열리니 |
| 旣阜旣昌. | 크기도 하고 많기도 하도다 |
| 登成甫田, | 너른 논밭에 곡식들이 익으니 |

百鬼迪嘗.　　　온갖 신들이 흠향하게 하도다
廣大建祀,　　　널리 온갖 신들께 제사를 올리나니
肅雍不忘.　　　잊지 않고 경건하게 거행하도다
神若宥之,　　　신神은 선하여 황실을 보우하시니
傳世無疆.　　　대대로 영원히 이어지게 하도다


○朱明(주명): 여름을 말한다. 『이아』(爾雅)「석천」(釋天)에서 "여름은 주명이다(夏爲朱明)"라 하였다.  ○敷與(부여): 퍼지다. 여기서는 만물이 자라나 번성함을 형용하였다. ○桐生(동생): 안사고(顏師古)는 '桐'은 '通'으로 읽는다고 하면서, "초목이 모두 탈 없이 통하고 자라나다"(草木皆通達而生)라고 풀이하였다. ○茂豫(무예): 무성하고 광채가 나다. ○詘(굴): 굽다. 퍼지지 못하다. ○敷華(부화): 꽃이 깔리다. ○就實(취실): 열매가 열리다. ○阜(부): 크다. ○登成(등성): 성숙하다. ○甫田(보전): 넓은 밭. ○百鬼(백귀): '百神'과 같다. 온갖 신. ○迪(적): 나아가다. ○嘗(상): 맛보다. 여기서는 흠향(歆饗)하다. ○肅雍(숙옹): 경건하고 온화하다. ○不忘(불망): 잊지 않다. 제사를 게을리 하지 않다. ○若(약): 선하다. ○宥(유): 보우(保佑)하다. ○無疆(무강): 끝이 없다. 무궁하다.


　　여름의 신에게 제사할 때 부르는 노래의 가사이다. 여름이 되어 온갖 식물이 무성해짐을 바라면서, 특히 곡식이 성장하여 풍년이 되기를 기원하였다.


## 서호추자악
## 西顥鄒子樂


西顥沆碭,　　　백기白氣가 천지에 가득하니
秋氣肅殺.　　　가을의 기운이 초목을 시들게 하도다
含秀垂穎,　　　곡물은 여물고 이삭은 고개를 숙였으니
續舊不廢.　　　봄의 싹들이 버려지지 않고 자라남이라

| | |
|---|---|
| 姦僞不萌, | 간사하고 거짓된 것은 나타나지 않고 |
| 妖孽伏息. | 요사하고 간악한 것은 엎드렸도다 |
| 隅辟越遠, | 변방과 벽지에 살며 아무리 멀더라도 |
| 四貉咸服. | 사방의 이민족이 모두 와 복종하도다 |
| 旣畏茲威, | 이 나라의 위엄을 두려워하고 |
| 惟慕純德. | 이 나라의 큰 덕을 그리워하여 |
| 附而不驕, | 귀순하여서 감히 교만하지 않으며 |
| 正心翊翊. | 바른 마음으로 공경할 따름이도다 |

○西顥(서호): 가을을 가리킨다. 가을은 오행 가운데 서쪽과 흰색에 연관된다. '顥'는 '皓'와 통하며 흰색을 뜻한다. ○沆碭(항탕): 백기(白氣)가 가득한 모양. 백기는 흰 구름 같은 기운을 말하는데, 고대인들은 병란이 일어날 징조로 보았다. 가을은 초목이 시들고 곡물을 수확하는 등 생명이 죽는 때이므로 살기(殺氣)가 많은 시기로 보았으며, 전쟁도 가을에 시작하고 사형도 가을에 집행하였다. ○秀(수): 열매를 맺다. ○穎(영): 벼 이삭의 뾰쪽한 끝부분. ○續舊(속구): 묵은 싹에서 자라나오다. 이들이 중도에 황폐하게 되지 않았기에 '불폐'(不廢)라고 하였다. ○萌(맹): 싹트다. 나타나다. ○妖孽(요얼): 요사하고 간악한 것들. ○隅辟(우벽): 변방과 벽지. 隅는 국가의 가장자리로 변방을 가리키고, 辟은 僻과 같은 뜻으로 궁벽한 곳을 말한다. ○四貉(사맥): 중국의 동북 지방의 네 민족. 경우에 따라서는 한국을 가리키기도 한다. 여기서는 '사이'(四夷)와 같은 말로 중국의 사방 변경지역에 사는 이민족을 통칭한다. ○純德(순덕): 큰 덕. ○附(부): 귀순하다. ○翊翊(익익): 공경하는 모양.

가을의 신에게 제사지내는 노래이다. 『예기』「월령」月令에서 가을의 신의 이름을 '소호'少昊라고 하였다. 가을은 수확하고 초목이 시드는 계절로 살기殺氣가 가득한 때이다. 때문에 형의 집행과 전쟁의 수행도 주로 가을에 실시한다. 이 시에서는 여기에 더 나아가 이민족에 대한 정치적 우위를 강조하고 있다. 가을이라는 자연의 속성을 정치적인 측면까지 확대했다는 점에서 이들 시는 정치시라고 할 수 있다.

## 현명 추자악

## 玄冥 鄒子樂

| | |
|---|---|
| 玄冥陵陰, | 겨울에는 추위가 매서워져 |
| 蟄蟲蓋藏. | 벌레와 짐승이 굴을 파고 숨는도다 |
| 草木零落, | 초목이 시들어 떨어지고 |
| 抵冬降霜. | 겨울이 되니 서리가 내리는도다 |
| 易亂除邪, | 난리를 진정하고 사악함을 몰아내며 |
| 革正異俗. | 잘못된 풍속을 바로잡는도다 |
| 兆民反本, | 백성들은 본업으로 돌아와 |
| 抱素懷樸. | 순박함을 품게 되도다 |
| 條理信義, | 믿음과 의로움은 조리가 잡히고 |
| 望禮五嶽. | 오악五嶽에 망제望祭를 올리는도다 |
| 籍斂之時, | 적전籍田을 장부와 대조하면서 |
| 掩收嘉穀. | 잘 익은 곡식들을 거두어들이는도다 |

○玄冥(현명): 겨울을 가리킨다. 오행에서 겨울은 북방과 검은색에 대응된다. ○陵陰(능음): '凌陰'과 같은 뜻. 한랭하다. 춥다. ○蟄蟲(칩충): 굴속에 숨은 벌레나 짐승들. ○蓋藏(개장): 저장하다. 여기서는 숨다. ○抵冬(저동): 겨울에 이르다. ○易(역): 바꾸다. ○反本(반본): 본업으로 돌아가다. 여기서는 농업에 복귀하다. ○抱素懷樸(포소회박): 본래의 진정한 모습을 가지고 순박함을 지키다. 『노자』 제19장의 "본래의 진정한 모습을 드러내고, 순박함을 가지다"(見素抱樸)와 같은 뜻이다. ○條理(조리): 분류와 정리. 나누고 정리하다. ○望(망): 산천에 지내는 제사. 『상서』「순전」(舜典)에 '망우산천'(望于山川)이란 말이 있다. ○五嶽(오악): 고대 중국에서 방위와 결부된 가장 주요한 다섯 개의 산. 동악은 태산(泰山, 산동성 泰安), 남악은 형산(衡山, 호남성 衡陽), 서악은 화산(華山, 섬서성 華陰), 북악은 항산(恒山, 산서성 渾源), 중악은 숭산(嵩山, 하남성 登封)이다. ○籍斂(적렴): 장부에 기록하여 거두어들이다.

겨울의 신에게 제사지낼 때 부르는 노래의 가사이다. 『예기』「월령」月令에서 겨울의 신은 북방에 있으며 그 이름은 '현명'玄冥이라고 하였다. 한래서왕寒來暑往, 추수동장秋收冬藏의 계절에 조정에서는 오악五嶽에 제사지내고 풍속을 정돈한다.


## 해는 뜨고 지고
## 日出入

| | |
|---|---|
| 日出入安窮? | 해는 뜨고 지고 어찌 끝이 있으리오? |
| 時世不與人同. | 그 시간은 사람의 인생과 같지 않도다 |
| 故春非我春, | 그러므로 봄은 나의 봄이 아니며 |
| 夏非我夏, | 여름도 나의 여름이 아니며 |
| 秋非我秋, | 가을도 나의 가을이 아니며 |
| 冬非我冬. | 겨울도 나의 겨울이 아니로다 |
| 泊如四海之池, | 사람의 수명은 사해四海에 비하면 연못과 같아 |
| 偏觀是耶謂何? | 두루 생각하매 이를 어찌할거나? |
| 吾知所樂, | 내가 아는 바 즐거운 건 오직 |
| 獨樂六龍. | 여섯 마리 용을 타고 하늘을 나는 일 |
| 六龍之調, | 여섯 마리 용이 출발하는 걸 보니 |
| 使我心若. | 나의 마음이 괴롭기 그지없구나 |
| 訾黃其何不徠下! | 아아, 승황은 어이하여 내려오지 않는가! |

○時世(시세): '時光' 혹은 '時代'와 같다. 시간. 이 구는 태양은 끝없이 뜨고 지는데 반해 사람의 인생은 짧다는 뜻이다.  ○春非我春(춘비아춘); 봄은 나의 봄이 아니다. 이하 4구는 사계의 추이를 말하면서, 이들의 운행은 사람의 의지로 이루어질 수 없음을 나타내

었다. ○泊(박): 물이 출렁거리는 모양. ○四海之池(사해지지): 사방의 바다. 장조(張照)
는 "사람의 수명을 해와 비교해 보면, 해는 사해와 같고 사람은 연못과 같다"(人之壽命,
較之於日, 日如四海, 人如池也)고 풀이하였다. 시간을 공간으로 비유하여 사람의 수명의
짧음과 불안정성을 대조적으로 표현하였다. "태양이 사해를 연못처럼 여긴다"는 의견도
있으나 취하지 않는다. ○徧觀(편관): '遍觀'과 같다. 두루 돌아보다. 이 구는 위와 같은
사실을 살펴보니 사람의 생명이 무척 짧음을 알겠다는 뜻이다. ○謂何(위하): '如之何'
와 같다. 어찌할까. "이를 무엇이라 부르나"로 풀이하는 학자도 있으나 취하지 않는다.
○六龍(육룡): 여섯 마리 용. 『주역』「건」(乾)에 "시기에 맞추어 여섯 마리 용을 타고
하늘을 운행하다"(時乘六龍以御天)는 말이 있다. 용이 여섯 마리인 이유는 하늘, 땅, 봄,
여름, 가을, 겨울 등 육기(六氣)에 대응시켰기 때문으로 본다. ○調(조): 출발하다. 용의
발걸음이 조화롭다고 해석하기도 한다. ○若(약): '苦'의 와전으로 본다. 정문(鄭文)은
『한시선전』(漢詩選箋)에서 다음 구의 운자(韻字)인 '下'에 맞추어 '苦'로 보았다. 일부 학
자들은 '순조롭다', '기뻐하다'로 풀이한다. ○訾黃(자황): 노란 색의 신마(神馬)로, 승황
(乘黃), 등황(騰黃), 취황(翠黃), 자황(紫黃), 비황(飛黃) 등 이명이 많다. 황제(黃帝)가
탔다고 하는, 말 몸에 용 날개를 지닌 전설상의 동물이다. 안사고(顔師古)는 '訾'는 '감탄
사'로 보고, '黃'을 '승황'이라 보아, 승황이 내려오지 않음을 탄식하였다고 풀이하였다.
여기서는 안사고의 풀이를 따른다. ○徠(래): '來'와 같다. 오다. 이 구는 한 무제(漢武
帝)가 승황이 내려와 자신을 하늘로 데려다 주기를 바랬던 일과 일치한다. 『사기』「봉선
서」(封禪書)에 보면 한 무제는 "아아! 짐은 진실로 황제(黃帝)와 같이 얻고 싶구나. 짐은
처자로부터 떠나기를 마치 신을 벗는 듯 여기는도다"고 하였다.


　　해의 신에게 제사지낼 때 사용한 노래이다. 태양은 아침저녁으로 끝
없이 순환하는데 비해 사람의 생명은 무척 짧음을 대비하였다. 인생에
대한 이러한 사고는 한대의 시문에 특징적으로 나타나며, 이는 결말에
서 신선 세계에 대한 바람으로 해결을 모색하게 된다. 신에 대한 송가
이자 영신가迎神歌이면서 동시에 인간의 희구를 함께 표현하였다.

# 천마
# 天馬

元狩三年馬生渥洼水中作.

원수元狩 삼년, 말이 악와渥洼강으로부터 왔기에 지음.

| | |
|---|---|
| 太一況, | 태일 신께서 하사하시매 |
| 天馬下. | 천마가 내려왔네 |
| 霑赤汗, | 붉은 땀을 흘리니 |
| 沫流赭. | 붉은 흙으로 얼굴을 씻은 듯 |
| 志俶儻, | 뜻은 얽매임 없이 자유롭고 |
| 精權奇. | 정신은 출중하여라 |
| 籋浮雲, | 구름을 밟고 오르면 |
| 晻上馳. | 삽시간에 멀리 아득해지네 |
| 體容與, | 몸은 거침없이 |
| 迣萬里. | 만리를 내달리네 |
| 今安匹, | 필적할 자 누구인가 |
| 龍爲友. | 용만이 짝할 만하네 |

○天馬(천마): 중앙아시아 혹은 중동에서 나는 아라비아 말이다. 달릴 때 갈기에서 붉은 피가 흘러 내려 '한혈마'(汗血馬)라고도 하는데, 현재에도 중앙아시아 일대에서 난다. 말의 품종이 아주 뛰어나기에 '천마'라는 이름을 붙였다. ○太一(태일): 천신의 이름. 『사기』「봉선서」에 "천신 가운데 존귀한 자가 태일이다"는 말이 있다. 장수절(張守節)은 북극(北極)의 큰 별이라고 하였다. ○況(황): '賜'와 같다. 하사하다. ○沫(매): 얼굴을 씻다. '靧'(회)와 통한다. ○俶儻(척당): '倜儻'(척당)과 같다. 얽매이지 않다. ○精(정): '情'과 통한다. 심정. ○權奇(권기): 보통과 달리 뛰어나다. ○籋(섭): 밟다. ○晻(엄): 어둡다. 침침하다. ○容與(용여): 주저하다, 한가하다 등 여러 뜻이 있지만, 여기서는

거리낌이 없다. ○逴(력): 뛰어넘다. ○元狩三年(원수삼년): 기원전 120년. 그러나『한서』「무제기」(武帝紀) 원수(元狩) 3년 조목에는 천마와 관련된 일과 시가 없는 대신, 원정(元鼎) 4년(기원전 113년) 조목에 "가을, 말이 악와(渥洼)강으로부터 나오다.「보정」(寶鼎)과「천마지가」(天馬之歌)를 짓다"고 기록하고 있다. 그러므로 위 시가 실린『한서』「예악지」의 '元狩三年'은 잘못 기록되었음을 알 수 있다. ○渥洼(악와): 강 이름. 지금의 감숙성 안서현(安西縣)에 소재한다.

「천마」라는 제목의 시는 두 수로, 한 무제漢武帝가 두 번에 걸쳐 준마를 얻은 일과 상응한다. 첫 번째의 이 시는 BC113년경에 지어졌다. 여기의 삼언시三言詩는『한서』「예악지」에 실려 있는 것이지만,『사기』「악서」樂書에는 다음과 같이 초가체로 쓰여져 있다. "태일 신께서 하사하시어 천마가 내려오사 / 붉은 땀을 흘리니 붉은 흙을 칠한 듯 / 거리낌 없이 달리고 만리를 내달리니 / 필적할 자 누구인가 용만이 짝할 만하네"(太一貢兮天馬下, 霑赤汗兮沫流赭. 騁容與兮踄萬里, 今安匹兮龍爲友). 간략하지만 웅건한 필치로 형상과 정신을 함께 묘사하여 대상을 드러낸, 뛰어난 영마시詠馬詩이다.


太初四年誅宛王獲宛馬作.

태초太初 사년, 대완大宛國 국왕을 죽이고 대완마를 가져왔기에 지음.


| | |
|---|---|
| 天馬徠, | 천마가 왔나니 |
| 從西極. | 서쪽 끝에서 |
| 涉流沙, | 사막을 건너 |
| 九夷服. | 이민족이 복속하였왔네 |
| 天馬徠, | 천마가 왔나니 |
| 出泉水. | 샘물이 나는 곳에서 |

虎脊兩,　　호랑이 같은 무늬에 척추가 둘

化若鬼.　　변화는 귀신과 같네

天馬徠,　　천마가 왔나니

歷無草.　　고비 지역을 지나서

徑千里,　　천리를 가로질러

循東道.　　동쪽 길을 따라 왔네

天馬徠,　　천마가 왔나니

執徐時.　　태초 사년 진년辰年에

將搖擧,　　몸을 일으켜 멀리 달리면

誰與期?　　누가 감히 따를 수 있나?

天馬徠,　　천마가 왔나니

開遠門.　　층층이 문들을 열어라

竦予身,　　몸을 높이 들어 올려

逝昆侖.　　곤륜으로 날아가리라

天馬徠,　　천마가 왔나니

龍之媒.　　용의 짝이어라

游閶闔,　　창합에서 노닐며

觀玉臺.　　옥대를 둘러보리라

○流沙(유사): 사막을 가리킨다. 사막지역은 바람에 모래가 곧잘 움직이므로 이 같이 불렀다. ○九夷(구이): 여러 이민족들. 고대에는 '이'(夷)가 꼭 중국의 동부에 거주하는 이민족만을 가리킨 게 아니라 사방의 이민족을 모두 가리키기도 하였다. ○虎脊兩(호척량): 털빛이 호랑이 같고, 척추가 두 개가 있다. ○化若鬼(화약귀): 천마의 변화가 귀신과 같다. ○無草(무초): 초목이 자라지 않는 고비(gobi) 지역. 신강과 감숙성에는 초목이 자라지 않는 고비 지역이 널리 분포되어 있다. ○執徐(집서): 성세기년법(星歲紀年法)에 따라 태세(太歲)가 진(辰)에 있는 해를 가리킨다. 태초 4년은 곧 기원전 101년으로 경진(庚辰)년이다. ○搖(요): '遙'와 같다. 멀다. ○竦(송): '聳'과 같다. 천마가 몸을 높이

일으키다. 그러나 문영(文穎)은 "무제는 신선술을 좋아하여 천마가 오기를 언제나 기다리다가, 기회가 되면 이를 타고 곤륜으로 가려했다"고 풀이하면서 '竦'을 삼가다는 뜻으로 새겼다. ○崑侖(곤륜): 곤륜산. 신선이 사는 곳. ○龍之媒(용지매): 용의 매개체. 천마는 용의 부류이므로, 천마가 왔으니 용도 반드시 올 것이라 여긴다는 뜻이다. 이 말에서 후인들은 준마를 '용매'(龍媒)라 하였고, 천리마를 '용마'(龍馬)라 하였다. ○閶闔(창합): 천문. ○玉臺(옥대): 상제가 사는 곳. ○太初四年(태초사년): 기원전 101년. ○宛(완): 대완국(大宛國). 지금의 우즈베키스탄 페르가나에 소재했던 고대 국가. 『한서』「무제기」와 『한서』「서역전」에 의하면 이광(李廣)이 대완국의 국왕 모과(母寡)를 죽이고 한혈마를 가져왔기에 「서극천마지가」(西極天馬之歌)를 지었다고 한다.

「천마」의 제2수로 BC101년에 지어졌다. 『사기』「악지」에는 천리마의 이름을 포초蒲梢라고 명기하면서 다음과 같은 초가체의 시를 지었다고 기록하고 있다. "천마가 왔나니 서쪽 끝에서 / 만리를 지나 덕정에 귀화했네 / 신령한 위엄으로 외국을 항복시키니 / 사막을 지나 이민족이 복속하였네"(天馬來兮從西極, 經萬里兮歸有德. 承靈威兮降外國, 涉流沙兮四夷服). 이 가사는 나중에 위의 본문 같이 유선遊仙의 요소가 반영되어 개작되었다. 『사기』「악지」에는 급암汲黯이 무제에게 이 가사가 실린 음악이 조종祖宗을 받들고 백성을 교화하는데 적합하지 않다고 간언하는 장면이 나온다. 그러나 후세에는 이 시를 황제의 덕정德政에 대한 상서로운 현상으로 보았다.


# 천문
# 天門

| | |
|---|---|
| 天門開, | 천문을 여니 |
| 誅蕩蕩, | 하늘이 드넓어라 |

| | |
|---|---|
| 穆幷騁, | 신들이 엄숙하게 함께 내려와 |
| 以臨饗. | 제단에 임하시도다 |
| 光夜燭, | 신광神光이 밤에 나타나 비치니 |
| 德信著, | 황제의 덕신德信이 드러남이요 |
| 靈寖平而鴻, | 신령은 덕에 감화되어 복을 내리고 |
| 長生豫. | 황제는 장생하며 편안하도다 |
| 大朱涂廣, | 붉은색으로 거대한 전각을 칠하고 |
| 夷石爲堂. | 평석平石으로 건물을 쌓았도다 |
| 飾玉梢以舞歌, | 옥으로 장식한 죽간을 들고 춤추고 노래하며 |
| 體招搖若永望. | 초요성招搖星을 상징하니 사람들이 오래 바라보네 |
| 星留俞, | 별의 신들이 정성에 답하니 |
| 塞隕光. | 별빛이 내려와 사방에 가득 차고 |
| 照紫幄, | 자주색 휘장을 비추고 |
| 珠煩黃. | 구슬이 노란 빛을 발하네 |
| 幡比翄回集, | 날개를 나란히 펼치고 내려앉는 새처럼 |
| 貳雙飛常羊. | 한 쌍의 춤꾼이 날듯이 걸어가네 |
| 月穆穆以金波, | 달은 부드럽게 금빛 물결을 이루고 |
| 日華燿以宣明. | 해는 빛나며 사방을 두루 비추네 |
| 假清風軋忽. | 청풍의 힘을 빌려 오래 머물게 하며 |
| 激長至重觴. | 빨리 와서 오래 계시라 신령께 술잔을 다시 올린다 |
| 神裵回若留放, | 신령은 배회하며 떠나지 못하나니 |
| 殣冀親以肆章. | 직접 뵙기를 바래어 이 노래를 짓는도다 |
| 函蒙祉福常若期, | 사람들이 기약한 바와 같이 복을 받고 |
| 寂漻上天知厭時. | 하늘이 적막하다 해도 사람이 바라는 때를 안다네 |
| 泛泛滇滇從高斿, | 펄럭펄럭 높은 깃발을 나부끼며 하늘로 올라가 |
| 殷勤此路臚所求. | 진정으로 바라는 바를 진술하고 싶도다 |

佻正嘉吉弘以昌,　　길하고 좋은 날을 골랐으니 널리 창성하고
休嘉砰隱溢四方.　　기쁨과 번성함이 사방에 가득하리라
專精厲意逝九闈,　　오로지 한 마음으로 구중 하늘에 올라
紛云六幕浮大海.　　대해에 떠 있듯 광대한 우주를 바라보리라

○誅蕩蕩(질탕탕): 천체가 단단하고 맑은 모양.  ○穆幷騁(목병빙): 穆은 엄숙하다는 뜻으로 여기서는 부사어로 쓰였다. 『초사』에 자주 나오는 구법이다. 양수달(楊樹達)은 주목왕(周穆王)으로 풀이하였으나 취하지 않는다. 幷騁은 함께 말을 달리다. 곧 하늘의 여러 신들이 장엄한 모습으로 함께 말을 달려 내려온다는 뜻.  ○臨饗(임향): 향음(饗飮)하는 곳에 임하다. 곧 제사를 베푸는 곳에 오다.  ○光夜燭(광야촉): 신광(神光)이 밤에 빛나다. 『사기』「봉선서」에는 무제가 태일(太一) 신에게 제사지낼 때 사당 위에 빛이 나타났고 낮에는 황기(黃氣)가 하늘에 올라갔다고 하였다. 여기서도 이와 유사한 현상으로 보인다.  ○德信著(덕신저): 덕신(德信)이 드러나다. 신령들이 무제의 덕신에 감응하여 강림하였다.  ○靈寖鴻(영침홍): 안사고(顏師古)는 신령들이 황제의 덕에 감동하여 큰 복을 내린다고 해석하였다. 寖은 浸과 같다.  ○平而(평이): 이 글자는 잘못 끼어든 글로 본다.  ○長生豫(장생예): 장생의 방도를 얻어 편안하다.  ○大朱涂廣(대주도광): 大朱는 大紅이란 말로 붉은색. 涂廣은 큰 전각을 칠하다.  ○夷石(이석): 평평하고 반듯하게 다듬은 돌.  ○玉梢(옥초): 춤추는 사람이 지닌 옥 장식한 죽간.  ○招搖(초요): 북두칠성 가운데 자루 끝에 해당하는 별.  ○永望(영망): 오래도록 바라보다. 춤추는 사람이 초요성을 상징하는 춤을 추자 사람들이 별의 신이 강림하기를 기다리는 모양을 표현하였다.  ○星留兪(성류유): 별들이 머물며 답하다. 별의 신들이 제사에 답하여 내려오다.  ○塞隕光(색운광): 내려온 별빛으로 가득 차다.  ○紫幄(자악): 제단 위에 걸어둔 자주빛 휘장.  ○焜黃(운황): 노랗다.  ○幡(번): ‘翻’과 같다. 뒤집다.  ○比栩(비지): ‘比翅’와 같다. 나란히 편 날개.  ○貳(이): 둘. 여기서는 하나가 아님을 표시한다.  ○常羊(상양): ‘徜徉’과 같다. 거닐다.  ○穆穆(목목): 편안하고 즐거운 모양.  ○華燿(화요): 밝게 빛나다.  ○宣明(선명): 두루 밝히다.  ○軋忽(알홀): 길고 먼 모습.  ○激(격): 빠르다.  ○重觴(중상): 재차 술을 따르다.  ○裵回(배회): ‘徘徊’와 같다. 머뭇거리다.  ○覲(근): ‘覩’과 같다. 뵙다.  ○冀(기): 바라다.  ○函(함): 포함하다.  ○蒙(몽): 받다.  ○寂漻(적료): ‘寂寥’와 같다. 텅 비어 고요하다. 적막하다.  ○泛泛(범범): 떠다니는 모습.  ○滇滇(전전): 번성한 모양.  ○斿(유): 깃발의 깃대에 다는 부분. 여기서는 깃발.  ○殷勤(은근): ‘慇懃’과 같다. 충심으로 바라다.  ○臚(려): 순서대로 늘어놓다.  ○所求(소구): 구하는 바. 여기서

는 한 무제가 바라는 장생불사를 가리킨다. ○佻(조): '肇'와 통한다. 시작하다. ○硑隱(팽은): 번성한 모양. ○九閡(구애): 구중 하늘. 고대인들은 하늘이 아홉 층으로 이루어졌다고 생각하였다. ○紛云(분운): '紛紜'과 같다. 무성히 일어나는 모양. ○六幕(육막): '六合'과 같다. 우주를 가리킨다.

　이 시는 천상의 신들에게 제사지낼 때 사용한 노래 가사이다. 천신들은 천문을 열고 내려와 사람들이 제단에 정성껏 차려놓은 제물을 흠향한다. 그러나 중간 부분부터 한 무제의 승천하고자 하는 바램을 서술하고 이를 실현시키는 장면을 표현하였다. 달빛을 '금빛 물결'金波이라 한 부분은 후세에 영향을 끼쳤으며, 잡언雜言 속의 칠언에서 칠언시가 형성되는 과정을 알 수 있다.

「용을 타고 가는 신선」 용 세 마리가 수레를 끌고 있다. 앞에 마부가 앉아 있고, 수레 주위에는 별이 세 개 흩어져 있다. 1980년 사천성 신도현(新都縣)에서 출토된 한대 화상석(畵像石).

# 고취곡사(鼓吹曲辭)  요가(鐃歌)

　　고취곡鼓吹曲은 원래 군악軍樂을 가리키는데, 고취鼓吹란 북을 치고 피리를 분다擊鼓吹簫는 뜻이다. 고취곡의 가사 가운데 한대 '요가鐃歌 십팔곡'이 대표적인데, 심약沈約이 지은 『송서』宋書 「악지」樂志에 처음 보이며, 채옹蔡邕의 『예악지』禮樂志를 인용하여 다음과 같이 기록하고 있다. "단소短簫 요가鐃歌는 군악軍樂이다. 황제黃帝 때 기백岐伯이 지었다. 위엄을 세우고 공덕을 펼침으로써 선비를 권면하고 적을 비판하였다." 그러나 전쟁과 관련된 작품은 「성남의 전투」戰城南 한 편밖에 없으며, 공덕을 찬술한 것도 「성인이 나오시다」聖人出 한 편에 지나지 않는다.

　　'요가 십팔곡'은 상당히 복잡한 텍스트로 그 성격에 대해 여러 가지 설이 있다. 여관영余冠英은 『악부시선』樂府詩選에서 "요가鐃歌는 원래 가사가 없는 채 음악만 있다가 나중에 가사가 계속 확충된 듯하다. 그래서 시대도 각각이고 내용도 잡다하다. 내용 중에는 전쟁 묘사, 상서祥瑞에 대한 기록, 무공 표창, 남녀의 애정 등이 있다. 무제武帝 때의 시도 있고 선제宣帝 때의 작품도 있으며, 문인이 지은 것도 있고 민간의 가요도 있다."고 하였다. 특히 민간에서 채집된 것으로 보이는 일부 작품의 가사는 뛰어나다. 전쟁의 잔혹함을 묘사한 「성남의 전투」, 행역 나간 사람이 고향을 그리워하는 「무산은 높아」, 남녀의 애정을 노래한 「그리운 사람」과 「하늘이시여」가 그러하다. 후자의 두 작품은 아마도 원래 곡조가 군악이었지만 나중에 민간의 가사를 채워 넣은 것으로 보인다. 후대 문인들은 '요가'의 이들 제목을 모의模擬하여 많은 시를 지었다.

## 성남의 전투
## 戰城南

| | |
|---|---|
| 戰城南, 死郭北, | 성 남쪽에서 싸우고 성 북쪽에서 죽나니 |
| 野死不葬烏可食. | 들에서 죽어 매장도 않으니 까마귀가 뜯어 먹네 |
| 爲我謂烏 : | 내 죽은 자를 대신하여 까마귀에게 말하리 |
| "且爲客豪! | "잠시 죽은 자를 위해 초혼하며 곡하게 해주게 |
| 野死諒不葬, | 들에서 죽은 데다 매장도 않았으니 |
| 腐肉安能去子逃!" | 썩은 육체가 도망 갈 리도 없잖은가" |
| 水深激激, 蒲葦冥冥, | 물은 깊디깊고 부들과 갈대 우거졌는데 |
| 梟騎戰鬪死, | 준마는 전투에서 죽고 |
| 駑馬徘徊鳴. | 둔마만 배회하며 우네 |
| 梁築室, | 공사를 하는 사람들은 |
| 何以南, 何以北! | 어찌하여 남북으로 다녀야만 하는가 |
| 禾黍不獲君何食? | 오곡을 거둘 자 없으니 임금은 어떻게 먹을 수 있나 |
| 願爲忠臣安可得! | 충신이 되려 해도 어찌 될 수 있으랴 |
| 思子良臣, | 그대 어진 신하들을 그리워하노니 |
| 良臣誠可思 : | 어진 신하들은 진실로 추모 받을만하네 |
| 朝行出攻, | 아침에 출병하여 |
| 暮不夜歸! | 저녁이 되어도 돌아오지 않으니! |

○城南(성남), 郭北(곽북): 성의 남쪽과 곽의 북쪽. 고대의 성은 내성과 외성으로 건설되었는데 내성을 성(城)이라 하고 외성을 곽(郭)이라 하며 이를 합칭하여 성곽(城郭)이라 하였다. 이 두 구는 '호문'(互文)으로 성남과 성북이 모두 전쟁터로 전사자가 널려있다는 뜻. ○野死(야사): 들에서 죽은 시체. ○烏可食(오가식): 까마귀가 먹을 수 있다. 시인의 격분을 표현한 풍자어(諷刺語). ○我(아): 시적 화자. 시인 자신을 가리킨다. ○客(객): 객지에 와서 죽은 전사자를 가리킨다. ○豪(호): '譹'와 같다. (聞一多 『樂府詩箋』)

즉 ‘호곡’(號哭)의 ‘호’(號)이다. ○激激(격격): 물이 맑고 투명한 모습. (聞一多 설) 혹은 물이 빨리 흐르는 소리나 모습. 이 두 구는 전장의 황량한 모습을 그렸다. ○梟(효): ‘驍’와 통하며 ‘勇’으로 풀이된다. 효기(梟騎)는 곧 ‘싸움 잘하는 준마’이다. 이 두 구는 위 두 구와 함께 사람이 죽고 없는 전장의 황량한 모습을 그렸다. 또 이 두 구는 준마와 같은 뛰어난 사람은 죽은 반면 비겁한 사람은 살아 남아있다는 비유로 풀이할 수도 있다. ○梁築室(양축실): 이하 9자는 판본에 따라 글자가 많이 다르고 해석도 다양하다. 『고악록』(古樂錄)에서는 ‘梁’자를 작게 써서 노래할 때의 발성 기호로 보았다. ‘築室’은 ‘집을 짓다’로 궁실, 성벽, 진지 공사 등을 포괄한다. 여기서 주어의 위치에 있으므로 ‘공사를 하는 사람들’로 풀이된다. 즉 “공사를 하는 사람들은 병사들을 따라 남북으로 이리저리 다녀야한다”의 뜻이다. 그러나 ‘梁’을 다리의 뜻으로 그대로 풀이하는 학자도 많다. “다리 위에 집을 지었으니 어찌 남북으로 오갈 수 있나” 이렇게 해석하면 다리 위에 집을 짓는 것으로 비정상적인 사회질서를 말한 것이다. (張琦 『古詩錄』) 혹은 전쟁 중에 다리 위에서 공사하거나 병영을 지은 것으로 풀이할 수도 있다. 여기서는 전자를 채용한다. 그래야 아래 구의 오곡을 거둘 자가 없다는 내용과 연결되기 때문이다. ○禾黍不獲君何食(화서불획군하식): ‘禾黍而獲君何食’라 된 판본의 경우 ‘而’를 가정의 뜻으로 풀어 “오곡을 비록 거둔다 하더라도 나라가 이 같은 전란에 빠졌는데 임금이 어떻게 먹을 수 있나”는 뜻이 된다.(劉淇와 楊樹達 설) 또 ‘君’을 임금이 아닌 전사자로 풀어 “고향에서 오곡을 비록 거둔다고 하더라도 객지에서 죽었으니 그대는 어찌 먹을 수 있나”는 뜻이 되어 더욱 절실한 감정을 나타낼 수도 있다. (朱嘉徵 『樂府廣序』) ○願爲(원위)구 : 이 구는 혼란하고 비참한 상황이어서 나라를 위해 일하기가 어렵다는 뜻. ○子(자): 전사자를 가리키며 다음의 ‘양신’(良臣)과 동격이다. ‘양신’은 나라를 위해 싸우다 죽은 장병들. ○暮(모): ‘莫’으로 된 판본도 있는데 ‘莫不’을 ‘無不’로 풀어 “저녁에 돌아오지 않는 사람이 없다”로 하였다. 그러나 ‘莫’은 ‘暮’의 본자(本字)로 볼 때 전사자들에 대한 시인의 애도가 더욱 잘 드러난다.

죽은 사람의 어투를 빌어 전쟁으로 일어난 참상을 그렸다. 현존하는 서한과 동한 시대 황제들의 조서詔書를 보면 병역을 수행하다 죽은 병사들의 시체가 들판에 널려 있으니 이를 묻어주라는 내용이 많다. 이 시는 당시 이러한 사회 현상에서 나온 것으로 보인다. 오늘날의 관점에서 보면 시에 반전反戰 정서가 상당히 농후하다. 시의 정조는 무척 비장

하고 침통하지만 까마귀와 대화하는 부분은 희극적인 요소가 있어 독
특한 작풍을 열었다. 잡언체<sup>雜言體</sup>로 한대 '요가 십팔곡'<sup>鐃歌18曲</sup> 가운데
제6곡이다. 「그리운 사람」<sup>有所思</sup>, 「하늘이시여」<sup>上邪</sup>와 함께 대개 서한<sup>西</sup>
<sup>漢</sup>의 작품으로 보며, 제목은 후인<sup>後人</sup>이 첫 구를 따서 붙였다. 위진남북
조 이래 이 시를 모방한 작품이 많은데 그중 이백<sup>李白</sup>의 시가 유명하다.


# 무산은 높아
# 巫山高

| | |
|---|---|
| 巫山高, | 무산은 높아 |
| 高以大. | 높고도 드넓어라 |
| 淮水深, | 회수는 깊어 |
| 難以逝. | 건너기 어려워라 |
| 我欲東歸, | 동쪽으로 돌아가고 싶으나 |
| 害梁不爲. | 어찌하여 가지 못하나 |
| 我集無高曳, | 건너려 하나 노와 삿대가 없으니 |
| 水何梁. | 강물을 어찌 할 것인가 |
| 湯湯回回, | 출렁출렁 흐르고 휘이휘이 휘돌아 |
| 臨水遠望. | 물가에서 멀리 고향 쪽을 바라보네 |
| 泣下沾衣, | 눈물이 흘러 옷을 적시니 |
| 遠道之人心思歸. | 나그네 마음 돌아가고파 |
| 謂之何? | 이를 어이 할까 |


○巫山(무산): 중경시(重慶市) 무산현(巫山縣) 동쪽과 호북성 파동현(巴東縣) 서쪽 사이
에 위치하는 산. 양자강 중류에 걸쳐 있으며, 중경시와 호남성의 경계를 이룬다. 산 모

양이 '巫'자와 같아서 이름 붙여졌다. ○淮水(회수): 하남성 동백산(桐柏山)에서 발원하여 안휘성과 강소성을 지나 황해로 흘러드는 강. ○害(해): '曷'과 같다. 어찌. ○梁(량): 음악의 박자를 맞추기 위해 적은 글자. 아래의 '水何梁'의 '梁'도 같다. '害不爲'는 "어찌 그리 하지 못하는가"라는 뜻. ○集(집): 녹흠립(逯欽立)은 '濟'로 풀이하였다. 건너다. 어떤 학자는 "객지에 머물며 돌아가지 못하다"는 뜻으로 풀이하였다. ○高曳(고예): 녹흠립(逯欽立)은 '篙枻'(고설)이라고 풀이하였다. 삿대와 노. ○湯湯(상상): 물이 세찬 모양. ○回回(회회): 물이 휘돌아가는 모양. ○謂之何(위지하): 어찌 할까.

한대 '요가 십팔곡' 가운데 제7곡이다. 나그네가 고향을 생각하며 지은 시이다. 아마도 행역行役을 나간 사람의 어투로 보인다. 서쪽에 있는 무산에서 동쪽에 있는 회수를 바라보며 돌아가려 하나, 산은 높고 물은 깊어 갈 수가 없다. 강물에 대한 묘사는 회수에 대한 것이지만, 무산을 끼고 있는 무협巫峽의 험난함을 함께 환기하고 있다. 경우에 따라서는 이들 지명은 실명이 아니라 자신의 고향에 돌아가기 어려움을 나타내는 가정된 지명일 수도 있다.


# 그리운 사람
# 有所思

| | |
|---|---|
| 有所思, | 그리운 사람은 |
| 乃在大海南. | 머나먼 바다의 남쪽에 계시네 |
| 何用問遺君? | 무엇을 보내어 내 마음 보일까 |
| 雙珠瑇瑁簪. | 쌍구슬 달린 대모 장식의 비녀 |
| 用玉紹繚之. | 게다가 옥으로 둘러감아 보내려했네 |
| 聞君有他心, | 그런데 임에게 다른 맘 있단 말 듣고 |
| 拉雜摧燒之. | 꺾어 부수고 태워버렸지 |

| | |
|---|---|
| 摧燒之, | 태워버린 재 가루를 |
| 當風揚其灰. | 바람에 날려 보냈지 |
| 從今以往, | 지금 이후부터는 |
| 勿復相思! | 다시는 그리워 않으리 |
| 相思與君絶! | 그대 생각 끊어버리리 |
| 鷄鳴狗吠, | 닭 울고 개 짖는 새벽이면 |
| 兄嫂當知之. | 형수도 응당 알게 되리라 |
| [妃呼狶!] | 아아 |
| 秋風肅肅晨風颶, | 가을바람에 짝을 찾는 꿩 울음 |
| 東方須臾高知之. | 동방이 밝아오면 내 마음도 분명해지리 |

○有所思(유소사): 그리운 사람. ○何用(하용): ‘何以’와 같다. 무엇으로써. ○問遺(문유): ‘遺’는 보내다. 안부와 함께 선물을 보내므로 ‘問遺’라 했다. ○瑇瑁(대모): ‘玳瑁’라고도 쓴다. 열대 지방에서 나는 바다거북. 배나 등껍질로 각종 장식용품을 만들어 쓴다. 쌍주대모잠(雙珠瑇瑁簪)은 대모로 만든 비녀 양끝에 구슬을 매단 모습이다. 『속한서』(續漢書)「여복지」(輿服志)에 “비녀는 대모로 빗치개로 하여 길이 한 자인데, 양끝에는 꽃 모양으로 조각하였고 그 아래는 구슬이 있다”(簪以瑇瑁爲擿, 長一尺, 端爲華勝, 下有白珠)는 기록이 있다. ○紹繚(소료): 둘둘 감다. 휘감다. ○他心(타심): 다른 마음. ○拉雜(랍잡): ‘拉’은 부러뜨리다. ‘雜’은 부수다. ○摧燒(최소): 훼손시키고 태우다. ○當風(당풍): 바람을 맞다. ○相思與君絶(상사여군절): 너에 대한 생각은 끊다. ○鷄鳴狗吠(계명구폐), 兄嫂當知之(형수당지지): 이 구절은 여러 가지로 풀이할 수 있다. 1) 닭 울고 개 짖는 새벽이 오면 형과 형수가 알 터이니 빨리 결심하자. 2) 내가 닭 울고 개 짖듯이 소란 피우면 형수도 알 터이니 걱정된다. 3) 그동안 닭 울고 개 짖듯 서로 다정히 사귀었던 일들은 형수가 알고 있을 터이지만 지금의 나의 결심은 분명하다. 형수(兄嫂)는 오빠와 오빠의 아내, 혹은 오빠의 아내를 가리킨다. ○妃呼狶(비호희): 의성어. 아아. 탄식하는 소리. 악부시 중의 ‘妃呼狶’나 ‘伊阿那’는 음악 속의 보충음이다. (徐禎卿『談藝錄』) 그러나 문일다(聞一多)는 악공이 악보 옆에 쓴 주석으로, 가수가 이 부분에서 슬피 우는 소리를 내어야 한다는 표시로 보았다.(『樂府詩箋』) ○肅肅(숙숙): 쏴쏴, 휘이잉. 바람이 스산하게 부는 소리. ○晨風(신풍): 새 이름으로 꿩을 가리킨다. 꿩은 항상 아침

에 울면서 짝을 찾으므로 『시경』에서도 '치명'(雉鳴)으로 짝 찾기를 비유했다. (聞一多 『樂府詩箋』) ○飋(시): 서늘한 바람. 그러나 문일다(聞一多)는 '思'가 와전된 것으로 보아, '신풍시'(晨風飋)는 신풍(晨風)새가 무리를 그리워 우는 것이라 풀이하였다. ○高(고): '皜'와 같은 뜻이다. 밝다. 조금 후 동방이 밝아오면 비로소 내가 어떻게 해야 할지를 알겠다는 뜻이다. 그러나 아직 자신의 심정을 결정하지 못한 채 계속 번민하는 소녀의 심정을 그리고 있다.

이 시는 애정시로, 변절한 남자에 대해 자신의 복잡한 심경을 노래하고 절교를 선언하는 내용의 민가이다. 다정다감한 소녀가 변심한 남자에 대해 원망과 함께 절교의 결심을 나타내지만 결국 결단을 미루는 모습에서 진지하고 깊은 마음을 느낄 수 있다. 그러나 고대의 많은 학자들은 참언을 받은 충신이 오해가 풀리기를 기다리는 내용으로 해석하였다. 『송서』「악지」樂志에 처음 실렸으며 '요가 십팔곡' 중의 제12곡이다.


# 하늘이시여
# 上邪

| | |
|---|---|
| 上邪! | 하늘이시여! |
| 我欲與君相知, | 내 임과 서로 사랑하여 |
| 長命無絶衰. | 영원토록 이별이 없게 하소서 |
| 山無陵, | 산봉우리가 다 닳아 없어지고 |
| 江水爲竭, | 강물이 모두 말라버리고 |
| 冬雷震震, | 겨울에 우레가 우르릉거리고 |
| 夏雨雪, | 여름에 눈이 내리고 |
| 天地合, | 하늘과 땅이 맞붙을 때 |
| 乃敢與君絶! | 내 비로소 임과 헤어지리라 |

○上邪(상야): 하늘이여. '上'은 하늘. '邪'는 '耶'와 같다. 그러나 나근택(羅根澤)은 「그리운 사람」(有所思)의 '妃呼豨'와 같이 일종의 감탄사로 보았다. 여기서는 채택하지 않는다.  ○相知(상지): 서로 알고 사랑하다.  ○命(명): '令', '使'와 같다. '～시키다'  ○陵(릉): 산의 튀어나온 곳. 산봉우리.  ○震震(진진): 우레 소리. 중국의 북방에선 겨울에는 우레가 울리지 않는다.  ○雨(우): 내리다. 동사로 쓰였다. '雨雪'은 곧 '下雪'의 뜻이다.

여인이 사랑하는 사람과의 영원한 사랑을 맹서하는 시이다. 여인은 5가지 불가능한 일을 나열함으로써 반대로 임과 이별하는 일이 결코 없음을 선언하고 있다. 단순한 비유와 직설적인 말투로 진지하고 강렬한 감정을 표현하였다. 그러나 고대의 평론가들은 이를 군주에 충성하는 신하의 마음으로 풀이하는 경우가 많았다. 『송서』 「악지」樂志에 처음 실렸으며 '요가 십팔곡' 중의 제15곡이다.

# 상화가사(相和歌辭)

　상화가相和歌는 한대에 "항간에서 불리던 노래"(街陌謠謳)이다. 다시 말해 민요들이다. 상화相和는 "서로 어울리다"는 뜻으로, 현악기 혹은 관악기와 어우러져 노래한다는 뜻이거나, 악기에 사람의 노래소리가 어우러진다는 뜻으로 알려졌다. 그 가락은 맑고 유연하며 듣기 좋아 사회 여러 계층의 사람들이 좋아하였다. 상화가사相和歌辭는 이들 노래에 붙여진 가사를 말한다. 내용은 주로 사회적인 내용과 풍속을 노래한 것이 많으며, 그밖에 역사적인 사건, 유선遊仙, 남녀의 그리움과 이별, 잠언식의 교훈, 인생에 대한 감회 등이다. 상화가사는 악부시 가운데 작품성이 가장 뛰어나고 가치 있다. 위진남북조 시기에 문인들이 모의한 악부시 가운데서도 이 부류의 시가 가장 많다.

## 강남
## 江南

| | |
|---|---|
| 江南可採蓮, | 강남에선 연밥을 따기 좋아 |
| 蓮葉何田田, | 연잎은 얼마나 수려한가 |
| 魚戲蓮葉間. | 물고기가 연잎들 사이에서 헤엄치네 |
| 魚戲蓮葉東, | 물고기가 연잎의 동쪽에서 헤엄치네 |
| 魚戲蓮葉西, | 물고기가 연잎의 서쪽에서 헤엄치네 |
| 魚戲蓮葉南, | 물고기가 연잎의 남쪽에서 헤엄치네 |

魚戲蓮葉北.　　　물고기가 연잎의 북쪽에서 헤엄치네

○可採蓮(가채련): '可'는 '~하기 좋다', '~할만하다'는 뜻을 넘어서 만족과 즐거움을 표현한다. '蓮'은 연잎(蓮葉), 연꽃(蓮花), 연뿌리(蓮根), 연밥(蓮實)을 통칭하지만, 여기 서는 연의 열매인 연밥을 지칭한다. ○田田(전전): 연잎이 수면 위에 쭉 뻗어 오른 모습. 혹자는 푸르다 혹은 무성하다는 뜻으로 풀이하기도 한다. ○여관영(余冠英)은 동서남북 으로 반복되는 네 구는 노래할 때 화답하는 소리로 보았다. 여러 사람들이 연밥을 따며 흥겨이 노래하는 장면이다.

　이 시는 강남 지역에서 연밥을 딸 때 부르는 노래로, 연꽃과 물고기 의 묘사를 통해 연밥 따는 사람들의 유쾌한 감정을 노래하였다. 『송서』 「악지」樂志에 다음과 같은 설명이 있다. "악장의 가사로 현재 남아있는 것으로는, 모두 한대漢代의 항간에서 불리던 노래인데, 「강남가채련」江 南可采蓮, 「까마귀 새끼 열다섯」烏生十五子, 「백두음」白頭吟 등이 있다."(凡 樂章古辭, 今之存者, 並漢世街陌謠謳, 「江南可采蓮」、「烏生十五子」、 「白頭吟」之屬是也). 즉 위 노래는 한대의 대표적인 민간가요임을 알 수 있다. 민가에서 흔히 구사하는 쌍관어로 해석하면, 魚는 余로, 蓮은 戀으로 풀이할 수 있다. 자연에 대한 순수한 마음이 형식적인 구속을 벗어나 자유롭게 드러나 있다. 고대의 해석 가운데는 이 시가 "홍청망 청 노는 일을 풍자했다"(刺遊蕩)는 관점도 있다.


# 해로
## 薤露

薤上露,　　　　　염교 잎의 이슬
何易晞?　　　　　얼마나 쉽게 마르나?

露晞明朝更復落,　　이슬은 마르면 내일 아침 다시 내리는데
人死一去何時歸?　　사람은 죽어 한 번 가면 언제 다시 돌아오나


○薤露(해로): 염교 위의 이슬. 염교의 곧게 자란 줄기에 얹힌 이슬을 가리킨다. 염교는 백합과의 식물로 마늘과 비슷하며 그 뿌리는 식용한다. 첫 구의 '薤上露'는 『초학기』(初學記), 『문선주』(文選注) 등에서 '薤上朝露'라 되어 있다. ○晞(희): 마르다. ○落(락): 떨어지다. 여기서는 이슬이 잎 위에 맺히다.


　　사람의 생명의 짧음을 풀 위의 이슬에 비유한 노래이다. 이 노래는 일명 '태산음행'泰山吟行으로 일종의 만가挽歌이다. 진대晉代 최표崔豹의 『고금주』古今注는 그 유래에 대해서 한대 초기 제齊의 재상으로 유방劉邦에 대항하던 "전횡(田橫, ?-BC202)이 자살하여 죽자 문인들이 그를 애도하여 이 노래를 지었다"고 하였다. 그러나 『문선』文選에 실린 송옥宋玉의 「초왕의 물음에 대함」對楚王問에 이미 초나라 영郢 사람이 「양아」陽阿, 「해로」薤露를 노래하였다고 되어 있으므로 학자들은 이 노래가 한대 이전부터 있었다고 본다.


# 호리
# 蒿里


蒿里誰家地?　　호리蒿里는 누구의 무덤인가
聚斂魂魄無賢愚.　　모여 있는 혼백들엔 현우賢愚의 구별이 없네
鬼伯一何相催促?　　귀백鬼伯은 어찌 이리도 재촉하는가
人命不得少踟躕!　　목숨은 잠시라도 더 머물 수 없다네


○蒿里(호리): 산동성 태산(泰山) 남쪽에 있는 산. 고대인들은 사람이 죽으면 그 혼백이

태산 아래에 있는 호리산에 간다고 믿었다.  ○聚斂(취렴): 모이다.  ○鬼伯(귀백): 사람
이 죽으면 혼백을 데려간다는 귀졸(鬼卒).  저승사자.  3, 4구는 사람이 죽었을 때 귀졸이
와서 음계(陰界)에 데려가는 상황을 묘사하였다.  ○一何(일하): 얼마나.  어찌 이리도.
○踟躕(지주): 주저하다.  배회하다.  여기서는 머물다.


　　최표崔豹는 『고금주』古今注에서 이 노래 역시 만가挽歌라고 하면서, "무
제 때 이연년李延年이 두 곡으로 나누었는데, 「해로」는 왕공과 귀인의
장송곡이고, 「호리」는 사대부와 서인庶人의 장송곡이다"고 하였다.  소
척비蕭滌非의 『한위육조악부문학사』漢魏六朝樂府文學史에서는 위의 2곡이
동한 때에 이르러서는 만가로 쓰였을 뿐만 아니라 술잔치 결혼식 자리
에서도 쓰였다고 예를 들고 있다.  예컨대 『후한서』 「주거전」周擧傳에
보면, 대장군 양상梁商이 빈객을 불러 낙수洛水 옆에서 잔치를 벌였는데
주거는 병을 핑계로 가지 않았다.  양상은 빈객들과 실컷 마시고 노래
부른 후, 이어서 「해로」를 부르니 좌중의 사람들이 모두 눈물을 흘렸
다.  『풍속통』風俗通에는 결혼식에서도 만가를 불렀다고 기록되어 있다.
한대에는 슬픔에서 아름다움을 찾는 미감이 있었다.


# 닭은 울고
# 鷄鳴

| | |
|---|---|
| 鷄鳴高樹巓, | 닭은 나무 위에서 울고 |
| 狗吠深宮中. | 개는 담장 안에서 짖는데 |
| 蕩子何所之? | 나그네는 어디로 가려는가 |
| 天下方太平. | 천하가 마침 태평한데 |
| 刑法非有貸, | 형법은 관용을 베풀지 않고 |

| | |
|---|---|
| 柔協正亂名. | 명교名教를 해친 자는 벌을 받는다 |
| 黃金爲君門, | 너의 대문을 황금으로 장식하고 |
| 璧玉爲軒闌堂; | 회랑과 난간을 벽옥으로 만들었구나 |
| 上有雙樽酒, | 대청에는 술통들이 벌려 놓고 |
| 作使邯鄲倡. | 한단邯鄲의 가녀歌女들을 부리는구나 |
| 劉玉碧靑甓, | 유씨劉氏 왕들이 청벽돌을 쓰더니 |
| 後出郭門王. | 나중에는 이성異姓 왕들이 이를 따른다 |
| 舍後有方池, | 집 뒤에 있는 큰 연못 |
| 池中雙鴛鴦, | 연못에는 원앙새가 쌍쌍으로 노니는데 |
| 鴛鴦七十二, | 원앙새의 숫자가 일흔 두 마리 |
| 羅列自成行. | 절로 열 지어 다니더라 |
| 鳴聲何啾啾, | 우는 소리가 얼마나 생생한지 |
| 聞我殿東廂. | 내 대청의 동쪽 행랑에서도 들리네 |
| 兄弟四五人, | 형제는 합하여 너댓명 |
| 皆爲侍中郎, | 모두 시중侍中으로 황제의 측근 |
| 五日一時來, | 오일 째 휴일이 되어 함께 집에 오는데 |
| 觀者滿路傍. | 행차를 보려던 구경꾼이 길에 가득하네 |
| 黃金絡馬頭, | 말 머리에 감싸인 황금 고삐는 |
| 頲頲何煌煌! | 번쩍번쩍 휘황한 빛을 발하더라 |
| 桃生露井上, | 우물가에 복숭아나무가 자라고 |
| 李樹生桃傍; | 오얏나무가 복숭아나무 옆에 자라네 |
| 蟲來齧桃根, | 좀 벌레가 복숭아나무 뿌리를 갉아먹자 |
| 李樹代桃殭. | 오얏나무가 대신하여 말라죽었다 |
| 樹木身相代, | 나무들은 대신하여 죽기도 하는데 |
| 兄弟還相忘! | 형제들은 자기만 살려고 남 생각 않더라 |

○宮(궁): 담장. ‘계명’(鷄鳴) 2구에 대하여 황절(黃節)은 천하가 태평스럽다는 표현으로 보면서『노자』(老子) 제80장을 인용하였다. 이상적인 정치는 “나라가 작고 백성이 적으며, …이웃 나라가 가까이 있어, 닭 우는 소리와 개 짖는 소리가 들릴 정도이다.”(小國寡民, …隣國相望, 鷄犬之聲相聞) 도연명의「전원에 돌아와 살며」(歸園田居) 제1수에 나오는 유명한 구절인 “골목 안에서는 개가 짖고, 뽕나무 위에선 닭이 우네”(狗吠深巷中, 鷄鳴桑樹顚)는 이 구절에서 유래하였다. ○蕩子(탕자): ‘遊子’와 같다. 나그네. 고정된 직업 없이 객지를 떠돌며 집에 돌아가지 않는 사람. 도덕적으로 방탕한 사람을 가리키는 오늘날의 ‘탕자’와는 뜻이 다르다. ○貸(대): 베풀다. 관대하게 대하다. ○柔協(유협): 황제가 귀순한 자에게 유화를 베풀다. 즉 복종한 사람을 길들이다. ○正(정): 바르게 고치다. ○亂名(난명): 명교(名敎)를 어지럽히다. ○君(군): 너. 여기서는 앞에 나온 ‘나그네’(蕩子)를 가리킨다. 객지에 나간 나그네가 일시에 세를 얻은 모습이다. ○軒闌(헌란): 회랑과 난간. ○邯鄲(한단): 지금의 하북성 한단시. 전국시대 조(趙)나라 수도인 한단(邯鄲)에서는 미인이 많이 나왔다고 한다. 이사(李斯)도「간축객서」(諫逐客書)에서 조나라 여인은 “아름답고 요염하며 교태가 있다”(佳冶窈窕)고 말했다. ○倡(창): 노래로 먹고사는 사람. ○劉玉(유옥): 사람의 이름으로 보이지만 명확하지 않다. 장옥곡(張玉穀)은 ‘유왕’(劉王)의 잘못된 표기라고 보았다. ○碧靑甓(벽청벽): 청색의 벽돌. 문일다(聞一多)는 유리와(琉璃瓦)라 하였고, 주가징(朱嘉徵)은 왕가에서만 사용하는 벽돌이라고 했다. ○郭門王(곽문왕): 장옥곡(張玉穀)은 당시의 벽돌 제조자로 보았지만, 황절(黃節)은 제후 궁실 바깥의 왕, 곧 유씨(劉氏) 종친이 아닌 다른 성씨의 왕이라 하였다. 황절은 다음과 같이 개괄하였다. “한대 초기에는 중국이 태평하여 닭 울음과 개 짖는 소리가 들리고 풍속이 변하지 않았지만, 나중에는 황금으로 문을 만들고 벽옥으로 난간을 장식하였다. 조금 더 후에는 먼저 유씨 왕들이 사치하고 방종하더니, 이를 이어 종친 아닌 다른 성씨의 왕들이 방종하였다.” 다른 성씨의 왕이란 곧 앞에서 나온 ‘나그네’(蕩子)와 ‘너’(君)로, 갑자기 세력을 얻어 사치해진 자들을 가리킨다. 여기서는 황절의 해석을 따른다. ○方池(방지): 큰 연못. ‘方’에는 ‘크다’는 뜻이 있다. ○舍(사): 집. ‘郭門王’의 집을 가리킨다. ○七十二(칠십이): 일흔 두 마리. 이와 비슷한 묘사가『서경잡기』(西京雜記)에 있다. “곽광은 정원에 큰 연못을 파고 오색의 수련을 심었으며 원앙 36쌍을 길렀는데, 멀리서 보면 비단을 펼친 듯 찬란하였다.”(霍光園中鑿大池, 植五色睡蓮, 養鴛鴦三十六對, 望之爛若披錦) ○啾啾(추추): 구룩구룩. 새들이 우는 소리를 형용한 의성어. ○殿(전): 대청. 고대에는 크고 장엄한 건물을 ‘殿’이라 하였으며, 꼭 왕이 거처하는 곳만을 가리키진 않았다. ○侍中郞(시중랑): 시중(侍中). 황제를 모신다는 뜻으로, 한대의 시중은 황제의 측근에 있어서 영향력을 부릴 수 있었다. ○五日(오일): 한대에는 관리가

5일에 하루 쉬었는데 이를 '휴목'(休沐)이라 하였다.  ○一時(일시): 동시에.  ○黃金(황금): 황금 굴레. 황금으로 장식된 고삐.  ○頲頲(경경): 불이 빛나는 모양.  ○煌煌(황황): 빛나는 모양.  ○露井(노정): 덮개가 없는 우물. 중국 고대에는 우물가에 곧잘 오얏나무나 복숭아나무 등을 심은 사실은, 『맹자』「등문공하」(滕文公下)에 "우물가에 오얏나무가 있었는데 벌레가 그 열매를 반이나 넘게 먹었다"(井上有李, 蟲食實者過半矣)는 말에서 알 수 있다.  ○齧(설): 물다.  ○殭(강): 죽어서 굳어지다. 여기서는 말라죽다. 오얏나무와 복숭아나무의 비유는 형제 중의 한 사람이 법을 어기자 다른 사람이 관련되는 일을 비유하는 듯하다.

　　한대 귀족들의 권세와 사치와 몰락을 풍자한 시이다. 이 시는 크게 3단락으로 나눌 수 있다. 처음 6구의 제1단락은 천하가 태평한 때에 '나그네'가 출세를 했으나 결국 법을 어기고 잡힌다는 내용이다. 제2단락은 '황금위군문'(黃金爲君門)부터 '경경하황황'(頲頲何煌煌)까지 중간 부분으로 '나그네'가 출세한 이후 호화롭고 사치스러운 생활을 영위함을 묘사하였다. 제3단락은 끝 부분의 6구로, 비유의 방식으로 화를 당한 형제들이 서로를 모함하며 자신만 살려고 다투는 추악한 모습을 묘사하였다. 내용이 세 단락으로 뚜렷이 나누어진다는 사실은 당대의 『악부해제』樂府解題에서 제기한 이래, 시의 구성과 의미에 대해 역대로 논의가 많았다. 명대 풍유눌馮惟訥은 내용이 뒤섞여진 착간錯簡으로 앞뒤가 연결되지 않는다고 하였다. 여관영余冠英은 여기에서 더 나아가 전혀 다른 세 작품이 모여져 한 작품이 되었다고 말하였다. 그러나 심덕잠沈德潛은 음악의 가사가 한 작품으로 모여진 결과이지 착간은 아니라고 하였다. 장옥곡張玉穀 역시 한 편의 완정한 시로 보지만 다만 '나그네'를 권계하는 시로 여겼다. 그밖에 명대 당여악唐汝諤은 『고시해』古詩解에서 서한 말기 성제成帝가 외삼촌 왕담王譚, 왕상王商, 왕립王立, 왕근王根, 왕봉王逢을 같은 날에 '후'侯로 봉한 '오후'五侯 사건을 풍자한 것이라 하였다. 그 결과 얼마 후 왕망王莽이 정권을 잡게 되고 서한은 망하게 된다. 주건朱乾, 진항陳沆 등도 이 설에 동의하였다. 그러나 당여악, 주건, 진항 등의 설은 시를 이해하는데 도움은 주지만, 시의 어느 부분에서도 그러한 구체적인 묘사가 없으므로 그대로 받아들이기는 곤란하다. 『송서』「악지」樂志에 처음 실렸다.


## 평릉의 동쪽
## 平陵東

| | |
|---|---|
| 平陵東, 松柏桐, | 평릉의 동쪽은 솔, 측백, 오동나무 우거진 곳 |
| 不知何人劫義公. | 누군지 모를 사람이 의공義公을 잡아갔다 |
| 劫義公, 在高堂下, | 의공을 잡아가 높은 대청 마당에 두었으니 |
| 交錢百萬兩走馬. | 백만 냥에 말 두필을 주어야 풀어준단다 |
| 兩走馬, 亦誠難, | 말 두필 내주기 또한 진실로 어려운데 |
| 顧見追吏心中惻. | 재촉하는 관리 보니 마음속이 비통하다 |
| 心中惻, 血出漉, | 마음속이 비통하니 피가 다 빠져나가는 듯 |
| 歸告我家賣黃犢. | 집에 가 누런 송아지 팔자고 할 수밖에 |

○平陵(평릉): 서한 소제(昭帝, 재위 BC86-74)의 능묘. 지금의 섬서성 함양시 서북에 소재한다. ○松柏桐(송백동): 소나무, 측백나무, 오동나무. 무덤 주위에 심던 나무들이다. ○劫(겁): 붙잡다. 겁탈하다. ○不知何人(부지하인): 누군지 알 수 없는 사람. 아래에 보면 '추리'(追吏)를 파견할 정도이니 아마도 높은 관리로 보인다. ○義公(의공): 좋은 사람. 이는 여관영의 견해로, '요가'(鐃歌)의 「비옹을 생각하다」(思悲翁)에서 '悲翁'과 같은 용법으로 본다. 다른 예를 들어보면, '愚公'이나 '智叟'와 같이 사람의 성격이나 특징을 형용하는 말로 이름을 지칭했다고 본다. 문일다는 '義'는 '我'와 발음이 비슷하다고 하여 '我公'이라고 풀이했다. 그 결과 '우리 어른'이란 뜻이 되므로 곧 고대 주석가들이 적의(翟義)와 관련된 일로 풀이하게 되었다고 했다. 최표(崔豹)나 오긍(吳兢)이 이 시를 적의와 관련지은 것도 '적의'의 '의'(義)를 따서 '의공'(義公)이라 보았기 때문이다. ○高

堂(고당): 높은 대청. 여기서는 시의 해석에 따라 두 가지 경우로 볼 수 있다. 하나는 호족의 저택이다. 호족의 빈객이 의공을 호족의 저택으로 납치하였다. 다른 하나는 관청이다. 관리들이 의공을 관청으로 붙잡아와 대속금을 요구하니 당시 사회상이 어떠했는지 알 수 있다. ○交(교): 바꾸다. ○走馬(주마): 빠른 말. ○惻(측): 비통하다. ○漉(록): 액체를 거르다. 여기서는 모두 흘러나가다. ○犢(독): 송아지.


　　의공義公이 납치당하고 가산을 탕진한 일을 그렸다. 『송서』「악지」樂志에 처음 실렸고, 『악부시집』樂府詩集에선 '상화가사'에 포함시켰다. 진대晉代 최표崔豹의 『고금주』古今注에서는 "「평릉의 동쪽」平陵東은 한대 적의翟義의 문인門人들이 지었다"고 했다. 당대 오긍吳兢도 『악부고제요해』樂府古題要解에서 "적의翟義는 승상 적방진翟方進의 아들로 자는 문중文仲이고 동군 태수東郡太守였다. 왕망王莽이 한을 찬탈하자 병사를 일으켜 살해하려 하였으나 이기지 못하고 해를 당하였다. 문인들이 노래를 지어 그를 슬퍼하였다." 적의翟義에 대해서는 『한서』漢書 권84에 자세하다. 고대에는 최표와 오긍의 말에 따라 이 시를 해석하였다. 그러나 적의의 일은 시의 내용과 일치하지 않으며, 백만 냥에 빠른 말 두필로 적의를 살려주진 않았을 것이다. 문일다聞一多는 "시에서는 사람을 붙잡아 인질로 삼고 그 가족이 재물을 가져오면 풀어주는 일만 말하고 있으니 오늘날의 '납치'와 같은 행위이다"고 했다. 갈효음葛曉音 선생은 한대 사회 상황과 결부하여 의공을 납치한 사람을 두 가지의 경우로 가정하였다. 하나는 당시에는 관리들마저 두려워하는 호족豪族들이 있었는데 그 빈객賓客이 의공을 호족의 집에 데려가 협박한 경우이다. 다른 하나는 관리들이 의공을 관가로 붙잡아가 대속금에 해당하는 '의전'義錢을 요구한 경우이다. 두 가지 모두 풀이가 가능하다. 오늘날 학자들은 관리들이 의공을 인질로 붙잡고 재물을 약탈하는 일로 해석하는 경우가 많다.

# 길가의 뽕
# 陌上桑

| | |
|---|---|
| 日出東南隅, | 둥그런 해가 동쪽에서 떠올라 |
| 照我秦氏樓. | 우리 진씨네 집을 훤히 비추는구나 |
| 秦氏有好女, | 진씨 댁에 참한 딸 있으니 |
| 自名爲羅敷. | 본명은 바로 나부羅敷라 하네 |
| 羅敷喜蠶桑, | 뽕잎 따기와 누에치기 좋아하는 나부는 |
| 採桑城南隅. | 성 남쪽으로 뽕잎 따러 갔네 |
| 青絲爲籠系, | 파란 실로 만든 바구니 끈에 |
| 桂枝爲籠鉤. | 계수나무로 만든 바구니 고리 |
| 頭上倭墮髻, | 기울어진 타마墮馬형 쪽머리에 |
| 耳中明月珠. | 귀에는 명월주가 달랑이네 |
| 緗綺爲下裙, | 담황색 능라로 만든 치마에 |
| 紫綺爲上襦. | 자주색 능견으로 만든 저고리 |
| 行者見羅敷, | 길 가던 사람들은 나부를 보느라고 |
| 下擔捋髭鬚. | 담가를 내려놓은 채 수염을 쓰다듬고 |
| 少年見羅敷, | 젊은이는 나부를 보고는 저도 모르게 |
| 脫帽著帩頭. | 모자 벗고 두건을 고쳐 쓰네 |
| 耕者忘其犁, | 밭 갈던 사람은 쟁기질을 잊고 |
| 鋤者忘其鋤. | 김매던 사람은 호미질을 잊었네 |
| 來歸相怨怒, | 집에 돌아온 사람들 서로를 원망하네 |
| 但坐觀羅敷. 一解 | 나부만 바라보다 일 못하였다고 |

○隅(우): 쪽. 방향이라는 뜻. ○我(아): 작시자의 자칭. 이 시의 첫 두 구 "日出東南隅, 照我秦氏樓"는 노래하는 사람이 청중에게 알려주는 머리말이다. 가창자는 여기에서 제1

인칭으로 자신을 드러내지만 이후 본문에서는 제3인칭으로 객관자의 입장에서 나부의 이야기를 서술한다. 아(我)는 곧 '우리들'이란 말로 나부를 지칭하는 게 아니라 가창자를 가리킨다. (李翔 설) ○自名(자명): 본명 (聞一多 설) ○羅敷(나부): 고대에 미녀의 이름으로 흔히 쓰인다. 진(秦)도 미녀의 성으로 곧잘 쓰인다. 「초중경의 아내」(焦仲卿妻)에도 "동쪽 이웃에 어진 처자 있으니, 이름이 진나부(秦羅敷)요"(東家有賢女, 自名秦羅敷)라 했고, 좌연년(左延年)의 「진여휴행」(秦女休行)에도 "진씨에 예쁜 딸 있으니, 이름이 여휴(女休)라네"(秦氏有好女, 自名爲女休)라 했다. 시의 주인공 이름이 흔한 이름을 사용한 점에서 이 이야기는 허구일 수도 있다. ○蠶桑(잠상): 동사로 쓰였다. 양잠하기와 뽕잎 따기. ○系(계): 바구니에 달린 끈. ○鉤(구): 바구니 위에 붙은 고리. ○倭墮(왜타): 비스듬한. 기우뚱한. 왜타계(倭墮髻)는 곧 말이 떨어지는 모양의 타래머리라 하여 타마계(墮馬髻)라고도 한다. 후한 때 양기(梁冀)의 처가 머리를 한쪽으로 쏠리게 한 이런 모양을 하자 낙양의 여인들이 모두 따라하여 유행하였다고 한다. ○明月珠(명월주): 로마에서 전래된 구슬. 『석명』(釋名) 「석수식」(釋首飾)에 "귀에 걸친 구슬을 당(璫)이라 한다." '耳中明月珠'은 명월주로 한 귀엣고리를 말한다. ○緗綺(상기): '緗'은 담황색. '綺'는 세밀한 꽃무늬가 있는 능라. ○襦(유): 짧은 저고리. 이상 6구에서는 나부가 지닌 기물과 옷의 화려함으로 그 미모의 아름다움을 표현하고 있다. 이는 민간 가요에서 흔히 사용하는 수법이다. ○下擔(하담): 담가(擔架)를 내려놓다. ○捋(날): 쓰다듬다. ○髭鬚(자수): 중국어에선 수염의 부위에 따라 다른 글자를 쓴다. '髭'는 입 주위의 수염. '鬚'는 턱 주위의 수염. ○帩頭(초두): '綃頭'라고도 쓴다. 생사로 만든 두건. 한대 사람들은 두건으로 머리를 싼 후 그 위에 관을 썼다. 청년은 나부의 미모에 끌려 자기도 모르게 모자를 벗고 두건을 바로 고쳤다. ○來歸相怨怒(래귀상원노): 돌아와 서로 원망하다. 문인담(聞人倓)은 나부만 바라보다 일을 못하였기에 원망했다고 풀이했고, 심덕잠(沈德潛)과 진조명(陳祚明)은 예쁜 나부에 비교하여 자신의 아내의 못남을 원망하였다고 보았다. ○坐(좌): '因'과 같다. 때문에.


| | |
|---|---|
| 使君從南來, | 태수의 수레가 남쪽에서 오더니 |
| 五馬立踟躕. | 다섯 마리 말이 길 위에 멈추었네 |
| 使君遣吏往, | 태수는 관리를 보내면서 말했다네 |
| 問是"誰家姝?" | "누구 집의 딸인데 저리 예쁜가?" |
| "秦氏有好女, | "진씨 댁의 예쁜 딸인데 |

| | |
|---|---|
| 自名爲羅敷." | 본명은 나부羅敷라 하옵니다" |
| "羅敷年幾何?" | "나부의 나이는 몇이라 하던가?" |
| "二十尙不足, | "스물은 아직 안 되었고 |
| 十五頗有餘." | 열다섯은 좀 넘었사옵니다" |
| "使君謝羅敷: | "태수께서 자네 나부에게 하문하셨네 |
| 寧可共載不?" | 함께 수레를 타고 가지 않겠느냐고" |
| 羅敷前置辭: | 나부가 직접 앞에 나가 대답하였네 |
| "使君一何愚! | "태수께선 어찌 그리도 어리석으십니까 |
| 使君自有婦, | 태수께서 부인이 있으시듯 |
| 羅敷自有夫!"二解 | 나부에게도 남편이 있사옵니다" |

○使君(사군): 한대의 지방 최고 행정관인 태수(太守) 혹은 자사(刺史)로, 전국시대의 제후(諸侯)에 해당한다. 여러 가지 이칭이 있는데 군(君), 장(將), 명부(明府), 사군(使君) 등이다. 사군(使君)은 『후한서』(後漢書)에 처음 나오므로 이 시는 동한 때 쓰여진 것으로 보인다. ○五馬(오마): 태수가 타고 있던 5마리 말.『송서』(宋書)「예지」(禮志)의 주석에는 "천자는 6마리, 제후는 5마리, 경은 4마리, 대부는 3마리, 사(士)는 2마리, 보통사람(庶人)은 1마리를 끈다"고 기록하였다. ○立(입): 멈추다. ○姝(주): 예쁘다. 여자의 미모를 가리킨다. ○秦氏(진씨)구: 이 두 구는 관리가 태수에게 하는 말이다. ○謝(사): 묻다. 고하다. ○寧可(영가): '豈可'. '其可'. 어찌 ~하지 않겠는가. ○載(재): 여기서는 수레에 타다는 뜻. ○置辭(치사): '致辭'와 같다. 대답하다. ○一何(일하): '何其'. 어떻게 이리도. 얼마나.

| | |
|---|---|
| "東方千餘騎, | "동방에는 말 탄 사람 천여 명 있는데 |
| 夫壻居上頭. | 그중에서 제일 앞의 사람이 내 남편이라오 |
| 何用識夫壻? | 어떻게 남편인줄 알아보느냐구요? |
| 白馬從驪駒; | 백마 탄 사람 뒤로 검은 망아지가 뒤따르지요 |
| 靑絲繫馬尾, | 말꼬리는 푸른 줄로 묶었고 |

黃金絡馬頭;　　　고삐는 황금 장식이 번쩍이지요

腰中鹿盧劍,　　　허리에 찬 환도 장식의 검은

可値千萬餘.　　　값이 천만 냥이나 되지요

十五府小史,　　　열다섯에 부중府中의 소사小史가 되었고

二十朝大夫,　　　스물에 조정의 대부가 되었오

三十侍中郎,　　　서른에 시중侍中이 되었고

四十專城居.　　　마흔에 태수太守가 되었다오

爲人潔白晳,　　　그 사람 얼굴은 하얗고

鬑鬑頗有鬚.　　　수염은 멋들어지게 긴 모습이라오

盈盈公府步,　　　삼공三公의 관아에서는 단정하게 거닐고

冉冉府中趨.　　　태수의 관아에선 예의 있게 걸어요

坐中數千人,　　　수 천 명의 관원이 모일 때

皆言夫壻殊."三解　모든 사람들이 내 남편이 제일이라 하지요"

○東方(동방): 동방. 남편이 관리로 있는 곳. ○千餘騎(천여기): 천여 마리의 말. 여기서
는 남편을 뒤따르는 말 위에 탄, 천여 명의 사람들.  ○何用(하용): '何以'. 무엇으로써.
○識(식): 알다. 판별하다.  ○驪(려): 검은 말.  ○駒(구): 망아지. 2살 된 말을 가리킨다.
○鹿盧(녹로): '轆轤'와 같다. 우물물을 기를 때 쓰이는 도르래. 장검의 손잡이 끝을 끈
으로 두른 모양이 도르래 같다는 뜻.  ○小史(소사): 하급 관리. '小吏'라 쓴 판본도 있다.
○朝大夫(조대부): 조정의 대부(大夫). 한대에는 태중대부(太中大夫), 중대부(中大夫),
간대부(諫大夫) 등의 관직이 있었다.  ○侍中郎(시중랑): 시중(侍中). 천자를 가까이에서
보필하는 낭관(郎官).  ○專城居(전성거): 한 성의 주인으로, 곧 주목(州牧)이나 태수를
말한다.  ○白晳(백석): '晳' 역시 '白'의 뜻이다. 피부색이 하얗다.  ○鬑鬑(염렴): 수염이
긴 모양.  ○盈盈(영영): 느리게 걷는 모양. 단정함을 표시한다.  ○公府(공부): 관부(官
府). 삼공(三公)의 관아.  ○府中(부중): 한대에는 군(郡)의 관아나 태수의 관아를 부(府)
라 하였고, 태수를 부군(府君)이라 하였다. 부중(府中)은 태수가 거하는 곳이다.  ○趨
(추): 종종걸음 치다. 보폭을 짧게 하여 빨리 걷는 걸음.  ○殊(수): 특수하다. 뛰어나다.
제3장은 나부가 남편의 뛰어난 모습을 묘사함으로써 태수의 유혹을 거절하는 장면이
다. 남편의 모습에 비추어 보면 나부는 나이 든 고관의 부인이어야 하지만, 뽕잎을 따는

일을 하고 나이가 너무 어리다는 점에서 어울리지 않는다. 그러므로 나부에게는 원래 남편이 있었다기보다는 태수의 유혹을 물리치기 위해 가설과 가정을 행한 것으로 보아야 할 것이다. (蕭滌非 설)

이 악부시는 한대에 지어진 일종의 민간의 서사시로, 태수가 뽕을 따는 나부羅敷를 유혹했으나 거절당하는 내용이다. 처음『송서』宋書「악지」樂志에「염가나부행」豔歌羅敷行이라는 제목으로 기록되면서 원주原注가 붙어있다. "3해(解: 단락, 즉 章)이다. 앞에는 염사곡(豔詞曲: 전주곡)이 있고 뒤에는 추(趨: 尾聲)가 있다."『옥대신영』에는「일출동남우행」日出東南隅行,『악부시집』에는「길가의 뽕」陌上桑이란 제목으로 실려있다. 최표崔豹의『고금주』古今注에는 이 노래와 관련된 이야기를 다음과 같이 적고 있다. "「길가의 뽕」은 진씨秦氏의 딸이 지었다. 진씨는 한단邯鄲 사람으로 나부羅敷라는 딸이 있었다. 나부는 읍의 천승千乘 집안의 왕인王仁의 처였다. 왕인은 나중에 조왕趙王이라는 사람의 집안 총무를 맡게 되었다. 나부가 길가에서 뽕을 따러 나갔을 때 조왕이 누대에서 이를 보고 좋아하여 술을 차려놓고 유혹하였다. 나부는 쟁箏을 연주하면서「길가의 뽕」을 지어 자신의 뜻을 밝히니 조왕이 마음을 거두었다." 당대 정초鄭樵나 송대 주희朱熹 등은 이 시의 내용이「추호행」秋胡行과 비슷하다는 점에서 시 속의 '사군'使君과 나부의 남편은 동일 사람일 것으로 보았다.

# 장가행
# 長歌行

| | |
|---|---|
| 靑靑園中葵, | 푸르디푸른 정원의 규채葵菜 |
| 朝露待日晞. | 아침 해에 이슬이 말랐네 |

| 陽春布德澤, | 따뜻한 봄이 덕택德澤을 베푸니 |
| 萬物生光輝. | 만물은 광휘光輝를 발한다 |
| 常恐秋節至, | 언제나 두려운 건 가을이 다가와 |
| 焜黃華葉衰. | 꽃과 잎이 바싹 말라 떨어지는 일 |
| 百川東到海, | 모든 강이 동으로 바다에 흘러들면 |
| 何時復西歸? | 언제 다시 서쪽으로 되돌아오리? |
| 少壯不努力, | 젊어서 힘써 노력하지 않으면 |
| 老大徒傷悲! | 늙어지면 부질없이 슬퍼하게 되나니 |

○葵(규): '규채'(葵菜) 혹은 '동규'(冬葵)라고도 한다. 한국의 접시꽃과 유사하다. 잎은 먹을 수 있다. 육기(陸機)의 「정원의 규채」(園葵)와 포조(鮑照)의 「원규부」(園葵賦)는 이 식물을 소재로 한 작품들이다. ○朝露(조로): 아침 이슬. ○晞(희): 마르다. 특히 햇빛에 마르는 걸 의미한다. 한대에는 인생을 아침 이슬에 비유한 시가 많다. ○陽春(양춘): 따뜻한 봄. ○布(포): 주다. 보시하다. ○德澤(덕택): 은혜. 은덕. 여기서는 봄날의 햇빛과 비. ○光輝(광휘): 태양이 만물 위에 비치는 빛. 여기서는 생명력을 가리킨다. ○焜黃(곤황): 식물이 빠삭 마른 모습. ○華(화): '花'와 같다. 꽃. ○東到(동도): 동으로 가다. 중국은 서고동저(西高東低)의 지형이므로 황하와 양자강 등 주요한 강이 모두 동쪽으로 흐른다. ○徒(도): 헛되이. 부질없이.

  이 시는 정원의 싱싱한 규채로부터 일체의 초목의 성장과 쇄락을 연상하고, 시간은 강물처럼 한 번 가면 다시 오지 않으니 젊어서 시간을 아껴 노력하라는 뜻을 전하고 있다. 오긍吳兢은 "부귀영화는 오래 가지 않으니 응당 힘써 놀아야 하며, 늙어지면 놀 수 없으므로 슬퍼진다"고 부정적인 각도에서 주제를 파악하였다.

  이 시는 『문선』에 처음 보인다. 「장가행」長歌行은 악부樂府의 곡조로 『악부시집』에는 '상화가'相和歌 중의 '평조곡'平調曲으로 분류되어 있다. 최표崔豹는 『고금주』古今注에서 "'장가'와 '단가'는 사람의 수명이 길고 짧음을 말한 것으로, 이미 정해져있는 천분이므로 망령되이 구할 수 없다"고 했다. 이선李善은 이에 대해 반박하여 "고시古詩에 '장가長歌가 마침 격렬할 때'(長歌正激烈)가 있고, 조비曹丕의 「연가행」燕歌行에 '단가短歌를 가늘게 읊조리니 높아질 수 없다'(短歌微吟不能長)라는 구가 있고, 부현傳玄의 「염가행」豔歌行에 '불러보니 장가에 단가를 이어'(咄來長歌續短歌)라는 구가 있다. 노래의 소리에 길고 짧음이 있지 수명을 말한 것이 아니다"고 했다. 이에 따라 '장가'와 '단가'는 노래 소리의 장단으로 보아야 할 것이다. 여관영은 장가는 강개하고 격렬하고(慷慨激烈) 단가는 가늘고 낮다(微吟低徊)고 하였다. 이 시의 주제는 상당히 강력하고 전형적이어서 육기陸機, 사령운謝靈運, 왕창령王昌齡, 이백李白 등 많은 시인들이 같은 제목과 주제로 시를 지었다.


## 상봉의 노래
## 相逢行

| | |
|---|---|
| 相逢狹路間, | 두 수레가 좁은 길에서 만났으니 |
| 道隘不容車. | 길이 좁아 수레를 비키지 못하더라 |
| 不知何年少, | 어디에 사는지 모를 한 소년이 |
| 夾轂問君家. | 두 수레 사이에서 주인 집이 어디냐고 묻더라 |
| 君家誠易知, | 주인 집은 정말로 알기 쉽고 |
| 易知復難忘. | 알기 쉬울뿐더러 외우기도 쉽다네 |
| 黃金爲君門, | 주인집 대문은 황금으로 장식되고 |
| 白玉爲君堂. | 주인집 대청은 백옥으로 만들었지 |
| 堂上置樽酒, | 대청에는 술통이 올려져 있고 |

作使邯鄲倡.　　　　한단邯鄲의 가녀歌女들이 시중들지
中庭生桂樹,　　　　정원에는 계수나무가 자라고
華鐙何煌煌!　　　　대청에는 화려한 등이 불 밝혔지
兄弟兩三人,　　　　형제 세 명 가운데
中子爲侍郞.　　　　가운데 아들이 시랑侍郞인데
五日一來歸,　　　　닷새에 한 번 휴일에 집에 올 때면
道上自生光,　　　　길가가 절로 빛이 나 훤해졌지
黃金絡馬頭,　　　　말 머리에 둘러진 황금 고삐에
觀者盈道傍.　　　　행차를 보려던 구경꾼이 길가에 가득해
入門時左顧,　　　　문에 들어서 좌우를 들러보면
但見雙鴛鴦,　　　　쌍쌍이 노니는 원앙새만 보인다네
鴛鴦七十二,　　　　원앙새의 숫자는 일흔 두 마리
羅列自成行.　　　　절로 열 지어 다니네
音聲何噰噰,　　　　어디서 꾸악꾸악 우는 아름다운 소리
鶴鳴東西廂.　　　　알고 보니 동서 행랑에는 학이 있구나
大婦織綺羅;　　　　맏며느리는 비단을 짜고 있고
中婦織流黃;　　　　둘째 며느리는 명주를 짜고 있네
小婦無所爲,　　　　막내며느리는 하는 일이 없이
挾瑟上高堂:　　　　거문고를 들고 대청에 올라가네
"丈人且安坐,　　　　"아버님 잠시 편히 앉으세요
調絲方未央!"　　　　연주가 아직 끝나지 않았어요"


○轂(곡): 바퀴의 가운데 부분인 바퀴통. ○不知何年少(부지하년소): 어디에 사는지 모르는 한 소년. 누군지 모를 소년. ○華鐙(화등): '華燈'과 같다. 화려하게 조각 장식이 된 등. '등'(鐙)은 정(錠)이라는 기구 속에 들어간 촛불을 말한다. ○中子(중자): '仲子'와 같다. 두 번째 아들. ○侍郞(시랑): 한대의 관직으로 주로 문서를 기초하였다. 상서(尙書) 아래에 육조(六曹)가 있었는데 각 조에 6명의 시랑이 있었다. ○生光(생광): 우리말

의 '광채가 나다', '훤하다'는 뜻. ○左顧(좌고): 왼쪽을 돌아보다. 여기서는 왼쪽과 오른쪽을 이리저리 돌아보다. ○噰噰(옹옹): 새들이 조화롭게 우는 소리. ○綺羅(기라): 고급 비단. '綺'는 무늬가 있는 가늘고 고운 비단. '羅'는 '綺'보다 더욱 고운 비단. ○流黃(유황): 여러 가지 색이 섞여있는 명주. ○丈人(장인): 어른. 여기서는 시아버지. ○方未央(방미앙): 아직 끝나지 않다. 문일다(聞一多)는 『옥대신영』과 『안씨가훈』(顔氏家訓) 등을 참고하여 한대의 상용어인 '미거앙'(未遽央)이라 해야 옳다고 했다. 뜻은 같다. 『안씨가훈』에서는 고대에 며느리가 시아버지를 조석으로 봉양하는 것이 자식들과 다름없었다며 말 2구를 인용하고 있다. 며느리들의 일하는 모습과 연주는 부호들의 호사스러운 생활을 말해준다.

　　이 시는 『옥대신영』에 「상봉의 노래」相逢行라는 제목으로 처음 실렸다. 곽무천郭茂倩은 『악부시집』에서 '상화가사'에 포함시키면서 "일명 「좁은 길에서의 상봉의 노래」相逢狹路間行 또는 「장안 비낀 골목의 노래」長安有狹斜行이다"고 했다. 곽무천은 또 『악부해제』를 인용하면서, 시의 "의미는 「닭은 울고」鷄鳴와 같다"고 했다. 그러나 이 노래는 풍자와 권계의 색채가 없고 반대로 송축의 의미만 있다. 진조명陳祚明은 "축송祝頌의 뜻이 있다"고 했으며, 여관영도 "이 시는 부호들이 누리는 여러 가지 향락을 극력 묘사함으로써 부호를 즐겁게 하는 노래인 듯하다"고 했다. 바른 의견이다.


# 선재행
# 善哉行

| | |
|---|---|
| 來日大難, | 내일에는 고난이 많으니 |
| 口燥脣乾. | 입이 타고 입술이 마르나니 |
| 今日相樂, | 오늘을 서로 즐기고 |

皆當喜歡.一解　　　모두 응당 기뻐할지라

經歷名山,　　　명산을 둘러보면
芝草翩翩.　　　지초芝草가 나부끼고
仙人王喬,　　　신선 왕자교王子喬가
奉藥一丸.二解　　　선약 한 알을 바친다오

自惜袖短,　　　소매가 짧음이 아쉬워
內手知寒.　　　손을 넣어도 추운데
慚無靈輒,　　　부끄러워라, 영첩靈輒 같은 사람이 되어
以報趙宣.三解　　　조순趙盾에 보답할 수 없음을

月沒參橫,　　　달 지니 삼성參星이 가로눕고
北斗闌干.　　　북두성이 비스듬히 벌려있도다
親交在門,　　　친한 친구가 찾아왔으니
飢不及餐.四解　　　배고파도 먹기를 잊었노라

歡日尚少,　　　기쁜 날은 드물고
戚日苦多.　　　슬픈 날은 많으니
何以忘憂,　　　어떻게 근심을 잊을까
彈箏酒歌.五解　　　쟁을 뜯으며 술 마시고 노래하세

淮南八公,　　　회남왕과 팔공八公이
要道不煩.　　　어렵지 않게 신선이 되었듯이
參駕六龍,　　　육룡을 타고서
遊戲雲端.六解　　　구름 끝에서 놀아보세


○大難(대난): 아주 어렵다.  ○口燥脣乾(구조순건): 입이 타고 입술이 마르다. 조급하고

초조해하는 모양. 『설원』(說苑)에 "목구멍이 마르고 입술이 타다"(乾喉焦脣)란 말이 있다. ○芝草(지초): 전설에 나오는 신령스러운 풀. 선약을 만드는 재료로 쓰인다. ○王喬(왕교): 왕자교(王子喬)라고도 한다. 전설 중의 신선. 원래 『국어』(國語) 「주어」(周語) 등에 의하면 주 영왕(周靈王)의 태자로 이름은 희진(姬晉)이다. 후대에 신선이 되었다는 전설이 만들어졌다. 『열선전』(列仙傳)에 의하면 생황을 잘 불어 봉황의 울음을 내었으며, 낙양 남쪽 이수(伊水)와 낙수(洛水) 유역에서 노닐었다. 도사 부구공(浮丘公)을 따라 숭산(嵩山)에 들어가 삼십여 년을 수련하여 신선이 되었다. 나중에 구씨산(緱氏山) 위에서 백학을 타고 하늘에 올라갔다. ○內(내): '納'과 같다. 손을 소매 속에 넣다. ○靈輒(영첩): 춘추시대 진(晉)나라의 무사. 일찍이 길에서 굶어 죽게 되었을 때 상경(上卿)인 조순(趙盾)의 도움으로 밥을 먹고 어머니까지 보살필 수 있게 되었다. 나중에 무사가 되는데, 진 영공(晉靈公)이 연회에서 복병을 두고 조순을 암살하려 하자 창을 거꾸로 들고 복병을 막아 조순을 구해준다. ○趙宣(조선): '趙宣子'. 조순의 시호(諡號)이다. ○參(삼): 삼성(參星). 이십팔수 가운데 하나이다. 서양의 오리온좌에 해당하며 모두 일곱 개의 별로 이루어져있다. ○闌干(난간): 비스듬하다. 종횡으로 엇갈리다. ○親交(친교): 친한 친구. 「병든 아낙의 노래」(婦病行)에 "길에서 친한 친구를 만나, 흐느껴 울다가 앉고서는 일어날 줄 모르고"(道逢親交, 泣坐不能起)란 말이 있고, 「상류전행」(上留田行)에도 이 말이 있다. 한대의 상용어. ○飢不及餐(기부급찬): 배고파도 먹지 않다. 친구가 찾아오니 이를 반겨 환담하느라 배고픈 줄도 모른다는 뜻. 『태평어람』(太平御覽)에는 이 구가 "잠자고 밥 먹기를 잊어"(忘寢與餐)로 되어 있다. ○戚日(척일): 슬픈 날. ○淮南八公(회남팔공): 한대 회남왕 유안(劉安)의 문객들. 소비(蘇飛), 이상(李尙), 좌오(左吳), 전유(田由), 뇌피(雷被), 모피(毛被), 오피(伍被), 진창(晉昌) 등이다. 유안은 신선술을 좋아하여 이름난 방사(方士)들을 초청하였는데, 이들이 그중 대표적인 사람들이다. 이들은 함께 『회남자』를 지었으며, 회남왕이 모반죄로 주살되자 함께 살해되었다. 나중에 만들어진 전설에 의하면, 원래 이들은 신선들로 인간 세상에 와 회남왕을 만나고 다시 회남왕을 데리고 하늘에 올라갔다고 한다. ○要道(요도): 신선이 되는 중요한 방법.

장옥곡張玉穀은 가난한 서생이 부호의 잔치에 갔다가 느낀 바를 썼다고 했지만, 여관영余冠英은 주인과 손님이 연회에서 주고받는 노래로 보았다. 여관영의 설이 더 적절해 여기 소개한다. 1, 2해解, 곧 章이란 뜻는 주인의 노래로, 손님에게 즐거이 술을 마시고 장수를 권하는 내용이다. 3해解는 손님의 답사로 자신은 가난하여 보답할 길이 없다고 말한다. 4해解는 주인의 말로 새벽이 되도록 손님과 환담하느라 침식을 잊었다는 내용이다. 5, 6해解는 손님의 노래로 주인을 회남왕에 비기면서 장생하길 기원하였다. 요컨대, 사람의 목숨은 길지 않으니 응당 친구와 즐겁게 지내고, 장생술을 익혀 신선처럼 놀기를 바란다는 내용이다. 제목의 '善哉'은 "아름답구나!"는 찬미의 뜻이다. 초기의 유선시遊仙詩로 위魏의 조조曹操, 조비曹丕, 조예曹叡 등이 모의한 작품이 남아있다. 『송서』宋書 「악지」樂志에 처음 보인다.

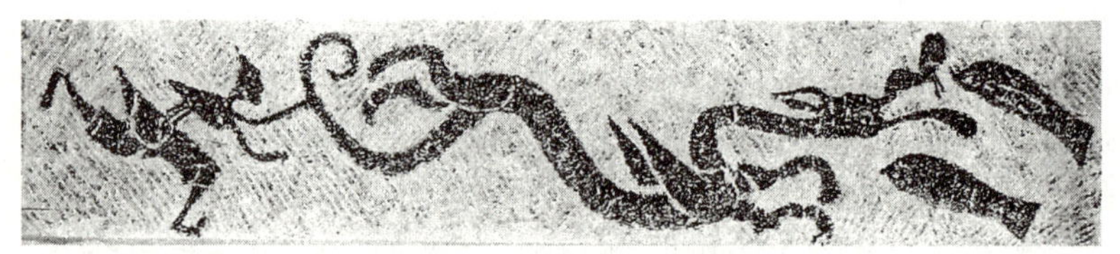

「용의 꼬리를 잡은 신선」. 어깨와 허리에 날개가 달린 신선이 용을 잡고 있고, 용은 물고기를 먹으려 하고 있다. 하남성 방성성궐진(方城成闕鎭) 출토.

# 농서의 노래
# 隴西行

| | |
|---|---|
| 天上何所有? | 하늘에는 무엇이 있는가? |
| 歷歷種白榆. | 하얀 느릅나무가 심겨진 게 똑똑히 보이고 |
| 桂樹夾道生, | 계수나무가 황도黃道 양쪽에서 자라고 |
| 靑龍對道隅. | 청룡이 황도 모퉁이를 마주하고 있다 |
| 鳳凰鳴啾啾, | 봉황이 울며 |
| 一母將九雛. | 아홉 새끼 거닐고 날아간다 |
| 顧視世間人, | 하늘에서 인간 세상을 내려다보니 |

爲樂甚獨殊.  그 즐거움이 무척이나 각별하다.
好婦出迎客,  훌륭한 아낙이 손님을 맞이하니
顔色正敷愉.  얼굴이 참으로 화사하구나
伸腰再拜跪,  두 손 모아 인사하고 다시 무릎을 꿇고
問客平安不.  손님이 평안한지 안부를 묻는다
請客北堂上,  손님더러 북당에 오르라 청하고
坐客氈氍毹.  손님에게 모직 담요에 앉으라 한다
淸白各異樽,  청주와 백주가 술동이에 있는데
酒上玉華疏.  술을 따르니 거품이 흰 꽃처럼 흩어진다
酌酒持與客,  술을 담아 손님에게 드리니
客言主人持.  손님이 오히려 주인에게 먼저 들라 청한다
却略再拜跪,  조금 뒤로 물러나 다시 무릎을 꿇고
然後持一杯.  그런 연후에 한 잔을 받는다
談笑未及竟,  담소가 아직 한창일 때
左顧勅中廚.  아낙은 여기저기 돌아보고 주방에 분부하여
促令辦麤飯,  어서 밥 지으라 이르고
愼莫使稽留.  조심하여 지체하지 마라고 한다
廢禮送客出,  접대가 끝나 손님을 배웅할 땐
盈盈府中趨.  우아하게 종종걸음 친다
送客亦不遠,  손님 배웅도 멀리 나가지 않고
足不過門樞.  대문 밖을 넘지 않는다
取婦得如此,  아내를 얻어도 이와 같다면
齊姜亦不如.  제나라 강씨 여인보다 나으리라
健婦持門戶,  당당한 여인이 집안을 담당하면
亦勝一丈夫.  대장부 한 사람보다 더 나으리라

○歷歷(역력): 역력하다. 뚜렷하다. ○白楡(백유): 느릅나무. 여기서는 백유성(白楡星). 이 시에 나오는 별들은 모두 식물이나 동물로 되어 있어 작가는 이들을 천상에 있는 것으로 상상하여 묘사하고 있다. 작가는 백유성(白楡星)이란 별이름으로부터 하늘에서 느릅나무를 심고 있다고 과장하였다. ○桂樹(계수): 계수나무. 여기서는 별이름. ○道(도): '黃道'를 가리킨다. 태양이 지나가는 길. 작가는 하늘에도 길이 있다고 상상한다. ○靑龍(청룡): 용성(龍星). 봄에 동쪽에 나타나는 각성(角星)과 항성(亢星) 등 일곱 별을 가리킨다. 오행을 천문에 적용했을 때 청룡은 동쪽과 봄에 해당하며 또 청색에 해당하므로 '청룡'이라 하였다. ○鳳凰(봉황): 봉황. 순화성(鶉火星)을 가리킨다. ○啾啾(추추): 봉황이 우는 소리. ○將(장): 이끌다. ○敷愉(부유): 즐거운 모습. 기뻐서 얼굴이 선연한 모습. '敷腴', '怤愉'라 쓰기도 한다. ○伸腰再拜跪(신요재배궤): '伸腰'는 허리를 펴고 두 손을 가슴 앞에 올려 쥐고 상체를 앞으로 약간 숙여 인사하는 것이며, '拜跪'는 허리를 편 채 엉덩이를 들고 무릎을 꿇은 '장궤'(長跪)를 하는 모습이다. 「산에 올라 궁궁이를 뜯고」(上山采蘼蕪) 참조. ○北堂(북당): 여인이 거처하는 집. 보통 정당의 북쪽에 북향을 하고 지어졌다. ○氍毹(구유): 모직 담요. 고대에는 땅바닥에 돗자리 등을 깔고 앉았는데, 모직물은 좋은 편에 속한다. 농서(隴西)는 지금의 감숙성 동부 지방으로 모직물 생산지이다. ○淸白(청백): 청주와 백주. 고대에는 술을 두 종류로 구분하였다. ○華疏(화소): 술을 잔에 담을 때 거품이 일어나는 모습이 꽃이 흩어지듯하다. 여관영은 꽃무늬가 새겨진 자루라 하였다. ○刦略(각략): 약간 뒤로 물러나다. 겸손의 표현이다. ○勅(칙): 임금의 명령. 여기서는 여주인이 종들에게 분부하다. ○中廚(중주): '廚中'과 같다. 부엌. 주방. ○辦麤飯(판추반): 정미하지 않은 쌀로 밥을 준비하다. 「고아의 노래」(孤兒行)에서도 '밥을 준비하다'는 뜻의 '辦飯'이란 말이 나온다. ○稽留(계류): 머무르다. 지체하다. ○廢禮(폐례): 예를 마치다. 손님이 떠난다는 뜻. ○盈盈(영영): 느리게 걷는 모양. 「길가의 뽕」에서도 "삼공(三公)의 관아에서는 단정하게 거닐고, 태수의 관아에선 예의 있게 걸어요"(盈盈公府步, 冉冉府中趨)란 말이 있다. ○門樞(문추): 대문의 지도리. 남편이 외출중이어서 어쩔 수 없이 대신 손님을 배웅하지만, 그래도 집안의 여인으로써 예의를 지키기 위해 대문 밖으로 나가지 않는다. ○齊姜(제강): 제(齊)나라 국왕의 공주. 춘추시대 제나라는 그 시조가 강태공(姜太公)으로, 국왕의 성씨가 강씨(姜氏)였다. 당시 종주국인 주(周)를 비롯하여 제후국들은 제나라 국왕의 딸을 아내로 삼는 경우가 많았다. 그 여인을 '제강'이라 하였는데, 나중에 고귀한 집안의 아름다운 딸을 가리켰다. 『시경』「형문」(衡門)에도 "어찌 우리가 아내를 데려오는데, 꼭 제 나라의 강씨 여인이라야만 하는가?"(豈其取妻, 必齊之姜?)란 말이 있다. ○健婦(건부): 당당한 여인.

집안의 일을 잘 처리하는 '당당한 여인'을 찬미한 시이다. 여인이 손님을 맞이하고, 안부를 묻고, 청하고, 앉게 하고, 술을 따르고, 식사를 준비시키는 등 접대하는 전 과정을 묘사하여, 당시의 생활상을 잘 볼 수 있다. 손님은 아마도 일반적인 손님이 아니라 중요한 신분의 인물로 보이며, 여인의 용모에 대한 묘사는 생략되어 있다. 『옥대신영』에 처음 보인다. 『악부시집』에서는 "일명 「보출하문행」步出夏門行이다"고 하였다. 동시에 「보출하문행」의 '고사'古辭로 제시한 시 말미의 4구는 이 시의 첫 4구와 같다. 이는 악관이 연주하면서 가사를 잘라왔거나 위 시의 가사를 따간 것으로 보인다. 첫머리의 8구는 천상의 별들을 묘사한 것으로 그 다음의 내용과 연관성이 없는 것은 음악의 가사가 지닌 이러한 환경에서 비롯되며, 이러한 현상은 그 밖의 악부가사에서도 종종 나타난다. 그러나 장옥곡張玉穀은 천상의 사물들이 쌍을 이루고 봉황이 새끼들을 데리고 다니는 즐거움으로 여인의 고독을 대비시키고 있다고 말하였다. 혹은 첫머리 8구가 전주곡인 '염사'艷辭에 해당한다고 보는 학자도 있다.


## 보출하문행
## 步出夏門行

| | |
|---|---|
| 邪徑過空廬, | 지름길을 지나 빈 집에 가면 |
| 好人常獨居. | 선량한 사람이 언제나 혼자 산다네 |
| 卒得神仙道, | 마침내 신선의 방도를 얻어 |
| 上與天相扶. | 위로는 하늘과 가까이 하였네. |
| 過謁王父母, | 동왕부東王父와 서왕모西王母를 뵈온 곳은 |
| 乃在太山隅. | 바로 태산泰山의 아래 |

離天四五里,　　　하늘에서 사오리 떨어진 곳의
道逢赤松俱.　　　길에서 적송자赤松子를 만났네
攬轡爲我御,　　　나를 위해 고삐 잡아 수레를 달리고
將吾上天遊.　　　나를 데리고 하늘에 올라가 노닐었네
天上何所有?　　　하늘에는 무엇이 있는가?
歷歷種白楡.　　　하얀 느릅나무가 심어져 있는 게 똑똑히 보이고
桂樹夾道生,　　　계수나무가 황도黃道 양쪽에서 자라고
靑龍對伏趺.　　　청룡이 이에 마주하여 엎드려 있네

○邪徑(사경): 곧지 아니한 길. 보통 길은 동서와 남북 방향으로 나 있는데, 이와 달리 사람들이 다니느라 난 지름길. ○好人(호인): 품행이 단정한 사람. 혹은 선량한 사람. ○卒(졸): 마침내. ○扶(부): 끼다. 따르다. ○王父母(왕부모): 동왕부(東王父)과 서왕모(西王母). 『산해경』(山海經)에서는 괴이한 신으로 표현되나 후대에는 일반적으로 신선의 우두머리로 표현된다. ○太山(태산): 泰山이라고도 쓴다. 오악(五嶽)의 하나로 산동성 태안시에 소재한 산. 고대인은 사람이 죽으면 혼령이 태산으로 돌아간다고 생각하였다. 한대 작품에서 태산은 화산(華山)과 더불어 곧잘 신선세계의 배경으로 등장한다. ○赤松(적송): 적송자(赤松子). 신선 가운데 하나. ○攬轡(람비): 고삐를 잡다. ○御(어): 수레를 몰다. ○伏趺(복부): 발등을 엎드리다. 즉 동물이 엎드린 모습이다.

　　신선술의 추구와 유선遊仙의 즐거움을 묘사한 시이다. 하늘과 가까이 있다거나, 동왕부와 서왕모가 태산에 있다거나, 하늘에서 사오리 떨어져 있다는 등의 구체적인 표현에서 초기 유선시가 지닌 소박한 상상력을 알 수 있다. 별들의 이름으로 밤하늘의 광경을 상상한 점도 천진하다. 말미의 4구는 「농서의 노래」隴西行의 첫머리에도 나타난다. 「보출하문행」의 제목으로 유선시를 쓴 작품으로는 현재 조조曹操와 조예曹叡의 시가 남아있다. 『악부시집』에 '상화가사'로 분류되어 전한다.

## 서문의 노래
## 西門行

| | |
|---|---|
| 出西門, 步念之, | 서문 밖을 나가서, 걸으며 생각하나니 |
| 今日不作樂, | 오늘 즐기지 않는다면 |
| 當待何時? | 응당 어느 때를 기다려야 하겠는가? |
| 逮爲樂, 逮爲樂, | 늦기 전에 즐길지니, 늦기 전에 즐길지니 |
| 當及時. | 응당 때가 가기 전에 즐겨야 하리 |
| 何能愁怫鬱, | 어찌하여 답답하게 근심에 잠기어 |
| 當復待來茲? | 다시 내년이 있다고 기다리는가? |
| 釀美酒, 炙肥牛, | 맛있는 술을 빚고 살찐 고기를 구워 |
| 請呼心所懽, | 좋아하는 사람을 부르면 |
| 可用解憂愁. | 시름에서 벗어날 수 있다네 |
| 人生不滿百, | 사람 백 년도 못 사는데 |
| 常懷千歲憂. | 언제나 천년의 근심을 품고 있네 |
| 晝短苦夜長, | 낮이 짧고 밤이 긴 것이 괴로우니 |
| 何不秉燭遊. | 어찌 촛불을 켜들고 밤새 놀지 않으리오! |
| 遊行去去如雲除, | 장차 구름이 흩어지듯이 사라지나니 |
| 弊車羸馬爲自儲. | 낡은 수레와 야윈 말 있음으로 위안한다네 |

○步念之(보념지): 걸으면서 생각하다. '之'는 아래의 내용을 가리킨다.  ○逮爲樂(체위락): 늦기 전에 즐기다. '逮'는 다음에 나오는 '及時'와 같은 뜻. '시기에 맞추어', '늦기 전에'의 뜻.  ○怫鬱(불울): 화나고 답답하다.  ○來茲(래자): 내년(來年). 즉 장래.  ○炙(자): 굽다. 고대에는 고기를 주로 구워서 먹었다.  ○可用(가용): '加以'와 같다.  ○千歲憂(천세우): 천년 동안의 근심. 천년 동안 사는 사람처럼 많은 고민을 하고 있다는 뜻.  ○晝短苦夜長(주단고야장): '苦晝短夜長'이란 말로 '고'(苦)는 '주단'(晝短)과 '야장'(夜長)을 모두 수식한다. 낮이 짧고 밤이 김을 괴로워하다.  ○秉燭(병촉): 불이 켜진 초를 들

다. ○遊行(유행): 장차. 여관영(余冠英)은 '遊'를 덧붙여진 글자로 보았다. '行'은 장차. ○如雲除(여운제): 마치 구름이 사라지듯이. 사람 목숨의 덧없음을 비유하였다. ○羸馬 (리마): 비루먹은 말. 야윈 말. ○儲(저): 보관하다. 가지고 있다. 말구는 비록 빈곤하지 만 그래도 스스로 위안하며 산다는 뜻이다.

　살아있을 때 즐거움을 누려야한다는 향락주의를 담고 있는 시이다. 『송서』「악지」樂志에 처음 나오는데, 이 시는 한대에 나온 악부의 '본 사'本辭이다. 진대晉代에 연주된 음악의 가사는 6해解로 되어 있으며 이 시의 가사와 약간 다르다. 이 악부시와 '고시십구수' 중의 「사람 살아 백 년을 못 가는데」生年不滿百는 매우 유사한 작품으로 그 영향 관계에 대해 여러 가지 설이 있다. 여관영余冠英은 악부시가 변하여 고시가 되 었다고 했고, 조도형曹道衡은 고시가 변하여 악부시가 되었다고 했다. 여기에 나오는 '촛불을 들고 논다'秉燭遊는 이미지는 후세에 영향이 커서 이백의 「봄밤 도리원의 연회 서문」春夜宴桃李園序에 그대로 인용되었다. "뜬 인생은 꿈과 같으니 즐거움은 얼마나 되나? 옛사람은 촛불을 들고 밤을 놀았다는데 참으로 멋진 일이다."(浮生若夢, 爲歡幾何? 古人秉 燭夜遊, 良有以也)

# 동문의 노래
# 東門行

| | |
|---|---|
| 出東門, 不顧歸; | 동문 밖을 나가 다시는 돌아오지 않으려 했는데 |
| 來入門, 悵欲悲. | 다시 동문을 들어서니 마음속이 비통하다 |
| 盎中無斗米儲, | 뒤주에는 쌀 한 되도 남아있지 않고 |
| 還視架上無懸衣. | 둘러보면 옷걸이에 옷 한 벌도 없구나 |
| 拔劍東門去, | 칼을 들고 동문 밖에 가려는데 |

舍中兒母牽衣啼:　　　집안의 애 엄마가 옷을 붙잡고 흐느낀다
"他家但願富貴,　　　"다른 집은 부귀를 바라지만
賤妾與君共餔糜.　　　저는 당신과 죽만 먹고 살아도 좋답니다
上用倉浪天故,　　　　위로는 푸른 하늘이 있기 때문이요
下當用此黃口兒.　　　아래로는 어린 아이가 있기 때문입니다.
今非!"　　　　　　　　지금 이렇게 해선 안 되어요."
"咄! 行!　　　　　　　"어허! 저리 비켜!
吾去爲遲!　　　　　　　내 지금 떠나도 늦었어!
白髮時下難久居."　　　백발이 때로 떨어지니 이전 날은 오래 가기 힘들어"

○東門(동문): 어느 성인지 알 수 없으나, 작품 속 주인공이 사는 성의 동문을 가리킨다. 여관영(余冠英)은 동문 밖은 불법적인 일을 행하는 장소로 보인다고 하였다. ○顧(고): 생각하다. 고려하다. '願'이라 된 판본도 있다. ○悵(창): 실의에 잠긴 모습. 주인공은 동문 밖에 나갔다가 다시 들어온 것으로 보아 마음의 갈등을 일으키고 있음을 알 수 있다. ○盎(앙): 입은 작고 몸은 큰 동이. 뒤주 동이. ○斗米(두미): 한 되의 쌀. ○還視(환시): 고개 돌려 바라보다. ○架(가): 옷걸이. ○舍中(사중): 집안. ○兒母: 아이의 엄마. 주인공의 아내. 한국어의 '애 엄마'에 해당하는 말이다. ○他家(타가): 다른 집. 다른 집에서는 부귀를 원하기에 요행을 바라는 일도 저지르지만, 나는 부귀를 바라지 않기에 당신과 죽을 먹으며 살기를 바란다. ○餔(포): 먹다. ○糜(미): 죽. ○用(용): 때문에. ○倉浪天(창랑천): '蒼天'. 푸른 하늘. '倉浪'은 푸른색을 의미한다. ○黃口兒(황구아): 어린 아이. ○今非(금비): 지금은 아니다. 오늘의 모험적인 행동은 바르지 않다. 여관영은 이 구가 "今時淸, 不可爲非"였는데 중간에 5자가 탈락된 것으로 보았다. ○咄(돌): 에이! 어허! 꾸짖거나 부르는 소리. ○行(행): 가다. 진조명(陳祚明)은 주인공이 가겠다는 말로 보았으나, 앞에 있는 '咄'자와 연관해서 보면 아내에게 비켜달라는 소리로 봄이 더 타당할 것이다. ○時下(시하): 때때로 떨어지다.


　가난을 견디다 못한 남자가 불법을 저지려하자 그 아내가 말렸으나 듣지 않는 일을 묘사하였다. 하나의 단막극처럼 집안에서 일어나는 부부 사이의 짤막한 대화와 행동을 통하여 그 이면에 놓인 사회배경과 복

잡한 환경을 알려주고 있다. 간결한 묘사와 대화로 두 사람의 개성을
그리고 있으며, 인물 사이의 갈등이 정밀하게 드러난다. 『악부시집』樂
府詩集에 '상화가사'相和歌辭의 '슬조곡'瑟調曲으로 분류되어 있다. 이 작품
은 『송서』「악지」樂志에 처음 나오는데, 4해解로 되어 있으며 가사는 약
간 다르다. "出東門, 不顧歸. 來入門, 悵欲悲. 盎中無斗儲, 還視桁上無
懸衣. 一解 拔劍出門去, 兒女牽衣啼. 他家但願富貴, 賤妾與君共餔糜. 二解
上用倉浪天故, 下爲黃口小兒. 今時淸廉, 難犯敎言, 君復自愛莫爲非. 三解
今時淸廉, 難犯敎言, 君復自愛莫爲非. 行! 吾去爲遲! 平愼行, 望君歸.
四解" 이는 진晉의 궁중에서 연주할 때 사용된 가사로, 주로 "지금이 청
렴한 때"(今時淸廉)라 하며, 또 아내의 만류하는 모습을 강조하였는데,
이는 궁중에서 민중의 반항을 무마하고 교화하려는 의도가 삽입된 것
으로 보인다.


## 병든 아낙의 노래
## 婦病行

| | |
|---|---|
| 婦病連年累歲, | 아낙이 병들어 여러 해가 가도록 낫지 않자 |
| 傳呼丈人前, | 남편더러 가까이 오라하고선 |
| 一言當言; | 한 마디 해야 할 말이 있다고 했다 |
| 未及得言, | 말을 꺼내기도 전에 |
| 不知淚下一何翩翩. | 저도 모르게 눈물이 하염없이 흘러내렸다 |
| "屬累君兩三孤子, | "당신에게 수고스럽게도 아이들을 남겨두니 |
| 莫我兒飢且寒, | 우리 아이들을 굶기거나 춥게 하지 말고 |
| 有過愼莫笪笞, | 잘못이 있어도 부디 매질하지 말아요 |

| 行當折搖, | 조만간 내가 요절하면 |
| 思復念之!" | 내 말을 생각하고 아이들을 아껴주어요" |
| 亂曰: | 난亂: |
| 抱時無衣, | 남편이 아이들을 안으려 하나 옷이 없어 |
| 襦復無裏. | 그것도 안감이 없는 저고리밖에 없어 |
| 閉門塞牖, | 문을 닫고 창문을 막고 |
| 舍孤兒到市. | 아이들을 두고 시장에 간다 |
| 道逢親交, | 길에서 친한 친구를 만나 |
| 泣坐不能起. | 흐느껴 울다가 앉고서는 일어날 줄 모르고 |
| 從乞求與孤買餌. | 아이들에게 줄 개떡을 사달라고 청한다 |
| 對交啼泣, | 친구를 마주하고 소리쳐 우니 |
| 淚不可止. | 눈물을 멈출 수가 없구나 |
| "我欲不傷悲不能已." | "내 슬퍼하지 않을 수 없네 그려" |
| 探懷中錢持授交. | 친구가 품에서 돈을 꺼내 남편에게 준다 |
| 入門見孤兒, | 친구가 문에 들어가 보니 아이들이 |
| 啼索其母抱. | 울면서 엄마 품을 찾고 있다 |
| 徘徊空舍中, | 남편이 빈 집을 배회하니 친구가 말했다 |
| "行復爾耳! | "애들도 엄마처럼 되겠구먼! |
| 棄置勿復道." | 아서라, 더 말하지 말게나" |

○前(전): 동사로 쓰였다. 앞으로 오다. ○丈人(장인): 어른. 여기서는 남편. ○翩翩(편편): 줄줄이. 끊임없이 이어지는 모양. ○屬(촉): '囑'과 같다. 부탁하다. ○累(루): 연루시키다. 누를 끼치다. ○有過(유과): 잘못이 있다. ○笪笞(단태): 매와 곤장. 여기서는 동사로 매질하다. ○折搖(절요): 요절하다. '搖'는 '夭'로 보며, '折搖'는 곧 '夭折'의 뜻이다. 젊어서 죽다. ○思(사): 어조사로 뜻이 없다. ○亂(난): 두 가지 뜻이 있다. 하나는 정리한다는 뜻이다. 이때는 '亂'의 훈을 '어지럽다'와 반대의 의미로 붙인다. 곧 작품을 완성한 다음 작품의 요지를 정리한 것을 '亂'이라 한다. 다른 하나는 음악의 마지막 장을

말한다. 음악이 끝날 때 박자가 빨라지며 리듬이 촉급해지고 여러 음이 한꺼번에 어지럽게 뒤섞이게 되는데 이를 '亂'이라 한다. 여기서는 두 번째 의미로 이후의 내용은 아낙이 죽고 난 다음의 일을 서술하였다. ○無衣(무의): 옷이 없다. 아래구와 연결해 보면 긴 옷이 없다고 보아야 할 것이다. 황절(黃節)은 "무의는 긴 옷이 없고 짧은 옷이 있다는 뜻이며, 짧은 옷마저 안감이 없다는 뜻이다"고 했다. ○襦(유): 저고리. ○舍(사): '捨'와 같다. 두다. 버리다. 남편이 아이를 집안에 두고 시장에 물건을 사러 간다. 이 두 구는 끊어 읽기에 따라 뜻이 달라진다. 황절(黃節)과 소척비(蕭滌非)는 "閉門塞牖舍, 孤兒到市"와 같이 끊어 읽어 '舍'를 '방 혹은 집'으로 보았다. "문을 닫고 집 창문을 막은 다음, 아이들이 시장에 갔다"는 뜻이 된다. 그 이전에 진조명(陳祚明)도 시장에는 큰 애가 갔고, 아래에 나오는 엄마를 찾는 건 작은 애라고 하였다. 그러나 녹흠립(逯欽立)과 여관영(余冠英)은 "閉門塞牖, 舍孤兒到市"라 끊어 읽어 시장에 간 건 남편이라 보았다. 여기서는 후자를 따른다. 그렇게 되면 아래에 나오는 개떡을 사달라고 하는 사람은 남편이 될 것이다. ○親交(친교): 친한 친구. ○從(종): '就'와 같다. 바로. 곧장. ○餌(이): 먹이. 여기서는 아이들이 먹을 개떡 종류. ○與孤(여고): 아이들에게 주다. '孤'는 위에서 나온 '孤兒'. ○我欲(아욕) 구: 이 구를 말한 주체가 누군가에 대해 남편과 친구라는 의견이 각각 있다. 여기서는 친구의 말로 본다. ○行(행): 장차. ○棄置(기치): 그만 두다. 위에서 한 말들 해 보아야 소용없으니 그만 하소연하자. 양한 위진남북조 시에 자주 등장하는 말로 표현할 길 없는 깊은 상심을 나타낸다. '고시십구수'의 「걷고 걸어 또 쉬지 않고 걸어가니」(行行重行行)에서도 "아서라, 더 말하지 않을래요"(棄捐勿復道)란 표현이 있듯이, '기연'(棄捐)이라 하기도 하며 혹은 '거치'(去置)라 하기도 한다. ○勿復道(물부도): 다시 말하지 않다. 깊은 슬픔이나 답답한 마음을 표현할 때 쓰는 말로 양한 위진남북조 시의 끝에 곧잘 사용되며, '막부도'(莫復道), '물중진'(勿重陳), '물부언'(勿復言) 등으로 쓰기도 한다.

병든 아내가 죽은 후 남겨진 남편과 아이들의 비참한 참상을 그린 서사시이다. 그러나 청대 주건朱乾과 장옥곡張玉穀은 아낙이 죽은 후 남편이 아이들을 돌보지 않음을 풍자했다고 했다. 이는 텍스트가 일부 난해한 부분이 있기에 이를 해석하는 관점에 따라 다르게 풀이하였기 때문이다. 주가징朱嘉徵은 "아낙이 죽은 후 아이들이 굶주리자 여러 친구에게 빌러 갔다"고 하여 비교적 적절한 분석을 내렸다. 아이를 잘 돌 보라는 아낙의 유언과 이를 이룰 수 없는 상황을 대조시킴으로써 현실적 비극은 더욱 강조되었다. 민간에서 일어나는 이 같은 참상을 구체적인 사건과 결부하여 그린 시는 이 외에도 여럿 있다. 궁중에서 이러한 음악과 가사를 채록한 것은 지방관들이 백성들을 잘 보살피라는 권계의 뜻이 담겨 있다. 사회 문제를 부각한 한대 악부의 특징이 잘 드러난 시이다. 『악부시집』에 처음 보이는데, '상화가사'로 분류되었다.

## 고아의 노래
## 孤兒行

| | |
|---|---|
| 孤兒生, | 고아가 이 세상에 태어나 |
| 孤子遇生, | 외로운 아이로 불운을 타고났으니 |
| 命獨當苦! | 운명이 특히나 험하였다 |
| 父母在時, | 부모가 살아 있을 땐 |
| 乘堅車, | 좋은 수레를 타고 |
| 駕駟馬. | 말 네 필이 끌었는데 |
| 父母已去, | 부모가 세상을 떠나니 |
| 兄嫂令我行賈. | 형과 형수가 나를 행상보냈다 |
| 南到九江, | 남으로는 구강군九江郡까지 가고 |
| 東到齊與魯. | 동쪽으론 제齊와 노魯지방까지 갔다 |
| 臘月來歸, | 동지섣달에 돌아와 |
| 不敢自言苦. | 고되다는 말도 차마 못한다 |
| 頭多蟣虱, | 머리에는 이와 서캐가 득실거리고 |
| 面目多塵土. | 얼굴에는 먼지투성이 |
| 兄言辦飯, | 형은 밥 지으라 하고 |

| | |
|---|---|
| 嫂言視馬. | 형수는 말을 먹이라 하니 |
| 上高堂, | 대청에 올랐다가 |
| 行取殿下堂, | 다시 급히 대청을 내려가며 |
| 孤兒淚下如雨. | 고아는 눈물을 비처럼 흘린다 |
| 使我朝行汲, | 아침에 나더러 물 길어 오라고 하여 |
| 暮得水來歸. | 저녁에서야 물 길어 돌아왔다 |
| 手爲錯, | 두 손은 얼어 트고 |
| 足下無菲. | 두 발엔 짚신조차 신지 못해 |
| 愴愴履霜, | 비통하게 서리를 밟고 |
| 中多蒺藜; | 납가새 가시가 많은 길을 걸었다 |
| 拔斷蒺藜, | 박힌 납가새 가시를 뽑아내어도 |
| 腸月中愴欲悲. | 장딴지 속에 박혀있어 울고 싶었다 |
| 淚下渫渫, | 눈물이 줄줄 흐르고 |
| 清涕纍纍. | 콧물이 끊이지 않는다 |
| 冬無複襦, | 겨울에는 겹옷이 없고 |
| 夏無單衣. | 여름에는 홑옷마저 없어 |
| 居生不樂, | 살아도 즐겁지 않으니 |
| 不如早去, | 차라리 일치감치 죽어 |
| 下從地下黃泉! | 땅속의 부모를 따름만 못하네! |
| 春氣動, | 온화한 봄기운이 일어나 |
| 草萌芽, | 초목에 싹이 나자 |
| 三月蠶桑, | 삼월에는 뽕잎 따서 누에를 기르고 |
| 六月收瓜. | 유월에는 과일을 거둔다 |
| 將是瓜車, | 이 과일수레를 밀고 |
| 來到還家. | 집으로 돌아가는 중에 |
| 瓜車反覆, | 과일수레가 뒤집어지자 |

| | |
|---|---|
| 助我者少, | 나를 도와주는 사람은 적고 |
| 啗瓜者多. | 과일 먹는 사람은 많다 |
| "願還我蒂, | "과일 꼭지를 돌려줘요 |
| 兄與嫂嚴, | 형과 형수가 엄해서 |
| 獨且急歸, | 바로 급히 돌아가 |
| 當與校計." | 계산해야 하니까요" |
| 亂曰： | 난亂: |
| 里中一何譊譊! | 집에서 욕하는 소리 얼마나 시끄러운가 |
| 願欲寄尺書, | 원컨대 편지를 써서 |
| 將與地下父母, | 지하의 부모에게 보내고 싶어 |
| 兄嫂難與久居! | 형과 형수와는 함께 살기 힘들다고! |

○孤子(고자): '고아'(孤兒)와 같다. ○遇生(우생): 어려운 생활을 만나다. 태어날 때의 생년, 생월, 생일, 생시 등 팔자가 길하지 않음을 의미한다. ○駟馬(사마): 한 수레를 끄는 네 마리 말. ○行賈(행가): 집을 나가 행상하다. 한대에는 상인의 처지가 천하였으며, 행상은 부호의 종들이 담당하였다. ○九江(구강): 한(漢)의 군(郡) 이름. 지금의 안휘성 중부의 수현(壽縣), 합비(合肥), 회남(淮南) 일대이다. ○齊與魯(제여노): 제(齊) 지방과 노(魯) 지방. 지금의 중국 동부인 산동성을 가리킨다. 제와 노는 춘추전국 시대에는 각기 국가였으나, 나중에는 그 국가가 있었던 지역을 가리킨다. 한대에는 제(齊)는 군(郡)으로 지금의 임치시(臨淄市)가 치소였고, 노(魯)는 현(縣)으로 지금의 곡부시(曲阜市)가 치소였다. ○臘月(납월): 음력 십이월. ○蟣虱(기슬): 서캐와 이. ○面目(면목) 구: 여러 판본에는 "面目多塵. 大兄言辦飯, 大嫂言視馬"라 되어 있다. 녹흠립은 '塵'이 압운을 하고 있지 않으므로 구의 끝에 '土'가 들어가야 하는데, 다음 구의 '大兄'의 '大'자는 '土'자가 와전된 것이라 하였다. 또 다음 구의 '嫂'는 앞의 '大兄'에 맞추어 '大'를 붙여 '大嫂'가 되었다고 했다. 녹흠립의 의견에 따라 본문을 바꾸었다. ○辦飯(판반): 밥을 짓다. ○視馬(시마): 말을 돌보다. ○行(행): 다시. ○取(취): '趨'와 같다. 빨리 가다. ○殿下堂(전하당): '殿'은 앞 구의 '高堂'을 말한다. 여기서는 동사로 "대청에 가다"는 뜻으로 쓰여 앞 구를 반복하는 어감을 가진다. '下堂'은 "대청에서 내려오다". 황절은 '殿下堂'을 또 하나의 다른 건물로 보았다. 이 4구는 형과 형수가 서로 일을 시킨 탓에 고아가 급히

이리저리 오가는 모습을 묘사하였다. ○汲(급): 물을 긷다. 아침에 물 길으러 갔다가 저녁에 돌아왔다는 말은 물 긷는 곳이 멀리 있어 아주 힘듦을 말한다. ○錯(착): 여관영(余冠英)은 '皵'(작)의 가차자(假借字)로 보았다. 피부가 얼어 갈라지다. 여기서는 두 손이 트다. ○菲(비): '屝'(비)와 같다. 짚신. ○愴愴(창창): 슬픈 모습. 여관영은 '愴'을 '蹌'의 가차자로 보아, '蹌蹌'을 급히 걷는 모습으로 풀이하였다. "고아가 얼음과 서리 위에서 분망하다"는 뜻. ○蒺藜(질려): 납가새. 땅에 퍼져 덩굴로 자라는 한해살이풀로 그 씨에는 세 모서리가 있어 사람에게 잘 붙어 찌른다. ○腸月(장월): '腸肉'과 같다. 여관영은 '腸'은 '腓腸' 즉 '장딴지'를 의미한다고 풀이하였다. ○渫渫(설설): 물결이 이어진 모습. 여기서는 눈물이 줄줄 흐르는 모양. ○纍纍(류류): 끊이지 않고 계속되는 모양. ○複襦(복유): 겹옷. '複'은 안감이 있는 겹옷을 말하고, '襦'는 웃옷을 말한다. ○下從(하종): 땅속의 부모를 따르다. ○將(장): 잡다. 부축하다. 여기서는 밀다. ○是(시): 이것. ○反覆(반복): 뒤집어지다. ○啗(담): 먹다. ○蒂(체): 과일의 꼭지. 고아는 사람들이 다투어 과일을 먹어버리자 과일의 꼭지만이라도 돌려달라고 한다. 이를 가지고 과일이 적다고 질책하는 형과 형수에게 상황을 설명하기 위해서이다. ○獨且(독차): 장차. '獨'에 '장차'라는 뜻이 있다. '且'는 어조사. ○校計(교계): 따져서 계산하다. ○里中(리중): 집. 사람들이 모여 사는 곳으로 집이나 마당을 가리킨다. ○譊譊(뇨뇨): 시끌시끌. 시끄러운 말소리나 욕하는 소리를 나타내는 의성어. 여관영은 형과 형수가 과일수레가 넘어진 사실을 벌써 알고 마을에서 욕하고 있는 걸 듣자 고아가 무서워 죽고 싶어한다고 해석하였다. ○尺書(척서): 편지. 한대에는 편지를 쓸 때 한 자 한 촌 길이의 비단이나 나무판에 썼기 때문에, 편지를 '척서'라고 했다. 비단에 쓴 편지는 '尺素'라 하고, 나무판에 쓴 편지는 '尺牘'이라 했다. ○將與(장여): 가져가 전해 주다.

형과 형수로부터 학대를 받는 고아의 비참한 생활을 그린 시이다. 고아의 고생과 비참함은 행상, 물 긷기, 뒤집어진 과일수레 등 세 가지 일로 표현하면서 일년 네 계절의 잡역을 묘사하였는데, 이는 당시 고아의 모습임과 동시에 또한 당시 종들의 생활상이기도 하다. 갈효음葛曉音 선생은 한대 왕포王褒가 쓴 「동약」僮約의 내용을 인용하면서 이러한 현상의 보편성을 설명하였다. 『악부시집』에 처음 보이는데, '상화가사'로 분류되었다. 일명 「고자생행」孤子生行 혹은 「방가행」放歌行이라고도 한다.

풍자개(豊子愷)가 그린 「고아의 노래」.

# 안문 태수의 노래
# 雁門太守行

| | |
|---|---|
| 孝和帝在時, | 동한東漢의 화제和帝 때 |
| 洛陽令王君, | 낙양령洛陽令 왕환王渙은 |
| 本自益州廣漢民, | 본래 익주益州 광한廣漢 사람으로 |
| 少行宦, | 젊어서 객지에서 벼슬하고 |
| 學通五經論. 一解 | 배움은 오경과 논어를 통달하였다 |

| | |
|---|---|
| 明知法令, | 법령을 잘 알았고 |
| 歷世衣冠. | 역대로 벼슬하는 집안 출신이었다 |
| 從溫補洛陽令, | 온령溫令에서 낙양령으로 보임되매 |
| 治行致賢, | 다스림이 지극히 현명하여 |
| 擁護百姓, | 백성을 화목하게 하고 |
| 子養萬民. 二解 | 만민을 아들처럼 사랑하였다 |

外行猛政,     밖으로는 행정을 엄격히 실시하고

內懷慈仁.     안으로는 백성을 어질게 사랑하였다

文武備具,     문무文武를 모두 갖추었으며

料民富貧.     백성들의 살림살이를 파악하였고

移惡子姓,     악인의 이름을 알리는 포고문을

篇著里端.三解     마을 입구에 게시하였다


傷殺人,     상해하고 살인한 사람에 대해서는

比伍同罪對門.     주위와 맞은 편 집 이웃을 연좌시키고

禁鏊矛八尺,     팔 척 창의 소지를 금지하고

捕輕薄少年.     경박한 청년을 체포하였다

加笞決罪,     곤장을 때리고 죄를 물어

詣馬市論.四解     마시馬市에 압송하여 형을 판결하였다


無妄發賦,     함부로 세금을 거두지 않고

念在理冤,     억울함을 벗기는데 마음을 쏟았다

敕吏正獄,     관리가 형을 집행할 때는

不得苛煩.     가혹하고 번거롭지 않게 했다.

財用錢三十,     공전公田을 쓸 때는 삼십 전만 소용되었으니

買繩禮竿.五解     새끼줄을 치고 대가지만 꽂으면 되었다


賢哉賢哉,     어질도다! 어질도다!

我縣王君.     우리 현의 왕군王君이여!

臣吏衣冠,     신하이자 관리로

奉事皇帝.     황제를 모시었고

功曹主簿,     공조功曹와 주부主簿는

皆得其人.六解     적절한 사람을 임용하였다

| | |
|---|---|
| 臨部居職, | 직무에 임하면서 |
| 不敢行恩. | 사사로이 은혜를 베풀지 않고 |
| 淸身苦體, | 몸은 청렴하고 분주히 행하면서 |
| 夙夜勞勤. | 조석으로 힘써 일하였다 |
| 治有能名, | 다스림에 뛰어나다는 이름이 |
| 遠近所聞.七解 | 원근으로 자자하였다 |
| | |
| 天年不遂, | 하늘이 내린 수명을 다하지 못하고 |
| 早就奄昏. | 일찍이 어둠이 찾아왔어라 |
| 爲君作祠, | 왕군을 위하여 사당을 세우나니 |
| 安陽亭西. | 안양정安陽亭의 서쪽이라 |
| 欲令後世, | 바라노니 후세 사람들로 하여금 |
| 莫不稱傳.八解 | 칭찬하지 않는 이가 없게 하리라 |

○孝和帝(효화제): 동한의 제4대 황제. 이름은 유조(劉肇). 재위 89-105년. ○王君(왕군): 왕환(王渙)을 가리킨다. 자(字)는 치자(稚子). 광한군(廣漢郡, 사천성 성도 동쪽) 처현(郪縣) 사람. 지방관을 역임하였으며 105년 낙양 현령으로 재직 중 사망하였다. ○益州(익주): 지금의 사천성 지역. 당시 11개 군(郡)으로 이루어졌다. ○行宦(행환): 타지에서 벼슬하다. ○五經論(오경론): 오경과『논어』(論語). 오경은 유가의 다섯 가지 경전으로『주역』,『상서』,『시경』,『예기』,『춘추』. ○明知法令(명지법령): 법령을 잘 알다.『후한서』의 왕환 전기에 "법령을 읽어 대의를 간결하게 제시할 줄 안다."(讀法令, 略擧大義)고 쓰여 있다. ○歷世衣冠(역세의관): 조상 대대로 벼슬을 하다. 왕환의 부친 왕순(王順)은 안정(安定)태수를 역임하였다. ○溫(온): 지명. 지금의 하남성 온현(溫縣) 서남. 왕환은 온령(溫令)을 지냈었다. ○治行(치행): 정치 행정. ○致(치): '至'와 같다. 지극하다. 최상이다. ○擁護(옹호): 화목하고 보호하다. '擁'은 '雍'과 같으며 화목하다는 뜻. 오늘날의 '옹호'와는 뜻이 좀 다르다. ○子養(자양): 아들처럼 기르다. ○料(료): 조사하여 계산하다. ○移(이): 移文. 관청에서 일반인에게 알리는 포고문. 이 구는『송서』와『후한서주』(後漢書注)에는 "移惡子姓名, 五篇著里端"로 되어 있는데, "악인의 성명을 알리는 포고문을, 다섯 편을 써 마을 입구에 게시하였다"는 뜻이 된다. ○比伍(비오):

比와 伍는 모두 다섯 가구를 의미한다. 여기서는 이웃. ○同罪(동죄): 같은 죄로 하다. 연좌하다. ○對門(대문): 맞은편 집. 이 구는 사람을 상해하거나 죽이는 자가 있으면 그 이웃과 맞은편 집의 거주자를 연좌시킨다는 뜻. ○鍪矛(무모): 긴 창. ○少年(소년): 청년. 오늘날의 소년이란 뜻과 약간 다르다. ○馬市(마시): 낙양에 있는 말 시장을 가리킨다. 한대에는 말 시장에서 죄인에게 곤장을 쳐서 사람들이 경계하게 하였다. ○論(론): 형을 판결하다. ○發賦(발부): 세금을 징수하다. ○敕(칙): 경계하다. 타이르다. ○正獄(정옥): 형을 처리하다. ○苛煩(가번): 형량이 엄혹하고 절차가 번거롭다. ○財(재): 纔와 같다. 겨우. 그야말로. ○禮(예): 理와 같다. 다스리다. 買繩禮竿은 새끼줄을 치고 대가지를 꽂다는 뜻. 위 두 구는 빈민들이 공전(公田)을 사용할 때는 대가지를 꽂고 새끼줄을 둘러 경계 표시만 하면 되었으며, 돈은 삼십 전만 내면 되었다는 뜻. ○功曹主簿(공조주부): 공조와 주부. 모두 현령 아래에 있는 관직이다. 공조는 인사를 담당하고, 주부는 서류를 담당한다. ○得其人(득기인): 적절한 사람을 임용하다. ○不敢行恩(불감행은): 감히 사사로이 시혜를 베풀지 않다. ○天年(천년): 하늘이 내린 수명. ○遂(수): 다하다. 끝나다. ○奄昏(엄혼): 어두운 밤. 여기서는 왕환의 죽음을 가리킨다. ○安陽亭(안양정): 亭은 리(里)보다 크고 향(鄕)보다 작은 지역 단위이다. 『한서』「백관공경표」(百官公卿表)에 "대개 열 개의 리(里)가 모여 정(亭)을 이루며, 장(長)이 있다. 열 개의 정(亭)이 모이면 향(鄕)이 된다."는 말이 있다. 안양정은 낙양 교외에 있으리라 추측되지만 구체적인 위치는 알 수 없다.

동한 때의 낙양령洛陽令 왕환王渙의 선정善政을 예찬하고 그를 기리는 내용이다. 『후한서』 권76 「순리전」循吏傳에 다음과 같은 왕환의 전기가 실려 있다. "온령溫令을 제수받았는데, 현縣에는 간활姦猾한 자들이 많아 사람들의 우환이 되었다. 왕환은 계획을 세워 이들을 쳐서 모두 죽였다. 현의 경내가 맑아지매 상인들이 길에서 노숙할 수 있었다. …영원永元 15년(103) 황제의 남순南巡을 따라갔으며, 돌아와 낙양령이 되었다. 평정한 자세로 행동하였으며 관용과 엄격함을 균형있게 하였다. 원망이 되어온 소송과, 오랫동안 단안을 내리지 못했거나 법리로 바로 잡기 어려운 사건들도 모두 사실과 거짓을 밝히고 의혹들을 풀어내었다. 또 교묘한 방법으로 간복姦伏들을 적발해내었다. 수도 사람들은 왕환에게 신령스런 꾀가 있다고 찬탄하였다. 원흥元興 원년(105) 병으로 죽었다. …백성들이 그의 덕을 기려 안양정 서쪽에 사당을 세웠다. 매번 제사를 지낼 때면 음악과 노래를 올렸다.” 이렇게 보면 이 시는 왕환을 제사 지낼 때 지어진 가사라 할 수 있다. 왕환의 행적을 살펴보면 ‘안문 태수’와는 아무 관련이 없다. 이런 이유로 학자들은 원래 한대에 전쟁과 관련된 「안문 태수의 노래」란 곡조가 있었고, 나중에 낙양 사람들이 이 곡조에 의거하여 왕환을 예찬하는 시를 지었으리라 본다. 이 시는 『송서』宋書 「악지」樂志에 처음 실려 있다.


## 염가하상행
## 艶歌何嘗行

| | |
|---|---|
| 飛來雙白鵠, | 한 쌍의 흰 고니가 |
| 乃從西北來. | 서북에서 날아와 |
| 十十五五, | 열 쌍 혹은 다섯 쌍이 |
| 羅列成行.一解 | 열 지어 날아가네 |

| | |
|---|---|
| 妻卒被病, | 암 고니가 갑자기 병이 나 |
| 行不能相隨. | 당장 수 고니를 따라갈 수 없네 |
| 五里一返顧, | 수 고니는 다섯리 가다 한 번 돌아보고 |
| 六里一徘徊.二解 | 여섯리 가다 한 번 배회하네 |

| | |
|---|---|
| “吾欲銜汝去, | “내 그대를 물고 가려하나 |
| 口噤不能開. | 다문 부리가 열리지 않고 |
| 吾欲負汝去, | 내 그대를 업고 가려하나 |
| 毛羽何摧頹.三解 | 깃털이 훼손되어 그럴 수 없네 |

樂哉新相知,　　　즐겁구나, 새로 사귄 저들은
憂來生別離.　　　슬프구나, 생이별을 하는 우리는
躊躇顧群侶,　　　무리들을 돌아보며 어찌 할 줄 모르는데
淚下不自知."四解　　저도 모르게 눈물이 쏟아지네"

"念與君離別,　　　"그대와 생이별을 한다 생각하니
氣結不能言.　　　가슴이 막혀 말을 할 수 없군요
各各重自愛,　　　각자가 몸조심하여요
道遠歸還難.　　　길이 멀어 다시 오기 어려우니까요
妾當守空房,　　　천첩은 독수공방하며
閉門下重關.　　　문 닫고 빗장 잠그고 살 거예요
若生當相見,　　　만약에 살아 있다면 다시 만날 터이고
亡者會黃泉."　　　만약에 죽는다면 황천에서 만나요"
今日樂相樂,　　　오늘 여러분은 행복을 즐기고
延年萬歲期.趨　　　오래오래 만수무강 하소서

○白鵠(백곡): 고니. 기러기보다 크며 깃털이 하얗다. 높이 날며 걷기도 잘 한다. 백곡
(白鵠) 이외에 황곡(黃鵠)과 단곡(丹鵠)이 있으며, 주로 양자강과 한수(漢水) 일대에 서
식하였다. ○妻(처): 여기서는 암 고니. ○卒(졸): '猝'과 같다. 갑자기. 창졸간에. ○行
(행): 장차. ○噤(금): 입을 다물다. 입을 열지 못하다. ○摧頹(최퇴): 훼손되고 떨어지
다. ○樂哉(낙재) 2구: 굴원의 『초사』「소사명」(少司命)에 나오는 "슬픈 일 가운데 생이
별보다 더 슬픈 일 없고, 기쁜 일 중에 새 사귐보다 더 기쁜 일 없네"(悲莫悲兮生別離,
樂莫樂兮新相知)에서 유래하였다. 여기서 '新相知'는 무리 지어 가는 고니들을 가리키고
'生別離'은 자신을 가리킨다. '憂來'의 '來'는 어조사로 앞 구의 '哉'에 해당한다. ○躊躇
(저주): '躕躇'(주저)와 같다. 주저하다. 머뭇거리다. 배회하다. ○氣結(기결): 기가 소통
되지 못하고 막히다. ○下(하): 내리다. 꽂다. ○重關(중관): 이중 빗장. 빗장이 두 개라
는 뜻. ○今日(금일) 2구: 악관(樂官)이 노래 끝에 덧붙이는 축사로 시의 내용과 관련이
없다. ○趨(추): '염'(艶)이 전주곡이라면 '추'는 후주곡이다. 본곡이 끝난 다음에 연주하
는 마무리 곡이다.

　　헤어지는 부부가 고니의 비유를 들어 이별의 슬픔을 노래한 시이다.
전체의 구성은 크게 4단락으로 나눌 수 있다. 1, 2해解는 고니가 헤어지
게 된 배경을, 3, 4해는 수 고니의 말을, '추곡'趨曲의 8구는 암 고니의
말을, 끝 2구는 악부의 상투어로 내용과 관련 없는 악관樂官의 축송을
기술하였다. 이 작품은 『송서』「악지」樂志에 처음 나오는데, 제목은 「염
가하상―백곡」艷歌何嘗―白鵠이며, 일명 「비곡행」飛鵠行이라 한다. 『옥대
신영』에서는 「쌍백곡」雙白鵠, 『악부시집』에서는 「염가하상행」이라 하
였다. 한편 『옥대신영』에서는 이 노래의 '4해'까지만 실려 있고 가사도
비록 약간 다르지만 완정한 오언으로 되어 있다. 그래서 진조명陳祚明은
객지에 나가는 남편과 집에 있는 부인이 각각 대화체로 노래한 두 편의
시로 간주하였다. 그러나 많은 학자들은 이를 한 수의 시로 본다.


## 염가행
## 艷歌行

| | |
|---|---|
| 翩翩堂前燕, | 훨훨 나는 대청 앞의 저 제비 |
| 冬藏夏來見. | 겨울에 떠났다가 여름에 다시 왔네 |
| 兄弟兩三人, | 그러나 우리 형제 두세 명 |
| 流宕在他縣. | 타향에서 이리저리 떠돌며 지내네 |
| 故衣誰當補? | 해진 헌 옷은 누가 꿰매 주나? |
| 新衣誰當綻? | 뜯어진 새 옷은 누가 기워 주나? |
| 賴得賢主人, | 다행히 어진 여주인 만났기에 |
| 覽取爲我組. | 모두 가져가 우릴 위해 기워주었네 |
| 夫婿從門來, | 남자 주인이 갑자기 대문에서 들어와 |
| 斜柯西北眄. | 몸을 비스듬히 기대어 서북쪽을 흘겨보네 |

"語卿且勿眄,　　　"그대에게 말하노니 흘겨보지 마세요
水淸石自見."　　　맑은 물속의 돌처럼 진상이 분명해요"
石見何纍纍,　　　　물속의 돌처럼 진상이 훤히 보여도
遠行不如歸.　　　　떠돌이 생활은 고향에 돌아감만 못 하다네

○翩翩(편편): 훨훨. 새가 날아가는 모습을 묘사한 의태어. 1, 2구는 제비가 여름에 와
서 겨울에 돌아가는 모습에서, 귀향하지 않는 나그네의 떠도는 생활과 대비하였다. 일
종의 '흥'(興)의 기법이다. ○見(현): '現'과 같으며 읽을 때도 '현'이라 읽는다. 보이다.
나타나다. 드러나다. ○流宕(유탕): '流蕩'과 같다. 방랑하다. 객지에서 떠돌다. ○綻
(탄): 해지다. 터지다. 떨어지다. ○賢主人(현주인): 나그네가 거처하는 집의 현덕한 여
주인. ○賴得(뢰득): 다행히. 덕분에. ○覽(람): '攬'과 같다. 잡다. ○紉(단): '綻'과 같
다. ○夫婿(부서): 집의 남자주인. ○斜柯(사가): 비스듬히. 몸을 비스듬히 기대다. '斜
倚'라고 된 판본도 있다. ○眄(면): 흘겨보다. 곁눈질하다. '斜柯西北眄'은 집의 남자 주
인이 자신의 아내가 나그네의 옷을 기워주는 장면을 보고 의심하는 모습을 묘사하였다.
○卿(경): 상대방에 대한 존칭. 이 구절과 아래 구절은 여자 주인이 남자 주인에게 하는
말로, 자신의 태도는 시냇물이 빠지면 드러나는 돌처럼 사태의 명백함을 말하고 있다.
○水淸石自見(수청석자현): 물이 맑으니 돌이 절로 드러난다. 상황이 분명하다는 뜻으
로 자신의 결백을 비유하였다. ○纍纍(유류): 올망졸망. 주렁주렁. 쌓아 올린 모양. 자
신의 마음이 결백함을 비유하였다. 마지막 두 구는 비록 오해가 완전히 풀려졌다고 하더
라도, 이러한 오해가 생길 수 있는 타향살이는 고향생활보다 편하지 않음을 묘사하였다.

　이 시는 나그네가 객지에서 남의 집에 기거하던 중, 여주인이 호의로
자신의 옷을 기워준데 대해 남자 주인이 의심한 일을 기회로, 고향 생
각을 하게 된 일을 묘사하였다. 독특한 소재를 선택하여 나그네의 심리
를 잘 묘사하였으며, 한대의 사회상을 인상적으로 보여주고 있다. 「염
가행」艷歌行은 『옥대신영』에 처음 실려 있으며, 『악부시집』에서 '상화
가사' 중의 '슬조곡'瑟調曲에 분류되었다. 『악부시집』에서 인용한 『고금
악록』古今樂錄을 보면 「염가행」은 한 곡만 있는 게 아니라 "염가○○ 행"
의 형식으로 여러 곡이 있는데, 「염가나부행」艷歌羅敷行, 「염가하상행」艷

歌何嘗行, 「염가쌍홍행」艶歌雙鴻行, 「염가복종행」艶歌福鍾行 등이 있다. '염' 艶은 곡이 시작되기 전에 연주하는 전주곡으로, '염곡'艶曲 혹은 '염단'艶段이라고 부르기도 하였다.


# 백두음
## 白頭吟

| | |
|---|---|
| 皚如山上雪, | 하얗기는 산 위의 눈과 같고 |
| 皎若雲間月. | 밝기는 구름 사이의 달 같아라 |
| 聞君有兩意, | 그대가 이미 변심했다는 말을 듣고 |
| 故來相決絶. | 이제 그대와 영원히 헤어지려네 |
| 今日斗酒會, | 오늘은 우리가 술잔을 두고 마주보고 있지만 |
| 明旦溝水頭; | 내일 아침 우리는 어구御溝에서 헤어지리라 |
| 蹀躞御溝上, | 어구에서 잔걸음을 하며 배회할 때 |
| 溝水東西流. | 도랑의 물은 동쪽으로 흘러가더라 |
| 凄凄復凄凄, | 예전을 생각하면 슬프고 또 쓸쓸해 |
| 嫁娶不須啼; | 시집올 때 울음 울 필요가 없었지 |
| 願得一心人, | 원컨대 마음 굳은 사람을 만나 |
| 白頭不相離. | 흰머리 되도록 헤어지지 않기를! |
| 竹竿何嫋嫋, | 낚시대는 얼마나 한들거렸고 |
| 魚尾何簁簁. | 물고기는 얼마나 팔딱거렸는가 |
| 男兒重意氣, | 남자는 본디 의리를 중시하는데 |
| 何用錢刀爲! | 어찌하여 돈 때문에 변심하였단 말인가 |


○皚(애):희다. ○皎(교):희고 밝다. 1, 2구는 일종의 '흥'(興)으로 사랑 혹은 자신의 마

음은 마치 산위의 눈이나 구름 사이의 달처럼 밝고 깨끗함을 비유하였다. ○兩意(양의): 변심하다. 남자의 마음이 다른 사람에 가 있다. 아래의 '一心'과 대비되는 말이다. ○決絶(결절): 관계를 끊다. ○斗(두): 자루가 달린 술 따위를 푸는 기구. ○溝(구): 다음 구의 '御溝'와 같다. 궁정을 돌아가는 도랑. ○躞蹀(섭접): 잔걸음을 걷다. ○御溝(어구): 왕궁 내의 도랑. ○東西流(동서류): 동으로 흐르다. 여관영은 '東西'에서 '東'에 뜻이 편중된 말로 '東流'와 같다고 보고, 사랑이 도랑물처럼 동쪽으로 흘러가 돌아오지 않는다고 해석하였다. ○凄凄(처처): '悽悽'와 같다. 쓸쓸하다. 슬프다. ○嫁娶(가취): 시집가고 장가들다. 여기서는 '嫁'에 뜻이 편중되었다. '가취불수제'(嫁娶不須啼)는 시집 올 때 울 필요가 없다는 말로, 이는 슬픈 건 그때가 아니라 자신이 깊은 관심을 받지 못하는 이때라는 의미이다. ○嫋嫋(뇨뇨): 한들한들. 가늘고 부드러운 물건이 흔들리는 모양. ○魚尾(어미): 물고기 꼬리. 여기서는 '물고기'를 말한다. ○篠篠(사사): 팔딱팔딱. 물고기가 뛰는 모양. 혹은 털이 젖는 모양이라는 설도 있다. 이 두 구의 의미에 대해선 크게 두 가지 설이 있다. 먼저 낚시는 남녀가 짝을 찾는 행위를 비유한 것으로 사랑과 행복한 결혼을 의미한다는 설이다. 이는『시경』「죽간」(竹竿)에 "한들거리는 죽간으로, 기수((淇水)에서 낚시했지. 어찌 그댈 생각 않았으랴. 길이 멀어 고향 갈 수 없는 걸"(籊籊竹竿, 以釣于淇. 豈不爾思? 遠莫致之)과 같은 비유의 전통이다. 다른 또 하나의 설은 남자의 애정이 단단하지 않고 쉽게 변하는 걸 비유했다는 설이다. 여기서는 전자로 해석하였다. ○何…爲: '何爲' 혹은 '爲何'와 같다. 어찌 …하는가! ○錢刀(전도): 돈. 고대에는 명도전(明刀錢)과 같이 돈을 칼 모양으로 만들었기에 '錢刀'라고 했다. 끝의 두 구는 남자는 마땅히 의리를 중요시하는데 어찌하여 금전 때문에 변심하였는가 라는 뜻이다.

한 여인이 변심한 남자에게 결별을 고하며 상대를 질책하는 내용이다. 위의 시는『옥대신영』에 처음 보이지만, 이보다 앞서 쓰여진『송서』「악지」樂志에서는 진晉 때 연주된 음악의 가사로 이와 약간 다른 내용을 싣고 있다. "皚如山上雪, 皎如雲間月. 聞君有兩意, 故來相決絶.一解 平生共城中, 何嘗斗酒會. 今日斗酒會, 明旦溝水頭. 蹀躞御溝上, 溝水東西流.二解 郭東亦有樵, 郭西亦有樵. 兩樵相推與, 無親爲誰驕.三解 凄凄重凄凄, 嫁娶亦不啼. 願得一心人, 白頭不相離.四解 竹竿何嫋嫋, 魚尾何離篠. 男兒欲相知, 何用錢刀爲. 齪如馬噉箕, 川上高士嬉. 今

日相對樂, 延年萬歲期.五解” 비록 편폭이 약간 길지만 그 내용은 큰 차이가 없다. 끝부분에 이 시의 내용과 관련이 없는 ‘川上高士嬉’ 등이 있는 것으로 보아 위진魏晉 때 관리들이 들놀이 나갈 때 부른 것으로 보인다. 이 시의 작자에 대해서는 고대에는 한대 사마상여司馬相如의 처 탁문군卓文君의 작품으로 많이 알려졌다. 진晉 갈홍葛洪의 『서경잡기』西京雜記에서 “사마상여가 장차 무릉茂陵의 여자를 첩으로 맞이하려고 하자 탁문군卓文君이 「백두음」을 지어 결별하고자 하니 사마상여가 이에 그만두었다”는 내용이 나오기 때문이었다. 이러한 의견은 영향력이 상당히 강해서 청淸 왕사정王士禎도 『고시선』古詩選에서 탁문군의 작품이라 하였다. 그러나 심약沈約이 쓴 『송서』「악지」樂志에서 이미 한대漢代 민간가요라고 하였고 『악부시집』에서도 한대의 ‘고사’古辭라고 하였으니, 탁문군의 작품으로 보기에는 곤란하다. 게다가 형식상 상당히 완정한 오언시인 것으로 보아 동한 말기에 제작된 것으로 보인다.

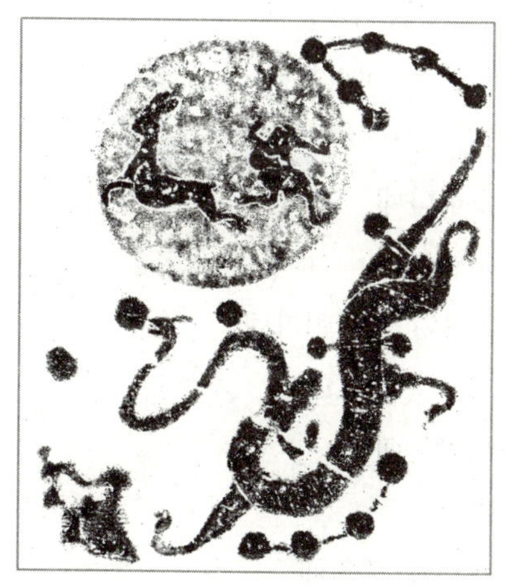

동방의 별자리. 이십팔수(二十八宿) 가운데 동방에 위치한 7개 성좌는 ‘청룡’에 속한다. 달 속에 토끼와 두꺼비가 있다. 하남성 남양현(南陽縣)에서 출토된 한대 화상석.

# 잡곡가사(雜曲歌辭)

  곡조가 없거나 혹은 음악과의 관련이 명확하지 않는 작품들이 여기
에 속한다. 민요의 가사일수도 있고, 일부 작품은 문인들이 지은 가사
일 수도 있다. 여기에 속하는 작품은 상당히 많고 내용도 복잡하다. 그
작품의 전체적인 풍격은 상화가사와 상당히 가깝고 뛰어난 작품도 많다.

## 양보음
## 梁甫吟

| | |
|---|---|
| 步出齊城門, | 제齊나라 수도 임치臨淄 성을 걸어 나가 |
| 遙望蕩陰里. | 멀리 쓸쓸한 탕음리蕩陰里를 바라본다 |
| 里中有三墳, | 마을에는 무덤 세 기가 있으니 |
| 纍纍正相似. | 올망졸망 크기도 비슷하다네 |
| 問是誰家墓, | 물어보나니 누구의 무덤인가 |
| 田疆古冶子. | 전개강, 고야자, 공손접의 무덤이라네 |
| 力能排南山, | 세 용사의 힘은 남산을 밀어내고 |
| 文能絶地紀. | 땅줄기를 잘라낼 정도라는데 |
| 一朝被讒言, | 하루아침에 참언을 받아 |
| 二桃殺三士. | 복숭아 두 개가 세 용사를 죽였네 |
| 誰能爲此謀? | 누가 이 기이한 계략을 내었는가? |
| 國相齊晏子. | 바로 제나라의 재상 안영晏嬰이라네 |

○梁甫(양보): 양보산. 태산의 기슭에 있는 산으로, 고대 중국인들은 사람이 죽으면 혼백이 이곳으로 돌아간다고 생각하였다.  ○齊城(제성): 제나라의 수도 임치(臨淄). 지금의 산동성 치박시(淄博市) 임치구(臨淄區) 일대이다.  ○蕩陰里(탕음리): 일명 음양리(陰陽里)라고도 하는데, 임치의 동남에 소재한다. 여기에 공손접(公孫接), 전개강(田開疆), 고야자(古冶子) 등 세 사람의 무덤이 있었다.  ○纍纍(유류): 올망졸망. 여기서는 무덤들이 모여 있는 모양.  ○田疆古冶子(전강고야자): 전개강(田開疆)과 고야자(古冶子). 여기에 더하여 공손접(公孫接)까지 가리킨다. 세 사람은 제 경공(齊景公, 재위 BC547-490) 때의 용감한 무사들이다. 이들은 재상 안영(晏嬰, ?-BC500)에게 무례하게 굴었기에 안영은 경공을 설득하여 세 용사를 죽이려 하였다. 안영은 복숭아 두 개를 보내 세 사람 가운데 공이 큰  두 사람이 먹도록 하는 계책을 내었다. 그러자 세 사람은 서로 공이 높다고 다투게 되었다. 먼저 공손접이 자신은 산돼지를 잡았고 젖을 먹이는 암호랑이를 잡았다며 복숭아 하나를 가져갔다. 두 번째로 전개강이 적군을 여러 차례 물리친 공로가 있다며 복숭아 하나를 가져갔다. 이에 고야자는 자신이 젊었을 때, 몰고 가던 말을 물고 들어간 황하의 큰 자라를 잡았다며 칼을 빼들고 복숭아를 달라고 하였다. 이에 공손접과 전개강은 자신들의 용기와 공적이 고야자보다 못하다면서 부끄러워 죽지 않으면 용사가 아니라며 자결하였다. 이를 본 고야자는 혼자만 사는 것은 어질지 못하고, 남에게 수치를 준 것은 의롭지 못하다며 역시 자결하여 죽었다. 이 이야기는『안자춘추』(晏子春秋) 권2에 나오는 유명한 '복숭아 두 개에 죽은 세 용사'(二桃殺三士) 이야기이다.  ○南山(남산): 제나라 수도 임치 남쪽에 있는 우산(牛山).  ○文(문): 문장. 여관영(余冠英)은『서계총어』(西溪叢語)를 따라 '又'의 잘못으로 보았다. 세 사람이 문재(文才)가 있다는 기록이 없으므로 여관영 설이 설득력이 있다.  ○地紀(지기): 땅의 기반. 땅의 네 귀퉁이를 단단하게 묶는 줄. 중국 고대인들은 둥근 하늘은 9개의 기둥이 지탱하여 무너지지 않으며, 네모난 땅은 네 귀퉁이에 큰 밧줄이 묶여 있어 방위가 흔들리지 않는다고 생각하였다.  ○被(피): 받다.  ○國相(국상): 나라의 재상.  ○晏子(안자): 안영(晏嬰). 보통 어진 재상으로 알려져 있으나 이 시에서는 '참언을 받았다'(被讒言)고 하여 안영의 행위를 비판하고, 반대로 세 용사를 깊이 애도하고 있다.


　이 시가 처음 기록된 문헌은『예문류취』藝文類聚 권19로,『촉지』蜀志를 인용하면서 제갈량諸葛亮이 지은「양보음」梁父吟으로 소개되어 있다. 사실『삼국지』「촉지」蜀志에는 "제갈량은 몸소 농사를 지으면서「양보음」梁父吟을 잘 하였다"는 글귀가 나온다. 아마도 이 구절 때문에 후인들이 같은 제목의 이 시를 제갈량의 작품으로 간주했던 듯싶다. 송대 곽무천 郭茂倩은 『악부시집』에서 제갈량이 작가라는 의견을 부정하고 산동 지방의 장송곡葬歌이라 하였다. 현대의 녹흠립逯欽立과 여관영余冠英 등도 이 설을 받아 장송곡이라 보았다. 원래는 세 명의 용사를 애도하는 노래였으나 나중에는 민간에 보편적으로 사용된 장송가로 변한 듯하다. 단순히 내용만으로 본다면 제나라의 세 용사가 죄도 없이 죽은 일을 애도한 일종의 영사시詠史詩라 할 수 있다. 시의 언어는 질박하며 객관적인 서술 가운데 애석한 감정을 드러내고 있다. 전체 시의 구성이 단조롭게 되지 않도록 두 번에 걸쳐 의문구를 제시하였다.


# 비가
## 悲歌


| | |
|---|---|
| 悲歌可以當泣, | 슬픈 노래 한 곡조로 울음을 대신하고 |
| 遠望可以當歸. | 고향 쪽 바라봄으로 귀향을 대신하리 |
| 思念故鄉, | 고향을 생각하고 있노라면 |
| 鬱鬱纍纍. | 가슴이 막히고 마음이 무거워 |
| 欲歸家無人, | 돌아가려 해도 집에는 사람 없고 |
| 欲渡河無船. | 건너가려 해도 강에는 배가 없어 |
| 心思不能言, | 이 내 심사 누구에게 하소연할까 |
| 腸中車輪轉. | 창자 속은 수레바퀴가 돌아가는 듯 |


○當(당): 충당하다. 대신하다. 슬픈 노래로 울음을 대신하다. 『전국책』「제책」(齊策)에 "저녁밥으로 고기 먹는다 생각하고, 느린 걸음으로 수레를 탄다고 여긴다"(晚食以當肉, 安步以當車)란 말이 있다. '응당'으로 해석할 수 없는 이유는 아래 구의 '當歸'가 '응당

돌아가야 한다'로 잘못 번역되기 때문이다. ○鬱鬱(울울): 울울하다. 답답하다. 마음이
꽉 막힌 모양. ○纍纍(유류): 마음이 번잡한 모양. ○心思(심사): 마음속의 시름과 그리
움. '思'는 슬프다는 뜻. 「고가」(古歌)에도 같은 표현이 나온다. ○腸中車輪轉(장중거륜
전): 시름이 가슴속에서 수레바퀴처럼 돈다. 마음이 어지럽다. 당시의 상용어로 위진남
북조의 시에 자주 등장한다.

　　혼란한 시대에 돌아갈 곳 없는 나그네의 고향을 그리는 마음을 읊었
다. 『악부시집』 권62에 처음 나오며, '잡곡가사'로 분류되어 있다. 내
심의 고심을 직설적으로 토로함으로써, 어찌할 바 모르는 복잡하고 어
지러운 감정을 나타내고 있다. 진지한 감정과 언어가 오히려 독특한 정
감세계를 전해주고 있다.


# 초중경焦仲卿의 아내
# 焦仲卿妻


　　이 시는 초중경焦仲卿과 유난지劉蘭芝 사이의 결혼과 이별과 죽음을 통
하여, 남녀 사이의 변함없는 정절과 사랑을 노래한 작품이다. 이 장편
서사시는 『옥대신영』에 「초중경 처를 위해 지은 고시」古詩爲焦仲卿妻作라
는 제목으로 처음 나온다. 작가는 무명씨無名氏라 표기되었고, 시의 머
리에는 다음과 같이 서문이 붙어 있다. "한대 말기 건안 연간(196-219
년)에 여강군(廬江郡, 지금의 안휘성 潛山縣) 태수 관아에 근무하는 하
급 관리 초중경焦仲卿이 있었는데, 그의 아내 유씨(劉氏, 劉蘭芝)가 시
어머니로부터 쫓겨나 친정으로 돌아갔으나 재가再嫁하지 않기로 맹서
하였다. 친정에서 재가를 종용하자 스스로 강물에 빠져 죽었다. 초중
경이 이 소식을 듣고 또한 정원의 나무에 목매달아 죽었다. 당시 사람

들이 이 일을 슬퍼하여 다음과 같이 시를 지었다.”(漢末建安中, 廬江府小吏焦仲卿妻劉氏, 爲仲卿母所遺, 自誓不嫁. 其家逼之, 乃沒水而死. 仲卿聞之, 亦自縊於庭樹. 時人傷之, 爲詩云爾.) 송대 곽무천郭茂倩의 『악부시집』에선 제목이 「초중경의 아내」焦仲卿妻라고 되어 있으며, 오늘날에 와서는 첫 구를 따 「공작동남비」孔雀東南飛라 제목을 붙이는 경우도 있다. 「초중경의 아내」라고 제목에서 일부러 강조하는 것은 두 사람이 언제까지나 부부임을 강조하는 의도가 있는 듯하기에, 여기서도 이 제목을 따랐다. 이 작품의 제작 시기에 대해서 역대로 논란이 있으나 서문에 나타나 있듯이 일반적으로 한대 말기의 작품으로 보고 있다. 내용 중에 위진남북조 시기의 지명과 풍속이 있으나 이는 나중에 수정되고 첨삭된 것으로 친다.

전체 시는 357구에 1785자로 당대唐代 이전 시 가운데 가장 길다. 명대 왕세정王世貞은 『예원치언』藝苑卮言에서 “장시의 최고”(長詩之聖)라 하였고, 청대 심덕잠沈德潛도 『고시원』古詩源에서 “고금에서 가장 뛰어난 장시”라고 하였다. 전체 시는 발단, 전개, 절정, 결말의 층차가 분명한데, 여기에서는 14단락으로 나누었다. 여러 인물들이 직접적인 대화로 자신의 개성을 뚜렷하게 드러내어 연희적인 요소가 강하다. 특히 여주인공 유난지劉蘭芝의 성격과 품성이 뚜렷이 부각되었으며 시인은 동정과 연민의 감정으로 그녀의 불행한 처지와 세속적인 가치에 대한 저항을 서술하였다. 남자 주인공인 초중경 역시 애정에 충실한 인물로 묘사되나 부모에게 순종하기만 하는 연약한 성격도 보인다. 그 외에 초중경의 어머니와 유난지의 오빠는 전통 관념과 세속적인 가치를 충실히 따르는 인물들로 설정되었다.

| | |
|---|---|
| 孔雀東南飛, | 공작새가 동남으로 날아가다가 |
| 五里一徘徊. | 오리五里마다 한 번씩 머뭇거린다 |
| "十三能織素, | "열세 살에 백견 짤 줄 알았고 |
| 十四學裁衣, | 열네 살에 옷 만들기 배웠고 |
| 十五彈箜篌, | 열다섯에 공후를 연주할 줄 알았고 |
| 十六誦詩書. | 열여섯에 경전을 외울 줄 알았지요 |
| 十七爲君婦, | 열일곱에 그대의 아내가 되었지만 |
| 心中常苦悲. | 마음속은 언제나 고통과 슬픔뿐 |
| 君旣爲府吏, | 그대는 태수 관아의 관리로 |
| 守節情不移. | 곧은 절조에 애정은 변함없었지요 |
| 賤妾留空房, | 천첩은 빈 방에 남아 지내며 |
| 相見常日稀. | 그대와 만날 날이 갈수록 적었지요 |
| 鷄鳴入機織, | 닭이 우는 아침에 베틀에 들어가 |
| 夜夜不得息. | 밤이 되어서도 쉬지 못했어요 |
| 三日斷五疋, | 사흘에 다섯 필을 짰지만 |
| 大人故嫌遲. | 시어머니는 심술 부려 느리다 야단해요 |
| 非爲織作遲, | 베 짜는 게 느린 게 아니라 |
| 君家婦難爲. | 그대 집 며느리 되기가 어려운 게지요 |
| 妾不堪驅使, | 천첩은 이러한 일들 감당키 어렵고 |
| 徒留無所施. | 부질없이 있다한들 쓰일 바가 없어서 |
| 便可白公姥, | 이에 시어머니께 말씀드리니 |
| 及時相遣歸." | 얼른 친정으로 가라 하시는군요." |

○孔雀(공작): 공작새. 원산지는 인도로 전설에서는 난새(鸞鳥)의 짝으로 알려졌다. ○
徘徊(배회): 배회하다. 서성거리다. 나아가지 못하고 머뭇거리다. 1, 2구는 "공작새가
동남으로 날아가다가, 짝 생각에 오리마다 한 번씩 머뭇거린다"는 뜻이다. 3구부터는

시작되는 이야기와 관련 없어 보이는 이 두 구는 시 전체의 '흥'(興)에 해당한다. 이는 『시경』 이래 중국 고대 민간 가요에 많이 보이는 수법으로, 문일다(聞一多)는 『악부시전』(樂府詩箋)에서 새를 통해 부부의 이별을 암시한다고 말하였다. 시의 첫머리를 새로써 '흥'을 일으킨 작품을 더 들어 보면, 「염가하상행」(艷歌何嘗行)의 "쌍쌍의 흰 고니가 서북에서 날아와"(飛來雙白鵠, 乃從西北來), 「양양악」(襄陽樂)의 "누런 고리가 하늘 높이 날다가, 중도에서 배회하네"(黃鵠參天飛, 中道鬱徘徊), '이릉 소무 시'(蘇武詩) 가운데 「멀리 떠난 고니라 할지라도」(黃鵠一遠別)의 "멀리 떠난 고니라 할지라도, 천리까지 가서도 뒤돌아보고 배회한다"(黃鵠一遠別, 千里顧徘徊) 등이 그러한데 모두 남녀의 이별을 내용으로 하였다. ○織素(직소): 비단을 짜다. '素'는 흰 생견. 여기서부터 "급시상견귀"(及時相遣歸)까지의 18구는 유난지(劉蘭芝)가 초중경에게 호소하는 말이다. ○箜篌(공후): 고대 현악기의 일종. '空侯'라고도 쓴다. 중앙아시아에서 전래되었으며 몸체가 길고 굽어졌으며 23현으로 되어 있다. 와공후(臥箜篌)와 수공후(竪箜篌) 두 종류가 있다. ○詩書(詩書): 『시경』과 『상서』(尙書). 여기서는 경전을 통칭한다. ○府吏(부리): 부(府)의 관리. 태수 관아의 하급관리. ○守節(수절): 절조를 지키다. 상대에 대한 애정을 바꾸지 않다. 일부 평론가들은 앞 구와 연결하여 '節'을 '臣節'로 해석하여 "관청의 직무를 준수하다"로 풀이하였으나 부적절해 보인다. 전후 맥락을 살펴보면, 초중경이 근무하는 관청은 집에서 상당히 떨어져 있으며 관청의 업무로 유난지와 만나는 기회는 적지만 그 애정은 변함이 없음을 알 수 있다. ○賤妾(천첩) 구와 相見(상견)구: 일반적으로 이 두 구는 『옥대신영』 등에는 없으나 속본(俗本)에 있어 추가하였다. ○斷(단): 베틀에서 짠 옷감을 끊어내다. ○疋(필): '匹'과 같다. 길이의 단위로 4장(丈)이다. 사흘에 20장을 짜는 것은 당시로 보아 상당히 빠르다. ○大人(대인): 유난지가 시어머니를 존칭하여 부른 말. ○故(고): 일부러. 고의로. ○不堪(불감): 감당하지 못하다. ○驅使(구사): 시키다. 일하다. ○施(시): '用'과 같다. 쓰이다. ○白(백): 말하다 ○公姥(공모): 시아버지와 시어머니. 여기서는 시어머니만을 가리킨다. 여관영(余冠英)은 "시를 전체적으로 자세히 살펴보면, 초중경에겐 부친이 없는데, 여기에서는 '姥'를 쓰면서 '公'은 덧붙여졌다. 의미가 편중된 복합어이다"라고 하였다. ○及時(급시): 서둘러. 일찌감치. ○相(상): 대상을 표시하는 허사. ○遣歸(견귀): '遣'은 여인이 이혼하여 친정에 돌아간다는 뜻. 遣歸는 이 뜻이 강화되었다.


　　전체 시를 14단락으로 나눈 가운데 제1단락이다. 초중경에게 시집온 유난지가 시어머니로부터 받는 시집살이의 어려움과 고통을 호소하였

다. 유난지가 초중경에게 하는 말의 형식을 빌어 서술하였다. 자신은
솜씨도 뛰어나고 학식도 있고 부지런하지만 시어머니로부터 받아들여
지지 않자 먼저 친정에 가겠다고 청하였다고 말한다.


| | |
|---|---|
| 府吏得聞之, | 초중경이 아내의 말을 듣고 |
| 堂上啓阿母 : | 당에 올라 어머니께 아뢰었다 |
| "兒已薄祿相, | "아들은 본래 벼슬 복이 없는 상인데 |
| 幸復得此婦. | 다행이 이 좋은 아내를 만났습니다 |
| 結髮同枕席, | 성년이 되어 침석을 같이 하는 부부가 되었으니 |
| 黃泉共爲友. | 황천에 가서라도 좋은 반려가 될 거예요 |
| 共事二三年, | 함께 생활해 온 지 이삼 년 |
| 始爾未爲久. | 다정한 생활 시작한지 얼마 안됩니다 |
| 女行無偏斜, | 아내의 행위에 부족함이 없는데 |
| 何意致不厚?" | 어머니께 미움을 받으리라 생각 못했습니다" |
| 阿母謂府吏 : | 어머니가 초중경에게 말하였다 |
| "何乃太區區! | "너는 어찌 이처럼 고집스럽나! |
| 此婦無禮節, | 이 며느리는 근본적으로 예절이 없고 |
| 擧動自專由. | 거동 하나하나도 제멋대로 한단 말이야 |
| 吾意久懷忿, | 내 속에서 진즉부터 부아가 치밀었는데 |
| 汝豈得自由! | 너는 어찌 내 말은 안 듣고 네 맘대로냐! |
| 東家有賢女, | 동쪽 이웃에 싹싹한 아가씨 있다는데 |
| 自名秦羅敷. | 이름이 진나부秦羅敷라 하더군 |
| 可憐體無比, | 태도가 비할 바 없이 사랑스러워 |
| 阿母爲汝求. | 내 너를 위해 청혼해줄 터이니 |
| 便可速遣之, | 그러니 유난지는 어서 쫓아 보내어 |

遣去愼莫留!"　　천부당만부당 여기 있게 해선 안된다!"

府吏長跪告,　　초중경은 무릎 꿇고 사정하며

伏惟啓阿母 :　　어머니께 엎드려 공손히 아뢰었다

"今若遣此婦,　　"만일 지금 아내를 내치시면

終老不復取!"　　평생 다시는 재혼하지 않겠습니다!"

阿母得聞之,　　어머니가 아들의 이 말을 듣고

槌牀便大怒 :　　평상을 치며 노발대발하였다

"小子無所畏,　　"네 이놈이 무서운 게 없구나

何敢助婦語!　　어디라고 며느리 편을 드는 거야!

吾已失恩義,　　난 그 애와 이미 은의恩義가 끊어졌으니

會不相從許!"　　너의 요구는 절대 허락할 수 없어!"


○府吏(부리): 부(府)의 관리. 곧 초중경. ○堂上(당상): '上堂'과 같다. 당에 오르다. ○啓(계): 말하다. 아뢰다. ○阿母(아모): 어머니. '阿'는 친근감을 표현하고 리듬을 갖기 위해 습관적으로 붙이는 말이다. ○薄祿相(박록상): 박록의 상. '박록'은 녹봉이 적다는 말로 곧 벼슬이 낮다는 뜻. 자신은 관상으로 보건대 높은 벼슬을 못 받을 상이다. 고대의 사람들은 사람의 부귀빈천은 선천적으로 정해져 있고, 얼굴의 모습에서 이를 알아볼 수 있다고 생각하였다. ○結髮(결발): 성년이 되다. 고대에 남자는 20세에 관을 쓰고, 여자는 15세에 비녀를 꽂는데 이때 모두 머리를 묶어 성년이 됨을 나타낸다. ○同枕席(동침석): 침석을 같이 하다. 베개와 자리를 같이 한다는 말은 부부가 되었다는 뜻. ○黃泉(황천): 황토 아래의 물길. 사람이 죽어 매장한 땅을 가리키거나 사후 세계를 가리킨다. ○共事(공사): 함께 생활하다. ○始爾(시이): 이와 같이 시작하다. ○偏斜(편사): 기울어지다. 행위가 정당하지 않다. ○意(의): 생각하다. ○不厚(불후): 좋아하지 않다. 싫어하다. ○何乃(하내): 어찌 이렇게. ○區區(구구): 진지하고 연연하는 마음. 여기서는 식견이 짧다 혹은 고집스럽다. ○自專由(자전유): '自專'과 '自由'. 자기 뜻대로 하다. ○吾意(오의): 나의 마음. ○自名(자명): 본명. 한대 악부 「길가의 뽕」(陌上桑)에서도 "自名爲羅敷"란 구절이 나온다. ○秦羅敷(진나부): 미인의 이름. 여기서는 꼭 이름이 진나부가 아니라, 진나부와 같은 미인이란 뜻. 「길가의 뽕」에 자세히 설명하였다. ○可憐(가련): 두 가지 뜻이 있는데, 하나는 가련하다, 다른 하나는 사랑스럽다. 여기서는 후

자의 뜻. ○體(체): 태도. ○長跪(장궤): 엉덩이를 들고 허리를 편 채 무릎을 꿇은 자세. 한대에는 이러한 자세로 경의를 표시하였다. 「산에 올라 궁궁이를 뜯고」(上山采蘼蕪)에서도 "장궤문고부"(長跪問故夫)란 말이 있고, 「장성 아래 샘에서 말에 물 먹이며」(飮馬長城窟行)에서도 "장궤독소서"(長跪讀素書)란 말이 있다. ○伏惟(복유): 엎드려 저의 생각을 말씀드립니다. 손아래 사람이 윗사람에게 자신의 의견을 낼 때 흔히 모두에 붙이는 겸어. ○取(취): '娶'와 같다. 아내를 맞다. ○槌牀(퇴상): 평상을 치다. '상'(牀)은 한 사람이 올라가 책상다리하고 앉을만한 크기의 목조로 된 상자 모양의 의자이다. 중국에서 지금과 같은 침상과 의자는 남북조 시대에 중앙아시아에서 들어와 보급되기 시작했다. 여기서는 평상이라 번역하였다. ○會(회): 반드시. ○從許(종허): 다른 사람의 의견을 따르고 허락하다.

제2단락으로 초중경이 어머니에게 아내를 내치지 말라고 사정하나 어머니는 마음을 돌리지 않는다. 유난지를 변호하는 초중경과 그녀를 불만스럽게 생각하는 어머니 사이에 뚜렷한 시각차가 드러난다.

| | |
|---|---|
| 府吏默無聲, | 초중경은 어머니의 말에 묵묵히 있다가 |
| 再拜還入戶. | 절하고 물러나와 자기 방에 들어갔다 |
| 擧言謂新婦, | 들은 말을 아내에게 모두 다 들려주곤 |
| 哽咽不能語 : | 목이 메여 말을 더 잇지 못하였다 |
| "我自不驅卿, | "나는 본디 그대를 보낼 생각 없지만 |
| 逼迫有阿母. | 나를 다그쳐 그대를 쫓아낸 건 어머니세요 |
| 卿但暫還家, | 그대가 지금 잠시 친정에 가 있으면 |
| 吾今且報府. | 나는 지금 잠시 관청에 가 있으리다 |
| 不久當歸還, | 멀지 않아 관청에서 돌아오는 대로 |
| 還必相迎取. | 반드시 당신을 맞으러 가겠소 |
| 以此下心意, | 사정이 이러하니 우선 억울해도 참고 |
| 愼勿違吾語." | 나의 말을 부디 어기지 말기 바라오" |

新婦謂府吏 :　　　유난지가 초중경에게 말하였다
"勿復重紛紜!　　　"괜히 일을 번거롭게 하지 마세요
往昔初陽歲,　　　지난 날 생각하니 그해 늦겨울 초봄
謝家來貴門.　　　친정집을 하직하고 그대 집에 시집왔지요
奉事循公姥,　　　시부모의 뜻에 따라 모든 일 하면서
進止敢自專?　　　제 맘대로 한 일은 하나도 없었어요
晝夜勤作息,　　　밤낮으로 쉬지 않고 성실히 일했고
伶俜縈苦辛.　　　혼자서 외로이 궂은 일 다했지요
謂言無罪過,　　　제 보기엔 시댁에 와 잘못한 일 없었고
供養卒大恩.　　　봉양하며 시부모의 은혜를 갚으려했지요
仍更被驅遣,　　　그런대도 불구하고 내쳐졌으니
何言復來還?　　　무슨 말로 저를 다시 부르겠어요?
妾有繡腰襦,　　　저에게는 수놓인 저고리가 있는데
葳蕤自生光.　　　무성한 꽃무늬가 절로 빛을 내어요
紅羅複斗帳,　　　붉은 비단으로 만든 커튼 장식은
四角垂香囊.　　　네 모서리에 향주머니가 매달려 있어요
箱簾六七十,　　　향갑과 상자도 육칠십 개 있는데
綠碧青絲繩.　　　푸른색과 녹색 줄로 싸여 있어요
物物各自異,　　　상자 속의 물건은 제각기 다르고
種種在其中.　　　각종의 물건들이 그 속에 다 있어요
人賤物亦鄙,　　　내쳐진 몸이니 물건도 천시 받아
不足迎後人.　　　새 신부에 주기엔 부족하겠지요
留待作遺施,　　　보관해 두었다가 남에게 선사하세요
於今無會因.　　　지금부터 우리들은 만날 기회 없을지니
時時爲安慰,　　　때때로 물건들 바라보며 위안으로 삼고
久久莫相忘."　　　오래오래 나를 잊지 말기 바랍니다"

○入戶(입호): 침실에 들어가다.  ○擧言(거언): 말하다.  ○新婦(신부): 중국 고대에는 새로 시집왔을 때뿐만 아니라 그 이후에도 며느리를 '신부'라 하였다. 우리말의 '새댁'에 해당한다.  ○哽咽(경열): 슬픔에 목이 막혀 말을 못하다.  ○卿(경): 부부가 상대를 부르는 호칭. 여기서는 남편이 아내를 존중하여 부른 말. '경'은 군주가 신하를 부를 때도 쓰이지만, 같은 지위의 사람들끼리 서로를 부를 때도 쓴다.  ○報府(보부): 관청에 가다.  ○以此(이차): 이 때문에.  ○下心意(하심의): 마음을 누르다. 억울함을 참다.  ○重(중): 더하다.  ○紛紜(분운): 일이나 말 따위가 두서없고 어지럽다.  ○初陽歲(초양세): '歲初陽'의 도치. '初陽'은 동지부터 입춘 사이의 기간으로, 늦겨울부터 초봄 사이를 말한다.  ○奉事(봉사): 일하다.  ○進止(진지): 나아가고 멈추기. 곧 행동거지.  ○作息(작식): 일하고 쉬기. 여기서는 의미 편중 복합사로 일하다는 뜻.  ○伶俜(영빙): 외로운 모습.  ○謂言(위언): 스스로 생각하다.  ○卒(졸): 다하다. 보답하다.  ○大恩(대은): 시부모가 베풀어준 은혜.  ○繡腰襦(수요유): 수놓인 저고리.  ○葳蕤(위유): 초목이 무성한 모양. 여기서는 저고리에 수놓인 화초들이 정교하고 무성함을 가리킨다.  ○複斗帳(복두장): 이중의 두장(斗帳). 이중 커튼 장식. 평상 위에 설치되는 커튼으로, 그 모습이 엎어진 되처럼 생겼으므로 '두장'(斗帳)이라 했다. 학자들은 이 물건이 동진(東晉) 이후에 사용된 것으로 본다.  ○香囊(향낭): 향주머니.  ○簾(렴): '奩'과 같다. 거울이나 화장품을 넣는 상자.  ○綠碧靑絲繩(녹벽청사승): 상자와 향갑을 싼 줄.  ○後人(후인): 초중경이 장차 맞이하게 될 후처.  ○遺施(유시): 주다. 증정하다.  ○於今(어금): 지금부터.  ○會因(회인): 만날 기회.  ○時時爲安慰(시시위안위): 물건을 보고 때때로 위안이 되기를 바란다. 고대인들은 물건을 주고받으며 위로와 함께 잊지 말기를 바라는 뜻을 담았다.

제3단락으로 유난지가 시댁을 떠나기 전 먼저 남편 초중경에게 이별을 고한다. 초중경은 얼마 후에 다시 부른다고 유난지를 위로하지만, 유난지는 오랜 이별을 예감하며 자신의 물건을 신표로 남긴다.


鷄鳴外欲曙,　　　닭이 울고 창밖이 밝아오자
新婦起嚴妝.　　　유난지는 정성스레 몸단장 하였다
著我繡裌裙,　　　자신이 수놓은 겹치마를 입으며
事事四五通:　　　몸차림을 네다섯 번 반복한다

足下躡絲履,        발에는 사혜絲鞋를 신었고
頭上玳瑁光,        머리에는 대모 비녀가 빛나고
腰若流紈素,        허리에는 감긴 비단이 흐르는 물결 같고
耳著明月璫.        두 귀에는 명월주明月珠 귀걸이를 달았다
指如削葱根,        손가락은 파줄기처럼 희고 매끈하고
口如含朱丹.        입술은 붉은 구슬을 머금은 듯
纖纖作細步,        사뿐한 걸음걸이 가볍고도 섬세하며
精妙世無雙.        아름다운 자태는 세상에 둘도 없다
上堂謝阿母,        당에 올라 시어머니께 하직하니
母聽去不止.        시어머니는 가도록 둔 채 말리지 않는다
"昔作女兒時,       "예전에 아이였을 때를 생각하니
生小出野里.        어려서부터 궁벽한 시골에서 자라났습니다
本自無教訓,        본디 집안이 가난하여 교육도 없었는데
兼愧貴家子.        더욱 부끄럽게도 높은 자제에 시집왔습니다
受母錢帛多,        시집 올 때 혼례품을 많이 받았는데
不堪母驅使.        보답을 못해드려 어머님께 내쳐졌습니다
今日還家去,        오늘 제가 친정으로 돌아가고 나면
念母勞家裏."       집안 일로 어머님이 수고로우실까 걱정입니다"
却與小姑別,        물러 나와 아기씨와 작별하매
淚落連珠子:        눈물이 구슬이 이어져 나오듯 떨어졌다
"新婦初來時,       "내가 여기에 처음 왔을 때
小姑始扶牀;        아기씨는 평상 짚고 걸어다녔죠
今日被驅遣,        오늘 내가 친정으로 돌아가려니
小姑如我長.        아기씨는 어느새 나만큼 자랐군요
勤心養公姥,        공손히 부모님을 잘 모시고
好自相扶將;        자신의 몸도 잘 돌보아요

初七及下九,　　　칠석과 하구下九 두 명절에
嬉戲莫相忘."　　　즐겁게 놀 때면 나를 잊지 말아요"
出門登車去,　　　문을 나서 수레에 올라 떠나니
涕落百餘行.　　　눈물이 수백 줄기 떨어졌다

○嚴妝(엄장): 세심하게 머리 빗고 공들여 화장하다. ○裌裙(겹군): 겹으로 된 치마. '裌'은 안감을 댄 옷. ○事事(사사): 옷 입고 머리 빗고 화장 하는 등의 일들. 여기서는 순서에 따라 신발 신기, 비녀 꽂기, 옷 입기, 귀걸이 하기, 치마 입기 등 5가지 일을 말한다. 치마입기를 맨 나중에 하므로 '저아수겹군'(著我繡裌裙)은 '이저명월당'(耳著明月璫) 다음에 와야 한다. (余冠英 설) 그러나 고시 가운데에는 총괄하는 말이 먼저 오기도 하므로 '저아수겹군'(著我繡裌裙)이 '사사사오통'(事事四五通) 다음에 와도 무방하다. (李因篤 설) ○四五通(사오통): 네다섯 번. 유난지가 치장을 여러 번 반복하며 지극히 화사하고 아름다운 모습을 갖춘 이유는 그 마음이 초중경에 남아 있음을 보이기 위해서이다. ○躡(섭): 밟다. 여기서는 신다. ○絲履(사리): 사혜(絲鞋). 실로 짜 만든 가벼운 신발. ○玳瑁(대모): 열대 지방에 나는 바다거북. 껍질이 반들거리고 무늬가 있어 장식품으로 많이 쓰인다. 여기서는 대모로 만든 비녀. ○流(류): 흐르다. 허리에 두른 비단이 물결처럼 출렁이다. 중국의 고대 작품에는 여인의 허리를 묶인 비단으로 비유하는 표현이 자주 보인다. 허리가 섬세하고 아름답다는 표현이다. ○紈素(환소): 흰색의 가늘고 고운 비단. '환'(紈)은 무늬가 있는 비단이고 '소'는 무늬가 없는 비단을 가리킨다. ○明月璫(명월당): 명월주로 만든 귀걸이. ○削(삭): 팔이 매끈하다. 여기서는 손가락이 가늘고 긴 모양을 말한다. ○朱丹(주단): 로마에서 생산된다는 붉은 보석. ○纖纖(섬섬): 섬섬하다. 가늘고 작은 모습. ○細步(세보): 잔걸음. ○謝(사): 떠나다. ○聽(청): '聽任'의 뜻. 받아들이다. ○去(거): 떠나다. ○不止(부지): 제지하지 않다. ○野里(야리): 시골. ○兼愧(겸괴): 대하기 더욱 부끄럽다. ○錢帛(전백): 돈과 비단. 청혼할 때 빙례(聘禮)를 가리킨다. ○却(각): 물러서다. 물러나오다. ○小姑(소고): 남편의 여동생. 아기씨. 작은 시누. 유난지가 17세 때 시집와 이삼 년 후 지났으니 나이가 19-20세이다. 짧은 기간 동안 아기씨는 침상 잡고 걷다가 자신처럼 성장하여 시부모를 시중드는 때가 되었다고 하니 무척 빨리 자란 셈인데, 이는 어디까지나 과장법으로 보아야 할 것이다. ○扶將(부장): 부축하다. 여기서는 돌보다. ○初七(초칠): 음력 7월 7일. 고대 명절 가운데 하나인 칠석이자 걸교절(乞巧節)이기도 하다. 이날 밤 여인들은 음식을 차려 직녀(織女)에게 제사를 지내면서 각종 바느질 시합을 벌인다. ○下九(하구): 음력 매월 19일. 이날

저녁 여인들이 함께 모여 술을 차려놓고 밤새 유희를 벌인다.  ○嬉戲(희희): 놀다.

　　제4단락으로 유난지가 시어머니와 아기씨와 헤어지는 장면이다. 여기에서 유난지는 지극히 화려한 의복과 아름다운 용모와 절제된 행동으로 등장하는데 이는 상황에 대한 무언의 반항을 나타내는 듯하다. 떠나기 전 시어머니와 아기씨에게 하는 말이 모두 지극히 예절에 맞고 균형 잡혀 있어 그녀의 고아한 품격을 표현하고 있다.


| | |
|---|---|
| 府吏馬在前, | 초중경이 말 타고 앞서 가매 |
| 新婦車在後, | 유난지가 탄 수레가 뒤따른다 |
| 隱隱何甸甸, | 수레 소리 덜거덕덜거덕 끝없는데 |
| 俱會大道口. | 말과 수레가 큰 길 입구에서 멈추었다 |
| 下馬入車中, | 초중경이 말에서 내려 수레에 들어가 |
| 低頭共耳語: | 고개 숙여 낮은 목소리로 말했다 |
| "誓不相隔卿: | "그대와 헤어지지 않기로 맹세하오 |
| 且暫還家去, | 잠시 먼저 친정에 돌아가 있으면 |
| 吾今且赴府. | 나는 지금 잠시 관청에 가겠소 |
| 不久當還歸, | 멀지 않아 내 반드시 돌아올 터이니 |
| 誓天不相負." | 하늘을 두고 그대를 버리지 않기로 맹세하오" |
| 新婦謂府吏: | 유난지가 초중경에게 말했다 |
| "感君區區懷. | "당신의 자상한 마음에 감사해요 |
| 君旣若見錄, | 당신이 이처럼 날 생각해주니 |
| 不久望君來. | 조만간 그대 오길 기다릴 게요 |
| 君當作磐石, | 당신은 마땅히 큰 반석이 되고 |
| 妾當作蒲葦. | 저는 그에 의지하는 부들과 갈대가 될래요 |

蒲葦紉如絲,　　부들과 갈대는 실처럼 질기니
磐石無轉移.　　당신은 반석처럼 변하지 마세요
我有親父兄,　　나에겐 친오빠가 있는데
性行暴如雷,　　성격이 우레처럼 거칠어서
恐不任我意,　　아마도 내 뜻을 들어주지 않고
逆以煎我懷.”　　반대로 내 가슴을 뒤집어놓을 거예요”
擧手長勞勞,　　손을 흔들고 오래도록 걱정하며
二情同依依.　　두 사람은 차마 헤어지지 못하였다

○隱隱何甸甸(은은하전전): ‘隱隱’과 ‘甸甸’은 모두 수레가 움직이며 나는 의성어. 덜그럭덜그럭. 구릉구릉. ‘何’는 어조사로 두 말을 연결한다. ○誓天(서천): 하늘에 맹서하다. ○區區(구구): 세세하다. 자상하다. 진실하다. ○懷(회): 마음. ○若(약): 이와 같다. ○見錄(견록): 나를 기억하다. ‘見’은 피동을 나타낸다. ○磐石(반석) 너럭바위. 변함없는 마음을 비유한다. ○蒲葦(포위): 부들과 갈대. 부드럽지만 꺾어지지 않는 마음을 비유한다. ○紉(인): ‘韌’으로 풀이한다. (聞一多 설) 부드러우면서도 질기다. ○父兄(부형): 아버지와 오빠. 여기서는 편중 어휘로 오빠만을 가리킨다. ○逆(역): 반대로. 오히려. ○擧手(거수): 작별할 때 손을 흔들다. ○勞勞(노로): 근심스러운 모습. ○依依(의의): 헤어지지 못하여 미련이 남는 모양.


　　제5단락으로 유난지와 초중경이 큰길 입구에서 헤어지면서 서로 변심하지 않기를 맹서한다. 특히 두 사람은 반석과 부들 갈대의 비유를 들어 변함없는 애정의 지향을 나타내었다. 유난지가 성격이 거친 친오빠를 짧게 언급한 것은 일종의 복선으로, 이후 두 사람의 전도가 순탄치 않을 것임을 암시한다.


入門上家堂,　　유난지가 집에 와 당에 오르니
進退無顔儀.　　집안사람 볼 면목이 없었네

| | |
|---|---|
| 阿母大拊掌: | 어머니가 놀라 손뼉을 치며 말했네 |
| "不圖子自歸! | "아니 연락도 없이 혼자 돌아오다니! |
| 十三敎汝織, | 열세 살 때 베 짜기를 가르쳤고 |
| 十四能裁衣, | 열네 살 때 옷 만들 줄 알았고 |
| 十五彈箜篌, | 열다섯에 공후를 탈 줄 알았고 |
| 十六知禮儀, | 열여섯에 예의禮儀를 알았고 |
| 十七遣汝嫁, | 열일곱에 너를 시집보내며 |
| 謂言無誓違. | 시댁의 규칙을 지키리라 여겼는데 |
| 汝今無罪過, | 네가 만약 잘못이 없었다면 |
| 不迎而自歸?" | 통지도 않고 혼자 돌아왔단 말이냐?" |
| 蘭芝慚阿母, | 유난지는 어머니의 말에 부끄러웠다 |
| "兒實無罪過." | "저는 정말로 잘못한 바 없습니다" |
| 阿母大悲摧. | 어머니가 크게 슬프고 마음 상해하셨다 |

○進退(진퇴): 나가고 물러서기. 여기서는 편중 어휘로 나아가다. ○無顏儀(무안의): 면목이 없다. ○拊掌(부장): 손바닥을 치다. 놀랐을 때의 동작이다. ○不圖(부도): 생각하지 못하다. ○自歸(자귀): 스스로 돌아오다. 고대에 여인이 시집간 후 친정에 갈 때는 미리 통지하고 가는데, 통지 없이 돌아왔음은 시댁에서 내쳐졌음을 의미한다. 그런 탓에 친정어머니가 놀란 것이다. ○誓違(서위): 뜻이 통하지 않으므로 두 가지 설이 있다. 하나는 기용서(紀容舒) 이래로 정복보(丁福保) 등이 채용한 설로 '誓'를 '謇'(건)이 와전된 것으로 보아 '謇違'를 과오 혹은 허물로 풀이하였다. 다른 하나는 황절(黃節)의 설로 '誓違'를 '違誓'가 도치된 것으로 보고, 또 '誓'를 '규칙'으로 보아, 규칙을 위반하다로 풀이하였다. ○今(금): 만약. ○悲摧(비최): 슬프고 맘이 상하다. 오조의(吳兆宜)와 문일다(聞一多) 등은 '摧'을 '惟'로 해석하였다.

　제6단락으로 기별도 없이 친정에 돌아온 유난지를 보고 친정어머니가 놀라고 슬퍼하는 장면이다. 전체 시 가운데 친정어머니의 관점이 끼어들어감으로써 사건이 더욱 복합적인 면모를 갖게 되었다.

還家十餘日,　　친정에 돌아와 십여 일이 지난 후
縣令遣媒來.　　현령이 보낸 매파가 찾아왔다
云"有第三郎,　　말하기를 "현령에게 셋째 아들이 있는데
窈窕世無雙,　　세상에 둘도 없이 잘 생겼소
年始十八九,　　나이는 이제 막 열여덟 아홉인데
便言多令才."　　언변도 좋고 재주도 뛰어나다오"
阿母謂阿女:　　어머니가 듣고선 딸에게 말하였다
"汝可去應之."　　"네가 가서 매파에게 답하여라"
阿女銜淚答:　　유난지가 눈물을 머금고 어머니께 말하였다
"蘭芝初還時,　　"제가 친정으로 돌아올 때
府吏見丁寧,　　남편이 내게 재삼재사 당부하여
結誓不別離.　　두 사람이 헤어지지 말기로 맹서했습니다
今日違情義,　　오늘 만일 그 정의情義를 어기면
恐此事非奇.　　아마도 이 일은 징조가 좋지 않을 겁니다
自可斷來信,　　아무래도 일단 매파를 돌려보내고
徐徐更謂之."　　천천히 다시 말씀하시지요"
阿母白媒人:　　어머니가 매파에게 말하였다
"貧賤有此女,　　"가난하고 천한 집안에 딸이 있는데
始適還家門;　　시집간 지 얼마 안 되어 돌아왔소
不堪吏人婦,　　하급관리의 아내도 되지 못하였는데
豈合令郎君?　　어찌 현령의 자제와 어울리겠소?
幸可廣問訊,　　부디 더 널리 알아보시지요
不得便相許."　　지금은 아무래도 응답할 수 없구료"


○窈窕(요조): 태도가 아름다운 모양. ○便言(변언): '辯言'과 같다. 언변이 좋다. 변론에
뛰어나다. ○令才(영재): 뛰어난 재주. ○應(응): 답하다. ○見丁寧(견정녕): '見'은 피동

을 나타내며, '丁寧'은 '叮嚀'으로 간곡히 부탁하다. ○非奇(비기): 좋지 않다. 문일다(聞一多)는 '奇'를 '佳'로 보았고, 여관영(余冠英)은 '奇'를 '嘉'로 풀이하였다. ○斷來信(단래신): '信'은 소식을 가져온 사람, 즉 매파를 말한다. 진조명(陳祚明)은 "매파를 거절하다"로 풀이하였다. ○始適(시적): 시집가서 오래지 않아. '適'은 시집가다는 뜻. ○幸(행): 바라다. ○廣問訊(광문신): 더 널리 물어 보다. 다른 집도 알아보라는 뜻. ○不得(부득): 할 수 없다. ○便(변): 지금 바로. ○相許(상허): 상대에게 허락하다. 어머니의 말투는 겉으로는 딸의 뜻에 따르지만, 속으로는 허락하고 싶은 마음이 들어 있다.

　제7단락으로 현령 아들과의 청혼이 있으나 유난지는 거절한다. 첫 번째 재가再嫁의 권유이다. 어머니는 딸의 재가를 바라지만 강요하지 못하고, 유난지는 믿음을 가지고 자신의 뜻을 설득시킨다.


媒人去數日,　　매파가 떠난 후 며칠 지나지 않아
尋遣丞請還,　　태수가 청혼하려 군승郡丞을 파견하였다
說"有蘭家女,　　군승이 태수에게 말하기를 "유난지 아가씨는
承籍有宦官."　　조상 대대로 관리 집안이라 합니다"
云"有第五郎,　　태수가 주부에게 말하길 "나의 다섯째 아들은
嬌逸未有婚.　　잘 생기고 뛰어나며 아직 미혼이오
遣丞爲媒人,　　군승을 중매자로 삼아 파견하려고 하니
主簿通語言."　　주부主簿가 군승에게 이말 전해주게"
直說"太守家,　　군승이 유난지의 어머니께 말하기를 "태수 댁에
有此令郎君,　　이처럼 훌륭한 아드님이 있는데
旣欲結大義,　　당신 댁과 혼인을 맺고 싶다 하시어
故遣來貴門."　　일부러 귀댁에 나를 파견하였소이다"
阿母謝媒人:　　어머니가 중매자의 말을 거절하며 말했다
"女子先有誓,　　"우리 딸이 먼저 맹서를 하였다 하니

| | |
|---|---|
| 老姥豈敢言?” | 이 늙은이가 어찌 입을 열겠소?” |
| 阿兄得聞之, | 유난지의 오빠가 이 말을 듣고 |
| 悵然心中煩, | 답답하여 마음속에 부아가 끓어올라 |
| 擧言謂阿妹: | 소리 높여 여동생에게 말했다 |
| “作計何不量! | “넌 어째 일을 이따위로 못하냐! |
| 先嫁得府吏, | 전에는 하급관리에 시집갔다가 |
| 後嫁得郎君, | 이제는 귀공자에 시집간다는데 |
| 否泰如天地, | 좋고 나쁨이 하늘과 땅 차이로 |
| 足以榮汝身. | 족히 너의 일신이 영예로운데 |
| 不嫁義郎體, | 태수 아들에게 시집가지 않겠다니 |
| 其往欲何云?” | 앞으로 넌 어쩔 셈이냐?” |
| 蘭芝仰頭答: | 유난지가 갑자기 머리를 들고 대답했다 |
| “理實如兄言. | “이치로 따지면 사실 오빠 말이 맞아요 |
| 謝家事夫壻, | 친정 떠나 시집 가 남편을 모시다가 |
| 中道還兄門, | 중도에 그만 오빠 집에 돌아왔어요 |
| 處分適兄意, | 오빠의 뜻에 따라 일을 결정해야지 |
| 那得自任專? | 어찌 내 맘대로 할 수 있겠어요 |
| 雖與府吏要, | 비록 전 남편과 약속한 바 있지만 |
| 渠會永無緣! | 만날 인연이 영원히 없을 듯 해요! |
| 登卽相許和, | 당장 중매자에게 허락하시면 |
| 便可作婚姻.” | 바로 혼담을 시작할 수 있어요” |

○尋(심): 곧. 며칠 지나지 않아. 이하 여러 구절들은 뜻이 앞뒤로 연관이 되지 않아
일부 구절이 빠졌거나 섞여진 듯하다. 이에 대해 여러 설이 있으나 앞의 제7단락은 현
령이 청혼한 일을 서술했다면, 여기 제8단락에서는 태수가 청혼한 일을 서술한 것으로
본다. ○遣丞(견승): 태수(太守)가 군승(郡丞)을 파견하다. 군승은 군수(郡守, 즉 태수)
의 부직(副職)으로 태수 아래 있는 관리이다. ○請(청): 청혼하다. ○還(환): 오다. ○蘭

家女(난가녀): 유난지(劉蘭芝)를 가리킨다. 난씨(蘭氏) 집의 딸을 가리킨다는 설도 있지만 아래 내용과 연결되지 않으므로 취하지 않는다. ○承籍(승적): 조상의 벼슬을 계승하다. ○宦官(환관): 관리. ○嬌逸(교일): 잘 생기고 뛰어나다. ○主簿(주부): 호적과 문서를 담당하는 벼슬. 태수의 관청에서 근무한다. ○通語言(통어언): 태수의 말을 전하다. ○直說(직설): 단도직입적으로 말하다. ○結大義(결대의): 대의를 맺다. 곧 결혼하다. ○謝(사): 거절하다. ○老姥(노모): 늙은 여자. 유난지 어머니가 자신을 가리켜 하는 말. ○悵然(창연): 화가 난 모습. ○擧言(거언): 소리 높여 말하다. ○作計(작계): 계획하다. ○不量(불량): 잘 고려하지 못하다. ○否泰(부태): 불운과 행운. 『주역』(周易)에 "하늘과 땅이 조화로우면 편안하고, 하늘과 땅이 조화롭지 않으면 나쁘다"(天地交, 泰; 天地不交, 否)란 말이 있다. 여기서는 좋고 나쁨. ○義郎(의랑): 멋진 귀공자. ○其往(기왕): 지금 이후로. 앞으로. ○何云(하운): 어찌 할 것인가. ○謝家(사가): 집을 떠나다. ○夫壻(부서): 남편. ○處分(처분): 일을 결정하다. 처분하다. ○適(적): 따르다. ○自任專(자임전): 자신이 마음대로 하다. ○要(요): '約'과 같다. 약속하다. 맹서하다. ○渠會(거회): 그를 만나다. '渠'는 '他'와 같고, 초중경을 가리킨다. '渠會'는 곧 '會渠'이다. ○登卽(등즉): 당장. 즉각. ○許和(허화): 응낙하다.


　　제8단락으로 태수의 청혼과 오빠의 강요로 재가再嫁를 허락하는 장면이다. 두 번째 재가 권유이다. 특히 오빠의 강요는 사건 전개의 중요한 대목인데, 재물과 지위를 탐하며 권세가를 통해 출세하려는 소시민적 비열한 성격이 잘 드러난다. 이러한 부정적인 인물을 통해 유난지의 고결한 성품은 상대적으로 더욱 뚜렷이 드러나며, 그녀는 죽음에 대한 결심으로 오빠의 뜻에 따른다.


媒人下牀去,　　　중매자가 평상에서 일어나 떠나면서
諾諾復爾爾.　　　예예 그렇게 하지요 라고 말했다
還部白府君:　　　관청에 돌아와 태수에게 말하길
"下官奉使命,　　　"본인이 명을 받들어 청혼을 했는데
言談大有緣."　　　이야기가 크게 잘 되었습니다"

| | |
|---|---|
| 府君得聞之, | 태수가 이 소식을 듣고는 |
| 心中大歡喜. | 마음속으로 크게 기뻐하였다 |
| 視曆復開書, | 역서曆書를 뒤적이며 길일을 찾으니 |
| 便利此月內, | 이번 달이 결혼하기 적합하고 |
| 六合正相應. | 육합六合에도 마침 맞아들었다 |
| "良吉三十日, | "길일이 마침 삼십 일인데 |
| 今已二十七, | 오늘이 이미 이십칠 일이니 |
| 卿可去成婚." | 자네는 어서 가서 혼례 준비 하게나" |
| 交語速裝束, | 물건을 빨리 준비하라 명령하니 |
| 駱驛如浮雲. | 사람들이 구름처럼 줄지어 몰려들었다 |
| 靑雀白鵠舫, | 강에는 청작靑雀과 고니가 그려진 배들 |
| 四角龍子幡, | 네 모퉁이엔 용 그려진 깃발이 |
| 婀娜隨風轉. | 바람 따라 하늘하늘 휘돌아갔다 |
| 金車玉作輪, | 길에는 금 마차에 옥 장식한 바퀴 |
| 躑躅靑驄馬, | 늠름한 청총마는 으스대듯 머뭇거리는데 |
| 流蘇金鏤鞍. | 금 조각 된 안장에는 늘어진 술 |
| 齎錢三百萬, | 보내진 빙례聘禮는 삼백만 냥 |
| 皆用靑絲穿. | 동전은 모두 파란 실로 꿰어져 있다 |
| 雜綵三百疋, | 각색의 비단이 삼백 필이나 되고 |
| 交廣市鮭珍. | 교주交州와 광주廣州에서 산해진미를 구해왔다 |
| 從人四五百, | 시종들만 해도 사오백 명이나 되어 |
| 鬱鬱登郡門. | 빽빽이 태수의 관청에 모여들었다 |

○諾諾(낙락): 예예. 응답하는 소리. ○爾爾(이이): 이러하다. 이렇게 하지요. ○還部(환부): 관청으로 돌아가다. ○府君(부군): 태수(太守). 군민(郡民)들이 태수를 부르는 호칭. ○下官(하관): 군승(郡丞)이 자신을 겸손히 가리키는 말. ○視曆復開書(시력부개서): 역서를 보며 길일(吉日)을 고르다. 『수서』(隋書) 「경적지」(經籍志)에 저록된 『육합혼가

력』(六合婚嫁曆)나 『음양혼가서』(陰陽婚嫁書) 등을 가리킨다.  ○六合(육합): 고대인의
미신에 의하면 12달은 12지(支)와 상응하는데 이를 ‘월건’(月建)이라 하고, 또 매일은
간지(干支)가 배당되는데 이를 ‘일진’(日辰)이라고 한다. 혼인하는 날은 반드시 길일을
택하였는데, 월건과 일진이 어떻게 어울리느냐 혹은 상충하느냐에 따라 길일과 불길한
날이 정해진다. 특히 달과 날이 가장 잘 어울리는 여섯 경우의 날을 ‘육합’이라 하고
크게 길한 날로 친다. 즉 달과 날이 자(子)와 축(丑), 인(寅)과 해(亥), 묘(卯)와 술(戌),
진(辰)과 유(酉), 사(巳)와 신(申), 오(午)와 미(未)로 합치되는 날이다.  ○卿(경): 그대.
태수가 군승을 가리키는 말.  ○交語(교어): 태수가 부하에게 명령하다.  ○裝束(장속):
혼례에 사용되는 물건을 준비하다.  ○駱驛(낙역): 연면어(聯綿語)로 ‘絡繹’이라 쓰기도
한다. 줄줄이. 왕래가 끊이지 않는 모양.  ○靑雀白鵠舫(청작백곡방): ‘청작방’과 ‘백곡
방’. 배의 겉에 청작 혹은 고니가 그려진 배. 귀족이나 세력가들이 타는 배.  ○四角(사
각): 배의 네 귀퉁이.  ○龍子幡(용자번): 용이 수놓인 장식용 깃발.  ○婀娜(아나): 하늘
하늘. 날씬하고 아리따운 모양. 여기서는 용 깃발이 바람에 펄럭이는 모습을 형용하였
다. 위 세 구는 태수의 아들이 신부를 맞이하는 물길이 화려한 배로 가득 찼음을 묘사하
였다.  ○躑躅(척촉): 머뭇거리다. 서성거리다.  ○靑驄馬(청총마): 털색이 청색과 흰색이
섞여 있는 말.  ○流蘇(유소): 오색의 털이나 실로 만든 술.  ○金鏤鞍(금루안): 쇠를 여러
가지 무늬로 상감하여 장식한 말안장. 위 세 구는 태수의 아들이 신부를 맞이하는 육로
가 화려한 탈것으로 가득 찼음을 묘사하였다.  ○齎(재): 보내다. 주다.  ○雜綵(잡채):
여러 색깔의 비단.  ○交廣(교광): 교주(交州, 지금의 광서성)와 광주(廣州, 지금의 광동
성).  ○市(시): 사다.  ○鮭珍(해진): 해산물 요리. 산해진미. 교주나 광주는 여강군에서
멀리 떨어져 있어 사흘 내에 산해진미를 구해올 수 없지만, 여기서는 과장법으로 보아
야 할 것이다.  ○鬱鬱(울울): 빽빽하다. 많다. 여기서는 사람이 많은 모양.  ○登郡門(등
군문): 태수의 관청에 모이다. 기용서(紀容舒)는 ‘登’을 ‘發’로 풀이하여 “태수 관청에서
출발하다”로 해석하였고, 장옥곡(張玉穀)은 ‘登’을 ‘齊集’으로 풀이하여, “수행원들이 관
청에 와 혼사를 도우다”로 해석하였다.


　제9단락은 태수 집안에서의 혼인 준비 장면이다. 태수의 화려하고
성대한 영친迎親 준비 장면은 사람들이 선망하는 바이지만, 이와 대비
하여 부귀에도 유혹당하지 않는 유난지의 믿음과 절조가 강조된다.

| 阿母謂阿女: | 어머니가 딸에게 달려와 말했다 |
| "適得府君書, | "방금 전에 태수의 편지를 받았는데 |
| 明日來迎汝. | 내일 너를 맞이하러 오시겠다는데 |
| 何不作衣裳? | 어째서 아직 옷을 만들지 않았느냐? |
| 莫令事不擧!" | 일이 그르치지 않도록 해라!" |
| 阿女默無聲, | 유난지는 묵묵히 아무 말도 않고 |
| 手巾掩口啼, | 수건으로 입을 막고 흐느끼니 |
| 淚落便如瀉. | 눈물이 강물처럼 흘러내렸다 |
| 移我琉璃榻, | 유리 도자기로 만든 걸상을 옮겨 |
| 出置前窓下. | 창 앞의 밝은 데로 갔다 놓았다 |
| 左手持刀尺, | 왼손으로 가위와 자를 들고 |
| 右手執綾羅, | 오른손으로 능라를 펼치어 |
| 朝成繡袷裙, | 아침에는 수놓인 겹치마를 만들고 |
| 晚成單羅衫. | 저녁에는 홑저고리를 만들었다 |
| 晻晻日欲暝, | 어둑어둑 해가 저물어 가는데 |
| 愁思出門啼. | 시름에 차 문을 나와 흐느껴 우네 |

○適(적): 조금 전. ○不擧(불거): 이루지 못하다. ○掩口啼(엄구제): 입을 막고 울다. 다른 사람들이 들을까봐 자신의 슬픔을 참는 모습. ○琉璃榻(유리탑): 유약을 바르고 상감한, 도자기로 만든 등 없는 의자. '유리'(琉璃)는 채색 유약을 바른 도자기이고, '탑'(榻)은 등 없는 의자이다. ○袷裙(겹군): 겹치마. 그녀가 하루 만에 여러 가지 옷을 완성하였다는 것은 일종의 과장법이다. ○晻晻(암암): 어둑어둑. 해가 점점 빛을 잃어 가는 모습. ○暝(명): 어둡다. ○愁思(수사): 시름과 고민.

　제10단락으로 어머니가 시집 갈 준비 재촉하는 장면이다. 어머니와 유난지의 대조되는 태도 속에 사건은 점점 절정으로 향한다.

| | |
|---|---|
| 府吏聞此變, | 초중경이 이 변고를 듣고 |
| 因求假暫歸. | 휴가를 내어 유난지를 찾아왔다 |
| 未至二三里, | 아직 이삼 리 남았는데 |
| 摧藏馬悲哀. | 애간장이 끊어지듯 말이 슬피 울었다 |
| 新婦識馬聲, | 유난지가 말 울음소리를 듣고 |
| 躡履相逢迎, | 신을 신고 맞이하러 나와 |
| 悵然遙相望, | 슬픈 마음으로 멀리 바라보니 |
| 知是故人來. | 과연 초중경이 찾아온 게 아닌가 |
| 擧手拍馬鞍, | 유난지가 손을 들어 말안장을 치며 |
| 嗟歎使心傷. | 한숨을 쉬자 초중경의 마음도 아팠다 |
| "自君別我後, | "당신이 나를 떠난 이후로 |
| 人事不可量. | 일은 정말 예측하기 어려웠어요 |
| 果不如先願, | 일은 우리들의 바램과 다르게 흘렀고 |
| 又非君所詳. | 어떤 건 당신이 다 알기도 어려워요 |
| 我有親父母, | 제 어머님은 재혼하기 바랬고 |
| 逼迫兼弟兄; | 저의 오빠도 재혼하기를 강요했지요 |
| 以我應他人, | 그들이 이미 나를 다른 사람에게 허락했는데 |
| 君還何所望!" | 당신은 이제 무얼 더 바라나요!" |
| 府吏謂新婦: | 초중경이 유난지에게 말했다 |
| "賀卿得高遷! | "그대가 잘 되었으니 축하해야겠소! |
| 磐石方且厚, | 나는 반석 같이 바르고 견실하여 |
| 可以卒千年; | 천년이 지나도 변함이 없지만 |
| 蒲葦一時紉, | 부들과 갈대는 잠시 질길 뿐 |
| 便作旦夕間. | 꺾어지기란 조만간이군요 |
| 卿當日勝貴, | 그대는 나날이 신분이 높아지고 |
| 吾獨向黃泉." | 나는 홀로 황천으로 가리다" |

| | |
|---|---|
| 新婦謂府吏: | 유난지가 황급히 초중경에게 말했다 |
| "何意出此言! | "내 마음도 모르고 그런 말을 하는군요! |
| 同是被逼迫, | 우리 모두 남의 강요를 받았으니 |
| 君爾妾亦然. | 그대도 그러하고 저 또한 그러해요 |
| 黃泉下相見, | 우리 둘 황천에서 만날 테니 |
| 勿違今日言!" | 오늘의 언약 어기지 말아요!" |
| 執手分道去, | 손잡은 후 헤어져 다른 길로 떠나 |
| 各各還家門. | 제각기 자신의 집으로 돌아갔다 |
| 生人作死別, | 산 사람이 함께 죽자고 헤어지니 |
| 恨恨那可論! | 분한 마음 어떻게 다 말할 수 있으랴! |
| 念與世間辭, | 마음속으로 세상을 떠나기로 하였으니 |
| 千萬不復全. | 어찌 되었던 목숨을 보전할 생각 다시 없었다 |

○求假(구가): 휴가를 얻다. ○摧藏(최장): '摧臟', 즉 창자가 끊어질 듯 슬프다.(曹道衡 설) 초중경의 마음이 슬프니 말이 먼저 알고 슬프게 운다. 사람을 묘사하기 이전에 말을 통해 두 사람의 감정을 표현하였다. ○躡履(섭리): 신발을 신다. ○使心傷(사심상): 사람의 마음을 아프게 한다. ○不可量(불가량): 예상할 수 없다. ○詳(상): 자세히 알다. ○父母(부모): 여기서는 어머니만 가리킨다. ○弟兄(제형): 여기서는 오빠만 가리킨다. ○以(이): 목적어를 만드는 허사. '以我'는 나를. 나로 하여금. ○磐石(반석): 여기의 반석(磐石)과 부들 갈대(蒲葦)의 비유는, 제5단락에서 유난지가 남편이 반석이 되기를 바라고 자신은 부들과 갈대가 되겠다는 말과 호응한다. ○作(작): 유지하다. ○旦夕間(단석간): 조만간. 짧은 시간을 표시. ○日勝貴(일승귀): 나날이 귀해지다. ○何意(하의): 생각지도 않게. ○爾(이): 이처럼. 이같이. ○恨恨(한한): 무한히 한스럽다. ○千萬(천만): 어찌 되었던 간에. ○不復全(부부전): 다시 보전할 수 없다.

제11단락으로 초중경은 유난지의 재혼 소식을 듣고 찾아가며, 두 사람은 함께 죽기로 약속한다. 이전에 지녔던 마음을 서로 확인하는 장면이다.

府吏還家去,　　초중경이 집으로 돌아가
上堂拜阿母:　　당에 올라 어머니께 인사 올렸다
"今日大風寒,　　"오늘은 바람이 세게 불고 추운데
寒風摧樹木,　　찬바람이 나무 가지를 부러뜨리고
嚴霜結庭蘭.　　정원의 난초에 된서리가 내렸네요
兒今日冥冥,　　아들은 지금 해가 저물 듯하니
令母在後單.　　어머니를 외로이 두고 떠나야 하네요
故作不良計,　　제가 일부러 짧은 생각으로 하는 일이니
勿復怨鬼神!　　귀신을 원망할 필요는 없어요
命如南山石,　　부디 남산의 바위처럼 오래 사시고
四體康且直."　　몸 건강하고 편안하시길 바랍니다"
阿母得聞之,　　어머니가 이 말을 듣고
零淚應聲落:　　소리치니 눈물이 이리저리 흩어졌다
"汝是大家子,　　"너는 높은 문벌의 자제로
仕宦於臺閣.　　조상들은 조정의 상서대尚書臺에서 일했지
愼勿爲婦死,　　부디 여자 하나 때문에 죽지 말지니
貴賤情何薄!　　귀천이 다르니 그녀를 버려도 박정하지 않단다!
東家有賢女,　　동쪽 이웃집에 참한 아가씨 있으니
窈窕豔城郭.　　조신하고 성 안에서 제일 아름답단다
阿母爲汝求,　　내가 너를 위해 청혼할 터이니
便復在旦夕."　　바로 하루만이면 성사될 거야"
府吏再拜還,　　초중경이 다시 절하고 물러나온 후
長歎空房中,　　빈방에서 길게 탄식하니
作計乃爾立.　　계획은 그렇게 결정되었다
轉頭向戶裏,　　고개 돌려 방안을 돌려 보니
漸見愁煎迫.　　슬픔이 점점 고통스럽게 다가왔다

○嚴霜(엄상): 된서리. 자신의 죽음을 암시하고 있다.  ○結(결): 응결되다. 정원의 난초에 된서리가 엉긴다는 말은 자신이 죽는다는 비유이다.  ○日冥冥(일명명): 태양이 어두워지다. 목숨이 다해 감을 비유한다.  ○單(단): 외롭다. 고독하다.  ○故(고): 일부러.  ○勿復怨鬼神(물부원귀신): 자신이 일부러 만든 계획이지 귀신에게 홀려서 된 게 아니니 귀신을 원망하지 마세요.  ○南山石(남산석): 남산의 바위. 장수를 의미한다.  ○直(직): '順'의 뜻이다. 편안하다.  ○大家子(대가자): 대갓집 아들.  ○仕宦(사환): 벼슬하다.  ○臺閣(대각): 한대 조정의 중요 문서를 관장하던 상서대(尚書臺). 여기서는 관청을 가리킨다.  ○貴賤(귀천): 귀함과 천함. 초중경과 유난지를 각각 가리킨다.  ○豔城郭(염성곽): 성 안에서 가장 아름답다.  ○作計(작계): 계획하다. 자살할 계획을 하다.  ○乃爾(내이): 바로 이렇게.  ○立(입): 결정하다.  ○漸見(점견): 점점 느끼다.  ○煎迫(전박): 고통스러워하다.

제12단락으로 초중경이 어머니께 자신의 결심을 알리고 작별을 고하는 장면이다. 아들에 대해 연민하는 어머니와 사랑을 위해 죽기로 결심한 아들은 마지막 대화에서도 사랑의 방식이 지극히 다름이 드러난다.

| | |
|---|---|
| 其日牛馬嘶, | 혼례를 올리는 날 소와 말이 붐비는데 |
| 新婦入靑廬. | 신부가 푸른 천막으로 들어갔다 |
| 菴菴黃昏後, | 어둑어둑한 저녁이 지나가고 |
| 寂寂人定初. | 적막한 인정人定의 시간이 되었다 |
| "我命絶今日, | "오늘은 나의 목숨이 끊어지는 날 |
| 魂去尸長留." | 혼은 떠나고 시체만 남으리라" |
| 攬裙脫絲履, | 치마를 쥐고 사혜絲鞋를 벗고 |
| 擧身赴淸池. | 온몸을 차가운 연못에 던졌다 |
| 府吏聞此事, | 초중경이 이 일을 전해 듣고 |
| 心知長別離. | 영별할 시간이 왔음을 알았다 |
| 徘徊庭樹下, | 정원의 나무 아래를 거닐다가 |
| 自掛東南枝. | 동남쪽으로 난 가지에 목을 매었다 |

○其日(기일): 유난지가 재혼하는 날. ○牛馬嘶(우마시): 소와 말이 운다는 것은 수레와 마차가 많다는 의미이다. ○靑廬(청려): 넓고 큰 파란 천으로 만든 천막. 혼례를 올릴 때 사용한다. ○菴菴(암암): '晻晻'과 같다. 어둑어둑. 제10단락에도 나온다. ○人定初(인정초): 사람들이 조용해지는 밤 9시. 고대 중국에선 해시(亥時, 지금의 밤 9시)에 종을 18번 쳤는데 이를 '정종'(定鐘)이라고 했다. 이때는 대부분의 사람들이 쉬게 되므로 이 시간을 '인정'(人定)이라 했다. '인정초'는 인정의 초각(初刻)이란 뜻이다. 조선시대의 야간통행 제도를 말하는 '인정'과는 뜻이 약간 다르다. ○擧身(거신): 온몸을 던지다. ○赴淸池(부청지): 연못에 뛰어들다. ○自掛(자괘): 밧줄로 자신의 목을 매달아 죽다. 자액(自縊)하다.

  제13단락으로 유난지는 혼례식 날 죽고, 초중경 역시 자결하면서 비극은 절정에 이른다. 슬프고 비참한 결말은 두 사람의 순수한 애정이 어찌할 수 없는 환경 속에서 이루어졌음을 극단적으로 드러낸다.


| | |
|---|---|
| 兩家求合葬, | 두 집안 사람들은 합장하길 바래어 |
| 合葬華山傍. | 화산華山 아래에 함께 묻었다 |
| 東西植松柏, | 동쪽과 서쪽에 소나무와 측백나무를 심고 |
| 左右種梧桐. | 왼쪽과 오른쪽에 오동나무를 심었다 |
| 枝枝相覆蓋, | 가지들이 뻗어 나가 서로서로 얽히고 |
| 葉葉相交通. | 잎들은 자라나서 서로서로 포개졌다 |
| 中有雙飛鳥, | 한 쌍의 새가 가운데 있었는데 |
| 自名爲鴛鴦; | 그 이름이 원앙이라 하였다 |
| 仰頭相向鳴, | 머리 들고 서로를 향해 울었는데 |
| 夜夜達五更. | 매일 밤 밤새도록 새벽까지 울었다 |
| 行人駐足聽, | 길 가던 사람들은 발을 멈추어 듣고 |
| 寡婦起彷徨. | 남편 잃은 여인은 일어나 배회하였다 |
| 多謝後世人, | 후세 사람들이여! 정중하게 알리노니 |

戒之愼勿忘!    이 일을 경계하고 부디 잊지 말게나!

○華山(화산): 섬서성 서안 동쪽에 있는 화산이 아니라, 여강군 일대에 있었던 산으로
보인다. 또 하나 고려할 점은 '화산'은 남조 유송(劉宋) 시대의 유명한 사랑 이야기와
관련된 지명이란 점이다. 이는 지금도 전해오는 「화산의 아래」(華山畿)란 노래에 얽힌
이야기로, 『악부시집』 권46에 『고금악록』(古今樂錄)을 인용하며 적혀있다. 「화산기」
는 송(宋) 소제(少帝, 재위 423-424년) 때의 「오농가」(懊憹歌)의 변곡(變曲)이다. 소제
(少帝) 때 남서주(南徐州, 지금의 강소성 鎭江市)에 한 선비가 살았는데, 화산의 아래(華
山畿, 지금의 강소성 句容縣)에서 운양(雲陽, 지금의 강소성 丹陽)으로 가던 중 객사(客
舍)에서 나이가 열여덟 아홉 되어 보이는 처녀를 보았다. 그녀에 마음이 끌렸으나 중매
자를 세울 수 없자 결국 마음의 병이 되었다. 모친이 그 까닭을 묻자 선비가 모두 말했
다. 모친이 아들을 위해 화산(華山)에 가 처녀를 찾고서는 정황을 말했다. 처녀가 이를
듣고 감동하여 자신의 무릎덮개를 주며 말했다. '아들의 자리 아래에 몰래 깔아둔 다음
아들을 눕게 하면 병이 나을 것입니다.' 시킨 대로 했더니 과연 며칠 후 차도가 있었다.
그러던 중 선비가 갑자기 자리를 들어올리자, 무릎덮개가 보이니 이를 품에 안고 있다
가, 또 삼켜 먹더니 죽었다. 선비는 죽기 전 모친에게 말했다. '나를 장사지낼 때 수레를
화산으로 지나가게 해주세요!' 모친이 그 뜻에 따르기로 했다. 상여가 처녀가 사는 집
가까이 이르자 소가 가려 하지 않았고 때려도 움직이지 않았다. 이에 처녀가 말했다.
'잠시만 기다려요!' 처녀가 목욕을 하고 화장을 하고 나온 후 노래를 불렀다. '화산(華山)
의 아래에서 / 그대 나를 위해 죽었으니 / 나 홀로 살아 무슨 소용 있나요? / 그대 나를
가련히 여긴다면 / 나를 위해 관을 열어주오' 이에 관이 열리니 처녀가 관속으로 뛰어
들어갔다. 집안사람들이 관을 두드렸으나 어찌할 도리가 없었다. 이에 합장(合葬)을 하
니 사람들이 '신녀총'(神女冢)이라 불렀다." 사랑을 위해 죽는다는 점에서 이 이야기는
「초중경의 아내」와 상당히 유사하다. 일부 학자들은 이 이야기가 유송(劉宋) 이후에 퍼
졌으므로 「초중경의 아내」도 그 이후에 제작된 것으로 판단한다. 그러나 민간의 많은
작품이 그렇듯이 이러한 부분은 나중에 보충된 것으로 보는 것이 더 타당할 듯하다.
○交通(교통): '交錯'과 같다. 서로 얽히다.  ○相向鳴(상향명): 서로를 바라보며 울다.
'동서식송백'(東西植松柏)에서 '야야달오경'(夜夜達五更)까지 8구는 『수신기』(搜神記)의
'한빙'(韓憑) 이야기에서 영향을 받은 듯하다. 이 대목은 유난지와 초중경이 죽은 후에
도 연리지(連理枝)와 비익조(比翼鳥)로 살아간다며 그들의 변하지 않는 사랑을 예찬한
대목이다.  ○駐足(주족): 걸음을 멈추다.  ○彷徨(방황): 배회하다.  ○多謝(다사): 정중하
게 알리다. '謝'에는 '告'의 뜻이 있다. 신연년(辛延年)의 「우림랑」(羽林郎)에서도 "정중

하게 알리노니, 금오(金吾) 선생이여"(多謝金吾子)란 말이 있다.

제14단락으로 환상적인 이미지로 두 사람의 사랑이 영원하기를 기원한다. 두 무덤에서 자란 나무들이 서로 이어지고 한 쌍의 원앙새가 되었다는 설정은 민중의 기원이 담긴 것으로 고대 중국의 비극적인 애정이야기 속에 곧잘 등장한다. 사실적인 묘사와 인물의 대화로 이루어진 전체 시에서 마지막 이 단락은 제삼자의 서술로 변함없는 사랑의 위대함을 찬송하며 동시에 후세 사람을 경계하고 있다.


## 건어가 강 건너가며 우니
## 枯魚過河泣

| | |
|---|---|
| 枯魚過河泣, | 건어가 강 건너가며 우니 |
| 何時悔復及! | 후회해도 이미 늦었어라! |
| 作書與魴鱮, | 방어와 연어에게 편지를 써서 |
| 相教愼出入. | 출입에 조심하라고 경계하네 |

○枯魚(고어): 마른 생선. ○悔復及(회부급): 후회막급. 후회해도 소용없다. ○作書(작서): 편지를 쓰다. ○魴(방): 방어. ○鱮(서): 연어. ○相教(상교): 알리다. 경계하다. ○出入(출입): 만남이나 지위에 있어서의 들고 나옴. 곧 사람의 처신을 가리킨다.

일종의 우언시寓言詩로, 물고기를 의인화하여 험악한 현실 세계에서의 처신을 경계하고 있다. 잡혀서 말려진 물고기가 눈물을 흘린다는 발상도 특이한데, 다른 물고기들에게 편지를 쓴다는 발상도 독특하다. 『악부시집』에 '잡곡가사'의 하나로 실려 있다.

# 맹호의 노래
# 猛虎行

| | |
|---|---|
| 飢不從猛虎食, | 굶주려도 맹호를 좇아 밥 먹지 않으며 |
| 暮不從野雀棲. | 저물어도 참새를 따라가 잠자지 않는다 |
| 野雀安無巢? | 참새에게 어찌 따뜻한 둥지가 없으랴만 |
| 遊子爲誰驕? | 나그네는 누구 때문에 자부심을 가지겠는가? |

○猛虎(맹호): 호랑이. 여기서는 도적이나 부패한 관리와 같이 남을 해치는 사람을 가리킨다. ○野雀(야작): 참새. 여기서는 부정한 사람. 여관영은 창녀나 탕부와 같은 부류의 사람을 비유한다고 했다. ○野雀(야작) 구: 이 구 다음에는 "맹호에게 어찌 맛있는 밥이 없으랴만"(猛虎安無食)이란 구가 생략된 것으로 보인다. 1, 2구에서 맹호와 참새를 제시했지만 3구에서는 참새만 제시한 독특한 구성이다. ○驕(교): 교만하다. 여기서는 자중자애하다. 자신을 아끼기에 여전히 지조를 지킨다는 뜻.

  맹호와 참새를 빌어, 어떠한 상황에서도 절조를 지키고 자중하는 의지를 나타내었다. 나그네가 처한 구체적인 상황은 알 수 없으나, 엄혹한 현실에서도 덕과 기개를 지키는 선비를 찬미하였다. 이 작품은『문선』에 실린 육기陸機의「맹호의 노래」에 대한, 이선李善의 주注에 인용된 시이다.『악부시집』에서는 조비曹조의「맹호의 노래」를 설명하면서 인용하였다. 현존하는「맹호의 노래」가운데, 진晉의 육기陸機와 유송劉宋의 사혜련謝惠連의 내용이 이와 유사하다는 점에서 위의 악부시를 모의한 것으로 보이며, 위魏의 조비曹조의 작품은 비록 제목이 같다고 해도 그 내용은 전혀 다르다.

## 상류전행
## 上留田行

| | |
|---|---|
| 里中有啼兒, | 길가에서 한 아이가 울고 있으니 |
| 似類親父子. | 친구의 아들과 비슷하였다 |
| 回車問啼兒, | 수레를 돌려 아이에게 연고를 물으니 |
| 慷慨不可止. | 슬퍼하며 멈출 줄 모르네 |

○里中(리중): 집 혹은 마당을 가리킨다. 여기서는 마을의 길가로 보았다. ○親父(친부): ‘同父’와 같다. 같은 아버지의 아들. 화자와는 형제 사이이다. 그러나 녹흠립은 ‘父’를 ‘交’가 변형된 것으로 보고 ‘親父’가 아니라 ‘親交라 하였다. 친교(親交)는 곧 친구. 「선재행」(善哉行) 등에도 이 말이 나온다. ○慷慨(강개): 슬퍼하다.

간략한 언어로 이루어진 소형 서사시이다. 수레를 타고 외출하던 사람이 길가에서 우는 아이를 만났는데 친구의 아들이어서 영문을 물으니 끝없이 울기만 할 뿐이다. 평이한 말로 선명한 이미지를 만들어 놓았다. 『악부시집』 권38에 처음 나온다.

## 돌차가
## 咄唶歌

| | |
|---|---|
| 棗下何攢攢! | 대추 아래에 사람이 얼마나 많았는가 |
| 榮華各有時. | 영화는 사물마다 때가 있다네 |
| 棗欲初赤時, | 대추가 처음 붉을 때 |
| 人從四邊來. | 사람들은 사방에서 몰려왔다네 |

棗適今日賜,　　　대추가 오늘 마침 다 떨어졌으니
誰當仰視之!　　　앞으로 누가 올려다 볼 것인가


○咄嗟(돌차): 아아. 탄식하는 소리. ○攢攢(찬찬): 사람의 머리가 총총히 모여 있는 모
양. ○適(적): 만약. 마침. ○賜(사): 다하다. ○當(당): 아직도. 그래도.


이 시는 세태의 급변을 탄식한 작품으로 보인다. 곽무천郭茂倩은 "영
화와 쇠락은 때가 있음을 말했다"(言榮謝各有時也)고 해석하였다. 이
선李善의 『문선주』文選注에 처음 나오는데, 반악潘岳의 『생부』笙賦에 대해
주를 가하면서 이 시가 인용되었다.


# 계명가
## 鷄鳴歌


東方欲明星爛爛,　　　동방이 밝으려니 별들이 반짝이고
汝南晨鷄登壇喚.　　　여남汝南의 새벽닭이 단에 올라 홰를 친다
曲終漏盡嚴具陳,　　　노래 끝나고 물시계가 다하고 계엄 설비 진열하니
月沒星稀天下旦.　　　달 지고 별 지니 천하에 새벽이 온다
千門萬戶遞魚鑰,　　　천문만호 문마다 물고기 자물쇠 열면
宮中城上飛烏鵲.　　　궁중의 성위에선 까마귀가 날아간다


○汝南(여남): 한(漢)의 군(郡) 이름. 치소는 평여(平輿). 지금의 하남성 동남부에 소재
한다. ○漏盡(루진): 물시계의 물이 다 하다. 새벽이 되다. ○嚴具(엄구): 황제의 행차를
호위하는 계엄의 도구. ○魚鑰(어약): 물고기 모양의 자물쇠.


『악부시집』 권83에 『진태강지기』晉太康地記를 인용하여 이 시의 유래

를 서술하고 있다. "후한 때 고시固始, 동양銅陽, 공안公安, 세양細陽 네 현
의 위사衛士가 이 노래를 배워 대궐 아래에서 노래하였다." 『악부광제』
樂府廣題의 기록에 의하면, 한대에는 궁중에서 닭을 기를 수 없었으므로
미명 삼각未明三刻에 일어나 노래하는 계명위사鷄鳴衛士가 있었다고 한다.
위 작품은 계명위사가 부른 노래의 가사이다.


# 고가
# 古歌


| | |
|---|---|
| 秋風蕭蕭愁殺人, | 가을바람 불어오니 시름이 깊어지는데 |
| 出亦愁, 入亦愁. | 집을 나서도 시름겹고 들어와도 시름 차네 |
| 座中何人, | 좌중에 있는 그 누가 |
| 誰不懷憂? | 근심 없는 사람 있으리오? |
| 令我白頭. | 근심으로 머리가 희어지네 |
| 胡地多飇風, | 서북 지방은 바람이 많아 |
| 樹木何修修. | 나무는 얼마나 스산한 소리를 내는가 |
| 離家日趨遠, | 고향 집은 날이 갈수록 멀어지고 |
| 衣帶日趨緩. | 허리띠는 날이 갈수록 느슨해지네 |
| 心思不能言, | 이 내 심사 누구에게 하소연할까 |
| 腸中車輪轉. | 창자 속은 수레바퀴가 돌아가는 듯 |


○胡地(호지): 비한족이 거주하는 지역. 보통 오늘날의 산서성, 섬서성, 감숙성 등 중국
의 북부나 서북 지역을 가리킨다.  ○飇風(표풍): 돌개바람.  ○修修(수수): '蕭蕭'와 같다.
우수수. 바람이 부는 소리.  ○趨(추): 향하다. 향해 가다.

중국의 서북 지방을 떠도는 나그네가 고향을 생각하는 시이다. 『고
시류원』<sup>古詩類苑</sup> 등에 보인다. 녹흠립<sup>逯欽立</sup>은 "이 노래는 분명 「비가」<sup>悲歌</sup>
와 함께 같은 시의 일부분일 것이다"라고 했다. 말 2구는 「비가」의 말
2구와 같다.


# 고염가
# 古艷歌

| | |
|---|---|
| 煢煢白兎, | 짝을 잃은 외로운 흰 토끼 |
| 東走西顧. | 동쪽 서쪽 달리며 살펴보네 |
| 衣不如新, | 옷은 새 것이 좋고 |
| 人不如故. | 사람은 옛 사람이 좋아 |

○煢煢(경경): 외로운 모습.  ○東走西顧(동주서고): 동쪽으로 달리다가 서쪽을 바라보
다. '호문'(互文)으로 동서로 달리고 둘러본다는 뜻이다. 여기서는 짝을 잃은 토끼가 짝
을 찾느라 어쩔 줄 모르고 뛰어다니는 모습을 형용하였다.


『태평어람』<sup>太平御覽</sup>에 처음 보인다. 명청대 편찬된 시선본<sup>詩選本</sup>에서는
종종 작가를 두현<sup>竇玄</sup>의 처로 기록하고 제목도 「고원가」<sup>古怨歌</sup>라 하였
다. 두현의 처에 대해선 『예문류취』에 다음과 같은 기록이 있다. 후한
의 두현<sup>竇玄</sup>은 용모가 뛰어나 황제의 부마로 되었다. 이에 전처<sup>前妻</sup>가 두
현에게 편지를 써 보냈다. "비천하고 비루한 사람은 귀인만 못하지요.
천첩은 날이 갈수록 멀어지고 새 사람은 날이 갈수록 가까워지겠지요.
어디에 호소해야 할지 몰라 하늘을 바라보고 외칩니다. 슬퍼라, 두현
이시여. 옷은 새 것이 좋고 사람은 옛 사람이 좋다는데, 비통을 참을

수 없고 원망은 떠나지 않습니다. 새 사람이 누구이길래 여기에 살게
됩니까"『예문류취』에선 그녀가 시를 지었다는 기록은 없지만, 이 시
를 설명하는 데는 아주 설득력이 있다. 만일 이 기록을 따른다면 위 시
는 기부시棄婦詩에 해당한다. 앞 2구는 자신의 처지를 짝 잃은 토끼로
비유하여 여전히 남편을 그리워하는 모습을 그렸고, 뒤 2구는 남편도
자신을 생각해달라는 기원을 잠언식으로 호소하였다.


## 고염가
## 古艷歌

| | |
|---|---|
| 蘭草自生香, | 절로 향기를 뿜는 난초가 |
| 生于大道傍. | 한길 가에 자라네 |
| 十月鉤簾起, | 가을 되어 낫에 베이어 |
| 幷在束薪中. | 건초 더미에 섞이네 |

○大道(대도): 한길. 난초는 깊은 계곡에서 자라야 하는데, 어울리지 않게 번잡한 한길
가에 나와 있다는 뜻이다.  ○鉤簾(구렴): '구겸'(鉤鎌)과 같다. 갈고리와 낫.  ○幷(병):
섞이다.  ○束薪(속신): 묶인 꼴이나 땔감.


　　난초는 원래 깊은 계곡 속에 자라야 하는데, 사람이 많은 한길에서
자라면 잡초와 다름없는 대우받는다. 마찬가지로 덕이 있고 능력 있는
사람도 혼탁한 곳에 있으면 천시 받는다는 비유이다. 당唐 안양정顔揚庭
의『광류정속』匡謬正俗에 실려 있다. 『시기』詩紀에서는 제목을「고악부」
古樂府라 하였다.

# 고가
# 古歌

高田種小麥,　　　높은 밭에 밀을 심으면
終久不成穗.　　　끝내 이삭이 패지 않듯
男兒在他鄉,　　　남아가 타향에 있으면
焉得不憔悴.　　　어찌 초췌하지 않으리오

○高田(고전): 높은 곳에 있는 밭. ○終久(종구): 결국. 필경. 밀을 고지에 심으면 지세가 적합하지 않아 이삭이 패지 않는다. ○焉得(언득): 어찌 …하지 않겠는가.

　남자가 타향에서 지내는 것을 밀이 높은 지대에 심겨진 것과 같이 견실하지 못하다고 비유하였다. 앞 2구는 비유이고 뒤 2구는 본뜻이다. 타향에서의 어려움을 역설하는 내용이다. 후위後魏 가사협賈思勰의 『제민요술』齊民要術에 실려 있다.

# 잡가요사(雜歌謠辭)

　　원래 음악의 연주 없이 사람의 목소리로만 부르는 노래(徒歌)나 민요, 그리고 시와 관련이 적은 참언讖言과 속담 등이 여기에 해당한다. 작품의 풍격은 악부에서 채집한 민간가요와 유사하다. 고대의 작품으로 알려진 일부 작품들은 후대 사람들이 가탁하여 지은 경우도 많다. 사실 이 종류의 가사는 연주와 관련이 없기 때문에 악부시에 속한다고 할 수 없으나, 민간 가요는 악부시의 근원으로 서로 간의 영향관계가 있으므로 곽무천郭茂倩이 『악부시집』樂府詩集에 이 항목을 설정하였다.

## 회남 여왕厲王 노래
## 淮南厲王歌

一尺布, 尙可縫.　　　한 자의 옷감이라도 기워 함께 입을 수 있고
一斗粟, 尙可舂.　　　한 되의 좁쌀이라도 찧어 함께 먹을 수 있건만
兄弟二人不相容.　　　형제 두 사람은 서로를 받아들이지 못하네

○舂(용): 찧다. 절구질하다. ○不相容(불상용): 서로 용납하지 못하다. 이 노래는 가난한 사람들은 한 자의 옷감이라도 기워서 함께 입고, 한 됫박의 좁쌀이라도 찧어서 함께 먹건만, 황실의 형제는 넓은 천하를 가지고도 서로 다투고 용납하지 못한다는 뜻이다.

　　이 노래는 『사기』 권118 「회남형산열전」淮南衡山列傳에 처음 보인다. 회남 여왕淮南厲王 유장劉長은 한 고조漢高祖의 아들로 자신의 형이 문제文

帝로 즉위하자 교만해져 법을 지키기 않고 제멋대로 하다가 기원전 174년에는 모반을 꾀하였다. 그 죄로 촉군蜀郡으로 유배가게 되었는데 도중에 스스로 음식을 먹지 않고 죽었다. 기원전 168년 백성들이 이 노래를 지어 불렀다. 「회남홍렬해서」淮南鴻烈解叙에는 가사가 "一尺繒, 好童童. 一斗粟, 飽蓬蓬. 兄弟二人不相容."로 약간 다르게 실려 있다.


# 위황후衛皇后 노래
# 衛皇后歌

| | |
|---|---|
| 生男無喜, | 아들을 낳았다고 기뻐하지 말고 |
| 生女無怒, | 딸을 낳았다고 슬퍼하지 마소 |
| 獨不見 | 어찌 보지 못하는가 |
| 衛子夫霸天下? | 위자부衛子夫가 천하를 제패함을 |

○衛子夫(위자부): 원래는 한대 초기 평양공주(平陽公主)의 가녀(歌女)였지만 나중에 한무제(漢武帝)의 황후(皇后)가 되었다. 그녀의 동생 위청(衛青)은 대장군으로 장평후(長平侯)에 봉해졌다. 또 위청의 아들과 동생들도 모두 권세를 누려 이들의 세력이 한나라를 흔들었다.

　이 노래는 『사기』 「외척세가」外戚世家 저선생褚先生의 발문 속에 처음 나온다. 이 노래는 위자부衛子夫가 천하에 세력을 떨친데 대한 일종의 풍자로 보인다. 중국 고대의 문인들은 여성이 권세를 누린데 대해서는 비판적이었다. 당대 백거이白居易도 「장한가」長恨歌에서 "자매와 형제들이 모두 사대부 반열에 오르니, 아름다운 광채가 가문에서 나온다. 이리하여 천하의 부모 마음이, 아들 낳기 경시하고 딸 낳기 중시하게 되었다네."(姉妹弟兄皆列土, 可憐光彩生門戶. 遂令天下父母心, 不重生

男重生女)고 한 것도 이와 유사하다.


## 정국거鄭國渠와 백거白渠 노래
## 鄭白渠歌

| | |
|---|---|
| 田於何所? | 논밭은 어디에 있는가? |
| 池陽谷口. | 지양池陽과 곡구谷口에 있다네 |
| 鄭國在前, | 정국鄭國의 수로가 이전에 만들어졌고 |
| 白渠起後. | 백공白公의 수로가 뒤를 이어 만들어지네 |
| 擧鍤如雲, | 잡아든 가래가 구름 같이 많고 |
| 決渠爲雨. | 수로를 트니 비처럼 쏟아지네 |
| 水流竈下, | 물줄기가 부뚜막 아래로 흐르고 |
| 魚跳入釜. | 물고기가 솥으로 뛰어드네 |
| 涇水一石, | 경수涇水 한 석에 |
| 其泥數斗. | 진흙이 여러 말 |
| 且漑且糞, | 물을 대고 거름을 대니 |
| 長我禾黍. | 우리의 벼와 기장이 자라네 |
| 衣食京師, | 경사京師의 억만 사람들 |
| 億萬之口. | 옷 입히고 밥 먹이게 되었네 |


○池陽(지양): 지명으로 지금의 섬서성 경양현(涇陽縣) 서북에 소재. ○谷口(곡구): 지명. 경수(涇水)가 계곡에서 나오는 지역으로 서쪽엔 구종산(九嵕山)이 있다. 오늘날의 예천현(醴泉縣)과 경양현의 경계에 해당한다. ○鄭國(정국): 사람이름. 전국시대 한(韓)나라의 수리 설계자로 진(秦)나라를 설득하여 강을 굴착하였다. 지금의 산서성 경양현 서북에서 물줄기를 동쪽으로 갈라내어 낙수(洛水)로 흘러들게 하였다. 여기서는 정국이 만든 정국거(鄭國渠)를 말한다. ○白渠(백거): 한 무제 때 대중대부(大中大夫) 백공(白

公)이 굴착한 수로. 경수(涇水)를 경양(涇陽), 삼원(三原), 임동(臨潼) 등 여러 현으로 갈래내었다.  ○鍤(삽): 가래. '擧鍤如雲'은 '든 가래가 구름 같다'는 뜻으로 수로를 굴착할 때 많은 사람들이 동원되었음을 묘사하였다.  ○水流竈下(수류조하), 魚跳入釜(어도입부): 물줄기가 부뚜막 아래로 흐르고, 물고기가 솥으로 뛰어든다. 이 두 구는 수리 공사로 인해 물을 긷고 고기 잡기가 편해졌음을 표현한 말이다. 이 두 구는 『한서』에는 없지만, 순열(荀悅)의 『한기』(漢紀)를 따라 포함시켰다.  ○一石(일석): 石은 용량의 단위로, 1석은 10말(斗)에 해당한다. '涇水一石, 其泥數斗'은 강물 한 석에 진흙이 여러 말 된다는 뜻이다.  ○且漑且糞(차개차분): 漑는 물을 대다, 糞은 거름을 대다.  ○禾黍(화서): 벼와 기장.  ○京師(경사): 수도. 서한(西漢)의 수도 장안(長安)을 가리킨다.

   백성들이 수리 공사의 혜택을 받고 기뻐하여 지은 노래이다. 이 노래는 『한서』「구혁지」溝洫志와 순열荀悅의 『한기』漢紀에 나온다. 『한서』에 의하면, 전국시대 한韓나라는 강성해지는 진秦나라의 공격을 완화하기 위해 수리 전문가 정국鄭國을 파견하여 경수涇水를 굴착할 것을 건의한다. 수리공사가 진행되는 도중에 한나라의 의도가 발각되자 정국은 "한韓의 명운을 몇 년 간 연장하기 위한 것이지만 진秦나라에겐 만세의 공을 세우는 것"(臣爲韓延數歲之命, 而爲秦建萬世之功)이라고 설득한다. 결국 이 공사는 완성된다. 그 후 기원전 95년 대중대부大中大夫 백공白公이 한 무제에게 주청하여 정국이 만든 수로를 곡구谷口에서 역양(櫟陽, 지금의 臨潼縣 동북)까지 연결하였다. 관개한 논밭은 4천5백여 경頃에 이르렀다.


# 영천潁川 아이들 노래
# 潁川兒歌

潁水淸,　　　영수潁水가 맑으면
灌氏寧.　　　관부灌夫가 편안하고
潁水濁,　　　영수가 탁해지면

灌氏族.　　　관부가 멸족당하리

○潁川(영천): 한대의 군(郡) 이름. 지금의 하남성 우현(禹縣). ○灌氏(관씨): 관부(灌夫) 집안을 가리킨다. 한대 초기에 관부는 오(吳) 지역 반란군을 진압하는 공을 세우지만, 성격이 방종하고 아첨할 줄 몰랐으며, 또 사귀는 사람이 모두 호걸이나 대활(大猾)들로, 식객이 수백 명이나 되었다. 영천에서는 호수를 막고 밭을 만들었으며 종족과 식객들의 이익을 위해 전횡을 일삼았기에 영천의 아이들이 위의 노래를 지었다. 이후 승상과의 마찰로 기원전 131년에 관부와 그 가족들이 처형당하였다. ○族(족): 멸족하다. 고대 형법 가운데 하나로 한 사람이 죄를 지으면 그의 전 가족 혹은 모가(母家)와 처가(妻家)를 포함하여 모두 죽였다.

　관부灌夫에 대한 전기와 위 노래는 『사기』 권107과 『한서』 권52에 기록되어 있다. 이 노래는 관부의 전횡과 압박에 대한 백성들의 저주가 담긴 것으로, 영천이 언제까지나 맑지 않는 자연현상에 빗대어 그들의 패망을 희구하였다. 간결한 말 속에 강력한 표현력을 갖춘 노래이다.


# 뇌량 석현 노래
# 牢石歌

牢邪, 石邪,　　　뇌량牢梁의 문객인가, 석현石顯의 문객인가?
五鹿客邪?　　　아니면 오록충종五鹿充宗의 문객인가?
印何纍纍,　　　관인官印이 어찌 그리 주렁주렁하고
綬若若邪?　　　인끈이 어찌 그리 길디긴가?


○牢(뇌): 뇌량(牢梁)을 가리킨다. 한 원제(漢元帝) 때 복야(僕射)를 지냈다. ○石(석): 석현(石顯)을 가리킨다. 환관으로 총애를 받아 원제 때 중서령(中書令)까지 올랐다. 당(黨)을 만들어 권세를 부렸으며 충신들을 박해하였다. '牢邪'와 '石邪'는 다음의 '五鹿客

邪'를 보면 '客'이 생략되어 있으므로 '牢客邪, 石客邪'라고 해석해야 한다. ○五鹿(오록): 복성(複姓)으로, 여기서는 오록충종(五鹿充宗)을 가리킨다. 원제 때 소부(少府)에 올랐다. 뇌량, 석현과 함께 결당하여 권세를 부렸다. 당시 이들에 충성하거나 아부한 사람들은 모두 높은 관직을 얻었다. ○纍纍(유류): 올망졸망. 주렁주렁한 모양. ○綬(수): 손잡이 끈. 여기서는 도장에 매어있는 끈. ○若若(약약): 긴 모습.

권세에 아부하여 관직에 오른 사람들을 풍자한 노래이다. 너희들의 그 많은 도장과 인끈은 대체 누구에게 아부하여 얻은 것인가? 『한서』 권93 「영행전」佞幸傳에 실려 있다.

# 다섯 후의 노래
## 五侯歌

| | |
|---|---|
| 五侯初起, | 오후五侯가 처음 일어나매 |
| 曲陽最怒. | 곡양후曲陽侯가 가장 기세등등하였다 |
| 壞決高都, | 고도강高都江의 물길을 끌어 |
| 連竟外杜. | 두릉杜陵 바깥까지 연결하였다 |
| 土山漸臺, | 토산과 점대漸臺를 세우고 |
| 象西白虎. | 백호전白虎殿을 본 떠 지었다 |

○五侯(오후): 다섯 명의 후작(侯爵)을 가진 사람. 기원전 27년 동한 성제(成帝)가 '후'(侯)로 봉한 자신의 외삼촌 5사람을 가리킨다. 즉 왕담(王譚)을 평아후(平阿侯)로, 왕상(王商)을 성도후(成都侯)로, 왕립(王立)을 홍양후(紅陽侯)로, 왕근(王根)을 곡양후(曲陽侯)로, 왕봉(王逢)을 고평후(高平侯)로 봉하였다. 다섯 사람을 같은 날 봉했기 때문에 당시 사람들이 '오후'(五侯)라 칭하였다. ○曲陽(곡양): 곡양후 왕근(王根)을 가리킨다. ○怒(노): 기세가 높다. '노도'(怒濤)의 '노'(怒)와 같은 용례이다. ○高都(고도): 강 이름. 장안 서쪽에서 위수(渭水)로 흘러든다. 휼수(潏水)라고도 한다. 곡양후 왕근이 대규모

조경 공사를 하면서 고도강(高都江)의 물을 장안성 안으로 끌어들였다. ○外杜(외두): 장안성의 남쪽을 나오면 동쪽 끝에 있는 문이 두문(杜門)인데 그 바깥 지역을 가리킨다. 다시 말해 장안 동남쪽의 두릉(杜陵) 아래에 있는 취락지를 말한다. ○漸臺(점대): 한 무제가 장안성의 태액지(太液池) 연못 가운데의 섬 위에 건축한 누대. 여기서는 점대를 모방한 건축물로, 황궁에 준하여 같은 규모로 지었다는 뜻이다. ○象(상): 모방하다. ○白虎(백호): 백호전(白虎殿)을 가리킨다.

백성들이 다섯 후작의 사치와 교만을 풍자한 노래이다. 『한서』 권98 「원후전」元后傳에 다음과 같은 배경과 함께 실려 있다. "오후五侯의 여러 형제들은 다투어 사치하였는데 뇌물로 바치는 값진 보물이 사방에서 들어왔다. 각 후정에는 희첩姬妾들이 수십 명씩이었고 동복童僕들이 천여 명이나 되었다. 종과 경쇠를 늘어놓고, 미인들이 춤추며, 배우들이 놀고, 개와 말들을 쫓아다녔다. 건물을 크게 일으켜 토산과 점대를 세우니, 높은 회랑과 복도가 끝없이 이어졌다. 이에 백성들이 노래하였다." 노래에서는 곡양후曲陽侯의 사치를 주로 묘사하였는데, 이로써 당시 오후의 권세를 엿볼 수 있다.

# 흉노의 노래
# 匈奴歌

亡我祁連山,　　　우리가 기련산을 잃었기에
使我六畜不蕃息.　육축六畜을 번식시킬 수 없다네
失我焉支山,　　　우리가 언지산을 잃었기에
使我婦女無顏色　여인들이 고생으로 얼굴을 펼 수 없다네

○祁連山(기련산): 기련 산맥. 지금의 감숙성(甘肅省)과 청해성(靑海省) 사이의 경계를

이루며 1000㎞ 가량 가로놓인 산맥. 평균 해발 4000m 이상의 고산에 만년설에 덮여있어 하서회랑에 산재하는 오아시스의 수원이 되고 있다. 주봉은 가욕관(嘉峪關) 남쪽에 있는 기련산으로 해발 5547m이다. 전국시대와 한대 초기에는 흉노의 세력범위로 한무제 때 곽거병(霍去病)이 일시 탈취하였다. ○六畜(육축): 여섯 가지 가축으로, 말, 소, 양, 닭, 개, 돼지이다. 보통 각종 가축을 통칭한다. ○焉支山(언지산): 한자로 '燕支山' 혹은 '胭脂山'이라고도 쓴다. 감숙성 영창현(永昌縣) 서쪽에 소재한 산. 물이 맛있고 목축하기 좋은 한편, 산세가 험난하여 역대로 요새이기도 하였다. 곽거병이 이 산을 넘어 흉노를 대파하였다는 기록이 있다.

흉노족들이 하서회랑을 잃은데 대한 아쉬움을 노래한 가사이다. 이 노래는 『태평환우기』太平寶宇記 권 152에서 『하서구사』河西舊事를 인용하며 소개하고 있다.


# 장안 민요
# 長安謠

| | |
|---|---|
| 伊徙雁, | 이가伊嘉는 안문雁門으로 좌천되고 |
| 鹿徙菟, | 오록충종五鹿充宗은 현토玄菟로 가고 |
| 去牟與陳實無賈. | 뇌량牢梁과 진순陳順은 면직되니 그 얼마나 좋은가 |

○伊(이): 이가(伊嘉)를 가리킨다. 어사중승(御史中丞)이었으나 성제(成帝) 초에 안문 도위(雁門都尉)로 좌천되었다. ○雁(안): 안문(雁門)을 가리킨다. 지금의 산서성 북부 대현(代縣) 지역. ○鹿(녹): 오록충종(五鹿充宗)을 가리킨다. 소부(少府)였으나 성제 초에 현토 태수(玄菟太守)로 좌천되었다. ○菟(토): 현토(玄菟)를 가리킨다. ○牟與陳(뇌여진): 뇌량(牢梁)과 진순(陳順). 이들은 모두 환관 석현(石顯)의 일당으로 성제 초기에 석현과 함께 면직되었다. ○無賈(무가): 값을 매길 수 없다. 백성들의 이로움이 얼마나 많은지 헤아릴 수 없다.

　　환관 석현石顯과 그 일당이 세력을 잃자 장안의 백성이 기뻐하여 부른 노래이다. 석현은 처자와 함께 고향으로 돌아가는 도중 근심과 분노로 밥을 먹지 않아 죽었다. 『한서』 권93 「영행전」佞幸傳에 실려 있다.


# 성제成帝 때 동요
# 成帝時童謠

| | |
|---|---|
| 燕燕尾涎涎, | 제비의 꼬리는 얼마나 아름답던가 |
| 張公子時相見. | 장방張放을 따라가 종종 보았지 |
| 木門倉琅根, | 궁문의 푸른 옥 문고리에 |
| 燕飛來, | 제비가 날아와서 |
| 啄皇孫. | 황손皇孫을 쪼아 먹었지 |
| 皇孫死, | 황손이 죽고나니 |
| 燕啄矢. | 제비는 똥을 쪼아 먹었지 |

○燕燕(연연): 제비. 『시경』에 「연연」(燕燕)이란 시가 있다. 조비연(趙飛燕)을 암시하는 '흥'(興)으로 볼 수 있다.  ○涎涎(정정): 반빌반질하다. 깃털이 윤기 있는 모양.  ○張公子(장공자): 부평후(富平侯) 장방(張放)을 가리킨다. 장방은 성제(成帝)가 총애하는 아첨꾼으로, 성제가 평민의 옷을 입고 시정을 돌아다니기 좋아하자 양아 공주(陽阿公主) 댁으로 데리고 가 놀면서 조비연을 만나게 하였다.  ○木門(목문): 한대의 궁문.  ○倉琅(창랑): 청색. 청동 문고리가 녹색을 띠고 있으므로 이렇게 표현하였다.  ○根(근): 문고리. 『한서』에선 궁문에 대한 묘사는 "장차 존귀하게 된다는 말이다"(言將尊貴也)라고 풀이하였다.  ○燕(연): 조비연(趙飛燕)을 가리킨다. 조비연은 원래 양아 공주(陽阿公主) 댁에 있던 무녀(舞女)였는데 나중에 성제의 황후가 되었다.  ○啄皇孫(탁황손): 황손을 쪼다. 조비연은 입궁 후 자신이 아이를 낳지 못하자 자신의 안전을 위하여 성제(成帝)의 비빈들이 낳은 아이들을 하나씩 죽였다.  ○燕啄矢(연탁시): 제비가 똥을 쪼다. 곧 제비가 땅속에 묻혀 흙이나 똥을 쪼는 격이 되었다는 뜻이다. 矢(시)는 똥. 성제가 죽은 지 5년

후 조비연은 후계자를 없앤 죄로 폐위되고 신분은 평민으로 강등되었다. 조비연은 폐위
되는 날 자살하여 죽었다.

　　성제<sup>成帝</sup>의 황음<sup>荒淫</sup>과 조비연<sup>趙飛燕</sup>의 행실을 풍자한 노래이다. 『한서』
권27 「오행지」<sup>五行志</sup>와 권97 「외척전」<sup>外戚傳</sup>에 실려 있다.

# 성제<sup>成帝</sup> 때 가요
# 成帝時歌謠

| | |
|---|---|
| 邪徑敗良田, | 지름길이 좋은 밭을 망가뜨리듯 |
| 讒口亂善人. | 참언은 선한 사람을 괴롭힌다 |
| 桂樹華不實, | 계수나무에 꽃은 피었으나 열매가 없으니 |
| 黃爵巢其顚. | 노란 참새가 꼭대기에 둥지를 틀었다 |
| 故爲人所羨, | 예전에는 사람들의 선망을 받았으나 |
| 今爲人所憐. | 지금은 사람들의 동정을 받는다 |

○邪徑(사경): 곧지 아니한 길. 논밭의 길은 동서와 남북으로 나 있는데, 사람들이 가까
운 길을 내느라 다니면서 난 비스듬한 지름길. ○華不實(화부실): 꽃은 피었으나 열매가
없다. 성제(成帝)에게 아들이 없음을 비유한 말. ○黃爵(황작): ‘黃雀’과 같다. 참새. 성
제에게 아부하는 총신들을 비유한 말. 『한서』에서는 “계수 꽃은 붉은색으로 한실(漢室)
을 나타내고, ‘꽃은 피었으나 열매가 없으니’(華不實)는 계사(繼嗣)가 없음을 말한다. 왕
망(王莽)이 스스로 황색을 표상으로 삼았기에 ‘노란 참새가 꼭대기에 둥지를 틀었다’고
했다”(桂赤色, 漢家象. 華不實, 無繼嗣也. 王莽自謂黃象, 黃爵巢其顚也)고 기록하였다. 이
는 가요의 의미를 오행에 따른 왕조의 순환, 즉 성제와 왕망의 관계에서 풀이하였다.
그러나 노래를 전체적으로 보면 성제와 간신의 관계로 보는 게 더 타당해 보이므로 노
란 참새를 왕망이 아닌 총신으로 보는 게 나을 듯하다.

성제 때 혼란된 정치상을 풍자한 노래이다.『한서』권27「오행지」五行志
에 전한다. 전체적으로 격구대隔句對를 사용하여 주술적인 효과를 가진다.


## 성안의 민요
## 城中謠

| | |
|---|---|
| 城中好高髻, | 성안 사람이 높은 쪽을 좋아하면 |
| 四方高一尺. | 사방 사람들은 한 척 더 높이고 |
| 城中好廣眉, | 성안 사람이 넓은 눈썹을 좋아하면 |
| 四方且半額. | 사방 사람들은 눈썹을 이마의 반으로 하고 |
| 城中好大袖, | 성안 사람이 넓은 소매를 좋아하면 |
| 四方全匹帛. | 사방 사람들은 비단 한 필로 소매를 만든다 |

○城中(성중): 장안성 안. ○高髻(고계): 높은 쪽. 한대에 유행했던 여성의 머리 스타일.
『동관한기』(東觀漢紀)에 명덕황후(明德皇后)가 "쪽 네 개를 크게 틀어올렸다"(四起大髻)
고 한다. ○廣眉(광미): 넓은 눈썹.『풍속통』(風俗通)에 조왕(趙王)은 넓게 그린 눈썹을
좋아하였다고 한다. ○大袖(대수): 넓은 소매.『비연외전』(飛燕外傳)에 조비연은 소매가
넓었다고 한다.


궁중의 풍습이 전국에 영향을 크게 미친다는 비유의 민요이다.『후
한서』권24「마원열전」馬援列傳에 보인다. 명제明帝가 죽고 장제章帝가
즉위할 때 마원馬援의 아들 마료馬廖가 자신의 여동생이 황후에서 황태
후가 되자 경계하는 뜻에서 상소하면서 '장안의 말'(長安語)이라며 인
용한 민요이다. 이는 곧 "오왕이 검객을 좋아하니 백성들이 많이 다치
고, 초왕이 가는 허리를 좋아하니 성안에 굶어죽는 여인이 많다"(吳王
好劍客, 百姓多創瘢; 楚王好細腰, 宮中多餓死)는 비유와 같다. 마료

는 동한 사람이지만 내용으로 보아 민요는 서한 말기에 생겼으리라 본
다. 마료는 여동생인 명덕황후가 백성의 본이 되기를 바란 뜻에서 상소
하며 이를 인용하였다.


## 순제 말기 경도京都 동요
## 順帝末京都童謠

| | |
|---|---|
| 直如弦, | 현弦같이 곧으면 |
| 死道邊. | 길가에서 죽고 |
| 曲如鉤, | 갈고리처럼 굽으면 |
| 反封侯. | 오히려 벼슬을 받는다 |

　문란한 정치와 전도된 가치관을 풍자한 노래이다. 이 노래는 동한東
漢의 이고李固를 위해 지어졌다. 145년 충제沖帝가 죽자 후사 문제에 있
어서 이고李固는 나이가 있고 총명한 청하왕清河王을 세우려 하였지만 대
장군 양기梁冀는 자신의 권력을 유지하기 위하여 어린 질제質帝를 세웠
다. 이 때문에 이고는 옥에서 몰래 죽임을 당했고 시체는 도로에 버려
졌다. 대신 호광胡廣, 조융趙戎, 원탕袁湯 등 양기에 아부한 사람들은 벼
슬을 받았다. 『후한서』「오행지」五行志에 나온다.


## 환제 초기 천하 동요
## 桓帝初天下童謠

| | |
|---|---|
| 小麥靑靑大麥枯, | 밀은 파릇파릇하고 보리는 누렇게 익었는데 |

誰當穫者婦與姑,  누가 나가 거두나? 시어미와 며느리뿐이네
丈夫何在西擊胡.  남편은 어디 있나? 서쪽으로 강족羌族과 싸우러갔네
吏買馬, 君具車.  관리는 우리 말을 사갔고 현령은 내 수레 가져갔네
請爲諸君鼓嚨胡.  높으신 나으리들 목구멍 울려 임금님께 말 좀 해주게

○丈夫(장부): 장정. ○君(군): 군수 혹은 현령. 남조 유송(劉宋)의 효무제(孝武帝) 이전에는 군이나 현에서의 상하관계는 군신관계와 동일하였기에 군수를 '군'(君)이라 하였다. ○嚨胡(롱호): 목구멍. '鼓嚨胡'은 '목구멍을 울리다', 즉 말을 하다. 이 구는 불만이 있어도 속으로만 삭힐 뿐 감히 말을 하지 못하는 모습이다.

　동한 말기 강족羌族의 침입에 따른 병역의 어려움과 관리의 탐욕을 폭로한 노래이다. 151년 양주(涼州, 지금의 감숙성 무위) 일대의 강족羌族이 침입하면서 한나라는 병사를 자주 징발하였고 그 결과 농사일은 여인들이 하게 되었다. 관리들은 말을 사간다며 헐값으로 가져가고 수레도 끌고 가버렸다. 억울한 상황에서 어찌 살아갈 수 있으랴. 부디 높으신 분이 제발 임금님께 우리들 사정을 큰 목소리로 말 좀 해 주시게. 불공평하고 억울한 현실에 대해 호소할 수도 없는 백성들의 마음을 표현하였다. 『후한서』「오행지」五行志에 실려 있으며, 보통 「소맥요」小麥謠라고 부른다.


# 환제 초기 '성 위의 까마귀' 동요
# 桓帝初城上烏童謠

城上烏,    성 위의 까마귀
尾畢逋.    꼬리가 푸덕푸덕
公爲吏,    아버지는 관리되고

子爲徒.　　　　　아들은 병사 되니
一徒死,　　　　　병사 하나 죽으면
百乘車.　　　　　수레가 백 대
車班班,　　　　　수레 소리 우릉우릉
入河間.　　　　　하간河間으로 들어간다
河間姹女工數錢,　하간의 미녀는 돈 세기를 잘 해
以錢爲室金爲堂.　돈으로 방 만들고 금으로 집 만들어도
石上慊慊舂黃粱.　돌 위에서 불만스레 기장을 찧고 있네
梁下有懸鼓,　　　들보 아래 북 있어
我欲擊之丞卿怒.　내가 치려하니 관리가 노하네

○城上烏(성상오): 성 위의 까마귀. 높은 자리에 있으면서 탐욕스런 사람을 비유한다. ○尾畢逋(미필포): 꼬리를 푸덕푸덕 터는 소리. 전종서(錢鍾書)는 '尾畢逋'가 악부시 「양쪽이 뾰쪽뾰쪽」(古兩頭纖纖詩)에 나오는 "푸덕푸덕 날개 치며 홰치는 닭이"(腷腷膊膊鷄初鳴)의 '腷腷膊膊'와 같이 의성어로 보았다. 그러나 여관영(余冠英)은 '尾畢逋'는 "꼬리가 모두 없다"는 뜻으로, 결말이 좋지 않음을 비유한 것으로 풀이하였다. 『후한서』 「오행지」(五行志)에서 이 두 구는 "높은 자리에서 독식하며 아랫사람과 나누지 않으니, 임금이 수탈함을 말한다"(處高利獨食, 不與下共, 謂人主多聚斂也)고 하였다. ○公爲吏(공위리), 子爲徒(자위도): 아버지는 관리이고 아들은 병사이다. 『후한서』에서는 "외적이 장차 침입하매 아버지는 군리(軍吏)가 되고 아들은 졸도(卒徒)가 되어 치러 감을 말한다"(蠻夷將畔逆, 父旣爲軍吏, 其子又爲卒徒往擊之也)고 하였다. 여관영은 양상(梁商)과 양기(梁冀)와 같이 부자지간에 대장군 벼슬을 물려주는 것으로 풀이하였다. ○一徒死(일도사), 百乘車(백승거): 『후한서』에서는 "앞에서 한 사람이 외적과 싸우다 죽으니, 뒤에서 다시 백 대의 수레를 보냄을 말한다"(言前一人往討胡旣死矣, 後又遣百乘車往)고 풀이하였다. 이에 대해 유소(劉昭)는 병사 하나가 죽었다고 수레 백 대를 보내는 것은 사리에 맞지 않은 것으로 보고, '일도'(一徒)를 환제(桓帝)로 보았다. 그러나 이 노래는 환제 초기에 나온 것이니 아직 죽지 않은 환제라고 하는 해석도 적절하지 못하다. 여관영(余冠英)은 '일도'(一徒)를 대장군 양기(梁冀)로 보고 '백승거'(百乘車)를 새로 등장한 고관들로 보았다. ○班班(반반): 수레가 가면서 내는 소리. ○河間(하간): 한대의 제후국의 하

나인 하간국(河間國). 지금의 하북성 하간현(河間縣) 일대에 위치했다. 수레가 하간으로 들어간다는 말은 『후한서』에서는 환제가 죽자 조정에서 하간(河間)에 사람을 보내 영제(靈帝)를 맞이한 것으로 풀이하였다.(言上將崩, 乘輿班班入河間迎靈帝也) ○姹女(차녀): 미녀. 영제의 모친이자 하간 사람인 동태후(董太后)를 가리킨다. 『후한서』 권10하 「효인동황후」(孝仁董皇后)에 보면 그녀는 정사에 간여하고 "영제에게 관직을 팔아 재물을 얻게 하고, 스스로도 금과 돈을 넣어 집안을 가득 채웠다"(使帝賣官求貨, 自納金錢, 盈滿堂室)고 기록하고 있다. ○慊慊(겸겸): 불만족한 모양. 『후한서』에서는 "동태후가 비록 금전을 쌓아두고 있지만 언제나 부족하다 여기어, 사람들에겐 기장을 찧어 먹게 하였다"(言永樂雖積金錢, 慊慊常苦不足, 使人舂黃粱而食之也)라 풀이하였다. ○懸鼓(현고): 걸려 있는 북. 조정에 건의 사항이 있으면 먼저 북을 쳤다. 그러나 제도는 있어도 시행은 되지 않으니 이 북은 잘 울리지 않았다. ○丞卿(승경): 관리들.

동한 말기 황실과 고관들의 탐정貪政을 원망한 노래이다. 구체적인 풀이에 대해서는 역대로 환제와 영제 교체기의 일로 보고 있으나, 『후한서』「오행지」五行志에서 환제 초기의 동요로 소개하고 있기 때문에 시대가 맞지 않다. 어쩌면 환제 초기에 있었던 또 다른 비리와 폭정을 암시하고 있는지 모른다.


## 환제 영제 때 동요
## 桓靈時童謠

| | |
|---|---|
| 擧秀才, | 수재에 천거되었어도 |
| 不知書. | 글을 모르고 |
| 擧孝廉, | 효렴에 천거되었어도 |
| 父別居. | 아버지와 따로 살고 있네 |
| 寒素淸白濁如泥, | 평민 출신에 청렴하다 해도 진흙처럼 탁하고 |
| 高第良將怯如黽. | 귀족 집안의 장군이라 해도 맹꽁이처럼 겁 많다 |

○秀才(수재): 한대 선거(選擧) 과목 가운데 하나. 한대의 관리 선발은 직접 임용 이외에 찰거(察擧)에 의해 이루어지며, 이는 추천과 대책(對策)의 과정으로 이루어지는데, 수재, 효렴, 현량문학(賢良文學), 명경(明經) 등의 과목이 있다. 수재는 사람의 재능을 중시한 과목이다. ○書(서): 글자의 뜻을 알고 글자를 쓰는 행위. ○孝廉(효렴): 선거(選擧) 과목 가운데 하나. '효'는 부모에 대한 효도, '렴'은 청렴으로, 곧 덕행을 중시한 과목이다. ○寒素(한소): 평민. ○高第(고제): 대갓집. ○黽(민): 맹꽁이.

　　선거 제도의 부패로 무능한 관리를 뽑는데 대해 풍자한 노래이다. 동한 말기 찰거察擧 제도가 와해되면서 정실과 청탁에 따른 폐단이 횡행하였다. 왕부王符의 『잠부론』潛夫論 「고적」考績에는 이에 대한 지적이 자세하다. "관료들이 인재를 추천함에 있어 때로 우둔한 자가 수재과에 응하거나, 흉악한 자가 지효至孝과에 응하거나, 탐욕스런 자가 염리廉吏과에 응하거나, 교활한 자가 방정方正과에 응하거나, 아첨꾼이 직언直言과에 응하거나, …이름과 실질이 일치하지 않고, 수요와 천거가 어울리지 않았다. 부자는 재물을 이용하고 귀족은 세력에 의지하였다." 이 노래는 간결한 언어로 당시의 상황을 잘 알려주는 일침견혈一針見血의 작품이라 할 수 있다. 『포박자』「심거」審擧에 처음 기록되어 있다.


# 범사운 노래
# 范史雲歌

甑中生塵, 范史雲.　　　시루에 먼지가 생기는 범사운范史雲

釜中生魚, 范萊蕪.　　　솥에 물고기가 나오는 범내무范萊蕪


○范史雲(범사운): 범염(范冉). 동한 환제(桓帝) 때 사람. ○甑(증): 시루. ○釜中生魚(부중생어): 솥에서 물고기가 나오다. 가난하여 오랫동안 솥에 불을 때지 않았음을 비유하

였다. ○萊蕪(내무): 현(縣) 이름. 산동성 치천(淄川)현 동남에 소재하였다. 범염은 한때 내무 현령이었으므로 '범내무'라 하였다.

동한 말기 사회와 정치가 혼란한 때 청빈하게 살아가는 범염范冉을 칭송한 노래이다. 『후한서』 권81 「독행열전」獨行列傳에 그의 전기가 기록되어 있다. "환제桓帝 때 내무 현령萊蕪縣令이 되었으나 모친상으로 관직에 나가지 못했다. 나중에 사람들이 시어사侍御史로 천거하려 하자 양(梁, 하남성 동남 일대)과 패(沛, 강소성 북부 일대) 지역으로 달아나, 낡은 옷을 입고 걸어 다니거나 저자에서 점을 치고 살았다. 당인黨人으로 몰려 금고禁錮를 받은 후, 작은 수레에 아내와 자식을 싣고 다니며 곡식을 주워서 먹고, 객사에 깃들거나 나무그늘 아래 기숙하였다. 십여 년을 이처럼 하다가 풀을 얽은 집을 만들어 살았다. 사는 곳이 허름하였으며 때로 곡식이 다 떨어져도 태연하고 말과 모습에 변함이 없었다. 이에 마을 사람들이 노래하였다." 고사성어 가운데 지극히 가난함을 뜻하는 '증진부어'甑塵釜魚는 위 노래에서 나왔다.

문인시
文人詩

# 항우(項羽)

　　항우(項羽, BC232-202)의 원래 이름은 항적項籍이다. 이름보다도 자字인 우羽가 더 많이 쓰여 보통 항우라고 부른다. 하상(下相, 지금의 강소성 宿遷縣 서쪽) 사람. 기원전 209년, 진秦의 진섭陳涉이 봉기를 일으키자 그도 숙부 항량項梁을 따라 봉기군에 가담하였다. 2년 후 그는 진秦의 주력군을 격파하고 진 왕을 죽여 진나라를 멸망시켰다. 206년 스스로 서초패왕西楚覇王이라 칭하며 팽성彭城에 도읍을 두었다. 이후 한왕漢王 유방劉邦과 중국의 패권을 두고 5년 간 다투게 되었는데, 처음에는 그가 우세했으나 마지막에는 해하(垓下, 지금의 안휘성 靈璧縣 동남)에서 한군漢軍에 포위당하게 되었다. 병마는 흩어지고 양식은 바닥난 지경에, 밤에 사방에서 초 지방의 노래 소리가 들려왔다. 항우는 자신의 근거지가 이미 한나라에 넘어간 줄로 알고, 술을 마시며 아래의 노래를 불렀으며 우미인虞美人도 이에 화답하는 노래를 불렀다. 항우가 포위를 뚫고 동성東城을 나오니 따르는 자가 28기騎밖에 되지 않았다. 오강烏江을 건너려 했으나 끝내 건너지 못하고 자결하여 죽었다. 『사기』 권7과 『한서』 권31에 그에 대한 전기가 있다.

## 해하垓下의 노래
## 垓下歌

力拔山兮氣蓋世,　　　　힘은 산을 뽑을 수 있고 기세는 세상을 덮건만

時不利兮騅不逝.　　시운이 불리하니 나의 준마가 달리지 못하는구나
騅不逝兮可奈何!　　준마가 달리지 못하니 아! 이를 어찌 할거나!
虞兮虞兮奈若何!　　우희虞姬여, 우희여! 너를 어찌 할거나!

○垓下(해하): 지금의 안휘성 영벽현(靈壁縣) 동남 소재. 이 노래는 원래 제목이 없었으나 후인들이 곧잘 「해하의 노래」(垓下歌)라 하였다. 곽무천(郭茂倩)의 『악부시집』에선 「역발산조」(力拔山操)라 제목을 붙였다.　○兮(혜): 어조사로 어조를 고르는 역할을 한다. 초가체(楚歌體)의 시에 흔히 보인다. '~하고', '~하여' 등 접속사로 풀이한다.　○氣(기): 용기. 기운. 기세.　○騅(추): 검푸른 털에 흰털이 섞인 말. 항우가 타던 명마 이름이기도 하다.　○奈何(나하): 어찌 할까. 어떡하나. '奈~何'는 '~를 어찌 할까'는 뜻.　○虞(우): 항우의 애첩 이름. 역사서엔 미인우(美人虞)라고 쓰여있는데, 궁중의 직급이 미인(美人)이고 성씨가 우(虞)라는 뜻이다. 보통 우미인(虞美人) 혹은 우희(虞姬)라고 부른다.　○若(약): 너. 2인칭 대명사.

　전투에서 패한 항우가 자신의 처지를 비장하게 읊은 노래이다. 이 시는 『사기』 권7과 『한서』 권31 등에 전한다. 항우의 노래에 화답한 우미인虞美人의 노래는 『초한춘추』楚漢春秋에 다음과 같이 전한다. "한나라 군사가 어느새 점령하니, 초 지방 노래가 사방에 가득하군요. 대왕이 마침내 죽으신다면, 천첩은 무슨 낙으로 살아가리오"(漢兵已略地, 四方楚歌聲. 大王意氣盡, 賤妾何樂生.)

# 유방(劉邦)

유방(劉邦, BC247-195)은 서한西漢을 건국한 한 고조漢高祖로, 자字는 계季이며, 패현(沛縣, 지금의 강소성 沛縣) 사람이다. 젊었을 때는 일 없이 빈둥거리던 한량으로 지내다가 사상泗上의 정장亭長으로 일하기도 했다. 기원전 209년 9월, 진섭陳涉의 반란에 호응하여 병사를 일으켰다. 스스로 패공沛公이라 칭하며 항우와 함께 진秦을 공격하였다. 기원전 206년 항우보다 먼저 진의 도읍인 함양咸陽을 함락시켰으나, 나중에 들어온 항우에 의해 한왕漢王에 봉하여졌고, 한중漢中과 사천 지방을 다스리게 되었다. 이후 5년에 걸쳐 항우와 초한전楚漢戰을 벌이다가 마침내 기원전 202년 항우를 물리치고 중국을 통일하였다. 재위 기간은 12년. 『사기』 권8과 『한서』 권1에 그에 대한 전기가 있다.

## 큰바람의 노래
## 大風歌

| | |
|---|---|
| 大風起兮雲飛揚. | 큰바람 일자 구름이 흩날리네 |
| 威加海內兮歸故鄕. | 해내海內에 위엄을 떨친 후 고향에 돌아왔네 |
| 安得猛士兮守四方! | 어찌하면 용맹한 장병들 구해 사방을 지킬까 |

○大風(대풍): 큰바람. 유방 자신을 가리키는 듯하다. 제1구에서 큰바람이 구름을 흩어버린다고 한 것은 군웅을 축출하였다는 뜻으로 볼 수 있다. ○加(가): 베풀다. ○海內(해

내): 국내. 즉 중국. 고대에는 육지 바깥 사방에 바다가 있다고 생각하였으므로 '해내'란 곧 사해(四海)의 안을 의미한다.  ○安得(안득): 어떻게 얻을까.

　　이 시는 『사기』 권8과 『한서』 권1 등에 실려있다. 이 시를 처음 기록한 『사기』에는 전후 사정이 자세히 기록되어 있다. 기원전 195년 겨울, 유방은 영포(英布, 즉 黥布)를 평정하고 돌아가는 길에 자신의 고향인 패현을 지난다. 이때 옛 친구, 어르신, 자제들을 불러 함께 큰 잔치를 베푼다. 또 마을의 아이 120명을 시켜 노래를 가르쳤다. 술이 얼큰해지자 유방은 축筑을 치며 이 노래를 불렀고 아이들이 화답하게 하였다. 당시에 이 노래는 「삼후의 노래」三侯之歌라 불려졌으나 『예문류취』藝文類聚부터 「큰바람의 노래」大風歌라 했다. 비록 짧은 시이지만 시원하고 장대한 이미지로 영웅의 바램을 노래하고 있다. 3구에서는 일말의 불안감도 느껴지는데, 이는 당시 비록 천하가 통일되었다고는 하지만 태자 유영劉盈이 약하고 무능해 건국의 기초가 견고하지 못함을 반영하고 있는 듯하다. 그래서 『사기』에선 유방이 노래를 부르고 난 뒤 슬퍼하며 눈물을 흘렸다(慷慨傷懷, 泣數行下)고 적고 있다.


# 홍곡의 노래
## 鴻鵠歌

| | |
|---|---|
| 鴻鵠高飛, | 홍곡이 높이 날면 |
| 一擧千里. | 한 번에 천리라네 |
| 羽翼以就, | 날개가 이미 자라나 |
| 橫絶四海. | 사해를 가로 지르네 |
| 橫絶四海, | 사해를 가로 지르니 |

| 又可奈何! | 어찌할 수 있겠는가 |
| 雖有矰繳, | 주살이 있다 해도 |
| 尚安所施! | 어찌 쏠 수 있을까! |

○鴻鵠(홍곡): 고니. 기러기보다 크며, 높이 날며 걷기도 잘 한다. 고니의 종류에 황곡(黃鵠), 백곡(白鵠), 단곡(丹鵠)이 있으며, 주로 양자강과 한수(漢水) 일대에 서식하였다. 한대 시가에 자주 등장한다. '홍곡'에는 높은 이상을 추구한다는 뜻이 들어가 있다. 『사기』「진섭세가」(陳涉世家)에도 "제비와 참새가 어찌 홍곡의 뜻을 알리오"(燕雀安知鴻鵠之志哉)란 말이 있고, '고시십구수' 가운데 「서북에 있는 높은 누대」(西北有高樓)에서도 "원컨대 우리 함께 한 쌍의 고니가 되어, 날개 펴고 높이높이 날아가고저"(願爲雙鴻鵠, 奮翅起高飛)라는 구절이 있다. 여기서는 태자 유영을 비유하였다. ○羽翼(우익): 날개. 여기서는 이미 성장하였음을 의미한다. ○橫絶(횡절): 가로지르다. 태자 유영(劉盈)의 영향력이 천하에 미쳤음을 의미한다. ○矰(증): 주살. 오늬에 줄을 매어 쏘는 화살. ○繳(격): 주살의 줄. 『맹자』「고자」(告子)에 "일심으로 홍곡이 장차 오리라 믿고, 활을 당겨 주살을 매겨 쏘려고 하다"(一心以爲有鴻鵠將至, 思援弓繳而射之)는 말이 있다.

이 시는 『사기』 권55 「유후세가」留侯世家에 처음 보인다. 유방劉邦이 만년이 되자 여태후呂太后가 낳은 태자 유영(劉盈, 나중에 惠帝가 됨)을 폐하고 총애하는 척부인戚夫人의 아들 조왕趙王 유여의劉如意를 후계자로 삼으려 하였다. 그러나 장량張良이 태자 유영을 위해 계책을 내어 유명한 은사 "상산사호"商山四皓를 태자의 빈객으로 불러 보좌하게 하였다. 태자에게 이미 세력이 형성된 걸 본 유방은 척부인에게 어찌할 도리가 없다고 했다. 유방은 울고 있는 척부인을 향해 "너를 위해 초 지방 춤과 초 지방 노래를 부르겠네"라고 하며 이 노래를 지었다. 『한서』 권40에도 실려 있다.

# 척부인(戚夫人)

한 고조 유방劉邦의 희첩姬妾으로, 정도(定陶, 산동성) 사람이다. 고조의 총애를 받아 아들 유여의劉如意를 낳았다. 유방이 항우와 초한전을 치를 때 척부인은 자신의 아들을 태자로 세우려 하였고 유방도 이에 따르려 하였으나 대신들의 간언으로 뜻을 이루지 못하였다. 유방이 죽은 후 권력을 잡은 여태후呂太后에 의해 잔인하게 살해당하였다.

## 절구질 노래
## 春歌

子爲王, 母爲虜,　　아들은 왕이나, 어미는 죄수 되어
終日春薄暮,　　온종일 절구질로 날이 저무나니
常與死爲伍.　　언제나 죽음과 함께 지내는구나
相離三千里,　　삼천리 밖 멀리 떨어져 있는데
當誰使告女?　　누가 너에게 알릴 수 있을까?

○春(용): 절구질하다. 곡식을 찧다. ○子爲王(자위왕): 아들 조왕(趙王) 유여의(劉如意)를 말한다. ○母爲虜(모위로): 어미는 죄인이 되다. 척부인은 수의를 입고 머리를 깎기고 목에 쇠 차꼬를 매는 형을 받았다. ○薄暮(박모): 저녁이 가깝다. 저녁. '薄'은 가깝다는 뜻. ○相離(상리): 떨어져 있다. 자신은 장안(長安)에 있지만, 아들 유여의는 멀리 조나라에 있음을 가리킨다. ○女(여): '汝'와 같다. 너.

『한서』「외척전」外戚傳에 나오는 시이다. 유방이 죽은 후 세력을 잡은 여후呂后는 척부인을 영항永巷에 가두고 수의囚衣를 입힌 후 하루 종일 곡식을 찧게 하였다. 척부인이 위의 노래를 부른 걸 들은 여후는 크게 노하여 조왕 유여의를 장안에 불러와 독살하고, 척부인의 손발을 자르고 눈알을 빼고 귀를 그을렸다. 그런 후 '사람돼지'人彘라 부르며 굴속에 살게 하였다. 이 시는 궁중의 음험한 권력투쟁과 잔인한 희생을 반영하고 있다.

# 유장(劉章)

유장(劉章, BC200-176)은 한 고조의 손자이자, 제 도혜왕<sup>齊悼惠王</sup>의 아들이다. 기원전 186년 장안에 들어가 숙위<sup>宿衛</sup>가 되었으며, 주허후<sup>朱虛侯</sup>로 봉해졌다. 기원전 180년 여후<sup>呂后</sup>가 죽자 여록<sup>呂祿</sup> 등 여씨 일당들이 정권을 계속 유지하기 위하여 반란을 일으키려 했다. 마침 유장은 자신의 처가 여록의 딸이어서 그 음모를 알아차리고 제 애왕<sup>齊哀王</sup> 유양<sup>劉襄</sup>과 연락한 후, 주발<sup>周勃</sup> 등과 함께 여씨 일당을 제거하고 문제<sup>文帝</sup>를 세웠다. 그 공으로 기원전 178년 성양왕<sup>城陽王</sup>이 되었으며, 그로부터 2년 후 죽었다.

## 밭가는 노래
## 耕田歌

| | |
|---|---|
| 深耕穊種, | 깊이 갈고 촘촘히 씨 뿌리고 |
| 立苗欲疏. | 모를 심되 성기게 해야 하리 |
| 非其種者, | 잡초나 피가 있으면 |
| 鋤而去之. | 김매어 뽑으리라 |

○立苗(입묘): 모를 심다. 곧 모내기를 말한다.  ○穊(기): 조밀하다. 빽빽하다.  ○鋤(서): 호미질하다. 김매다.

『사기』권52 「제도혜왕세가」<sup>齊悼惠王世家</sup>에 나온다. 기원전 181년 궁중에서 연회를 할 때, 나이 20세인 유장이 여후에게 "태후를 위해 「밭가는 노래」<sup>耕田歌</sup>를 지어보겠소"라고 말하고는 이 노래를 지었다. 당시 유씨<sup>劉氏</sup>가 억눌리고 여씨<sup>呂氏</sup>가 득세하는 상황에서 유장은 자신의 울분을 쏟아내었다. 겉으로 보기에는 농사일을 노래했지만, 잡초나 피를 여씨 일당으로 보고 이들을 제거하겠다는 뜻을 숨기고 있다. 과연 그 다음해에 여태후가 죽고 유씨가 다시 권력을 잡았다.

# 위맹(韋孟)

서한 경제(景帝, 재위 BC156-141) 때 활동한 시인. 팽성(彭城, 강소성 徐州) 사람. 한대 초기에 초 원왕楚元王의 부傅였다가, 초 원왕의 아들 이왕夷王 유영劉郢과 손자 유무劉戊의 부傅를 역임하였다. 유무劉戊가 황음하고 정사를 돌보지 않자 시를 지어 풍간하였다. 유무가 듣지 않자 관직을 버리고 추(鄒, 산동성 鄒城市)에 돌아가 살았다. 그의 작품으로는 「재추시」在鄒詩 1편이 더 있는데, 『한서』에서는 그의 자손들이 지었다는 설도 부기해 놓았다.

## 풍간시
## 諷諫詩

| | |
|---|---|
| 肅肅我祖, | 공경하는 우리 조상 |
| 國自豕韋. | 나라를 세워 시위豕韋라 하다 |
| 黼衣朱紱, | 보의黼衣에 인끈을 차고 |
| 四牡龍旂. | 네 마리 말이 끄는 수레에 용 깃발 달고 |
| 彤弓斯征, | 천자가 내린 동궁彤弓을 받들고 |
| 撫寧遐荒, | 먼 변방을 위무威武하다 |
| 總齊群邦, | 제후들을 연합시켜 |
| 以翼大商. | 상商나라를 보좌하다 |
| 迭彼大彭, | 대팽大彭과 함께 맹주가 되어 |

勳績惟光.  공훈과 업적을 크게 빛내다

至于有周,  주대周代에 이르러서는

歷世會同.  역대로 회맹會盟에 참여하다

王赧聽譖,  난왕赧王이 참언을 듣고

寔絶我邦.  우리 나라를 멸망시키다

我邦旣絶,  우리 나라가 멸망되자

厥政斯逸.  주周의 정치가 어지러워지다

賞罰之行,  상과 벌의 시행이

非繇王室.  왕실로부터 나오지 않고

庶尹群后,  장관들과 제후들이

靡扶靡衛.  떠받치고 보호하지 아니하다

五服崩離,  천하가 붕괴되고

宗周以隊。  종주국 주나라 넘어지다

我祖斯微,  우리 조상은 이에 쇠미해져

遷于彭城.  팽성彭城으로 옮기다

在予小子,  보잘 것 없는 내 한 몸

勤誃厥生.  아아, 그래도 부지런히 애쓰다

阨此嫚秦,  진秦의 폭정 시대를 당하여

耒耜以耕.  쟁기와 보습 끌며 농사일 하다

悠悠嫚秦,  길고 긴 진秦의 폭정

上天不寧,  하늘조차 이 때문에 편안하지 않아

迺眷南顧,  이에 남쪽을 돌아보고

授漢于京.  진秦의 수도를 한漢에게 주다

於赫有漢,  아아! 빛나도다, 한漢이여

四方是征,  사방을 정벌하니

靡適不懷,　　　귀화하지 않는 곳 하나 없어
萬國迺平.　　　만국이 이에 평정되었어라

○肅肅(숙숙): 공경스런 모습. ○我祖(아조): 나의 조상. 즉 위씨(韋氏)의 조상. ○豕韋(시위): 상(商)의 제후국. 지금의 하남성 활현(滑縣) 동남쪽에 소재하였다. 상대(商代)에 멸망한 이후 성씨로만 남게 되었다. ○黼衣(보의): 흰 실과 검은 실로 도끼 모양의 무늬를 수놓은 제후의 예복. ○朱紱(주불): 인끈이나 패옥 끈. 혹은 제후의 예복을 가리킨다. ○四牡(사모): 네 마리의 말이 끄는 수레. ○龍旂(용기): 용을 그린 깃발. 왕후(王侯)의 의장용으로 쓰였다. ○彤弓(동궁): 붉은 색 활. 공을 세운 제후에게 천자가 내리는 물건이다. 『시경』에 「동궁」(彤弓)이란 시가 있다. 천자가 붉은 활을 내린다는 것은 곧 정벌을 맡긴다는 의미한다. ○撫寧(무녕): 다스리다. ○遐荒(하황): 먼 변방. ○總齊(총제): 연합하다. ○群邦(군방): 여러 제후. ○翼(익): 보좌하다. ○迭(질): 갈마들다. ○大彭(대팽): 상(商)의 제후국. 이 구는 시위(豕韋)와 대팽이 번갈아 가며 상(商)의 주요한 제후국이 되었음을 말한다. ○會同(회동): 제후국으로써 맹(盟)에 참여하다. 『시경』「장발」(長發)에 의하면 시위(豕韋)는 상대(商代)에 멸망한 후 역사가 뚜렷하지 않으므로, 이 구는 위맹(韋孟)이 자기 조상의 공업을 과장하는 듯하다. ○王赧(왕난): 주(周)의 마지막 왕. 이름은 희연(姬延), 재위 BC314−251. ○寔(식): ‘實’과 같다. 진실로. ○厥政(궐정): 주(周)의 정치. ○逸(일): 신찬(臣瓚)은 정령을 내려도 시행되지 않음을 뜻한다고 풀이하였다. ○繇(요): ‘由’와 같다. 말미암다. ○庶尹(서윤): 여러 관직의 우두머리. ○群后(군후): 여러 제후. ○靡(미): ‘無’와 같다. ～하지 아니하다. ○五服(오복): 고대 중국의 지역 구분방법. 수도를 중심으로 천자가 관할하는 오백리 안 지역을 전복(甸服)이라 하고, 그 밖의 오백리씩을 차례로 후복(侯服), 빈복(賓服), 요복(要服), 황복(荒服)이라 하였다. 요복과 황복은 외국에 속한다. ○崩離(붕리): 무너지고 흩어지다. ○隊(대): ‘墜’와 같다. 떨어지다. ○予小子(여소자): 위맹(韋孟) 자신을 가리킨다. ○誒(희): 탄식하는 소리. 아! ○厥生(궐생): 그의 일생. 여기서는 위맹 자신의 일생. ○阨(액): 좁은 길. 어려움을 당하다. ○嫚(만): 업신여기다. ○耒耜(뇌사): 쟁기와 보습. ○迺眷南顧(내권남고): 이에 하늘이 남쪽을 돌아보았다. 이 구는 『시경』「황의」(皇矣)의 ‘迺眷西顧’를 모방하였다. 한 고조(漢高祖) 유방(劉邦)이 진(秦)의 남쪽 풍패(豊沛)에서 일어났음을 가리킨다. ○於(오): 탄식하는 소리. 아! ○赫(혁): 밝은 모양. ○征(정): 가다. ○迪(유): ‘攸’와 같다.

迺命厥弟,　　　이에 그 동생 유교劉交를
建侯於楚,　　　초楚의 왕으로 봉하고
俾我小臣,　　　보잘것없는 나를 시켜
惟傅是輔.　　　부傅의 직책으로 보좌케 하다
兢兢元王,　　　전전긍긍 노력하는 초 원왕楚元王
恭儉淨壹.　　　공경하고 근검하며 정치에 전념하다
惠此黎民,　　　한편으로 백성들을 사랑하고
納彼輔弼.　　　한편으로 신하의 충언을 받아들이다
饗國漸世,　　　나라를 다스리다 세상을 떠나니
垂烈于後.　　　후세에 업적을 남기다
迺及夷王,　　　이에 이왕夷王이 즉위하여
克奉厥緖.　　　원왕元王의 유풍을 받들다
咎命不永,　　　아아! 안타깝게도 이왕이 일찍 죽어
惟王統祀.　　　왕무王戊가 후계를 잇다
左右陪臣,　　　왕무의 주위에 있는 신하는
此惟皇士.　　　뛰어난 사람이 많았다
如何我王,　　　그런데 어찌하여 우리 군왕은
不思守保,　　　부귀와 사직을 지킬 생각 않고
不惟履冰,　　　얇은 얼음 밟듯 삼갈 생각 않고
以繼祖考.　　　조상의 유업을 이어가지 못하나
邦事是廢,　　　나라의 일은 돌보지 않고
逸游是娛,　　　즐거움만 쫓아 노니
犬馬繇繇,　　　방종하게 다니며
是放是驅.　　　개와 말을 몰고 다니다
務彼鳥獸,　　　저기 새와 짐승 잡기에만 힘쓰고
忽此稼苗,　　　여기 농사일은 소홀히 하다

| | |
|---|---|
| 烝民以匱, | 백성들은 곤궁하게 되었건만 |
| 我王以媮. | 우리 군왕은 오히려 즐거움으로 삼다 |
| 所弘非德, | 하는 일은 부도덕한 짓이요 |
| 所親非俊, | 가까이 하는 것은 무뢰한들이라 |
| 唯囿是恢, | 오직 넓히는 것이라곤 정원뿐이요 |
| 唯諛是信. | 오직 믿는 것이라곤 아첨뿐이라 |
| 瞮瞮諂夫, | 알랑거리는 사람은 아첨꾼들이요 |
| 咢咢黃髮, | 직언하는 사람은 황발黃髮의 노신老臣들이라 |
| 如何我王, | 어이할까 우리 군왕은 |
| 曾不是察. | 이들을 알지 못하다 |
| 旣藐下臣, | 소신小臣이 늙었다고 무시하고 |
| 追欲從逸, | 방종과 일락을 추구하니 |
| 嫚彼顯祖, | 저기 선왕이 남긴 업적을 경멸하고 |
| 輕茲削黜. | 여기 나라가 쇠락해도 가벼이 여기다 |

○厥弟(궐제): 그 동생. 한 고조 유방의 동생인 초 원왕(楚元王) 유교(劉交)를 가리킨다.
○建侯於楚(건후어초): 초(楚)에 제후로 세우다. ○俾(비): '使'와 같다. 시키다. ○小臣
(소신): 위맹이 자신을 겸칭한 말. ○兢兢(긍긍): 조심하고 삼가는 모습.『시경』의 '전전
긍긍'(戰戰兢兢)의 뜻과 같다. ○淨壹(정일):『문선』에는 '靜一'로 되어 있다. 정신을 하
나로 전념하여 흔들리지 않다.『장자』「각의」(刻意)에 "순수하여 섞이지 않고, 전념하여
변하지 않다."(純粹而不雜, 靜一而不變)는 말이 있다. 이선(李善)은 '一'을 '도'(道)라고
풀이하였다. ○黎民(여민): 백성. ○饗(향): '享'과 같다. ○漸世(점세): '沒世'와 같다.
세상을 떠나다. 초 원왕은 27년간 재위하였다. ○垂烈(수열): 업적을 남기다. '烈'은 '業'
과 같다. ○夷王(이왕): 초 원왕 유교(劉交)의 아들로, 이름은 유영(劉郢). ○厥緒(궐서):
그 전통. 초 원왕의 유풍. ○咨(자): 탄식하다. ○不永(불영): 오래지 않다. 초 이왕(楚夷
王)의 재위 기간은 4년에 불과했다. ○統祀(통사): 제사를 이어가다. 후계를 잇다. 이왕
(夷王)이 죽은 후 유무(劉戊)가 즉위하였다. ○皇士(황사): 뛰어난 신하. 안사고(顏師古)
는 '바른 신하'(正士)라 풀이하였고, 이선(李善)은 '뛰어난 신하'(美士)로 해석하였다. ○

守保(수보): 부귀를 지키고 사직을 보존하다. ○不惟(불유): 생각하지 않다. ○履冰(리빙): 얼음을 밟듯 조심하고 삼가하다. 『시경』「소민」(小旻)에 "전전긍긍하기를 깊은 연못에 다다르고 얇은 얼음을 밟는 듯"(戰戰兢兢, 如臨深淵, 如履薄冰)이란 말이 있다. ○祖考(조고): 할아버지와 아버지. 여기서는 조상을 통칭한다. '考'는 세상을 떠난 아버지. ○逸游(일유): 즐거움을 쫓아 놀다. ○繇繇(요요): '悠悠'와 같다. 제멋대로 노는 모양. ○放(방), 驅(구): '放'은 개와 대응하고, '驅'는 말과 대응한다. 개를 풀고 말을 몰다. ○稼苗(가묘): 모를 심다. 농사일. ○烝民(증민): 백성. 『시경』「증민」(烝民)에 "하늘이 백성을 내었으니"(天生烝民)란 말이 있다. ○匱(궤): 궁핍하다. 부족하다. ○媮(유): '愉'와 같다. 즐기다. ○恢(회): 넓히다. ○瞜瞜(유유): 알랑거리는 모양. ○咢咢(악악): '諤諤'과 같다. 정직하게 바른 말을 하는 모양. ○黃髮(황발): 머리가 노랗게 변한 노인. 백발이 오래 되면 황발이 된다고 한다. 혹은 백발이 빠지고 다시 날 때 황발이 된다고 하는 설도 있다. ○曾(증): 일찍이. ○藐(막): 아주 작다. 여기서는 작게 여기다. ○下臣(하신): 위맹 자신을 가리킨다. ○從逸(종일): '縱逸'과 같다. 방종하고 제멋대로 놀다. ○顯祖(현조): 뛰어난 조상. 조상을 높여 부른 말. ○削黜(삭출): 관직과 봉토를 깎고, 왕위를 삭탈하다.


| | |
|---|---|
| 嗟嗟我王, | 아아! 우리 군왕이시여 |
| 漢之睦親. | 한漢의 종친이어라 |
| 曾不夙夜, | 아침저녁으로 덕을 닦지 않아 |
| 以休令聞. | 아름다운 명성을 얻지 못했어라 |
| 穆穆天子, | 엄숙한 천자께서 |
| 臨爾下土, | 사방을 두루 살피고 |
| 明明群司, | 눈이 밝은 여러 관리들이 |
| 執憲靡顧. | 사사로움 없이 법을 집행하다 |
| 正遏繇近, | 먼 것을 고치려면 가까운 것부터 해야 하는데 |
| 殆其怙茲, | 종실에 의지하여 위태로움을 자초하다 |
| 嗟嗟我王, | 아아! 우리 군왕이여 |
| 曷不此思. | 어이하여 반성 않나 |

| | |
|---|---|
| 非思非鑒, | 반성도 않고 거울삼지도 않으니 |
| 嗣其罔則. | 후세가 본받을 게 없도다 |
| 彌彌其失, | 조금씩 자신의 과실이 늘어나면 |
| 岌岌其國. | 나라가 위태로우리 |
| 致冰匪霜, | 얼음이 얼기 전에 서리부터 내리듯 |
| 致隊靡嫚, | 사직의 붕괴는 교만에서 오는 것 |
| 瞻惟我王, | 우리 군왕 살펴보면 |
| 昔靡不練. | 과거의 일을 모르지 않으니 |
| 興國救顚, | 나라를 부흥시키고 위기에서 구하려면 |
| 孰違悔過. | 누구라도 과실을 뉘우쳐야 하리 |
| 追思黃髮, | 충성스런 황발<sup>黃髮</sup>의 노신을 신임하여 |
| 秦繆以霸. | 진 목공<sup>秦穆公</sup>은 패업을 이루었다 |
| 歲月其徂, | 세월은 흘러가고 |
| 年其逮耉. | 나이는 노년에 이르다 |
| 於昔君子, | 아아! 이전의 군왕들은 |
| 庶顯于後. | 후세에 빛나는 이름을 남겼도다 |
| 我王如何, | 우리 군왕은 어이하여 |
| 曾不斯覽. | 이들을 보지 못하는가 |
| 黃髮不近, | 황발의 노신을 가까이 않고 |
| 胡不時監! | 이를 거울로 삼지 않는구나 |

○嗟嗟(차차): 탄식하는 소리. 아아! ○睦親(목친): 가까운 친척. ○夙夜(숙야): 아침저 녁으로. 『시경』에 나오는 "아침에 일찍 일어나고 저녁에 늦게 자다"(夙興夜寐)는 뜻. 밤 낮으로 부지런히 덕을 닦다. ○休(휴): 아름답다. 뛰어나다. ○令聞(영문): 훌륭한 명성. ○穆穆(목목): 엄숙하다. 장엄하다. ○臨爾下土(임이하토): 사방을 살피다. 『시경』「소 명」(小明)에 "군왕은 천하를 살펴야한다"(照臨下土)는 말이 있다. ○群司(군사): 여러 관 리. ○執憲(집헌): 법률을 집행하다. ○靡顧(미고): 고려하지 않다. 사사로운 정을 고려

하지 않다. ○正邇綦近(정하요근): 먼 것을 바로잡을 사람은 가까운 것부터 시작해야 한다. 즉 천하의 통치는 황실 친척부터 시작해야 한다. ○怙(호): 믿고 의지하다. ○嗣(사): 후계자들. ○罔則(망칙): 본받을 게 없다. ○彌彌(미미): 조금씩. ○岌岌(급급): 위험한 모양. ○致冰匪霜(치빙비상): 얼음이 얼기 전에 먼저 서리가 내리지 않는가!『주역』「곤」(坤) '초육'(初六)에 "서리를 밟고 나면 단단한 얼음이 어는 날이 온다"(履霜, 堅冰至)는 말에서 나왔다. ○練(련): 익히다. 경험하다. ○秦繆(진무): 춘추시대의 진 목공(秦穆公). 성명은 영임호(嬴任好). 춘추 오패 가운데 하나. 백리해(百里奚)와 건숙(蹇叔) 등 명신을 중용하여 국력을 부강시켰다. 영토의 확장 과정에서 건숙(蹇叔)의 권고를 듣지 않고 정(鄭)나라를 공격하였다가 진(晉)나라의 습격을 받고 패배하였다. 진 목공이 실패를 뉘우치고 쓴 「진서」(秦誓)에 다음과 같은 말이 있다. "비록 지금의 모신(謀臣)과 친하지만, 황발(黃髮)의 연로한 모신들에게 자문을 구하면 잘못이 없으리라."(雖則云然, 尚猷詢玆黃髮, 則罔所愆) ○徂(조): 지나가다. ○耈(구): 늙다. ○於(오): 탄식하는 소리. ○時(시): '是'와 같다. 이것.


　　위맹이 자신이 모시고 있는 왕에게 간언하는 시이다. 위맹은 먼저 자신의 조상의 내력을 길게 서술하면서, 주周 난왕赧王 때 나라가 망한 후 위씨韋氏들이 팽성彭城으로 내려왔다고 했다. 진秦의 폭정을 거쳐 한대漢代가 되어 자신은 한 고조의 동생인 초 원왕 유교劉交의 부傅로 봉직하게 되었다. 초 원왕은 정치를 잘 하여 재위 기간 27년 동안 나라가 안정되었으나, 그의 아들 이왕夷王 유영劉郢이 즉위 4년 만에 죽은 후, 손자 유무劉戊에 이르러서는 정사를 돌보지 않고 황음만 일삼아 조상의 덕을 손상하고 제후국 가운데 지위가 약화되었다. 마지막으로 춘추 시대 진 목공의 예를 들어 노신老臣의 충언을 받아들여 국력을 중흥시킬 것을 간언하였다. 풍간의 시에서 자신의 경력을 길게 쓴 것은 굴원의 「이소」離騷 등에 이미 보이는 구조이다. 전체적으로 층차가 뚜렷하며 고박古朴하다. 심덕잠沈德潛은『고시원』古詩源에서 "졸중拙重하다"고 평하였다. 『한서』 권73 「위현전」韋賢傳에 처음 실렸다.

# 회남소산(淮南小山)

회남소산淮南小山은 회남왕淮南王 유안(劉安, BC179-122)의 문인 그룹이다. 아래 작품은 왕일王逸이 『초사장구』楚辭章句에서 처음 회남소산의 작품으로 소개한 이후, 최표崔豹의 『고금주』나 오긍吳兢의 『악부고제 요해』도 모두 회남소산의 작품으로 기록했다. 그러나 『문선』에서는 작가를 '유안'이라고 했다. 유안은 한 고조漢高祖의 손자로, 회남왕이었으며, 문학과 예술을 좋아하여 널리 문사들을 불러 모았다. 당시 그의 문객 중에는 '팔공'八公, '대산'大山, '소산'小山 등이 있었는데, 고유高誘가 「회남자서」淮南子敍에서 "소산의 무리"(小山之徒)라고 한데서 알 수 있듯 이들은 문인그룹이었다. 유안의 문객들은 『회남홍렬』淮南鴻烈을 공동으로 편찬하였는데 이 작품도 그러하였으리라 본다. 이러한 예는 『한서』 「예문지」에 저록된 "회남왕의 여러 신하가 지은 부 44편"(淮南王群臣賦四十四篇)에서도 확인할 수 있다. 유안은 원수元狩 연간 초에 모반을 꾀하다가 주살되었다.


## 은사를 부르다
招隱士

| | |
|---|---|
| 桂樹叢生兮山之幽, | 계수나무 우거졌네, 깊은 산속에 |
| 偃蹇連蜷兮枝相繚. | 삐쭉빼쭉 구불구불, 가지들 얽혀있네 |

山氣籠嵸兮石嵯峨,　　　산 구름은 뭉게뭉게, 바위는 울쑥불쑥

谿谷嶄巖兮水曾波.　　　계곡은 험준하고, 물은 굽이친다

猨狖群嘯兮虎豹嘷,　　　원숭이들 무리지어 울고, 표범과 호랑이 포효하는데

攀援桂枝兮聊淹留.　　　계수나무 숲속에 살면서, 나오지 않는구나

王孫遊兮不歸,　　　　　왕손王孫은 떠나간 후 돌아오지 않고

春草生兮萋萋.　　　　　봄풀은 자라서 파릇파릇 우거졌네

歲暮兮不自聊,　　　　　한 해가 저물도록 내 마음 근심하는데

蟪蛄鳴兮啾啾.　　　　　쓰르라미는 찌르찌르 소리 내어 우네

坱兮軋, 山曲弗,　　　　구름 자욱하고, 산세는 첩첩해

心淹留兮恫慌忽.　　　　오래 머물고자 해도 정신이 어지러워

罔兮沕、憭兮慄、　　　멍하고도 아득하여라, 무섭고도 두려워라

虎豹穴,　　　　　　　　표범과 호랑이가 굴속에 사니

叢薄深林兮人上慄.　　　빽빽한 밀림 속, 산에 오르는 사람이 벌벌 떠네

嶔岑碕礒兮碅磳磈硊,　　울퉁불퉁 험준한 바위들이 아찔하고

樹輪相糾兮林木茷骫.　　나뭇가지 얽혀지고, 나무들이 무성하다

靑莎雜樹兮薠草靃靡,　　향부자가 지천으로 자라났고, 잡초가 길을 덮어

白鹿麕麚兮或騰或倚.　　사슴과 노루가 뛰거나 혹은 서 있네

狀貌崟崟兮峨峨,　　　　사슴뿔은 삐쭉빼쭉 우뚝우뚝 솟았고

淒淒兮漇漇.　　　　　　무성한 털은 촘촘하고 함치르르하다

獼猴兮熊羆,　　　　　　숲속의 원숭이와 곰들은

慕類兮以悲.　　　　　　서로를 찾으며 슬프게 울부짖는다

攀援桂枝兮聊淹留,　　　계수나무 숲속에 살면서, 나오지 않는구나

虎豹鬥兮熊羆咆,　　　　표범과 호랑이가 싸우고, 곰들이 포효하니

禽獸駭兮亡其曹.　　　　짐승들은 놀라서 무리를 잃고 흩어진다

王孫兮歸來 !　　　　　왕손王孫이여, 어서 돌아오라!

山中兮不可以久留.　　　산속은 오래도록 머물 곳이 아니라네

○桂樹(계수): 곽박(郭璞)은 "계수나무는 꽃이 희며, 산봉우리에 총생하며, 겨울에도 푸르고, 잡목이 섞여나지 않는다"고 했다. ○山之幽(산지유): 산의 깊은 곳. ○偃蹇(언건): '언건'에는 '높다', '번성하다', '아름답다' 등 여러 가지 뜻이 있는데, 여기서는 나무가 높이 솟은 모양을 형용하였다. ○連蜷(연권): 구불구불. 나뭇가지가 구부러진 모양. ○繚(료): 감기다. ○龍嵸(롱종): 뭉게뭉게. 구름이 일어나는 모양. ○嵯峨(차아): 울쑥불쑥. 산이 높이 솟은 모양. ○嶄巖(참암): 험준한 모양. ○曾(증): '層'과 같다. 층층이. ○猨狖(원유): 원숭이와 긴꼬리원숭이. ○嚎(호): 울부짖다. ○淹留(엄류): 한 곳에 오래 머물다. 왕일(王逸)은 "나무에 올라 근심스레 멀리 바라보고 들에서 배회한다"고 풀이하였다. ○王孫(왕손): 은사(隱士)에 대한 존칭. 진(秦)이 전국을 통일하면서 멸망한 여러 나라들의 귀족을 왕손(王孫)이나 공자(公子) 등으로 부르면서 우대하였다. 왕부지(王夫之)는 "진한(秦漢) 이전에 사인(士人)들은 모두 왕후(王侯)의 후예들이었으므로 왕손이라 하였다"고 했다. 이 시의 영향을 받아 후세의 시에서는 왕손(王孫)을 집 떠난 나그네의 의미로 많이 쓰였다. ○不自聊(부자료): 자신을 돌아볼 수 없다. 왕일(王逸)은 "마음이 어지러워 항상 근심을 품고 있다"(中心煩亂, 常含憂也)고 풀이했다. '王孫' 이하 4구는 '春草'와 '蟪蛄'로 봄과 가을을 나타내어, 일 년 내내 은사를 생각한다는 뜻을 나타내었다. ○蟪蛄(혜고): 쓰르라미. ○坱軋(앙알): 구름이나 안개가 짙게 낀 모양. ○曲屈(곡불): 산세가 꺾어지고 휘돌아간 모양. ○恫(통): 두려워하다. ○慌忽(황홀): '恍惚'과 같다. 정신이 어지럽고 흐릿하다. ○罔(망): '惘'과 같다. 정신이 멍하다. ○沕(물): 정신이 아득하다. ○憭(요): 두려워하다. ○栗(률): '慄'과 같다. 전율하다. ○穴(혈): 동사로 쓰였다. 굴에서 살다. 문일다(聞一多)는 시에 나오는 '虎豹嚎', '虎豹鬥'와 마찬가지로 여기서도 '虎豹突'로 보아, '혈'(穴)은 '돌'(突)이 변한 글자로 보았다. 다음 구의 '人上慄'도 사람이 표범과 호랑이를 피하여 나무 위에 올라 두려워 떠는 것으로 해석하였다. ○嶔岑(금잠), 碕礒(기의), 硱磳(균증), 磈硊(외위): 모두 바위의 모습을 형용한 말들이다. ○樹輪(수륜): 나뭇가지가 옆으로 뻗은 모양. ○茇骪(패위): 가지와 잎이 무성이 우거진 모양. ○青莎(청사): 향부자. ○雜樹(잡수): 잡다하게 자라다. '樹'는 동사로 쓰였다. ○煩草(번초): 번초. 향부자와 비슷한 풀. ○靃靡(확미): 어지러운 모양. 왕부지(王夫之)는 "풀들이 무성히 자라 길을 덮었다"고 풀이하였다. ○白鹿麕麚(백록균가): 사슴과 노루와 수사슴. ○岌岌(음음): 높고 험준한 모양. 여기서는 사슴 뿔의 모습을 형용하였다. ○峨峨(아아): 높은 모양. 역시 사슴의 뿔을 형용하였다. ○淒淒(처처): '萋萋'와 같다. 여기서는 털이 많은 모양. ○漇漇(사사): 함치르르하다. 털에 윤기가 반들반들 나는 모양. 이 대목에 대해 왕부지는 "짐승들이 여기저기 있는데, 사람을 보고도 피하지 않고 스스럼없이 다닌다"고 풀이하였다. ○獼猴(미후): 원숭이의 일종. ○熊羆(웅비): 곰과 말곰.

‘羆’는 곰의 일종으로 갈색의 말곰.  ○曹(조): 무리.


　　험악하고 무서운 산속의 모습을 환기하여 산속의 은사에게 속세로
나오라고 부르는 내용이다. 제목의 “은사를 부르다”는 산속에 숨어 사
는 은사를 불러내어 벼슬을 주겠다는 뜻이다. 이 작품은『문선』에서
처럼 전통적으로 ‘시’가 아닌 초사체楚辭體로 쓰여진 ‘부’賦에 귀속시키지
만, 문학사에서 ‘은일시’隱逸詩의 시조始祖이자 송별시의 전고로 그 영향
력이 막대하므로 여기에 싣는다. 이 시의 배경에 대해서 논란이 많다.
처음 이 시를 싣고 해설한 왕일王逸은 “굴원을 안타까워하여”(閔傷屈原)
지었다고 하였지만, 이에 대해 역대로 반론이 많다. 주희朱熹는 “산중의
험난한 모습을 극력 말하여 은둔한 사인들을 깨우치려 하였다”고 했다.
왕부지王夫之는 “회남왕이 산속에 사는 문사를 불러내는 것이지 결코 굴
원을 걱정한 내용이 아니다”고 하였다. 최근의 학자 가운데 김거향金柜
香은 무제武帝가 유안을 불신하는 상황에서 유안이 장안에 들어가 있으
므로, 회남소산 등 문사들이 유안에게 화가 미칠 것을 걱정하여 속히
돌아올 것을 권유한 시로 해석하였다. 그렇다면 시 중의 험악한 자연
환경은 곧 음험하고 위험한 정치환경에 대한 비유가 될 것이다. 마무원
馬茂元도 이 설에 적극 동의하고 있다. 그러나 「초혼」招魂에서도 혼을 부
르기 위하여 극악한 자연을 묘사하는 경우가 있고, 「산귀」山鬼 등에서
도 깊은 산에 대한 유사한 표현이 있으므로 이는 일종의 문학적 전통이
라 보아야 할 것이다. 무제武帝는 해마다 은사를 징초徵招하였는데, 이
시 역시 왕부지의 말처럼, 회남왕이 뛰어난 은사들을 불러내기 위해 쓴
것으로 보아야 온당할 것이다.『문선』에서 이 작품을 유안의 작품이라
한 것은『회남홍렬』과 마찬가지로 실제로는 ‘소산’이 썼지만 유안의 이
름을 붙인 것과 같다.

# 유철(劉徹)

　유철(劉徹, BC156-87)은 곧 한 무제漢武帝로, 경제景帝 유계劉啓의 아들이다. 나이 16세에 즉위하여 54년 간 재위에 있으면서(BC140-87) 한의 발전을 다졌다. 대내적으로 정치적으로 집권을 강화하여 통일을 공고히 하였고, 경제적으로 생산력을 증가시켰으며, 문화의 발전을 도모하였다. 대외적으로는 흉노를 공격하고 서역과 교통하였으며 남방의 영토를 넓혔다. 그 자신이 문학과 예술을 좋아하여 뛰어난 문인들을 부르고 창작을 고무하였다. 또 궁중 음악과 민간 음악을 관장하는 악부樂府를 건립하였다. 사부辭賦를 좋아하던 유철이 직접 지은 작품은 현재 6편이 전하는데 『초사』楚辭의 영향이 뚜렷하다. 『수서』隋書「경적지」經籍志에는 그의 문집이 2권 있다고 저록著錄된 것으로 보아 수대까지는 그의 문집이 전해진 것으로 보이나 그 후 산일되었다. 『사기』 권12와 『한서』 권6에 전기가 있다.


## 추풍사
## 秋風辭

| | |
|---|---|
| 秋風起兮白雲飛, | 가을바람 불어오니 흰 구름 날리고 |
| 草木黃落兮雁南歸. | 낙엽이 떨어지고 기러기가 남으로 돌아가네 |
| 蘭有秀兮菊有芳, | 난초는 꽃이 피고 국화는 향기로워 |
| 懷佳人兮不能忘. | 가인佳人을 그리워하니 잊을 수가 없구나 |

泛樓船兮濟汾河,　　　누선樓船을 띄우고서 분하汾河를 건너가니
橫中流兮揚素波.　　　강물을 가로지르며 흰 물결 일으키네
簫鼓鳴兮發櫂歌,　　　퉁소와 북을 울리고 뱃노래를 부르는데
歡樂極兮哀情多,　　　환락이 다하자 슬픈 마음 깊어져
少壯幾時兮奈老何!　　청춘이 다 갔으니 늙음을 어이 할까

○秀(수): 식물에 꽃이 피다. ○芳(방): 향기. 난유수(蘭有秀)와 국유방(菊有芳)은 '호문'
(互文)으로 난유방(蘭有芳)과 국유수(菊有秀)의 뜻도 되어, 결국 "난초와 국화가 모두 꽃
피고 향기롭다"는 말이다. 여기서 난초와 국화는 미인을 비유한다. ○佳人(가인): 아름
다운 여인. '미인'(美人)과 같은 뜻이다. 미인이 구체적으로 무엇을 가리키느냐에 대해
서는, 덕이 있는 신하로 보는 의견과 장생불사를 가르쳐주는 선녀로 보는 의견 등이
있다. 후토에 제사를 지내는 상황과 노년을 탄식하는 것으로 보아 후자가 더 설득력이
있다. ○樓船(누선): 갑판 위에 누각이 세워진 큰 배. ○汾河(분하): 강 이름. 산서성
태원을 거쳐 내륙을 질러가는 산서성의 가장 주요한 강. 산서성 영무현(靈武縣)에서 발
원하여 서남으로 흐르다가 하진현(河津縣)에서 황하로 들어간다. ○中流(중류): '流中'
과 같다. 강 가운데. ○簫鼓(소고): 퉁소와 북. 음악을 통칭한 말. ○櫂歌(도가): 뱃노래.
노를 저으며 부르는 노래.


　　배를 타고 가을 강을 건너며 가인佳人을 그리워하고 청춘의 흐름을
아쉬워하였다. 장옥곡張玉穀은 난초와 국화는 가인을 비유하고, 이는 다
시 신선을 가리키니, 결국 이 시의 요지는 신선에 대한 추구라고 했다.
그래서 "잊을 수가 없구나"는 말도, 사람은 늙기 쉬우나 신선은 언제나
난초나 국화처럼 얼굴이 아름다우니 신선에 대한 추구를 하지 않을 수
있겠느냐는 뜻으로 풀이하였다. 이 시는 『한무제 이야기』漢武帝故事에
처음  실려있는데 그 배경도 함께 적고 있다. "하동(河東, 지금의 산서
성)에서 토지신인 후토后土에 제사지낸 후 서쪽의 수도를 바라보았다.
즐거이 강에서 군신들과 술을 마셨다. 무제는 무척 기뻐 스스로 「추풍
사」를 지었다."(帝幸行河東, 祠后土, 顧視帝京, 欣然中流與群臣飮燕.

帝歡甚, 乃自作「秋風辭」)『한무제 이야기』는 2권으로 된 작자 미상의
책으로, 지금은 전하지 않고 일부 내용이 『문선』 등에 인용되어 있다.
한 무제는 산서성에 5번 갔는데, 계절이 가을인 때는 기원전 113년으로
그의 나이 44세 때였다.


## 호자의 노래 제1수
## 瓠子歌·其一

| | |
|---|---|
| 瓠子決兮將奈何, | 호자瓠子의 둑이 무너졌으니 어이할까 |
| 浩浩洋洋兮慮殫爲河. | 거침없는 강물에 사방이 온통 강이 되었지 |
| 殫爲河兮地不得寧, | 사방이 강이 되니 땅이 편안하지 않고 |
| 功無已時兮吾山平. | 공사는 끝이 없고 오산吾山까지 차올랐네 |
| 吾山平兮鉅野溢, | 오산까지 차오르니 거야鉅野 호수가 넘쳤고 |
| 魚弗鬱兮栢冬日. | 겨울이 다가오매 물고기도 걱정했네 |
| 正道弛兮離常流, | 강물이 바른 길을 잃자 |
| 蛟龍騁兮放遠遊. | 교룡도 헤엄쳐서 멀리 놀러갔다네 |
| 歸舊川兮神哉沛, | 원래의 물줄기로 돌아가야 하니 신이여 도우소서 |
| 不封禪兮安知外. | 봉선封禪하러 나오지 않았다면 어찌 바깥 일 알았으랴 |
| 皇謂河公兮何不仁, | 짐이 하백河伯에게 말하길 어찌 그리 잔인하오 |
| 泛濫不止兮愁吾人. | 범람이 끝없어 우리 백성 근심하게 하였소 |
| 齧桑浮兮淮泗滿, | 설상齧桑이 물에 뜨고 회수淮水와 사수泗水가 차올라 |
| 久不反兮水維緩. | 오래도록 돌아가지 않아 물줄기가 어지러워졌네 |

○瓠子(호자): 지명. 지금의 하남성 복양(濮陽) 부근으로, 당시에는 황하의 북쪽 강변에
소재. ○浩浩洋洋(호호양양): 강물이 넓고 크게 흐르는 모양. ○慮(려): 대개.(王先謙

설) ○殫(탄): 다하다. 없어지다. ○功無已時(공무이시): 일이 그칠 때가 없다. ○吾山(오산): 산 이름. 진(晉)의 서광(徐廣)은 산동성 동아(東阿)의 어산(魚山)이라고 풀이하였다. 황하는 당시 동아의 북쪽으로 흘렀다. '吾山平'에 대해 위소(韋昭)는 "산을 깎아 강을 메웠다"고 풀이하였지만 여순(如淳)은 "오산까지 물이 차올랐다"고 풀이했다. 후자를 따른다. ○鉅野(거야): 호수 이름. 지금의 산동성 거야(巨野)의 북쪽에 위치하였다. 당시 물줄기를 거야로 끌어들이자 거야의 호수도 넘쳐났다. ○弗鬱(불울): '怫鬱'과 같다. 근심하는 모양. 답답한 모습. 물고기는 겨울이 되면 물속 깊이 숨는데, 강물이 넘쳐나니 그럴 수 없게 되어 걱정한다는 뜻. ○栢(백): '迫'과 같다. 닥치다. ○神哉沛(신재패): 신이 도와야 잘 흘러간다. 이 구는 해석이 분분하다. "빠르기가 신과 같다" 혹은 "신의 도움이 넓다" 등으로 해석할 수도 있다. ○封禪(봉선): 고대 제왕이 태산에 올라 하늘에 제사를 지내며 공업의 완성을 고하는 의식. ○皇(황): 무제 자신을 가리킨다. ○河公(하공): 황하의 신. 곧 하백(河伯)을 가리킨다. ○齧桑(설상): 지명. 지금의 강소성 패현(沛縣) 서남에 소재. ○淮泗(회사): 회수와 사수. 당시에는 황하의 물이 거야 호수를 거쳐 회수와 사수로 흘러들었다. ○水維(수유): 물줄기.


「호자의 노래」는 2수로 『사기』「하거서」河渠書와 『한서』「구혁지」溝洫志에 모두 보인다. 기원전 132년 호자瓠子의 둑이 터져 황하가 넘쳐났고, 동남으로 거야鉅野 호수에 흘러든 후 회수淮水와 사수泗水까지 통하였다. 이 물난리로 16개 군郡이 수재를 입어 병사 10만 명을 동원하여 황하의 방둑을 메우려 하였으나 실패하였다. 그로부터 22년이 지난 후인 기원전 110년, 한 무제가 봉선封禪을 거행하러 태산으로 가는 길에 이곳을 경유하였고, 그때 이 시를 지었다.


호자의 노래 제2수
瓠子歌·其二


河湯湯兮激潺湲,　　　　황하는 출렁출렁 세차게 흐르는데

| | |
|---|---|
| 北渡回兮迅流難. | 북으로 돌이키려 하나 급류 막기 어려워라 |
| 搴長茭兮湛美玉, | 대 줄을 올리고 옥을 강물에 적셔 제사를 드리자 |
| 河公許兮薪不屬. | 하백河伯이 허락하나 잡목이 부족하네 |
| 薪不屬兮衛人罪, | 잡목이 부족한 건 위衛 지방 사람들 잘못이로다 |
| 燒蕭條兮噫乎何以御水. | 들풀을 다 태웠으니 아아, 어떻게 물을 막을텐가 |
| 隤林竹兮揵石菑, | 대나무를 잘라서 채워넣고 돌기둥을 세웠다네 |
| 宣防塞兮萬福來. | 방죽을 막았으니 온갖 복이 찾아오리다 |

○湯湯(상상): 강물이 많고 세찬 모양.  ○潺湲(잔원): 출렁출렁. 물이 흘러가는 모양. 보통 이 어휘는 작은 개울이 졸졸 흘러가는 모습을 형용하나 여기서는 급하게 흐르는 모양을 뜻한다.  ○搴(건): 뽑다.  ○長茭(장효): 대로 엮어 만든 줄. 바닥에 있는 흙이나 돌을 끌어올릴 때 사용한다.  ○湛美玉(담미옥): 옥을 물에 담그다. 『사기』와 『한서』를 보면 당시 수리 공사를 하기 전에 강의 신에게 흰말과 옥벽(玉璧)을 강물에 담구면서 제사를 지냈다고 한다.  ○薪(신): 물을 막을 재료로 쓰이는 잡목이나 풀 따위를 가리킨다.  ○不屬(불촉): 연결되지 않다. 여기서는 충분하지 않다.  ○衛人(위인): 위(衛) 지방 사람들. 춘추시대 위나라가 있던 하남성 동북의 위휘(衛輝), 기현(淇縣), 복양(濮陽) 일대에 사는 사람을 가리킨다.  ○燒蕭條(소소조): 풀을 태워 들판이 쓸쓸해졌다. 『사기』 「하거서」(河渠書)에 보면, 방죽을 만들려면 잡목과 풀이 필요한데, 당시 동군(東郡, 지금의 濮陽 일대) 사람들이 풀을 태워 들판이 황량해졌다.  ○隤(퇴): 무너지다. 여기서는 베다. 隤林竹(퇴림죽)은 숲과 대를 베어내다. 당시 잡목과 풀이 부족하여, 기원(淇園)의 대나무를 베어서 방죽을 만드는데 사용하였다.  ○揵(건): 세우다.  ○石菑(석치): 돌기둥. 당시에 강둑을 막을 때는 먼저 돌기둥을 세워 물의 흐름을 약하게 한 다음 그 사이에 돌과 흙을 부어넣었다.  ○宣防(선방): 수방공사의 성공을 알리다. 한 무제는 황하가 터진 곳을 막은 후 선방궁(宣防宮)을 세웠다.

　황하의 터진 곳을 막으면서 일어난 어려움과 해결방법을 서술하였다. 치수 공사가 성공한 후에는 수재가 더 이상 일어나지 않기를 신에게 기원하였다.

# 백량시
# 柏梁詩

日月星辰和四時, <sup>帝</sup>　일월성신이 사시<sup>四時</sup>의 운행을 고르게 하도다

驂駕駟馬從梁來, <sup>梁王</sup>　준마 끄는 수레 타고 양국<sup>梁國</sup>에서 입조<sup>入朝</sup>하다

郡國士馬羽林材. <sup>大司馬</sup>　군국<sup>郡國</sup>의 말과 사람은 우림<sup>羽林</sup>의 재목이라

總領天下誠難治, <sup>丞相</sup>　천하를 이끌어 나가기 진실로 어렵도다

和撫四夷不易哉! <sup>大將軍</sup>　사방의 이민족을 안무<sup>按撫</sup>시키기 쉽지 않도다

刀筆之吏臣執之, <sup>御史大夫</sup>　문서를 관장하는 관리는 신<sup>臣</sup>이 다스리다

撞鐘伐鼓聲中詩. <sup>太常</sup>　종을 치고 북을 두드리며 음악을 연주하다

宗室廣大日益滋, <sup>宗正</sup>　종실이 널리 퍼져 날이 갈수록 번창하다

周衛交戟禁不時, <sup>衛尉</sup>　창 들고 경계하며 때에 맞지 않는 일 금지하다

總領從官柏梁臺, <sup>光祿勳</sup>　근신들을 통솔하여 백량대에 모이게 하다

平理請讞決嫌疑, <sup>廷尉</sup>　공평하게 안건을 처리하고 혐의를 판결하다

修飾輿馬待駕來. <sup>太僕</sup>　수레와 말을 장식하고 어가<sup>御駕</sup>를 대령하다

郡國吏功差次之, <sup>大鴻臚</sup>　군국<sup>郡國</sup>의 관리의 공적을 차등 있게 나누다

乘輿御物主治之. <sup>少府</sup>　황제가 사용하는 거마와 물건을 관리하다

陳粟萬石揚以箕. <sup>大司農</sup>　묵은 좁쌀 만 석을 키로 까부르다

徼道宮下隨討治, <sup>執金吾</sup>　궁궐 아래 순라길을 돌며 수시로 도적을 잡다

三輔盜賊天下危, <sup>左馮翊</sup>　장안과 경기의 도적은 천하를 위태롭게 하다

盜阻南山爲民災. <sup>右扶風</sup>　종남산에 숨은 도적은 백성의 재앙이다

外家公主不可治, <sup>京兆尹</sup>　외척의 공주는 다스리기 어렵다

椒房率更領其材. <sup>詹事</sup>　후비<sup>后妃</sup>의 궁실과 경루<sup>更漏</sup>를 담당하다

蠻夷朝賀常會期, <sup>典屬國</sup>　이민족이 조하<sup>朝賀</sup> 오는 시기를 관장하다

柱枅欂櫨相枝持. <sup>大匠</sup>　기둥 위의 보와 벽 위의 두공이 건물을 지탱하다

枇杷橘栗桃李梅,<sub>太官令</sub>　비파, 귤, 밤, 복숭아, 오얏, 매실
走狗逐免張罘罳.<sub>上林令</sub>　사냥개를 몰아 토끼를 쫓고 그물을 치다
齧妃女脣甘如飴,<sub>郭舍人</sub>　황비의 입술을 깨무니 달기가 엿과 같다
迫窘詰屈幾窮哉!<sub>東方朔</sub>　마지막에 몰려 거칠고 생경한 말을 하다

○柏梁(백량): 백량대(柏梁臺). 기원전 115년(元鼎 2년) 한 무제가 장안성 북문 안에 세운 대. 백나무를 들보로 썼기에 백량대라 이름 붙였다. 무제가 군신들을 부르고선 칠언시를 지을 수 있는 사람만 오르도록 하였다. 태초(太初) 연간(BC104-101)에 불탔다. ○驂駕(참가): 세 필의 말이 끄는 마차. ○駟馬(사마): 수레 한 량을 끄는 네 마리의 말. ○梁(량): 한대의 양국(梁國). 기원전 202년(한고조 5년)에 탕군(碭郡)을 양국(梁國)으로 바꾸었다. 치소는 휴양(睢陽, 하남성 商丘 남쪽). ○郡國(군국): 군(郡)과 제후국(諸侯國). 한대 초기의 지방 행정 구역으로 당시 국토를 군과 국으로 나누었다. 중앙 정부의 직속인 군(郡) 이외에, 국(國)은 왕이 다스리는 왕국(王國)과 후(侯)가 다스리는 후국(侯國)으로 나뉘었다. 이러한 제도는 위진남북조 시대에도 계속되어 수대(隋代)에 이르러 국(國)을 없앨 때까지 계속되었다. ○羽林(우림): 한 무제(漢武帝) 때 설치된 황실 근위대. 신연년(辛延年)의 「우림랑」(羽林郎) 참조. ○刀筆之吏(도필지리): 문서를 관장하는 관리. 고대에는 죽간에 칼로 글씨를 썼기 때문에 도필(刀筆)이란 곧 문장을 의미했다. ○聲中詩(성중시): 소리로 이루어진 시. 곧 음악을 가리킨다. ○周衛(주위): 사방을 보호하다. ○禁不時(금불시): 벌목이나 사냥 등을 제 철이 아닌 때에 하는 것을 금지하다. ○從官(종관): 군왕의 근신(近臣)들. ○平理(평리): 공평하게 처분하다. ○請讞(청얼): 하급관리가 결정하기 어려운 안건을 상급기관에 올려 심사를 요청함. ○差次(차차): 등급을 나누고 차례를 정하다. ○乘輿(승여): 황제가 사용하는 기물. 채옹(蔡邕)의『독단』(獨斷)에 "거마(車馬), 의복, 기계(器械), 백물(百物)을 승여(乘輿)라 한다"고 했다. ○御物(어물): 군주가 전용하여 쓰는 물건. ○陳粟(진속): 묵은 좁쌀. ○徼道(요도): 순찰을 도는 길. ○三輔(삼보): 서한 때 경기 지구를 관할하는 세 관직의 합칭. 곧 경조윤(京兆尹), 좌풍익(左馮翊), 우부풍(右扶風)이다. 혹은 장안과 그 주위 지역을 가리키기도 한다. 치소는 모두 장안 성안에 있었다. ○南山(남산): 장안 남쪽에 있는 종남산(終南山). ○椒房(초방): 황후가 거처하는 궁실. 산초를 갈아 진흙과 함께 벽에 바른 방으로, 향기를 냄과 동시에 다산(多産)의 의미를 주었다. ○率更(율경): 율경령(率更令). 경루(更漏)를 관장하는 관직. 첨사(詹事)의 속관에 태자율경(太子率更)이 있었다. ○蠻夷(만이): 한나라와 국경을 대하고 있는 국가의 이민족들. ○常(상): '掌'과 같다. 관장하다. ○枡

(계): 기둥 위의 가로보.  ○欂櫨(박로): 두공.  ○罘罳(부시): 토끼나 사슴을 잡는 그물.
○齧(설): 물다.  ○詰屈(힐굴): 에두른 말로 이루어진 생경한 표현.

이 시에 대한 언급은『세설신어』에 대한 유효표劉孝標의 주석에 보인
다. 그가 인용한『동방삭전』東方朔傳에 "한 무제가 백량대에서 군신들에
게 칠언시를 짓도록 했다. 칠언시는 여기서부터 시작되었다." 유협劉勰
도『문심조룡』「명시」明詩에서 "한 무제는 문학을 좋아하였기에 백량시
가 나왔다"(孝武愛文, 柏梁列韻)고 했으며, "여러 사람이 함께 짓는 연
구시聯句詩는 백량시를 계승하였다"(聯句共韻, 則柏梁餘製)고 하였다.
여러 사람이 각기 1구 혹은 1련씩 읊어 한 편의 시를 만드는 것을 연구
시聯句詩 혹은 연구체聯句體라 하는데, 이 시를 최초의 작품으로 친다. 특
히 이 시는 매구 압운押韻하면서 전편에 걸쳐 하나의 운을 사용하였는
데 이를 백량체柏梁體라고 한다. 작품은『예문류취』藝文類聚 권56과『고
문원』古文苑에 실려 있다.

이 시의 구성은 비교적 헐거우나, 각 관직에 있는 사람들이 자신의
직무를 서술하는 형식으로 어느 정도 통일성을 주고 있다. 후세에 연구
시聯句詩뿐만 아니라 사물의 이름을 나열하는 잡명시雜名詩에도 영향을
주었다. 그 표현은 전체적으로 고졸하다. 왕세정王世貞은『예원치언』藝
苑巵言 권2에서 "백량시는 칠언가행七言歌行의 새로운 형식으로 고졸함을
특징으로 한다"(柏梁爲七言歌行創體, 要以拙勝)고 하였다. 이 시에 대
한 진위眞僞 논쟁은 상당히 오래되었으나 아직 정론이 나지 않았다.

# 이연년(李延年)

  이연년(李延年, ?-BC90)은 중산(中山, 지금의 하북성 定縣 일대) 사람으로, 서한의 음악가이자 시인이다. 한 무제가 총애한 이부인李夫人의 오빠이다. 일찍이 사건에 연루되어 부모형제와 함께 부형腐刑을 당하였으나, 나중에 노래와 춤으로 한 무제의 총애를 받았다. 당시 서역 음악의 영향으로 만들어진 '신변성'新變聲에 뛰어나 여기에 아래의 가사를 붙여 노래를 하자, 무제가 "이 세상에 정말로 그런 미인이 있는가?"라고 물었다. 이에 옆에 있던 평양平陽 공주가 이연년에게 누이동생이 있다고 추천하였고, 무제는 그녀를 불러 보고는 첫눈에 반하여 그녀를 부인夫人으로 봉하고 총애하였다. 이연년은 무제의 총애를 받아 협률도위協律都尉가 되어 민가民歌를 널리 수집하고 정리하였다. 기원전 90년에 이광리李廣利가 흉노에 항복한 일에 연루되어 살해되었다.


노래

歌


| 北方有佳人, | 북방에 사는 가인佳人은 |
| 絶世而獨立. | 세상에 다시 없이 오로지 한 사람뿐 |
| 一顧傾人城, | 한 번 돌아보면 성이 무너지고 |
| 再顧傾人國. | 두 번 돌아보면 나라가 무너진다 |

寧不知傾城與傾國,　성이 무너지고 나라가 무너질지 어찌 모르랴만
佳人難再得.　　　　그래도 이런 미인은 다시 얻기 어렵다네

○北方(북방): 장안의 북쪽. 여기서는 이연년의 고향인 하북성 중산(中山)을 가리킨다.
○絶世(절세): 세상을 초월하다. 그 미모가 세상의 일반 여인의 모습을 뛰어넘는다. ○
傾人城(경인성): 성안의 사람을 미혹시켜 성을 망하게 할 정도로 아름답다. 이 구에 대
해서 안사고(顔師古)는 "성과 나라를 아끼지 않음이 아니라, 미인이란 얻기 어렵기 때문
이며, 지극히 좋아하다 보니 성과 나라가 무너짐을 깨닫지 못한다"(非不吝惜城與國也,
但以佳人難得, 愛悅之深, 不覺傾覆)고 풀이하였다. '경성'(傾城)과 '경국'(傾國)에 대해서
는 역대로 '경'(傾)을 '무너뜨리다'(傾覆)로 해석하여, "군주가 여색에 빠져 나라를 망하
게 하다"(君主迷戀女色而亡國)로 풀이하였다. 이 어휘의 기원은 『시경』「첨앙」(瞻印)의
"지략 있는 남자는 성을 세우고, 지모 있는 여인은 성을 기울게 할 수 있다"(哲夫成城,
哲婦傾城)에서 찾을 수 있다. 그러나 이에 대한 다른 의견도 있다. 작가 이연년이 자신
의 누이를 추천하면서 나라를 망칠 여인이라 할 리가 없고, 한 번 돌아보고 두 번 돌아
보는 짧은 사이에 성이 무너지고 나라가 무너지지 않을 것이란 이유에서이다. 송대(宋
代) 원문(袁文)은 『옹유한평』(甕牖閑評)에서 "경성과 경국이란 말은 한 성이나 한 나라
의 사람들이 모두 마음을 기울여 좋아한다는 뜻이지, 가인이 성을 기울게 하고 나라를
기울게 한다는 말은 아닐 것이다"(所謂傾城與傾國者, 蓋一城一國之人皆傾心而愛悅之, 非
謂佳人解傾人城、傾人國也)고 하였다. 만약 이 의견을 반영하여 시를 풀이하면 "한 번
돌아보면 온 성의 사람들이 좋아하고, 두 번 돌아보면 온 나라의 사람들이 좋아한다"는
뜻이 될 것이다. 그러나 이렇게 풀이하면 다음 구 '寧不知傾城與傾國'가 평이하게 풀이
되어 시의 강렬함이 없어지고 만다. 그러므로 '경성'과 '경국'은 이연년이 자신의 누이의
미모를 강조하기 위하여 아름다움이 지닌 치명적인 속성을 강조하였다고 보아야 할 것
이다. 또 다른 의견은 미인을 보려고 성의 모든 사람들이 한쪽으로 몰려가면서 성이
무너졌다고 풀이하였는데 이 역시 적절하지 않다. 같은 용례를 사용한 부현(傅玄)의 「염
가행」(艶歌行) 중의 "一顧傾朝市, 再顧國爲虛"와, 유회(劉繪)의 「중산왕유자첩가」(中山王
孺子妾歌) 중의 "一笑傾城, 一顧傾市"에서 보듯 저자의 한쪽으로 몰려가 저자를 기울게
할 수 없기 때문이다. 경조시(傾朝市)와 경시(傾市)는 경성(傾城)과 경국(傾國)과 마찬가
지로, 저자 사람들이 아름다움에 미혹되어 저자가 망하게 되어도 모른다는 뜻이며, 이
러한 의미 범주는 부현(傅玄)의 위 시에서 '국위허'(國爲虛, 나라가 망하다)와 대구를 이
루어 동일한 의미를 나타낸 데서도 알 수 있다. ○寧(녕): 차마. 차라리. 여기서는 '어
찌'(豈)의 뜻.

미인을 칭송한 노래이나, 실제로는 자신의 누이동생을 추천하는 노래이다. 말미의 '영부지'寧不知에서 격앙된 곡조가 일어나 뜻을 강조함을 알 수 있다. 이 노래에서 미인을 의미하는 '경국지색'傾國之色이란 말이 만들어졌을 뿐만 아니라, 후세 문학에도 큰 영향을 미쳤다. 백거이는 「장한가」長恨歌에서 "한나라 황제가 미색을 중시하고 경국지색을 그리워하였다"(漢皇重色思傾國)라 하여 이 전고로 당 현종과 양귀비를 비유하였다. 『한서』 권97 「외척전」外戚傳에 처음 나오며, 『옥대신영』에서는 '영부지'(寧不知) 석 자가 없는 오언시로 등장한다. 그러나 오조의吳兆宜가 말했듯이 이 석 자가 들어간 게 훨씬 낫다. 원래 제목이 없었으나 통상 「이부인가」李夫人歌 혹은 「이연년가」李延年歌라고 부르는 경우가 많다.

# 이릉(李陵)

  이릉(李陵, ?-BC74)은 자가 소경少卿이고 농서 성기(隴西成紀, 감숙 성 秦安) 사람이다. 명장 이광李廣의 손자. 처음에는 시중건장감侍中建章 監이 되었고 한 무제漢武帝의 명을 받아 거연居延을 지나 흉노 지역에 들어가 지형을 살펴보고 돌아온 후 기도위騎都尉에 올랐다. 기원전 99년 보병 5천명을 이끌고 거연居延을 거쳐 흉노匈奴를 토벌하러 갔다가 적의 기병 10만을 만나 싸움에 패하고 흉노에 항복하였다. 1년여 후 무제는 공손오公孫敖에게 병사를 주어 이릉을 데려오라고 하였으나 성공하지 못하였다. 공손오는 이릉이 흉노의 선우(單于, 왕)에게 병술을 가르쳐 한의 군사를 방비하였다 하므로 한나라에서는 이릉의 가족을 모두 죽였다. 한편 이때 흉노에는 이릉이 항복하기 바로 전인 기원전 100년에 사신으로 간 소무(蘇武, ?-BC60)가 흉노에 붙잡힌 채 돌아가지 못하고 있었다. 이릉과 소무는 원래 함께 시중侍中의 직책에 있었으므로 흉노의 선우單于는 이릉을 시켜 소무가 항복하도록 하였다. 소무는 항복하지 않았고 북해北海로 추방되어 양을 기르고 19년 동안 살며 흉노에 굴복하지 않았다. 이릉은 선우의 사위가 되어 우교왕右校王이 되었다. 그 후 기원전 81년 소제昭帝가 즉위한 후 한나라는 흉노와 화친을 맺게 되고 소무는 비로소 한으로 돌아갈 수 있게 되었다. 이때 이릉은 소무를 위해 일어나 춤을 추며 아래의 「이별 노래」를 불렀다. 그 후 이릉은 결국 흉노 땅에서 병들어 죽었다. 『한서』「이광 소건 전」李廣蘇建傳에 그의 전기가 있다.

# 이별 노래
# 別歌

| | |
|---|---|
| 徑萬里兮度沙漠, | 만리 멀리 달려와 사막을 건너고 |
| 爲君將兮奮匈奴. | 임금의 장수로 흉노와 싸웠네 |
| 路窮絶兮矢刃摧, | 길은 막히고 칼과 활은 부러지고 |
| 士衆滅兮名已隤. | 병사들은 모두 죽고 이름은 망가졌네 |
| 老母已死, | 노모老母가 이미 돌아가셨으니 |
| 雖欲報恩將安歸? | 은혜에 보답하려 해도 돌아갈 곳 없어라 |

○度(도): 넘다. 건너다.  ○奮(분): 용맹을 떨치다. 힘들여 싸우다.  ○隤(퇴): 무너지다. 이름이 어그러졌다는 말은 자신이 흉노에 항복했음을 말한다.  ○老母已死(노모이사): 어머니가 이미 돌아가시다. 공손오의 잘못된 정보에 따라 한나라에서는 이릉의 모친, 동생, 처자를 모두 죽였다. 노모의 은혜를 갚을 길이 없어졌으므로 한나라에 돌아갈 수 없게 되었다. 이 말에서 이릉은 한나라에 대한 원망과 함께 자신의 귀국할 수 없는 처지를 호소하고 있다.

소무蘇武가 흉노 땅을 떠나 한漢으로 돌아갈 때 이릉이 춤추며 부른 노래이다. 이 시 이외에 이릉과 소무가 주고받았다는, 『문선』 등에 실린 '이릉 소무 시'는 학계에서는 실제 이릉과 소무가 지은 시가 아닌 것으로 간주한다. 오직 『한서』「이광 소건 전」李廣蘇建傳에 보이는 초가체楚歌體의 이 시만이 이릉의 시로 보아야 할 것이다. 원래 제목이 없었으나 심덕잠沈德潛이 『고시원』古詩源에서 「이별 노래」別歌라고 이름 붙였다.

◀「양을 치는 소무」(蘇武牧羊圖) 명청말 왕진(王震) 그림.

# 유세군(劉細君)

　　유세군劉細君은 생몰년은 분명하지 않으나 서한西漢 무제武帝 시기에 생존하였다. 그녀에 대한 기록은 『한서』 권96 「서역전」西域傳에 전한다. "무제 원봉(元封, BC110-105) 연간, 강도왕江都王 유건劉建의 딸 유세군 공주를 오손왕烏孫王 곤막昆莫에게 시집보냈다. 황제는 탈 것과 입을 것을 하사하고 관리와 시종을 수백 명 딸려 보냈다. 오손왕은 그녀를 우부인右夫人으로 삼았고, 흉노에서 보낸 공주를 좌부인左夫人으로 삼았다. 공주가 그 나라에 이르러 스스로 궁을 만들고 살며, 계절마다 여러 번 곤막을 만나 술과 음식을 차려주었다. 곤막이 나이가 많거니와 또 말이 통하지 않은지라, 공주는 자신의 처지가 슬퍼 노래를 지었다." 당시 무제는 흉노에 대항하기 위해 오손烏孫과 연맹할 필요가 있었는데, 오손의 요구에 따라 유세군을 시집보냈다. 그리하여 그녀를 '오손공주'라 하였다. 나중에 다시 곤막의 손자 잠추岑陬에게로 개가하여 딸을 하나 낳고, 그곳에서 죽었다.


## 비애의 노래
## 悲愁歌

| | |
|---|---|
| 吾家嫁我兮天一方, | 한漢나라 조정은 나를 하늘 끝에 시집보내 |
| 遠托異國兮烏孫王. | 멀리 이국땅에 보내어 오손왕을 모시게 했네 |

穹廬爲室兮氈爲墻,　　　파오로 집을 삼고 담요로 벽을 삼아
以肉爲食兮酪爲漿.　　　고기를 주식으로 하고 양젖을 음료로 하네
居常土思兮心內傷,　　　언제나 고국 생각에 마음이 슬프나니
願爲黃鵠兮還故鄕.　　　원컨대 고니 되어 고향으로 돌아가고파


○吾家(오가): 한(漢) 조정을 가리킨다. ○天一方(천일방): 하늘의 한쪽 끝. ○烏孫(오손): 고대 국가 가운데 하나로, 한대에는 지금의 중국 서북 신강 위구르자치구 이닝(伊寧) 일대에서 강역을 형성하였다. ○穹廬(궁려): 몽골 등 중국의 서북방 민족들이 사용하는 원뿔형의 이동식 주거 형식. 보통 파오라고 한다. ○氈(전): 모직. 혹은 모직으로 만든 양탄자. ○酪(낙): 타락(駝酪) 죽. 소나 양 혹은 말의 우유를 발효시켜 만든 음료. ○居常(거상): 평상시. ○土思(토사): 고향을 생각하다. ○黃鵠(황곡): 고니. 한대에 황곡(黃鵠)은 이상을 표시하는 어휘로 잘 쓰였으며, 여기서도 그러한 이미지가 들어가 있다. 유방(劉邦)의 「홍곡의 노래」(鴻鵠歌) 참조.


　오손국으로 시집간 유세군 공주가 고향을 그리워하며 부른 노래이다. 이 시는 『한서』 권96에 처음 나온다. 전체 시는 일인칭의 아주 평범한 말투이지만 구조는 엄밀하다. 1, 2구는 이국에 온 자신의 처지 속에 황제에 대한 원망을 표현했으며, 3, 4구는 낯선 이국의 주거와 음식 습관을 묘사하면서 적응하기 어려운 고통을 표현하였다. 마지막으로 5, 6구에서는 고국에 대한 그리움을 호소하였다. 비록 원망이 있지만 직접적으로 드러내지 않는 소박한 표현에서 깊은 진정이 느껴진다.

# 위현성(韋玄成)

위현성(韋玄成, ?-BC36)은 서한 시대의 시인으로 자는 소옹<sup>少翁</sup>이다. 노국 추(魯國鄒, 산동성 鄒城市) 사람. 선제<sup>宣帝</sup> 때 승상을 지냈던 위현<sup>韋賢</sup>의 아들로 부양후<sup>扶陽侯</sup>를 세습받았다. 관직은 하남 태수<sup>河南太守</sup>, 미앙 위위<sup>未央衛尉</sup>, 태상<sup>太常</sup> 등을 역임하였다. 양운<sup>楊惲</sup>이 참형<sup>斬刑</sup>당할 때 그와 친한 관계로 함께 면직되었다. 나중에 후작의 신분으로 혜제<sup>惠帝</sup>의 제사에 참여할 때 불공한 죄로 관내후<sup>關內侯</sup>로 강등되었다. 이에 자신의 행동을 반성하는 「자핵시」<sup>自劾詩</sup>를 지었다. 나중에 원제<sup>元帝</sup> 때 소부<sup>少府</sup>, 태자태부<sup>太子太傅</sup>, 어사대부<sup>御使大夫</sup> 등을 거쳐 승상<sup>丞相</sup>이 되었다. 이러한 경력에서 그는 자손을 경계하는 뜻의 「자손을 훈계하는 시」<sup>戒子孫詩</sup>를 지었다. 『수서』 「경적지」에 『위현성집』<sup>韋玄成集</sup> 2권이 있었으나 양대<sup>梁代</sup>에 망실되었다고 기록되어 있다. 그가 지은 사언시 2수가 『한서』에 전한다.

## 자손을 권계하는 시
## 戒子孫詩

| | |
|---|---|
| 於肅君子, | 아아! 정중한 군자여 |
| 旣令厥德. | 원래 그 덕이 높구나 |
| 儀服此恭, | 품행이 공손하고 의복이 단정하며 |
| 棣棣其則. | 예의 밝은 사람을 본으로 삼네 |

| | |
|---|---|
| 咎余小子, | 아아! 보잘것없는 이 몸은 |
| 旣德靡逮, | 아직도 덕을 닦지 못해 |
| 曾是車服, | 일찍이 황제로부터 수레와 예복을 받았으나 |
| 荒媟以隊. | 불경한 탓에 넘어졌다네 |
| 明明天子, | 밝디밝은 천자는 |
| 俊德烈烈, | 높은 덕이 찬란하여 |
| 不遂我遺, | 나를 버리지 않으시고 |
| 恤我九列. | 긍휼히 여겨 구경九卿의 반열에 오르게 하였네 |
| 我旣茲恤, | 내가 긍휼함을 받았으니 |
| 惟夙惟夜, | 아침이나 저녁이나 |
| 畏忌是申, | 두려워하고 꺼리고 경계하며 |
| 供事靡惰. | 일을 받듦에 소홀함이 없었다 |
| 天子我監, | 천자께서 나를 살피시어 |
| 登我三事. | 삼공三公의 자리에 오르게 하시고 |
| 顧我傷隊, | 내가 넘어져 아파함을 돌아보시고 |
| 爵復我舊. | 나의 옛 작위를 복귀해주셨네 |
| 我旣此登, | 이제 승상의 자리에 올라 |
| 望我舊階, | 나의 이전의 자리를 바라보나니 |
| 先后茲度, | 선친께서 이 직위를 담당했음에 |
| 漣漣孔懷. | 눈물을 줄줄 흘리며 깊이 그리워하네 |
| 司直御事, | 사직司直과 담당관들이 |
| 我熙我盛; | 나를 흥하게 하고 나를 번성하게 하네 |
| 群公百僚, | 여러 관리들과 막료들이 |
| 我嘉我慶. | 나를 기뻐하고 나를 축하하지만 |
| 于異卿士, | 여러 관리들의 축하하는 마음이 |
| 非同我心. | 나의 마음과 같지 않네 |

三事惟難,　　삼공三公의 직무는 어렵기만 하고
莫我肯矜.　　아무도 나를 동정하지 않는다네
赫赫三事,　　빛나는 삼공의 직위
力雖此畢,　　비록 힘을 다하겠지만
非我所度,　　내가 머물 곳이 아니라면
退其罔日.　　며칠 가지 않아 내쳐지리라
昔我之隊,　　예전에 내가 넘어질 때
畏不此居,　　이 자리를 맡지 못할까 두려워했는데
今我度茲,　　지금 내가 이 자리에 오르니
戚戚其懼.　　근심스럽고 두렵기만 하구나
嗟我後人,　　아아! 후인들이여
命其靡常,　　천명은 일정하지 않으니
靖享爾位,　　자신의 자리를 어떻게 담당할지 생각하고
瞻仰靡荒.　　조상을 바라보고 태만하지 말지라
愼爾會同,　　너희들 조회朝會 때에 삼가하고
戒爾車服,　　너희들이 받은 수레와 예복을 간수하라
無媠爾儀,　　너희들 품행에 게으르지 말고
以保爾域.　　너희들 봉읍封邑을 지켜라
爾無我視,　　너희들은 나에게 보이지 말지라
不愼不整;　　신중하지 않고 바르지 않은 모습을
我之此復,　　나의 이번 복직은
惟祿之幸.　　관직의 복福일 뿐
於戲後人,　　아아! 후인들이여
惟肅惟栗.　　오직 공경하고 오직 두려워하라
無忝顯祖,　　빛나는 조상을 욕되게 하지 말고
以蕃漢室.　　한실漢室의 울타리가 되어라

○於(오): 아! 감탄하는 소리.  ○令(령): '善'의 뜻. 좋다. 훌륭하다.  ○儀服(의복): 위의 (威儀)와 복식.  ○棣棣(태태): 예의에 밝은 모양. 『시경』「백주」(柏舟)에 "용모와 품행이 단정하고"(威儀棣棣)란 표현이 있다.  ○咨(자): 탄식하다. 탄식하는 소리. 아아!  ○逮 (체): 이르다. 일정한 수준에 이르다.  ○車服(거복): 천자가 공신에게 내린 수레와 예복. ○荒嫚(황만): 제멋대로 하고 업신여기다.  ○隊(대): '墜'와 같다. 넘어지다. 떨어지다. ○俊德(준덕): 훌륭한 덕행.  ○烈烈(열렬): 밝은 모양.  ○九列(구렬): '구경'(九卿). 원제 (元帝)가 즉위하여 위현성을 소부(少府)에 임명한 일을 말한다.  ○申(신): 경계하다. 스 스로 조심하고 삼가다.  ○監(감): 살피다.  ○三事(삼사): 삼공(三公)의 직위. 위현성은 어사대부(御使大夫)에 이어 승상(丞相)의 자리에 올랐다.  ○爵復我舊(작복아구): 나의 이전 작위를 복귀하다. 위현성이 부양후(扶陽侯)에 다시 봉해짐을 가리킨다.  ○先后(선 후): 선군(先君). 즉 돌아가신 아버지 위현(韋賢)을 가리킨다.  ○度(도): 신찬(臣瓚)은 '宅'과 같다고 하였다. 자리하다. 차지하다. 선친이 이 자리를 차지했다는 말은 그의 부 친 위현도 재상의 직위를 담당했음을 가리킨다.  ○漣漣(연련): 눈물이 줄줄 흐르는 모 양.  ○孔懷(공회): 매우 그리워하다.  ○司直(사직): 관직 이름. 승상의 속관(屬官)이다. ○御事(어사): 사무를 보는 사람.  ○我熙我盛(아희아성): 나를 흥하게 하고 나를 성하게 하다. 대명사가 있을 때 술어의 전치 용법이다.  ○卿士(경사): 여러 관리들.  ○非同我心 (비동아심): 나의 마음과 같지 않다. 문무백관들이 나를 축하해주지만 그 속마음은 정 말 나를 축하하진 않는다.  ○罔日(망일): 며칠이 없다. 며칠 가지 않는다.  ○戚戚(척척): 걱정하는 모양.  ○靖(정): 도모하다. 헤아리다.  ○享(향): 담당하다.  ○瞻仰(첨앙): 조상 을 우러러다.  ○會同(회동): 제후가 천자를 알현함을 뜻하나, 여기서는 조회를 가리킨 다.  ○婿(타): 게으르다.  ○域(역): 봉지(封地)를 가리킨다.  ○於戲(오희): 아아! 감탄하 는 소리.  ○栗(률): '慄'과 같다. 두려워 떨다. 조심하고 삼가다.  ○無忝(무첨): 욕되게 하지 않다.  ○顯祖(현조): 영달한 조상.  ○蕃(번): '藩'과 같다. 울타리. 지키다.


위현성이 승상에 임명되고 작위가 복원된 후에 자손들에게 훈계하며 쓴 시이다. 그의 전기를 보면 그는 선친이 이룬 업적을 훼손한 데 대해 무척 괴로워했던 모양으로, 이를 다시 복원하니 심회가 깊었던 듯하다. 이런 이유에서인지 그는 시종일관 근신하고 원칙을 따르기를 타이르고 있다. 이는 당시 보편적으로 유행한 계자문戒子文이나 칙자문勅子文의 시 적 번안이라 할 수 있다.

# 식부궁(息夫躬)

　식부궁(息夫躬, ?-BC1)은 자가 자미子微로 하내 하양(河陽, 하남성 孟縣) 사람이다. 식부가 성이고 궁이 이름이다. 애제哀帝가 즉위한 초기에 황후의 부친인 부안傅晏과 같은 군郡 출신인 관계로 대조待詔가 되었으며, 애제가 병에 걸린 이유를 동평왕東平王 유운劉雲 등의 저주 때문이라고 밀고하여 그 공으로 광록대부光祿大夫가 되었고 의릉후宜陵侯에 봉해졌다. 그는 확인되지 않는 일을 고발하여 신분을 높인 인물로, 그밖에도 궁중의 대신들을 모함하는 언변을 많이 하였다. 나중에 외척 부안傅晏과 총신 동현董賢이 정권 쟁탈을 하는 와중에, 동현은 일식日食이 일어난 이유를 식부궁의 허위날조라고 참언하였고, 이에 옥에 갇혔다가 죽었다. 『수서』「경적지」에는 『식부궁집』息夫躬集 1권을 저록하고 있으나 현재 전하지 않는다.

## 절명사
### 絶命辭

| | |
|---|---|
| 玄雲泱鬱, 將安歸兮. | 검은 구름이 어둑한데, 어디로 돌아갈까 |
| 鷹隼橫厲, 鸞徘徊兮. | 새매는 날쌔게 날아가나, 봉황은 배회하네 |
| 矰若浮焱, 動則機兮. | 움직이기만 하면 주살이 바람처럼 빠르게 발사되고 |
| 叢棘栫棧, 曷可棲兮. | 가시나무 촘촘하여, 깃들 곳이 없구나 |

發忠忘身, 自絶罔兮.　　　제 몸을 잊고 충성하였는데 스스로 그물에 떨어졌네
冤頸折翼, 庸得往兮.　　　고개가 꺾이고 날개가 접혔으니, 어디로 갈 수 있나
涕泣流兮萑蘭,　　　　　　눈물이 철철 흘러 넘치고
心結愲兮傷肝.　　　　　　마음이 어지럽고 애간장이 상하였네
虹霓曜兮日微,　　　　　　무지개 현란하여 햇빛이 희미하고
孽杳冥兮未開.　　　　　　사악한 기운 어두워 흩어지지 않네
痛入天兮鳴謼,　　　　　　비통한 탄식과 외침이 하늘을 찌르는데
冤際絶兮誰語.　　　　　　들어줄 이 없는 원망을 누구에게 호소할까
仰天光兮自列,　　　　　　하늘을 바라보며 내 마음을 펼쳐놓고
招上帝兮我察.　　　　　　상제上帝를 불러 나를 살펴보라 하고 싶네
秋風爲我唫,　　　　　　　가을바람이 나 때문에 울고 있고
浮雲爲我陰.　　　　　　　뜬 구름이 나 때문에 어두워라
嗟若是兮欲可留,　　　　　아아, 이와 같은데 어찌 세상에 머무르려는가
撫神龍兮攬其須.　　　　　신령한 용을 타고 그 수염을 휘어잡고
游曠迥兮反亡期,　　　　　아득한 곳으로 떠나 돌아오길 잊고 싶어라
雄失據兮世我思.　　　　　군주가 자리를 잃으면 사람들이 나를 생각하리

○泱鬱(앙울): 구름이 짙은 모양. ○隼(준): 새매. ○厲(려): 빠르다. ○矰(증): 주살. 오늬에 줄을 매어 쏘는 화살. ○焱(염): '飆'와 같다. 돌개바람. ○機(기): 발사하다. ○棧棧(잔잔): 많은 모양. ○罔(망): 그물. 새를 잡는 그물. 여기서는 사람을 잡는 참언의 그물에 잡힌 새로 자신을 비유하였다. ○冤(원): 구부리다. ○庸得往兮(용득왕혜): 어디로 갈 수 있을까. ○萑蘭(추란): '汍瀾'과 같다. 철철. 눈물이 흘러넘치는 모양. ○結愲(결골): 어지럽다. ○虹霓(홍예): 무지개. 장안(張晏)은 "무지개는 사악한 음기(陰氣)로, 눈을 현혹하는 빛으로 해와 달을 가린다. 참언이 유행하면 충신이 숨는다"고 하였다. 왕선겸(王先謙)은 『한서보주』(漢書補注)에서 "태양은 주상을 비유한 것이지 충신을 말한 게 아니다"고 하였다. 요컨대, 무지개 같은 참언이 태양 같은 주상의 판단을 흐린다는 뜻이다. ○孽(얼): 사악한 기운. ○杳冥(묘명): 어둑하다. ○鳴謼(오호): 탄식하고 소리치다. ○唫(금): 읊조리다. ○若是(약시): 이와 같다. 이와 같은 변고를 당하다. ○可

留(가류): 머물 수 있다. 세상에 살아남다. ○攬(람): 잡다. ○須(수): 鬚와 같다. 수염. ○曠迥(광형): 아득히 먼 곳. ○反(반): '返'과 같다. 돌아오다. ○雄失據(웅실거): 안사고(顔師古)는 '雄'을 군주로, '據'를 왕위로 풀이하였다. 군주가 자리를 잃으면 그때 세상 사람들이 나를 생각할 것이다.

이 시는 『한서』「식부궁전」息夫躬傳에 나온다. 전기에 의하면 식부궁이 대조待詔가 되었을 때 자주 남을 참언하였는데, 스스로 그 해를 입을까봐 두려워하여 이 시를 지었다고 한다. 그러나 나중에 그 자신이 이 시의 내용대로 되어 죽었다.

# 반첩여(班婕妤)

반첩여(班婕妤, BC48?-6?)는 성은 반班이고 이름은 알려지지 않았다. 첩여婕妤는 한대 궁중의 여성 관직의 명칭이다. 누번(樓煩, 산서성 朔縣) 사람이다. 성제(成帝, 재위 BC32-7) 초기에 입궁하여 성제의 총애를 받았다. 나중에 조비연趙飛燕의 모함을 받아 총애를 잃자 스스로 장신궁長信宮에 가서 태후太后를 모시고 살겠다고 자청하였다. 이때의 심정을 묘사한 「자도부」自悼賦는 지금도 남아있다. 성제가 죽은 후에는 능묘를 관리하였고, 죽은 후 같은 묘역에 묻혔다.

## 원가행
## 怨歌行

| | |
|---|---|
| 新裂齊紈素, | 새로 잘라낸 제齊 지방의 흰 비단 |
| 鮮潔如霜雪. | 맑고 깨끗하기 눈과 서리 같구나 |
| 裁爲合歡扇, | 마름질하여 합환合歡 문양의 부채를 만드니 |
| 團團似明月. | 둥글기가 보름달 같아라 |
| 出入君懷袖, | 님의 품과 소매에 드나들면서 |
| 動搖微風發. | 흔들리며 미풍을 일으키네 |
| 常恐秋節至, | 언제나 두려운 건 가을이 되어 |
| 涼颸奪炎熱. | 찬바람에 더위가 사라지면 |
| 棄捐篋笥中, | 부채는 바구니에 버려지고 |

恩情中道絶.       은정도 중도에서 끊어지는 일

○裂(렬): 찢다. 여기서는 베틀에서 옷감을 잘라내다. ○紈素(환소): 흰색의 가늘고 고
운 비단. '환'(紈)은 무늬가 있는 비단이고 '소'는 무늬가 없는 비단을 가리킨다. 제(齊)
지방, 즉 산동성 지역에서 생산되는 것이 유명하므로 '제환소'(齊紈素)라 하였다. 맑고
깨끗한 비단은 곧 여인의 품성을 상징한다. ○合歡扇(합환선): 합환 무늬가 있는 부채.
원래 합환은 나무의 이름으로, 대칭으로 난 잎이 밤에는 마주 붙기에 그 뜻을 취해 남녀
의 애정을 표시했다. '합환'은 대칭된 문양으로, 이러한 문양이 들어가면 '합환석'(合歡
席)이나 '합환선'(合歡扇)처럼 물건 이름으로 삼는 경우가 많다. 신연년(辛延年)의 「우림
랑」(羽林郞)에도 '합환 문양 저고리'(合歡襦)란 말이 나오고, '고시십구수' 중의 「먼 곳에
서 온 손님이」(客從遠方來)에서도 '합환 무늬 이불'(合歡被)이란 말이 나온다. ○團團(단
단): 둥글둥글. 둥근 모양. ○飇(표): 돌개바람. ○棄捐(기연): 버리다. ○篋笥(협사): 옷
바구니. '篋'은 상자, '笥'는 옷을 담는 대바구니이다.


　　부채를 빌려 여인의 처지를 비유한 시이다. 사람은 더울 때는 부채를
"품과 소매에 드나들면서" 가까이 두지만, 가을이 되면 바구니에 내던
지고 만다. 남자에게 있어 여인은 부채와 같음을 말하며, 때가 지나면
그 은정이 끊어지리라고 환기하고 있다. 이 시는 『문선』과 『옥대신영』
에 모두 반첩여班婕妤의 작품으로 실려 있으며, 『악부시집』에도 같은 작
가의 이름으로 '상화가사'에 포함시켰다. 『옥대신영』에는 다음과 같은
서문이 붙어있다. "예전에 한 성제漢成帝 때 반첩여가 총애를 잃자 장신
궁長信宮에 태후를 모시고 살면서 부賦를 짓고 슬퍼하였으며 「원시」怨詩
한 수도 함께 지었다." 남북조 시대 문인들은 대부분 위의 시를 그녀의
작품으로 받아들였다. 예컨대 강엄江淹이 지은 「잡체시 30수」에 「반첩
여―영선」班婕妤―詠扇이 있으며, 종영鍾嶸도 『시품』에서 "한 첩여 반희"
漢婕妤班姬를 '상품'上品에 두고, "소품시 「단선」은 의미가 맑고 빼어나며,
원망이 깊고 문장이 아름다워 여인의 정취를 잘 표현하였다"(「團扇」短

章, 詞旨淸捷, 怨深文綺, 得匹婦之致)고 평했다. 그러나 종영과 동시대에 활동한 유협劉勰은『문심조룡』文心雕龍「명시」明詩에서 이 작품은 반첩여의 작품이 아닐 수 있다고 의심하였다.(班婕妤見疑於後代也) 당대에『문선』을 주석한 이선李善은『가록』歌錄을 인용하여 "『원가행』은 고사古辭이다"라 하였고, 이어서 "원래 있던 곡조에 반첩여가 가사를 모의하여 지었다"고 말했다. 실제로『한서』권97「외척전」外戚傳에 있는 반첩여 전기에는 그녀가 지은 부賦는 실려 있지만「원시」에 대한 기록은 없다. 또 위의 시를 자세히 보면 반첩여가 사랑을 잃을까 걱정한 때에 지었지, 잃은 다음에 지은 작품이 아니므로『옥대신영』의 서문과 일치하지 않는다. 오늘날에 많은 학자들은 무명씨가 지은 악부 가사로 보고 있지만, 여기서는 역대로 반첩여의 작품으로 간주해왔기에 일단 그녀의 이름 아래에 둔다.

# 마원(馬援)

마원(馬援, BC14-AD49)은 동한 초기의 명장이자 문인이다. 자는 문연<sup>文淵</sup>이며, 부풍<sup>扶風</sup> 무릉(茂陵, 섬서성 서안 북쪽) 사람이다. 일찍이 군郡의 독우<sup>督郵</sup>를 지냈으며, 왕망<sup>王莽</sup> 말기에 신성(新城, 지금의 漢中) 대윤<sup>大尹</sup>이 되었는데 왕망이 망하자 양주<sup>涼州</sup>로 피난하였다. 나중에 광무제<sup>光武帝</sup>에 귀순하여 그를 도와 난을 평정하였고, 주로 서북 지방 평정에 공을 세웠다. 태중대부<sup>太中大夫</sup>, 농서<sup>隴西</sup> 태수 등을 역임하였다. 41년 복파장군<sup>伏波將軍</sup>으로 임명되어 남방 교지(交趾, 지금의 광서성 일대)를 평정하였다. AD48년에 근대를 이끌고 오계<sup>五溪</sup>의 남방 민족을 공격하였으나 험난한 지세를 이용하여 방어하는 그들을 이기지 못하고, 다음해에는 오히려 호두<sup>壺頭</sup>에서 패하였다. 병사들이 장기<sup>瘴氣</sup>에 걸려 쓰러졌고 그 역시 병으로 죽었다.

## 무계는 깊어
## 武溪深

| | |
|---|---|
| 滔滔五溪一何深, | 물결 넘실거리는 오계<sup>五溪</sup>는 얼마나 깊은가 |
| 鳥飛不度獸不敢臨. | 새도 날아 건너지 못하고 짐승도 가까이 가지 못하니 |
| 嗟哉五溪多毒淫. | 아아, 오계<sup>五溪</sup>의 더운 독기는 얼마나 무서운가 |

○武溪(무계): 무릉(武陵)의 오계(五溪) 가운데 하나로, '潕溪'라고도 한다. ○滔滔(도

도): 넘실넘실. 강물이 크게 출렁이는 모습. ○五溪(오계): 지명. 지금의 호남성 서부의 신계(辰溪) 일대. 오계는 웅계(雄溪), 만계(樠溪), 유계(酉溪), 무계(潕溪), 신계(辰溪) 등을 가리킨다. 모두 남방 민족들이 거주하던 곳으로 중국의 역사서에서는 이들을 '오계만'(五溪蠻)이라 지칭하였다. ○不度(부도): 건널 수 없다. 오계 지역은 덥고 지열에서 올라오는 독기, 즉 장기(瘴氣)가 심해 새나 짐승이 지나갈 수 없다. ○毒涇(독음): 장기(瘴氣). 열병.

『고금주』古今注에 처음 보인다. 간결한 말 속에 무계의 험난함과 전투의 어려움을 그렸다. 비장한 어조 속에 깃든 사졸들에 대한 염려까지 읽을 수 있다.

# 부의(傅毅)

　　부의(傅毅, ?-약90)는 동한의 시인이자 사부가<sup>辭賦家</sup>이다. 자는 무중<sup>武仲</sup>. 부풍 무릉(扶風茂陵, 섬서성 서안시 북쪽) 사람. 명제<sup>明帝</sup> 영평<sup>永平</sup> 연간(58-75)에 평릉<sup>平陵</sup>에서 장구<sup>章句</sup>를 익히다가 「적지시」<sup>迪志詩</sup>를 지었다. 장제<sup>章帝</sup> 건초<sup>建初</sup> 연간(76-83)에 난대영사<sup>蘭臺令史</sup>가 되어 반고<sup>班固</sup>, 가규<sup>賈逵</sup>와 함께 도서를 관리했다. 거기장군 마방<sup>馬防</sup>과 대장군 두헌<sup>竇憲</sup>의 사마<sup>司馬</sup>를 역임하였다. 부의는 당시 반고<sup>班固</sup>와 이름을 나란히 하였다. 조비<sup>曹丕</sup>는 『전론』<sup>典論</sup>에서 반고가 부의를 무시한 일을 들어 '문인상경'(文人相輕)이라 하였다. 그의 문집은 양대<sup>梁代</sup>까지 5권이 있었으나 이후 산일되어 『수서』 「경적지」에는 2권으로 저록되었다. 그의 작품 가운데 가장 잘 알려진 것은 『문선』에 실린 「무부」<sup>舞賦</sup>이다. '고시십구수' 가운데 「한들거리는 외로운 대나무」<sup>冉冉孤生竹</sup>에 대해 유협<sup>劉勰</sup>은 『문심조룡』에서 부의의 작품이라 했으나, 『옥대신영』에서는 '고시'<sup>古詩</sup>라고 했을 뿐 부의의 작품이라 하지 않았다. 후대의 대부분의 학자들은 「한들거리는 외로운 대나무」를 다른 '고시십구수'와 함께 동한 말기 무명씨의 작품으로 본다.


적지시
迪志詩

咨爾庶士,　　　아아! 여러 선비들이여!

迨時斯勗.　　　때를 당하여 노력하소서

日月逾邁,　　　해와 달이 흘러가면

豈云旋復!　　　어찌 다시 돌아오리오!

哀我經營,　　　아쉽게도 내가 인의仁義를 경영하려했으나

朁力靡及.　　　힘을 다하여도 미치지 않아

在茲弱冠,　　　이 약관의 나이에

靡所樹立.　　　이룬 바 하나 없네

於赫我祖,　　　아아! 빛나는 우리 조상

顯于殷國.　　　상商나라를 중흥시켰어라

貳迹阿衡,　　　이윤伊尹의 공적과 나란하거니와

克光其則.　　　그 법칙을 더욱 넓혔어라

武丁興商,　　　무정武丁이 상商을 중흥시킨 것은

伊宗皇士.　　　오로지 뛰어난 선비를 존중했기 때문

爰作股肱,　　　이에 임금의 고굉股肱이 되어

萬邦是紀.　　　모든 제후국의 벼리가 되었네

奕世載德,　　　대대로 덕행을 중시하여

迄我顯考.　　　훌륭하신 부친까지 이어졌어라

保膺淑懿,　　　아름다운 덕을 보존하여

纘修其道.　　　그 도리를 계속 닦았어라

漢之中葉,　　　한漢의 중엽에는

俊乂式序.　　　준걸들이 직위를 맡았고

秩彼殷宗,　　　저 상商의 고종高宗을 이어받아

光此勳緒.　　　그 맥을 잇고 더욱 빛냈다네

伊余小子,　　　보잘것없는 이 몸은

穢陋靡逮.　　　비루하여 이르지 못하니

懼我世烈,　　　두려워라 대대로 내려온 공적이

自茲以墜.　　내 대에 이르러 그르칠까나

誰能革濁,　　누가 나의 탁함을 닦아내어

淸我濯漑?　　맑은 물로 나를 씻을 수 있을까

誰能昭闇,　　누가 어둠을 밝힐 수 있어

啓我童昧?　　나의 어리석음을 깨우쳐줄까

先人有訓,　　선인先人에 유훈遺訓이 있어

我訊我誥.　　나를 타이르고 나를 권면하네

訓我嘉務,　　내가 좋은 일 하길 훈계하고

誨我博學.　　내가 널리 배우길 가르치네

爰率朋友,　　뜻을 함께하는 사람들과

尋此舊則.　　예전의 원칙을 찾으리라

契闊夙夜,　　아침저녁으로 수고로이 하면

庶不懈忒.　　불경하고 잘못함이 없으리라

秩秩大猷,　　훌륭하구나! 큰 도리여!

紀綱庶式.　　여러 법칙의 벼리로다

匪勤匪昭,　　부지런하지 않으면 밝힐 수 없고

匪壹匪測.　　전념하지 않으면 헤아릴 수 없어라

農夫不怠,　　농부가 태만하지 않아야

越有黍稷.　　곧 곡식을 수확할 것이니

誰能云作,　　일을 성취하였다는 사람 가운데

考之居息?　　누가 쉬면서 이룬 자 있는가

二事敗業,　　전념하지 않으면 일을 망치고

多疾我力.　　나의 힘을 많이 낭비시키니

如彼遵衢,　　마치 먼 길을 가는 사람이

則罔所極,　　끝이 어딘지 모르는 것과 같다

二志靡成,　　뜻을 하나로 집중시키지 못하면 이루지 못하고

| | |
|---|---|
| 聿勞我心. | 나의 마음만 수고로이 할 뿐이니 |
| 如彼兼聽, | 마치 여러 소리를 동시에 들으면 |
| 則溷於音. | 어지럽기만 하고 뚜렷하지 않는 것과 같다 |
| 於戲君子, | 아아! 군자들이여! |
| 無恆自逸. | 언제나 방일<sup>放逸</sup>하지 마소서 |
| 徂年如流, | 한 해 한 해는 강물과 같이 흐르니 |
| 鮮玆暇日. | 한가히 지낼 날이 드물도다 |
| 行邁屢稅, | 길을 가는 사람이 자주 수레를 멈추면 |
| 胡能有迄. | 어찌 도착할 수 있으리오 |
| 密勿朝夕, | 아침저녁으로 근면히 힘쓰고 |
| 聿同始卒. | 처음이나 끝이나 한결같이 하소서 |

○咨(자): 아아! 탄식하는 소리.  ○庶士(서사): 여러 선비들.  ○迨(태): 이르다.  ○勗(욱): 힘쓰다.  ○逾邁(유매): 지나가다. 『상서』「진서」(秦誓)에 "해와 달이 흘러가면 돌아오지 않는다"(日月逾邁, 若弗云來)는 말이 있다.  ○經營(경영): 여기서는 인의(仁義)의 도(道)를 경영한다는 뜻.  ○膂力(여력): '旅力'이라고도 쓴다. 이선(李善)은 '陳力'이라 풀이하였다. 힘을 다하다. 자신의 역량을 모두 발휘하다. 『시경』「북산」(北山)에 "체력이 마침 강하니, 사방을 다니며 힘쓰네"(旅力方剛, 經營四方)란 말이 있다.  ○弱冠(약관): 스무살. 『예기』「곡례」(曲禮)에 "나이 스물을 약관이라 한다"(二十曰弱冠)는 말이 있다.  ○我祖(아조): 상대(商代)의 명신 부열(傅說)을 가리킨다. 무정(武丁)의 재상으로 상(商)의 중흥을 이루었다.  ○貳迹(이적): 공적이 비슷하다. 부열(傅說)의 공적이 이윤(伊尹)과 나란하다.  ○阿衡(아형): 상대(商代) 탕왕(湯王)의 재상 이윤(伊尹)을 가리킨다.  ○克光(극광): 빛나고 크게 할 수 있다.  ○其則(기칙): 이윤이 남긴 정치의 법칙.  ○武丁(무정): 상대(商代)를 중흥시킨 군주로, 묘호(廟號)는 고종(高宗)이다.  ○伊(이): '惟'와 같다. 오로지. 다만.  ○宗(종): 첫째로 삼다. 존중하다.  ○皇士(황사): 뛰어난 선비. 여기서는 부열(傅說)을 가리킨다. '皇'은 '美'의 뜻으로 새긴다. 『시경』「문왕」(文王)에 "여러 뛰어난 선비들이"(思皇多士)란 말이 있다.  ○股肱(고굉): 다리와 팔이란 뜻으로, 임금의 수족처럼 가까이에서 보필하는 신하.  ○奕世(혁세): 대대. 여러 세대. 『국어』「주어」(周語)에 "대대로 덕행이 있어"(奕世載德)란 말이 있다.  ○顯考(현고): 뛰어난 아버지.  ○保膺(보

응): 보존하여 계승하다.  ○淑懿(숙의): 미덕(美德).  ○纘(찬): 잇다. 계승하다.  ○中葉
(중엽): 서한의 선제(宣帝, 재위 BC73-49) 때의 중흥기를 가리킨다.  ○俊乂(준예): 재주
와 덕이 뛰어난 인재. 뛰어난 부씨(傅氏) 조상들을 가리킨다. 예컨대, 부개자(傅介子,
?-BC65)는 누란(樓蘭)을 평정한 공으로 의양후(義陽侯)에 봉해졌고, 부희(傅喜)는 곧고
바른 의견으로 대사마(大司馬)에 고무후(高武侯)에 봉해졌고, 이밖에도 부안(傅晏)은 공
향후(孔鄕侯)에, 부상(傅商)은 여창후(汝昌侯)에, 부준(傅俊)은 곤양후(昆陽侯)에 봉해졌
다.  ○式序(식서): 서열. 능력에 따라 서열이 매겨지다.『시경』「시매」(時邁)에 "빛나는
주(周)나라는, 능력에 따라 직위를 맡아"(明昭有周, 式序在位)라는 말이 있다.  ○穢陋(예
루): 용속하고 비루하다.  ○革濁(혁탁): 더러움을 씻어내다. 잘못을 고치다.『시경』「상
유」(桑柔)에 "누가 더위를 몰아낼 수 있다면, 목욕하러 가지 않겠는가"(誰能執熱, 逝不以
濯)는 표현이 있다.  ○昭闇(소암): 어둠을 밝히다. 모르는 것을 알게 되다.  ○童昧(동매):
우매하다.  ○訊(신): 경계하다. 타이르다.  ○契闊(계활): 수고하다. 고생하다.  ○懈忒(해
특): 나태하고 잘못다.  ○秩秩(질질): 아름답다. 훌륭하다.『시경』「교언」(巧言)에 "아
름답구나! 큰 도리여! 성인이 이를 만들었네"(秩秩大猷, 聖人莫之)란 말이 있다.  ○大猷
(대유): 대도(大道). 치국의 큰 방도.  ○庶式(서식): 여러 가지 법칙.  ○農夫 구:『상서』
「반경」(盤庚)에 "농부가 밭에서 일하며 힘써 씨 뿌려야, 비로소 가을에 수확이 있다.
…게으른 농부처럼 안일만 찾고, 힘껏 수고하지 않고, 밭에서 일하지 않는다면, 곧 곡식
이 없을 것이다."(若農服田力穡, 乃亦有秋.…惰農自安, 不昏作勞, 不服田畝, 越其罔有黍
稷)는 말이 있다.  ○考(고): 이루다.  ○二事(이사): 한 가지 일에 전념하지 않다.  ○疾
(질): 해치다.  ○遵衢(준구): 길을 따라가다. 즉 길을 가다.  ○二志(이지): 마음이 하나가
아니라 둘이다. 즉 심지(心志)가 흩어져 있다.  ○聿(율): 말의 첫머리나 중간에 쓰이는
어조사.  ○兼聽(겸청): 여러 소리를 동시에 듣다.  ○溷(혼): 어지럽다.  ○稅(세): '脫'과
같다. 말의 멍에를 벗기다. 수레를 세우고 쉬다.  ○迄(흘): 이르다.  ○密勿(밀물): 부지런
히 힘쓰다. 노력하다.  ○聿(율): 따르다.  ○始卒(시졸): 시종(始終).


　　자신을 권면하는 시이다.『후한서』의 전기에 의하면 부의가 젊었을
때 지었다고 한다. 설리說理적인 요소가 강하며『시경』과『상서』등의
어휘를 많이 채용하여 육중하고 서정적인 맛은 적다. 시작의 수법은 위
맹韋孟이나 위현성韋玄成과 비슷하여 어느 정도 이들의 영향을 받은 것으
로 보인다.『후한서』권80 문원열전文苑列傳에 실려 있다.

# 반고(班固)

반고(班固, 32-92년)는 부풍 안릉(扶風安陵, 섬서성 함양시 동북) 사람으로 자는 맹견孟堅이다. 동한東漢의 사학가, 사부가, 산문가. 부친 반표班彪가 죽자 그를 이어 『사기후전』史記後傳을 짓던 중 역사를 개조했다는 누명으로 옥에 갇혔다. 동생 반초班超의 변호로 석방된 후 난대영사蘭臺令史, 전교비서典校秘書 등을 역임하였다. 20여 년의 기간에 걸쳐 중국 최초의 단대사斷代史인 『한서』漢書를 지었다. 장제章帝의 신임을 받아 순수巡狩를 따라다니며 부賦와 송頌을 지었다. 화제和帝 때인 89년 대장군 두헌竇憲이 흉노를 공격할 때 중호군中護軍이 되어 출전하였다. 나중에 두헌이 황위를 찬탈할 음모로 죽으면서, 반고도 연루되어 옥에서 죽었다. 사부로는 장안과 낙양의 풍토와 인정을 서술한 「양도부」兩都賦 외에 「유통부」幽通賦, 「답빈희」答賓戲 등이 있다. 『수서』·경적지」에는 문집 17권이 저록되어 있으나 이후 산일되었다. 『후한서』後漢書 권40 「반표전」班彪傳에 그에 관한 전기가 첨부되어 있다.

## 영사
## 詠史

| | |
|---|---|
| 三王德彌薄, | 우, 탕, 문왕 등 삼왕의 덕이 점점 쇠미해지자 |
| 惟後用肉刑. | 후대에는 육형肉刑을 시행하기에 이르렀다 |

太倉令有罪,　　태창령 순우의<sup>淳于意</sup>가 죄를 지어

就逮長安城.　　체포되어 장안에 압송될 때

自恨身無子,　　딸만 있고 아들은 없어

困急獨煢煢.　　절박한 때 도와줄 자식 없음을 한탄했다

小女痛父言,　　어린 딸은 아버지 말이 통한스러워

死者不可生,　　한 번 죽으면 다시 살아 개과할 기회 없다며

上書詣闕下,　　상소하러 궁궐 앞에 나아가

思古歌「鷄鳴」.　　고대의 일을 생각하며 「계명」<sup>鷄鳴</sup>을 노래했다

憂心摧折裂,　　슬픈 마음에 애간장이 찢기는 듯 했고

晨風揚激聲.　　그 곡조는 새매가 울듯이 격앙했다

聖漢孝文帝,　　위대하고 어지신 한나라 문제<sup>文帝</sup>는

惻然感至情.　　지극한 마음에 감동하여 측은히 여겼다

百男何憒憒,　　수많은 남자들 얼마나 어리석은가

不如一緹縈.　　차라리 어린 여자 제영<sup>緹縈</sup>만도 못하네

○三王(삼왕): 하(夏)의 우(禹), 상(商)의 탕(湯), 주(周)의 문왕(文王)을 말한다. ○惟(유): 어조사로 뜻이 없다. ○肉刑(육형): 죄인의 손과 발을 자르거나 찢는 형벌. ○太倉令(태창령): 정부의 곡식 창고인 태창을 관리하는 관리. 서한(西漢) 문제(文帝, 재위 BC179-157) 때의 순우의(淳于意)를 가리킨다. ○逮(체): 보내다. 순우의는 산동성에서 살고 있었는데, 그 죄과가 컸기에 장안에 이송하여야 했다. 『사기』에는 '전'(傳)이라고 하였고, 『문선』에서는 '체'(逮)라고 썼다. 모두 같은 뜻이다. ○煢煢(경경): 외로이. 고독한 모습을 표현한 의태어. ○詣(예): 이르다. ○闕下(궐하): 황제가 있는 궁문의 아래. 궐(闕)은 궁문 양쪽에 망루처럼 솟아 있는 건물을 말한다. ○鷄鳴(계명): 『시경』에 있는 작품이름. 시의 제1장은 다음과 같다. "수탉이 벌써 울었으니, 신하들이 모두 조회에 갔으리라.' '수탉이 운 게 아니라, 파리들이 내는 소리지요.'"(鷄旣鳴矣, 朝旣盈矣. 匪鷄則鳴, 蒼蠅之聲) 『모시서』(毛詩序)에서는 이 시에 대해 "황음하고 게으른 제(齊) 애공(哀公)에게 조회에 나가라고 재촉할 어진 왕비를 그리워하는 내용이다"(鷄鳴, 思賢妃也. 哀公荒淫怠慢, 故陳賢妃貞女夙夜警戒相成之道焉)고 하였지만, 여기서는 임금이 조정에 나

와 바른 정사를 봐달라는 호소로 보인다.　○摧折裂(최절렬): 이 세 글자의 뜻은 모두
비슷한데 곧 '찢다'는 뜻이다.　○晨風(신풍): 새매. 사나운 새. 『시경』의 편명이기도 하
다. 『모시서』(毛詩序)에서는 "진(秦) 강공(康公)을 풍자하였다. 목공(穆公)의 업적을 잊
었으며, 어진 신하를 내쳤다"고 말했는데, 여기서는 반고가 완곡하게 군주를 풍자하는
뜻을 표현하였다.　○聖漢(성한): 위대한 한(漢).　○孝文帝(효문제): 서한의 문제. 이름은
유항(劉恒). 재위 기간은 BC179-157.　○惻然(측연): 측은하게. 비통하게. 슬프게.　○憒
憒(궤궤): 어리석다.

　　이 시에 관한 일은 『사기』 권10 「효문본기」孝文本紀에 자세하다. 한대
초기의 유명한 의사 순우의淳于意는 태창령이기도 한데, 모함을 받아 장
안으로 가 사형을 당하게 되었다. 순우의는 5명의 딸이 있었지만 모두
울기만 할 뿐이어서 순우의가 화가 나 말하였다. "딸들만 낳고 아들을
낳지 않았더니 급할 때 부릴 사람이 없구나!" 딸 중의 하나인 제영緹縈
이 아버지를 따라 장안에 가 황제에게 상소를 올렸다. 그녀는 상소에서
사람을 죽이면 그 죄과를 개선할 도리가 없어지므로, 아버지를 살려 기
회를 주는 대신 자신이 관비官婢가 됨으로써 아버지의 죄를 대속代贖해
달라고 했다. 문제文帝는 그녀의 마음을 가상히 여겨 순우의의 사형을
면제하였다. 종영(鍾嶸, 466?-518?)은 『시품』詩品에서 반고의 시를 「영
사」라는 제목으로 두 번 소개하였다. 서문에서 "동한 이백 년에 오직
반고의 「영사」만이 수식 없고 질박하다"(東京二百載中, 惟有班固「詠
史」, 質木無文)라 하였고, '하품'下品에 반고를 두고 "반고는 문재文才가
있는 유파에 속하는데 역사적 전고에 익숙하다. 그의 「영사」를 보면
탄식하는 말이 있다"(孟堅才流, 而老于掌故. 觀其「詠史」, 有感歎之
詞)라고 평가하였다. 그러나 시는 현존하는 문헌에서는 당대唐代의 서
적에서 처음으로 보인다. 당대 장수절張守節의 『사기정의』史記正義의 「편
작 창공 열전」扁鵲倉公列傳 주석에 시 전문이 인용되어 있고, 『문선』文選
권35의 「책수재문」策秀才文의 이선李善 주석에 전문이 인용되어 있다. 한

대의 문화는 인륜 사이의 희생과 도덕을 강조했는데 이 시 역시 '효도'라는 주제를 부각시키고 있다. 사건의 줄거리만 대구 없이 전개한 것으로 보아 악부시의 영향을 받았음을 알 수 있다. 현존하는 중국 시 가운데 최초의 문인 오언시이다.

# 양홍(梁鴻)

　동한 때 사람이나 구체적인 생졸년은 미상이다 장제(章帝, 재위 76-88년) 때 활동하였다. 자는 백난伯鸞. 부풍 평릉(扶風 平陵, 지금의 섬서성 함양 서북) 사람. 어려서 고아가 되어 가난하게 살았고 일찍이 태학에서 공부하며 여러 책을 읽었다. 후에 머슴노릇도 했다. 그와 결혼한 맹광孟光이 거안제미擧案齊眉로 그를 섬긴 일화는 유명하다. 함께 패릉산覇陵山에 숨어살며 농사와 베 짜기를 업으로 삼았다. 후에 낙양을 지나다가 궁궐의 화려함을 보고 이「다섯 번 한숨쉬는 노래」五噫歌를 지어 통치자의 사치를 비판하고 인민의 노고를 한탄했다. 장제章帝가 시를 보고서 불만스럽게 여기자 양홍은 이름을 바꾸고 처자와 함께 산동성 지역에 가서 살았다. 나중에는 다시 화동華東 지방으로 가서 살다 죽었다. 그에 대한 전기는『후한서』「일민전」逸民傳에 있다.『수서』「경적지」에는 문집 2권을 저록하고 있지만 나중에 산일되었고, 현재 시 3수가 전해질 뿐인데 여기에 2수를 소개한다.


## 다섯 번 한숨쉬는 노래
## 五噫歌

陟彼北芒兮, 噫!　　　저 북망산에 올라, 아아!
顧覽帝京兮, 噫!　　　낙양을 굽어보네, 아아!

宮闕崔嵬兮, 噫!　　　궁궐은 높기도 하구나, 아아!
民之劬勞兮, 噫!　　　백성의 수고로움이여, 아아!
遼遼未央兮, 噫!　　　아득히 끝없고 끝없어라, 아아!

○噫(희): 아아. 감탄사. ○北芒(북망): 북망산. '北邙'이라고도 쓴다. 낙양의 북쪽에 있는 낮은 언덕으로, 풍수 명당 자리여서 한대 왕후장상(王侯將相)들이 여기에 많이 묻혔다. ○帝京(제경): 제국의 수도. 낙양을 가리킨다. ○宮闕(궁궐): 궁과 궐. 궁(宮)은 건물을 말하고 궐(闕)은 궁 입구 좌우에 선 망루를 말한다. ○崔嵬(최외): 높고 큰 모양. ○劬勞(구로): 수고롭다. ○遼遼(요요): 아스라이. 길이 먼 모양. 여기서는 시간이 긴 모양. ○未央(미앙): 끝이 없다.

　수도의 웅대함과 궁궐의 즐비함으로 제국의 번성을 노래한 한대의 많은 부賦 작가와 달리, 양홍梁鴻은 백성들의 피와 땀과 희생을 생각하였다. 거대한 궁전은 문명의 상징이 아니라, 백성을 잔혹하게 수탈한 물증으로 여긴 것이다. 감탄사를 다섯 번 사용하여 비장미를 강조한 이러한 형식은, 문학사를 통털어 이전에도 이후에도 없는 독특한 것이다. 『후한서』 권113 「일민전」逸民傳에 실려있다.


# 오吳 지방에 가며
# 適吳詩

逝舊邦兮遐征,　　　오래 살던 곳을 떠나 멀리 가나니
將遙集兮東南.　　　장차 동남 지방에서 깃들고자 하네
心惙怛兮傷悴,　　　마음이 슬프고 떨리며 또 아프고
志菲菲兮升降.　　　심정이 불안하여 위아래로 흔들리네
欲乘策兮縱邁,　　　말을 타고 마음껏 내닫고자 하나니

疾吾俗兮作讒.　참언만 일삼는 세상 풍속을 미워하네
競擧枉兮措直,　구부러진 것을 들어 곧바른 곳에 두고
咸先佞兮唲嘔.　모두가 목소리 높여 아부하려고 하네
固靡慚兮獨建,　본디 홀로 고결함을 부끄러워하지 않았으니
冀異州兮尙賢.　동남 지역에선 현인을 숭상하리라 기대하네
聊逍遙兮遨嬉,　잠시 소요하며 즐거이 노니며
纘仲尼兮周流.　여러 나라를 돌아다닌 공구孔丘를 뒤따르려네
儻云覩兮我悅,　만약에 내 기뻐하는 바를 볼 수 있다면
遂舍車兮卽浮.　수레를 버리고 배를 타고 가리라
過季札兮延陵,　계찰季札의 봉지인 연릉延陵을 방문하고
求魯連兮海隅.　노중련魯仲連이 살았던 바닷가를 찾아가리
雖不察兮光貌,　비록 빛나는 그 모습은 만나지 못할지라도
幸神靈兮與休.　선현들의 아름다운 덕과 함께 하리라
惟季春兮華阜,　늦봄이 되어 꽃들이 무성하고
麥含英兮方秀.　보리는 꽃을 매달고 이삭이 패었네
哀茂時兮逾邁,　한창 때인 시기가 지나감을 슬퍼하며
愍芳香兮日臭.　아름다운 향기가 날마다 시듦을 아쉬워하네
悼吾心兮不獲,　내 뜻을 이루지 못함을 슬퍼하니
長委結兮焉究.　한스러운 마음이 어찌 끝나리오
口囂囂兮余訕,　입으로 와자지껄하게 나를 비방하니
嗟恇恇兮誰留.　아아, 두려워서 누가 머물러 있으리오


○吳(오): 오 지방. 오(吳)는 춘추전국시대의 나라이름이었으나 나중에는 그 지역을 가
리킨다. 지금의 강소성 소주(蘇州) 주위의 화동 지역. ○集(집): 새가 나무 위에 앉다.
여기서는 사람이 머물다. ○惙怛(철달): 근심하고 슬퍼하다. ○菲菲(비비): 마음이 불안
한 모양. ○乘策(승책): 말을 타고 채찍질하다. 이는 포부를 가지고 뛰어난 일을 한다는
비유이다. ○擧枉(거왕), 措直(조직): 구부러진 것을 가져와 곧바른 것에 두다. 부정직한

사람을 선발하고 정직한 사람을 홀대하다. 『논어』「위정」(爲政)에 "바른 사람을 선발하여 부정직한 사람을 대신하면 백성들이 심복하지만, 부정직한 사람을 선발하여 정직한 사람을 대신하면 백성들이 심복하지 않는다"(擧直錯諸枉, 則民服; 擧枉錯諸直, 則民不服)는 말에서 나왔다. ○啴啴(단단): 급히 참언하는 모양. ○先佞(선녕): 남보다 먼저 아부하다. ○獨建(독건): 홀로 세우다. 행위와 말이 다른 사람과 다르다. 굴원이 「굴송」에서 말한 '독립'(獨立)과 같은 뜻이다. ○異州(이주): 다른 지역. 즉 오 지방. ○遨嬉(오희): 즐거이 놀다. ○纘(찬): 잇다. 계승하다. ○仲尼(중니): 공구(孔丘). ○周流(주류): 여러 지역을 두루 여행하다. ○浮(부): 뜨다. 여기서는 배를 탄다는 뜻이다. 『논어』「공야장」(公冶長)에 보면 공구가 "바른 정치가 이루어지지 않으면 바다에서 뗏목을 타고 가겠다"(道不行, 乘桴浮于海)고 말하였다. ○季札(계찰): 춘추시대 오나라의 공자(公子). 그의 형들이 국왕의 자리를 그에게 넘겨주려 했으나 사양하였다. 역대로 어진 선비로 알려졌다. ○延陵(연릉): 지명. 계찰의 봉지로 지금의 강소성 상주(常州). ○魯連(노련): 노중련(魯仲連)을 가리킨다. 전국시대 제(齊)의 명사. 『전국책』「조책」(趙策)에 조나라를 위해 진나라를 막아낸 일이 기록되어 있다. ○華阜(화부): 꽃들이 무성하다. ○茂時(무시): 무성한 때. 만물의 전성시기. ○委結(위결): 한을 품다. 아쉬워하다. ○嚚嚚(효효): 왁자지껄하다. ○訕(산): 헐뜯다. 비방하다. ○恇恇(광광): 두려워하는 모양.

『후한서』 권113 「일민전」逸民傳에 양홍의 전기 속에 나오는 시로, 「다섯 번 한숨쉬는 노래」 이후에 쓰여졌다. 이 시를 보면 양홍은 원래 원대한 포부가 있었으나 참언을 받았고, 오 지방에 가는 이유도 자신을 알아주는 사람을 찾기 위해서임을 알 수 있다. 오 지방에 가서는 비록 고백통皐伯通이란 사람의 집 처마 밑에 기거하면서, 남을 위해 곡식을 찧는 일을 하면서 살았지만, 사람들의 존중을 받았다.

# 장형(張衡)

　장형(張衡, 78-139)은 동한 시기의 남양 서악(南陽 西鄂, 지금의 하남성 南陽市 북쪽) 사람으로 자는 평자平子이다. 17세 때 장안 일대에 유학하였고 나중에 낙양의 태학에서 배웠다. 23세에 남양 주부南陽主簿를 지낸 후 조정에 들어가 낭중郎中을 지냈으며 태사령太史令에 두 번 임직하였다. 그외에 시중侍中, 하간상河間相, 상서尚書 등을 역임하였다. 장형은 독서와 학술을 좋아한 다재다능한 사람으로 혼천의渾天儀와 후풍지동의候風地動儀를 발명한 과학자이기도 하다. 장형의 문학작품은 주로 사부와 시에서 두드러진다. 유명한 「이경부」二京賦 외에 서정적이고 짧은 편폭의 「귀전부」歸田賦를 지어 부의 형식에 새로운 변화를 일으켰다. 시로는 칠언시 「네 가지 근심의 시」四愁詩 외에도 완정한 오언시인 「동성가」同聲歌 등이 전해진다. 『수서』 「경적지」에 『장형집』張衡集 14권이 저록되어 있으나 오늘날엔 일부 작품만 전해진다. 『후한서』 권59에 그의 전기가 있다.

## 네 가지 근심의 시
## 四愁詩

| | |
|---|---|
| 我所思兮在太山, | 내 사모하는 임은 저 태산에 있어 |
| 欲往從之梁父艱. | 찾아가 따르려 하나 양보산이 험하구나 |

| | |
|---|---|
| 側身東望涕霑翰. | 동쪽을 바라보며 눈물로 옷자락을 적신다 |
| 美人贈我金錯刀, | 미인美人이 나에게 황금 보검 주셨으니 |
| 何以報之英瓊瑤. | 빛나는 경요瓊瑤로 보답하려네 |
| 路遠莫致倚逍遙, | 길이 멀어 보낼 수 없어 배회하나니 |
| 何爲懷憂心煩勞? | 어찌 나의 마음이 근심스럽지 않으리 |

○所思(소사): 그리운 사람. 임.  ○太山(태산): '泰山'과 같다. 중국의 오악(五嶽) 가운데 동악(東嶽)에 해당한다. 산동성 태안현(泰安縣) 소재. 여기서 태산을 설정한 것은 고대 제왕이 공을 이루면 태산에 가서 봉선을 하므로, 태산으로 군왕을 비유하였다.  ○梁父(양보): 산 이름. '梁甫'라고도 한다. 태산의 산록에 있는 작은 산으로, 고대 중국에서는 사람이 죽으면 그 혼이 모두 이곳에 간다고 알려졌다. 여기서는 참언을 일삼는 간사한 소인을 비유하였다.(李善 설)  ○翰(한): 옷깃. 새에게 날개(翰)가 있듯이 사람에게는 옷 깃이 있기에 이 말을 썼다.(呂延濟 설) 붓이라고 보는 설도 있지만(李善 설) 적절하지 않다.  ○東望(동망): 동쪽으로 바라보다. 필자의 심리적인 소재지는 수도 낙양이기 때문에, 낙양에서 보면 태산은 동쪽에 있다.  ○美人(미인): 『초사』(楚辭) 이래로 군왕이나 군자를 비유하였다.  ○金錯刀(금착도): 금(金)은 도금. 착도(錯刀)에 대해선 2가지 해석이 있다. 하나는 왕망이 세운 신(新)에서 만든 동전 이름이고, 다른 하나는 손잡이를 금으로 도금한 칼이다. 그러나 주고받는 선물로 패도가 쓰였으므로 여기서는 후자로 보는 것이 적절하다. 여향(呂向)은 미인이 준 금착도는 작록(爵祿)을, 다음 구에 필자가 보답으로 주는 경요는 인의(仁義之道)를 비유하는 것으로 보았다.  ○英瓊瑤(영경요): 영 (英)은 '瑛'의 가차. 투명한 옥의 빛깔을 뜻한다. 경(瓊)과 요(瑤)는 모두 옥이다.  ○倚 (의): '猗'와 통하는 글자로 어조사이다.  ○逍遙(소요): 소요하다. 배회하다. 서성거리다.

| | |
|---|---|
| 我所思兮在桂林, | 내 사모하는 임은 저 계림桂林에 있어 |
| 欲往從之湘水深. | 찾아가 따르려 하나 상수湘水가 깊구나 |
| 側身南望涕霑襟. | 남쪽을 바라보며 눈물로 옷섶을 적신다 |
| 美人贈我琴琅玕, | 미인美人이 나에게 옥 거문고 주셨으니 |
| 何以報之雙玉盤. | 한 쌍의 옥쟁반으로 보답해야 하리라 |

路遠莫致倚惆悵,　　길이 멀어 보낼 수 없음을 슬퍼하나니
何爲懷憂心煩傷?　　어찌 나의 마음이 아프지 않으리

○桂林(계림): 한(漢)의 군(郡) 이름. 지금의 광서장족자치구 계림시. 여기서 계림을 상정한 것은 고대 순(舜) 임금이 계림에 와서 놀았으므로, 어진 임금을 그리워한다는 비유로 썼기 때문이다. (張銑 설) ○湘水(상수): 호남성 경내에 있는 강. 지금의 광서장족자치구 영천현(靈川縣)의 동해양산(東海洋山)에서 발원하여 호남성 영릉(零陵), 형양(衡陽), 주주(株洲), 상담(湘潭), 장사(長沙), 악양(岳陽)을 거쳐 동정호(洞庭湖)로 들어간다. 상수를 거슬러 호남성의 남쪽으로 계속 가면 발원지 지나서 계림이 있다. ○琴(금): 거문고. ○琅玕(낭간): 좋은 옥.


我所思兮在漢陽,　　내 사모하는 임은 저 감숙<sup>甘肅</sup>의 한양<sup>漢陽</sup>에 있어
欲往從之隴阪長.　　찾아가 따르려 하나 농산<sup>隴山</sup>의 비탈이 길구나
側身西望涕霑裳.　　서쪽을 바라보며 눈물로 치마를 적신다
美人贈我貂襜褕,　　미인<sup>美人</sup>이 나에게 담비 가죽옷 주셨으니
何以報之明月珠.　　달 같은 명월주<sup>明月珠</sup>로 보답해야 하리라
路遠莫致倚跰躅,　　길이 멀어 보낼 수 없어 안절부절 못하나니
何爲懷憂心煩紆?　　어찌 나의 마음이 어지럽지 않으리

○漢陽(한양): 한(漢)의 군(郡) 이름. 지금의 감숙성 감곡현(甘谷縣) 동쪽에 소재. 원래 천수군(天水郡)이었으나 동한(東漢) 시기인 74년에 한양군(漢陽郡)으로 이름을 바꾸었다. 한양 지역은 고대 기서(岐西)로 서주의 문왕(文王)이 교화했던 곳이다.(呂延濟 설) ○隴阪(농판): 농산(隴山)의 비탈. 농산(隴山)은 섬서성과 감숙성을 나누는 경계가 되는 산으로, 험난한 육반산(六盤山)과 이어져 있다. ○貂(초): 담비. ○襜褕(첨유): 앞 옷깃이 직선인 옷. ○跰躅(지주): 주저(躊躇). 배회하다. 위의 소요(逍遙)와 같은 뜻이다. ○紆(우): 구부러지다. 마음이 어지럽다.

我所思兮在雁門,　　　내 사모하는 임은 저 안문雁門에 있어
欲往從之雪紛紛.　　　찾아가 따르려 하나 눈발이 분분하네
側身北望涕霑巾.　　　북쪽을 바라보며 눈물로 수건을 적신다
美人贈我錦繡段,　　　미인이 나에게 비단 한 필을 주셨으니
何以報之靑玉案.　　　청옥반靑玉案으로 보답해야 하리라
路遠莫致倚增歎,　　　길이 멀어 보낼 수 없음을 깊이 탄식하나니
何爲懷憂心煩惋?　　　어찌 나의 마음이 한스럽지 않으리

○雁門(안문): 한(漢)의 군(郡) 이름. 지금의 산서성 대현(代縣) 소재. 안문은 오제(五帝)의 하나인 전욱(顓頊)의 방위에 해당한다.(李周翰 설) ○段(단): 한 필. ○靑玉案(청옥반): 청옥으로 만든 발 달린 반상. ○增歎(증탄): 여러 번 탄식하다. ○惋(완) : 한탄하다.

　이 시는 『문선』 권29에 처음 나오는데 다른 사람이 쓴 듯 보이는 서문이 붙어 있다. "장형은 순제順帝 양가陽嘉 연간(132-135)에 하간왕河間王의 재상으로 지냈다. …당시 중국이 점점 혼란스러워지는데도 자신의 뜻을 펴지 못함이 답답하여 「네 가지 근심의 시」四愁詩를 지었다. 굴원屈原의 필법에 따라 군자君子를 미인美人으로, 인의仁義를 진보珍寶로, 소인小人을 깊은 물과 날리는 눈으로 비유하였다. 자신의 정책으로 군주에게 보답하려 하나 소인의 참언에 막혀 실현할 수 없음을 걱정하는 내용이다." 장형은 태사령으로 있는 중 환관들의 참언을 받아 하간왕의 재상으로 좌천되었으므로, 이 시에 그러한 근심이 깃들어 있음을 알 수 있다. 시는 모두 4수이며, 각각 7언 7구로 되어있다. 동서남북 네 방향으로 설정한 구조는 부賦에서 항용 보이는 형식으로 이를 시에 응용하였다. 초기 칠언시의 대표작이다.

# 동성가
## 同聲歌

| | |
|---|---|
| 邂逅承際會, | 그대와의 만남을 기뻐하며 |
| 得充君後房. | 그대 집의 안채를 차지하게 되었지요 |
| 情好新交接, | 정은 도탑고 그대를 처음으로 대하니 |
| 恐慄若探湯. | 뜨거운 물 만지듯 언제나 조심했지요 |
| 不才勉自竭, | 재주가 없어도 힘을 다하여 |
| 賤妾職所當. | 천첩이 맡은 직을 감당했지요 |
| 綢繆主中饋, | 꼼꼼하게 부엌일을 주관하고 |
| 奉禮助烝嘗. | 예를 받들어 제사를 도왔지요 |
| 思爲苑蒻席, | 왕골자리가 되기를 바래 |
| 在下蔽匡床. | 아래에서는 네모난 평상을 덮고 |
| 願爲羅衾幬, | 비단 이불과 휘장이 되어 |
| 在上衛風霜. | 위에서는 바람과 서리를 막고자 했지요 |
| 灑掃清枕席, | 뿌리고 쓸어 침석을 깨끗이 한 후 |
| 鞞芬以狄香. | 제분鞞芬과 적향狄香을 피우고 |
| 重戶結金扃, | 이중문에 황금 빗장을 걸고 |
| 高下華燈光. | 화려한 등을 위 아래로 내걸었어요 |
| 衣解巾粉御, | 옷을 벗고 수건으로 분을 닦고 |
| 列圖陳枕張. | 그림 병풍을 펼치고 침석枕席을 깔아요 |
| 素女爲我師, | 소녀素女는 나의 스승이니 |
| 儀態盈萬方. | 자태가 수없이 많아요 |
| 衆夫所希見, | 모든 남자들이 보고자 한 바를 |
| 天老教軒皇. | 천로天老가 황제黃帝에게 가르쳤지요 |
| 樂莫斯夜樂, | 밤의 즐거움보다 더한 즐거움 없으니 |

沒齒焉可忘.　　　나이 들어 죽어도 어찌 잊을 수 있으리오

○同聲(동성): 같은 소리. 뜻이나 취향이 같음 혹은 그러한 사람을 비유한다. 이 말은 『주역』「건」(乾)「문언」(文言)에 있는 "소리가 같으면 서로 응하고, 기가 같으면 서로 찾는다"(同聲相應, 同氣相求)에서 유래했다. ○邂逅(해후): 우연한 만남이란 뜻도 있으나 여기서는 기뻐하는 모습. 『시경』「주무」(綢繆)에 "오늘 저녁이 어떤 밤인가, 그대를 보니 기쁘기 그지없네"(今夕何夕, 見此邂逅)란 말이 있다. ○際會(제회): 만나는 기회. ○後房(후방): 본채의 뒤에 있는 안채. 여인이 거처하는 방. ○恐慄(공률): 떨며 두려워하다. ○探湯(탐탕): 끓는 물에 손을 넣다. 『논어』「계씨」(季氏)에 "선하지 않는 것을 만나면 마치 끓는 물에서 손을 빼듯 피한다"(見不善如探湯)는 말이 있다. ○綢繆(주무): 꼼꼼하게 준비하다. 『시경』「치효」(鴟鴞)에 "들창을 꼼꼼하게 얽어매다"(綢繆牖戶)란 말이 있다. ○中饋(중궤): 여인이 부엌살림을 주관하다. 『주역』「가인」(家人)에 "잘못한 바 없으며, 부인이 집안에서 부엌살림을 주관하다"(無攸遂, 在中饋)는 말이 있다. ○烝嘗(증상): '증'(烝)은 가을 제사이고 '상'(嘗)은 겨울 제사. 여기서는 제사를 통칭한다. ○苑蒻(원약): 부드러운 왕골. 자리를 만드는 재료로 쓰인다. ○匡床(광상): 네모난 평상. ○衾幬(금주): 이불과 휘장. ○鞮芬(제분): 서역에서 나는 향 이름. ○狄香(적향): 신발을 훈향(薰香)할 때 쓰이는 서역 향. 이밖에 고서에서 등장하는 서역의 향으로는 미질(迷迭), 애납(艾蒳), 도량(都梁) 등이 있다. ○金扃(금경) 황금으로 장식된 문빗장. ○御(어): '卸'와 같다. 풀다. 여기서는 닦아내다. ○列圖(열도): 병풍 그림. 여기서는 춘화(春畵)를 가리킨다. 황절(黃節)은 이 구를 장형의 「칠변」(七辯)에 나오는 "화사한 등불의 밝음을 빌려, 그림을 가리키며 바라보니, 사무치고 부끄러워하며, 나긋하고 교태로우니, 이는 여색의 아름다움이라"(假明蘭燈, 指圖觀列, 蟬綿宜愧, 夭紹紆折, 此女色之麗也)와 연관지었다. 이는 곧 아래에 나오는 의태가 다양한(儀態萬方) 모습이기도 하다. ○素女(소녀): 방중술에 능한 전설 속의 여신. 황제(黃帝)와 같이 등장하는 경우가 많다. ○天老(천로): 전설 중의 황제(黃帝)의 신하. 『한서』「예문지」에는 방중(房中) 팔가(八家)를 소개하고 있는데, 그중에 『천로잡자음도』(天老雜子陰道) 25권, 『황제삼왕양양방』(黃帝三王養陽方) 20권 등이 저록되어 있다. ○軒皇(헌황): 헌원씨(軒轅氏). 곧 황제를 가리킨다. ○沒齒(몰치): 사람이 늙어서 이가 빠지는 일. 늙음을 의미한다.

여인의 말투로 신혼 시기의 애정에 대해 노래했다. 시의 말미에서 등장하는 방중술에 관한 표현은 중국 시에서 지극히 드물다. 이 때문에

많은 시평가詩評家들은 부부의 애정을 군신의 관계로 비유한 것으로 보았다. 예컨대 『악부해제』樂府解題에서는 남편에 대한 아내의 태도로 군주에 대한 신하의 일을 비유했다고 하였다.(以喩臣子之事君也)『옥대신영』권1에 처음 보인다.


# 원시
# 怨詩

秋蘭, 詠嘉美人也. 嘉而不獲, 用故作是詩也.
「추란」秋蘭은 현량한 미인을 노래한 것이다. 뛰어나나 남의 신임을 얻지 못하니, 이에 이 시를 짓다.

| | |
|---|---|
| 猗猗秋蘭, | 무성하여라 추란秋蘭이여 |
| 植彼中阿. | 저 산기슭에서 자라네 |
| 有馥其芳, | 그 향기는 진하디진하고 |
| 有黃其葩. | 그 꽃은 노랗디노랗네 |
| 雖曰幽深, | 비록 그윽한 곳에 있다 해도 |
| 厥美彌嘉. | 그 아름다움 더욱 칭송할만해 |
| 之子之遠, | 군자가 소원疎遠함을 당하니 |
| 我勞如何. | 내 근심이 얼마나 깊은가 |

○不獲(불획): 신임을 얻지 못하다. 『맹자』「이루」(離婁)에 "낮은 자리에 있으면서 윗사람의 신임을 얻지 못하다"(居下位而不獲於上)는 말이 있다. ○猗猗(의의): 무성한 모양. 『시경』「기오」(淇奧)에 "저 기수(淇水)의 굽이진 곳을 보라, 푸른 대나무가 무성하니"(瞻彼淇奧, 綠竹猗猗)란 말이 있다. ○中阿(중아): '阿中'과 같다. '阿'는 산기슭. ○馥(복): 진한 향기. ○葩(파): 꽃. ○嘉(가): 찬미하다. 칭찬하다. ○之子(지자): 이 사람. 여기서

는 추란 같은 인품을 가진 군자. ○遠(원): 멀다. 여기서는 멀리하다. ○勞(로): 근심하다.

　난초를 현인 혹은 군자로 비유하여, 능력과 인품이 뛰어나나 세상에 중용되지 못하는 처지를 호소하였다. 주의의 사물에 비유하여 자신의 회재불우懷才不遇나 장지난수壯志難酬의 정회를 표현한 시이다. 이 시는 원래 연작시였던 것으로 보이나, 현재 그 중의 한 편인 「추란」만 『태평어람』 권983에 위와 같이 사언 팔구로 비교적 완정하게 남아있다. 그 밖에도 당대 이선李善이 『문선주』文選注에서 왕찬王粲의 「사손문시士孫文始에게 드리는 시」에 주석을 하면서 잔구殘句 두 연이 인용되었다. 즉 "내 그 소리를 들으니, 앉았다가 일어나고"(我聞其聲, 載坐載起)와 "같은 마음에도 헤어져 있으니, 나의 애가 끊어지니"(同心離居, 絶我中腸)가 있다. 유협劉勰이 『문심조룡』文心雕龍에서 "장형의 「원편」怨篇은 청신하고 전아하여 오래 음미할만하다."(張衡怨篇, 淸典可誦)고 하였는데 이 시를 가리키는 것으로 보인다.

# 주목(朱穆)

주목(朱穆, 100-165)은 자가 공숙公叔이며, 남양 완(南陽宛, 하남성 남양시) 사람이다. 처음에 효렴孝廉으로 천거되었으며, 순제(順帝, 재위 126-144년) 말기에 대장군 양기梁冀의 인정을 받아 병무를 담당하였고, 환제(桓帝, 재위 147-167년) 초기에 시어사侍御史가 되었다. 153년 기주冀州 자사刺史가 되어 탐관과 호족들을 엄히 징벌하였다. 주목은 성격이 강직하여 양기梁冀의 교만을 누차 간언하였으며 환관의 발호에 반대하였다. 이때문에 환관의 미움을 받아 체포되어 관직을 잃고 귀향하기도 했다. 나중에 다시 상서尙書로 발탁되었다. 그는 당시의 부박한 세태와 붕당의 풍기를 비판하여「숭후론」崇厚論과「절교론」絶交論 등을 지었다. 『후한서』에는 시문 20편을 남겼다고 적고 있지만 현존하는 작품은 산문 2편에 시 1편뿐이다. 『후한서』 권43에 그의 전기가 있다.


## 유백종에게 주는 절교시
## 與劉伯宗絶交詩

北山有鴟,　　북산北山에 사는 올빼미 한 마리
不潔其翼.　　그의 깃털이 더럽기만 해
飛不正向,　　바른 방향으로 날아가지도 않고
寢不定息.　　잠자는 곳도 일정하지 않아

| | |
|---|---|
| 飢則木攬, | 배고프면 나무에서 새 새끼 잡아먹고 |
| 飽則泥伏. | 배부르면 진흙에서 뒹굴고 놀지 |
| 饕餮貪汚, | 탐욕은 도철饕餮처럼 추악하고 |
| 臭腐是食. | 먹는 거라곤 썩고 냄새나는 것 |
| 塡腸滿嗉, | 창자를 채우고 식도를 메우면서 |
| 嗜欲無極. | 탐욕과 욕심은 끝이 없다 |
| 長鳴呼鳳, | 교만하게 짖으며 봉황을 부르면서 |
| 謂鳳無德. | 봉황에게 오히려 덕이 없다고 중상하네 |
| 鳳之所趣, | 그러나 봉황이 가는 곳은 |
| 與子異域. | 그대와 전혀 다른 세계 |
| 永從此訣, | 이제부터 절교하여 영원히 헤어지려니 |
| 各自努力. | 저마다 자신의 일에 노력하세 |

○劉伯宗(유백종): 주목의 친구로, 관직이 이천석(二千石, 태수에 해당)에 오르자 그보
다 관직이 낮은 주목을 교만하게 대하였다. ○鴟(치): 올빼미. 올빼미는 고대부터 탐욕
스런 사람을 비유했다. 『시경』의 「치효」(鴟鴞)에서도 새끼와 재산을 빼앗아 가는 동물
로 묘사하였다. 한대 초 가의(賈誼)도 「굴원을 조문하는 부」(弔屈原賦)에서 "난새와 봉
황은 엎드리고 숨었으나, 올빼미가 날뛰는구나"(鸞鳳伏竄兮鴟鴞翶翔)라고 올빼미를 소
인(小人)의 무리로 비유하였다. ○息(식): 멈추다. 멈춘 장소. ○木攬(목람): 나무에 올
라 어린 새를 잡다. ○泥伏(이복): 진흙 속에 엎드려 쉬다. ○饕餮(도철): 전설 중의 괴
수. 그 형상은 고대 청동기에 많이 장식되었다. 나아가 재물을 탐내는 사람 혹은 탐욕
그 자체를 의미하기도 한다. ○臭腐是食(취부시식): "썩고 악취 나는 것만 먹는다"는 뜻
을 강조하기 위해 식취부(食臭腐)를 도치시킨 구문이다. 이 말은 『장자』「추수」(秋水)의
내용을 환기하고 있다. 올빼미가 썩은 쥐를 잡고선 봉황이 지나가자 이를 빼앗길까 움
켜쥐고 소리지르는 모습을 풍자하였다. 아래 구의 '교만하게 짖으며 봉황을 부르고'(長
鳴呼鳳)도 위의 비유와 연관이 있다. ○嗉(소): 조류의 목에 있는 모이주머니. ○趣(취):
'趨'와 같다. 가다. ○異域(이역): 다른 장소. ○訣(결): 작별하다. 헤어지다

　이 시는 『후한서』 권43의 이선李善의 주석에서 인용한 『문사전』文士傳

에 「유백종에게 주는 절교 서신」與劉伯宗絶交書과 함께 나온다. 주목이 풍현(豐縣, 강소성 풍현)의 현령縣令이었을 때, 유백종은 자신의 모친이 서거하자 상복을 벗고 풍현의 관청을 찾아온 적이 있고(아마 도움을 청하러 온 듯), 주목이 시어사侍御史였을 때는 유백종이 직접 어사대를 찾아왔다는 것이다. 그런데 나중에 유백종의 관직이 주목보다 높아지자 교만해져 하급 관료의 자격으로 참견하러 오라는 것이었다. 자신은 예전에 그를 읍민邑民으로 여기지 않았는데 그는 자신을 부하로 여긴 것이다. 남의 낮음으로써 자신의 고귀함을 드러내려는 저열함에 주목은 교제의 도를 제시하며 절교 편지와 절교시를 지어 보냈다. 이 시는 동물을 들어 사람을 비유한 일종의 영물시詠物詩이다. 올빼미를 유백종에 비기고, 봉황을 자신에 비겼다. 시는 올빼미의 외모, 행위와 습성, 탐욕, 중상 등의 특징을 차례로 묘사하고, 절교의 이유가 지취志趣의 다름에 있음을 명확히 밝혔다. 주목은 평소 추악하고 탐욕스런 사람을 혐오하였는데 이 시에서 그의 태도가 잘 드러난다.

# 진가(秦嘉)

　진가秦嘉는 자字가 사회士會로, 농서(隴西, 감숙성 隴西縣 서남) 사람이다. 정확한 생졸년은 알 수 없으나 대략 동한 순제(順帝, 재위 126 -144년)와 환제(桓帝, 재위 147-167년) 때 활동하였다. 그는 환제 때 군郡의 상계上計로 일했는데, 수도 낙양으로 떠나려 할 때 수레를 보내 부인 서숙徐淑과 함께 가려했으나, 서숙은 병으로 친정에 있어 갈 수 없었다. 그래서 두 사람은 시를 주고받으며 서로를 격려하였다. 낙양에 도착한 후 얼마 되지 않아 진가는 황문랑黃門郎으로 임명되었고, 몇 년이 지나도록 고향에 돌아가지 못하다가 병으로 죽었다. 현재 시 5편과 「아내 서숙에게 보내는 편지」與妻徐淑書 2편이 남아있다. 진가에 대한 행적은 이들 작품과 『시품』詩品과 『옥대신영』玉臺新詠에 남아있다.

## 아내에게 주는 시 제1수
## 贈婦詩·其一

人生譬朝露,　　　　인생은 아침 이슬과 같고
居世多屯蹇.　　　　세상살이는 언제나 힘들고 고달프다
憂艱常早至,　　　　우환과 고난은 언제나 생각보다 일찍 오지만
歡會常苦晚.　　　　즐거움은 언제나 아쉽게도 더디게 온다
念當奉時役,　　　　이번 출장을 받들어야 함을 생각하니

去爾日遙遠.　　　날이 갈수록 그대와 멀어지리라
遺車迎子還,　　　마차를 보내 그대를 맞아오려 했지만
空往復空返.　　　빈 수레로 갔다가 빈 수레로 돌아왔네
省書情悽愴,　　　그대 서신을 보니 마음이 더욱 애달파
臨食不能飯.　　　음식을 두고도 먹을 수가 없구나
獨坐空房中,　　　조용히 빈방에 홀로 앉아 있으니
誰與相勸勉.　　　누가 나를 위로하고 격려해 줄 것인가
長夜不能眠,　　　기나긴 밤에 잠을 이룰 수 없어
伏枕獨展轉.　　　홀로 베개에 엎드려 뒤척이네
憂來如循環,　　　근심은 고리를 돌 듯 끝없이 이어지며
匪席不可卷.　　　이 마음 그대 생각을 떨칠 수가 없구나


○居世(거세): 세상에서 살아가다. 살다. ○屯蹇(둔건): 『주역』의 64괘 가운데 둔괘(屯卦)와 건괘(蹇卦)는 모두 어려움에 처한 상으로, '둔건'은 곧 불리한 상황을 의미한다. ○苦晩(고만): 늦게 옴을 괴로워하다. ○奉時役(봉시역): 명을 받아 당시의 업무를 수행함. 여관영(余冠英)은 '時'를 '是'의 뜻으로 보아, '時役'을 '이 업무'라고 풀이하였다. 업무란 상계(上計)로 낙양에 가는 일을 말한다. 상계란 군(郡)의 관리가 매해 연말 회계 장부를 들고 수도로 파견 가 업무를 보는 일 혹은 그 관리를 가리킨다. ○爾(이): 너. 그대. ○日(일): 날마다. ○子(자): 너. 그대. ○省書(성서): 편지를 보다. 이때 편지에서 아내는 자신이 병으로 친정에 누워 있어 동행할 수 없는 상황을 적었다. ○飯(반): 밥을 먹다. 여기서는 동사로 쓰였다. ○誰與相勸勉(수여상권면) 구: '상'(相)은 '자신'을 가리킨다. 채옹(蔡邕)의 「장성 아래 샘에서 말에 물 먹이며」(飮馬長城窟行)의 "누구라서 저에게 위로를 하겠어요!"(誰肯相爲言)라는 구의 '상'(相)도 같은 용법이다. ○展轉(전전): '輾轉'과 같다. 뒤척이며 잠을 못 자는 모습이다. 『시경』「관저」(關雎)에 "뒤척이며 몸을 뒤집네"(輾轉反側)라는 말이 있다. ○循環(순환): 맴돌다. 근심이 끝없이 계속됨을 형용하였다. ○匪席不可卷(비석불가권): 비(匪)는 '非'와 같다. 이 구는 『시경』「백주」(柏舟)에 "나의 마음은 돗자리가 아니어서, 말아둘 수 없네"(我心匪席, 不可卷也)에서 유래하였다. 돗자리는 쉽게 말아서 정리할 수 있지만 사람의 마음은 쉽게 정리할 수 없음을 비유하였다.

아내와 만나지 못한 채 낙양으로 출장을 떠나는 아쉬운 마음을 묘사하였다. 인생에 대한 태도와 시를 쓰게 되는 사정을 묘사한 후, 아내의 편지 읽기, 식사의 무미, 빈방의 고독, 긴 밤의 불면 등에서 끝없는 시름을 표현하였다. 수식 없이 소박한 필치에 안정된 어조로 아내에 대한 깊고 진지한 감정을 드러내었다. '이릉 소무 시'를 후세에 모방된 작품으로 간주하면, 진가와 서숙 부부의 작품은 현존하는 중국 최초의 증답시贈答詩이다. 『옥대신영』玉臺新詠에 처음 나온다.

## 아내에게 주는 시 제2수
## 贈婦詩·其二

皇靈無私親,　　　　하늘은 사사로움 없이 공평하여

爲善荷天祿.　　　　선한 일 한 사람에겐 천록天祿을 준다네

傷我與爾身,　　　　안타까운 일은 그대와 나 모두

少小罹煢獨.　　　　어려서 부모 없이 외로이 자랐다는 점

旣得結大義,　　　　어른이 되어 부부의 예를 맺고서도

歡樂苦不足.　　　　즐거움이 많지 않아 아쉬웠어라

念當遠離別,　　　　멀리 수도로 떠나야 함을 생각하니

思念叙款曲.　　　　그리운 마음에 충정을 말해보내

河廣無舟梁,　　　　강이 넓은데 배와 다리가 없어 갈 수 없고

道近隔丘陸.　　　　길이 가까우나 구릉과 산으로 막혀있네

臨路懷惆悵,　　　　출발에 앞서 슬픔을 가득 품고

中駕正躑躅.　　　　말 타고 가면서도 정작 주저하는 마음

浮雲起高山,　　　　구름은 높은 산에 피어오르고

悲風激深谷.　　　바람은 깊은 계곡을 휘몰아친다

良馬不廻鞍,　　　충실한 말도 낙양 쪽으로 가지 않으려 하고

輕車不轉轂.　　　가벼운 수레도 바퀴를 굴리지 않으려 하네

針藥可屢進,　　　아픈 침과 쓴 약은 자주 받을 수 있지만

愁思難爲數.　　　시름과 근심은 자주 하기 어려워라

貞士篤終始,　　　바른 선비는 처음과 끝을 돈독하게 하나니

恩義可不屬!　　　그대를 향한 이 마음 어찌 변할 수 있으랴

○皇靈(황령): 하늘의 신령. 곧 하느님. 신령님. 상제. ○無私(무사): 사사로움이 없다. 공정하다.『예기』「공자한거」(孔子閑居)에 "하늘은 어디나 공평하게 펼쳐있고, 땅은 어디나 공평하게 만물을 받치고, 해와 달은 어디든 공평하게 비춘다"(天無私覆, 地無私載, 日月無私照)는 말이 있다. 고대 사람들이 자주 말하는 '황천무사'(皇天無私)나 '천덕무사친'(天德無私親) 등과 같은 같은 뜻이다. ○荷(하): 받다. 향유하다. ○天祿(천록): 하늘이 내린 복록. ○少小(소소): 젊다. 어리다. '少小'는 '젊기에 작다'는 중국어 특유의 결과보어 용법으로 만들어진 어휘이다. 당대(唐代) 하지장(賀知章)의 "젊어서 집 떠나 늙어서 돌아오니"(少小離家老大回)의 '少小'와 '老大'도 같은 용례이다. ○罹(리): 걸리다. 당하다. 주로 나쁜 일을 당할 때 쓰는 말이다. ○煢獨(경독): 외롭다. ○結大義(결대의): 부부가 되다. ○款曲(관곡): 마음속의 충정. ○河廣無舟梁(하광무주량): 강은 넓은데 배나 다리가 없다. 양(梁)은 다리. ○中駕(중가): 말을 타고 가는 도중. ○躑躅(척촉): 주저하다. 서성거리다. ○不廻鞍(불회안): 안장을 돌리지 않는다. 말이 낙양 쪽으로 가려하지 않는다. 이 구는 말이 고향으로 돌아가지 않으려 한다고 볼 수 있지만, 앞에 나온 '척촉'이란 말을 강조하는 것으로 보아 말이 낙양 쪽으로 가려하지 않고 수레도 움직이지 않는다고 보는 게 좋을 듯하다. ○轂(곡): 수레살통. 차축 주위의 바퀴살이 모이는 둥근 나무. 부분으로 전체를 말하는 제유법으로, 여기서는 바퀴를 말한다. ○針藥(침약) 구: 시름과 근심이 침과 약보다 더 견디기 어렵고 쓰리다는 뜻. ○數(삭): 자주. ○貞士(정사): 뜻이 바르고 말과 행동이 일치된 사람. ○可不屬(가불촉): 원래 여러 판본에선 '不可屬' 혹은 '不可促'으로 되어 있다. 녹흠립(逯欽立)은 두 경우 모두 뜻이 통하지 않는데, 고시의 용례를 보면 이러한 경우 불가(不可)는 가불(可不)의 도치로 사용되는 경우가 많으므로, 불가촉(不可屬)은 '불가불촉'(不可不屬) 혹은 '가불촉'(可不屬)이 되어야 한다고 했다. 촉(屬)은 '잇다. 계속하다'는 뜻으로, 가불촉(可不屬)은 반어법으로 '어찌 계속하지 않겠는가!'는 뜻이 된다.

　　자신과 아내의 성장 과정과 결혼 후의 생활을 서술하고, 현재의 이별
과 아쉬움을 풍경과 함께 묘사하였다. 마지막으로 '바른 선비'로서의
변함없는 마음을 다짐하였다.


## 아내에게 주는 시 제3수
## 贈婦詩·其三

| | |
|---|---|
| 肅肅僕夫征, | 마부는 부랴부랴 말을 달리고 |
| 鏘鏘揚和鈴. | 방울 소리 짤랑짤랑 높아만 가네 |
| 淸晨當引邁, | 이른 새벽 출발에 즈음하여 |
| 束帶待鷄鳴. | 의관을 정제하고 닭울음소리 기다렸네 |
| 顧看空室中, | 빈 방안을 뒤돌아 바라보니 |
| 髣髴想姿形. | 마치 그대 모습 보이는 듯 |
| 一別懷萬恨, | 한번 헤어짐에 만 가지 회한이 일어 |
| 起坐爲不寧. | 앉으나 서나 마음이 편하지 않네 |
| 何用叙我心? | 무엇으로 나의 마음 알릴까 |
| 遺思致款誠. | 그리운 마음으로 나의 정성 보내네 |
| 寶釵好耀首, | 아름다운 비녀는 그대 머리 빛내고 |
| 明鏡可鑒形. | 밝은 거울은 그대 모습 비추리라 |
| 芳香去垢穢, | 향기는 더러움을 제거하고 |
| 素琴有淸聲. | 거문고는 맑은 소리 울리리라 |
| 詩人感「木瓜」, | 『시경』의 시인은 모과에 감격하여 |
| 乃欲答瑤瓊. | 아름다운 옥으로 보답했다지 |
| 愧彼贈我厚, | 그대가 나에게 베푼 마음 깊은데 비하여 |

慚此往物輕.　　　그대에게 보내는 물건 가벼워 부끄럽네
雖知未足報,　　　비록 그대 마음에 보답하기엔 부족하지만
貴用叙我情.　　　내 깊은 마음 알리기엔 귀하여라


○蕭蕭(숙숙): 부랴부랴. 빨리 가는 모습의 의태어. ○僕夫(복부): 마부. ○征(정): 가다. ○鏘鏘(장장): 짤랑짤랑. 방울이 울리는 의성어. ○和鈴(화령): 수레 앞턱 가로나무에 걸려 있는 방울. ○引邁(인매): 출발하다. ○束帶待鷄鳴(속대대계명): 의관을 정제하고 새벽을 기다리다. 도연명의 시에 '束帶候鳴鷄'라는 비슷한 구가 있다. ○髣髴(방불): '仿佛'이라고도 쓴다. 희미하다. 어렴풋하다. 마치 ~인듯하다. ○遺思(유사): 그리운 마음을 보내다. 여기서는 아래의 구들을 보면 선물을 보낸다는 뜻이다. ○寶釵(보채): 보석이 상감된 비녀. 다음에 나오는 거울(明鏡), 방향(芳香), 거문고(素琴) 등도 모두 진가가 아내에게 보내는 선물이다. 진가의 「아내에게 보내는 편지」에 보면 이에 대한 자세한 내용을 알 수 있다. "최근에 이 거울을 얻었는데 밝기도 하고 좋기도 합디다. 그 형상에는 무늬와 빛깔이 있어 세상에 희귀한 것으로, 내 깊이 아꼈는데 이제 그대에게 줍니다. 또 천금이 나가는 비녀(寶釵) 한 쌍, 용과 호랑이가 한 쌍으로 새겨진 신발 한 켤레, 좋은 향 4종류 각 1근, 그동안 내가 뜯던 거문고 하나를 보냅니다. 거울은 모습을 비출 수 있고, 비녀는 머리를 빛나게 할 수 있고, 방향은 몸에 향기를 주고 더러움을 없앨 수 있으며, 사향(麝香)은 나쁜 기운을 막을 수 있고, 장식 없는 거문고는 귀를 즐겁게 할 수 있습니다." ○詩人(시인): 『시경』의 시를 지은 사람. ○木瓜(모과): 다음 구의 '요경'(瑤瓊)과 함께 『시경』 「모과」(木瓜)에 나온다. "나에게 모과를 주시니, 보옥으로 보답하네. 다만 보답만의 뜻이 아니라, 영원히 사랑함을 표시함일세"(投我以木瓜, 報之以瓊琚. 匪報也, 永以爲好也) 이어지는 장(章)에서 '경요'(瓊瑤)가 나오며, 여기서는 운을 맞추기 위해 '경요'를 '요경'이라고 했다. ○往物(왕물): 작가가 보낸 물건.


　　진가가 길을 떠나기 전 빈방에서 아내를 그리워하며, 몇 가지 선물을 준비하여 마음의 정표로 삼는다. 비록 이들 선물은 아내가 베풀어준 마음에 보답하기 부족하지만 그래도 그의 마음의 표현으로 여기며 스스로를 위안한다.

# 아내에게 주는 시
# 贈婦詩

| | |
|---|---|
| 曖曖白日, | 어둑어둑해지는 태양 |
| 引曜西傾. | 빛나는 광휘가 서쪽으로 지니 |
| 啾啾雞雀, | 짹짹거리는 닭과 참새들이 |
| 群飛赴楹. | 무리지어 기둥으로 날아간다 |
| 皎皎明月, | 희고 밝은 명월에 |
| 煌煌列星. | 늘어선 별들이 빛나는데 |
| 嚴霜淒愴, | 된서리가 처참하고 |
| 飛雪覆庭. | 날리는 눈이 마당을 덮는다 |
| 寂寂獨居, | 적적하게 혼자 지내는 |
| 寥寥空室. | 쓸쓸한 빈 방 |
| 飄飄帷帳, | 펄럭이는 휘장에 |
| 熒熒華燭. | 화촉이 가물거린다 |
| 爾不是居, | 그대가 여기에 있지 않으니 |
| 帷帳何施. | 휘장은 무슨 일로 치리오 |
| 爾不是照, | 그대를 여기에 비출 일 없으니 |
| 華燭何爲. | 화촉은 무슨 일로 밝히리오 |

○曖曖(애애): 어둑어둑하다. 『초사』「이소」에 "날은 어둑어둑하여 하루가 저무려 하는데, 난초를 엮어들고 천문 앞에서 배회하네"(時曖曖其將罷兮, 結幽蘭而延佇)라는 말이 있다. ○引曜(인요): 빛나다. ○啾啾(추추): 벌레나 새들이 우는 소리. ○煌煌(황황): 빛나는 모양. ○飄飄(표표): 바람이 불거나 물건이 가볍게 날아오르는 모양. ○熒熒(형형): 불이 희미한 모양.

아내를 그리워하는 시이다. 이 시는 진가秦嘉가 수도 낙양에 도착한 후 아내 서숙徐淑을 생각하며 쓴 것으로 보인다. 저녁 무렵의 풍경과 집안의 모습이 소박하게 그려져 진지하고 깊은 감정이 잘 드러나 있다. 비록 사언시라고 해도 이전의 경직된 어투에서 벗어났기에 상당히 신선하다. 이 시는 『옥대신영』 권9에 처음 보인다.

# 서숙(徐淑)

　　동한東漢의 여시인으로 진가秦嘉의 처이다. 진가가 수도로 떠날 때 서숙은 병이 들어 함께 갈 수 없었다. 나중에 진가가 낙양에서 죽은 후 서숙은 재가하지 않겠다고 맹서했으며, 그 후 얼마 있지 않아 죽었다. 『수서』「경적지」에 양대梁代에 『서숙집』徐淑集 1권이 있었다가 그 후 산일되었다고 기록하고 있다. 현재 시 1편과 남편에게 답하는 편지 2편, 그리고 형제에게 보내는 맹서 1편이 남아있다.


## 진가秦嘉에 답하는 시
## 答秦嘉詩

| | |
|---|---|
| 妾身兮不令, | 저의 몸이 좋지 않아 |
| 嬰疾兮來歸. | 병에 걸려 친정에 왔지요 |
| 沉滯兮家門, | 집안에 오래 머물며 |
| 歷時兮不差. | 시일이 지나도 차도가 없네요 |
| 曠廢兮侍觀, | 오랫동안 당신을 모시지 못했고 |
| 情敬兮有違. | 공경히 해드리지 못했지요 |
| 君今兮奉命, | 당신은 지금 명을 받들어 |
| 遠適兮京師. | 멀리 수도 낙양에 간다지요 |
| 悠悠兮離別, | 아득한 이별을 앞두고 |
| 無因兮叙懷. | 마음을 표현할 길 없군요 |

瞻望兮踴躍,     그대 있는 쪽 바라보며 뛰어보고
佇立兮徘徊.     우두커니 있다가 또 배회하네요
思君兮感結,     그대 생각하느라 슬픔이 맺히어
夢想兮容暉.     꿈에서도 빛나는 모습 그리워해요
君發兮引邁,     이제 그대 길을 떠나면
去我兮日乖.     나로부터 나날이 멀어지겠죠
恨無兮羽翼,     날개가 없음이 한스럽고
高飛兮相追.     높이 날아 따라가지 못해 아쉬워요
長吟兮永歎,     길게 읊조리며 탄식하나니
淚下兮沾衣.     눈물이 흘러 옷을 적셔요

○妾(첩): 첩의 본뜻은 '여자 노예' 혹은 '후실'이나, 그 외에도 부인이 남편에게 자신을 낮추어 부를 때 '첩' 혹은 '천첩'(賤妾)이라 하였다. ○不令(불령): 좋지 않다. 여기서는 운이 나쁘다는 어감으로 쓰였다. ○嬰疾(영질): 병을 앓다. '嬰'은 '묶다'는 뜻. ○差(차): '瘥'와 같다. 병이 낫다. ○侍覲(시근): 남편을 모시다. ○京師(경사): 수도. 동한(東漢)의 수도는 낙양(洛陽)이다. ○踴躍(용약): 뛰다. 안타까워서 가만있지 못하고 뛰다. ○佇立(저립): 장시간 우두커니 서 있다. ○感結(감결): 마음을 다쳐 가슴에 슬픔이 맺히다. 울결(鬱結)되다. ○夢想(몽상): 꿈속에서도 그리워하다. 사마상여(司馬相如)의 「장문부」(長門賦)에 "갑자기 잠에 들어 꿈에서도 그리워하니, 나의 혼백이 그대 곁에 간 듯해요"(忽寢寐而夢想兮, 魄若君之在旁)란 말이 있다. '고시십구수' 중의 「추위 속에 한 해가 저무는데」(凜凜歲云暮)에서도 "홀로 잠들기에 밤은 더욱 길어지고, 꿈에서도 그리워하여 그대 빛나는 모습 보았네"(獨宿累長夜, 夢想見容輝)란 표현이 있다.


　　서숙이 진가의 시를 받고 난 후 쓴 답시로 보인다. 시 형식에 있어 진가가 오언시로 썼다면 서숙은 구마다 '혜'兮를 쓴 '초가체'楚歌體를 사용하였다. 고대부터 많은 시선집에 진가의 시는 실었어도 서숙의 시는 싣지 않았는데 후대에 초가체가 점점 사라졌기 때문일 것이다. 종영鍾嶸은 『시품』詩品에서 "양한 시기에 오언시를 쓴 사람은 몇 되지 않는데

여성으로는 두 사람밖에 없다. 서숙의 이별시는 「단선」團扇, 반첩여의
작품 다음으로 뛰어나다"(二漢爲五言詩者, 不過數家, 而婦人居二. 徐
淑敍別之作, 亞于團扇矣)고 하였다. 이로부터 보면 서숙의 작품에 오
언시도 있었던 듯하다. 이 시는 『옥대신영』에 처음 보인다.

# 역염(酈炎)

역염(酈炎, 150-177)은 자가 문승<sup>文勝</sup>이고, 범양(范陽, 하북성 定興縣 남쪽) 사람이다. 영제(靈帝, 재위 168-189) 시기 주군<sup>州郡</sup>에서 출사를 권했으나 응하지 않았다. 나중에 풍이 들어 정신이 어지러워졌고, 지극한 효성을 지닌 사람으로 모친상을 당해 병이 심해졌다. 이 무렵 아내가 첫 출산을 하던 중 경기가 나 죽었다. 처가에서 소송을 제기하여 역염은 옥에 갇혔고 곧 죽었다. 나이 28세였다. 원래『역염집』<sup>酈炎集</sup> 2권이 있었으나 산일되었으며, 현재 여기에 소개하는 시 2편 이외에 문장 5편이 전한다. 『후한서』「문원열전」에 전기가 있다.


## 현지시 제1수
## 見志詩·其一

| | |
|---|---|
| 大道夷且長, | 큰길은 평평하고도 길지만 |
| 窘路狹且促. | 좁은 길은 협착하고 답답하다 |
| 修翼無卑棲, | 날개 큰 새는 낮은 곳에 깃들지 않고 |
| 遠趾不步局. | 멀리 가는 짐승은 잰 걸음하지 않는다 |
| 舒吾陵霄羽, | 구름 위를 나는 나의 날개를 펼치고 |
| 奮此千里足. | 천리 달리는 이 나의 다리를 떨치리라 |
| 超邁絶塵驅, | 진속<sup>塵俗</sup>을 끊고 초월하는 이 몸 |
| 倏忽誰能逐. | 재빠름을 그 누가 따라올 수 있을 텐가 |

| | |
|---|---|
| 賢愚豈常類, | 현인과 우인愚人은 일반인과 다르며 |
| 稟性在清濁. | 품성에는 고결함과 천함이 있다 |
| 富貴有人籍, | 부자와 귀한 자는 책에 이름을 올리지만 |
| 貧賤無人錄. | 가난하고 천한 자는 아무도 추천하지 않는다 |
| 通塞苟由己, | 통함과 막힘이 진실로 자신에게 달려 있으니 |
| 志士不相卜. | 선비들은 더 이상 점치지 않는다 |
| 陳平敖里社, | 진평陳平은 고향마을에서 자부심 높았고 |
| 韓信釣河曲. | 한신韓信은 강가에서 낚시하였다 |
| 終居天下宰, | 끝내는 천하의 재상이 되어 |
| 食此萬鍾祿. | 만종萬鍾의 녹봉을 받았다 |
| 德音流千載, | 덕행은 천년 동안 전해지고 |
| 功名重山嶽. | 공명功名은 산악보다 무겁다 |

○見志(현지): 뜻을 드러내 보이다. ○夷(이): 평평하다. ○窘路(군로): 좁은 길. ○修翼(수익): 큰 날개. 큰 새를 말한다. ○遠趾(원지): 멀리 갈 수 있는 발. 잘 달리는 짐승을 가리킨다. ○陵霄(릉소): 구름 위를 오르다. ○倏忽(숙홀): 행동이 빠른 모양. ○稟性(품성): 하늘로부터 받은 품성. ○清濁(청탁): 맑고 흐림. 품성이 맑은 사람은 뜻이 고결하고, 품성이 탁한 사람은 뜻이 낮고 천하다. ○籍(적): 장부. 사람의 이름을 적는 문서. 여기서는 역사서 등에 이름을 올리는 것을 말한다. ○錄(록): 기록하다. 여기서는 이름을 써서 추천한다는 뜻. ○通塞(통색): 통하고 막힘. 벼슬길이 뚫리고 막힘을 말한다. ○陳平(진평): ?-BC178. 한 고조(漢高祖) 유방(劉邦)의 모사. 여후(呂后) 통치 시기 때 재상을 지냈다. ○敖(오): '傲'와 같다. 오만하다. ○里社(리사): 고향 마을. 진평의 고향 양무(陽武) 호유향(戶牖鄉, 하남성 原武縣)을 가리킨다. 진평은 마을의 장이 되었을 때 고기를 아주 균등하게 나누어주어 어른들로부터 칭찬을 받았다. 이에 진평은 천하의 재상이 된다면 천하를 위해 고기를 균등하게 나누어줄 것이라고 대답했다. 『사기』 권56 「진 승상 세가」(陳丞相世家)에 자세하다. ○韓信(한신): ?-BC197. 한 고조의 공신으로 한나라를 세우는데 가장 큰 역할을 하였다. 초왕(楚王)에 봉해졌으나 모반의 혐의로 회음후(淮陰侯)로 강등되었다. 나중에 진희(陳豨)와 모반한 죄로 여후(呂后)에게 살해되었다. 한신은 어려서 가난하여 성 북쪽 회수(淮水)에서 낚시하며 허기를 채웠다. 『사기』

권92「회음후열전」(淮陰侯列傳) 참조. ○萬鍾(만종): 아주 많은 봉록. '鍾'은 용기의 이름으로, 6곡(斛) 4두(斗)의 용량을 말한다.


# 현지시 제2수
# 見志詩·其二

| | |
|---|---|
| 靈芝生河洲, | 영지靈芝는 황하의 섬에서 자라나 |
| 動搖因洪波. | 큰 물결에 이리저리 흔들리네 |
| 蘭榮一何晚, | 난초 꽃은 늦게 피어나 |
| 嚴霜瘁其柯. | 된서리에 줄기가 여위었네 |
| 哀哉二芳草, | 애달파라, 두 향기로운 풀이여 |
| 不植太山阿. | 태산의 기슭에서 자라지 못했으니 |
| 文質道所貴, | 문채와 바탕을 귀하게 여긴다 해도 |
| 遭時用有嘉. | 때를 잘 만나야 아름다운 것 |
| 絳灌臨衡宰, | 주발周勃과 관영灌嬰이 재상이었을 때 |
| 謂誼崇浮華. | 가의賈誼가 부화浮華를 숭상한다 말했지 |
| 賢才抑不用, | 뛰어난 인재를 등용하지 않고 |
| 遠投荊南沙. | 멀리 형주의 남쪽 장사長沙로 좌천시켰다 |
| 抱玉乘龍驥, | 옥을 가지고 천리마를 타고 있어도 |
| 不逢樂與和. | 백락伯樂과 변화卞和를 만나지 못함이니 |
| 安得孔仲尼, | 어떻게 공자孔子를 다시 만나 |
| 爲世陳四科! | 세상에 사과四科를 펼칠 수 있을까 |


○靈芝(영지): 풀이름. 신화 속에 신선의 세계에서 자라는 풀로 자주 등장한다. ○榮 (영): 꽃. 꽃피다. ○瘁(췌): 병들다. 여위다. ○太山(태산): '泰山'과 같다. 산동성 태안 (泰安)에 소재한 태산. ○文質(문질): 문채와 바탕. 외적 표현과 내적 덕행. 『논어』「옹

야」(雍也)에 “바탕이 문채보다 많으면 거칠고, 문채가 바탕보다 많으면 가벼우니, 문채와 바탕이 적절히 섞여야 군자이다.”(質勝文則野, 文勝質則史. 文質彬彬, 然後君子)는 말이 있다. ○遭時(조시): 시기를 만나다. 때를 만나다. ○絳灌(강관): 주발(周勃, ?-BC169)과 관영(灌嬰, ?-BC176). 주발(周勃)은 한 고조의 건국 공신이며, 혜제 때는 태위(太尉)를, 문제 때는 우승상(右丞相)을 역임했다. 강후(絳侯)로 봉해졌기 때문에 ‘강’(絳)이라 하였다. 관영(灌嬰) 역시 한 고조의 건국 공신으로 문제 때 주발을 이어 승상의 자리에 올랐다. ○衡宰(형재): 재상. 원래 이윤(伊尹)이 아형(阿衡)이었고, 주공(周公)이 태재(太宰)였던 데서 이 두 관직을 합칭하여 만들어진 말이다. ○誼(의): 가의(賈誼, BC200-168). 한대 초기의 사상가이자 문학가. 문제 때 신임을 얻어 여러 제도의 정비를 주장하였으나, 주발과 관영 등의 반대로 시행되지 못했다. ○荊南沙(형남사): 형주의 남쪽 장사(長沙). 가의는 자신의 주장이 받아들여지지 않은 후 장사왕(長沙王)의 태부(太傅)로 좌천되어 장사에 4년간 가있었다. ○龍驥(룡기): 천리마. ○樂與和(락여화): 백락(伯樂)과 변화(卞和). 백락은 말을 잘 보는 사람으로『장자』,『전국책』,『열자』등의 책에 나온다.『초사』「회사」(懷沙)에 “백락이 이미 죽었으니, 천리마가 어찌 달리나”(伯樂旣沒, 驥焉程兮)는 말이 있다. 변화는 초나라 사람으로 아름다운 옥을 초왕(楚王)에게 바쳤으나 오히려 군주를 속인다고 다리가 잘렸다. 나중에 왕이 돌 안을 보니 아름다운 옥이 있었다.『한비자』「화씨」(和氏)에 자세하다. ○四科(사과): 공자(孔子)가 말하는 네 가지 분야로, 덕행, 언어, 정사(政事), 문학 등이다.『논어』「선진」(先進)에 “덕행(德行)이 뛰어난 학생은 안연(顔淵), 민자건(閔子騫), 염백우(冉伯牛), 중궁(仲弓)이고, 언변에 뛰어난 학생은 재아(宰我)와 자공(子貢)이고, 정사를 잘 볼 수 있는 학생은 염유(冉有)와 계로(季路)이고, 고대 문헌을 잘 보는 학생은 자유(子游)와 자하(子夏)이다”는 말에서 유래되었다.

마음의 지향을 보인 시이다.『후한서』권80하下「문원열전」에 “지기志氣가 있으며, 시 2편을 지었다”(有志氣 作詩二篇)고 했을 뿐 제목은 언급하지 않았지만,『광문선』廣文選에서는「현지시」見志詩라고 제목을 붙였다. 자신의 처세와 뜻을 표현한 시는 이전에 사언과 소체 형식으로 지어졌지만, 동한 후기에 오언시로 바뀌기 시작했다. 제1수가 부귀와 빈천, 통함과 막힘에 대한 자신의 지취志趣를 개술했다면, 제2수는 영지와 난초의 비유를 들고 가의賈誼와 변화卞和 등의 예를 들어 재덕은 있으나 등용되지 못하는 현실을 비판하였다. 한대 말기의 혼란스런 사회 현실과 자신의 뜻을 펼치지 못한데 대한 울분과 격정을 표현하였다. 이러한 시는 완적阮籍의 "영회시"詠懷詩와 좌사左思의 "영사시"詠史詩 등에 영향을 준 것으로 보인다.

# 조일(趙壹)

조일趙壹은 자가 원숙元叔이고, 한양 서현(漢陽西縣, 지금의 감숙성 天水市) 사람이다. 동한 말기 영제(靈帝, 재위 168-189) 때의 명사로, 강직하고 오만하며 얽매이지 않는 자유로운 성격의 사람이다. 178년 상계上計로 수도에 갔을 때, 고관인 원봉袁逢과 양척羊陟 등의 예우를 받으며 낙양에서 이름이 높았다. 서현에 돌아온 후 관가로부터 열 차례나 출사를 권유받았으나 응하지 않았다. 「궁조부」窮鳥賦와 「세태를 꾸짖고 부정을 미워하는 부」刺世疾邪賦가 대표작이다. 『수서』「경적지」에 문집이 3권 있었다고 저록되었으나 현존하는 작품은 산문 7편과 시 2편뿐이다. 『후한서』권80하下 「문원열전」文苑列傳에 그의 전기가 있다.

## 세태를 미워하는 시 제1수
## 疾邪詩·其一

| | |
|---|---|
| 河淸不可俟, | 황하가 맑아지는 걸 기다릴 수 없고 |
| 人壽不可延. | 사람의 목숨은 연장할 수 없다 |
| 順風激靡草, | 바람이 불면 풀들이 쓰러지듯이 |
| 富貴者稱賢. | 사람들은 세력가만 어질다 칭찬한다 |
| 文籍雖滿腹, | 문장과 책이 배에 가득 들었어도 |
| 不如一囊錢! | 한 자루의 돈보다 못하구나! |
| 伊優北堂上, | 아첨하는 사람은 북당北堂에 오르고 |

抗髒倚門邊.     강직한 사람은 문전박대 당한다

○疾邪(질사): 질(疾)은 염오하다, 싫어하다. 사(邪)는 바르지 않다. '질사'는 부정부패하고 음험한 사회 현실을 미워한다는 뜻이다. '분세질사'(憤世疾邪), '분세질속'(憤世疾俗) 등의 성어와 같은 뜻이다. ○俟(사): 기다리다. 전설에 의하면 황하는 천년에 한번 맑아지는데, 이때 비로소 천하가 태평해진다고 한다. 제1, 2구는 『좌전』「양공 8년」(襄公八年)조에 "황하가 맑아지길 기다리려면 사람은 얼마나 오래 살아야 하나?"(俟河之淸, 人壽幾何)라는 말에서 나왔다. 정치가 맑아지기를 기다리는 일은 황하가 맑아지기를 기다리는 것처럼 부질없음을 비유하였다. ○靡(미): 바람에 쓸리다. 바람이 불면 풀들이 바람 따라 쓰러지듯이, 모든 사람들이 부자를 어질다고 칭찬한다. 『논어』「안연」(顏淵)에 "바람이 불면 풀들이 반드시 쓰러진다"(草上之風必偃)는 말이 있다. ○文籍(문적): 문장과 전적. ○一囊(일낭): 자루 하나. 이 구에서 후세에 비어있는 돈주머니란 뜻의 '조낭'(趙囊)이란 말이 생겼다. ○伊優(이우): 알랑거리다. 아부 떠는 모습의 의태어. ○北堂(북당): 대갓집의 정북방에 있는 북당은 집안의 어른이 거처하는 곳으로, 여기서는 부자의 거처를 말한다. 북당을 여주인의 거처라고도 하는데 이는 정당 북쪽에 있는 별당을 말한다. ○抗髒(항장): 강직한 모습의 의태어. 여기서는 명사로 쓰였기 때문에 강직한 사람을 나타낸다. ○倚門邊(의문변): 문가에 서 있다. 곧 배척을 당해 문밖에 나가 있다.


# 세태를 꾸짖는 시 제2수
# 疾邪詩·其二

| | |
|---|---|
| 勢家多所宜, | 세력가들이 하는 일은 언제나 잘 되어 |
| 咳吐自成珠. | 침을 내뱉어도 저절로 진주가 된다 |
| 被褐懷金玉, | 베옷 입은 사람이 옥 같은 덕 품었는데 |
| 蘭蕙化爲芻. | 난초와 혜초는 지푸라기로 변한다 |
| 賢者雖獨悟, | 어진 자가 비록 식견이 뛰어나도 |
| 所困在群愚. | 우매한 무리 속에 어려움만 당한다 |
| 且各守爾分, | 그러니 자신의 분수를 지킬지니 |

| | |
|---|---|
| 勿復空馳驅. | 다시는 부질없이 분주히 애쓰지 마라 |
| 哀哉復哀哉, | 슬프구나, 슬프구나 |
| 此是命矣夫! | 이것이 운명이려니 |

○宜(의): 적합하다. 옳다. ○咳吐(해토): 침. ○被褐(피갈): 베옷을 입다. 여기서는 '베옷을 입은 가난한 사람. ○金玉(금옥): 금과 옥. 재주와 덕을 비유한다.『노자』(老子) 제70장에 "성인은 베옷을 입고 옥 같은 덕을 품고 있다"(聖人被褐懷玉)는 말이 있다. ○蘭蕙(난혜): 난초와 혜초. 굴원(屈原)의「이소」(離騷)에 "난초와 구릿대는 향기를 잃고, 전초와 혜초는 띠풀로 변하였다"(蘭芷變而不芳兮, 荃蕙化而爲茅)는 말이 있는데, 여기서는 이러한 비유를 이용하였다. ○芻(추): 꼴. 짚. ○爾分(이분): 자신의 분수.

『후한서』권80하에 실려있는「세태를 꾸짖고 부정을 미워하는 부」刺世疾邪賦의 끝 부분에, '진객'秦客과 '노생'魯生이 부르는 노래가 있는데 곧「세태를 꾸짖는 시」疾邪詩 제1수와 제2수이다. 부賦에서는 소인이 고관에 오르고 호족이 전횡을 일삼는데 반해, 바른 사람은 배척당하고 가난하게 살아가는 당시 사회를 격분의 어조로 비판하고 있다. 시詩는 이러한 논조를 개괄하고 있는 셈이다. 강렬하고 선명한 대비로 당시의 전도된 가치 관념을 대담하고 솔직하게 비판하였다. 이러한 정신은 후대에 완적阮籍, 좌사左思, 포조鮑照, 도연명陶淵明, 이백李白 등으로 이어졌다.

# 유변(劉辯)

　유변(劉辯, 173-190)은 영제靈帝의 큰아들. 189년 영제를 이어 소제
少帝로 즉위하였다. 그러나 이때 낙양에 들이닥친 동탁董卓에 의해 재위
6개월 만에 폐위되고 홍농왕弘農王이 되었다. 다음해 동탁이 보낸 이유
李儒에 의해 독살되니 나이 18세였다.

## 비가
## 悲歌

天道易兮我何艱,　　　천도天道가 바뀌어 내게 시련이 닥치고
棄萬乘兮退守蕃.　　　만승萬乘의 자리를 버리고, 물러나 번국을 다스리네
逆臣見迫兮命不延,　　역신逆臣의 핍박에 목숨도 유지할 수 없으니
逝將去汝兮適幽玄.　　장차 그대를 떠나서 유현幽玄의 세계로 가리라

　동탁에 의해 폐위된 소제少帝의 절명가絶命歌이다. 『후한서』 권10하下
「황후기」皇后紀에 의하면, 산동에서 동탁을 토벌하자는 의병이 일어나
자, 동탁은 폐위된 소제를 궁중으로 데려와 이유李儒를 시켜 독살하려
하였다. 이유는 액땜을 하는 약이라고 말했지만 유변劉辯은 독약인줄
알고 마시지 않았다. 그래도 강제로 먹이려 하니 어쩔 수 없이 처 당희
唐姬와 궁인들을 불러 주연을 베풀고 위 노래를 불렀다.

# 당희(唐姬)

당희唐姬는 소제少帝의 처이다. 소제가 독살된 후 고향에 돌아가자, 그의 부친 회계 태수會稽太守 당모唐瑁가 재가를 권했지만 수절하였다. 이각李傕이 장안을 점령한 후 처로 삼으려 하였지만 듣지 않았다. 나중에 헌제獻帝가 이를 알고 궁중에 불러 홍농왕비弘農王妃에 봉하였다.

## 기무가
## 起舞歌

| | |
|---|---|
| 皇天崩兮后土頹, | 하늘은 무너지고 땅은 꺼지고 |
| 身爲帝王兮命夭摧. | 몸은 제왕이나 목숨이 요절하네 |
| 死生路異兮從此乖, | 생사의 길이 다른데 여기서 어그러지니 |
| 奈我煢獨兮心中哀. | 내 홀로 남은 슬픔을 어이할까 |

유변劉辯이 죽기 전에 먼저 「비가」를 부른 다음 당희唐姬에게 춤을 추라고 했다. 이에 당희가 소매를 들어 올리고 부른 노래이다. 짧은 노래에 사직의 종말, 제왕의 죽음, 자신의 애절함을 표현하였다. 『후한서』권10하下 「황후기」皇后紀에 실려 있다.

# 채옹(蔡邕)

채옹(蔡邕, 133-192)은 자가 백개伯喈이고 진류陳留 어(圉, 하남성 杞縣) 사람이다. 동한 말기의 학자, 문학가, 음악가, 서예가이다. 159년 서황徐璜 등 환관들이 그가 거문고를 잘 탄다는 말을 듣고 옆에 두려고 황제에 상주하여 낙양으로 불렀는데, 채옹은 가다가 중간에 병을 핑계로 가지 않고 「술행부」述行賦를 지었다. 170년 사도司徒 교현橋玄 아래에서 벼슬을 했으며, 나중에 낭중郎中이 되었고 동관東觀의 교서校書를 역임하였다. 174년 의랑議郎이 되어 「희평 석경」熹平石經을 써 태학에 세웠다. 178년 환관의 참언을 받아 옥에 갇혔다가 풀려났으나, 다시 참언을 받았으므로 멀리 화동 지방으로 달아났다. 동탁이 낙양에 들어왔을 때 빠르게 승진하였고 190년에 좌중랑장左中郎將이 되었다. 동탁이 죽자 그의 후의를 받은 채옹은 이를 아쉬워하였는데, 왕윤王允이 연좌시켜 살해하였다.

채옹의 문명文名은 매우 높은데 특히 뇌비誄碑문을 짓는데 뛰어났다. 『문심조룡』에서는 그를 장형張衡에 비견하였다. 『수서』「경적지」에 문집이 20권 있었다고 하나 나중에 산일되었고, 명대에 모은 『채중랑집』蔡中郎集이 있다. 『후한서』 권60하下에 그의 전기가 있다.


## 장성 아래 샘에서 말에 물 먹이며
## 飮馬長城窟行

青青河邊草,　　　　파릇파릇한 강가의 풀

| | |
|---|---|
| 緜緜思遠道. | 아득히 먼 길을 그리워합니다 |
| 遠道不可思, | 길이 멀어 어찌할 수 없는데 |
| 宿昔夢見之. | 지난 밤 꿈속에서 당신을 보았어요 |
| 夢見在我傍, | 꿈에선 내 옆에 계시더니 |
| 忽覺在他鄕. | 문득 깨어나니 타향에 계시는군요 |
| 他鄕各異縣, | 타향에 계셔 당신과 나뉘어 있는데 |
| 展轉不可見. | 이리저리 다니느라 만날 수 없군요 |
| 枯桑知天風, | 뽕나무는 잎이 없어도 바람 부는 줄 알고 |
| 海水知天寒. | 바닷물은 얼지 않아도 추운 줄 안다는데 |
| 入門各自媚, | 귀가한 이웃들은 저들만 즐거우니 |
| 誰肯相爲言! | 누구라서 저에게 위로를 하겠어요! |
| 客從遠方來, | 먼 곳에서 온 손님이 |
| 遺我雙鯉魚. | 나에게 쌍잉어 편지함을 주어서 |
| 呼兒烹鯉魚, | 어린 종을 시켜 잉어를 갈랐더니 |
| 中有尺素書. | 뱃속에서 비단 편지 나왔지요 |
| 長跪讀素書, | 무릎을 꿇고 앉아 비단 편지 읽으니 |
| 書中竟何如? | 편지에 쓰인 사연 무엇인가요? |
| 上言加餐食, | 편지의 첫머리엔 밥 챙겨 먹으라 하고 |
| 下言長相憶. | 편지의 끝에서는 영원히 잊지 말자 하셨죠 |

○飮馬長城窟(음마장성굴): 장성 아래 샘에서 말에게 물을 먹이다. 이선(李善)은 『문선주』(文選注)에서 "출정 나간 병사가 장성에 이르러 말에 물을 먹이는 일을 서술하였는데, 여인이 이를 그리워하였으므로 「장성 아래 샘의 노래」라 하였다"(言征戍之客, 至於長城而飮其馬, 婦思之, 故爲「長城窟行」)고 했다. 샘물의 위치에 대해서 북위(北魏)의 역도원(酈道元)은 『수경주』(水經注)에서 백도령(白道嶺, 지금의 중국 내몽골자치주의 후허하호터(呼和浩特) 동북 20키로)의 연로에 있는 토굴이라고 하였다. 진 한(秦漢) 시대에는 멀리 장성에 나가 성을 쌓고 지키는 일이 가장 고통스러운 일이었는데, 나중에

고된 행역 생활을 가리키는 이미지가 되었다. ○緜緜(면면): '綿綿'으로 쓰기도 한다.
끊임없이 이어져 있는 모양. 강가의 풀이 끝없이 이어져 있는 모습에서 출정나간 남편
에 대한 끝없는 그리움을 비유하였다. ○遠道(원도): 먼 곳. ○不可思(불가사): 생각할
수 없다. 여기서는 어쩔 수 없다. ○宿昔(숙석): 어젯밤. '昔'은 '夕'과 같은 뜻. ○展轉
(전전): 정처 없이 이리저리 돌아다니다. 두보(杜甫)의 「건원 연간에 동곡 현에서 살며
지은 시」(乾元中寓居同谷縣作歌)에 "생이별에 길이 멀고 험해 서로 만날 수 없는데, 북방
의 먼지에 하늘이 어둡고 길이 아득하구나"(生別展轉不相見, 胡塵暗天道路長)이란 말이
있다. ○枯桑(고상): 잎이 떨어진 뽕나무. '고상' 2구에 대한 해석은 여러 가지 있다.
당(唐) 이주한(李周翰)은 '지'(知)를 '어찌 알겠는가'(豈知)로 해석하여 "뽕나무는 잎이 없
기에 바람 부는 줄 모르고, 바닷물은 얼지 않기에 날씨가 추운 줄 모른다. 집에 있는
여인이 남편의 소식을 모름을 비유했다. 친척들이 있지만 각자 자기 집에 들어가 자기
가족만 아낄 뿐 남의 고충을 위로하려 하지 않는다"고 했다. 청(淸) 오경욱(吳景旭)은
"잎 떨어진 뽕나무만이 바람 부는 줄 알고, 바닷물만이 하늘이 추운 줄 안다. 여인만이
자신의 고통을 아는 걸 비유했고, 남들은 자기 집에 들어가 자기 가족들만 보살피고
남의 고충을 알려고 하지 않는다"고 했다. 문일다(聞一多)는 "뽕나무는 남편을 비유하고
바닷물은 자신을 비유한다. 바람과 추위는 고독하고 처량함을 비유한다. 낙엽을 보고
나무가 바람에 맞는 걸 알고, 얼음을 보고 물이 추위를 느낌을 안다. 뽕나무에 잎이
없고 바닷물이 얼지 않아 마치 바람과 추위를 모르는 것 같지만, 실제로 모르는 게 아니
라 사람이 알 수 있는 흔적이 보이지 않을 뿐이다. 부부가 오래 헤어졌기에 비록 말은
안 해도 마음으로 그 괴로움을 알고 있음을 비유했다"고 했다. 여관영(余冠英)은 "뽕나
무는 잎이 없어도 바람 부는 줄 알고, 바닷물은 얼음이 얼지 않아도 추운 줄 안다. 멀리
있는 남편은 비록 감정이 담백해도 나의 고독과 그리움을 알아줄 것을 비유했다"고 했
다. 모두 통하는 의견으로 여기서는 여관영 설을 따른다. ○入門(입문): 객지나 나간
사람이 돌아오다. ○自媚(자미): 자신의 가족만 사랑하다. ○誰肯相爲言(수긍상위언)
구: 여기서 '상'(相)은 '자신'을 가리킨다. '언'(言)은 위문하다, 위로하다는 뜻. ○雙鯉魚
(쌍리어): 한 쌍의 잉어. 편지를 가리킨다. 나무판 두 짝을 잉어 모양으로 깎아 바닥과
덮개로 삼기 때문에 한 쌍의 잉어가 되는 셈이다. 이때 편지는 나무판 사이에 넣는다.
○兒(아): 집안의 어린 종. 이백(李白)의 「장진주」(將進酒)에서도 "얼룩무늬 천리마, 천
금의 갓옷. 어린 종을 시켜 데리고 나가 술로 바꿔오게나"(五花馬, 千金裘, 呼兒將出換美
酒)라는 구가 있다. ○烹(팽): 삶다. 잉어 모양 나무판을 삶는다는 뜻이 아니라 편지함
을 연다는 뜻을 생동감 있게 표현하였다. ○素(소): 생견. 고대에는 흰 비단에 글을 써서
보냈다. 당시 비단은 보통 한 자 폭이므로 편지를 '척소'(尺素)라 하였다. ○長跪(장궤):

엉덩이를 들고 허리를 편 채 무릎을 꿇은 자세. ○上(상), 下(하): 편지의 '앞'과 '뒤'를 말한다. 『문선 오신주』(文選五臣注)에서는 "'상'(上)은 편지의 첫머리를 말하고, '하'(下)는 편지의 말미를 말한다"고 하였다.

    여인이 객지에 나간 남편을 그리는 시이다. 이 시는 앞뒤 단락으로 뚜렷이 나눌 수 있는데, 전반부는 남편이 떠나간 쪽을 바라보다가 잠들어 꿈을 꾸며 더욱 그리워하는 장면을 그렸고, '객종원방래'(客從遠方來) 이후부터의 후반부는 남편의 편지를 받은 일과 그 편지 내용을 서술하였다. 이 시는 비슷한 시기에 편찬된 『문선』과 『옥대신영』에 모두 수록되어 있지만, 『문선』에서는 무명씨의 「악부고사」樂府古辭라 제목을 붙인 반면, 『옥대신영』에서는 채옹蔡邕의 「장성 아래 샘에서 말에 물 먹이며」飮馬長城窟行라 제목을 붙였다. 이로부터 보면 양대梁代에 이미 이 시에 대해 서로 다른 의견이 있었음을 알 수 있다. 원래 「장성 아래 샘에서 말에 물 먹이며」는 『악부시집』에 '상화가사'로 분류되어 있는 한대의 곡조 이름이다. 시의 내용을 보면 장성이나 말과 관련이 없어 이 곡조의 '본사'本辭가 아닌 것으로 보인다. 오히려 후대의 악관이 이 곡조에 위의 가사를 실어서 노래했던 것으로 여겨진다. 채옹의 작품이란 설에는 오늘날 대부분 의문을 제기하지만, 여기서는 편의상 관례에 따라 그의 이름 아래 싣는다. 현재 위진남북조 시기에 진림陳琳, 부현傅玄, 왕융王融, 순창荀昶, 심약沈約 등이 모의한 같은 제목의 시들이 남아있다.


## 물총새
## 翡鳥

庭隅有若榴,        마당 구석에 있는 석류나무

| | |
|---|---|
| 綠葉含丹榮. | 녹색 잎이 붉은 열매 머금었네 |
| 翠鳥時來集, | 물총새가 때때로 와서 머물며 |
| 振翼修形容. | 깃털을 털고 모양을 다듬는다 |
| 回顧生碧色, | 돌아보면 파란 옥색이 빛나고 |
| 動搖揚縹青. | 움직이면 담녹색이 돋보인다 |
| 幸脫虞人機, | 다행히 사냥꾼의 쇠뇌를 벗어나 |
| 得親君子庭. | 군자의 정원에 가까이 갈 수 있었네 |
| 馴心托君素, | 그대의 마음에 의지해 정신을 기르니 |
| 雌雄保百齡. | 암수컷이 함께 백 살까지 보전하리 |

○庭陬(정추): 마당 구석.  ○若榴(약류): 석류.  ○丹榮(단영): 붉은 꽃.  ○集(집): 새가 나무 위에 앉다.  ○縹青(표청): 담녹색. 밝은 녹색.  ○虞人(우인): 산림이나 소택을 맡아 관리하는 사람.  ○機(기): 기구. 여기서는 쇠뇌나 주살 등 새를 잡는 도구를 가리킨다. ○素(소): 평소의 마음.

위험에서 벗어난 물총새의 모습을 그린 영물시詠物詩이다. 앞 6구는 묘사인데 반하여 뒤 4구에서 내력을 서술하였다. 실질에 있어서는 다른 사람으로부터 화를 입었다가 군자君子의 도움을 받아 빠져나올 수 있었던 사실을 비유하고 있다. 『예문류취』藝文類聚에 앞 6구만 실렸으나 『광문선』廣文選에는 전편이 실렸다.


## 거문고 노래
琴歌

| | |
|---|---|
| 練余心兮浸太清, | 내 마음을 닦아 태청太清에 물들이고 |
| 滌穢濁兮存正靈. | 더러움을 씻어내어 바른 본성 보존하리 |

和液暢兮神氣寧,　　　화액和液이 순조롭고 신기神氣가 편안하며
情志泊兮心亭亭,　　　정지情志가 담박하고 마음이 오롯하니
嗜欲息兮無由生.　　　욕망이 멈추니 생겨날 단서가 없네
踔宇宙而遺俗兮,　　　우주를 뛰어넘고 세속을 버리며
眇翩翩而獨征.　　　　아득히 훨훨 날아 홀로 가리라

○練(련): 수련하다. ○太淸(태청): 하늘. ○穢濁(예탁): 더럽고 탁함. ○正靈(정령): 사람의 선한 본성. ○和液(화액): 화기와 진액. ○亭亭(정정): 우뚝 선 모습. ○踔(탁): 뛰다. 넘다. ○眇(묘): '渺'와 같다. 아득하다. 멀다. ○翩翩(편편): 훨훨. 가볍게 나는 모양. ○獨征(독정): 사물과 세속의 묶임에서 벗어나 정신의 자유로움으로 천지간을 홀로 오고 가는 경지를 말한다. 『장자』「재유」(在宥)에 나오는 '독왕'(獨往)과 같은 뜻. "천지 사방을 드나들며, 구주(九州)를 마음대로 노닐며, 홀로 오가는 것을 '독유'(獨有)라고 한다. 이러한 '독유'를 가진 사람이 가장 존귀하다."(出入六合, 遊乎九州, 獨往獨來, 是謂獨有. 獨有之人, 是謂至貴)


　채옹이 지은 「석회」釋誨의 끝부분에 나오는 노래이다. 「석회」는 채옹이 27세 때 환관의 부름을 거절하고 은거할 때 동방삭의 「객난」客難, 양웅의 「해조」解嘲, 반고의 「답빈희」答賓戲 등의 체제를 본떠 지은 부賦 계열의 작품이다. 이 작품은 유가적 입신양명을 주장하는 무세공자務世公子와 도가적 은일양생을 주장하는 화전호로華顚胡老의 대화로 진행되지만 주로 화전호로의 주장이 중심을 차지한다. 화전호로는 자신의 주장 끝에 거문고를 뜯으며 위의 노래를 부른다. 한대 말기 난세에 처한 작가의 처세 태도를 엿볼 수 있다. 『후한서』권60하下 「채옹 열전」蔡邕列傳에 실려 있다.

# 신연년(辛延年)

동한 시대 사람으로, 그의 생애에 대해서는 기록이 없어 알 수 없다. 『북당서초』北堂書鈔에서는 '신연수'辛延壽라 되어 있다.

## 우림랑
## 羽林郎

| | |
|---|---|
| 昔有霍家奴, | 옛날 곽광霍光 집안에 천한 노비 있었으니 |
| 姓馮名子都. | 성은 풍馮이요 이름은 자도子都라 |
| 依倚將軍勢, | 대장군의 세력을 호가호위狐假虎威하여 |
| 調笑酒家胡. | 주막의 이족異族 여인을 희롱했것다 |
| 胡姬年十五, | 서북 이족異族 아가씨 나이는 열 다섯 |
| 春日獨當壚. | 따뜻한 봄날에 혼자 술청을 지키고 있었으니 |
| 長裾連理帶, | 긴 옷깃에 연리連理 무늬 허리띠 |
| 廣袖合歡襦. | 넓은 소매에 합환合歡 문양 저고리라 |
| 頭上藍田玉, | 머리 위에는 남전藍田의 옥이 덩실하고 |
| 耳後大秦珠. | 귀 뒤의 비녀엔 로마 산 진주가 늘어뜨려져 |
| 兩鬟何窈窕, | 쪽진 머리 두 타래가 얼마나 아름답소 |
| 一世良所無. | 정말이지 온 세상에 다시 찾을 수 없으렷다 |
| 一鬟五百萬, | 한 타래를 값으로 치면 오백만 냥 |
| 兩鬟千萬餘. | 두 타래를 함께 치면 천만 냥이 됨직하이 |

“不意金吾子,　　　“뜻밖에도 우연히 금오金吾 선생이

娉婷過我廬.　　　번지르르한 모양으로 내 술집에 들렀지요

銀鞍何煜爚,　　　은 장식한 안장은 여기 번쩍 저기 번쩍

翠蓋空踟躕.　　　푸른빛 차개車蓋가 문 앞에서 머뭇거렸죠

就我求清酒,　　　나에게 다가와 술 달라고 말하길래

絲繩提玉壺.　　　실끈 매인 옥 술병에 가득 담아 주었소

就我求珍肴,　　　나에게 다가와 맛있는 요리 달라니

金盤膾鯉魚.　　　금 쟁반에 잉어회를 가득 담아 주었소

貽我青銅鏡,　　　그는 내게 청동 거울 선사한다며

結我紅羅裾.　　　나의 붉은 능라 옷자락에 매달려 했지요

不惜紅羅裂,　　　붉은 능라 찢어져도 아깝지 않으니

何論輕賤軀!　　　미천한 목숨이라도 걸고서 거절할 거예요!

男兒愛後婦,　　　경박한 남자는 새 여자를 좋아한다지만

女子重前夫;　　　정절 있는 여자는 첫 남편을 중시한다오

人生有新故,　　　사람의 만남에는 새 사귐과 오랜 사귐 있고

貴賤不相踰.　　　귀하고 천함은 신분을 넘을 수가 없다오

多謝金吾子,　　　정중하게 알리노니, 금오金吾 선생이여

私愛徒區區.”　　　나에 대한 애정은 헛될 뿐이오”


○羽林郎(우림랑): 우림(羽林)의 낭(郎). 우림군(羽林軍)을 통솔하는 장교. 우림(羽林)은 한 무제(漢武帝) 때 설치된 황실 근위대로, 농서(隴西), 천수(天水), 안정(安定), 북지(北地), 상군(上郡), 서하(西河) 등 여섯 군(郡)의 귀족 자제를 뽑아 건장궁(建章宮)에 숙위(宿衛)로 있게 한 데서 시작하였다. 나중에 깃털처럼 빠르고 숲처럼 많다는 의미를 취하여 우림(羽林)이라 하였다. 그러나 이 시는 ‘우림군의 장교’와 관련이 없고, 술집의 여인이 권문세가 노비의 희롱에 반항하는 내용이다. 일반적으로 악부시는 기존의 제목을 사용하면서 새로운 내용을 담는 경우가 많은데 이 시도 그러한 듯 보인다. ○霍家(곽가): 곽광(霍光) 집안. 곽광(?-BC68)은 서한 소제(昭帝)와 선제(宣帝) 때 인물로 대장군

등을 역임하면서 20여년간 국정을 전횡했다. ○奴(노): 노비. 정복보(丁福保)는 송대 판본을 근거로 미남을 의미하는 '姝'라고 하였고, 문일다(聞一多)는 이에 동의하여 풍자도(馮子都)가 남색으로 곽광의 총애를 받았다고 하였다. 그러나 시의 서두에 인물을 소개하면서 신분을 표현한 것으로 보는 게 적절할 것이다. ○馮子都(풍자도): 곽광 집안의 노비 우두머리. 본명은 풍은(馮殷)이고 자도(子都)는 자(字)이다. 『한서』 「곽광전」(霍光傳)에는 노비를 관리하는 우두머리(監奴)로 나온다. "처음에 곽광은 노비 우두머리 풍자도를 총신하여 자주 그와 업무를 의논했는데, 곽광이 죽자 그의 부인 현(顯)과 풍자도는 문란한 관계를 가졌다."(初, 光愛幸監奴馮子都, 常與計事, 及顯寡居, 與子都亂) "(곽광이 살아있을 때) 백관들이 모두 풍자도와 왕자방 등을 알아 모셨지, 재상은 안중에 없는 듯 했소이다."(大將軍時百……百官以下但事馮子都、王子方等, 視丞相亡如也) "풍자도가 자주 범법을 저질러 선제(宣帝)가 문책하자 곽산(霍山)과 곽우(霍禹) 등이 무척 두려워하였다."(馮子都數犯法, 上并以爲讓, 山、禹等甚恐) ○依倚(의의): 기대다. ○將軍(장군): 곽광을 가리킨다. 소제(昭帝) 때 대장군이 되었다. ○調笑(조소): 놀리다. 희롱하다. ○酒家胡(주가호): 술집의 이민족 여인. 아래에 나오는 '호희'(胡姬). 호(胡)는 중국의 서북 지역의 이민족들을 통칭한다. 희(姬)는 여인에 대한 미칭(美稱)이다. ○當壚(당로): 술청을 지키다. 곧 술을 팔다. 노(壚)는 술집에서 술항아리를 놓아두기 위해 흙으로 약간 높인 곳. ○連理帶(연리대): 상하 대칭되는 무늬로 이루어진, 두 줄이 하나로 된 허리띠. ○合歡(합환): 무늬가 대칭으로 이루어진 도안. 반첩여(班婕妤)의 「원가행」(怨歌行) 참조. ○藍田玉(남전옥) 남전에서 나는 옥. 남전은 섬서성 서안 시 동남 20키로 떨어진 곳으로, 옥의 산지이다. ○大秦(대진): 로마제국. 혹은 중앙아시아에 있는 국가라고 하는 설도 있다. 문일다(聞一多)는 '귀 뒤의 로마 산 진주'(耳後大秦珠)를 귀에 붙인 진주가 아니라, 머리 뒤의 비녀 양끝에 늘어뜨려진 진주로 해석하였다. ○兩鬟(양환): 환(鬟)은 둥글게 쪽진 머리. 양쪽으로 머리를 쪽진 모습이다. 고대 중국에선 젊은 여자들이 둥글게 쪽을 진 머리를 두 개 혹은 세 개 만들었다. ○窈窕(요조): 여성이 행동거지가 조용하고 아름다운 모습. 여기서는 아름다운 머리 모양을 묘사한 말로 쓰였다. ○五百萬(오백만): 쪽진 머리 하나는 오백만이고, 두 개는 천만이라 한 것은 머리만이 그만한 값이란 뜻이 아니라, 아름다운 모습을 해학적으로 과장한 표현이다. 여관영(余冠英)은 머리 위 장식품의 값이 많이 나간다고 풀이하였는데 부적절하다. ○金吾子(금오자): 관직 이름으로 집금오(執金吾)를 말한다. 일부 경호군을 통솔하는 장교이다. 풍자도는 곽씨의 노비 우두머리일 뿐 집금오가 아닌데도 그리 부른 것은, 일종의 허칭(虛稱)으로 우리나라에서 백성들이 관리를 '영감님'이라 부르는 것과 비슷하다. 특히 '자'(子)를 붙여 '선생'이란 뜻을 붙인 것은 더욱 풍자의 의미가 들어있다. ○娉婷(빙정): 곱다. 멋있다. 여성의 얼굴과 자태가 아름다운 모습을 말한다. 풍자도를 향하여 듣기 좋은 말 속에 비꼬는 뜻을 넣어 일부러 이러한 말을 사용하였다. ○煜爚(욱약): 번쩍. 빛이 번쩍이는 모습. ○翠蓋(취개): 물총새의 깃털로 장식한 수레 덮개. 여기서는 수레를 가리킨다. ○空(공): 부질없이. 하릴없이. ○踟躕(지주): 주저(躊躇)하다. 배회하다. 지나가지 않고 머뭇거리다. ○就我(취아): 나에게 오다. ○膾鯉魚(회리어): 잉어를 회로 썰다. ○靑銅鏡(청동경): 청동 거울. 고대에는 거울을 청동으로 만들었으며 뒤쪽에 꼭지가 있어 걸 수가 있다. 사람을 비쳐볼 수 있을 뿐만 아니라 가슴에 장식으로 달기도 했다. 청동 거울을 홍라에 묶는 행위가 곧 위에서 말한 '조소'(調笑)이다. ○不惜紅羅裂(불석홍라열): 붉은 능라가 찢어지는 건 아깝지 않다. 이는 풍자도가 호희의 옷에 거울을 매달려 하자 매달면 뜯어내겠다고 거절하며 하는 말이다. ○何論輕賤軀(하론경천구): 내 미천한 몸은 말할 필요가 없다. 자신의 몸을 돌보지 않고, 목숨을 걸고 거절하겠다는 뜻이다. ○不相逾(불상유) 서로 넘을 수 없다. 호희는 거절의 이유를 두 가지 들었는데, 하나는 자신에게 이미 남편이 있다는 점이고, 다른 하나는 신분이 다르다는 점이다. ○多謝(다사): 정중하게 알리다. 「초중경(焦仲卿)의 아내」(焦仲卿妻)에도 "후세 사람들이여! 정중하게 알리노니"(多謝後世人)란 말이 있다. ○私愛(사애): 혼자서 좋아하다. ○徒(도): 헛되이. ○區區(구구): 진지하고 연연하는 마음. 「초중경(焦仲卿)의 아내」에도 ""너는 어찌 이처럼 고집스럽나!"(何乃太區區)는 말이 있다.

이 시는 서사시로 이족異族 여인이 곽광 집안의 노비 우두머리 풍자도의 희롱을 거절한다는 내용이다. 전체 구성은 서막, 이족 여인 소개, 풍자도의 출현과 희롱, 희롱의 거절 등 4단락으로 완정하게 이루어졌다. 민요에서 흔히 보이는 과장과 나열의 방식 속에, 권세가의 핍박에 굴하지 않고 자신의 절조를 지키는 여인의 모습이 잘 부각되어 있다. 이 시는 서릉徐陵이 편찬한 『옥대신영』玉臺新詠에 처음 실려 있다. 곽광과 풍자도는 서한西漢 소제(昭帝, 재위 BC86-74)와 선제(宣帝, 재위 BC73-49) 때 활동한 인물이다. 주건朱乾은 『악부정의』樂府正義에서 이 시를 동한東漢 화제和帝 때 두씨竇氏 형제의 횡포와 연결하고 있다. 대장군 두헌竇憲과 집금오執金吾 두경竇景은 교만하고 횡포가 심하여, 남의 재물을 강탈하고 여인들을 빼앗아 사람들이 원수처럼 여겼다. 두씨 집안의 노비 우두머리 후해侯海는 곽씨 집안의 풍자도와 비슷한 지위에 있었다. "이 시는 아마도 두경을 두고 지은 듯하며, 지난 일을 빌려 지금을 풍자한 듯하다"(此詩疑爲竇景而作, 蓋託往事以諷今也)라고 말했다. 결국 서한 때의 일을 소재로 하여 동한 때의 일을 비판한 것으로 보인다.

한대의 시장 모습. 왼편 상단에 '동시문'(東市門)이라 적혀있다.
사천성 광한현(廣漢縣)에서 출토된 한대 화상석.

# 송자후(宋子侯)

송자후宋子侯는 동한 시기의 사람으로 보이며, 그 외의 사실은 기록이 없어 알 수 없다. 녹흠립逯欽立은 『속한지』續漢志에 '송자'宋子라는 지명이 있다고 하면서 송자후는 '송자의 후侯'일 가능성이 있다고 하였다.

## 동교요
## 董嬌饒

| | |
|---|---|
| 洛陽城東路, | 낙양 성의 동문 밖 길에는 |
| 桃李生路傍. | 복사꽃과 오얏꽃이 한창이라네 |
| 花花自相對, | 꽃과 잎이 서로 마주 대하며 |
| 葉葉自相當. | 서로를 더욱 빛내고 있다네 |
| 春風東北起, | 봄바람이 동북에서 불어오니 |
| 花葉正低昂. | 꽃가지가 쉼 없이 한들거리네 |
| 不知誰家子, | 누구 집의 어여쁜 아가씨인가 |
| 提籠行採桑. | 광주리 들고 뽕따러 나왔네 |
| 纖手折其枝, | 섬섬옥수 들어 꽃가지를 꺾으니 |
| 花落何飄颺! | 꽃들이 우수수 흩날려 떨어지네 |
| 請謝彼姝子: | 이에 꽃이 아가씨에게 물어보네 |
| "何爲見損傷?" | "당신은 왜 나를 꺾는가요?" |
| "高秋八九月, | "하늘 높은 음력 팔구월 가을이면 |

| | |
|---|---|
| 白露變爲霜. | 날씨가 싸늘해져 백로가 서리로 변하고 |
| 終年會飄墮, | 연말이 되면 잎조차 모두 떨어질 터인데 |
| 安得久馨香?” | 어찌하여 향기가 오래 있기를 바라는가?” |
| “秋時自零落, | “가을이면 저절로 시든다 하지만 |
| 春月復芬芬. | 봄이면 다시 향기롭게 되지요. |
| 何如盛年去, | 당신이야말로 한창 때가 지나면 그뿐 |
| 歡愛永相忘!” | 사랑하는 사람마저 당신을 잊어버리죠!” |
| 吾欲竟此曲, | 이 노래를 끝까지 부르려 하니 |
| 此曲愁人腸. | 이 노래는 참으로 구슬프군요 |
| 歸來酌美酒, | 돌아와 좋은 술을 따라 마시고 |
| 挾瑟上高堂. | 고당에서 거문고 연주하며 시름 잊을래요 |

○董嬌饒(동교요): 여자의 이름. 그러나 이 작품에서는 동교요라는 여성을 노래한 면이 뚜렷하지 않으므로, 이미 악부의 제목이 되었음을 알 수 있다. 『양한문학사참고자료』(兩漢文學史參考資料)에서는 당대(唐代) 이후에 동교요가 미인을 지칭하는 이름으로 사용되었다고 밝히고 있다. 예컨대, 두보 시의 “황금 장식한 준마가 가끔 울고, 동교요와 같은 미인이 자주 나오네”(細馬時鳴金鞿裏, 佳人屢出董嬌饒)나 온정균(溫庭筠)의 시에 “향기는 장정완(張靜婉)이 부르는 노래 따라 일어나고, 그림자는 동교요의 춤 소매 따라 늘어지네”(香隨靜婉歌塵起, 影伴嬌饒舞袖垂) 등이 그러하다. 그래서 동교요는 동한 말기의 유명한 가희(歌姬)이리라 추측하였다. ○相當(상당): 서로 마주하다. 앞의 ‘相對’와 같은 뜻이다. 꽃과 잎이 서로를 받쳐주어 아름답다. ○子(자): 아가씨. 고대에는 남성뿐만 아니라 여성을 지칭할 때도 ‘子’를 썼다. ○行(행): 장차. ○纖手(섬수): 가늘고 부드러운 손. ‘섬섬옥수’라는 말과 같다. ○飄颺(표양): 흩날리다. 사방으로 흩어져 떨어지다. ○請謝(청사): 삼가 묻다. ‘請問’과 같다. ‘謝’에는 ‘말하다’, ‘묻다’는 뜻이 있다. ○姝子(주자): 아리따운 여인. ○見(견): 피동을 나타내는 말. 청대 심용제(沈用濟)와 비석황(費錫璜)이 공저한 『한시설』(漢詩說)에선 ‘請謝彼姝子, 何爲見損傷?’는 꽃이 묻는 말이고, ‘高秋八九月’ 등 4구는 여인이 꽃에게 답하는 말이고, ‘秋時自零落’ 등 4구는 다시 꽃이 여인에게 하는 말이라고 하였다. 여관영(余冠英)은 이 시는 꽃을 의인화시켜 표현한 작품으로 이 구는 꽃이 꽃을 꺾는 여인에게 묻는 말이라 했다. “나는 왜 당신으로부

터 꺾이는가요?"의 뜻이다. ○高秋(고추): 하늘이 높고 공기가 삽상한 가을. ○終年(종년): 연말. ○飄墮(표타): 휘날려 떨어지다. ○何如(하여): 어찌 할 것인가. 어떠한가. '何時'라고 된 판본도 있는데 '언젠가는'의 뜻으로 의미에는 차이가 없다. ○盛年(성년): 젊고 한창인 때. ○歡愛(환애): 여인을 사랑하는 사람. ○相忘(상망): 잊다. 여기서 '相'은 '서로'라는 뜻이 아니라 대상을 가리키는 허사(虛辭)로 쓰였다. ○竟(경): 마치다. 끝내. ○高堂(고당): 높고 큰 집.

이 시는 낙양 동문 밖에서 꽃을 꺾는 여인과 꽃 사이의 대화를 통해, 젊은 여인이 자신의 생명이 꽃보다 못함을 슬퍼한 내용이다. 이는 곧 젊었을 때 인생을 즐기라는 메시지를 담고 있다. 달이나 꽃 등을 통하여 순환하는 자연의 영원성에 비기어 인생의 짧음을 대조하는 기법은 중국 문학에서 흔한 인식이다. 이를 무생물과의 대화로 직접적으로 드러내었다는 점에서 이 시의 독특한 면이 있다. 그 방식은 의인법과 대화법 등 민요풍을 채용하고 소박하고 강렬한 비유를 운용하여 같은 주제를 새로운 각도에서 보게 한다. 제작 동기를 따져 볼 때 송자후가 동교요라는 여인을 위해 지은 작품으로 볼 수도 있다. 『옥대신영』玉臺新詠에 처음 등장한다.

# 공융(孔融)

공융(孔融, 153-208)은 자가 문거文擧이며, 노국(魯國, 산동성 曲阜縣) 사람이다. 공자孔子의 20대 후손. 4살 때 형들과 배를 먹을 때 일부러 작은 걸 집은 일은 '공융양리'孔融讓梨라는 고사성어로 널리 알려졌다. 젊어서부터 재주가 있고 박학다식하였으며, 중군후中軍候, 북해상北海相 등을 역임하였다. 196년 수도를 허許로 옮길 때 조조曹操가 그의 명망을 보고 장작대장將作大匠으로 부르자, 조조를 칭송하는 육언시六言詩 3수를 지어 바치기도 하였다. 그 후 소부少府, 태중대부太中大夫를 역임하였다. 공융은 동한 말기의 명사로, 성품이 강직하고 말에 거리낌이 없었으며, 정치적 태도가 비교적 보수적이어서 조조를 비판하는 경우가 많았다. 예컨대, 204년 조조가 기주冀州를 공격한 후 여인들을 겁탈하고 조비曹丕가 견씨甄氏를 데려오자 공융은 "무왕이 주紂를 정벌한 후 달기妲己를 주공周公에게 하사한 격"이라고 조조에게 편지를 보냈다. 정견政見이 조조와 달라 여러 차례 대립하다가 결국 조조에게 죽임을 당하였다.

공융은 조비曹丕가 『전론』典論 「논문」論文에서 말한 '건안칠자'建安七子 가운데 한 사람이지만, 다른 6명보다 연배가 훨씬 높고 문학적 사상적 경향도 다르므로 '건안칠자'에 함께 포함시키는 건 부적절하다. 『수서』「경적지」에 문집 10권이 저록되어 있으나 산일되었고, 현재 명대明代 장부張溥가 모은 『공소부집』孔少府集이 전한다. 일반적으로 그는 산문에 뛰어난데 비해 시는 두드러지지 못하다는 평을 받았다. 『후한서』 권70에 그의 전기가 있다.

## 이합離合하여 군명郡名과 성명姓名을 만들다
## 離合作郡姓名字詩

| | |
|---|---|
| 漁父屈節, | 어부는 절개를 굽히고 |
| 水潛匿方; | 강가에 은둔하며 강직함을 숨기었다 |
| 與峕進止, | 때와 함께 나가고 멈추다가 |
| 出行施張. | 마침내 출행의 뜻을 펼쳤다 |
| 呂公磯釣, | 강태공이 늙도록 낚시하며 |
| 闔口渭旁; | 위수渭水가에서 입 다물고 살았던 건 |
| 九域有聖, | 구주九州에 성인이 있어 |
| 無土不王. | 은왕殷王의 땅이 아닌 곳이 없었기 때문 |
| 好是正直, | 나는 바르고 곧음을 좋아하나 |
| 女回于匡; | 너는 구부러지고 휘돌아가니 |
| 海外有截, | 나라 밖의 제후들이 직분을 지키도록 |
| 隼逝鷹揚. | 힘차게 날아가는 새매 처럼 노력했다 |
| 六翮將奮, | 육핵六翮을 떨치고 날려고 했으나 |
| 羽儀未彰; | 지위와 의용儀容이 드러나지 못했다 |
| 蛇龍之蟄, | 뱀과 용이 굴을 파고 살면서 |
| 俾也可忘. | 나로 하여금 잊도록 하는구나 |
| 玟璇隱曜, | 민선玟璇 옥이 빛을 거두고 |
| 美玉韜光. | 아름다운 옥이 광채를 감추네 |
| 無名無譽, | 명성도 없고 칭찬도 없이 |
| 放言深藏; | 세상사에 발언 않고 깊이 숨은 채 |
| 按轡安行, | 고삐를 누르고 한가히 걸으니 |
| 誰謂路長. | 갈 길이 긴들 무슨 상관이리오 |

○離合(이합): 이합시(離合詩)에서 문자의 분해와 합성을 말한다. ○漁父(어부):『초사』중의「어부」(漁父)에 나오는 어부를 가리킨다. 고통스럽더라도 신념과 품격을 지키려는 굴원(屈原)과 세상의 변화에 따라 적응해 사는 어부 사이의 대화로 되어 있다. ○水潛匿方(수잠닉방): 수향(水鄕)에 숨고 방정(方正)함을 숨기다. ○與峕進止(여시진지): 峕는 '時'의 고자(古字).『주역』「건」(乾)「문언」(文言)에 나오는 "때와 함께 가다"(與時偕行)는 철학이 반영된 말이다. ○出行施張(출행시장): 나아가 행동하려는 뜻을 펼치다. ○呂公(여공): 강태공(姜太公). 본명은 여상(呂尙). 여든 살 때 주 문왕(周文王)을 만나 재상이 되기 전에는 위수(渭水)의 반계(磻溪)에서 낚시하며 살았다고 한다. ○闔口渭旁(합구위방): 위수(渭水)가에서 입을 다물다. ○無土不王(무토불왕): 왕의 땅이 아닌 곳이 없다.『시경』「북산」(北山)에 "넓은 하늘 아래 왕의 땅이 아닌 곳이 없다"(普天之下, 莫非王土)는 뜻과 같다. ○好是正直(호시정직): 바르고 곧음을 좋아하다.『시경』「소명」(小明)에 나오는 구절. ○女回于匡(여회우광): '女'는 '汝'와 같다. 너. 한대 말기의 동탁(董卓), 원소(袁紹), 조조(曹操) 등 군벌을 가리킨다. ○海外有截(해외유절): 나라 밖의 제후들이 질서 있게 지내며 침략하지 않는다.『시경』「장발」(長發)에 "계(契)의 손자 상토(相土)는 위풍당당하니, 나라 밖의 제후들이 질서가 있네"(相土烈烈, 海外有截.)에서 나왔다. ○隼逝鷹揚(준서응양): 새매가 떠나고 매가 날아가다. 자신이 대의를 위해 분주하고 용감하게 노력함을 비유하였다. ○六翮(육핵): 큰 새의 날개. 핵(翮)은 새의 깃털 가운데 큰 깃대로 좌우 3개씩 모두 6개가 있다고 한다. 하작(何焯)은『의문독서기』(義門讀書記)에서 예형(禰衡) 등 친구들을 가리키는 것으로 보았다. ○羽儀(우의): 지위가 높고 재덕이 있어 남의 존경을 받거나 모범이 되다.『주역』「점」(漸)의 "기러기가 산기슭으로 날아가니, 그 깃털로 춤의 도구로 쓸 수 있다"(鴻漸于阿, 其羽可用爲儀)는 말에서 나왔다. ○蛇龍之蟄(사룡지칩): 뱀과 용 등이 구멍에 들어가 지냄.『주역』「계사」(繫辭)에 "자벌레가 움츠리는 건 뻗기 위한 것이요, 용과 뱀이 칩거하는 것은 몸을 보호하기 위함이다"(尺蠖之屈, 以求信也, 龍蛇之蟄, 以存身也)는 말이 있다. ○俾也可忘(비야가망): 나로 하여금 그를 잊게 하다.『시경』「일월」(日月)에 나오는 말. ○玟璇(민선): 아름다운 옥. ○隱曜(은요): 빛을 감추다. ○韜光(도광): 광채를 거두다. ○放言(방언): 세상일에 대해 말을 하지 않다.『논어』「미자」(微子)에 "은거하며 세상일에 대해 말을 않다"(隱居放言)는 표현이 있다. 이는 하안(何晏)의『논어집해』에 있는 포함(包咸)의 설로 "放은 置이다. 세상의 일에 대해 더 이상 말하지 않는다."(放, 置也. 不復言世務)를 적용한 해석이다. 일설에는 "제멋대로 말하다"로 풀이한다. ○無譽(무예): 칭찬이 없다. ○按轡(안비): 고삐를 누르다. 고삐를 당기다.

이합시離合詩 혹은 이합체離合體는 공융의 이 시에서 처음 시작되었는데, 한자가 가진 형성자形聲字의 성격을 이용하여 먼저 글자를 분해한 후 다시 이들을 모아 새로운 글자를 만들어낸다. 일종의 언어 유희적 성격을 지닌 시이다. 남조南朝의 사혜련謝惠連, 당대의 권덕여權德輿, 양 어릉楊於陵, 허맹용許孟勇 등이 이합시를 지었다. 그런다고 이합시는 글자 찾아내기 퍼즐만은 아님을 이 시는 잘 보여준다. 이 시는 이합시의 특징을 제외하여 보더라도 한 편의 훌륭한 정치서정시라고 할 수 있다. 공융은 전반부에서 자신의 내력을 서술하고 후반부에서는 이의 좌절과 신중한 처세를 다짐하고 있다. 여러 가지 비유를 원용하여 어지러운 세태와 변화무쌍한 정치적 환경을 보여준다는 점에서 그의 「임종시」와 유사한 특징을 보이고 있다. 이를 이합시로 읽어보면 다음과 같다. 漁父屈節, 水潛匿方은 앞의 '漁'자에서 물 '水'(氵)자를 잠기게 하니 '魚'자가 만들어진다. 與呰進止, 出行施張는 앞 구의 '呰'자에서 '出'자가 멀리 나가버리니 '日'만 남게 된다. 결국 이상 4구로 '魯'자가 만들어진다. 呂公磯釣, 闓口渭旁에서는 앞의 '呂'자에서 '口'자를 닫아버리니 아래의 '口'자만 남는다. 九域有聖, 無土不王은 앞의 '域'자에서 '土'를 없애니(無土) '或'자가 된다. 결국 이상 4구로 '國'자가 만들어진다. 好是正直, 女回于匡에서 앞의 '好'자에서 '女'자가 돌아가면 '子'자가 남는다. 海外有截, 隼逝鷹揚은 녹흠립逯欽立에 의하면 앞의 '截'은 한대 비문에서 모두 '䧟'로 쓰였기 때문에 이 글자에서 '隹'(隼)자가 날아가면 'ㄥ'자가 남는다. 결국 이상 4구는 '孔'자가 된다. 六翮將奮, 羽儀未彰에서 앞의 '翮'자에서 '羽'자가 드러나지 않으니 '鬲'자가 된다. 蛇龍之蟄, 俾也可忘에서 앞의 '蛇'자에서 '也'(它와 같다)자를 잊어버리니 '虫'자가 된다. 그리하여 이상 4구는 '融'자가 된다. 玫璇隱曜, 美玉韜光은 '玫璇' 옥에서 '玉'자가 빛을 잃으니 '文'자만 남는다. 無名無譽,

放言深藏은 '譽'자에서 '言'자를 놓아버리니 '與'자가 되고, 按轡安行, 誰謂路長은 '按'자에서 '安'이 가버리니 '扌'(手)가 남는다. 이상 4구로 '擧'가 만들어진다. 이렇게 하여 전체 글자를 모으니 "魯國孔融文擧"라는 6글자가 만들어진다. 즉 "노국魯國의 공융孔融은 자가 문거文擧이다"는 뜻이 된다. 자신의 출신지와 이름과 자를 숨겨놓으면서 당시 정치적인 상황과 자신의 지향을 배합해 놓았으니 그 솜씨가 탁월하다. 『예문류취』藝文類聚에 처음 실려 있다.

# 잡시 제1수
# 雜詩·其一

| | |
|---|---|
| 巖巖鍾山首, | 북방에는 높디높은 종산鍾山이 있고 |
| 赫赫炎天路. | 남방에는 훨훨 타는 뜨거운 하늘 있다 |
| 高明曜雲門, | 빛나는 햇빛은 하늘을 환히 밝히고 |
| 遠景灼寒素. | 그 위세는 멀리 춥고 가난한 사람까지 미친다 |
| 昂昂累世士, | 드높아라, 대대로 부귀를 누려온 권세가들 |
| 結根在所固. | 지위는 굳건한 곳에 뿌리를 내렸다 |
| 呂望老匹夫, | 강태공姜太公은 늙어서까지 평민이었지만 |
| 苟爲因世故. | 공업을 이룬 건 시세時勢 때문인 것 |
| 管仲小囚臣, | 관중管仲도 한때는 일개 죄인이었지만 |
| 獨能建功祚. | 제齊나라의 패업을 도울 수 있었네 |
| 人生有何常? | 인생은 한결 같지 않아 빈천이 부귀로 되니 |
| 但恐年歲暮. | 다만 나이가 들어감이 근심스러울 뿐이네 |
| 幸託不肖軀, | 목숨이 붙어 있고 이 몸이 건재하니 |

| | |
|---|---|
| 且當猛虎步. | 두려움 없는 호랑이처럼 걸어가야 하리라 |
| 安能苦一身, | 어찌 이 한 몸 괴로움 있다고 해서 |
| 與世同擧厝? | 세상 사람과 한가지로 행동할 수 있으랴 |
| 由不愼小節, | 자질구레한 예절을 지키지 않는다고 |
| 庸夫笑我度. | 평범한 사람들이 나의 행동을 비웃는다 |
| 呂望尙不希, | 강태공도 나의 바라는 바 아닌데 |
| 夷齊何足慕? | 백이伯夷와 숙제叔齊를 어찌 존경할만 하리오 |

○嚴嚴(암암): 우뚝. 험준하다. 산세가 높고 험함을 나타낸 의태어. ○鍾山(종산): 신화 중에 나오는 산으로 두 가지가 있다. 하나는 옥이 많이 나온다는 곤륜산(崑崙山)을 말하고, 다른 하나는 북쪽 끝에 있는 극한지역의 높은 산이다. 여기서는 후자를 가리키는데, 『현중기』(玄中記)에는 이 산 위에 사람 머리 같이 생긴 큰 바위가 있다고 한다. ○赫赫(혁혁): 활활. 불이 왕성하게 타오르는 모양. ○炎天(염천): 남방의 무더운 곳. 제1, 2구는 일종의 '흥'(興)의 방법으로 전체 시를 이끌고 있다. 즉 북방의 한랭함과 남방의 뜨거움을 대비하여 출세한 사람과 가난한 사람의 처지가 극단적으로 다름을 암시하였다. ○高明(고명): 햇빛. 권세가나 부자를 가리킨다. ○雲門(운문): 하늘의 문(天門). 즉 하늘. ○遠景(원경): 먼 햇빛. '景'은 '影'과 같으며 햇빛을 말한다. 역시 권세가나 부자를 가리키며, 이들의 위세가 멀리 가난한 사람까지 미친다는 뜻이다. ○寒素(한소): 가난하고 지위가 낮거나 없는 사람. ○昂昂(앙앙): 고결하다. 훤출하다. 여기서는 기세가 드높은 모습. ○呂望(여망): 강태공(姜太公). 본명이 여상(呂尙)이고 호가 태공망(太公望)이다. 쉰 살에 음식을 팔았고, 일흔에 조가(朝歌)에서 백정으로 지내다가, 여든 살 때 위수(渭水)의 반계(磻溪)에서 낚시하다가 주 문왕(周文王)을 만나 재상이 되었다고 한다. 문왕과 무왕을 도와 주나라를 건국하는데 큰 공을 세웠다. ○匹夫(필부): 아내가 한 사람밖에 없는 남자. 평민. ○苟爲(구위): 잠시 업적을 남기다. ○因世故(인세고): 시세(時勢)를 타고 공업을 이룸. 강태공 같이 유능한 사람이 늙도록 관직을 하지 못한 건 세상일 때문에 그런 것으로, 마침 상(商)이 망하고 주(周)가 흥하는 혼란기였기에 자신의 능력을 발휘할 수 있었다. ○管仲(관중): 춘추시대 제나라 사람으로 본명은 관이오(管夷吾)이고 자는 중(仲)이다. ?-BC645. 제 양공(齊襄公)이 관중(管仲)에게 장자 강규(姜糾)를 지도하게 하고, 포숙아(鮑叔兒)더러 차자 강소백(姜小白, 곧 桓公)을 가르치게 하였다. 제 양공이 죽은 후 공자(公子)들이 왕위 쟁탈전을 할 때 강규와 강소백은

서로 적대하게 되었으며, 관중이 쏜 화살이 강소백의 혁대를 맞추기도 했다. 싸움은 강소백의 승리로 끝나고 관중은 옥에 갇혔다. 강소백이 환공(桓公)으로 즉위한 후, 포숙아의 추천을 받아들여 예전의 원수였던 관중(管仲)을 중용하여 재상으로 삼았으며, 이후 춘추 시대 최초로 패왕(覇王)이 될 수 있었다. ○功阼(공조): 공업. 제 환공을 도와 패업을 이룩한 일. ○不肖(불초): 자신을 겸손하게 부르는 말로, 원뜻은 부모의 뛰어난 점을 닮지 못했다는 뜻. ○猛虎步(맹호보): 맹호의 걸음걸이. 두려움 없는 기세 있고 씩씩한 걸음걸이. 이 두 구는 『문선』의 이선(李善) 주에 자주 인용된다. ○擧厝(거조): ‘擧措’와 같다. 거동. 행위. ○夷齊(이제): 백이(伯夷)와 숙제(叔齊). 상(商) 말기 고죽군(孤竹君)의 두 아들로 상나라가 망하자 주(周)의 곡식은 먹지 않는다며 수양산(首陽山)에서 굶어 죽었다. 여관영(余冠英)은 ‘夷齊’는 시의 의미와 어울리지 않으므로 ‘夷吾’가 와전된 것으로 보았으나, 이러한 표현은 곽박(郭璞)의 「유선시」 제1수에 “멀리 풍진 세상 밖으로 떠나, 백이와 숙제마저 벗어나리라”(高蹈風塵外, 長揖謝夷齊)와 같이 유사한 표현이 있는 것으로 보아, 당시의 관용적인 표현 방법으로 보아야 할 것이다.

「잡시」 제1수는 중국 고전시의 주류라고 할 수 있는 ‘정치 서정시’로, 자신의 뜻을 밝힌 ‘언지시’言志詩 혹은 ‘술지시’述志詩이다. 사람은 귀천과 빈부의 차이가 있지만 현사賢士는 지조를 중시하며, 무상한 인생에서 자신의 뜻을 추구하겠다는 다짐을 하고 있다. 끝으로 평범한 사람들을 초월하는 원대한 포부를 표현하였다. 공융의 시 두 편은 「잡시」라는 제목으로 『고문원』古文苑에 실려있다. 그러나 『문선』의 이선李善 주석에선 여러 곳에서 두 시의 시구들을 인용하면서 ‘이릉 시’李陵詩라고 하였고, 『문경비부』文鏡秘府에서도 “이릉 시는 아이의 죽음을 중심 내용으로 하고 있다”(少卿以傷子爲宗)고 기록하고 있다. 이런 까닭에 녹흠립逯欽立은 『선진양한위진남북조시』先秦兩漢魏晉南北朝詩에서 이 두 수를 공융의 작품에 넣지 않고, 무명씨의 고시古詩로 분류하였다. 그러나 장기간에 걸쳐 이 시는 공융의 작품으로 간주되어 왔으며, 또 시에는 어느 정도 공융의 기질과 시문의 특징도 보이므로 일단 그의 작품으로 귀속시켜 둔다.

# 잡시 제2수
# 雜詩·其二

| | |
|---|---|
| 遠送新行客, | 초행길 가는 사람을 멀리 보내고 |
| 歲暮乃來歸. | 연말이 되어서야 비로소 돌아왔네 |
| 入門望愛子, | 대문에 들어서 사랑하는 아들을 보려하자 |
| 妻妾向人悲. | 처와 첩들은 나를 보고 슬피 우네 |
| 聞子不可見, | 이제부턴 더 이상 아들을 볼 수 없다 하니 |
| 日已潛光輝. | 갑자기 해가 빛을 감추어 하늘이 깜깜해진 듯 |
| "孤墳在西北, | "서북쪽에 외로운 무덤 하나 있으니 |
| 常念君來遲." | 언제나 당신이 늦게 올까 생각했답니다" |
| 褰裳上墟丘, | 옷을 걷어올리고 높은 언덕에 오르니 |
| 但見蒿與薇. | 보이는 것은 단지 쑥과 고비뿐 |
| 白骨歸黃泉, | 백골은 황천 아래에 묻히고 |
| 肌體乘塵飛. | 육체는 이미 썩어 먼지로 날아갔네 |
| 生時不識父, | 살아서 아비의 얼굴을 알지 못했는데 |
| 死後知我誰? | 죽은 후 어찌 내가 누구인줄 알리오 |
| 孤魂遊窮暮, | 외로운 영혼은 끝없는 어둠 속을 떠돌아 |
| 飄飄安所依? | 나부끼며 어디에서 편안히 안식할 것인가 |
| 人生圖嗣息, | 사람은 자손이 번성하길 바라는데 |
| 爾死我念追. | 비록 죽었지만 나는 여전히 너를 생각하네 |
| 俯仰內傷心, | 고개를 드나 숙이나 상심을 누를 길 없어 |
| 不覺淚沾衣. | 저도 모르게 눈물로 옷을 적신다 |
| 人生自有命, | 사람은 본디 장수와 단명을 타고났다지만 |
| 但恨生日希. | 그래도 너의 산 날이 적었음을 한탄하네 |

○新行客(신행객): 처음 이 길을 가는 사람. ○日已潛光輝(일이잠광휘): 햇빛이 이미 빛을 숨기다. 날이 어두워졌다. 이는 우리말의 "하늘이 깜깜하다"는 말과 같이 아이의 죽음을 뜻한다. ○褰(건): 들다. ○墟丘(허구): 산언덕. ○窮暮(궁모): 끝없는 어둠. 저승 세계를 가리킨다. ○飄飆(표요): 나부끼다. 날리다. ○嗣息(사식): 자손을 길러 혈통을 잇다. ○希(희): '稀'와 같다. 드물다. 적다.

제2수는 죽은 아이를 애도하는 내용이다. 집에 돌아와 아이가 죽었다는 말을 듣고, 무덤을 찾아가 외로운 영혼을 위로하며 인생의 무상함을 슬퍼하였다. 전체 시의 정서는 극히 슬프며 아이를 잃은 지극한 애상감을 진솔하게 표현하였다.


# 임종시
# 臨終詩

言多令事敗,　　　말이 많으면 좋은 일을 그르치고
器漏苦不密.　　　촘촘하지 않으면 그릇이 새는 법
河潰蟻孔端,　　　강둑의 무너짐도 개미구멍에서 비롯되고
山壞由猿穴.　　　산의 무너짐도 원숭이 굴에서 말미암는다
涓涓江漢流,　　　졸졸 흐르는 물이 양자강과 한수漢水가 되고
天窓通冥室.　　　천창의 작은 빛이 어두운 방을 밝힌다
讒邪害公正,　　　헐뜯는 말이 공정한 사람을 해치고
浮雲翳白日.　　　뜬구름이 빛나는 태양을 가린다
靡辭無忠誠,　　　번지르르한 말은 충성忠誠되지 않고
華繁竟不實.　　　화려하고 번다함은 결국 실속이 없다
人有兩三心,　　　사람들에게 두세 가지 마음이 있으니
安能合爲一.　　　어찌 하나로 합해질 수 있으랴

三人成市虎,　　세 사람이 말하면 저자에 호랑이가 있게 되고
浸漬解膠漆.　　오랫동안 물에 담그면 아교와 칠도 풀 수 있다네
生存多所慮,　　살기 위해선 고려할 게 많으나
長寢萬事畢.　　한 번 죽으면 만사가 다 끝장이다

○潰(궤): 무너지다. ○涓涓(연연): 졸졸. 작은 개울물이 흐르는 모양. 「금인명」(金人銘)에 "막히지 않고 졸졸 흐르면 결국 강과 바다가 된다"(涓涓不塞, 終成江河)는 말이 있다. ○天窓(천창): 천정에 낸 작은 창. ○靡辭(미사): 번지르르하나 실속이 없는 말. ○三人成市虎(삼인성시호): 세 사람이 말하면 저자에 없는 호랑이도 있게 된다. 『전국책』「위책」(魏策)에 나오는 고사로, "저자에 호랑이가 없음이 분명하지만, 세 사람이 있다고 말하면 호랑이가 있게 됩니다."(夫市之無虎明矣, 然而三人言而成虎)는 말에서 나왔다. ○浸漬(침지): 물에 적시다. 아교와 칠은 물에 잘 풀리지 않지만 오랫동안 두면 풀리듯이, 참언도 자주 하면 믿게 됨을 비유했다. ○長寢(장침): 오랜 잠. 죽음을 비유한다.

　　208년 조조曹操에 의해 죽임을 당할 때 쓴 시이다. 공융은 조조보다 2살 많은 나이로 같은 세대에 속하나 기본적으로 경직鯁直한 성품으로 한실漢室에 충성하였다. 조조가 세력을 형성하는 초기에는 한실을 보호하는 성격이었으므로 공융도 이를 칭찬하였으나, 조조가 점점 마각을 드러내게 되면서 공융과 자주 대립하게 되었다. 208년 조조는 형주의 유표劉表를 치러 가기 전에 노수路粹를 시켜 공융을 무고시켰고, 하옥시킨 후 죽였다. 공융의 「임종시」는 비유적인 언어와 암시적인 수법으로 조조의 참칭과 세태의 난맥을 탄식하고, 나아가 자신의 허물까지 지적하였다. 이후에 나온 혜강嵇康의 「유분시」幽憤詩와 사령운謝靈運의 「임종시」와 비교하며 읽을 수 있다. 『고문원』古文苑에 처음 실려 있다.

# 채염(蔡琰)

채염(蔡琰, 약170-약215)은 자는 문희文姬이고 진류(陳留, 하남성 杞縣) 사람으로 한나라 말기 유명한 문인 채옹蔡邕의 딸이다. 학술에 뛰어났고 음악에 정통했다. 16세 때 하동(河東, 지금의 산서성)의 위중도衛仲道와 결혼했으나 남편이 죽고 자식이 없자 다시 친정으로 돌아갔다. 한말 군벌들이 싸울 때인 초평初平 연간(190-193)에 흉노의 포로로 끌려가 12년간 살면서 두 아들을 낳았다. 조조曹操가 채옹의 후사가 없음을 걱정하여 사신을 파견하여 재물을 주고 채염을 데려왔다. 이후 채염은 고향에서 동사董祀와 결혼하였다. 남편 동사가 둔전교위屯田校尉로 있으면서 법을 어겨 사형을 당하게 되었을 때 채염이 조조에게 청하여 형을 면하게 하였다. 『후한서』後漢書 권84에 채염에 대한 전기가 있고, 덧붙여 그의 「비분시」 2편이 실려 있는데, 제1수는 장편 오언시五言詩이고 제2수는 소체시騷體詩이다. 오언시는 채염의 생애와 부합되고 감정도 진지하여 일반적으로 그의 작품으로 인정한다. 소체시는 비록 이른 시기에 지어졌지만, "험난한 지역을 거쳐 강족의 지역으로 들어가니"(歷險阻兮入羌蠻)는 채염의 경력과 맞지 않아 다른 사람의 작품으로 보는 학자도 많다. 그밖에 주희朱熹의 『초사집주』楚辭集注「후어」後語와 『악부시집』樂府詩集 등에 「호가십팔박」胡笳十八拍이 채염의 이름으로 실려 있는데, 비록 그 정조는 슬프나 함축미가 적고, 문체와 용운用韻이 당대唐代 풍이어서 많은 학자들이 후인의 위작僞作으로 보고 있다. 그러나 일단 그의 이름 아래 수록하여 참고로 삼는다.

# 비분시 제1수
## 悲憤詩·其一

| | |
|---|---|
| 漢季失權柄, | 한말漢末에 황제의 권력이 약해지자 |
| 董卓亂天常, | 동탁董卓이 기회를 틈타 세상을 어지럽혔다 |
| 志欲圖簒弒, | 황제를 시해하고 권력을 찬탈하려고 |
| 先害諸賢良. | 먼저 여러 어진 신하들을 죽였다 |
| 逼迫遷舊邦, | 조정을 핍박하여 장안長安으로 천도하고 |
| 擁主以自彊. | 새 황제를 옹립하여 자기 권력을 강화했다 |
| 海內興義師, | 중국에선 각지에서 의병들이 일어나 |
| 欲共討不祥. | 사악한 동탁을 토벌하려 했다 |
| 卓衆來東下, | 동쪽으로 진격하는 동탁의 부대는 |
| 金甲耀日光. | 햇빛에 비쳐 갑옷이 번쩍거렸다 |
| 平土人脆弱, | 중원의 한족漢族은 본래가 허약하나 |
| 來兵皆胡羌. | 쳐들어온 병사들은 모두가 강羌족이었다 |
| 獵野圍城邑, | 농촌을 약탈하고 성읍을 포위하며 |
| 所向悉破亡. | 가는 곳마다 모두 부수고 망가뜨렸다 |
| 斬截無孑遺, | 한 사람도 남기지 않고 다 죽여 |
| 尸骸相撐拒. | 도처에 해골이 산을 이루었다 |
| 馬邊懸男頭, | 말 옆구리엔 잘린 남자의 머리를 매달고 |
| 馬後載婦女. | 말 뒤의 수레엔 여인들을 실어갔다 |
| 長驅西入關, | 멀리 서쪽으로 함곡관을 지나니 |
| 逈路險且阻. | 길고 먼 길이 험하고 힘들었다 |
| 還顧邈冥冥, | 고향 쪽 돌아보니 아득히 어둑하고 |
| 肝脾爲爛腐. | 애간장이 끊어질 듯 슬프기만 했다 |
| 所略有萬計, | 포로로 잡힌 사람은 만 명이 넘은데 |

不得令屯聚.　　아는 사람끼리는 모이지도 못하게 했다
或有骨肉俱,　　형제나 부모 자식이 함께 잡혀와도
欲言不敢語.　　말하고자 하나 감히 말할 수 없었다
失意幾微間,　　조금이라도 그들의 기분에 들지 않으면
輒言“斃降虜,　　바로 욕이 쏟아지니 “이 죽일 놈의 포로들아
要當以亭刃,　　응당 칼로 몽땅 설어 버릴테다
我曹不活汝.”　　우리들은 네놈들을 살려두지 않겠어”
豈敢惜性命,　　목숨은 차라리 아깝지 않으나
不堪其詈罵.　　더러운 욕만은 견디기 어렵구나
或便加棰杖,　　때때로 몽둥이를 휘둘러대니
毒痛參幷下.　　아픔과 함께 원한이 일어났다
旦則號泣行,　　아침이면 울부짖으며 끌려가야 하고
夜則悲吟坐.　　밤이면 구슬프게 신음하며 주저앉았다
欲死不能得,　　죽고 싶어도 죽을 수 없고
欲生無一可.　　살려고 해도 살길이 하나 없다
彼蒼者何辜,　　저 푸른 하늘이시여, 무슨 죄 있어
乃遭此厄禍?　　우리에게 이런 재앙을 내리나요?

○漢季(한계): 한말(漢末). ○權柄(권병): 중앙 통치 권력. ○董卓(동탁): ?-192년. 한대 말기 권신(權臣)이자 군벌. 병주목(幷州牧)으로 있다가 189년 영제(靈帝)가 죽자 하진(何進)과 원소(袁紹)의 밀조를 받아 낙양으로 진군한 후, 소제(少帝)를 폐위시키고 헌제(獻帝)를 세운 후 전횡을 일삼았다. 나중에 부하 여포(呂布)에게 살해되었다. ○天常(천상): 하늘의 이치. 곧 고대 봉건 시대의 윤리 강령. ○篡弑(찬시): 임금을 죽이고 권력을 빼앗다. ○諸賢良(제현량): 여러 어진 신하들. 190년 동탁이 장안으로 천도하려하자 이를 반대하다 살해당한 주필(周珌)과 오경(伍瓊) 등을 말한다. ○舊邦(구방): 장안. 서한의 고도(古都). 190년 동탁이 낙양의 궁궐을 불태우고, 조정의 군신들을 핍박하여 장안으로 천도하였다. ○興義師(흥의사): 의병을 일으키다. 190년 관동의 제후들이 원소(袁紹)를 맹주로 하여 동탁을 토벌하는 연합군을 만들었다. ○不祥(불상): 불길한 사람. 악

인. 동탁을 가리킨다. ○卓衆(탁중): 동탁 부하인 이각(李傕), 곽사(郭汜), 장제(張濟) 등의 군대를 가리킨다. 192년 이들은 장안에서 함곡관을 나와 동쪽으로 진류(陳留)와 영천(潁川) 등지로 나갔다. 하작(何焯)은 『의문독서기』(義門讀書記)에서 192년 이때에 채염이 난리를 당해 붙잡혔다고 보았다. ○平土(평토): 관동과 진류 일대의 평지. ○胡羌(호강): 동탁의 군대에 있는 강(羌)이나 저(氐) 등의 이민족 병사들. ○斬截(참절): 잘라 죽이다. ○無孑遺(무혈유): 한 사람도 남기지 않다. ○撐拒(탱거): 지탱하다. 시체가 땅 위에 어지러이 쌓인 모양을 백골이 위아래에서 지탱한다고 표현하였다. ○入關(입관): 함곡관에 들어가다. 이각과 곽사의 군대가 진류 일대를 약탈한 후 다시 함곡관을 지나 장안에 들어감을 말한다. 함곡관은 원래 전국시대에는 지금의 하남성 영보시(靈寶市) 동북에 세워졌지만, 한대에는 여기서부터 동쪽으로 150킬로미터 이동한 지금의 하남성 신안현(新安縣)에 지어졌다. 여기서는 후자를 말한다. ○逈路(형로): 먼 길. ○還顧(환고): 고개 돌려 고향을 바라보다. ○邈冥冥(막명명): 아득히 어둑하다. ○略(략): 공략하다. 포로로 잡아오다. ○屯聚(둔취): 모이다. ○失意(실의): 마음에 거슬리다. ○幾微(기미): 약간. 조금. ○斃降虜(폐강노): 이 항복한 포로들을 죽여버리겠어! 이는 약탈자들이 포로에게 하는 욕이다. ○要當(요당): 응당. ○亭刃(정인): 칼날을 대다. '亭'은 '停'의 뜻으로 쓰였다. ○我曹(아조): 우리들. ○詈罵(리매): 욕하다. ○棰杖(추장): 곤봉. ○毒痛(독통): 마음 속의 원한과 육체의 고통. ○參(참): 함께 하다. ○彼蒼者(피창자): 저 푸른 것. 곧 하늘을 가리킨다. ○辜(고): 죄. 허물. ○厄禍(액화): 재앙.


| | |
|---|---|
| 邊荒與華異, | 황량한 변방은 중원지역과 달라 |
| 人俗少義理. | 풍속이 거칠고 예절이 없으며 |
| 處所多霜雪, | 한랭한 곳이라 눈과 서리가 많고 |
| 胡風春夏起. | 북방의 바람이 봄여름에도 불어온다 |
| 翩翩吹我衣, | 펄럭이는 바람에 내 옷깃이 나부끼고 |
| 肅肅入我耳. | 휘잉거리는 바람 소리 내 귀에 들려온다 |
| 感時念父母, | 계절이 바뀔 때면 부모 생각 더 하여 |
| 哀歎無窮已. | 구슬픈 탄식이 끝이 없어라 |
| 有客從外來, | 중원에서 누군가 왔다고 하면 |
| 聞之常歡喜. | 그 말 듣고 언제나 기뻐하지만 |

迎問其消息,　　맞이하여 고향 소식 물어보면
輒復非鄕里.　　이번에도 고향 사람 아니었어라
邂逅徼時願,　　평소에 바라던 바 다행히도 이루어져
骨肉來迎己.　　친척 같은 사신(使臣)이 나를 맞으러 왔네
己得自解免,　　나 자신은 비로소 풀려날 수 있지만
當復棄兒子.　　아이들은 오히려 남겨두어야 한다네
天屬綴人心,　　내가 낳은 자식이라 마음이 묶여있는데
念別無會期.　　이제 한 번 헤어지면 만날 기약 없음이라
存亡永乖隔,　　살아서나 죽어서나 영원히 만나지 못해
不忍與之辭.　　차마 아이들과 헤어지기 어렵구나
兒前抱我頸,　　아이가 다가와 내 목을 껴안고
問“母欲何之?　　묻기를 “엄마는 어디 가나요?
人言母當去,　　사람들이 엄마는 이곳을 떠난다는데
豈復有還時?　　다시 돌아 올 수 있나요?
阿母常仁惻,　　엄마는 언제나 인자하셨는데
今何更不慈?　　지금은 어찌하여 매정하신가요?
我尙未成人,　　난 아직 어른으로 자라지도 않았는데
奈何不顧思?”　　나를 두고 가시면 어찌 하나요?”
見此崩五內,　　그 모습 바라보니 억장이 무너지고
恍惚生狂癡.　　정신이 어지럽고 미칠 듯 했네
號泣手撫摩,　　통곡하고 울면서 아이 손을 어루만지며
當發復回疑.　　출발에 임하여 다시 돌아보며 머뭇거린다
兼有同時輩,　　함께 포로로 잡혀왔던 사람들도
相送告離別.　　아쉬운 듯 나와서 이별을 고한다
慕我獨得歸,　　나만이 돌아감을 부러워하며
哀叫聲摧裂.　　슬피 우는 소리에 내 마음이 찢어진다

馬爲立踟躕,　　　　이를 본 말도 선 채 가려하지 않고
車爲不轉轍.　　　　수레도 이 때문에 굴러가지 않으려한다
觀者皆歔欷,　　　　바라보는 사람들도 모두가 흐느끼고
行路亦嗚咽.　　　　길 가던 사람들도 모두가 눈물짓네

○邊荒(변황): 황량한 변방. 즉 남흉노(南匈奴). 지금의 산서성 임분(臨汾) 부근이다. 채염이 이각과 곽사의 군대에 붙잡혔다가 어떻게 하여 다시 남흉노 지역으로 가게 되었는지는 이 시에서는 물론 역사서에도 나와 있지 않다. 여관영(余冠英)은 『한위육조시선』(漢魏六朝詩選)에서 195년 이각과 곽사의 군대가 남흉노의 좌현왕(左賢王) 군대에 패하면서 채염이 다시 이들에게 끌려갔으리라 추측하였다. ○華(화): 한족이 살고 있는 중원 지역. ○人俗(인속): 사람의 습속. ○翩翩(편편): 하늘하늘. 펄럭펄럭. 바람에 물건이 날리는 모양을 나타낸 의태어. ○蕭蕭(숙숙): 쏴쏴. 바람 소리를 나타낸 의성어. ○邂逅(해후): 우연히 만나다. ○徼(요): 요행. ○時願(시현): 때 맞춰 나타나다. ○骨肉(골육): 부모나 자식 혹은 형제를 말하나, 여기서는 조조가 파견한 사신 주근(周近)을 말한다. ○解免(해면): 풀려나 방면되다. ○兒子(아자): 흉노와 결혼하여 낳은 두 아이를 말한다. ○天屬(천속): 하늘이 맺어준 관계. 즉 가족들. ○綴(철): 맺다. ○乖隔(괴격): 떨어지다. ○仁惻(인측): 인자하다. ○五內(오내): 오장(五臟) ○恍惚(황홀): 정신이 아득하다. ○同時輩(동시배): 함께 포로로 끌려왔던 사람들. ○摧裂(최열): 찢다. 여기서는 가슴이 찢어지다. ○踟躕(지주): 머뭇거리다. ○歔欷(허희): 흐흑. 흐느껴 우는 소리. ○行路(행로): 길가는 사람.


去去割情戀,　　　　아아, 애타는 정을 끊어내고
遄征日遐邁.　　　　수레가 내달리니 날이 갈수록 멀어졌다
悠悠三千里,　　　　머나먼 삼 천리 아득한 길
何時復交會?　　　　어느 때 너희들 다시 만날 수 있을까
念我出腹子,　　　　내 배로 낳은 아이들 생각하니
胸臆爲摧敗.　　　　가슴은 슬픔으로 터질 듯하다
旣至家人盡,　　　　고향에 돌아오니 집안사람 하나 없고

又復無中外.    친척도 한 사람 만날 수 없구나
城郭爲山林,    성곽과 마을은 야산같이 변했고
庭宇生荊艾.    마당에는 잡초풀이 가득히 자랐구나
白骨不知誰,    누구인지 모를 해골들이
從橫莫覆蓋.    매장되지 않은 채 여기저기 널려있다
出門無人聲,    문을 나서도 사람 소리 없으며
豺狼號且吠.    이리와 승냥이만 울부짖고 있구나
熒熒對孤景,    오도카니 외로운 그림자 마주하고 있으니
怛咤糜肝肺.    저도 모르게 슬픔에 차 애간장이 끊어진다
登高遠眺望,    높은 곳에 올라 사방을 바라보니
魂神忽飛逝.    정신은 갑자기 멀리 날아가는 듯
奄若壽命盡,    숨이 약해지며 목숨이 다한 듯하나
旁人相寬大.    주위의 사람들이 마음 크게 먹으라 위로하네
爲復彊視息,    다시 한 번 일부러 힘내어 살아가려 하지만
雖生何聊賴?    이렇게 산다한들 무슨 즐거움과 기댐이 있으리오
託命於新人,    새로운 남편 만나 인생을 맡겼으니
竭心自勖厲.    마음을 다하여 힘써 노력해야 하리라
流離成鄙賤,    일찍이 타향에서 천시를 받았기에
常恐復捐廢.    다시금 버려질까 언제나 두렵다네
人生幾何時,    사람의 남은 인생 얼마나 되는가
懷憂終年歲!    시름을 품은 채 살아가야 하리라

○去去(거거): 아아! 깊은 상심을 나타내는 말로, '됐어', '끝났어', '아서라' 등의 어감을
나타낸다. 「머리 올리고 부부가 되어」(結髮爲夫妻)에서도 "뭇 별들이 모두 지고 난 새
벽, 아아, 이제는 떠나야 하리"(參辰皆已沒, 去去從此辭)라는 용례가 보인다. 이 말은
양한 위진남북조 시에서 상용되는 '거치'(去置), '기치'(棄置), '기연'(棄捐) 등의 말과 비
슷하다.  ○邅征(천정): 빨리 가다.  ○日遐邁(일하매): 날마다 멀어지다. 날이 갈수록 더

욱 멀어지다. ○悠悠(유유): 유유하다. 아득하다. 거리나 시간이 아득히 먼 모양. ○交會(교회): 만나다. ○出腹子(출복자): 배에서 나온 자식. 손수 나은 아이. ○中外(중외): 안과 밖. 여기서는 부계와 모계의 친척을 가리킨다. ○荊艾(형애): 가시나무와 쑥. 잡초를 말한다. ○煢煢(경경): 외로운 모습. ○景(경): '影'과 같다. 그림자. ○怛咤(달타): 슬퍼하고 탄식하다. ○奄若(엄약): 숨이 잦아들 듯 약해지다. ○視息(시식): 눈을 부릅뜨고 숨을 깊이 쉬다. 일부러 힘을 내어 살아가다. ○聊賴(요뢰): 즐거움과 기댐. ○新人(신인): 새 사람. 채염이 한나라로 돌아한 후 재가한 동사(董祀)를 가리킨다. ○勖勵(욱려): 힘써 노력하다. 면려하다. ○捐廢(연폐): 버리다.


　　이 시는 한말의 여시인 채염이 지은 자전적인 작품이다. 포로로 붙잡혀 가 모진 고초를 겪은 후 다시 귀국한 과정을 잘 그리고 있다. 크게 세 단락으로 나눌 수 있는데, 첫 단락은 한말의 난리와 이족에 포로로 붙잡혀 가는 상황을 그렸고, 둘째 단락은 이족과의 생활과 자식을 두고 고향으로 돌아와야 하는 어머니의 비애를 묘사했으며, 셋째 단락은 고향으로 돌아오는 과정과 돌아온 후의 상황을 그리고 있다. 조비曹操의 「채백개여부」蔡佰喈女賦의 서문에 보면 "집안의 어른(즉 조조)은 채옹과 관포지교管鮑之交를 맺었기에, 사신 주근周近을 보내어 현벽玄璧을 흉노에게 주고 그녀를 데려오게 하였다"는 대목이 있다. 한대 말기의 사회상 속에 개인의 비극을 사실적으로 그려낸 솜씨가 탁월하다. 심덕잠沈德潛은 『고시원』古詩源에서 "동한 시인 가운데 가장 역량이 강하다"(在東漢人中, 力量最大)고 칭송하였다. 이 오언五言 「비분시」는 아래에 소개하는 소체騷體 「비분시」와 함께 『후한서』 권84 「열녀전」에 실려 있다.

## 비분시 제2수
## 悲憤詩·其二

| | |
|---|---|
| 嗟薄祜兮遭世患, | 아아! 박복하구나, 세상의 환난을 만나 |
| 宗族殄兮門戶單. | 종족이 모두 죽고 가문이 쇠락해졌구나 |
| 身執略兮入西關, | 몸은 붙들려 서쪽으로 함곡관을 지나 |
| 歷險阻兮之羌蠻. | 험난한 길을 거쳐 강족羌族 지역으로 갔다 |
| 山谷眇兮路漫漫, | 산과 계곡 아득하고 길은 멀고먼데 |
| 眷東顧兮但悲歎. | 사무쳐 동쪽을 바라보며 비탄에 찰 뿐이네 |
| 冥當寢兮不能安, | 저녁 되어 자야 하나 잠들 수 없고 |
| 饑當食兮不能餐, | 배고파 먹어야 하나 먹을 수 없고 |
| 常流涕兮眥不乾. | 눈물이 항상 흘러 눈가가 마를 새 없네 |
| 薄志節兮念死難, | 지조와 절개를 가벼이 여겨 죽으려 해도 어려워 |
| 雖苟活兮無形顏. | 구차하게 살아가려니 사람 볼 낯이 없네 |
| 惟彼方兮遠陽精, | 그쪽 지방은 태양과 멀리 있어 |
| 陰氣凝兮雪夏零. | 음기가 응결되어 여름에도 눈 내린다 |
| 沙漠壅兮塵冥冥, | 사막엔 길이 없고 먼지는 어둑하고 |
| 有草木兮春不榮. | 초목이 있다 해도 봄이 와도 꽃이 피지 않네 |
| 人似獸兮食臭腥, | 사람은 짐승 같고 먹는 건 비린 음식 |
| 言兜離兮狀窈停. | 말은 쌀라쌀라 하고 모습은 우락부락 해 |
| 歲聿暮兮時邁征, | 한 해가 저물고 세월은 흐르는데 |
| 夜悠長兮禁門扃. | 기나긴 밤중에 금문禁門이 잠겼구나 |
| 不能寢兮起屏營, | 잠들지 못하여 일어나 배회하고 |
| 登胡殿兮臨廣庭. | 전각에 올라서 넓은 뜰을 바라보네 |
| 玄雲合兮翳月星, | 구름이 몰려들어 달과 별을 가리고 |
| 北風厲兮肅泠泠. | 북풍은 매섭고도 조용하고 차겁네 |

胡笳動兮邊馬鳴,　　　호가<sup>胡笳</sup>가 울리니 말들이 울고

孤雁歸兮聲嚶嚶.　　　외기러기 돌아가며 끼룩끼룩 소리 낸다

樂人興兮彈琴箏,　　　악인<sup>樂人</sup>이 감흥 일어 거문고 뜯으니

音相和兮悲且清.　　　소리는 조화롭고 슬프고도 맑네

心吐思兮胸憤盈,　　　생각을 토하려니 울분만 가득 차

欲舒氣兮恐彼驚.　　　분함을 펼치려니 저들이 놀랄 듯해

含哀咽兮涕沾頸.　　　오열을 삼키며 눈물로 목을 적시네

家旣迎兮當歸寧,　　　한나라 사신이 맞이하러 와 돌아가려니

臨長路兮捐所生.　　　먼 길을 가기 전에 아이와 헤어져야하네

兒呼母兮啼失聲,　　　아이가 어미를 부르고 실성하여 울부짖으니

我掩耳兮不忍聽.　　　나는 귀를 막고 차마 들을 수 없네

追持我兮走熒熒,　　　쫓아와 나를 잡았다가 불쌍하게 걷는데

頓復起兮毀顏形.　　　넘어졌다 다시 일어나니 얼굴이 말이 아니네

還顧之兮破人情,　　　아이들을 돌아보니 사람 마음이 깨지는데

心怛絶兮死復生.　　　심장은 슬픔으로 끊어져서 죽다살다 하네

○薄祜(박호): '薄福'과 같다. 박복하다. ○世患(세환): 세상의 환난. 동탁의 난을 가리킨다. ○殄(진): 다하다. 동탁의 난 때 채염의 부친 채옹(蔡邕) 등이 연좌되어 죽었던 일을 가리킨다. ○單(단): 외롭다. 고단하다. ○執略(집략): 붙잡혀 노략질을 당하다. ○西關(서관): 함곡관. 이 구절은 오언 「비분시」의 "멀리 서쪽으로 함곡관을 지나니, 길고 먼 길이 험하고 힘들었다"(長驅西入關, 逈路險且阻)와 같은 뜻이다. ○羌蠻(강만): 강족(羌族). ○眇(묘): '渺'와 같다. 아득하다. 멀다. ○漫漫(만만): 길이 먼 모양. ○眷(권): 그리워하다. ○冥(명): '暝'과 같다. 저녁. ○眥(자): 눈초리. 눈가. ○形顏(형안): 체면. 낯. ○陽精(양정): 태양. ○壅(옹): 막히다. ○臭腥(취성): 냄새가 비리다. 혹은 그러한 물건. ○兜離(두리): 말을 알아먹기 힘든 모양. 이선(李善)은 "흉노 말의 모양"(匈奴言語之貌)이라 풀이하였다. ○窈停(요정): 눈이 푹 들어가고 코가 튀어나온 모양. ○聿(율): 어조사. 『시경』 「귀뚜라미」(蟋蟀)에 "한 해가 드디어 저물었구나"(歲聿其莫)는 말이 있다. ○屛營(병영): 두려워하며 방황하다. 거닐다. ○泠泠(령령): 맑고 서늘한 모습. 소리가

맑고 멀리 가는 모습. ○胡笳(호가): 호인(胡人)들이 갈대 잎으로 만든 피리. ○嚶嚶(앵앵): 기러기 우는 소리. ○相和(상화): 서로 어울리고 조화로움. ○舒氣(서기): 기를 펴다. 여기서는 가슴에 맺힌 원한을 호소하다. 앞 구의 '흉분'(胸憤)을 가리킨다. ○家(가): 한(漢)나라를 가리킨다. ○歸寧(귀녕): 시집간 여인이 친정으로 돌아가 안부를 묻다. 여기서는 한나라로 돌아감.

  이 소체騷體「비분시」는 위의 오언五言「비분시」와 함께『후한서』권 84「열녀전」에 나란히 실려 있다. 두 시는 배경과 내용이 비슷하나, 오언시에 비해 소체가 간략하다. 이 시 역시 세 단락으로 나눌 수 있는데, 첫 단락은 제1구–제11구로 난세에서의 고난과 포로가 된 신세를 그리고 있다. 둘째 단락은 제12구–제30구로 남흉노에서 살아간 12년간의 고통과 굴욕과 비분을 묘사하였다. 셋째 단락은 제31구–제38구로 한나라로 돌아가며 아들과 헤어지는 아픔을 그렸다.

## 호가십팔박
## 胡笳十八拍

| | |
|---|---|
| 我生之初尙無爲, | 내 태어날 때는 천하가 태평했는데 |
| 我生之後漢祚衰. | 내 태어난 후에는 한나라가 쇠약해졌다 |
| 天不仁兮降亂離, | 하늘이 어질지 못해 난리를 내리고 |
| 地不仁兮使我逢此時. | 땅이 어질지 못해 내가 이때를 만나게 했구나 |
| 干戈日尋兮道路危, | 창과 방패 날마다 어지러우니 도로가 위험하고 |
| 民卒流亡兮共哀悲. | 백성과 병사가 유랑하여 모두가 슬퍼하네 |
| 煙塵蔽野兮胡虜盛, | 연기와 먼지가 들을 덮고 오랑캐가 창궐하더니 |
| 志意乖兮節義虧. | 내 뜻이 어그러지고 절의節義가 훼손되었네 |
| 對殊俗兮非我宜, | 이방의 풍속을 접하니 나에게 맞지 않고 |

| | |
|---|---|
| 遭惡辱兮當告誰? | 오욕을 당했으나 누구에게 하소연하리오? |
| 笳一會兮琴一拍, | 호가를 한 단락 부니 거문고가 1박 |
| 心憤怨兮無人知. | 마음은 분함과 원망 가득하나 알아주는 이 없네 |

○胡笳(호가): 호인(胡人)들이 갈대 잎으로 만든 피리. 나중에 목관으로 만들어 구멍을 3개 내었다. 소리가 무척 비량하다. 이 시는 거문고의 악곡(琴曲)에 붙인 가사이지만, 원래 악곡은 호가곡이었다. 가사 속에 "호가를 한 단락 부니 거문고가 1박"(笳一會兮琴一拍)에서 알 수 있듯이, 호가와 거문고는 서로 다른 악기이지만, 호가의 곡조를 본떠 거문고 곡을 만들면서 이 가사를 지었다. ○十八拍(십팔박): 18개의 악장. 박(拍)은 거문고 곡의 악장을 말한다. ○無爲(무위): '무위 정치'를 말한다. 현인을 임용하고 덕으로 정치하여 군주는 마치 아무 일도 하지 않은 것처럼 지내지만 천하가 태평하게 통치됨을 가리킨다. 『논어』「위령공」(衛靈公)에 "무위(無爲)로 천하를 태평하게 다스리는 사람은 순(舜)일 것이다."(無爲而治者其舜也與?)란 말이 있다. 도가(道家)에서도 무위 정치를 이상으로 삼는데, 자연스러운 규율에 따라 정치하므로 마치 아무 일도 하지 않는 듯하지만 다스려지지 않는 일이 없는 정치를 말한다. ○日尋(일심): 날마다 사용하다. 여기서는 무기를 날마다 사용하여 매일 전란이 일어나다. ○殊俗(수속): 다른 풍속. ○非我宜(비아의): 곧 '非宜我'이다. 나에게 맞지 않다.

　제1박은 시의 서두로 전체 시의 서문에 해당하며 전체 내용의 기조를 이룬다. 전란이 횡행하고 오랑캐가 창궐하는 난세를 만나 자신의 절의가 훼손되고 오욕을 당하는 상황을 묘사했다. 이러한 상황이라 해도 하소연할 곳도 이해해주는 사람도 없어, 어쩔 수 없는 울분을 노래로 풀이하게 된 동기를 서술했다.

| | |
|---|---|
| 戎羯逼我兮爲室家, | 흉노는 나를 핍박하여 처로 만들고 |
| 將我行兮向天涯. | 하늘 끝 지역으로 나를 데리고 갔다 |
| 雲山萬里兮歸路遐, | 구름 낀 산 만리에, 돌아갈 길 아득하고 |
| 疾風千里兮揚塵沙. | 질풍 천리에 모래먼지가 휘날린다 |

| | |
|---|---|
| 人多暴猛兮如虺蛇, | 사람들은 모두가 다 독사와 같이 흉포하고 |
| 控弦被甲兮爲驕奢. | 활 차고 갑옷 입은 채 지극히 교만하다 |
| 兩拍張絃兮絃欲絶, | 2박을 연주하니 현이 끊어질 듯한데 |
| 志摧心折兮自悲嗟. | 뜻은 꺾이고 마음은 부서져 절로 슬퍼지네 |

○戎羯(융갈): 융족과 갈족. 고대 중국의 서북지역에 살던 이민족. 여기서는 흉노를 가리킨다. ○將(장): ～를 데리고. ○室家(실가): 가족 혹은 처가. 여기서는 처. ○虺蛇(훼사): 독사. ○控弦(공현): 활을 당기다. 이 구는 흉노족은 무인(武人)이 많으며 그 성격이 교만하고 사치스럽다는 뜻.

제2박으로, 흉노족에 잡힌 후 그들의 아내가 된 사정과 그들의 풍속이 야만스러움을 그렸다.

| | |
|---|---|
| 越漢國兮入胡城, | 한나라를 지나 오랑캐 지역으로 들어가니 |
| 亡家失身兮不如無生. | 가족은 깨지고 몸은 망쳤으니 죽느니만 못한데 |
| 氈裘爲裳兮骨肉震驚, | 가죽과 털옷을 입으니 뼈와 살이 놀라고 |
| 羯羶爲味兮枉遏我情. | 비린내 나는 양고기가 내 비위에 맞지 않네 |
| 鞞鼓喧兮從夜達明, | 시끄러운 북소리는 밤부터 새벽까지 울리고 |
| 胡風浩浩兮暗塞營. | 거침없는 바람에 변방의 군영이 어두워라 |
| 傷今感昔兮三拍成, | 지금을 슬퍼하고 옛일을 생각하니 3박이 되었구나 |
| 銜悲畜恨兮何時平. | 슬픔을 깨물고 한을 품으니 어느 때 풀어질까 |

○氈裘(전구): 모직물과 가죽. ○羯羶(갈전): 비린내 나는 양고기. ○枉遏(왕알): 굽히고 억누르다. ○鞞鼓(비고): 군대에서 사용하는 북.

제3박으로, 이민족의 생활 습관에 적응하기 어려움을 토로하였다. 의식주 가운데 가죽옷과 양고기로 '의'와 '식' 두 방면의 일을 말하고,

북소리와 바람으로 거친 환경을 묘사하였다.


| | |
|---|---|
| 無日無夜兮不思我鄉土, | 고향을 생각하지 않은 때는 한 시도 없었으니 |
| 稟氣含生兮莫過我最苦. | 생명을 받은 자 가운데 나보다 괴로운 이 없었으리 |
| 天災國亂兮人無主, | 천재와 국난 속에 나라에는 임금이 없고 |
| 唯我薄命兮沒戎虜. | 내 운명이 박명하여 오랑캐에 잡혔네 |
| 殊俗心異兮身難處, | 풍속과 정서가 달라 살아가기 힘들고 |
| 嗜欲不同兮誰可與語! | 기호와 뜻이 다르니 누구와 이야기할꼬! |
| 尋思涉歷兮多艱阻, | 지나온 경력을 헤아려보니 얼마나 힘들었나 |
| 四拍成兮益悽楚. | 4박이 만들어지니 그 소리 더욱 처참하네 |


○稟氣含生(품기함생): 하늘이 내려준 기(氣)와 성정을 가진 모든 사람. ○尋思(심사):
헤아려보다. 생각하다. ○涉歷(섭력): 지나온 경험과 내력.


　제4박은 자신의 박명과 하소연할 길 없는 고통을 반복하여 서술하였다.


| | |
|---|---|
| 雁南征兮欲寄邊聲, | 기러기가 남으로 가면 변방 소식 전하려 하고 |
| 雁北歸兮爲得漢音. | 기러기가 북으로 오면 한나라 소식 구하려 하나 |
| 雁飛高兮邈難尋, | 기러기 높이 날아 그 소리 찾아내기 힘들어 |
| 空斷腸兮思愔愔. | 공연스레 애간장을 끊으며 생각은 끝이 없어 |
| 攢眉向月兮撫雅琴, | 달을 보고 눈썹을 찡그리며 거문고를 어루만지니 |
| 五拍泠泠兮意彌深. | 5박이 맑게 울리고 감정은 점점 깊어지네 |


○邊聲(변성): 변방 사람의 소식. ○愔愔(음음): 깊고 조용한 모양. ○攢眉(찬미): 눈썹
을 찡그리다. ○泠泠(령령): 찌렁찌렁. 소리가 맑고 멀리 감을 나타내는 의성어.

제5박은 고향 소식을 주고받을 수 없는 어려움을 표현하였다.


| | |
|---|---|
| 冰霜凜凜兮身苦寒, | 얼음과 서리가 매섭고 몸은 춥고 괴로운데 |
| 飢對肉酪兮不能餐. | 배고파도 양고기와 유즙은 먹을 수 없네 |
| 夜聞隴水兮聲嗚咽, | 밤중에 농수隴水 소리 들으니 강물도 흐느끼고 |
| 朝見長城兮路杳漫. | 아침에 장성長城을 바라보니 길이 아득하여라 |
| 追思往日兮行李難, | 지난 날 돌이켜 생각하니 떠돌이 생활 고달퍼 |
| 六拍悲兮欲罷彈. | 6박이 슬프니 차마 더 뜯기 어려워라 |

○肉酪(육낙): 양고기와 유즙. 서북방 유목민족의 주식.  ○隴水(롱수): 강이름. 지금의 감숙성 천수(天水) 근처의 농산(隴山)에서 수원이 시작되므로 이 이름이 붙여졌다.  ○嗚咽(오열): 오열하다. 낮은 소리로 흐느끼다.  ○杳漫(묘만): 아득히 넓고 멀다.  ○行李(행리): '行旅'와 같다. 떠돌다. 혹은 떠도는 사람.


제6박은 적응하기 어려운 기후와 음식 속에 고향을 생각하며 자신의 처지를 슬퍼하는 내용이다.


| | |
|---|---|
| 日暮風悲兮邊聲四起, | 저녁에 바람소리 구슬프고 변방 소리 가득한데 |
| 不知愁心兮說向誰是! | 근심스런 마음을 누구에게 이야기해야 옳을까 |
| 原野蕭條兮烽戍萬里, | 들판은 쓸쓸하고 봉수대는 만리에 이어져 |
| 俗賤老弱兮少壯爲美. | 사람들은 노약자를 천대하고 젊은이만 찬미하네 |
| 逐有水草兮安家葺壘, | 강물과 풀을 따라가다 집을 짓고 보루를 고치니 |
| 牛羊滿野兮聚如蜂蟻. | 소와 양이 벌과 개미처럼 들에 가득 모이네 |
| 草盡水竭兮羊馬皆徙, | 강물과 풀이 다하면 양과 말이 모두 옮겨가나니 |
| 七拍流恨兮惡居於此. | 7박에 한이 흐르나니 이곳에 살아감을 싫어하네 |

○邊聲(변성): 변방에서 일어나는 바람, 풀, 기러기, 뿔피리 등이 내는 소리. ○葺壘(즙루): 보루(堡壘)를 수리하다. ○惡(오): 싫어하다.

제7박은 변방 지역에서 사는 유목민들의 생활환경을 묘사하고 자신의 혐오감을 드러내었다. 사실 변방 생활은 나름대로의 아름다움이 있으나, 작가는 자신의 처지에서 이민족 전체에 대해 반감을 드러낸다.

爲天有眼兮何不見我獨漂流?

　　　하늘에도 눈이 있으면 어찌하여 내 홀로 떠돎을 못 보고

爲神有靈兮何事處我天南海北頭?

　　　신에게 영령(靈)이 있으면 어찌하여 하늘 끝에 나를 보냈나

我不負天兮何配我殊匹?

　　　난 하늘을 저버린 적 없는데 어찌 이민족에 시집보냈나

我不負神兮神何殛我越荒州?

　　　난 신을 저버린 적 없는데 어찌 나를 극지로 유형보냈나

製茲八拍兮擬排憂,

　　　이 8박을 지어서 슬픔을 풀어내려 했는데

何知曲成兮心轉愁.

　　　어찌 알았으랴, 곡을 만들어도 마음 더욱 슬퍼짐을

○殊匹(수필): 이민족 사람을 배필로 하다. ○殛(극): 사형에 처하다. 죽이다.

제8박은 난세를 당하여 겪은 자신의 억울함을 하늘과 신령에게 호소하였다. 특히 이 악장에서는 어조를 바꾸어 직설적으로 자신의 고충을 말함으로써 강력한 표현력을 나타내었다. 곽말약郭沫若은 "비등하는 감정, 대담한 착상, 강렬한 언어, 상궤를 넘어선 형식 등은 고인古人들이

받아들일 수 없는 것이다"며 이 대목을 크게 상찬하였다.


| | |
|---|---|
| 天無涯兮地無邊, | 하늘은 끝이 없고 땅은 가장자리가 없어 |
| 我心愁兮亦復然. | 내 수심도 또한 이와 같아라 |
| 人生倏忽兮如白駒之過隙, | 사람의 삶은 햇빛이 틈새를 지나가듯 삽시간인데 |
| 然不得歡樂兮當我之盛年. | 나의 한창 때에도 즐거움을 갖지 못하였네 |
| 怨兮欲問天, | 원망스런 마음에 하늘에 물어보려 해도 |
| 天蒼蒼兮上無緣. | 하늘은 푸르기만 하고 아무 흔적이 없네 |
| 擧頭仰望兮空雲煙, | 머리 들어 바라보니 하릴없이 구름만 걸쳐있어 |
| 九拍懷情兮誰與傳? | 9박에 품은 정한 누구에게 전할거나 |


○倏忽(숙홀): 순식간. 지극히 짧은 시간. ○白駒之過隙(백구지과극): 햇빛이 틈새를 통과하다. 인생의 짧음을 비유한 말. 『장자』「지북유」(知北遊)에 "사람이 천지 사이에 사는 것은 마치 햇빛이 틈새를 지나가는 것과 같이 삽시간이다."(人生天地之間, 若白駒之過郤, 忽然而已)에서 유래한 말이다. ○無緣(무연): 연관이 없다. 어쩔 도리가 없다.


　　제9박 역시 호소할 길 없는 자신의 원망스러움을 하늘에 묻고 있다.


| | |
|---|---|
| 城頭烽火不曾滅, | 성 머리의 봉화는 꺼질 줄 모르니 |
| 疆場征戰何時歇? | 전쟁터의 싸움은 언제나 멈출까 |
| 殺氣朝朝衝塞門, | 살기는 아침마다 성문을 찌르고 |
| 胡風夜夜吹邊月. | 바람은 밤마다 변방의 달에 부누나 |
| 故鄕隔兮音塵絶, | 고향은 격절되어 소식이 끊겼는데 |
| 哭無聲兮氣將咽. | 울어도 소리가 안 나고 숨이 막히려하네 |
| 一生辛苦兮緣離別, | 일평생 고생에 이별로만 이어져 |

十拍悲深兮淚成血.　　10박의 깊은 슬픔에 눈물이 피 되었네

○疆場(강장): 전장(戰場). 전쟁터.　○音塵(음진): 소식. 편지나 소문 등 상대방에 대한 일말의 소식을 가리킨다.

　　제10박은 계속 되는 전쟁 속에 더욱 강렬한 고향에 대한 그리움을 표현하였다.

我非貪生而惡死,　　나는 생에 집착 않고 죽음도 무서워하지 않는데
不能捐身兮心有以.　　목숨을 버리지 못함은 마음속에 이유가 있어
生仍冀得兮歸桑梓,　　살아 있어야 언젠가 고향에 돌아갈 수 있고
死當埋骨兮長已矣.　　죽어서 뼈를 묻을 수 있다면 그것으로 족함이라
日居月諸兮在戎壘,　　해가 가고 달이 가도 오랑캐 진지에서 살다보니
胡人寵我兮有二子.　　호인胡人이 나를 총애하여 아이 둘을 낳았네
鞠之育之兮不羞恥,　　기르고 가르치어 남부끄럽지 않게 하였고
愍之念之兮生長邊鄙.　　걱정하고 염려하며 변경에서 자라났다
十有一拍兮因茲起,　　11박이 이런 이야기들로 만들어지니
哀響纏綿兮徹心髓.　　애절한 소리 구성지어 골수를 뚫는 듯하네

○貪生(탐생): 살려고 집착하다.　○有以(유이): 까닭이 있다.　○仍(잉): ~으로 인하다. ○冀得(기득): 바랄 수 있다.　○桑梓(상재): 뽕나무와 가래나무. 고대에는 뽕나무는 누에를 기르기 위하여, 가래나무는 목기(木器)를 만들기 위하여 집 옆에 심었다. 보통 부모들이 자식들을 위해 심었으므로, 이 두 나무 이름이 결합된 상재(桑梓)란 말은 한대 이래로 고향 혹은 고향의 부모를 의미하게 되었다.　○日居月諸(일거월저): 해와 달. 세월. 시간. 『시경』「백주」(柏舟)에 "태양이여, 달이여, 어찌하여 희미해졌나"(日居月諸, 胡迭而微)는 말에서 유래하였다.　○鞠(국): 기르다. 『시경』「요아」(蓼莪)에 "아버님 날 낳으시고, 어머님 날 기르셨네. 나를 어루만지고 나를 아끼시고, 나를 자라게 하고 나를

가르치셨네"(父兮生我, 母兮鞠我. 拊我畜我, 長我育我)에서 유래하였다. ○纏綿(전면):
음악이 슬프고 구성지어 사람을 감동시키다.


제11박은 죽고 싶어도 죽지 못하고 살아가는 이유를 두 가지 들었다.
작가는 귀향에 대한 기대와 두 아이 때문에 역경에서도 강인한 정신으
로 버텨나갔다. 이 장은 전체 시의 구성에서 전환이 일어나는 대목으
로, 이전의 원망이나 고향 생각과 달리 자신의 심리 상태를 되돌아보면
서 생존의 추구를 표현하였다.


| | |
|---|---|
| 東風應律兮暖氣多, | 동풍이 불어와 따뜻한 기운 넘쳐나니 |
| 知是漢家天子兮布陽和. | 한나라 천자가 태양 같은 덕을 베품을 알겠노라 |
| 羌胡蹈舞兮共謳歌, | 오랑캐들 춤추며 함께 노래하고 |
| 兩國交歡兮罷兵戈. | 두 나라가 기뻐하며 전쟁을 그쳤어라 |
| 忽遇漢使兮稱近詔, | 갑자기 한나라 사신이 와서 조서를 펼쳐보니 |
| 遣千金兮贖妾身. | 천금을 내주고 이내 몸을 방환한다 하네 |
| 喜得生還兮逢聖君, | 살아 돌아가 성군<sup>聖君</sup>을 만남을 기쁜 일이나 |
| 嗟別稚子兮會無因. | 아들과 헤어지면 언제 다시 만날까 |
| 十有二拍兮兮哀樂均, | 12박을 연주하니 기쁨과 슬픔이 섞이고 |
| 去住兩情兮難具陳. | 가고 머무는 두 마음을 다 말하기 어려워라 |


○應律(응률): 계절의 변화에 상응하다. 고대의 설에 의하면 계절과 절기를 알기 위해서
는 12종류의 대나무로 만든 12개의 율관(律管)을 만들어, 각 율관 속에 갈대의 재를 넣
어두면, 매달 마다 상응하는 율관의 재가 날아간다고 한다. 각 율관이 내는 음조는 12달
과 상응하는데 이를 '응률'(應律) 혹은 '율응'(律應)이라고 한다. 여기서는 율관이 계절과
상응한다는 뜻. ○陽和(양화): 봄의 양기와 화기(和氣). 고대에는 군왕의 덕을 종종 태양
으로 비유하였다. ○贖(속): 재물을 주고 죄를 면제받다. 이 구는『후한서』「열녀전」에
"조조(曹操)는 평소 채옹과 친했는데, 그에게 후사가 없음을 아쉬워하여, 사신을 파견하

여 재물을 주고 채염을 데려왔다”는 내용을 가리킨다.

제12박은 한나라와 흉노 사이에 화친이 이루어진 배경 속에 자신이
한나라로 방환되는 기쁨을 그렸고, 더불어 두고 갈 아이들을 염려하였
다. 이 악장은 전체 시의 전환 부분으로 이후는 주로 한나라로 돌아가
게 되는 경과와 아들과 헤어지는 고통을 서술하였다.

| | |
|---|---|
| 不謂殘生兮却得旋歸, | 다쳐 죽을 줄 알았는데 오히려 살아 돌아가니 |
| 撫抱胡兒兮泣下沾衣. | 오랑캐 아들을 안고 눈물로 옷을 적시네 |
| 漢使迎我兮四牡騑騑, | 한나라 사신이 말 네 필을 끌고 나를 맞으러 왔나니 |
| 號失聲兮誰得知? | 목이 메어 우는 걸 그 누가 알아줄텐가 |
| 與我生死兮逢此時, | 나에게 목숨을 주고서 이때를 만나게 하니 |
| 愁爲子兮日無光輝, | 아이 때문에 근심하니 해마저도 빛을 잃었네 |
| 焉得羽翼兮將汝歸. | 어찌하면 날개를 얻어 너를 데리고 돌아갈까 |
| 一步一遠兮足難移, | 한 걸음마다 멀어지니 발걸음 옮기기 어려워 |
| 魂消影絶兮恩愛遺. | 혼은 소멸되고 몸은 나뉘고 사랑은 끊어지네 |
| 十有三拍兮絃急調悲, | 13박에 이르러 소리는 빠르고 가락은 슬프니 |
| 肝腸攪刺兮人莫我知. | 간장이 후벼 파이는 걸 사람들은 모르네 |

○殘生(잔생): 생명이 상하다. 죽다.  ○沾衣(첨의): 옷을 적시다.  ○四牡騑騑(사모비비):
네 마리 말이 달려가다. 『시경』 「사모」(四牡)에 “네 마리 수말이 쉬지 않고 달려”(四牡騑
騑)란 말에서 나왔다.  ○將(장): ~과. ~를 데리고. 함께.  ○遺(유): 잃다. 버리다.  ○攪
刺(교자): 후벼 파다.

제13박은 아이와의 이별 장면을 묘사하였다. 12년간 살다가 마침내
한나라로 돌아가게 되었지만, 아이들과의 생이별에 애간장이 끊어진다.

身歸國兮兒莫之隨,　　몸은 한나라로 돌아왔으나 아이들은 오지 못해
心懸懸兮長如飢.　　염려하는 마음은 오래도록 주린 듯하네
四時萬物兮有盛衰,　　계절과 만물은 무엇이나 성쇠가 있는데
唯我愁苦兮不暫移.　　오로지 나의 괴로움만 줄어들지 않네
山高地闊兮見汝無期,　　산 높고 땅 넓어 너를 볼 기약 없어
更深夜闌兮夢汝來斯.　　밤 깊고 새벽이 되매 네가 여기 온 꿈을 꾼다
夢中執手兮一喜一悲,　　꿈속에서 손을 잡고 웃다 울다 했는데
覺後痛吾心兮無休歇時.　　깨어난 후 마음이 아프니 마음 쉴 때 없구나
十有四拍兮涕淚交垂,　　14박에 눈물이 이리저리 흐르나니
河水東流兮心是思.　　동쪽으로 흐르는 황하가 바로 내 마음이네


○懸懸(현현): 염려하다. 항시 마음속에 생각하다.　○汝(여): 너. 두 아들을 가리킨다.
○夜闌(야란): 밤이 다하다. 새벽이 다가오다.　○思(사): 어조사. 말투를 고르기 위해
사용하며 뜻이 없다.


　　제14박은 귀국 후의 아이에 대한 그리움을 묘사한 것으로, 꿈을 빌어
모성의 절절한 정을 표현하였다. 이러한 몽환적인 묘사로 슬픔은 더욱
깊어졌다.


十五拍兮節調促,　　15박이 되매 가락이 촉급하고
氣塡胸兮誰識曲?　　가슴에 울분이 가득한데 그 누가 내 음악 알아주랴
處穹廬兮偶殊俗.　　파오에 살면서 이방의 습속을 겪었다네
願得歸兮天從欲,　　돌아가길 원했는데 하늘이 나의 바램 이루어줘
再還漢國兮歡心足.　　한나라로 다시 돌아가니 기쁜 마음 그지없네
心有懷兮愁轉深,　　마음에는 정한이 있고 근심은 더욱 깊어졌는데
日月無私兮曾不照臨.　　해와 달은 공평하여 일찍이 비추지 않은 곳이 없다

子母分離兮意難任,　아이와 어미가 나뉘니 마음 놓기 어려워
同天隔越兮如商參,　같은 하늘 아래 헤어지니 상성과 삼성 같아
生死不相知兮何處尋!　생사를 서로 알지 못하니 어디 가서 찾을거나

○氣塡胸(기전흉): 가슴에 기(氣)가 가득 차다. 여기서의 기(氣)는 울분. ○穹廬(궁려): 몽골 등 중국의 서북방 민족들이 사용하는 원뿔형의 이동식 주거. 파오. ○偶(우): '遇'의 뜻으로 쓰였다. 당하다. 만나다. ○日月無私(일월무사): 해와 달은 사사로움 없이 공평하다. 『예기』「공자한거」(孔子閑居)의 "하늘은 사사로이 덮지 않고, 땅은 사사로이 받치지 않으며, 해와 달은 사사로이 비추지 않는다"(天無私覆, 地無私載, 日月無私照)에서 유래하였다. 여기에는 제왕의 덕이 널리 미침을 은연중에 나타내고 있다. ○商參(상삼): 상성(商星, 혹은 辰星이라고도 한다)과 삼성(參星). 상성은 동쪽에 있고 삼성은 서쪽에 자리하면서, 한 별이 보이면 다른 별이 보이지 않는다. 고대인은 두 별이 한 하늘에서 동시에 보이지 않는 데서 서로 헤어져 만나지 못하는 두 사람의 처지를 비유하였다. '이릉 소무 시' 가운데 「형제가 한 가지에 난 나뭇잎이라면」(骨肉緣枝葉)에서도 "예전엔 언제나 원앙새와 같았는데, 앞으론 떨어진 삼성과 신성이리라"(昔爲鴛與鴦, 今爲參與辰)는 표현이 나온다.

　제15박은 한나라로 돌아오게 된 경과와 아이들과의 이별을 다시 한 번 개괄하였다. 반복적인 영탄과 묘사로 어쩔 수 없는 감정과 모순된 심정을 표현하였다.


十六拍兮思茫茫,　16박에 이르매 생각은 망망한데
我與兒兮各一方.　나와 아이는 각자 다른 곳에 있구나
日東月西兮徒相望,　해는 동쪽 달은 서쪽, 부질없이 서로 바라보며
不得相隨兮空斷腸.　함께 할 수 없으니 공연히 애간장이 끊어진다
對萱草兮憂不忘,　훤초를 바라보고 시름을 벗으려 해도 벗을 수 없어
彈鳴琴兮情何傷!　거문고를 뜯으니 심정이 어찌 그리 아픈가
今別子兮歸故鄉,　이제 아이를 두고 헤어져 고향으로 돌아가니

舊怨平兮新怨長!　　예전의 원한이 잠드니 새로운 원한이 깊어지네
泣血仰頭兮訴蒼蒼,　　피눈물로 머리 들어 하늘에 호소하니
胡爲生兮獨罹此殃!　　어찌하여 나를 만들어 이 재앙을 만나게 하였나

○萱草(훤초): 훤초. 나리꽃. 나리꽃은 아름다워 사람의 근심을 잊게 한다는 뜻으로 ‘망우초’(忘憂草)라고도 부른다. 그 시적 용례는 『시경』「백혜」(伯兮)의 “어떻게 훤초를 얻어, 북당에 심어볼까”(焉得諼草, 言樹之背)라는 말에서 시작되었다. 이로부터 후세에는 깊은 근심을 표현하는데 쓰였다. ○舊怨(구원): 예전의 원한. 이민족에 잡혀간 일을 가리킨다. ○新怨(신원): 새로운 원한. 아이와 헤어진 일을 가리킨다. ○蒼蒼(창창): 하늘. 보통 짙은 파란색을 가리키나 여기서는 하늘을 가리킨다. ○罹(리): 만나다. 걸리다. 주로 부정적인 일을 당하다는 뜻으로, ‘이재민’(罹災民)이란 말에서도 이 글자가 쓰인다.

　　제16박도 아이와의 이별을 아파하는 내용이다. 이들 내용은 상당히 통일감 없이 반복되는데 이는 곧 작가의 두서없는 심정을 표현한 것으로 볼 수 있다.


十七拍兮心鼻酸,　　17박을 연주하니 마음과 코끝이 시린데
關山阻修兮行路難.　　관새가 멀고 산이 막혀 길 가기 어려워라
去時懷土兮心無緒,　　떠날 때는 고향에 연연해 마음이 두서없었는데
來時別兒兮思漫漫.　　돌아올 땐 아이와 헤어져 생각이 끝이 없네
塞上黃蒿兮枝枯葉乾,　　변경의 개똥쑥은 줄기와 잎이 시들고
沙場白骨兮刀痕箭瘢.　　불모지의 백골은 칼과 화살 맞은 흔적 가득해라
風霜凜凜兮春夏寒,　　바람과 서리가 매서우니 봄인데도 춥고
人馬飢豗兮筋力單.　　사람과 말이 굶주리고 병드니 체력이 다했어라
豈知重得兮入長安,　　어찌 알았으랴 다시금 장안에 돌아올 수 있음을
歎息欲絶兮淚闌干.　　탄식에 숨이 끊이질 듯하고 눈물이 어지럽다

○黃蒿(황호): 개똥쑥. 국화과의 풀로 야생한다. ○沙場(사장): 모래밭. 중국 서북의 풀이 나지 않는 고비 지역. 이 구는 한나라로 돌아오는 길에 본 전쟁의 참상을 묘사했다. ○凜凜(늠름): 차가운 모양. ○春夏(춘하): 봄과 여름. 여기서는 고향에 돌아온 때로 봄을 가리킨다. 夏는 春에 덧붙여진 말이다. ○飢瘃(기회): 굶주리고 병들다. 이 구는 고향에 돌아왔을 때의 지친 모습을 표현했다. ○闌干(난간): 눈물이 그칠 사이 없이 떨어지는 모양.

제17박은 한나라로 돌아오는 도중의 어려움과 전란의 참상을 그렸다.


| | |
|---|---|
| 胡笳本自出胡中, | 호가곡胡笳曲은 본래 호지胡地에서 만들어졌으나 |
| 緣琴翻出音律同. | 거문고로 연주해보니 음률이 같구나 |
| 十八拍兮曲雖終, | 18박에 이르러 곡은 비록 끝났으나 |
| 響有餘兮思無窮. | 여운은 감돌고 사념은 끝이 없네 |
| 是知絲竹微妙兮均造化之功, | 호가와 거문고가 미묘하여 조물주의 창조임을 알겠나니 |
| 哀樂各隨人心兮有變則通. | 슬픔과 즐거움이 사람 마음에 따라 변하고 통하네 |
| 胡與漢兮異域殊風, | 호지와 한나라는 지역과 풍속이 달라 |
| 天與地隔兮子西母東. | 하늘과 땅이 나뉘고 어미와 아이가 동서로 갈렸네 |
| 苦我怨氣兮浩於長空, | 내가 겪은 원망은 하늘보다 넓어 |
| 六合雖廣兮受之應不容! | 우주가 비록 광대해도 응당 다 품을 수 없으리 |


○翻出(번출): 연주하다. ○絲竹(사죽): 관악기와 현악기. 호가는 관악기이고 거문고는 현악기이다. ○六合(육합): 동서남북 사방 및 하늘과 땅. 거대한 우주 공간 전체를 가리킨다.

제18박은 마무리 장으로 곡을 제작하게 된 경위를 비롯하여, 자신의 사념과 원망이 깊고 끝없음을 나타내었다.

내용은 기본적으로 2편의 「비분시」와 유사하다. 크게 세 단락으로 나눌 수 있는데, 첫째 단락은 제1박으로 시대의 혼란과 개인의 조우를 서술하였다. 둘째 단락은 제2박에서 제17박까지로 포로로 서쪽으로 끌려간 때부터 다시 동쪽으로 돌아오기까지 12년 동안의 일을 그렸다. 이 단락은 제10박까지 고향 생각을 위주로 한 전반부와 제11박 이후의 아이와의 이별과 연민을 나타낸 후반부로 나뉜다. 셋째 단락은 제18박으로 다시금 원분을 표현하면서 마무리하였다. 이 작품은 주희朱熹의 『초사집주』楚辭集注「후어」後語에 가장 먼저 보이고. 그 후 『악부시집』 권59 '금곡가사'琴曲歌辭에 실렸다.

이 작품은 역대로 채염의 작품이 아니라고 간주되었으며 오늘날에는 거의 정론이 되었다. 송대宋代 이래로 이 시에 대한 진위眞僞 문제가 계속 제기되면서 명청 시대에는 더욱 많은 학자들이 위작僞作이라고 판단하였다. 현대에 들어서도 대부분의 학자들은 이 시를 후대의 위작으로 보고 있다. 호적胡適은 『백화문학사』白話文學史에서 발전된 율시의 면모가 보인다며 당인의 위작이라 하였고, 정진탁鄭振鐸은 당대 이전에 전혀 언급이 없었다는 점, 한 시인이 같은 제재로 세 편을 쓰는 경우가 없다는 점 등의 이유로 위작이라고 주장하였다. 1950년대에는 『호가십팔박 토론집』(중화서국, 1959)으로 대표되는 진위 논란이 크게 일어 양측의 주장이 대립되었다. 그러나 이때에도 '박'拍을 금곡琴曲의 악장 단락으로 쓰기 시작한 것은 당대 이후라는 점, '갈'羯을 종족 이름으로 사용한 것은 진대晉代 이후라는 점 등으로 위작의 근거가 더욱 명확해졌다. 또 구 가운데 '혜'兮자가 들어가는 '소체'騷體와 7언으로 매구 압운하는 '백량체'柏梁體가 결합된 형식은 당대 이전에 없었던 형식이다. 1985년 이의부李毅夫는 용운用韻의 각도에서 이 시를 검토하였는데 20개 운단韻段의 운부韻部 구성이 오대五代 이후의 것이라고 결론지었다. 1987년 왕소순王小盾은 금곡琴曲의 발전과정 속에서 이 시를 고찰하였는데 금곡이 당대 이후 대형화되고 이야기를 삽입하는 형식으로 발전될 때 이 시가 나왔다고 하였다.

결국 중당 때의 시인 유상劉商의 「호가곡 서문」胡笳曲序에서 "나중에 동생董生이 거문고로 호가곡을 지어 18박으로 만들었다"(後董生以琴寫胡笳聲爲十八拍)고 한데서 알 수 있듯, 18박으로 만든 사람은 동생董生임을 알 수 있다. 당대 이기李頎의 「동정란董庭蘭의 호가곡 연주를 듣고 겸하여 방관房琯 급사給事에게 보냄」(聽董大彈胡笳弄兼寄語房給事)에서 "채염이 예전에 호가곡을 지었으니, 한 번 뜯으니 십팔박이 되었다네. 호인胡人들 떨어진 눈물이 변방의 풀을 적시고, 한나라 사신은 돌아갈 나그네를 마주하고 애간장이 끊어졌네"(蔡女昔造胡笳聲, 一彈一十有八拍. 胡人落淚霑邊草, 漢使斷腸對歸客)이라 하였으므로, 동생이란 곧 동정란董庭蘭으로, 18박으로 만든 사람은 성당 시기의 동정란임을 알 수 있다.

역대로 이 시의 평가도 다양하다. 주희朱熹가 크게 상찬한 이래, 명대 육시옹陸時雍은 "「호가십팔박」을 읽으면 쑥대풀을 일어나게 하고 모래와 자갈이 절로 날게 하니 진실로 사람의 회포를 맵게 찌른다"고 하였고, 현대의 곽말약郭沫若도 "굴원屈原 이래 가장 감상할만한 장편서정시"라고 평하였다. 그러나 청대 서세부徐世溥는 "지극히 천속하여 …송원의 속된 문인宋元俚儒이 지었다"고 하였고, 현대의 일부 학자들도 내용이 중복되고 공허하다고 평가하였다. 본인이 보기에, 「호가십팔박」은 앞의 오언 「비분시」와 비교했을 때 한 사람이 썼다고 믿겨지지 않을 만큼 그 언어와 감정의 토로 방식과 심미적 취향이 다르다. 「호가십팔박」은 오언 「비분시」보다도 자연스럽지 않으며, 작품의 가치도 좀 떨어진다.

「한나라로 돌아가는 채염」(文姬歸漢圖) 금대(金代) 장우(張瑀) 그림.

# 중장통(仲長統)

　중장통(仲長統, 180-220)은 한대 말기의 산문가이자 사상가이다. 자는 공리公理로 산양山陽 고평(高平, 산동성 魚臺縣 북부) 사람이다. 어려서 배우기를 좋아하고 글을 잘 썼다. 성격이 대범하고, 자질구레한 일에 얽매이지 않았으며, 직언을 하여, 당시 사람들이 '광생'狂生이라 불렀다. 주州와 군郡에서 벼슬을 준다고 불렀으나, 이름은 오래 가지 않고 인생도 쉽게 가니 자적하며 살아야 한다고 생각하여 응하지 않았다. 상서령尙書令 순욱荀彧이 그 이름을 듣고 천거하여 상서랑尙書郎이 되었고, 나중에 조조의 승상참군丞相參軍이 되었다. 중장통은 세속의 모순을 질타하고 고결한 삶에 뜻을 두었으나 끝내 세상사를 잊지 못하였다. 은둔하여 『창언』昌言 34편을 지었고, 잘 알려진 「낙지론」樂志論을 썼다.

## 현지시 제1수
## 見志詩·其一

| | |
|---|---|
| 飛鳥遺迹, | 날아가는 새는 발자국을 버리고 |
| 蟬蛻亡殼. | 탈피하는 매미는 허물을 벗는다 |
| 騰蛇棄鱗, | 나르는 등사騰蛇는 비늘을 잃고 |
| 神龍喪角. | 신령스런 용은 뿔을 버린다 |
| 至人能變, | 지인至人은 변화할 수 있고 |
| 達士拔俗. | 달사達士는 세속을 뛰어넘는다 |

292  양한 시집(兩漢 詩集)

乘雲無轡,　　고삐 없이 구름을 타고
騁風無足.　　발이 없이 바람 속을 달린다
垂露成幃,　　내리는 이슬은 휘장이 되고
張霄成幄.　　펼쳐진 노을은 장막이 된다
沆瀣當餐,　　항해沆瀣를 음식으로 삼고
九陽代燭.　　아홉 개의 해로 촛불을 삼는다
恒星艶珠,　　뭇 별들은 화려한 구슬이 되고
朝霞潤玉.　　아침노을은 반짝이는 옥이 된다
六合之內,　　사방 천지 온 우주 안에서
恣心所欲.　　마음 내키는 대로 하고픈 대로 한다
人事可遺,　　인간 세상의 일은 버릴 수 있으니
何爲局促.　　어찌하여 좁게 움추러 있겠는가


○遺迹(유적): 남겨진 발자국. 이 구는 날아가는 새는 발자국을 남기고 떠난다는 뜻.
○蟬蛻(선태): 매미가 허물을 벗다. ○騰蛇(등사): '螣蛇'라고도 쓴다. 전설에 나오는 날
아다닐 수 있다는 뱀. 『이아』(爾雅)에서 곽박(郭璞)은 "용의 일종으로, 구름과 안개를
일으켜 그 속에서 논다"라고 해설하였다. ○神龍喪角(신룡상각): 뿔이 있는 용을 규룡
(虯龍)이라고 한다. ○至人(지인): 도가(道家)에서 말하는 세속을 초월한 수양이 지극한
사람. 『장자』「천하」(天下)에서는 "참됨에서 벗어나지 않는 사람을 지인이라고 한다"(不
離於眞, 謂之至人)고 했다. ○霄(소): 노을. ○沆瀣(항해): 밤의 수기(水氣)로 보통 이슬
을 가리킨다. 신선이 마신다고 한다. ○九陽(구양): 아홉 개의 태양. 『산해경』에 "양곡
(陽谷)에 부목(扶木)이 있는데, 아홉 개의 해가 아래 가지에 있고, 한 개의 해가 윗가지
에 있다"는 말이 있다. ○艶珠(염주): 아름다운 구슬. 『장자』「열어구」(列禦寇)에 "나는
천지로 관을 삼고, 해와 달로 쌍벽옥으로 삼고, 별들로 구슬을 삼고, 만물로 증여품으로
삼는다"(吾以天地爲棺槨, 以日月爲連璧, 星辰爲珠璣, 萬物爲齎送)는 말이 있다. ○六合
(육합): 동서남북 사방 및 하늘과 땅. 우주. ○人事(인사): 인간 세상의 일들. ○局促(국
촉): 속박되어 움츠러들다.


　　『후한서』後漢書 권49「중장통전」에 실려 있다. 원래 제목이 없었으나

후인들이 문집에 실을 때「현지시」라고 붙였다. 여기에는 노장 사상이 깊이 깔려 있어 한대 말기 유가의 쇠퇴와 현학玄學의 대두로부터 시작되는 사인士人들의 풍기를 읽을 수 있다.


## 현지시 제2수
## 見志詩・其二

| | |
|---|---|
| 大道雖夷, | 대도大道가 비록 평탄하여도 |
| 見幾者寡. | 변화의 기미를 아는 자는 적다 |
| 任意無非, | 마음대로 하여도 잘못이 없으며 |
| 適物無可. | 사람과 사물을 대하여도 얽매임이 없다 |
| 古來繞繞, | 예부터 사람이 작은 일에 얽매이면 |
| 委曲如瑣. | 곡절 많고 세세하기에 지극히 번잡하다 |
| 百慮何爲? | 백 가지 생각은 해서 무엇 하나 |
| 至要在我. | 이치의 요지는 나에게 있다 |
| 寄愁天上, | 시름은 하늘에 보내고 |
| 埋憂地下. | 걱정은 땅속에 묻는다 |
| 叛散五經, | 오경五經을 반대하고 |
| 滅棄風雅. | 풍아風雅를 폐기한다 |
| 百家雜碎, | 제자백가는 어지럽고 번쇄하니 |
| 請用從火. | 불에 넣어 태워야 하리 |
| 抗志山栖, | 산에서 살며 뜻을 높이고 |
| 游心海左. | 바다에서 정신을 달리리라 |
| 元氣爲舟, | 원기元氣로 배를 만들고 |
| 微風爲柁. | 미풍으로 키를 만들어 |

敖翔太淸,      태청<sup>太淸</sup>에서 자유롭게 날며
縱意容冶.      거리낌 없이 마음껏 놀리라

○幾(기): 기미(幾微). 사물이나 현상이 본격적으로 출현하기 이전에 나타나는 미세한 조짐. ○適物(적물): '遇物'과 같다. 사람을 만나고 사물을 대하다. ○無可(무가): '無可無不可'와 같다. 사람과 사물을 대함에 있어 선입견 없이 그때그때의 상황에 따라 자유롭게 처신함. 이 말은 『논어』 「미자」(微子)의 "우중(虞仲)과 이일(夷逸)은 은거하였고 할 말은 직언하였는데, 행위는 고결하였고 쓰임을 받지 않을 줄도 알았다. 나는 그들과 다른데 할 수 있는 것도 없고 할 수 없는 것도 없다"(虞仲夷逸隱居放言, 身中淸, 廢中權. 我則異於是, 無可無不可)에서 나왔다. ○繞繞(요요): 얽매인 모양. ○至要(지요): 사물의 이치나 학문의 요지. ○風雅(풍아): 『시경』 중의 「국풍」(國風), 「대아」(大雅), 「소아」(小雅)를 가리킨다. 한대에는 최고의 시로 추앙되었다. ○百家(백가): 제자백가. ○抗志(항지): 뜻을 고상하게 드높이다. ○游心(유심): 상상하고 생각하다. ○海左(해좌): 바다의 동쪽. ○元氣(원기): 우주에 가득 찬 기운. ○敖翔(오상): '遨翔'과 같다. 자유롭게 날다. ○太淸(태청): 하늘을 가리킨다. ○容冶(용야): 놀다. 한가하고 즐겁게 놀다.

제2수도 앞의 시와 마찬가지로 세속을 초월하는 높은 정신을 노래했다. 특히 여기서는 오경과 풍아風雅를 부정하는 반역 정신이 뚜렷한데, 이는 곧 이어 등장하는 죽림칠현竹林七賢에게 영향을 준 것으로 보인다. 특히 "바다에서 정신을 달리리라"(游心海左)와 "태청太淸에서 자유롭게 날며"(敖翔太淸) 등의 표현은 혜강嵇康의 「형 수재秀才가 입군入軍함에 드림」贈兄秀才入軍 제14수에 나오는 "편안하게 하늘과 땅을 바라보며, 태현太玄에서 정신을 달린다"(俯仰自得, 游心泰玄) 등의 구에 직접적인 영향을 준 것으로 보인다.

무명씨 고시
無名氏古詩

# 고시십구수(古詩十九首)

‘고시’古詩는 고대 사람이 지은 시라는 뜻이지만 시대마다 그 의미가
달랐다. 한대 사람들은 『시경』을 고시라고 했고, 위진남북조 사람들은
한위漢魏 시대의 시를 고시라 하였고, 당대 사람들은 율시와 대비하여
당 이전의 비격률시를 고시라 하였다. 여기서 말하는 ‘고시’는, 남조 말
기 양진梁陳 시기에 시문집을 편찬할 때, 작가를 모르거나 불확실한 한
대漢代의 시를 지칭한 뜻이다. ‘고시십구수’는 양대梁代 소통蕭統이 편찬
한 『문선』文選에 처음 보인다. 그중 12수는 『옥대신영』에도 실려 있다.
이들 시의 저자에 대해서는 논란이 많은데 『문선』에서는 8수를 서한의
매승枚乘이 지었다고 하였으며, 그밖에 유협劉勰의 『문심조룡』 등에서도
부의傅毅, 조식曹植, 왕찬王粲 등의 작품으로 보기도 하였다. 그러나 오늘
날 학계에서는 이들 작품이 모두 동한 말기의 무명씨 작가들이 지은 것
으로 본다. 고시의 수량에 대해서는 종영鍾嶸이 모두 45수 있다고 한 데
서도(其外“去者日以疎”四十五首) 알 수 있듯이 본디 더 많은 시편이
있었을 것이다. 『문선』에서 뽑은 19수는 서로 관련이 적어 연작시로
보기 어려우나, 그 문풍에서 동한 시기에 제작된 것으로 보는 데는 학
계의 의견이 일치한다. 고시에 대해서 역대 평론가들은 모두 높은 평가
를 내렸다. 특히 종영은 “일자천금”(一字千金)이라 하였고, 유협은 “오
언의 관면”(五言之冠冕)이라 하여 오언시 가운데 최고의 작품으로 쳤다.

# 걷고 걸어 또 쉬지 않고 걸어가니
# 行行重行行

| | |
|---|---|
| 行行重行行, | 걷고 걸어 또 쉬지 않고 걸어가니 |
| 與君生別離. | 나는 그대와 생이별하였습니다 |
| 相去萬餘里, | 서로 만여 리나 떨어져 |
| 各在天一涯. | 각각 하늘 끝에 있습니다 |
| 道路阻且長, | 그대에게 가는 길이 멀고 험하니 |
| 會面安可知? | 다시 볼 날이 언제인가요? |
| 胡馬依北風, | 북방에서 온 말은 북풍을 그리워하고 |
| 越鳥巢南枝. | 남방에서 온 새는 남쪽가지에 둥지를 틉니다 |
| 相去日已遠, | 그대는 날이 갈수록 멀어지고 |
| 衣帶日已緩. | 나의 허리띠는 나날이 느슨해집니다 |
| 浮雲蔽白日, | 뜬구름이 해를 가리니 |
| 遊子不顧返. | 나그네는 돌아오려 하지 않네요 |
| 思君令人老, | 그대 생각에 나는 늙어가고 |
| 歲月忽已晚. | 어느덧 한 해가 저물어갑니다 |
| 棄捐勿復道, | 아서라, 더 말하지 않을래요 |
| 努力加餐飯. | 힘써 밥이나 챙겨 드시길 바래요 |

○行行(행행): 쉼 없이 계속 여행하다. 여기서는 상대방이 나그네로 오랫동안 여행하기 때문에 화자로부터 날마다 더욱 멀어짐을 의미한다. 여인이 상대방의 모습을 상상하여 그렸다. ○生別離(생별리): 생으로 이별하다. 이별을 겪어보지 않았기에 더욱 고통스러운, 생생한 이별을 의미하기도 한다. 혹은 '사별'(死別)과 대비되는 말로 산 사람의 이별로 풀이하기도 한다. 『초사』「소사명」(少司命)의 "슬픈 일 가운데 생이별보다 더 슬픈 일 없고"(悲莫悲兮生別離)에서 유래한 말. ○天一涯(천일애): '天一方'과 같다. 하늘의 한쪽 끝. ○阻且長(조차장): 험난하고 멀다. 이 말은 『시경』「겸가」(蒹葭)의 "그리운 그

사람은, 강물 저쪽에 있어, 물을 거슬러 가 따르려 하나, 길이 험하고 멀구나"(所謂伊人, 在水一方, 遡洄從之, 道阻且長)에서 유래하였다. ○胡馬(호마): 북방의 비한족 지역에서 태어난 말. '호'(胡)는 중국 서북 지방의 한족 이외의 여러 민족을 가리킨다. ○越鳥(월조): 월 지방의 새. 월(越)은 한대의 백월(百越)로 지금의 절강과 광동 지방에 살았던 여러 민족을 말한다. 이 두 구는 말과 새도 고향을 그리워한다는 당시 속담으로 한대의 여러 전적에 보인다. 『문선』 이선(李善)의 주(注)에 『한시외전』(韓詩外傳)에 '대(代, 산서성 북부)의 말은 북풍에 의지하고, 월 지방의 새는 옛 둥지로 날아간다'고 했는데, 모두 본향을 잊지 않음을 말한 것이다"(詩云, 代馬依北風, 越鳥翔故巢, 皆不忘本之謂也)고 했으며, 『염철론』(鹽鐵論)과 『오월춘추』(吳越春秋)에도 같은 표현이 나온다. 동물들이 본능적으로 고향을 그리워하듯 당신도 고향에 둔 나를 생각하겠지요 라는 의미이다. ○浮雲蔽白日(부운폐백일): 뜬 구름이 밝은 해를 가리다. 이는 단순한 천상의 묘사가 아니라 시국이 혼란스럽고 간악한 무리들이 있어 나그네가 돌아올 수 없음을 비유하였다. 곧 나그네가 고향에 올 수 없는 사정을 비유한 것으로, 고향에서 피해를 당하여 떠났다고 볼 수도 있으며 혹은 고향에서 억울한 일을 당하여 돌아올 수 없음을 의미할 수도 있다. 또는 '부운'은 객지의 여인을 말하고 '백일'은 나그네인 남편을 가리킨다고 해석할 수도 있다. ○思君令人老(사군령인로): 그대 생각 때문에 내가 나이 들어 보인다. 그대 생각하면서 늙어간다는 뜻이 아니다. 『시경』 「소변」(小弁)에 "근심으로 늙다"(維憂用老)에서 유래하였다. 이 표현은 양한 위진남북조 시대의 속어로 시에 자주 보인다. 조식(曹植)의 「잡시·제2수」에 "아아, 그만 말하리라. 깊은 근심은 사람을 늙게 한다네"(去去莫復道, 沈憂令人老)는 말이 있고, 서간(徐幹)의 「실사」(室思)에도 "그대 떠나 날이 갈수록 멀어지고, 울결이 사람을 늙게 하네"(君去日已遠, 鬱結令人老)는 표현이 있다. 이와 비슷한 말로 "근심으로 백발이 난다"(憂令我白頭)는 표현이 있다. ○棄捐(기연): 그만 두다. 장옥곡(張玉穀)은 자신이 버림받음을 말한다고 풀이했으나, 유평백(兪平伯)은 시적 화자가 자신이 하던 말을 그만 두자라는 뜻으로 해석하였다. 당연히 후자의 뜻으로 풀어야 할 것이다. "에이, 말해 무엇 하랴! 이제 그만 하소연하자"라는 뜻이다. ○勿復道(물부도): 다시 말하지 않다. 「병든 부인의 노래」(婦病行) 참조. ○加餐飯(가찬반): 밥을 잘 챙겨 먹고 몸 건강히 지내라는 격려의 말. 「장성 아래 샘에서 말에 물 먹이며」(飮馬長城窟行)에도 "편지의 첫머리엔 밥 챙겨 먹으라 하고"(上言加餐食)란 말이 보이는데, 양한 이래 당대에도 이 말이 계속 쓰였다. 『돈황변문집』(敦煌變文集) 「장회심 변문」(張淮深變文)에 "돌아가는 길에 몸 조심하고 밥 잘 챙겨 먹어요"(歸程保重加餐飯)란 말이 있고, 두목(杜牧)의 「윤주 막부에 부임하는 두의를 보내며」(送杜顗赴潤州幕)에도 "타향에서 밥 잘 챙겨먹으라는 형제의 마음"(異鄕加飯弟兄心)이란 구가 있다. 이와 비슷한 말로 '강

식'(强食, 彊食)이란 말이 있다. 『한서』「조충국전」(趙充國傳)에 "장군은 밥을 잘 챙겨
먹고, 군사를 신중히 관리하고, 자신을 아끼시오!"(將軍强食, 愼兵事, 自愛!)란 말이 있
다. 가찬반(加餐飯)과 강식(强食)은 같은 뜻으로 상대방을 격려하는 말이다.

　여인이 객지에 나간 남편을 그리워하는 내용이다. 먼저 이별을 서술
한 후 만남의 어려움과 그리움의 고통을 토로하였으며, 말미에서 오로
지 상대의 안녕을 바라고 있다. 동한 중기 이후에는 정치가 어지러워지
고 전란이 많아 벼슬과 출로를 찾기 위해 사방을 다니는 사람들이 많았
다. 이러한 배경 속에 나온 이 시는 평범한 말투 속에 절실하고 진지한
감정을 담고 있다.


## 파릇파릇한 강가의 풀
## 靑靑河畔草

| | |
|---|---|
| 靑靑河畔草, | 파릇파릇한 강가의 풀 |
| 鬱鬱園中柳. | 울울창창한 정원의 버들 |
| 盈盈樓上女, | 곱디고운 누대 위의 여인이 |
| 皎皎當窓牖. | 해맑은 얼굴로 창문 앞에 서있네 |
| 娥娥紅粉粧, | 아리따운 붉은 화장에 |
| 纖纖出素手. | 살짝 내민 희디흰 섬섬옥수 |
| 昔爲倡家女, | 예전에는 노래를 부르던 기녀 |
| 今爲蕩子婦. | 지금은 집 떠난 남편의 아내 |
| 蕩子行不歸, | 나그네는 떠나 돌아오지 않으니 |
| 空床獨難守. | 빈 침상 홀로 지키기 어려워 |

○靑靑(청청): 파릇파릇하다. 푸르디푸르다. 색채와 함께 생기로움도 함께 표현하였다.

○鬱鬱(울울): 빽빽하다. 울창하다. 무성한 모양. 처음 2구에서 봄의 경치를 묘사한 것은 여인이 있는 시간과 공간을 표시한다고 볼 수도 있지만, 전통적인 시작법의 관점에서 단순한 환경이 아니라 '흥'(興)의 기법으로 볼 수 있다. 방정규(方廷珪)는 봄이 되어 만물이 무성한 모습에서 여인도 한창 때임을 연상한 것으로 보았다. 주자청(朱自淸)의 해석은 비교적 설득력이 있는데 요약하면 다음과 같다. 젊은 부인은 집을 떠난 남편을 그리워하며 누대 위에서 창을 열고 먼 곳을 바라보고 있다. 그녀는 떠나던 남편의 모습을 찾는다. 그러나 보이는 것이란 먼 곳은 초록이요 가까운 곳은 버들뿐이다. 초록은 강가까지 이어져 끝없이 펼쳐져 있다. 어쩌면 이 풀은 남편이 있는 곳까지 줄곧 푸를 것이다. 이는 마치 「장성 아래 샘에서 말에 물 먹이며」(飮馬長城窟行)의 첫 2구인 "파릇파릇한 강가의 풀, 아득히 먼 길을 그리워하네요"(靑靑河邊草, 綿綿思遠道)는 바로 이러한 뜻이다. 저 무성한 버들은 멀리 떠난 사람을 생각하게 한다. 한대 사람들은 장안의 파교(灞橋)에서 나그네를 보낼 때 버들가지를 꺾어 주었다. '柳'는 '留'와 해음(諧音)으로 곧 나그네를 붙든다는 뜻이 있다. 여인은 정원의 버들이 울창해지자 당시 헤어질 때의 안타까운 정경이 생각났다. 풀이 푸르러지고 버들이 무성해지자 사람들은 즐거이 노니는데 자신은 청춘인데도 한가히 보내니 안타까운 일이다. ○盈盈(영영): 여인의 자태가 아름다운 모양. ○皎皎(교교): 교교하다. 밝은 모양. 여기서는 여인의 얼굴이 흰 것을 가리킨다. (朱自淸 설) ○娥娥(아아): 교태 있고 아름다운 모양. ○纖纖(섬섬): 가늘고 긴 모양. ○倡家女(창가녀): 가무와 연주를 하는 여인. 창녀(倡女)는 노래를 부르고 춤을 추거나 비파를 연주하는 등 오락으로 생계를 유지하던 사람으로, 후세의 창기(娼妓)와는 뜻이 다르다. ○蕩子(탕자): '遊子'와 같다. 나그네. 사방을 떠돌며 집에 돌아오지 않는 사람.

창가倡家 출신의 여인이 봄날 적막함을 이기지 못하여 누대에 올라 시름에 잠겨 있는 모습을 그렸다. 제3인칭의 시점에서 이를 묘사하였는데, 시인은 이 여인을 무척 동정하는 어조이다. 첫 2구는 봄의 경치를 묘사하면서 '흥'을 제시했고, 다음 4구는 여인의 자태를 묘사하였고, 마지막 4구는 여인의 신세와 수심을 서술하였다. 첫 구부터 6구까지 첫 2자는 모두 첩자疊字를 사용하였는데 어색하지 않고 자연스럽다. 이 시는 후대에 많은 영향을 끼쳐, 진대晉代 육기陸機는 이를 모방하여 「고시를 본떠 지음」을 지었고, 양대梁代 소역蕭繹은 「탕부추사부」蕩婦秋

思賦에서 이를 발전시켰고, 당대 왕창령王昌齡은「규중의 원망」閨怨에서 이 시의 의경을 재창조하였다.


## 언덕 위의 측백나무는 언제나 푸르고
## 靑靑陵上栢

| | |
|---|---|
| 靑靑陵上栢, | 언덕 위의 측백나무는 언제나 푸르고 |
| 磊磊澗中石; | 계곡의 바위들은 울퉁불퉁 쌓여있다 |
| 人生天地間, | 이에 비해 사람은 천지 사이에서 |
| 忽如遠行客. | 먼 길 가는 나그네처럼 잠시 왔다 가는구나 |
| 斗酒相娛樂, | 한 되 술이라도 서로 즐길 수 있으니 |
| 聊厚不爲薄. | 잠시 많다고 여기며 적다고 생각지 않는다 |
| 驅車策駑馬, | 노둔한 말을 채찍질하여 수레를 몰아 |
| 游戲宛與洛. | 완현宛縣과 낙양으로 놀러 가보세 |
| 洛中何鬱鬱, | 낙양은 얼마나 번화하고 떠들썩한가 |
| 冠帶自相索. | 고관들은 자기들끼리만 출세 위해 왕래하네 |
| 長衢羅夾巷, | 큰 길의 양쪽으로 작은 길이 뻗어있고 |
| 王侯多第宅. | 도처에 왕후장상王侯將相의 대저택이 늘어섰네 |
| 兩宮遙相望, | 남궁과 북궁은 멀리 서로 마주하고 |
| 雙闕百餘尺. | 궐문은 하늘을 찌를 듯 높이 솟았네 |
| 極宴娛心意, | 귀인들은 실컷 즐기고 마음껏 노는데 |
| 戚戚何所迫! | 어찌하여 나는 홀로 근심에 차 있는가! |


○陵(릉): 높이 솟아오른 땅. 봉우리. 무덤을 가리키기도 한다.  ○磊磊(뇌뢰): 울퉁불퉁. 돌들이 쌓여 있는 모양.  ○澗(간): 산 사이의 계곡 물. 무덤가의 측백나무와 계곡의 바위

는 장구한 세월 동안 존재하는 것이나 인간은 잠시밖에 살지 못함을 대비하였다. (朱自清 설) ○忽(홀): 빠르다. ○斗酒(두주): 한 되의 술. 많지 않는 술을 가리킨다. ○聊(료): 잠시. ○不爲(불위): '不以爲'로 풀이할 수 있다. '～이라고 생각하지 않다'. 한 되밖에 안되는 술이지만 적다고 여기지 않는다. ○策駑馬(책노마): 느리고 둔한 말을 채찍질하다. ○宛(완): 동한 남양군(南陽郡)의 완현(宛縣). 지금의 하남성 남양시(南陽市). 광무제(光武帝)의 고향으로 당시에는 번화하여 '남도'(南都)라 칭하였다. 후한 때 장형(張衡)은 「남도부」(南都賦)에서 남양의 번화함을 묘사하였다. ○洛(낙): 낙양. 동한의 수도로, 지금의 하남성 낙양시. ○鬱鬱(울울): 빽빽하다. 여기서는 사람이 많고 기상이 번성한 모습을 가리킨다. ○冠帶(관대): 관리들이 쓴 관과 허리에 두른 띠. 여기서는 고위 관리들을 가리킨다. ○自相索(자상색): 서로 찾다. 부자와 세력가들이 출세를 위해 자기들만 세력을 만들어 서로를 찾고 방문하다. ○衢(구): 사방이 통하는 한길. ○夾巷(협항): 한길과 연결된 골목. ○第宅(제택): 대저택. ○兩宮(양궁): 낙양에 있었던 남궁과 북궁으로, 둘 다 황궁이었다. 남궁은 AD38년에 지었고, 북궁은 AD60년에 지었으며, 7리를 두고 떨어져 있었다. 주균(朱筠)은 천자궁과 태후궁이라 하였다. ○雙闕(쌍궐): 궁문의 양옆에 있는 망루. ○極宴(극연): 사치스럽고 호화스럽게 마음껏 즐기다. '宴'은 동사로, 즐기다. ○戚戚(척척): 슬퍼하는 모습. ○迫(박): 마음이 억압되다. 스트레스 받다. 마지막 2구에 대해서는 각 구의 주어를 무엇으로 하느냐에 따라 여러 가지 해석이 가능하다. 그러나 전체 시의 전개를 보면, 서두에서 무상감을 잊기 위해 수레를 몰아 낙양으로 놀러가 일부러 시름을 잊으려 하였으나, 귀족들과 세력가들은 욕망과 환락만 쫓고 있어, 작자는 나라의 안위를 걱정하며 근심에 차게 된다고 보는 게 적절할 것이다.

'고시십구수' 중의 제3수이다. 이 시는 일종의 감회시感懷詩로 인생의 짧음을 아쉬워하고, 때가 가기 전에 즐기라고 권고하고 있다. 외지에서 낙양에 온 사람이 낙양의 번화한 모습을 보고 쓴 감상인 듯하다. 비록 정신적인 지향이 높지 않고 퇴폐적인 면이 있다고 해도, 진솔하게 자신의 감정을 표현한 데서 동한東漢 말기의 낙양의 번화함과 부패한 사회에서 출로를 찾지 못하는 선비들의 정서를 엿볼 수 있다.

## 오늘의 연회는 떠들썩하기 그지없어
## 今日良宴會

| | |
|---|---|
| 今日良宴會, | 오늘의 연회는 떠들썩하기 그지없어 |
| 歡樂難具陳. | 기쁘고 즐거운 일 모두 말하기 어렵다 |
| 彈箏奮逸響, | 고쟁古箏은 뛰어난 음향을 발하였고 |
| 新聲妙入神. | 새로운 노래는 신의 경지에 이른 듯 했다 |
| 令德唱高言, | 현자賢者가 식견 높은 말을 노래했지만 |
| 識曲聽其眞. | 나 같은 지음知音은 그 본뜻을 알아내었다 |
| 齊心同所願, | 모든 사람들이 부귀를 바라고 있음을 |
| 含意俱未伸. | 마음속으로 알지만 말하지 않을 뿐인 것을 |
| 人生寄一世, | 사람의 삶이란 잠시 깃들다 가는 것 |
| 奄忽若颷塵. | 빠르기가 마치 광풍에 나부끼는 먼지와 같으니 |
| 何不策高足, | 어찌하여 좋은 말을 채찍질하여 |
| 先據要路津! | 먼저 요로要路를 점거하지 않는가! |
| 無爲守窮賤, | 빈궁과 비천함을 견디려 하지 말게 |
| 轗軻長苦辛. | 험난한 길 걸어가면 오래도록 고생하나니 |

○良宴會(양연회): 좋은 연회. 아주 떠들썩한 잔치. ○具陳(구진): 일일이 다 말하다. ○箏(쟁): 일종의 현악기. 본래 대나무에 5현이었으나 한대에는 나무에 12현으로 만들었고, 당대 이후에는 13현으로 개량되었다. ○奮(분): 일어나다. ○逸響(일향): 뛰어난 음향. ○新聲(신성): 유행가를 가리킨다. ○入神(입신): 신의 경지에 이르다. ○令德(영덕): 아름다운 덕을 가진 사람. 현인(賢人). 여기서는 일종의 반어법으로 이익과 출세를 추구하는 사람을 비유했다. ○高言(고언): 뛰어난 견해. 역시 반어법으로 세속적인 견해를 뜻하며, '인생기일세'(人生寄一世) 이하 6구를 가리킨다. ○識曲(식곡): 노래를 이해하는 사람. ○眞(진): 진정한 의미. ○所願(소원): 소원. 바라는 바. 이선(李善)은 '부귀'(富貴)를 말한다고 풀이하였다. ○含意(함의): 사람들이 마음속으로 알고 있는 음악

의 진정한 의미. ○伸(신): 토로하다. 말하다. ○寄(기): 몸을 맡기다. 잠시 살다. ○奄忽(엄홀): 휘익. 갑자기. 빠른 모양. ○飆塵(표진): 돌개바람 속의 먼지. 회오리바람이 일으킨 먼지. 순식간에 사라짐을 비유했다. ○策(책): 채찍질하다. ○高足(고족): '일족'(逸足)과 같으며, 준마 혹은 뛰어난 재능을 의미한다. ○要路津(요로진): 행인들이 거쳐야 하는 나루터. 여기서는 좋은 벼슬 혹은 높은 직위를 비유했다. ○無爲(무위): '~하지 마라'. '하필 ~할 것인가'. ○轗軻(감가): '坎坷'와 같다. 울퉁불퉁한 길.

　　'고시십구수'의 제4수이다. 이 시 역시 일종의 감회시感懷詩로 연회에서 음악을 듣고 인생에 대한 사색과 감개를 노래하였다. 당시 사람들의 출세와 이익을 추구하는 세속적인 욕망을 드러내고 이를 풍자하였다. 표면상으로는 이러한 풍자가 약하거나 없어 보이지만, 고대 작가들은 반어법의 방법으로 세속의 용속함에 분개를 표시하였다. 그러므로 이 시에서 말하는 '식견 높은 말'高言은 사실은 그 반대로 이익을 추구하는 용속한 가치를 대변하는 말이다. 고대 평론가들은 이 시의 뛰어난 점으로 솔직한 점을 들었는데, 예컨대 "어찌하여 타고 있는 말을 빨리 채찍질하여, 먼저 요로要路를 점거하지 않는가!"라는 구가 그러하다.

잔치를 벌이는 모습. 장포를 입은 일곱 사람이 술을 마시고 있다. 1972년 사천성 대읍현(大邑縣)에서 출토된 한대 화상석.

# 서북에 있는 높은 누대
# 西北有高樓

| | |
|---|---|
| 西北有高樓, | 서북에 있는 높은 누대 |
| 上與浮雲齊. | 꼭대기는 구름과 닿아있네 |
| 交疏結綺窓, | 투각한 격자창은 꽃문양 같이 곱고 |
| 阿閣三重階. | 누각은 세 단 계단 위에 높이 섰네 |
| 上有弦歌聲, | 누대에서 흘러나온 노래 소리 |
| 音響一何悲! | 그 가락은 어찌 그리 슬픈가! |
| 誰能爲此曲, | 누가 이토록 구슬픈 노래 부를 수 있을까 |
| 無乃杞梁妻! | 기량杞梁의 아내가 아니라면 부르지 못하리라 |
| 清商隨風發, | 청상清商의 가락은 바람에 날리고 |
| 中曲正徘徊. | 곡조의 중반은 굽이굽이 넘어간다 |
| 一彈再三歎, | 한 번 연주에 세 사람이 화답하니 |
| 慷慨有餘哀. | 격한 감정엔 깊은 슬픔이 베어있네 |
| 不惜歌者苦, | 노래하는 사람의 고통도 슬퍼하지만 |
| 但傷知音稀. | 그 처지 알아주는 사람 없음이 더욱 구슬퍼 |
| 願爲雙鴻鵠, | 원컨대 우리 함께 한 쌍의 고니가 되어 |
| 奮翅起高飛. | 날개 펴고 높이높이 날아가고저 |

○交疏(교소): '交'는 교차한다, '疏'는 투각하다는 뜻. 창살이 교차되어 그 사이가 뚫려 있다는 뜻이다. ○結綺(결기): 창살이 비단의 화문 같다. 이 구는 가로 세로로 교착된 문살이 꽃 모양으로 조각되어 있다는 뜻이다. ○阿閣(아각): 사면에 처마가 있는 누각. ○三重階(삼중계): 삼급(三級) 계단. 누각이 3층으로 되어 있는 것이 아니라 누각의 기단이 세 단(三級)으로 되어 있다. ○無乃(무내): 가능(可能), 막비(莫非)와 같다. 추측의 어기를 표시한다. ○杞梁妻(기량처): 기량(杞梁)의 아내. 기량은 춘추(春秋)시대 제(齊)의 대부(大夫)로 이름은 기직(杞植)이다. 양(梁)은 자(字). 기량이 전투에서 죽자 그의

아내가 열흘 간 통곡하다가 자살하였다. 금곡(琴曲)에 「기량 처의 노래」(杞梁妻歎)란 작품이 있는데, 『금조』(琴操)라는 책에선 기량의 처가 지었다고 하고, 『고금주』에서는 기량 처의 여동생 조일(朝日)이 지었다고 한다. ○淸商(청상): 악곡의 이름. 『한비자』「십과」(十過)에 춘추 시대 진평공(晉平公)이 사광(師曠)에게 "청상(淸商)이 가장 슬픈가?"라고 묻는 장면이 있는 것으로 보아 슬픈 정감을 잘 표현한 곡조로 보인다. ○中曲(중곡): 악곡의 중간 부분. ○徘徊(배회): 악곡이 굽이굽이 구성지게 변주됨을 형용하였다. 노래의 배회는 곧 청자의 심정의 배회이자 발걸음의 배회이다. (朱自淸 설) ○歎(탄): 악곡 중의 화답하는 노래. 『악기』(樂記)에서 말하는 "일창이삼탄"(一倡而三歎)의 '탄'(歎)과 같다. "한 사람이 노래하면 세 사람이 화답한다"는 말은 노래가 지극히 훌륭하다는 의미이다. ○慷慨(강개): 평소 자신의 뜻을 펴지 못하는데서 오는 아쉽고 격한 감정.『설문해자』에서는 "장사가 마음에 뜻을 얻지 못한 모습"(壯士不得志於心也)이라고 풀이하였다. ○知音(지음): 음악을 듣고 연주자의 심정을 이해하다. 전국시대 유백아(兪伯牙)가 거문고를 타는데 종자기(鍾子期)가 듣고 그 뜻을 알았다는 이야기에서 '지음'(知音)이란 말이 나왔고 후세에 '지기'(知己)라는 말이 나왔다. ○鴻鵠(홍곡): 고니. '홍곡'에는 이상을 추구한다는 뜻이 깃들어 있다. 앞에 나온 유방(劉邦)의 「홍곡의 노래」(鴻鵠歌)에는 "홍곡이 높이 날면 한 번에 천리라네"(鴻鵠高飛, 一擧千里)는 구절이 있고, 『사기』「진섭세가」(陳涉世家)에도 "제비와 참새가 어찌 홍곡의 뜻을 알리오"(燕雀安知鴻鵠之志哉)란 말이 있다.


  '고시십구수'의 다섯 번째 작품이다. 높은 누각에서 들려오는 애달픈 음악에서 화자는 노래하는 사람에 대해 동정하고 지음知音이 없음을 아쉬워한다. 시의 첫 부분에서 노래하는 사람이 있는 장소를 제시하고, 중간에서 노래 소리를 묘사하고, 말미에서 자신의 회재불우懷才不遇 등의 감개를 서술하였다.

# 강을 건너 연꽃을 따고
# 涉江采芙蓉

| | |
|---|---|
| 涉江采芙蓉, | 강을 건너 연꽃을 따고 |
| 蘭澤多芳草; | 못 가에서 난초 꽃을 따네 |
| 采之欲遺誰? | 꽃을 꺾어 누구에게 줄까? |
| 所思在遠道. | 그리운 사람은 먼 곳에 있네 |
| 還顧望舊鄉, | 고개 돌려 고향 쪽을 바라보니 |
| 長路漫浩浩. | 아득히 먼 길만 구비구비 이어져있네 |
| 同心而離居, | 마음은 같으나 헤어져 사니 |
| 憂傷以終老. | 근심 속에 우리 생을 마쳐야 하나 |

○涉江(섭강): 강을 건너다. 「섭강」(涉江)은 굴원이 지은 『초사』「구장」(九章)의 한 편으로 여러 곳을 전전하는 내용을 담고 있다. 이 시는 그 내용을 빌려와 시의 화자가 유랑함을 암시하고 있다. (朱自淸 설) ○芙蓉(부용): 연꽃. ○遠道(원도): '원방'(遠方)과 같다. 먼 곳. 고대에는 친한 사람과 향초를 주고받는 풍습이 있었다. (聞一多 설) ○漫(만): '漫漫'의 생략어. 아득히. 멀리. ○浩浩(호호): 크고 넓은 모양. 아득히. ○同心(동심): 남녀의 마음이 일치함. 『주역』「계사」(繫辭)에 있는 "두 사람의 마음이 일치하면 그 예리함은 쇠를 자를 수 있다"(二人同心, 其利斷金)는 말을 활용하고 있다. 말 2구는 그리워하는 사람과 그 대상을 모두 포함하여 하는 말이다. (張玉穀 설)

　'고시십구수'의 제6수이다. 나그네가 고향을 그리워하는 내용이다. 그리워하는 대상을 친구로 보는 학자도 있으나 말 2구를 보면 아내로 보인다. 먼저 꽃과 향초를 뜯고, 그리운 대상에게 줄 수 없음을 말하고, '동심'同心인 사람과의 헤어짐을 안타까워하였다. 동한 중엽 이후, 혼란한 사회 속에서 가족들이 이산되는 상황을 반영하고 있다. 질박한 언어로 진지한 감정을 담았다.

# 밝은 달은 교교히 비치고
# 明月皎夜光

| | |
|---|---|
| 明月皎夜光, | 밝은 달은 교교히 비치고 |
| 促織鳴東壁; | 귀뚜라미는 동쪽 벽에서 운다 |
| 玉衡指孟冬, | 북두성 자루는 한밤을 가리키고 |
| 衆星何歷歷. | 별들은 뚜렷하기만 하다 |
| 白露霑野草, | 흰 이슬이 들풀을 적시니 |
| 時節忽復易; | 계절은 갑자기 다시 바뀌었다 |
| 秋蟬鳴樹間, | 가을 매미가 나무 사이에서 우는데 |
| 玄鳥逝安適? | 제비는 어디로 날아가는가 |
| 昔我同門友, | 예전에 함께 공부한 동문 친구들 |
| 高擧振六翮; | 높이 올라 날개를 떨치는구나 |
| 不念攜手好, | 함께 손잡았던 지난 시절을 잊어버리고 |
| 棄我如遺跡. | 땅위의 발자국처럼 나를 버렸구나 |
| 南箕北有斗, | 남쪽 기성箕星은 키질을 못하고 북두성도 국자가 아니며 |
| 牽牛不負軛; | 견우성도 이름만 있을 뿐 멍에를 질 수 없다네 |
| 良無盤石固, | 진실로 반석과 같이 굳세지 않으니 |
| 虛名復何益! | 친구라는 이름이 무슨 소용 있으랴 |

○明月(명월): 밝은 달. 주자청(朱自淸)은 이 구절이 『시경』「월출」(月出)의 "달이 나와 교교하게 빛나니, …애타는 마음이 근심스럽네"(月出皎兮, …勞心悄兮)의 뜻을 사용하였다고 했다. 그러므로 첫 구는 경치를 묘사하면서 동시에 근심스러운 마음을 암시한다고 볼 수 있다. ○促織(촉직): 귀뚜라미. 장경(張庚)은 날씨가 추워지자 귀뚜라미는 따뜻한 곳을 찾아 동쪽 벽으로 갔다고 했다. ○玉衡(옥형): 북두칠성의 제5성에서 제7성까지 자루 모양의 별들을 말한다. ○指孟冬(지맹동): 지구가 태양을 공전하므로, 매일 일정한 시간에 북두칠성을 바라보면 매달 방위가 30도씩 바뀌어지다가 한 해에 한 바퀴 돌게

된다. 그래서 한대 사람은 정해진 시간에 북두칠성이 있는 자리를 관찰하여 계절의 추이를 알았다. 이선(李善)은 『문선주』에서 귀뚜라미(蟋蟀)와 가을 매미(秋蟬)를 말하면서 또 맹동(孟冬)이라 한데서 계절에 대한 묘사가 모순된 걸 보고, 하력(夏曆)의 맹동(음력 10월)이 아닌 한력(漢曆)의 맹동(음력 7월)이라고 하였다. 김극목(金克木)은 고대인들이 북두칠성으로 항성의 방위를 관찰했을 뿐만 아니라 시간도 관측했다는 점에 주목하여 이를 계절이 아닌 시간의 표시로 보았다. 즉 북두칠성의 자루가 한밤에 서쪽을 가리키는데 지금은 북방을 가리키므로 시간이 이미 한밤을 넘는 것이 된다. ○歷歷(역력): 역력하다. 분명한 모양. ○時節(시절): 계절(季節). ○玄鳥(현조): 제비. 유광분(劉光蕡)은 매미는 남고 제비는 떠난다는 묘사에서 계절의 변화에서 인정의 변화를 암시한다고 하였다. ○高擧(고거): ‘고비’(高飛)와 같다. 높이 날다. ○六翮(육핵): 큰 새의 날개. 핵(翮)은 새의 깃털 가운데 큰 깃대로 좌우 3개씩 모두 6개가 있다고 한다. ○遺跡(유적): 길을 걸을 때 남는 발자국. ○箕(기), 斗(두): 별자리 이름. 이 구는 『시경』 「대동」(大東)의 “남쪽에 기성(箕星)이 있어도, 키질을 할 수 없고, 북쪽에 북두가 있어도, 술을 뜰 수가 없네”(維南有箕, 不可以簸揚. 維北有斗, 不可以挹酒漿)에서 유래했다. ○軶(액): 멍에. 여기의 기성(箕星), 두성(斗星), 견우성(牽牛星)은 모두 이름만 있을 뿐 실제 기능이 없듯이, 동문(同門)도 이름만 있을 뿐 실제 돈독한 인정이 없음을 비유하였다.

이 시는 쓸쓸한 가을을 배경으로 냉담한 세태를 원망하는 내용이다. 전반부는 가을의 경치와 이로 인한 시절의 변화를 묘사하였고, 후반부는 출세한 친구의 박대에 친구라는 이름이 쓸모없음을 말하였다. 한대에는 추천으로 벼슬을 하는 경우가 많았으므로 동문 관계는 상당히 중요했다. 시의 화자가 알고 있는 친구들은 일단 높은 벼슬을 얻자 옛 친구를 잊어버렸는데 이는 당시 어느 정도 보편적인 상황을 묘사하였다고 보여진다. 이 시는 곧 그러한 친구를 원망하는 작품이며, 그리고 작가는 『시경』 등의 전고가 많은 것으로 보아 실의에 빠진 선비임을 알 수 있다. ‘고시십구수’의 제7수이다.

## 한들거리는 외로운 대나무
## 冉冉孤生竹

| | |
|---|---|
| 冉冉孤生竹, | 한들거리는 외로운 대나무 |
| 結根泰山阿. | 태산 기슭에 뿌리를 내렸네 |
| 與君爲新婚, | 그대와 더불어 결혼했으니 |
| 兎絲附女蘿. | 새삼풀이 여라에 감겨 붙은 듯 |
| 兎絲生有時, | 새삼이 꽃 피는 데는 때가 있고 |
| 夫婦會有宜. | 부부도 만나기엔 적당한 때 있다네 |
| 千里遠結婚, | 천리 멀리 여기 와서 그대와 결혼했는데 |
| 悠悠隔山陂. | 아득히 산과 강을 두고 떨어졌네 |
| 思君令人老, | 그대 생각에 이 몸은 늙어가는데 |
| 軒車來何遲! | 수레는 어찌 이리 오지 않는가 |
| 傷彼蕙蘭花, | 마음 아파라, 저 혜초꽃과 난초꽃 |
| 含英揚光輝; | 갓 피어나 싱그러이 빛나는구나 |
| 過時而不采, | 때가 지나도 꺾지 않는다면 |
| 將隨秋草萎. | 장차 가을 풀과 함께 시들겠어라 |
| 君亮執高節, | 그대는 분명 변함없이 높은 절개 지킬 터이니 |
| 賤妾亦何爲? | 천첩이 무엇 때문에 슬퍼하리오? |

○冉冉(염염): 한들한들. 축축. 부드럽게 아래로 늘어진 모양.  ○阿(아): 산기슭. 첫 두 구에 대하여 이선(李善)은 "대나무가 산기슭에 뿌리를 내린 것으로 여인이 군자(君子)에게 몸을 맡겼음을 비유했다"라 했다.  ○兎絲(토사): 새삼. 덩굴 식물로 줄기는 가늘고 길며 여름철에 담홍색의 작은 꽃이 핀다. 여기서는 여자 자신을 비유했다.  ○女蘿(여라): 소나무겨우살이. 이끼류로 덩굴 식물로 전체가 가는 줄기로 이루어져 있다. 여기서는 여인의 남편을 비유했다. 이백(李白)은 「고의」(古意)에서 "그대는 겨우살이풀이요, 천첩은 새삼풀 꽃이어요"(君爲女蘿草, 妾作兎絲花)라 함은 이 뜻을 썼다. 아래 구에서

새삼덩굴만 말하고 소나무겨우살이에 대해 언급하지 않는 것에 대해서, 주자청(朱自淸)
은 새삼덩굴만 꽃이 피고 소나무겨우살이는 꽃이 피지 않기에, 꽃이 필 때가 있듯이
부부도 만날 때가 있음을 비유하였다고 했다. ○山陂(산피): 산과 못. 여기서는 산과
강을 가리킨다. 이 구에서 갑자기 산과 강을 두고 떨어져 있게 되었다고 하면서 그 원인
에 대해서는 언급이 없다. 진주(陳柱)는 여인이 시집온 후 버림받은 것으로 보았다. 그
러나 '고시십구수'의 일반적인 배경과 특히 시의 후반부에 서로에 대한 믿음을 표현한
것을 볼 때, 여인은 버림받았다기보다는 남편의 벼슬 찾기 등 어쩔 수 없는 상황으로
헤어져 있는 것으로 보아야 할 것이다. ○軒車(헌거): 사대부들이 타던 지붕이 있는 수
레. ○蕙蘭(혜란): 혜초와 난초. 모두 향초이다. 여기서는 여인이 자신을 비유하였다.
○含(함): 꽃이 막 피어 아직 만개하지 않은 모습.(劉履의 설) ○英(영): '화'(花)와 같다.
꽃. 『이아』(爾雅)「석초」(釋草)에서 나무에 피는 꽃을 '華'라 하고, 풀에서 피는 꽃을 '榮'
이라 하고, 풀꽃 가운데 열매를 맺지 않는 꽃을 '英'이라 하였다.(木謂之華, 草謂之榮.
…榮而不實者謂之英) ○亮(양): '양'(諒)과 같다. 틀림없이. 반드시. ○高節(고절): 고상
한 절조. 뜻을 지켜 더럽히지 않다. ○何爲(하위): 무엇을 할 것인가. 마지막 구는 "천첩
또한 무엇 때문에 슬퍼하나요"의 뜻이다. 장옥곡(張玉穀)은 "끝 두 구는 남편의 마음을
대신 헤아려서 자신의 처지를 스스로 위안하는 것이다"고 하였다. 결국 여인은 마음속
으로 남편이 절조를 지키지 않을까 염려하는 것이며, 이렇게 말함으로써 스스로를 위로
하고 있다.


　　『문선』에 실린 '고시십구수' 중 제8수이다. 이 시는 결혼 직후 객지
로 떠나간 남편을 원망한 시이다. 그밖에 "높은 수레는 어찌 이리 터디
오는가"(軒車來何遲)와 "때가 지나도 꺾지 않는다면"(過時而不采) 등
의 구에 착안하여 오기吳淇, 방정규方廷珪, 주자청朱自淸 등은 결혼이 늦어
짐을 원망한 시라고 풀이하기도 했다. 그러나 결혼한 이후에도 위에서
제기한 구들이 풀이되므로 전자의 설이 적절한 것으로 보인다. 유협劉
勰은 『문심조룡』에서 이 시를 부의傅毅의 작품이라 했으나, 『옥대신영』
에서는 '고시'古詩라고 할 뿐 부의의 작품이라 하지 않았다. 후대의 대부
분의 학자들은 이 시를 다른 '고시십구수'와 함께 동한 말기 무명씨의
작품으로 본다.

# 정원에 서있는 아름다운 나무
# 庭中有奇樹

| | |
|---|---|
| 庭中有奇樹, | 정원에 서있는 아름다운 나무 |
| 綠葉發華滋. | 녹색 잎에 꽃들이 무성하여라 |
| 攀條折其榮, | 가지를 휘어잡아 꽃을 꺾어서 |
| 將以遺所思. | 장차 그리운 이에게 보내고 싶어 |
| 馨香盈懷袖, | 가슴과 옷소매에 향기 가득하건만 |
| 路遠莫致之. | 길이 멀어 보낼 수 없어라 |
| 此物何足貢? | 미미한 이 물건이 어찌 드릴만 할까? |
| 但感別經時. | 다만 그대 떠난 지 오래임을 알게 하리라 |

○奇樹(기수): 아름다운 나무. '奇'는 '佳'로 해석한다. ○發(발): 피다. ○華滋(화자): 무성히 핀 꽃. '華'는 '花'와 같고, '滋'는 무성하다. ○遺(유): 주다. 증정하다. '장이유소사'(將以遺所思)는 『초사』「산귀」(山鬼)의 "향기로운 꽃 꺾어 그대에게 보내리"(折芳馨兮遺所思)와 같은 의미이다. ○馨香(형향): 꽃향기. ○致(치): 보내다. ○貢(공): 바치다. 드리다. '貴'라고 된 판본도 있는데 뜻은 같다. 심덕잠(沈德潛)은 '공'(貢)자가 '귀'(貴)자보다 더 맛이 있다고 했다. ○別經時(별경시): 이별 후 시간이 많이 지나다. 정원의 꽃이 다시 한 번 피었으므로 상대가 떠난 지 오래 지났음을 알겠다는 뜻으로, 이로 보아 이 시는 집안에 있는 여인의 어투로 쓰였음을 알 수 있다.

　이 시는 제6수「강을 건너 연꽃을 따고」涉江采芙蓉와 유사하게 부부가 서로를 그리워하는 내용이다. 다만 앞의 시가 객지에 나간 남편이 연꽃을 보고 집안의 여인을 그리워한 것이라면, 이 시는 여인이 정원의 아름다운 꽃을 보고 객지에 나간 남편을 생각한다는 점이 다르다. '고시 십구수' 중의 제9수이다.

# 멀고 먼 견우성
# 迢迢牽牛星

迢迢牽牛星,　　멀고 먼 견우성
皎皎河漢女.　　하얗게 빛나는 직녀성
纖纖擢素手,　　섬섬옥수 흰 손을 들어
札札弄機杼.　　찰칵찰칵 베틀 북을 다루네
終日不成章,　　온종일 있어도 옷감을 짜지 못하고
泣涕零如雨.　　눈물만 비처럼 흘리고 있네
河漢淸且淺,　　은하는 맑고도 얕으며
相去復幾許?　　두 별 사이는 멀지도 않은데
盈盈一水間,　　찰랑이는 강을 사이에 두고
脈脈不得語.　　사무치는 눈빛으로 서로 보고만 있네

○迢迢(초초): 아득히. 멀리. 먼 모양. ○牽牛星(견우성): 독수리 성좌 가운데 가장 밝은 별. 속칭 편담성(扁擔星)이라 하며 은하(銀河)의 남쪽에 있다. ○河漢女(하한녀): 하한 (河漢)은 은하(銀河). 하한녀(河漢女)는 직녀성. 거문고 성좌의 가장 밝은 별로 은하의 남쪽에 위치한다. ○擢(탁): 들다. 움직이다. ○札札(찰찰): 찰칵찰칵. 베 짤 때 베틀이 움직이는 소리. ○杼(저): 베틀의 북. ○章(장): 직물의 무늬. 이 구는『시경』「대동」(大 東)의 "세모꼴 모양의 저 직녀성, 하루에 일곱 번 자리 바꾸네. 일곱 번이나 자리 바꿨지 만, 좋은 문양 만들지 못하네"(跂彼織女, 終日七襄. 雖則七襄, 不成報章)라는 뜻을 사용하 였다. 「대동」(大東)에서는 직녀성은 이름만 직녀이지 베를 짤 줄 모른다고 한 반면, 위의 시에서는 직녀성을 의인화하여 그리움에 베를 짜지 못한다고 하였다. ○幾許(기허): '기 다'(幾多)와 같다. 몇. 얼마. ○盈盈(영영): 찰랑찰랑. 물이 얕고 깨끗한 모양. ○脈脈(맥 맥): '眽眽'으로 써야 옳다. 사무치듯 바라보는 모양. 정을 품고 바라보는 모양.


　'고시십구수' 중의 제10수이다. 은하를 사이에 두고 견우를 바라보는 직녀의 안타까움을 그렸다. 아름다운 전설을 빌려 아낙이 객지에 나간 남편을 그리워하는 내용이다. 『시경』「대동」大東에서 간단하게 제시된 이미지가 이 시에 이르러서 구체적인 전설로 만들어졌음을 알 수 있다.

견우와 직녀. 거꾸로 보면 소를 끄는 견우와 북을 든 직녀가 서로 만나려 달려가고 있다. 1974년 사천성 비현에서 출토된 한대 화상석.


## 어디로 갈지 몰라 수레를 되돌리고
## 廻車駕言邁

| | |
|---|---|
| 廻車駕言邁, | 어디로 갈지 몰라 수레를 되돌리고 |
| 悠悠涉長道. | 머나먼 긴 길을 쉬지 않고 달려가네 |
| 四顧何茫茫, | 사방을 둘러보니 망망하기 그지없고 |
| 東風搖百草. | 봄바람이 불어와 온갖 풀이 흔들린다 |
| 所遇無故物, | 바라보는 사물은 모두가 변해가니 |
| 焉得不速老? | 나 또한 어찌 빨리 늙어가지 않겠는가? |
| 盛衰各有時, | 번성함과 쇠락함은 정해진 때가 있으니 |
| 立身苦不早. | 사람의 업적도 젊었을 때 세워야 하리 |
| 人生非金石, | 사람의 목숨은 쇠와 돌같이 단단하지 못하니 |
| 豈能長壽考? | 어찌 장생불사할 수 있으리오? |
| 奄忽隨物化, | 목숨은 삽시간에 없어지니 |

榮名以爲寶.　　　오로지 훌륭한 이름만이 썩지 않고 귀하리라

○廻車(회거): 수레를 되돌려 돌아가다. 수레를 돌린다는 말은 단순한 동작이 아니라 어디로 갈 줄 모른다는 뜻이다. (王堯衢 설) ○駕言邁(가언매): 먼 곳으로 몰다. ‘언’(言)은 어조사로 뜻이 없이 어조를 고르는 역할을 한다. 『시경』「천수」(泉水)에 “수레를 돌려 달려가고”(還車言邁)와 “수레를 몰아 놀러가다”(駕言出遊)라는 구가 있다. ○長道(장도): ‘長途’와 같다. 먼 길. ○茫茫(망망): 망망하다. 사방이 끝없이 넓은 모양. ○東風(동풍): 동쪽에서 불어오는 바람. 봄바람. ○故物(고물): ‘舊物’과 같다. 이때 ‘물’(物)은 주위의 자연 환경을 말한다. ‘소우무고물’(所遇無故物)은 바라보는 주위 환경이 모두 봄이 되어 새롭다는 뜻이다. 만물이 모두 신진대사하면서 바뀌는 모습에서 자기 자신도 늙어질 수밖에 없음을 느낀다. (陳柱 설) 그래서 다음 구에 “어찌 나 또한 빨리 늙지 않겠는가?”라고 말하였다. ○焉得(언득): 어찌 ~하지 않겠는가? ○有時(유시): 정해진 때가 있다. ○立身(입신): 업적을 만들다. 다시 말해 업적을 쌓거나, 전쟁에서 이기거나, 저술을 하는 등 자신의 성취를 이룩한다는 뜻이다. ○長壽考(장수고): 장수하다. 오래 살다. ‘고’(考)는 ‘노’(老)와 같다. ○奄忽(엄홀): 휘익. 갑자기. 빠른 모양. ○物化(물화): 생명이 사물로 변하다. 곧 죽다. ○榮名(영명): 영예스러운 이름. 아름다운 이름. 마지막 두 구는 사람은 죽어 없어져도 이름은 남는다는 뜻이다.

‘고시십구수’ 중의 제11수이다. 이 시는 여행 중에 사물의 변화를 바라보고 이를 인생과 관련지은 것으로 일종의 ‘철리시’哲理詩이다. 인생이 길어 보여도 수명이 다할 때가 오고, 봄이 되어 만물이 번성하여도 쇠락할 때가 있음을 상기하면서 젊었을 때 성취를 이루어야 함을 강조하고 있다. 그러나 ‘입신’과 ‘영명’을 추구하는 이러한 인생관은 상당히 교훈적인 듯하지만 지나치게 목적을 강조하여 답답하고 조급한 느낌도 준다. 『세설신어』「문학」文學에 보면, 동진의 왕공王恭이 동생 왕상王爽에게 “고시 중에 어떤 구가 가장 뛰어난가?”(古詩中何句爲最?)고 물었을 때, 왕상이 미처 대답하지 못하자 왕공은 “바라보는 사물 모두 변하여가니, 어찌 나 또한 빨리 늙지 않겠는가?’(所遇無故物, 焉得不速老?)가 가장 뛰어나다”고 말하였다.

# 낙양성의 동쪽 성벽 길고도 높아
# 東城高且長

| | |
|---|---|
| 東城高且長, | 낙양성의 동쪽 성벽 길고도 높아 |
| 逶迤自相屬. | 굽이굽이 아득히 끝없이 이어졌네 |
| 廻風動地起, | 회오리바람이 땅을 휩쓸며 일어나니 |
| 秋草萋已綠. | 무성하던 가을 풀은 변하기 시작했네 |
| 四時更變化, | 사계는 바뀌어 달라지고 |
| 歲暮一何速? | 세모는 얼마나 빨리 다가오는가 |
| 晨風懷苦心, | 「신풍」 시의 작자는 괴로움에 잠기고 |
| 蟋蟀傷局促. | 「귀뚜라미」 시의 작자는 조심하기만 했다지 |
| 蕩滌放情志, | 번민을 씻어내고 마음껏 즐길지니 |
| 何爲自結束! | 어찌하여 스스로 자신을 구속하는가! |
| 燕趙多佳人, | 연燕 지방과 조趙 지방엔 미인이 많다더니 |
| 美者顏如玉. | 아름다운 얼굴이 옥과 같이 맑고 희다네 |
| 被服羅裳衣, | 화려한 능라의 치마를 입고 |
| 當戶理淸曲. | 창문을 마주 하고 청상곡을 연주하네 |
| 音響一何悲, | 울려나는 소리는 얼마나 구슬픈가 |
| 絃急知柱促. | 기러기발이 촉급하여 가락이 높고 빠르구나 |
| 馳情整中帶, | 음악을 따라가다 옷차림을 바로 잡고 |
| 沈吟聊躑躅. | 할 말을 생각하며 잠시 동안 배회한다 |
| 思爲雙飛燕, | 생각건대 그대와 한 쌍의 제비 되어 |
| 銜泥巢君屋. | 진흙 물어 둥지 짓고 함께 살고파 |

○東城(동성): 낙양 성의 동쪽 성벽. 자신이 다녔던 곳을 시의 첫머리에 놓아 배경으로 삼았다.  ○逶迤(위이): 구불구불. 굽이굽이. 굽이지면서 먼 모양.  ○相屬(상촉): 서로

잇닿다.  ○廻風(회풍): 회오리바람.  돌개바람.  ○動地起(동지기): 바람이 땅을 휩쓸며
일어나다.  ○秋草萋已綠(추초처이록): 가을 풀이 무성하고 녹색이다. 3, 4구는 초가을
에 아직 풀이 시들지 않았다는 뜻으로 계절이 곧 변하려 하고 있음을 의미한다고 풀이
할 수 있다. 이때 '처'(萋)는 '무성하다'는 본뜻으로 푼다. 일부 주석가들은 '처'(萋)를
'처'(淒)로 보아 '쓸쓸하다'로 풀고, '녹'(綠)도 '황록색'(黃綠)으로 보아, 이 구를 "가을
풀은 이미 쓸쓸히 황록색으로 변하기 시작했다"고 해석한다.  ○晨風(신풍): 『시경』에
있는 「신풍」 시를 가리킨다. 시의 제1장을 보면, "쌩쌩 나르는 저 새매는, 울창한 북쪽
숲에 앉았어라. 군자를 만나지 못하여서, 마음에 근심이 가득하네"(鴥彼晨風, 鬱彼北林.
未見君子, 憂心欽欽)라 되어 있다. '회고심'(懷苦心)은 '괴로운 심사를 품는다'로 곧 「신
풍」과 연결하여 보면 군자를 만나지 못하는 근심스런 마음을 가리킨다.  ○蟋蟀(실솔):
『시경』에 있는 「귀뚜라미」(蟋蟀) 시를 가리킨다. 시의 제1장을 보면, "귀뚜라미가 대청
에서 울고 있으니, 한 해가 드디어 저물었구나. 지금 우리가 즐기지 않으면, 세월이 다
가고말리라. 그러나 너무 안일하지 말지니, 맡은 바 직분을 생각하고, 즐기어도 지나치
지 않음이, 훌륭한 선비(良士)가 돌아볼 바이다"(蟋蟀在堂, 歲聿其莫. 今我不樂, 日月其
除. 無已大康, 職思其居. 好樂無荒, 良士瞿瞿)라 되어 있다. 『모시서』(毛詩序)에서는 "진
희공(晉僖公)을 풍자하였다. 예의에 벗어날 정도로 지나치게 검소하므로 이 시를 지어
걱정하였다. 희공이 예절의 범위 안에서 즐기기를 바랬다"라고 그 내용을 풀이하였다.
○傷局促(상국촉): 지나치게 자신을 구속하는 태도를 안타까워하다. 그래서 아래 부분
은 세속에 구애받지 말고 늦기 전에 즐기자는 뜻을 드러내었다.  ○蕩滌(탕척): 세척하
다. 여기서는 근심을 씻어내다.  ○結束(결속): 속박하다.  ○燕趙(연조): 나라 이름이자
지역 이름. 연은 지금의 하북성에 해당하고, 조는 지금의 하북성 남부와 산서성 일부에
해당한다. 전국시대 조(趙)나라 수도 한단(邯鄲)에서는 미인이 많이 나왔다고 한다. 연
(燕)나라는 그 이웃에 있으므로 여기서 연조(燕趙)라고 연용하였다.  ○顔如玉(안여옥):
얼굴이 옥처럼 희고 부드럽다.  ○被服(피복): 옷을 입다. '被'는 '披'와 같다.  ○羅裳衣(나
상의): 능라로 만든 치마와 웃옷. '衣'는 웃옷이고 '裳'은 아래옷이다.  ○戶(호): 창문.
○理淸曲(리청곡): 청상곡(淸商曲)을 연주하다. 『한서』「지리지」(地理志)에서는 조(趙)
지방의 여인들은 금슬(琴瑟) 등의 악기를 잘 탄다고 말했다.  ○絃急(현급): 가락이 높고
리듬이 빠르다.  ○柱(주): 거문고나 고쟁 등 현악기의 현을 괴는 기러기발. 이를 움직여
소리의 높낮이와 청탁을 조절할 수 있다.  ○促(촉): 팽팽하게 당기다. 기러기발을 당겨
현이 짧아지면 음조가 높아진다. 격정을 표현한다.  ○馳情(치정): 상상하다. 마음이 음
악에 따라 흘러가다.  ○中帶(중대): 띠.  ○沈吟(침음): 읊조리다. 여기서는 생각하다.
○擲躅(척촉): 배회하며 차마 떠나지 못하다.  ○銜泥巢君屋(함니소군옥): 연주자의 집

처마에 둥지를 짓고 살고 싶다는 말은 곧 한 쌍의 제비처럼 함께 살고 싶다는 뜻이다.

　'고시십구수' 중의 제12수. 이 시는 세월의 빠름과 인생의 짧음을 느낀 사람이 늦기 전에 인생을 즐겨야 한다는 생각을 펼쳤다. 『시경』에 대한 전고와 정취로 보아 하급관리나 사인士人 계층의 사람이 지은 듯하다. 명대 장봉익張鳳翼 이래로 유대괴劉大櫆, 여관영余冠英 등은 '연조다가인'(燕趙多佳人) 이하는 문맥이 일치하지 않는다는 점에서 다른 한 편이라고 주장하였다. 그러나 『문선』과 『옥대신영』에 1수로 되어 있으며, 압운이 맞을 뿐만 아니라, 육기陸機의 모의작도 이 시와 내용이 유사하므로 1편으로 봄이 타당할 것이다. 그러므로 전반부의 행락을 추구하려는 내용이 곧 후반부라고 볼 수 있다. 후반부는 화자가 아름다운 여인이 연주하는 음악을 들으며 그녀와의 생활을 꿈꾼다. 유리劉履는 가인佳人을 비유로 하여 벼슬에 대한 추구를 표현한 것으로 해석하였다.


## 수레를 몰아 상동문上東門을 나가
## 驅車上東門

| | |
|---|---|
| 驅車上東門, | 수레를 몰아 상동문上東門을 나가 |
| 遙望郭北墓. | 멀리 북망산의 무덤을 바라본다 |
| 白楊何蕭蕭, | 백양나무는 우수수 소리를 내며 |
| 松柏夾廣路. | 묘도墓道 양쪽엔 소나무와 측백나무가 서있다 |
| 下有陳死人, | 땅속에는 오래 전에 죽은 사람이 |
| 杳杳卽長暮. | 캄캄하게 기나긴 밤 속에 있으리 |
| 潛寐黃泉下, | 황천 아래에서 말없이 잠든 채 |
| 千載永不寤. | 천년이 지나도 깨어날 줄 모른다 |

浩浩陰陽移,        계절은 무한한 시간 속에 반복되는데
年命如朝露.        사람의 생명은 마치 아침이슬 같구나
人生忽如寄,        인생은 마치 잠시 머물다 가듯 재빨리 지나가고
壽無金石固.        수명은 쇠와 돌과 달리 금방 부서진다
萬歲更相送,        천년만년 계속된 삶과 죽음의 반복을
聖賢莫能度.        성현聖賢이라고 해도 뛰어넘을 수 없구나
服食求神仙,        단약을 복용하며 신선이 되려 한 사람도
多爲藥所誤.        대부분 약에 중독되어 죽어갔느니
不如飮美酒,        차라리 맛좋은 술을 마음껏 마시고
被服紈與素.        비단 옷 입고 지금을 즐김만 못하리

○上東門(상동문): 한대 낙양성의 동쪽 성벽에 있는 세 문 가운데 북쪽에 있는 문. 이 문에서 나오면 바로 북망산이 있다. ○郭北墓(곽북묘): 성 북쪽의 무덤들. 북망산(北邙山)의 무덤을 가리키는데, 풍수 명당으로 당시 왕손과 세력가들의 무덤이 몰려있었다. ○白楊(백양): 백양나무. 이선(李善)은 "평민은 봉분을 만들지 않고 양류로 표시한다"고 주석하였다. ○蕭蕭(소소): 우수수. 바람에 나뭇잎이 움직이며 내는 소리. 도연명(陶淵明)의 「만가」(挽歌)에도 "백양나무도 우수수 소리 나네"(白楊亦蕭蕭)라는 표현이 있다. ○廣路(광로): 무덤 앞에 난 길. ○陳死人(진사인): 오래 전에 죽은 사람. '진'(陳)은 오래다는 뜻. ○杳杳(묘묘): 어둑어둑. 어두운 모양. ○卽(즉): 나아가다. 가까이 가다. 임하다. ○長暮(장모): 긴 저녁. 긴 밤. ○潛寐(잠매): 깊이 잠들다. ○千載(천재): 천년. ○寤(오): 깨다. 여기서는 다시 살아나다. ○浩浩(호호): 물이 넓게 흐르는 모양. 여기서는 시간이 무한한 모양. ○陰陽(음양): 일 년의 네 계절을 가리킨다. 중국 고대인들은 봄과 여름을 양(陽)이라 여기고 가을과 겨울을 음(陰)이라 생각했다. ○年命(연명): 수명. ○寄(기): 잠시 머물다. 제4수 「오늘의 연회는 떠들썩하기 그지없어」(今日良宴會)에도 "사람의 삶이란 잠시 깃들다 가는 것"(人生寄一世)과 같이 유사한 표현이 있다. 한대 시문에는 인생을 이슬에 비유하거나 잠시 살다가는 것으로 보는 표현이 많다. ○萬歲(만세): 만년. ○更相送(갱상송): 서로 갈마들며 보내다. "만 년 동안 서로 바뀌어온" 주체가 무엇이냐고 했을 때, 삶과 죽음이라 할 수도 있고, 새해가 묵은해를 보내었다고 할 수도 있다. ○度(도): '渡'와 같다. 건너다. 초월하다. ○服食(복식): '服'도 '먹다'는 뜻. 여기

서는 단약(丹藥)을 먹다. 이 말은 다음 구에 나오는 '약'(藥)과 호응되는데, 방사(方士)들이 만든 이 약을 먹으면 죽지 않고 신선이 된다고 했다. 그러나 이러한 약을 먹으면 약 속에 든 수은에 중독되어 죽는 경우도 많았다. ○紈與素(환여소): 비단. '환'(紈)은 무늬가 있는 비단이고 '소'는 무늬가 없는 비단을 가리킨다. 「초중경의 아내」(焦仲卿妻)에도 "허리에는 감긴 비단이 흐르는 물결 같고"(腰若流紈素)라는 말이 나오고, 반첩여(班婕妤)의 「원가행」(怨歌行)에도 "새로 잘라낸 제(齊) 지방의 흰 비단"(新裂齊紈素)이란 말이 나온다.

'고시십구수' 중의 제13수. 이 시는 낙양성 북쪽에 있는 북망산을 돌아보고 삶과 죽음의 덧없음을 깨닫고, 차라리 현실에서 실컷 즐기자는 향락주의 사상을 표현하고 있다. 중간에 성현조차 죽음을 피할 수 없고, 불로장생조차 믿을 수 없다는 말에서 사람의 죽음을 위로하는 인생관이 아직 만들어지지 않았음을 알 수 있다. 이러한 인생에 대한 무상감과 향락주의 사상은 당시의 시문에서 자주 등장한다. 동한 후기의 난세에 살던 사인±ㅅ들이 출로 없는 삶에서 일어난 보편적인 정서 가운데 하나였을 것이다.

화상석에 나타난 궁궐 모습. 하남성 정주시에서 출토된 한대 화상석.

# 떠난 자는 날이 갈수록 멀어지고
# 去者日以疎

| | |
|---|---|
| 去者日以疎, | 떠난 자는 날이 갈수록 멀어지고 |
| 來者日以親. | 태어난 자는 날이 갈수록 친해진다 |
| 出郭門直視, | 성문을 나서서 바로 둘러보니 |
| 但見丘與墳. | 보이는 건 모두가 무덤뿐일세 |
| 古墓犁爲田, | 주인 없는 무덤은 쟁기질로 밭이 되고 |
| 松柏摧爲薪. | 소나무와 측백은 땔감으로 베어졌다 |
| 白楊多悲風, | 백양나무에는 쓸쓸한 바람이 감기고 |
| 蕭蕭愁殺人. | 우수수 소리에 나그네 심사 처연하다 |
| 思還故里閭, | 생각은 언제나 고향마을 주위를 맴돌지만 |
| 欲歸道無因. | 돌아가고 싶으나 돌아갈 길이 없어라 |

○去者(거자): 떠나간 자, 즉 죽은 사람을 가리킨다. ○來者(래자): 다가올 자, 곧 태어날 사람을 가리킨다. 여관영은 '거자'를 지나간 과거, 즉 젊었을 때를 가리키고, '래자'를 다가올 장래, 즉 노년을 가리키는 것으로 보았다. 이렇게 보면 "청춘은 날이 갈수록 멀어지지만 노년은 점점 다가온다"는 뜻이 된다. 이렇게 이해하는 게 오늘날의 사유에 더 맞아 보이지만, 『문선』이선(李善) 주본(注本)에는 '래자'(來者)가 '생자'(生者)로 되어 있으며, 또 산 자와 죽은 자가 이 세상에 오고감으로써 인생의 무시무종(無始無終)을 표현함이 고대인의 정서에 더 맞아 보인다. ○郭門(곽문): 외성의 성문. 고대의 성곽은 이중으로 설치되었는데, '성'(城)은 내성이고 '곽'(郭)은 외성이다. 고대에 무덤은 보통 북쪽 성벽 밖에 있었다. 여기의 배경도 제13수에 나오는 낙양의 상동문으로 보인다. ○摧(최): 꺾다. 베다. ○愁殺(수살): 무척 시름겹다. '살'(殺)은 강조를 표시하는 조사. ○故里閭(고리려): 고향. 주대(周代)에는 25가호를 단위로 '마을'(里)을 만들었으며, '여'(閭)는 그 마을 입구에 설치한 문이다. ○還(환): 돌아가다. 진주(陳柱)는 '環'으로 보고 "생각은 고향 주위를 맴돈다"고 풀이하였다. 다음 구에 '돌아가고 싶다'(欲歸)는 말이 나오므로 진주의 이해가 적절하다. ○道(도): 길. 방법. ○因(인): 기회. 인연.

‘고시십구수’ 중의 제14수이다. 황량한 무덤을 보고 고향을 생각하는 내용이다. 나그네의 신분으로 객지에서 오래 지내다 나이만 먹은 사람이, 인생에 대한 사색과 고향에 대한 생각을 토로하였다. 같은 종류의 다른 시에 비해 무덤의 풍경을 자세히 묘사한 후 귀향을 호소하였으므로 훨씬 비극적인 정조가 강하다.

## 사람 살아 백 년을 못 가는데
## 生年不滿百

| | |
|---|---|
| 生年不滿百, | 사람 살아 백 년을 못 가는데 |
| 常懷千歲憂. | 언제나 천년의 고민을 가지고 사네 |
| 晝短苦夜長, | 낮이 짧고 밤이 김을 아쉬워하나니 |
| 何不秉燭遊! | 어찌 촛불 들고 밤새 놀지 않으리오! |
| 爲樂當及時, | 행락은 응당 제때에 해야 하니 |
| 何能待來茲. | 다시 내년이 있다고 기다리지 말지라 |
| 愚者愛惜費, | 어리석은 자들은 재산을 아끼다가 |
| 但爲後世嗤. | 다만 후세 사람들에게 비웃음만 산다네 |
| 仙人王子喬, | 왕자교王子喬는 신선이 되었다지만 |
| 難可與等期. | 그와 같은 바램은 이루어지기 어렵다네 |

○生年(생년): 사람이 살아있는 동안의 해. 사람의 일생. ○千歲憂(천세우): 천년 동안의 근심. 천년 동안 사는 사람처럼 많은 고민을 하고 있다는 뜻. 오기(吳淇) 이래 많은 주석가들은 사후의 평판, 장례, 자손 등의 문제를 고민한다고 풀이하였다. 일본학자 내전천지조(內田泉之助)는 천 년 이후의 일까지 생각한다고 풀이하였다. ○晝短苦夜長(주단고야장): ‘苦晝短夜長’이란 말로 ‘고’(苦)는 ‘주단’(晝短)과 ‘야장’(夜長)을 모두 수식한다. 낮이 짧고 밤이 김을 괴로워하다. ○秉燭(병촉): 촛불을 들다. ○來茲(내자): 내년

(來年). 즉 장래. ○愛惜(애석): 아끼다. '애'(愛)의 본뜻은 물건 등을 아끼다. ○嗤(치): 비웃다. ○王子喬(왕자교): 왕교(王喬)라고도 한다. 전설 중의 신선. 원래 주 영왕(周靈王)의 태자로 이름은 희진(姬晉)이나, 나중에 신선이 되었다는 전설이 만들어졌다. 앞의 「선재행」(善哉行)의 주석 참조. ○等期(등기): 같은 기대. 똑같은 바램.

'고시십구수' 중의 제15수이다. 이 시 역시 앞의 제13, 14수와 마찬가지로 인생의 짧음을 아쉬워하며 젊을 때의 행락을 강조하고 있다. 다만 이 시는 달관하지 못하는 부자의 인색함을 풍자하고 신선술을 쫓는 사람을 비판함으로써 시의 초점이 행락을 좀 더 강조하고 있다. 나아가 이 시는 앞의 시들과 달리 시간을 아껴 현실을 적극적으로 누리자는 긍정적인 어조도 들어 있다. 여기에 나오는 '촛불을 들고 논다'(秉燭遊)는 이미지는 후세에 영향이 컸다. 또 제1, 2구는 천고의 명구로 알려져 있다. 악부시 가운데 「서문의 노래」<sup>西門行</sup>가 이 시와 유사한데, 여관영<sup>余冠英</sup>은 악부시가 변하여 이 시가 되었다고 했고, 조도형<sup>曹道衡</sup>은 이 시가 변하여 현존하는 악부시 「서문의 노래」가 되었다고 했다.


## 추위 속에 한 해가 저무는데
## 凜凜歲云暮

凜凜歲云暮,　　　추위 속에 한 해가 저무는데
螻蛄夕鳴悲.　　　저녁 무렵 땅강아지 울음소리 구슬프구나
涼風率已厲,　　　찬바람은 갈수록 맹렬해지는데
遊子寒無衣.　　　집 떠난 나그네는 겨울옷도 없으리
錦衾遺洛浦,　　　비단 이불을 다른 여인에게 주었을까
同袍與我違.　　　나와 한 이불 덮던 그대는 어디에 있나

| | |
|---|---|
| 獨宿累長夜, | 홀로 잠들기에 밤은 더욱 길어지고 |
| 夢想見容輝. | 꿈에서도 그리워하여 그대 빛나는 모습 보았네 |
| 良人惟古歡, | 양인良人은 그래도 옛 사랑을 생각하는지 |
| 枉駕惠前綏. | 꿈속에서 내게 와서 수레 끈 주며 타라 하네 |
| "願得常巧笑, | "내 원한 건 언제나 그대 웃음 바라보는 일 |
| 攜手同車歸." | 함께 손잡고 수레 타고 집에 갑시다" |
| 旣來不須臾, | 꿈속에서 그대는 잠시밖에 안 있었고 |
| 又不處重闈. | 게다가 규방에는 들어오지도 않았어라 |
| 亮無晨風翼, | 안타깝게도 새매의 날개가 없으니 |
| 焉能凌風飛? | 바람 타고 그대에게 어찌 날아갈 수 있을까? |
| 眄睞以適意, | 그대 모습 혹여 있는지 사방을 둘러보며 |
| 引領遙相睎. | 고개를 빼들고 먼 곳을 바라본다 |
| 徙倚懷感傷, | 슬퍼하는 마음으로 홀로 배회하나니 |
| 垂涕沾雙扉. | 줄줄이 흐르는 눈물로 문짝을 적시는구나 |

○凜凜(늠름): 차가운 모습. ○云(운): 리듬이나 어조를 맞추기 위해 쓰는 어조사. 뜻이 없다. ○螻蛄(루고): 땅강아지. 흙속에 사는 곤충으로, 수컷이 울고 암컷은 울지 않는다. ○率(율): 대개. 모두. ○錦衾(금금): 비단 이불. ○洛浦(낙포): 낙수의 포구. 곧 낙수의 여신인 복비(宓妃)로, 여기서는 남편이 객지에서 알게 된 여인을 가리킨다. ○同袍(동포): 두 사람이 한 벌의 핫옷을 같이 입는다는 뜻으로 관계가 밀접한 사람을 가리킨다. 이 말은 『시경』「무의」(無衣)의 "그대와 핫옷을 같이 입고"(與子同袍)에서 나왔으며 본래 군대의 전우를 가리켰으나, 여기서는 고생을 같이 해온 부부를 가리킨다. ○累(루): 쌓이다. 더하다. ○容輝(용휘): 얼굴과 풍채. ○良人(양인): 부인이 남편을 부르는 말. 『맹자』「이루」(離婁)에도 나온다. ○惟(유): 생각하다. ○古歡(고환): '故歡'과 같다. 이전의 기쁨. ○枉駕(왕가): 왕림하다. 찾아오시다. ○惠(혜): 주다. ○前綏(전수): 결혼할 때 준 손잡이 끈. 『예기』「혼의」(昏義)에 의하면 결혼할 때, 남편이 수레를 끌고 가 여인을 맞이하여 데려오는데 이때 손잡이 끈을 주어 여인이 타게 한다. ○巧笑(교소): 달콤한 웃음. ○須臾(수유): 잠시. ○重闈(중위): 깊은 규중. ○亮(량): '諒'과 같다. 진실

로.  ○晨風(신풍): 새매.  ○淩風(능풍): 바람을 타다.  ○眄睞(면래): 곁눈질하다. 여기서는 사방을 둘러보다.  ○適意(적의): 만족하다.  ○引領(인령): 목을 늘이다. 멀리 바라보는 모양.  ○睎(희): 바라보다.  ○徙倚(사의): 배회하다.  ○扉(비): 문짝.


'고시십구수' 중의 제16수이다. 여인이 객지에 나간 남편을 그리워하는 내용이다. 먼저 연말의 추운 밤을 묘사하고, 다음으로 꿈속에서 남편을 만난 일을 묘사하고, 마지막으로 꿈에서 깨어난 후의 아쉬움을 묘사하였다. 이러한 소재는 중국 고전시에 자주 보이지만, 특히 이 시에서 묘사한 꿈속의 정경은 생시인 듯 친밀하고 구체적이어서, 대조를 통하여 더욱 절실하고 깊은 정을 드러낸다.


## 초겨울이 되어 한기가 몰려오니
## 孟冬寒氣至

| | |
|---|---|
| 孟冬寒氣至, | 초겨울이 되어 한기가 몰려오니 |
| 北風何慘慄. | 북풍은 얼마나 매섭고 무서운가 |
| 愁多知夜長, | 시름이 많으니 밤은 더욱 길어지고 |
| 仰觀衆星列. | 고개 들어 바라보니 뭇별이 늘어섰네 |
| 三五明月滿, | 십오야 밝은 달은 둥그렇기만 하고 |
| 四五蟾兎缺. | 이십야 된 달은 이지러지기 시작하네 |
| 客從遠方來, | 먼 곳에서 온 손님이 |
| 遺我一書札. | 나에게 전해준 편지 한 통 |
| 上言長相思, | 편지의 첫머리엔 그리움을 말하였고 |
| 下言久離別. | 편지의 끝에서는 이별의 정한 말하였네 |
| 置書懷袖中, | 보내온 편지 품속에 고이고이 간직하니 |

| | |
|---|---|
| 三歲字不滅. | 삼년이 지나도록 글자 하나 안 닳았네 |
| 一心抱區區, | 온 마음으로 간절히 그대를 생각하건만 |
| 懼君不識察. | 그대가 몰라줄까 그것이 두려워 |

○孟冬(맹동): 겨울 석달 가운데 첫째 달. 각 계절은 맹(孟), 중(仲), 계(季)를 붙여 차례를 구분한다. 예컨대, 겨울은 맹동(孟冬)이 초겨울, 중동(仲冬)이 한겨울, 계동(季冬)이 늦겨울이 된다. 음력 10월. ○慘慄(참률): 덜덜 떨릴 정도로 엄혹한 추위. ○愁多(수다) 2구: 근심으로 잠을 못 자니 밤이 더욱 길게 느껴진다는 뜻이다. 이는 송옥(宋玉)의 「구변」(九辯)에서 "밝은 달을 바라보고 탄식하고, 별빛 아래 거닐다가 새벽을 맞이하네"(仰明月而太息兮, 步列星而極明)와 같은 뜻이다. ○三五(삼오): 음력 십오일. 아래의 '사오'(四五)는 음역 이십일. ○蟾兎(섬토): 달. 고대 전설에서는 달에 두꺼비와 토끼가 살고 있다고 했다. ○書札(서찰): 서신. '찰'은 작은 죽간(竹簡)으로, 종이가 아직 보급되지 않던 동한 시기에는 죽간에 글을 썼다. 그러므로 아래에서 화자가 삼년 동안 품은 것은 종이가 아니라 죽간이다. ○長相思(장상사): 오랫동안 서로 그리워하다. 그러나 조도형(曹道衡)은 '장상사'(長相思)는 한대 요가(鐃歌)의 악곡 이름이고, 다음 구의 '구이별'(久離別)도 악곡 이름인 '고이별'(古離別)로 추측하였다. 이에 따라 해석하면 "편지의 첫머리에는 「장상사」의 가사를 적었고, 편지의 끝에는 「고이별」의 가사를 적었네"가 될 것이다. ○區區(구구): 두 가지 뜻이 있다. 하나는 수량이 적거나 사람 혹은 사물이 중요하지 않음을 나타내고, 다른 하나는 진지하고 진실한 애정이다. 여기서는 후자. 이러한 예는 「초중경의 아내」에서 "당신의 자상한 마음에 감사해요"(感君區區懷)라는 구에서도 볼 수 있다.

 '고시십구수' 중의 제17수이다. 이 시 역시 객지에 나간 남편을 그리워하는 여인의 심사를 그렸다. 전반부에서 추운 겨울밤 잠 못 드는 심정을 묘사하고 후반부에서 삼년 전에 받은 편지로 자신의 애정을 호소하였다. "보내온 편지 고이고이 품속에 간직하여, 삼년이 지나도록 글자 하나 안 닳았네"란 대목에선 진지한 감정이 더욱 잘 드러난다.

# 먼 곳에서 온 손님이
# 客從遠方來

| | |
|---|---|
| 客從遠方來, | 먼 곳에서 온 손님이 |
| 遺我一端綺. | 나에게 전해준 비단 반 필 |
| 相去萬餘里, | 만리 멀리 떨어져 있는데 |
| 故人心尚爾. | 당신의 마음은 변함없군요! |
| 文彩雙鴛鴦, | 비단에 수놓인 한 쌍의 원앙새 |
| 裁爲合歡被. | 잘라내어 합환 무늬 이불을 만드네 |
| 著以長相思, | 안에는 풀솜을 채워 넣고 |
| 緣以結不解. | 가장자리엔 옭매듭으로 마감했네 |
| 以膠投漆中, | 아교를 옻칠 속에 넣었으니 |
| 誰能別離此. | 누구도 이 둘을 나누지 못하리라 |

○端(단): 중국 고대에 옷감의 길이를 타나내는 단위. 1단은 2장(丈)이고, 2단은 1필(匹)과 같다. 여기서는 반 필. ○綺(기): 꽃무늬가 있는 비단. ○故人(고인): 예전부터 알던 사람. 여기서는 남편을 가리킨다. ○尚爾(상이): 아직도 이와 같다. 남편이 변심하지 않았다는 의미이다. ○文彩(문채): 비단 위에 있는 무늬. ○合歡被(합환피): 대칭의 도안이 있는 부부가 함께 덮는 이불. 합환 문양은 남녀의 애정을 상징한다. 반첩여(班婕妤) 「원가행」(怨歌行)의 '합환선'(合歡扇) 주석 참조. ○著(저): 솜으로 채우다. ○長相思(장상사): '오랫동안 서로 그리워하다'는 뜻도 있지만, '풀솜'이란 뜻으로 풀이한다. 풀솜은 '사면'(絲綿)인데 '絲'는 '思'와 발음이 같고, '綿'은 '長'의 뜻이 있다. 일종의 쌍관어로 민가(民歌)에서 흔히 보이는 표현법이다. ○緣(연): 가장자리를 장식하다. ○結不解(결불해): 옭매듭으로 묶다. 풀어지지 않는 매듭을 하다. ○膠(교), 漆(칠): 아교와 옻칠. 모두 점성이 강한 물질로 섞어지면 나누기 어렵다. 부부 사이의 친밀함을 비유하였다. ○別離(별리): 나누고 이간하다.

　'고시십구수' 중의 제18수이다. 객지의 남편이 보내준 비단에 기뻐하는 여인의 마음을 그렸다. 특히 비단의 원앙 문양을 잘라 합환 이불을 만든다는 대목은 진지하고 생동감이 넘친다. '장상사'로 쌍관어를 만드는 기법은 민가에서 유래했다. 이 시는 '고시십구수'의 다른 시들과 달리 전체적으로 밝고 명랑한 분위기이다.


## 달빛은 어찌 그리 밝고 깨끗한지
## 明月何皎皎

| | |
|---|---|
| 明月何皎皎, | 달빛은 어찌 그리 밝고 깨끗한지 |
| 照我羅床幃. | 휘장을 뚫고 들어와 침상을 비추네 |
| 憂愁不能寐, | 적막한 밤에 시름에 잠 못 들어 |
| 攬衣起徘徊. | 옷을 걸치고 나와 배회하네 |
| 客行雖云樂, | 나그네 생활이 비록 즐겁다 하지만 |
| 不如早旋歸. | 일찍 고향에 돌아옴만 못하리라 |
| 出戶獨彷徨, | 문 밖에 나가 홀로 서성거리니 |
| 愁思當告誰. | 나의 근심을 누구에게 호소하나 |
| 引領還入房, | 먼 곳을 바라보다 다시 방에 들어와 |
| 淚下沾裳衣. | 눈물로 치마를 가득 적시는구나 |


○羅床幃(라상위): 비단으로 만든 휘장.  ○攬衣(람의): 옷을 걸치다.  ○旋歸(선귀): 돌아오다. 방향을 바꾸어 고향으로 돌아오다.  ○彷徨(방황): 배회하다.  ○引領(인령): 목을 빼들다.


'고시십구수' 중의 제19수이다. 밝은 달을 보고 객지에 나간 남편을 그리는 내용이다. 고시에는 남편을 기다리는 여인을 소재로 한 시가 많은데 이 시도 그러한 유형에 속한다. 그러나 장옥곡張玉穀은 중간의 두 구가 나그네의 입장에서 말한 것으로 보고 나머지 구는 상대방의 입장에서 추측한 것으로 보았다. 다시 말해 이 시는 나그네가 아내를 그리워하는 내용이라고 본 것이다. 나중에 이 시를 모의한 육기陸機의 「'달빛은 어찌 그리 밝고 깨끗한지'를 본떠 지음」擬明月何皎皎도 마찬가지로 아내가 남편을 그리워한다는 설과 남편이 아내를 그리워한다는 설이 있다. 중국 고전시에는 밝은 달을 보면서 타향으로 떠난 친지나 친구를 그리워하는 내용이 많다. 사람은 어디에 있든지 달을 볼 수 있으므로, 달을 보고 고향이나 친한 사람을 생각하게 되었다. 이 시는 잠 못 들자 일어나 배회하는 모습과 다시 문을 나서 방황하며 먼 곳을 보는 모습, 그리고 방에 들어와 우는 모습 등으로 그리운 심정을 잘 그려내었다.

# 이릉 소무 시(李陵蘇武詩)

이릉李陵과 소무蘇武에 관한 역사적인 사건은 『한서』「이광 소건 전」 李廣蘇建傳에 자세히 기록되어 있다. 앞의 이릉 소개에서 그 대략을 서술하였다.

두 사람의 처지와 교우는 후인들의 동정을 얻어 널리 퍼졌으며 여러 전설이 생겨났다. 『한서』漢書에 실린 이릉이 소무에게 준 시는 초가체楚歌體 1수뿐이다. 그러나 후세에는 이들의 이름을 빌려 오언시를 짓거나 혹은 후인들이 지은 시를 그들의 이름을 끌어와 붙이는 경우가 생겼으며, 시기가 오래 지나다 보니 정말로 그들이 오언시를 지은 것으로 간주되었다. 특히 서진西晉 말기에 서북방에서 여러 민족들이 중국에 들어와 국가를 세움으로써 중국은 크게 남북으로 분열하게 되었고, 이러한 상황에서 한족 문인들은 이릉의 처지를 더욱 실감하고 동정하게 되었고 그가 지었다는 시도 널리 퍼지게 되었다. 현재 이릉과 소무의 이름으로 남아있는 시는 『문선』 권29 "잡시"雜詩 항목에 이릉李陵의 「소무에게」與蘇武 3수와 소무蘇武의 「시」詩 4수, 당대에 편찬된 『고문원』古文苑에 '이릉 소무 시'蘇李詩로 제시된 오언시 10수 가운데 비교적 완정한 8수 등 도합 15수이다. 그밖에 『예문류취』藝文類聚, 『고문원』, 『문선주』文選注 등에 잔구殘句들이 있다. 이들을 통칭하여 중국에서는 '소리시'蘇李詩라 부르지만 여기서는 '이릉 소무 시'라 부르기로 한다. 한편 녹흠립은 공융孔融의 「잡시」 2수와 일부 잔구를 연결하여 현존하는 '이릉 소무 시'는 모두 21수라고 보고 있지만, 여기서는 공융 등의 작품은 제외한다. '이릉 소무 시' 가운데 잔구로 보이는 짧은 시를 제외한 주요한 시 총 11수를 실어 번역한다.

 '이릉 소무 시'의 실제 작가가 이릉과 소무가 아니라는 설은 이미 남조 유송劉宋 시대부터 제기되었다. 먼저 안연지(顔延之, 384-456년)가 「정고」庭誥에서 "이릉의 여러 작품들은 잡다하고 통일되어 있지 않은데, 원래 가탁으로 만들어졌으며, 모든 작품이 다 이릉의 작품은 아니다"라고 그 진위에 대해 회의하였다. 양梁의 유협劉勰 역시 『문심조룡』에서 "한대에는 오언시가 보이지 않으므로, 이릉과 반첩여의 오언 작품은 후대인들의 의심을 사고 있다"고 말했다. 그러나 유협과 동시대의 평론가인 종영鍾嶸은 『시품』에서 비록 소무에 대한 언급은 없지만 이릉의 시를 사실로 믿고 있다. 이처럼 당시 대다수의 사람들은 이를 이릉과 소무의 시로 믿었다. 그러나 당송唐宋 이후 다시 의문이 제기되어왔고, 현대의 학자들도 이릉과 소무가 쓴 작품들이 아니라고 단정한다. 현존하는 시들의 시풍을 보면 대부분 격조가 높고 언어가 고졸한 까닭에 남북조 시대가 아닌 동한 말기에 제작되었으리라 본다. 시의 내용을 보면 꼭 이릉과 소무의 역사적 사건과 관련되어 있지 않으며, 대부분 친구, 형제, 부부 사이의 이별을 소재로 하고 있다. 현재 이들을 여전히 편의상 '이릉 소무 시'라고 부르고 있지만, 그 실질은 무명씨의 오언 고시로 보아야 할 것이다.


## 함께 지낸 좋은 시간 다시 오지 않으리니
## 良時不再至


良時不再至,　　　함께 지낸 좋은 시간 다시 오지 않으리니

| | |
|---|---|
| 離別在須臾. | 우리는 경각지간에 이별하게 된다네 |
| 屏營衢路側, | 사방으로 뻗은 한길 가에서 머뭇거리고 |
| 執手野踟躕. | 들에서도 손잡고 차마 헤어지지 못한다 |
| 仰視浮雲馳, | 달려가는 뜬구름을 바라보나니 |
| 奄忽互相踰. | 잠깐 사이 엇갈려 흘러가다가 |
| 風波一失所, | 바람이 불어오니 사방으로 흩어져 |
| 各在天一隅. | 각자가 하늘 끝에 나뉘어졌다 |
| 長當從此別, | 이제부터 우리는 오래도록 헤어지니 |
| 且復立斯須. | 다시 한 번 잠시라도 발걸음을 멈추네 |
| 欲因晨風發, | 날랜 새매의 날개를 타고 가듯 |
| 送子以賤軀. | 이 몸으로 그대를 편안히 보내고 싶어 |

○良時(양시): 좋은 때. 여기서는 함께 지낸 때를 가리킨다. ○屏營(병영): 방황하다. 배회하다. 『국어』「오어」(吳語)에 오자서(伍子胥)가 오왕 부차(夫差)에게 간언할 때 초영왕(楚靈王)이 "산 숲 속에서 헤매고 방황하다가"(屏營彷徨於山林之中)라는 말이 쓰였다. 또 채염(蔡琰)의 「비분시 제2수」(悲憤詩·其二)에 "기나긴 밤중에 금문(禁門)은 잠겼구나, 잠들지 못하여 일어나 배회하고"(夜悠長兮禁門局. 不能寢兮起屏營)란 말이 있다. ○衢路(구로): 사방이 트인 네거리. ○執手(집수): 손을 잡다. ○踟躕(지주): 머뭇거리다. 배회하다. 주춤거리고 나가지 못하는 모양. ○踰(유): 넘다. 지나가다. ○風波(풍파): 바람에 출렁이다. '波'는 동사로 풀이한다. ○斯須(사수): '수유'(須臾)와 같다. 잠시. 『맹자』「고자」(告子)에 "마을 사람으로서 잠시 공경한다"(斯須之敬在鄕人)는 말이 있다. ○因(인): ~에 따라서, ~를 빌려서. ○晨風(신풍): 새매. 끝 2구는 새의 날개를 타고 친구를 멀리 보내주고 싶다는 뜻이다. 한편 '신풍'을 '아침 바람'으로 풀어서 바람을 타고 친구를 편안히 보내고 싶다고 해석해도 무방하다. ○賤軀(천구): 미천한 몸. 여기서는 보내는 사람인 자신을 가리킨다.

『문선』에 실린 이릉李陵의 「소무에게」與蘇武 3수 가운데 제1수이다. 이 시는 사람을 떠나보내는 송별시送別詩이다. 내용으로 보아 친구간의 헤어짐을 그렸지만, 꼭 이릉과 소무 사이는 아닌 듯하다. 동한 중기 이

후 혼란한 사회에서 선비들은 자신의 출로를 찾아 각지를 유랑하였고 그래서 친구 사이의 이별도 흔했다. 크게 세 단락으로 나뉘어져 있는데, 처음 4구에서 이별의 장소와 아쉬움을 묘사하고, 중간 4구에서 뜬 구름으로 사람의 헤어짐을 비유하고, 끝 4구에서 상대의 평안을 기원하였다. 마지막 2구는 독특한 상상으로 깊은 심정을 나타내었다. 쉬운 말을 골라 썼으나 자연스럽고 세련되었으며, 별다른 수식 없이도 진솔한 감정을 표현하였다.


## 즐거운 만남은 다시 오기 어려운데
## 嘉會難再遇

| | |
|---|---|
| 嘉會難再遇, | 즐거운 만남은 다시 오기 어려운데 |
| 三載爲千秋. | 함께 지낸 삼년이 천년에 값 하네 |
| 臨河濯長纓, | 헤어질 때 강가에서 갓끈을 씻으며 |
| 念子悵悠悠. | 먼 길 가는 그대 염려에 시름이 길어라 |
| 遠望悲風至, | 멀리 바라보니 슬픈 바람이 불어오고 |
| 對酒不能酬. | 술자리에 마주해도 술 권하기 어려워 |
| 行人懷往路, | 떠나는 그대는 갈 길을 생각하지만 |
| 何以慰我愁? | 남아있는 나는 시름을 무엇으로 위로하나 |
| 獨有盈觴酒, | 오로지 술잔 가득 술을 채워 마시며 |
| 與子結綢繆. | 그대와 두터운 정 영원히 기약하리라 |


○嘉會(가회): 좋은 모임. 즐거운 모임. ○載(재): 해. ○千秋(천추): 천년. 함께 지낸 삼년이 마치 천년과 같다함은 그만큼 우정이 깊다는 뜻이다. ○濯(탁): 씻다. ○長纓(장영): 갓끈. "갓끈을 씻는다"(濯長纓)는 말은 자신의 뜻이 고결함을 말한다. 『맹자』「이루」

(離婁)에 「유자가」(孺子歌)가 인용되어 있는데 "창랑강의 물이 맑으면 내 갓끈을 씻고, 창랑강의 물이 탁하면 내 발을 씻으리라"(滄浪之水清兮, 可以濯我纓. 滄浪之水濁兮, 可以濯我足)라고 하였으며, 『초사』 「어부」(漁父)에도 같은 대목이 나온다. ○悵(창): 슬퍼하다. ○酬(수): 술을 권하다. "술자리에 마주해도 술 권하기 어려워"라는 말은 헤어질 슬픔에 술 마시는 일조차 흥이 없다는 뜻으로 보아야 할 것이다. ○懷(회): 생각하다. ○往路(왕로): 앞으로 갈 길. ○獨(독): '只'와 같다. 다만. 오직. ○盈觴(영상): 술을 따라 잔에 가득 채우다. ○綢繆(주무): 정이 깊고 두텁다.

　『문선』에 실린 이릉李陵의 「소무에게」與蘇武 3수 가운데 제2수이다. 앞의 제1수와 마찬가지로 친구 사이에 헤어질 때 아쉽고 고통스러운 마음을 나타낸 송별시이다. 여관영余冠英은 "술자리에 마주해도 술 권하기 어려워"라고 말한 후 다시 시의 말미에서 술잔 가득 채워 두터운 정을 맺자고 한 것은 모순되어 보이지만, 이러한 반복에서 어쩔 수 없는 심정을 토로한 것으로 풀이하였다. 반복되는 감정의 묘사로 깊은 아쉬움을 표현한 시이다.


# 손잡고 다리 위에 오르니
# 攜手上河梁

| | |
|---|---|
| 攜手上河梁, | 손잡고 다리 위에 오르니 |
| 遊子暮何之? | 날 저무는데 나그네는 어디로 가려하는가? |
| 徘徊蹊路側, | 좁은 길 위에서 걸음을 옮기지 못하고 |
| 恨恨不能辭. | 서글퍼 차마 잘 가라는 말도 못하네 |
| 行人難久留, | 먼 길을 가야기에 오래 머물게 할 수도 없는데 |
| 各言長相思. | 서로 영원히 기억하며 잊지 말자 말 하네 |
| 安知非日月, | 어찌 알았으리오, 우리는 달이 아닌데도 |

弦望自有時!　　　 달과 같이 차고 이지러짐이 예정되어 있음을!
努力崇明德,　　　 노력하여 아름다운 품덕을 서로 닦으세
皓首以爲期.　　　 하얀 머리 될 때까지

○河梁(하량): 강 위의 다리. 배를 타고 떠나는 경우 다리 가에서 헤어지는 경우가 많다. ○何之(하지): 어디로 가는가? 저녁이 되면 사람들은 집으로 돌아가야 하는데, 나그네는 오히려 길을 떠나니 어디로 가려고 하느냐는 안타까운 물음이다. ○蹊路(혜로): 지름길. 『사기』「이장군 열전」(李將軍列傳)에 "복사꽃과 오얏꽃은 아무 말 없어도 그 아래엔 저절로 오솔길이 생긴다."(桃李不言, 下自成蹊)는 말이 있다. ○悢悢(양량): 슬퍼하는 모양. ○日月(일월): 해와 달. 여기서는 달을 가리킨다. ○弦望(현망): 달이 활처럼 휘어 반달이 된 때를 현(弦)이라 하고, 음력 15일 전후 달이 둥근 때를 망(望)이라 한다. 달의 차고 이지러짐으로 사람의 만남과 헤어짐을 비유하였다. 소식(蘇軾)이 「수조가두」(水調歌頭)에서 "사람에게는 슬픔과 기쁨, 이별과 만남이 있고, 달에게는 어둠과 밝음, 차고 이지러짐이 있네"(人有悲歡離合, 月有陰晴圓缺)라 한 것은 이 뜻을 차용하였다. 이선(李善)은 음력 15일이 되면 동쪽에 해가 뜰 때 서쪽에 달이 있어 서로 마주 보듯 만날 때가 있다고 풀이하였으나, 여기서는 취하지 않는다. ○崇(숭): 더하다. 빛내다. 발전시키다. ○明德(명덕): 아름다운 덕성. ○皓首(호수): 흰 머리.


『문선』에 실린 이릉李陵의 「소무에게」與蘇武 3수 가운데 제3수이다. 이 시 역시 앞의 두 시와 마찬가지로 친구 사이의 이별을 아쉬워하는 시이다. 다만 이별의 슬픔에 겨워하기보다는 다시 만날 날을 희망하며 서로 노력하자는 뜻을 강조하고 있어 더 깊은 정을 드러내었다. 소통蕭統은 「문선 서문」文選序에서 한대의 시가를 언급하며 "항복한 장수가 '하량'河梁의 작품을 지었는데"(降將著'河梁'之篇)라고 하며 이 작품을 가리켰다. '항복한 장수'는 흉노에 항복한 이릉을 가리킨다. 역대로 사람들이 즐겨 읊은 탓에 이 시 속의 "다리 위에서 손잡다"는 뜻의 '휴수하량'(攜手河梁)이란 말은 곧 이별을 의미하는 고사성어가 되었다.

# 형제가 한 가지에 난 나뭇잎이라면
## 骨肉緣枝葉

骨肉緣枝葉,　　형제가 한 가지에 난 나뭇잎이라면
結交亦相因.　　친구 사이 또한 서로를 의지한다
四海皆兄弟,　　사해의 사람들이 모두 형제라는데
誰爲行路人?　　그 누가 행인처럼 낯설겠는가?
況我連枝樹,　　더구나 나는 연리지連理枝와 같이
與子同一身.　　자네와 한 몸인 듯 친밀하다네
昔爲鴛與鴦,　　예전엔 한 쌍의 원앙새 같았는데
今爲參與辰.　　앞으론 떨어진 삼성과 신성 같으리
昔者常相近,　　예전에 우리는 언제나 가까이 지냈는데
邈若胡與秦.　　이제는 호胡 지방과 진秦 지방으로 아득히 멀어지네
惟念當乖離,　　지금에 이르러 헤어진다 생각하니
恩情日以新.　　지난날의 우의가 더욱 더 절실해라
鹿鳴思野草,　　사슴이 들풀을 찾으면 울음으로 부르듯
可以喩嘉賓.　　잔치를 차려놓고 자넬 보내고 싶구나
我有一樽酒,　　여기 나에게 술 한 통이 있으니
欲以贈遠人.　　먼 길 가는 그대에게 주리라
願子留斟酌,　　원컨대 그대 잠시 머물며 술잔을 더 받게
敍此平生親.　　평소에 친밀하던 우의를 마음껏 나누도록

○骨肉(골육): 부자(父子)나 형제 등 혈연관계에 있는 사람. 여기서는 형제를 가리킨다. ○緣(연): 의지하다. ○結交(결교): 친구를 사귀다. 여기서는 친구. ○相因(상인): 의지하다. 친하다. ○四海(사해): 사해의 안. 고대 중국인들은 육지의 사방에는 바다가 있다고 생각하였다. 이 구는 『논어』「안연」(顔淵)에서 복상(卜商)이 사마우(司馬牛)에게 한 말인 "사해의 안은 모든 사람이 형제이니, 군자가 어찌 형제가 없다고 근심하리오?"(四

海之內, 皆兄弟也, 君子何患乎無兄弟也?)에서 나왔다. 도연명의 「잡시」(雜詩) 제1수에서 "세상에 태어나면 곧 모두가 형제이니, 어찌 골육 사이만 꼭 친하리오?"(落地爲兄弟, 何必骨肉親?)란 말도 이와 같은 뜻이다. ○連枝樹(연지수): 연리지(連理枝)가 있는 나무. 각기 다른 뿌리에서 자란 두 나무의 가지가 서로 연결되어 일체가 된 나무. 보통 연리지로 부부를 비유하지만 여기서는 친구 사이의 우의를 비유했다. ○鴛與鴦(원여앙): 원앙. 鴛은 수컷이고 鴦은 암컷이다. ○參(삼), 辰(신): 삼성(參星)과 신성(辰星). 삼성은 서쪽에 있고, 신성은 동쪽에 자리하면서, 한 별이 보이면 다른 별이 보이지 않는다. 고대인은 삼성과 신성(商星이라고도 한다)이 한 하늘에서 동시에 보이지 않는 데서 서로 헤어져 만나지 못하는 두 사람의 처지를 비유하였다. ○邈(막): 아득히 멀다. ○胡(호), 秦(진): '호'는 중국의 서북 지역을 말하며, '진'은 관중 지역을 가리킨다. 여기서는 두 사람이 각기 '호' 지방과 '진' 지방으로 나누어짐을 비유했다. 이 시를 소무가 썼다고 가정했을 때, 이릉은 '호'에 남고 소무는 장안으로 들어감을 환기한다. ○乖離(괴리): 헤어지다. ○鹿鳴(녹명) 2구:『시경』「녹명」(鹿鳴)의 처음 4구의 뜻을 사용하였다. "사슴이 서로 울어, 들의 풀을 함께 먹는 것처럼, 나를 찾아온 많은 빈객들에게, 거문고를 뜯고 생황을 불리라"(呦呦鹿鳴, 食野之苹. 我有嘉賓, 鼓瑟吹笙) 군신을 모아 연회를 베푸는 내용인데, 여기에서는 형제들을 불러 잔치를 열어 만나고 싶다는 뜻을 표현하였다. ○遠人(원인): 멀리 떠나는 사람. ○斟酌(짐작): 국자로 술을 뜨다.

『문선』에 실린 소무蘇武의 「시」詩 4수 가운데 제1수이다. 심덕잠沈德潛이 형제 사이의 이별을 묘사한 시로 본 이래, 여관영 등 많은 학자들이 이 관점에 따랐으나, 조도형은 친구 사이의 이별로 해석하였다. 전편을 자세히 관찰할 때, 형제 사이의 천성적인 혈육의 정으로 친구 사이의 지극한 우의를 비유한 것으로 보는 것이 보다 적절하다. 평소의 우의, 헤어질 때의 감정, 송별의 뜻을 차례로 말하였다.

# 멀리 떠난 고니라 할지라도
# 黃鵠一遠別

| | |
|---|---|
| 黃鵠一遠別, | 멀리 떠난 고니라 할지라도 |
| 千里顧徘徊. | 천리까지 가서도 뒤돌아보고 배회한다 |
| 胡馬失其群, | 무리를 잃은 북방의 말도 |
| 思心常依依. | 짝들을 생각하며 언제나 그리워한다 |
| 何況雙飛龍, | 더구나 한 쌍의 용 같은 우리는 |
| 羽翼臨當乖. | 나란히 날다가 나뉘어지게 되었다 |
| 幸有絃歌曲, | 다행히 거문고와 노래 있으니 |
| 可以喩中懷. | 마음속의 심정을 드러내보세 |
| 請爲「遊子吟」, | 그대 「유자음」遊子吟을 불러주게나 |
| 泠泠一何悲. | 그 소리는 얼마나 슬프고 처연한가 |
| 絲竹厲淸聲, | 악기는 맑고 격앙된 소리로 흐느끼어 |
| 慷慨有餘哀. | 강개한 가운데 무한한 애처러움 있다 |
| 長歌正激烈, | 장가長歌가 마침 격렬할 때는 |
| 中心愴以摧. | 내 마음의 애간장이 비틀리듯 아프네 |
| 欲展淸商曲, | 청상곡淸商曲으로 연주를 바꾸며 |
| 念子不能歸. | 그대를 생각하나 그대와 함께 갈 수 없구나 |
| 俛仰內傷心, | 순식간에 나의 마음은 상하고 |
| 淚下不可揮. | 눈물이 많아 다 훔쳐낼 수 없어라 |
| 願爲雙黃鵠, | 원컨대 한 쌍의 고니가 되어 |
| 送子俱遠飛. | 함께 멀리 날아 그대를 보내고 싶어 |

○黃鵠(황곡): 누런 고니. 철새의 일종이다. 「염가하상행」 주석 참조. 「초중경(焦仲卿)
의 아내」 제1단락 참조. 한대 작품에는 '황곡'으로 종종 멀리 떠나는 사람이나 원대한

이상을 비유하였다. 「성 동문을 걸어나가」(步出城東門)에서도 “원컨대 한 쌍의 고니가 되어, 높이 날아 고향으로 돌아가고파”(願爲雙黃鵠, 高飛還故鄕)라 하였으며, 「비애의 노래」(悲愁歌)에서도 “원컨대 고니 되어 고향으로 가고파”(願爲黃鵠兮還故鄕)라고 하였다. ○顧(고): 돌아보다. ○依依(의의): 차마 떠나지 못하는 모습. 여기서는 무리를 그리워하는 모습. ○臨當乖(림당괴): 이별을 당하다. ‘乖’는 헤어지다. ○喩中懷(유중회): 마음속의 심정을 표현하다. 中懷는 懷中. ○遊子吟(유자음): 거문고의 곡조 이름. ○泠泠(령령): 맑고 높은 소리. 쩌렁쩌렁. 육기(陸機)의 「문부」(文賦)에 “맑고 높은 소리가 귀에 가득하고”(音泠泠而盈耳)라는 말이 있다. ○絲竹(사죽): 줄이 있는 현악기와 대나무로 된 관악기. 여기서는 악기를 통칭한다. ○厲(려): 격렬하다. 맹렬하다. 여기서는 격렬한 연주로 일어난 강렬한 음조. ○長歌(장가): 가락이 긴 노래. 「장가행」(長歌行) 참조. ○愴以摧(창이최): 사람의 애간장을 비틀 듯이 슬프다. ‘以’는 접속사. ○展(전): 펼치다. 여기서는 연주하다. ○淸商曲(청상곡): 악부의 곡조 이름이다. 조비(曹丕)의 「연가행」(燕歌行)에 ‘거문고 들고 현을 울려 청상곡을 연주하며, 단가(短歌)를 가늘게 읊조리니 높아질 수 없다’(援琴鳴弦發淸商, 短歌微吟不能長)는 시구를 보면 청상곡은 장가(長歌)가 아니라 단가(短歌)임을 알 수 있다. (여관영 설) ○俛仰(부앙): 俯仰과 같다. 머리를 들고 굽힐 정도로 짧은 시간.

『문선』에 실린 소무蘇武의 「시」詩 4수 가운데 제2수이다. 친구를 보내는 시이다. 중국의 송별시送別詩는 두 종류가 있다. 남아 있는 사람이 떠나가는 사람에게 써서 주는 송행시送行詩와 떠나가는 사람이 남아있는 사람에게 써서 주는 유별시留別詩가 그것인데, 이 시는 내용을 보면 전자에 해당한다. 그러므로 떠나가는 소무가 쓴 시로 보기에는 무리가 있다. 아마도 ‘고니’黃鵠는 떠나가는 친구를 비유하고, ‘북방의 말’胡馬은 자신을 비유하는 듯하다. 중간 대목은 음악을 통해 이별의 아픔을 묘사하였다. 마지막 대목은 억제할 수 없는 슬픔과 함께 친구와 함께 떠나고픈 마음을 묘사하였다.

# 머리 올리고 부부가 되어
## 結髮爲夫妻

| | |
|---|---|
| 結髮爲夫妻, | 머리 올리고 부부가 되어 |
| 恩愛兩不疑. | 사랑에 대한 둘의 믿음이 깊었어라 |
| 歡娛在今夕, | 기쁨은 오늘 밤뿐인걸 |
| 燕婉及良時. | 다정함도 더 이상 나누지 못한다네 |
| 征夫懷往路, | 떠나는 사람은 갈 길을 염려하여 |
| 起視夜何其. | 일어나 밤이 얼마나 지났는지 내다본다 |
| 參辰皆已沒, | 뭇 별들이 모두 지고 난 새벽 |
| 去去從此辭. | 아아, 이제는 떠나야 하리 |
| 行役在戰場, | 행역을 하러 전장으로 가기에 |
| 相見未有期. | 다시 볼 날 기약할 수 없구나 |
| 握手一長歎, | 손을 잡고 길게 탄식하니 |
| 淚爲生別滋. | 생이별에 눈물이 넘치네 |
| 努力愛春華, | 힘써 청춘을 아끼며 |
| 莫忘歡樂時. | 함께 즐거웠던 날들을 잊지 말게나 |
| 生當復來歸, | 살아 있으면 응당 다시 돌아오겠지만 |
| 死當長相思. | 죽으면 또한 영원히 그리워하리라 |

○結髮(결발): 남녀가 성년이 되어 머리를 묶음. 남자는 20세에 관을 쓰고, 여자는 15세에 비녀를 꽂으며, 이때 모두 머리를 묶는데 곧 '결발'(結髮)이다. 성인이 되었다는 뜻이다. 「초중경의 아내」에도 "성년이 되어 침석을 같이 하는 부부가 되었으니"(結髮同枕席)라는 표현이 나온다. ○燕婉(연완): 다정하다. '嬿婉'과 같다. 『시경』「신대」(新臺)에 "다정한 배필"(嬿婉之求)이란 말이 있고, 조식(曹植)의 「응씨를 보내며」(送應氏)에 "다정함을 나누고 싶어"(願得展嬿婉)라는 표현이 있다. ○懷往路(회왕로): 갈 길을 걱정하다. ○夜何其(야하기): 밤은 얼마나 되었는가. '其'는 뜻이 없는 어조사. 『시경』「정료」(庭燎)

에 "밤은 얼마나 되었는가"(夜如何其)라는 말이 있다. ○參辰(삼신): 삼성과 신성. 앞의 시 참조. 여기서 별을 통칭한다. 별이 모두 졌다는 것은 곧 날이 밝아온다는 뜻이다. ○行役(행역): 행역에 나가다. 부역에 응하여 행군하다. ○滋(자): 많이 흐르다. 넘치다. ○春華(춘화): 봄꽃. 젊은 때를 비유한다.

　『문선』에 실린 소무蘇武의 「시」詩 4수 가운데 제3수이다. 전장으로 떠나는 남편이 아내에게 주는 시이다. 『문선』 이외에 『옥대신영』에도 실렸는데 제목이 「처를 두고 떠나며」留別妻로 되어 있어, 예전에는 소무가 흉노에 사신으로 떠나기 전에 아내와 이별하며 지었다고 여겼다. 그러나 오늘날의 학자들은 동한 말기에 무명씨가 지은 작품으로 본다. 먼저 평소의 사랑을 이야기하고, 다음으로 헤어지기 어려움을 묘사하고, 마지막으로 당부하는 말을 남겼다. 절실한 감정에 깊은 슬픔이 담긴 이 시는 '이릉 소무 시' 가운데 가장 대표적인 작품으로 후대에 많은 영향을 주었다. 두보의 「신혼의 이별」新婚別도 이 시의 영향을 받았다. 또 안연지顏延之의 「추호 시」秋胡詩의 "살아 있으면 오랜 이별이요, 죽으면 돌아오지 못하리"(存爲久離別, 沒爲長不歸)라는 표현도 이 시의 말미 2구를 변화시켜 만들었다.


# 환하게 빛나는 새벽의 밝은 달
## 燭燭晨明月

| | |
|---|---|
| 燭燭晨明月, | 환하게 빛나는 새벽의 밝은 달 |
| 馥馥秋蘭芳. | 향긋한 가을 난초의 향기 |
| 芬馨良夜發, | 향기는 아름다운 밤에 일어나 |
| 隨風聞我堂. | 바람에 실려서 내 집에 흘러드네 |

征夫懷遠路,　　　　떠나는 사람은 가야할 먼 길을 생각하고
遊子戀故鄕.　　　　남아있는 나그네는 고향을 그리워한다
寒冬十二月,　　　　추운 겨울 십이월에
晨起踐嚴霜.　　　　새벽에 일어나 서리를 밟으리
俯觀江漢流,　　　　흘러가는 장강과 한수漢水를 내려보고
仰視浮雲翔.　　　　날아가는 뜬 구름을 고개 들어 바라보리
良友遠別離,　　　　이제 친구가 멀리 떠나가니
各在天一方.　　　　각자가 하늘 끝에 나뉘어지리
山海隔中州,　　　　산과 강이 중주中州를 가로막고 있으니
相去悠且長.　　　　멀고 멀리 서로 헤어져 있으리
嘉會難再遇,　　　　즐거운 만남은 다시 오기 어려운데
歡樂殊未央.　　　　이별 자리의 만남은 아직 끝나지 않았다
願君崇令德,　　　　원컨대 그대 아름다운 덕성을 닦기를
隨時愛景光.　　　　언제나 그대 촌음을 아끼기를

○燭燭(촉촉): 밝은 모습.　○馥馥(복복): 향기가 짙은 모양.　○芬馨(분형): 향기. 방향.
○征夫(정부): 먼 길 가는 사람. '정부'(征夫)가 떠나는 사람이라면 아래 구의 '유자'(遊子)는 남아 있는 사람으로, 역시 객지에 나와 있다.　○踐(천): 밟다. 앞에서 '가을 난초'를 말한 후 여기에서 '추운 겨울 십이월'을 말한 것은 모순되어 보이나, 친구가 지나가는 곳의 여정을 미리 예상하여 말한 것으로 볼 수 있다. 이러한 기법은 후대에 송별시의 고정적인 표현법이 되었다.　○江漢(강한): 장강과 한수(漢水).　○山海(산해): 산과 강. 고대 중국인들은 호수도 '바다'(海)라고 하였다.　○中州(중주): 지금의 하남성. 중국을 구주(九州)로 보았을 때 가운데 위치한다고 이런 이름이 붙여졌다. 고대에는 예주(豫州)라고 하였다.　○悠(유): 멀다.　○未央(미앙): 끝이 없다.　○隨時(수시):자주. 수시로.　○景光(경광): 광음(光陰). 시간. 오신(五臣) 가운데 한 사람인 유량(劉良)은 말 4구에 대해 "즐거운 만남은 다시 오기 어렵지만, 환락의 일은 멈출 수 없다네. 원컨대 그대 아름다운 덕성을 닦고, 때와 사물에 따라 시간을 아껴야지, 나로 인해 근심하지 말지라"라고 풀이하였다.

『문선』에 실린 소무蘇武의 「시」詩 4수 가운데 제4수이다. 이 시 역시 친구를 보내는 송별시로, 내용을 보면 중원에 있는 사람이 남방으로 친구를 보내는 듯하다. 그러므로 역시 소무가 지었다면 이릉은 남쪽으로 내려간 적이 없기 때문에, 소무가 지은 시로 보기에 부적절하다. 헤어지는 때의 광경을 묘사한 후, 행인의 여정을 미리 예상하고, 마지막으로 기약할 수 없는 이별에 상대를 권면하였다.

## 서남으로 날아가는 새 한 마리
## 有鳥西南飛

| | |
|---|---|
| 有鳥西南飛, | 서남으로 날아가는 새 한 마리 |
| 熠熠似蒼鷹. | 빛나는 날개가 마치 참매와 같아 |
| 朝發天北隅, | 아침에 북방의 구석에서 떠나면 |
| 暮聞日南陵. | 저녁엔 일남군日南郡의 언덕에 간다하네 |
| 欲寄一言去, | 말 한 마디 전하고 싶어 |
| 託之牋彩繒. | 비단 편지에 써 놓고는 |
| 因風附輕翼, | 바람 타는 가벼운 날개에 실어 |
| 以遺心蘊蒸. | 맺혀진 그리움 보내고자 했네 |
| 鳥辭路悠長, | 참매는 거절하기를 길이 너무 멀어서 |
| 羽翼不能勝. | 자신의 날개로는 어렵다고 하네 |
| 意欲從鳥逝, | 참매를 따라 가고 싶은 마음 한이 없으나 |
| 駑馬不可乘. | 비루먹은 말이어서 탈 수가 없네 |

○熠熠(습습): 선명히 빛나는 모습. 여기서는 햇빛에 빛나는 새의 날개를 묘사했다. ○
日南(일남): 한대 군명(郡名). 당시 중국의 가장 남단에 있는 교주(交州)에 속했으며, 지

금의 광서성 남부이다.  ○牋彩繒(전채증): 비단으로 만든 편지. '彩繒'은 채색 무늬가
있는 비단이며, '牋'은 편지.  ○蘊蒸(온증): 쌓여져 맺힌 감정. 상대에 대한 그리움이
오랜 기간 쌓이어 무거운 기분이 된 정서.  ○不能勝(불능승): 이기지 못하다. 감당하지
못하다.  ○乘(승): 타다. 수레를 몰다.

  북방에 있는 시인이 남방에 있는 친구를 그리워하는 시이다. 날아가
는 새에 편지를 보내고 싶으나 길이 멀어 어렵고, 자신이 가고자 하나
비루먹은 말이어서 어렵다. 녹흠립逯欽立은 동한 후기에 많은 사인士人
들이 중원의 난리를 피해 교주로 피난 갔으며, '이릉 소무 시' 가운데는
교주로 피난 가는 사람에게 주는 내용이 있다고 했다. 이 시에 나오는
일남군日南郡의 지명은 이러한 배경을 잘 설명해 준다. 『고문원』에 실린
'이릉 소무 시'蘇李詩 10수 가운데 제1수로, 이릉李陵의 「녹별시」錄別詩라
고 기록되어 있다.


## 새매는 북쪽 숲에서 울고
## 晨風鳴北林

| | |
|---|---|
| 晨風鳴北林, | 새매는 북쪽 숲에서 울고 |
| 熠燿東南飛. | 개똥벌레는 동남에서 날아가네 |
| 願言所相思, | 그리운 사람을 생각하나니 |
| 日暮不垂帷. | 해 저물어도 휘장을 내리지 않네 |
| 明月照高樓, | 명월이 높은 누각을 비추는데 |
| 想見餘光輝. | 보고픈 사람이 달빛 속에 있는 듯 |
| 玄鳥夜過庭, | 밤이 되어 제비가 마당 위를 지나가니 |
| 髣髴能復飛. | 나 또한 함께 날아갈 수 있을 듯 |

| | |
|---|---|
| 褰裳路踟躕, | 치마를 걷고 길을 나서다가 다시 주저해 |
| 彷徨不能歸. | 방황하며 다시 돌아갈 수 없어라 |
| 浮雲日千里, | 구름은 하루에 천리를 다니는데 |
| 安知我心悲? | 어찌 나의 슬픈 마음을 알아주리? |
| 思得瓊樹枝, | 차라리 신선 세계의 경수의 꽃가지를 구해 |
| 以解長渴飢. | 오랜 동안 마르고 주려왔음을 해소하고저 |

○晨風(신풍): 새매. 한위(漢魏) 시에 자주 등장하는 새이다. 『시경』의 「신풍」에 나오는 "쌩쌩 나르는 저 새매는, 울창한 북쪽 숲에 앉았어라. 군자를 만나지 못하여서, 마음에 근심이 가득하네"(鴥彼晨風, 鬱彼北林. 未見君子, 憂心欽欽)의 뜻을 환기하고 있다. ○熠燿(습요): 개똥벌레. 반딧불이. 『시경』「동산」(東山)의 "논밭은 사슴 놀이터로 변하고, 개똥벌레는 밤에 나다니네"(町疃鹿場, 熠燿宵行)라는 구절에 대해 모전(毛傳)에서는 "습요(熠燿)는 린(燐)이고, 린(燐)은 형화(螢火)이다"로 풀이했다. '선명하고 밝게 빛나는 모습'으로 풀이하는 학자도 있으나 취하지 않는다. ○願言(원언): 두 가지 뜻이 있다. 첫째는 생각하다, 그리워하다. 이 뜻은 『시경』「백혜」(伯兮) 등에 이미 보인다. "비 오소서 비 오소서 바랬건만, 밝디밝은 해 나오네. 남편을 그리워하나니, 머리가 아파도 마음 달게 생각하네"(其雨其雨, 杲杲出日. 願言思伯, 甘心首疾) 정현(鄭玄)은 "원(願)은 생각하다(念)이다"라고 풀이하였다. '言'은 어조사로 말을 고르는 역할을 할 뿐 뜻이 없다. 「난초와 두약은 따뜻한 봄에 자라는데」(蘭若生春陽)에도 "지난날의 애정을 그리워하나니, 깊은 감정으로 사계절의 변화를 느끼네"(願言追昔愛, 情款感四時)라는 말이 있다. 둘째는 원하다, 바라다. 위진남북조 시에는 이 뜻으로도 많이 쓰였다. ○所相思(소상사): '所思'와 같다. 그리운 사람. 일반적으로 그 대상은 남편이나 아내 등 가족인 경우가 많다. ○想見餘光輝(상견여광휘): 보고 싶어 하는 대상이 달빛 속에 가득하다. 그리운 사람이 마치 보이는 듯하다는 표현은 양한 위진남북조 시에 자주 나온다. 진가(秦嘉)의 「아내에게 주는 시 제3수」(贈婦詩・其三)에 "빈 방안을 뒤돌아 바라보니, 마치 그대 모습 보이는 듯"(顧看空室中, 髣髴想姿形)이란 표현이 있다. ○玄鳥(현조): 제비. 『예기』「월령」에 "음력 팔월에 제비가 돌아간다"(仲秋之月, 玄鳥歸)란 말이 있다. ○瓊樹(경수): 신선 세계에서 자란다는 옥으로 된 나무. 경수의 꽃을 먹으면 신선처럼 장수한다고 한다. 굴원의 『구장』(九章)「섭강」(涉江)에 나오는 "곤륜산에 올라 옥의 꽃을 먹고"(登崑崙兮食玉英)와 같은 뜻이다. ○以解長渴飢(이해장갈기): 오랜 동안의 목마름과 배고픔을 해소하다.

여기서 갈기(渴飢)는 헤어짐의 고통과 그리움의 깊이를 가리킨다. 정신적인 결핍을 육체의 증상으로 묘사하였다. 아래의 「벌거벗은 외로운 버드나무」(童童孤生柳)에서 "집을 떠나 천리 먼 곳, 일신은 언제나 목마르고 굶주렸네"(去家千里餘, 一身常渴飢)의 갈기(渴飢)도 같은 뜻이다.

　나그네가 저녁 무렵에 새매가 동남으로 날아가고, 제비와 구름도 멀리 날아가는 모습을 보고 그리운 사람을 그리워하는 시이다. 전반적인 정서가 여성적이어서 이릉과 소무 사이의 이별을 그린 것 같지는 않다. 돌아갈 곳 없어 방황하는 나그네의 심정은 동한 말기 고시에 나타나는 주요 주제 가운데 하나이다. 『고문원』에 실린 '이릉 소무 시'蘇李詩 10수 가운데 제4수이다.


# 벌거벗은 외로운 버드나무
# 童童孤生柳

童童孤生柳,　　　벌거벗은 외로운 버드나무
寄根河水泥.　　　강가의 진흙에 뿌리를 두었네
連翩遊客子,　　　벼슬 구해 객지를 떠도는 나그네
于冬服涼衣.　　　겨울에도 따뜻한 옷이 없네
去家千里餘,　　　집을 떠나 천리 먼 곳
一身常渴飢.　　　일신은 언제나 목마르고 굶주렸네
寒夜立清庭,　　　추운 밤에 마당에 서서
仰瞻天漢湄.　　　은하수를 올려다보면
寒風吹我骨,　　　찬바람이 내 뼈 속에 불고
嚴霜切我肌.　　　된서리가 내 살을 에인다

憂心常慘戚,　　근심하는 마음은 언제나 참담하고
晨風爲我悲.　　새벽바람이 슬프게 울부짖는다
瑤光游何速,　　북두의 요광瑤光은 얼마나 빨리 바뀌는데
行願支何遲.　　바램은 얼마나 더디게 이루어지는가
仰視雲間星,　　고개 들어 구름 사이의 별을 보니
忽若割長帷.　　구름은 휘장이 찢어지듯 빠르게 움직인다
低頭還自憐,　　고개 숙여 스스로를 가여워하나니
盛年行已衰.　　나의 젊음도 장차 시들려 하네
依依戀明世,　　밝은 시대가 오기를 기대하였나니
愴愴難久懷.　　슬프게도 이제는 바라기 어려워라

○童童(동동): 산에 초목이 없이 벌거벗은 모습. 민둥산이. 여기서는 나무에 잎이 없는
모습. ○連翩(연편): 끊임없이 이어진 모양. 여기서는 객지에 벼슬하러 가는 사람들이
계속 나오는 모습을 형용하였다. ○天漢(천한): 은하수. ○湄(미): 물가. ○瑤光(요광):
별이름. 북두칠성의 자루 끝에 있는 일곱 번째 별. '搖光'이라고도 한다. ○游何速(유하
속): '游'는 움직이다. 하늘에 있는 위치를 바꾼다는 뜻이다. 고대 사람들은 매일 해질
무렵 정남향을 기준으로 북두칠성의 자루가 어디를 가리키는지를 가지고 계절을 판단
하였다. 여기서는 "계절이 얼마나 빨리 흐르는가"의 뜻이다. ○支何遲(지하지): 이 구는
역대로 논란이 많다. 녹흠립(逯欽立)은 '夫何遲'로 보아야 한다고 했다. "바램은 얼마나
더디게 이루어지는가"의 뜻. ○割長帷(할장유): 긴 휘장이 찢어지다. 이는 구름이 흩어
지는 모습을 묘사한 것으로 보인다. ○行(행): 장차. ○愴愴(창창): 슬픈 모습.

　　나그네가 자신의 처지를 슬퍼한 시이다. 일정한 거처 없이, 추위에
떨며, 나이 들어 늙어감을 차례로 서술하면서 객지 생활의 고충을 늘어
놓았다. 시 가운데 "밝은 시대가 오기를 기대하였나니"(依依戀明世)에
서 알 수 있듯 작자는 원래 포부가 컸던 사람으로 보인다. 『고문원』에
실린 '이릉 소무 시'蘇李詩 10수 가운데 제9수로, 소무蘇武의 「답시」答詩
라고 되어 있다.

## 두 오리가 나란히 북쪽으로 날다가
## 雙鳧俱北飛

| | |
|---|---|
| 雙鳧俱北飛, | 두 오리가 나란히 북쪽으로 날다가 |
| 一鳧獨南翔. | 한 마리가 혼자 남쪽으로 날아가네 |
| 子當留斯館, | 그대는 응당 여기에 머무르지만 |
| 我當歸故鄕. | 나는 응당 고향으로 돌아가야 하오 |
| 一別如秦胡, | 한 번 헤어지면 진秦 지방과 호胡 지방이니 |
| 會見何詎央. | 다시 만날 날 어찌 있을까 |
| 愴恨切中懷, | 서러워 애 간장이 끊어지는데 |
| 不覺淚沾裳. | 저도 모르게 눈물이 옷을 적시네 |
| 願子長努力, | 원컨대 그대 또한 오래도록 노력하며 |
| 言笑莫相忘. | 서로 잊지 말자고 웃으며 말하세 |

○鳧(부): 들오리. ○館(관): 접대소. ○詎央(거앙): 어찌 끝이 있으리오. 다시 만날 기약
이 없음을 말하였다. ○愴恨(창량): 슬프고 서럽다.


　헤어지며 서로를 격려한 시이다. 이 시는 현존하는 '이릉 소무 시' 가
운데 가장 두 사람의 이별을 잘 묘사한 작품으로 친다. 소무와 이릉이
각각 흉노 땅에 들어갔다가 나중에 소무만이 남쪽의 한나라에 돌아가
고 이릉은 북쪽에 남게 된다. 앞부분의 4구는 이를 잘 형상화하고 있
다. 그래서 종영鍾嶸도『시품』에서 "소무의「한 쌍의 오리」"(子卿雙鳧)
는 고시 가운데 "뛰어난 시"(警句)라고 하였다. 유신(庾信, 513-581)은
이를 이릉의 작품으로 보았다. 이 시는『고문원』에 실린 '이릉 소무 시'
蘇李詩 10수 가운데 제10수로, 소무蘇武의「이릉과 헤어지며」別李陵라 기
록되어 있다. 그러나 비록 이 시가 이릉과 소무의 일을 잘 형상화하였

다고 하나 여전히 그들이 지었다는 증거가 충분하지 않다. 당대唐代 편집된『고문원』의 이 시가 종영과 유신이 본 시와 일치하는지도 명확하지 않거니와, 후인이 이들의 일을 가탁하여 지었을 수도 있기 때문이다.

# 그 밖의 고시(古詩)

## 산에 올라 궁궁이를 뜯고
## 上山采蘼蕪

| | |
|---|---|
| 上山采蘼蕪, | 산에 올라가 궁궁이를 뜯고 |
| 下山逢故夫. | 산을 내려오다 옛 남편을 만났네 |
| 長跪問故夫: | 무릎 꿇고 공손히 옛 남편에 물었네 |
| "新人復何如?" | "새 사람 어떻습네?" |
| "新人雖言好, | "새 사람 비록 좋긴 하네만 |
| 未若故人姝. | 그대만큼 좋진 않으이 |
| 顔色類相似, | 얼굴은 서로 비슷하네만 |
| 手爪不相如." | 솜씨가 그대보다 못하이" |
| "新人從門入, | "새 사람이 대문으로 들어올 때 |
| 故人從閤去." | 전 쪽문으로 빠져나갔죠" |
| "新人工織縑, | "새 사람은 황견을 잘 짜지만 |
| 故人工織素. | 그대는 백견을 잘 짰지 |
| 織縑日一匹, | 황견은 하루에 네 길밖에 못 짰으나 |
| 織素五丈餘. | 백견은 하루에 다섯 길 이상 짰으니 |
| 將縑來比素, | 황견을 백견에 비교해보면 |
| 新人不如故." | 새 사람은 그대만 못하이" |

○蘼蕪(미무): 천궁(川芎). 궁궁이 혹은 '강리'(江離)라고도 한다. 잎에서 향기가 나며

8월 하순에서 9월에 하얀 꽃이 핀다. 바람에 말려서 향료나 약재로 쓴다. 굴원의 「소사명」(少司命)에 "추란(秋蘭)과 궁궁이, 제당(祭堂) 아래에 나란히 피었네"(秋蘭兮蘪蕪, 羅生兮堂下)란 구절이 있다. ○故夫(고부): 전 남편. ○長跪(장궤): 엉덩이를 들고 허리를 편 채 무릎을 꿇는 자세. 경의를 표하는 예(禮). 당시 부인은 남편에게 이러한 자세를 취한 것이 예였다. ○新人(신인): 새로 맞이한 처. 이 구는 버림받은 아내가 남편에게 묻는 말이다. ○姝(주): 아름답다. 예쁘다. 미색(美色). ○手爪(수조): 베 짜기나 바느질 등 여자의 손 솜씨를 가리키는 것으로, 오늘날의 중국 방언에서도 여자의 바느질을 '침선수각'(針線手脚)이라 하는 것과 같다. ○門(문): 정문. ○閤(합): 작은 문. 이 구는 새 부인이 정문으로 당당하게 들어오는데 비해 전 부인은 몰래 옆문으로 떠났다는 뜻. ○縑(겸): 황견(黃絹). 『회남자』 「제속훈」(齊俗訓)에 "겸(縑)의 속성은 누렇다"(縑之性黃)는 말이 있다. ○素(소): 흰 비단(白絹). 소(素)는 겸(縑)보다 가치가 높다. ○一匹(일필): 옷감의 길이 단위로 4장(丈)에 해당한다. ○將(장): ~으로써. 현대중국어의 '把'에 해당한다.

이 시는 전처와 남편의 우연한 만남과 대화를 통하여 남존여비男尊女卑 사회에서 겪는 여인의 비참함을 그리고 있다. 기부시棄婦詩는 『시경』 이래 있어왔지만 이 시는 노동력으로 전처와 새 처를 비교하는 대목에서 남편의 세속적인 면모에 강렬한 희극성을 부여하고 있다. 독특한 소재를 잡아 전개함으로써 당시 남성 중심의 사회에서 여성의 실상을 잘 알려주고 있다. 『옥대신영』 권1에 「고시」古詩라는 제목으로 처음 수록되었다. 그러나 『태평어람』太平御覽 권521에선 「고악부」古樂府라 제목붙인 점에서 한위漢魏 남북조시대에는 악부의 가사를 종종 '고시'古詩라 불렀음을 알 수 있다. 이 시 역시 원래는 악부의 가사였다가 나중에 문인의 가공을 거친 듯하다.

## 좌중의 사람들 조용히 하소
## 四坐且莫誼

| | |
|---|---|
| 四坐且莫誼, | 좌중의 사람들 조용히 하소 |
| 願聽歌一言. | 내 노래 한 자리 하니 들어보시오 |
| 請說銅鑪器, | 청동 향로 하나가 여기 있으니 |
| 崔嵬象南山. | 우뚝 솟은 모습이 남산과 같소 |
| 上枝似松栢, | 위에는 소나무와 측백나무 비슷한 모습이 |
| 下根據銅盤, | 아래의 동반銅盤에 받쳐져 올려져 있소 |
| 雕文各異類, | 여러 가지 형상들이 조각되어 |
| 離婁自相聯. | 뚜렷하게 서로 이어져 있소 |
| 誰能爲此器? | 누가 이런 물건 만들 수 있겠소? |
| 公輸與魯班. | 유명한 장인 공수公輸와 노반魯班이라네 |
| 朱火然其中, | 가운데엔 향이 타오르고 |
| 靑煙颺其間. | 사이사이 푸른 연기가 피어오르오 |
| 從風入君懷, | 바람 따라 그 향기 흩어지면 |
| 四坐莫不歡. | 즐거워하지 않는 사람 하나 없으리 |
| 香風難久居, | 그러나 향기는 오래 머물지 못하니 |
| 空令蕙草殘. | 공연히 혜초만 태워 없앴구료 |

○四坐(사좌): '四座'와 같다. 사방의 자리에 앉은 사람들. 처음 2구는 노래하는 사람이 청중에게 알려주는 머리말이다. 이러한 수법은 악부시에 자주 보이는데, 육기(陸機)의 「오추행」(吳趨行), 사령운의 「회음행」(會吟行), 포조의 「'동무음'을 본떠 지음」(代東武吟)이 모두 그러하다. ○誼(훤): 시끄럽다. 소란하다. ○銅鑪(동로): '銅爐'와 같다. 동으로 만든 향로. ○崔嵬(최외): 산이 높은 모양. ○南山(남산): 본래 섬서성 서안 남쪽에 있는 종남산(終南山)을 말하나, 여기서는 일반적으로 마을의 남쪽에 있는 산을 가리킨다. ○離婁(이루): 투명하고 뚜렷한 모습. '離樓' 혹은 '麗婁'라고도 쓴다. 이루(離婁)는

『맹자』「이루」(離婁)에 나오는 시력이 뛰어난 사람 이름이지만 여기서는 연면어(聯綿語)로 풀이한다. ○公輸(공수), 魯班(노반): 춘추시대 노나라의 뛰어난 장인(匠人)인 공수반(公輸班). 『여씨춘추』「애류편」(愛類篇)과 『회남자』「수무훈」(脩務訓)의 주석에 의하면 "공수(公輸)는 노반(魯班)의 호이다"라고 한 사람으로 보고 있다. 나중에 이를 두 사람으로 보는 경우가 생겨났는데 여기에서도 그러하다. 여기서는 원문을 그대로 살려서 두 사람으로 표시하여 번역한다. ○朱火(주화): 붉은 불. 향을 태우는 불. ○然(연): '燃'과 같다. 타다. ○颺(양): 바람에 날리다. ○蕙草(혜초): 혜초. 이를 말려 태워 향기를 낸다. ○殘(잔): 타고 남은 재.

이 시는 향로를 노래한 영물시詠物詩이다. 향로는 보통 1자 크기로 상부는 산 모양으로 나무나 신선들 조각이 있고, 중간은 길쭉한 기둥이고, 아래는 받침대로 되어 있다. '박산로'博山爐라고도 부르는 향로는 중국 고대 시인들이 즐겨 묘사하는 대상 가운데 하나였다. 포조鮑照는 연작시「'행로난'을 본떠 지음」擬行路難 가운데 제2수에서 "낙양의 뛰어난 장인이 만든 박산로"(洛陽名工鑄爲金博山)의 정교함을 묘사하였다. 이 시는 먼저 향로의 모습을 묘사하고, 중간에 향기의 아름다움을 묘사하고, 마지막으로 오래가지 못하는 향기의 속성을 말하였다. 그 언외言外의 뜻은 세상 사람들이 쫓는 부귀와 이름은 결국 공허하고 값없음을 의미하는 듯하다. 『옥대신영』에 처음 실려 있다.


## 한들한들 맑은 바람 불어와
## 穆穆淸風至

穆穆淸風至,　　　한들한들 맑은 바람 불어와
吹我羅衣裾.　　　나의 비단 옷자락을 흔드네
靑袍似春草,　　　그 사람 푸른 도포도 봄풀 같이

| 長條隨風舒. | 긴 옷이 바람 따라 휘날리리라 |
| 朝登津梁上, | 아침 일찍 강가의 나루터에 올라 |
| 褰裳望所思. | 치마를 걷고 그리운 사람 쪽 바라본다 |
| 安得抱柱信, | 어떻게 하면 미생尾生과 같은 사람 얻어 |
| 皎日以爲期? | 태양을 가리키며 약속 할 수 있을까 |

○穆穆(목목): 부드러운 모습. 『교사가』(郊祀歌) 「천문」(天門)에서도 "달은 부드럽게 금빛 물결을 이루고"(月穆穆以金波)라는 말이 있다.  ○裾(거): 옷의 앞깃. 여기서는 옷의 아랫자락.  ○靑袍(청포): 청색의 도포.  ○津梁(진량): 강가의 나루터.  ○褰裳(건상): 치마를 걷어 올리다.  ○抱柱信(포주신): 기둥을 안고 죽으면서까지 지킨 믿음. 『장자』 「도척」(盜跖)에 나오는 이야기에서 유래한 말이다. 미생(尾生)이란 사람이 여자와 다리 아래에서 만나기로 약속했으나, 여자는 오지 않고 강물이 불어도 떠나지 않자, 다리 기둥을 껴안은 채 죽고 말았다. 이 이야기는 약속을 잘 지킨다는 의미의 고사성어가 되었다. ○皎日(교일): 밝은 해. 『시경』 「대거」(大車)에 "나를 못 믿겠다 말하지만, 태양을 두고 맹세하지"(謂予不信, 有如皎日)의 뜻을 이용하였다. 고대인들은 종종 해를 가리키며 맹세하며 자신의 뜻을 나타내었다.  ○期(기): 약속한 때.

　이 시는 화창한 봄날에 여인이 객지에 나가선 돌아오지 않는 연인을 그리워하는 내용이다. 전반 4구는 여인이 봄바람에 옷자락이 날리는데서 상대방의 푸른 도포를 생각하였고, 후반 4구는 다리에 올라 오지않는 사람을 원망하는 마음을 묘사하였다. 이른 아침에 나루터에 간 것으로 보아 그날은 아마도 약속한 기일로 보인다. 마지막 2구는 상대에 대한 원망 속에 깊은 사랑이 함께 깃들어 있다. 『옥대신영』에 처음 실렸다.

# 난초와 두약은 따뜻한 봄에 자라는데
## 蘭若生春陽

| | |
|---|---|
| 蘭若生春陽, | 난초와 두약은 따뜻한 봄에 자라는데 |
| 涉冬猶盛滋. | 겨울을 지나와도 여전히 무성하다 |
| 願言追昔愛, | 지난날의 애정을 그리워하나니 |
| 情款感四時. | 깊은 감정으로 사계절의 변화를 느끼네 |
| 美人在雲端, | 미인美人은 구름 끝에 있는데 |
| 天路隔無期. | 하늘 길이 막혀 만날 기약이 없어라 |
| 夜光照玄陰, | 달빛은 어두운 겨울밤을 비추는데 |
| 長歎念所思. | 길게 탄식하며 그리운 사람을 생각한다 |
| 誰謂我無憂? | 누가 나에게 근심이 없다고 하는가? |
| 積念發狂癡. | 그리움이 깊어져 발광할 지경인 걸 |

○蘭若(난약): 난초꽃과 두약(杜若). 난초는 들이나 산에서 나는 산란(山蘭)을 말하며, 오늘날 우리가 흔히 알고 있는 난초와 다르다. 두약은 '산강'(山薑)이라고도 한다. 굴원의 「상군」(湘君)에 "아름다운 섬에서 두약을 따서"(采芳洲兮杜若)란 말이 있다. ○春陽(춘양): '陽春'과 같다. 봄날의 온화한 날씨. ○涉(섭): 지나다. ○盛滋(성자): 번성하다. 첫 2구는 애정이 오랜 기간을 지나도 쇠하지 않음을 말한다. ○願言(원언): 생각하다. 그리워하다. 「새매는 북쪽 숲에서 울고」(晨風鳴北林) 참조. ○情款(정관): 감정이 깊다. ○美人(미인): 임. 그리운 사람. 미인이라고 해서 꼭 여성을 가리키는 것은 아니다. 이백(李白)의 시에 "미인은 꽃과 같이 구름 끝에 있어"(美人如花在雲端)은 이 구를 응용하였다. ○夜光(야광): 달. ○玄陰(현음): 추운 겨울 밤. 진(晉)의 조터(曹攄)의 「친구를 생각하며」(思友人)에 "마음은 추운 겨울밤이라 응결되고"(情隨玄陰滯)라는 말은 여기에서 나왔다. ○無憂(무우): 근심이 없다. 그러나 그 속뜻은 시름이 깊어 다른 사람과 말조차 못하고 있는데, 남들은 이러한 나를 보고 오히려 근심이 없다고 여긴다는 의미이다.

정인情人을 그리워하는 시이다. 그리워하는 대상은 여자일 수도 있고

남자일 수도 있어 명확하지 않다. 어려운 시기를 거쳤어도 자신의 애정
은 여전히 강렬하며, 보고 싶어도 만날 수 없어 미칠 지경이라고 고백
하고 있다. 이 시는 『옥대신영』에 매승枚乘이 지은 「잡시」雜詩 9수 가운
데 하나로 되어 있다. 『문심조룡』 「명시」明詩에서도 "고시는 아름다운
데 혹자는 매승이 지었다고 한다"(古詩佳麗, 或稱枚叔)라고 한데서도
알 수 있듯, 남북조 시기에는 이들 시가 매승이나 부의傅毅 등이 지었다
고 여겼다. 육기陸機의 「고시 12수를 본떠 지음」擬古詩十二首에도 이 시를
모방한 시가 있다.


## 빛나는 열매를 매단 귤과 유자가
## 橘柚垂華實

| | |
|---|---|
| 橘柚垂華實, | 빛나는 열매를 매단 귤과 유자가 |
| 乃在深山側. | 깊은 산 옆에서 자라고 있네 |
| 聞君好我甘, | 그대가 나의 단맛 좋아한다는 말 듣고선 |
| 竊獨自雕飾. | 남 몰래 스스로 꾸미고 치장하였네 |
| 委身玉盤中, | 깨끗한 쟁반에 이 몸을 맡기어 |
| 歷年冀見食. | 여러 해가 지나도록 먹기를 바랬네 |
| 芳菲不相投, | 향기가 그대 마음에 들지 않았던가 |
| 靑黃忽改色. | 푸른색이 어느덧 노란색으로 변하였네 |
| 人儻欲我知, | 만약에 어느 누가 나의 재능을 쓰려고 한다면 |
| 因君爲羽翼. | 그대를 의지하여 우익羽翼이 될 수 있으리 |

○華實(화실): 아름다운 열매. 꽃과 열매로 풀이할 수도 있고, 열매를 가리킨다고 할
수도 있다. 처음 2구에서 귤과 유자가 깊은 산에 있다는 것은 뛰어난 재주가 있으나

세상 사람들 모르게 은거(隱居)하고 있음을 비유하였다. ○好我甘(호아감): 나의 단맛을 좋아하다. '我'는 귤과 유자 자신을 가리키고, '甘'은 맛있다. ○竊(절): 몰래. ○委身(위신): 몸을 맡기다. ○冀(기): 바라다. ○見食(견식): 먹히다. '見'은 피동을 나타낸다. ○芳菲(방비): 향기. ○不相投(불상투): 권세가의 뜻에 합치되지 않다. ○欲我知(욕아지): '欲知我'이다. 나를 알려고 한다면. 대명사의 동사 선행 용법. ○因(인): 의지하다.

　　귤과 유자를 비유로 하여, 자신의 재주가 있으나 쓰이지 못하는 사정을 말하고 자신이 추천되기를 희망하였다. 귤을 가지고 뛰어난 재능과 고결한 지조를 표현한 점에서 굴원의 「귤송」橘頌의 영향을 받은 것으로 보인다. 그러나 이 시는 좀 더 관직과의 관련성을 강조하여 현실적인 상황을 환기하고 있다. 어떤 학자는 임금에게 내쳐진 신하가 스스로 슬퍼하는 시라고 하였다. 이 시는 종영鍾嶸이 『시품』詩品에서 "놀랄 정도로 뛰어나다"('橘柚垂華實', 亦爲驚絶矣!)고 언급하였고, 『예문류취』와 『문선주』에도 인용되었지만, 『문선』과 『옥대신영』에는 실리지 않았다. 현존하는 문헌으로 시 전문이 최초로 실린 곳은 『고시류원』古詩類苑이다.


## 열다섯에 전쟁터에 나가
## 十五從軍征

| | |
|---|---|
| 十五從軍征, | 열다섯에 전쟁터에 나가 |
| 八十始得歸. | 여든 살이 되어서야 비로소 돌아왔다 |
| 道逢鄕里人: | 길에서 고향사람에게 물었다 |
| "家中有阿誰?" | "우리 집에 누가 있나요" |
| "遙看是君家, | "저기 보이는 게 당신 집이오 |
| 松柏冢纍纍." | 송백나무 사이로 무덤들 있는 곳이오" |

| | |
|---|---|
| 兎從狗竇入, | 개구멍으로 토끼가 드나들고 |
| 雉從梁上飛; | 들보 위에선 꿩이 날아다닌다 |
| 中庭生旅穀, | 마당에서는 야생 곡식이 절로 자라고 |
| 井上生旅葵. | 우물가에는 규채가 절로 우거졌다 |
| 春穀持作飯, | 곡식을 찧어 밥을 짓고 |
| 採葵持作羹; | 규채를 따서 국을 끓였다 |
| 羹飯一時熟, | 밥과 국이 금방 다 되었지만 |
| 不知貽阿誰. | 함께 나누어 먹을 식구가 없구나 |
| 出門東向看, | 문밖에 나가 동쪽을 바라보니 |
| 淚落沾我衣. | 눈물이 주르르 옷깃을 적신다 |

○阿誰(아수): '誰'와 같다. 누구. '阿'는 뜻이 없는 발어사. ○纍纍(유류): 올망졸망. 무덤이 많은 모양. 주인공이 탐문하여 자신의 집이 어디인지 알아보니 예전의 집은 소나무와 측백나무가 들어선 황량한 무덤 터로 변하였다. ○狗竇(구두): 개구멍. ○雉(치): 꿩. ○中庭(중정): '庭中'과 같다. 마당. ○旅穀(여곡): 씨를 뿌리지 않았는데 절로 자라는 야생 곡물. '旅'는 '寄'와 같으며, 파종하지 않았는데도 자라기 때문에 '旅'라 했다.(李賢설) ○葵(규): 규채(葵菜). 동규(冬葵). 접시꽃. 잎은 먹을 수 있다. 「장가행」 참조. ○春(용): 절구에 곡물을 넣고 찧어 껍질을 벗기다. ○羹(갱): 국. ○貽(이): 주다. 보내다.

　어린 나이에 전장에 나가 여든 살이 되어 돌아온 노인의 심경을 그렸다. 짧은 편폭에 고향사람과의 문답, 황폐해진 집안 풍경, 함께 밥 먹을 사람 없는 고독을 묘사하여 하나의 구체적이고 완정한 이야기를 만들었다. 불합리한 병역 제도 아래에서 잔혹하게 희생당한 백성의 모습이 선명하다. 두보杜甫의 「집 없는 이별」無家別에서도 이 시의 영향을 볼 수 있다. 『악부시집』에 '양 고각횡취곡'梁鼓角橫吹曲으로 분류되어 「자류마 가사」紫騮馬歌辭란 제목 아래 처음 수록되어 있다. 아마도 양대梁代의 악관이 전해오는 가사를 가지고 '고각횡취곡'의 음악에 맞추어 노래했던 것으로 보인다.


## 난초와 혜초를 새로 심고
## 新樹蘭蕙葩

| | |
|---|---|
| 新樹蘭蕙葩, | 난초와 혜초를 새로 심고 |
| 雜用杜蘅草. | 두형도 섞어 길렀네 |
| 終朝采其華, | 아침 내내 그 꽃을 따기 시작해 |
| 日暮不盈抱. | 저녁이 되도록 한 움큼이 되지 못하네 |
| 采之欲遺誰? | 꽃을 따서 누구에게 주려는가? |
| 所思在遠道. | 그리운 사람은 멀리 가 있네 |
| 馨香易銷歇, | 짙은 향기는 쉽게 사라지고 |
| 繁華會枯槁. | 무성한 꽃은 시들어 버리니 |
| 悵望欲何言, | 창망히 말을 잃은 채 |
| 臨風送懷抱. | 맺힌 시름 바람에 날려 보낼 뿐 |

○樹(수): 심다. 여기서는 동사로 쓰였다.  ○葩(파): 꽃.  ○用(용): 여기서는 재배하다.
○杜蘅(두형): 향초 이름. 약으로도 쓰인다. 굴원의 『이소』(離騷)에 "작약과 게차를 밭
두둑에 나누어 심고, 두형과 구릿대도 섞어 심었네"(畦留夷與揭車兮, 雜杜衡與芳芷)라는
말이 있다. ○終朝(종조): 아침 내내. 구체적으로는 날이 밝을 때부터 아침 식사 전까지
를 말한다. ○不盈抱(불영포): 가득 안지 못하다. 적다는 뜻. 『시경』 「채록」(采綠)에 "아
침 내내 조개풀을 뜯어도, 한 움큼이 되지 않네"(終朝采綠, 不盈一匊)라는 구절이 있다.
여기서도 사람을 생각하느라 풀을 뜯어도 손에 잡히지 않는다는 뜻이다. ○懷抱(회포):
마음속의 시름. 이 시에서 '포'(抱)가 두 번 압운되었으나 고시에서는 같은 운자(韻字)가
반복되어 사용되어도 무방하다.


　　난초와 혜초가 향기롭고 아름다우나 쉽게 시들고 사라진다는 비유에

서, 세상의 모든 아름다운 사물은 영원하지 않음을 말하고 있다. 전체적인 구성은 ‘고시십구수’의 「강을 건너 연꽃을 따고」涉江采芙蓉나 「정원에 서있는 아름다운 나무」庭中有奇樹와 유사하다. 그러나 이 시는 아름다운 꽃이 쉽게 시드는 비유를 통해 앞의 두 시보다 자신의 덕을 몰라주는 아쉬움을 표현하는데 좀 더 집중하고 있다. 난초와 혜초를 군자의 덕으로 비유한 굴원의 『이소』離騷에서 영향을 많이 받았다. 『고시류원』古詩類苑에 처음 실렸다.


# 성 동문을 걸어 나가
# 步出城東門

| | |
|---|---|
| 步出城東門, | 성 동문을 걸어 나가 |
| 遙望江南路. | 멀리 강남으로 뻗은 길을 바라본다 |
| 前日風雪中, | 예전에 눈바람이 몰아칠 때 |
| 故人從此去. | 벗은 이 길로 떠나갔지 |
| 我欲渡河水, | 내가 강을 건너려 하지만 |
| 河水深無梁. | 강물은 깊고 다리는 없네 |
| 願爲雙黃鵠, | 원컨대 한 쌍의 고니가 되어 |
| 高飛還故鄕. | 높이 날아 고향으로 돌아가고파 |

○黃鵠(황곡): 고니. 「염가하상행」 주석 참조.


  객지에서 나그네를 보내며 고향을 생각하는 내용이다. 전반부는 친구를 송별하는 내용이고 후반부는 고향에 대한 생각을 서술했다. 말하는 듯 쉬운 언어로 이루어진 시로, 자연스러운 가운데 깊은 정을 담았다. 『고시류원』에 「고시」라는 제목으로 실려 있다.


## 규채를 뜯어도 뿌리를 다치지 말게
## 採葵莫傷根

採葵莫傷根,    규채를 뜯어도 뿌리를 다치지 말게
傷根葵不生.    뿌리를 다치면 규채가 살지 못하니
結交莫羞貧,    친구를 사귈 때도 가난하다 무시 말게
羞貧友不成.    가난하다 무시하면 친구가 되지 못하니

○羞貧(수빈): 가난을 부끄러워하다. 가난한 사람을 무시하여 사귀지 않다.


　규채를 빌려 친구를 사귀는 이치를 말하였다. 그 이치란 그리 깊이 있는 것은 아니지만 작가의 인생관이 깃들어 있다. 규채는 고대 중국의 중요한 야채 중의 하나로 일상 속에 흔히 보고 접하는 대상이었다. 이 채소는 잎사귀로 해를 가리어 뿌리를 보호하는 속성이 있다고 한다. 그러므로 사람도 빈부를 가리지 않고 사귀는 것이 '근본'이라는 것이다. 시의 언어는 졸렬한 듯 질박하며 또 직설적이어서, 민가 같기도 하고 격언 같기도 하다. 조일趙壹의 「세태를 꾸짖고 부정을 미워하는 부」刺世疾邪賦나 조터曹攄의 「예전을 생각하며」感舊 등의 시풍과 유사하다. 『예문류취』에 처음 실렸다.

규채. 한대 시가에 자주 등장하는 식물이다.

## 파릇파릇한 언덕 위의 풀
## 靑靑陵中草

| | |
|---|---|
| 靑靑陵中草, | 파릇파릇한 언덕 위의 풀 |
| 傾葉晞朝日. | 아침 해를 마주하며 잎들을 펼치네 |
| 陽春布惠澤, | 따뜻한 봄볕은 혜택을 베풀고 |
| 枝葉可纜結. | 잎들은 보답하듯 자라서 밧줄로 쓰인다네 |
| 草木爲恩感, | 초목도 은혜를 받으면 감동하거늘 |
| 況人含氣血. | 하물며 혈기를 가진 사람임에랴 |

○晞朝日(희조일): 아침 햇빛을 받다. ○陽春(양춘): 따뜻한 봄볕. ○布惠澤(포혜택): 혜택을 펼치다. 봄볕이 만물을 자라게 하므로 혜택을 주는 것과 같다. ○纜結(람결): 밧줄을 만들다. '攬結'이라 된 판본이 있으므로 이에 따라 묶는다고 보아도 될 것이다. ○含氣血(함기혈): 기(氣)와 피를 가지다. 고대인들은 사람은 아버지로부터 기(氣)를 받고 어머니로부터 피를 받는다고 생각하였다.

태양의 은혜를 받고 자라는 풀에 빗대어 사람의 배은망덕背恩忘德을 비판하였다. 비록 사람의 배은망덕에 대해선 구체적으로 언급하지 않았지만, 교훈적인 어조로 풀보다 못한 사람의 행위를 질타하고 있다. 송대 초기에 편찬된 『태평어람』太平御覽에 처음 실렸다.


## 고절구 4수 제1수
## 古絶句四首·其一

| | |
|---|---|
| 藁砧今何在? | 남편은 어디에 있나요? |
| 山上復有山. | 나가고 없어요 |

何當大刀頭?　　　언제 돌아오나요?
破鏡飛上天.　　　반달이 되었을 때지요

○藁砧(고침): 남편을 가리킨다. '藁'는 '稿'와 같은 뜻으로 볏짚을 말하고, '砧'은 물건을 자를 때 밑에 괴는 나무인 모탕이다. 고대에 사형을 집행할 때 범인을 모탕 위에 엎드리게 하고 그 위에 피를 흡수할 수 있는 볏짚을 얹은 후 '도끼'(鈇)로 잘라 죽였다. '藁', '砧', '鈇'는 서로 긴밀히 연관된 물건들로, 여기서 '藁砧'을 말함으로써 나머지 하나인 '鈇'를 연상하도록 하였다. '鈇'는 '夫'와 음이 같으므로 결국 '지아비'인 남편을 의미한다. ○山上(산상) 구: 산 위에 산이 있으니 한자로 쓰면 '出'자가 된다. 객지에 나갔다는 뜻. ○何當(하당): 어느 때. ○大刀頭(대도두): 큰칼의 도환. 고대에는 걸어놓기 쉽도록 칼의 손잡이 끝을 둥글게 만들었는데 곧 도환(刀環)이다. 이 '環'은 '還'과 음이 같으므로 '돌아온다'는 뜻이다. ○破鏡(파경): 거울을 깨다. 고대의 청동거울은 원형으로 생겼는데 이를 반으로 깨면 반달 모양이 된다.

　아내가 객지에 나간 남편이 일찍 돌아오기를 기다리는 내용이다. 시는 모두 수수께끼를 써서 문답식으로 뜻을 만들고 있다. 위의 시를 직역하면 다음과 같다. "볏짚과 모탕은 어디에 있나요? 산 위에 또 산이 있지요. 큰칼의 손잡이는 무엇으로 만드나요? 하늘로 날아간 깨어진 거울로 만들지요" 제2구의 산 위에 산이 있다는 말은 남편이 산 너머 멀리 가 있다는 말을 함께 나타내고 있다. 제4구에선 아내가 남편의 귀가를 확신하는 어조를 느낄 수 있다. 이러한 쌍관어는 민가에서 종종 사용하는 수법으로 이 시는 특히 성공적으로 구사하여, 정취가 있고 분위기가 명랑하다. 「고절구 4수」는 『옥대신영』에 처음 나온다. 4수는 서로 연관이 없이 독립적인 작품들로 보인다. 제목을 '고절구'古絶句라 붙인 것은, 형식은 양대梁代에 통행되던 '절구'와 같으나, 작품은 진송晉宋 이전에 만들어졌기 때문이다.

## 고절구 4수 제2수
## 古絶句四首 · 其二

| | |
|---|---|
| 日暮秋雲陰, | 해 저물고 가을 구름 흐린데 |
| 江水淸且深. | 강물은 맑고도 깊다 |
| 何用通音信, | 무엇으로 안부를 물을까 |
| 蓮花玳瑁簪. | 연꽃 모양 대모 비녀 보내오리다 |

○蓮花(연화): 연꽃. 여기서는 비녀머리 혹은 그것에 새겨진 문양이 연꽃 모양이란 뜻이
다. ○玳瑁(대모): 열대 지방에 나는 바다거북. 배 껍질이나 등껍질로 각종 장식용품을
만들어 쓴다. 「그리운 사람」(有所思) 참조.

　연애시이다. 앞 2구는 배경을 나타내었고, 뒤 2구는 편지 대신 비녀
를 보냄으로써 말없는 가운데 깊은 정을 표현하였다. 물건을 보내는 것
은 그 물건으로 안부를 묻는 뜻이 있지만, 동시에 상대방이 물건을 두
고두고 보면서 자신을 생각해달라는 뜻도 함께 들어있다.

## 고절구 4수 제3수
## 古絶句四首 · 其三

| | |
|---|---|
| 菟絲從長風, | 새삼풀은 바람 따라 흔들리지만 |
| 根莖無斷絶. | 뿌리와 줄기는 끊어지지 않아요 |
| 無情尙不離, | 정이 없는 물건도 나뉘어지지 않는데 |
| 有情安可別? | 정이 있는 사람이 어찌 헤어지나요? |

○菟絲(토사): '兎絲'와 같다. 새삼풀. 덩굴 식물로 줄기는 가늘고 길며 여름철에 담홍색의 작은 꽃이 핀다. '고시십구수'의 「한들거리는 외로운 대나무」(冉冉孤生竹)에서 남편에 의지하는 여인을 가리켰다. ○無情(무정): '無情物'. 정이 없는 사물인 새삼풀을 가리킨다. ○有情(유정): '有情物'. 정이 있는 사람으로 자신을 가리킨다.

　새삼풀이 바람에 흔들려도 떨어지지 않는 것처럼 두 사람의 감정도 나눌 수 없음을 비유하였다. 화자는 이별을 아쉬워하는 여인으로 보인다.


# 고절구 4수 제4수
# 古絶句四首·其四

南山一樹桂,　　　남산 위에 자라는 계수나무에
上有雙鴛鴦.　　　깃들어 살고 있는 원앙새 한 쌍
千年長交頸,　　　천년이 지나도록 고개를 마주 기대고
歡慶不相忘.　　　서로를 사랑하며 영원히 아낀다네

○交頸(교경): 고개를 서로 기대다. 친밀함을 표시하는 동작.


　원앙새로 이상적인 애정관계를 묘사하였다. 일종의 영물시詠物詩이다. 남산, 계수나무, 원앙새 등 민가에서 흔히 나오는 소재로 변함없는 사랑을 노래했다. 「초중경의 아내」焦仲卿妻 말미에도 "한 쌍의 새가 가운데 있었는데, 그 이름이 원앙이라 하였다"(中有雙飛鳥, 自名爲鴛鴦)고 비슷한 이미지가 나온다. 이 작품은 쉽고 통속적이며 그 정조가 명랑하다.

## 양쪽이 뾰쪽뾰쪽
## 古兩頭纖纖詩

兩頭纖纖月初生,　　　양쪽이 뾰쪽뾰쪽 막 떠오른 초승달
半白半黑眼中睛.　　　반은 희고 반은 검은 눈 속의 눈동자
腷腷膊膊鷄初鳴,　　　푸덕푸덕 날개 치는 첫울음 우는 닭
磊磊落落向曙星.　　　무수히 많은 별들이 새벽으로 밝아간다

○兩頭纖纖(양두섬섬): 양쪽이 뾰쪽하다. 초승달의 양쪽이 가늘고 뾰쪽한 모습을 형용
한다. '纖纖'은 가늘고 길다는 뜻도 있지만, 가늘고 뾰쪽하다는 뜻도 있다. ○睛(정):
눈동자. ○腷腷膊膊(픽픽박박): 푸덕푸덕. 닭이 날개를 칠 때 나는 의성어. ○磊磊落落
(뇌뢰낙락): 물건이 많이 쌓였거나 흩어져 있는 모양.


　이 시는 민간의 동요로 보인다. 한대에는 드문 칠언시로 되어 있으
며, 또 매구 압운했다. 『예문류취』에 처음 실려 있다. 제齊 왕융(王融,
467-493)의 「'뾰쪽뾰쪽'에 삼가 화답하며」奉和纖纖는 시가 남아있는 것
을 보면, 제량 시기에 군왕과 문인들이 이 시의 형식으로 언어적 유희
를 하였음을 알 수 있다. 왕융의 시를 적어 두면 다음과 같다. "양쪽이
뾰쪽뾰쪽 비단 위의 문양, 반은 희고 반은 검은 날아가는 제비 무리.
푸덕푸덕 날개 치는 해 속의 까마귀, 무수히 많은 나뉘어진 옥과 돌"(兩
頭纖纖綺上紋, 半白半黑燕翔群. 腷腷膊膊烏迷曛, 磊磊落落玉石分)


## 파군巴郡 군수를 풍자하는 시
## 刺巴郡郡守詩

狗吠何喧喧,　　　개가 어찌나 무섭게 짖어대어 봤더니

| | |
|---|---|
| 有吏來在門. | 관리가 문밖에 서있었네 |
| 披衣出門應, | 옷을 걸치고 나가 보니 |
| 府記欲得錢. | 돈을 내야 한다는 문건이었네 |
| 語窮乞請期, | 곤궁하다 말하며 기일 늦춰 달라 하니 |
| 吏怒反見尤. | 관리가 화내며 오히려 책망하네 |
| 旋步顧家中, | 걸음을 돌이켜 집안을 돌아보니 |
| 家中無可爲. | 집안에는 내줄만 한 게 하나 없네 |
| 思往從隣貸, | 이웃에 가서 빌리려고 했지만 |
| 隣人已言匱. | 이웃도 오래 전에 돈 없다고 하네 |
| 錢錢何難得, | 돈이여, 돈이여, 구하기 어려워라 |
| 令我獨憔悴. | 내 정말 돈이 없어 초췌하구나 |

○府記(부기): 관청의 문서.  ○語窮(어궁): 가난하다고 말하다.  ○請期(청기): 날짜를 미뤄달라고 청하다.  ○見尤(견우): 잘못이 있다고 책망을 받다.  ○匱(궤): 부족하다. 돈을 다 쓰고 없다.  ○憔悴(초췌): 초췌하다. 괴롭고 힘들어 피곤하다.

이 시는 『화양국지』華陽國志「파지」巴志에 다음의 기록과 함께 처음 실려있다. 동한東漢의 "환제(桓帝, 재위 147-167년) 때 이성李盛이란 사람이 파군(巴郡, 지금의 사천성 江北縣)의 군수가 되었는데 재물을 탐하여 세금을 많이 거두었기에 사람들이 그를 풍자하였다." 중당中唐 이후 이러한 시가 많아졌지만 한대 때의 시로는 드물다.

부 록

# 해 설

양한兩漢은 서한西漢과 동한東漢을 통칭한다. 서한은 BC206~AD8년 사이에 장안長安에 수도를 두었고, 동한은 25~220년 사이에 낙양洛陽에 도읍하였는데, 합하여 약 400년에 이른다. 중국을 최초로 통일한 나라는 진秦이지만, 제국의 문화에 일정한 국가적 아이덴티티를 부여한 것은 한漢나라였다. 춘추전국 시대에 지역성을 가지고 다양하게 발전된 문화는 한대 들어서 유가儒家 사상과 사관史官 문화로 통합되었다. 그 과정은 단순하지 않지만, 이에 상응하는 현상이 부賦 문학에서 뚜렷이 나타난데 비해, 시 문학에서는 다소 늦게 나타나 동한 말기에 이르러서야 새로운 문인시가 정립되었다.

한대는 서주西周시대의 『시경』詩經과 전국시대의 『초사』楚辭에 이어 사백년 동안 고전시의 새로운 형식을 모색하였다. 시를 지은 사람도 제왕에서 백성에 이르기까지 다양하며, 형식에 있어서도 사언시四言詩와 초가체楚歌體는 물론, 오언시와 칠언시가 초보적인 모습을 드러내었다. 또 시의 내용도 서정시를 위주로 하였지만 악부의 서사적敍事的 요소도 두드러졌다. 특히 중국의 전통적인 사유와 정서가 자생적인 표현방식으로 구성되었다는 점에서 오늘날에도 여전히 매력적이다.

한대의 시를 간결하게 갈래지으면 민간에서 지어진 악부시樂府詩와 문인 혹은 관료들이 지은 문인시文人詩로 나눌 수 있다. 두 계통의 시는 각기 다른 문화 배경에서 발전하였지만, 양한 시기의 오랜 기간을 통해 문인들이 점점 악부시의 형식과 내용을 흡수하면서 동한 말기에 이르러 새로운 형식과 미감을 갖춘 오언시五言詩가 탄생하기에 이른다.

서한 시기에 문인 관료 계층에서 주로 사용한 시 형식은 초가체楚歌體였다. 초가체는『초사』계열의 시로, 구句마다 '혜'兮자가 들어가 유장한 정서를 환기하고 격정을 쉽게 표현할 수 있는, 서정抒情 단가短歌 형식이다. 유방을 비롯하여 한나라를 세운 지배 세력들은 주로 양자강을 낀 초楚 지방 출신들로, 그들의 성정에 맞는 초 지방 음악이 궁중과 문인 계층에 유행하였기에, 여기에 실리는 가사도 자연 초가체가 되었다. 항우의「해하의 노래」垓下歌, 유방의「큰바람의 노래」大風歌, 한무제 유철의「추풍사」秋風辭 등이 모두 초가체 노래이다. 초가체는 전국시대에 이미「남풍의 노래」南風歌나「유자의 노래」孺子歌에서 보듯 상당히 오랜 전통을 가지고 있었거니와, 서한에 들어서 주도적인 위치를 차지하였다.

서한 시대에 완정한 오언시는 나타나지 않았지만 오언구五言句는 종종 볼 수 있다. 예컨대 척부인의「절구질 노래」舂歌나 이연년의「노래」歌가 그러하며, 민요나 동요에도 오언구가 보인다.「성제 때 가요」는 이미 격구隔句로 압운押韻을 하고 있다. 반첩여의「원가행」怨歌行이 서한 말기에 지어진 것이라면 오언시의 모습은 더 이르게 형성되어졌다고 해야 할 것이다. 서한 때 오언시는 아직 완정한 모습을 갖추진 못했지만 2자+3자 리듬의 오언구가 점점 증가하는 추세였다.

칠언시는 수당隋唐 이후에 크게 발전하였지만 그 초보적인 모습은 서한의 작품에 나타난다. 그 기원을 더 거슬러 올라가면 전국시대 후기『순자』의「성상사」成相辭나『초사』의「귤송」橘頌을 들 수 있다. 단순히 일곱 글자로 이루어진 것이 아니라 리듬에 있어서도 4자+3자로 된 칠언구七言句는 무제 때 지어진 교사가의 잡언 속에도 섞여 나타난다. 특히 무제와 군신들이 연구聯句한「백량시」柏梁詩는 칠언시의 형식을 탐색한 중요한 작품이다.

『시경』의 주요 형식이었던 사언시는 한대에 이르러서는 겨우 명맥을 유지하는 정도였다. 서한 시기 작품으로는 위맹의 「풍간시」諷諫詩와 위현성의 「자손을 권계하는 시」戒子孫詩 등이 있을 뿐이다. 그 내용도 조상의 덕을 기리고 후손을 권계하는 것으로 음조가 장중하고 딱딱하다. 이러한 사정은 동한에서도 마찬가지였다. 생활의 실감을 담지 못한 사언시는 자연스러운 활력을 잃고 형식화되어갔다.

한대의 특징적인 시 형식으로 악부가 있다. 악부는 원래 음악을 관장하는 관서였다. 물론 궁중의 음악을 관장하는 기관으로 태악太樂이 있었지만, 무제武帝 때 별도로 규모를 갖추어 악부樂府를 확충하였다. 악부의 주요 기능은 악보를 제정하고, 악공을 훈련하며, 민간의 음악을 채집하고, 가사를 제작하는 일 등이었다. 그런 까닭에 악부에서 채집하고 정리한 '노래'를 악부라 했으며, 더 나아가 문인들이 이를 모방하여 지은 시도 악부라고 하였다. 또 송원宋元 이후에는 사詞나 곡曲도 악부라 하였으니 악부라는 용어의 쓰임새는 상당히 넓다.

현존하는 악부시 가운데 서한 시대 작품으로는 사마상여 등이 지은 교사가郊祀歌 19수와 군악으로 쓰인 요가鐃歌 18곡이 있다. 그 밖의 작품들은 정확한 시기를 판단하기 어렵다. 일반적으로 현존하는 대다수의 악부시는 동한 시대에 제작되었으리라 본다. 악부의 음악은 주로 민간의 음악과 서역에서 들어온 음악인 신변성新變聲으로 이루어진다. 원래 악부는 민정民情을 시찰하기 위한 목적으로 채집하였지만, 정작 그 음악은 주로 귀족이나 부호들의 연회에 사용되었다. 이러한 음악에는 오언 가사가 적합하였기에 오언구가 많이 쓰였다. 이후 속악俗樂의 유행은 갈수록 심해져 서한 말기 애제哀帝 때는 용속한 음악을 금지하기 위해 악부를 폐지하기도 하였다. 그러나 속악은 여전히 유행하였다. 동한 시기에 악부를 다시 설치하였다는 기록은 없지만 현존하는 악부시의 면모로 볼 때 동한 역시 악부 기관이 있었으리라 추정된다.

한대에 민간의 노래를 채집한 것은 풍속과 시정을 관찰하기 위함이었다. 현존하는 작품에서도 과부나 고아에 관심을 가지거나 지방 관리의 행정을 포폄褒貶하는 내용이 많다. 빈궁한 집안의 참상을 그린「병든 아낙의 노래」婦病行, 어린 고아의 견디기 힘든 노역과 박대를 그린「고아의 노래」孤兒行, 생활고를 견디지 못해 모반을 꾀하려는 남자의 고통을 그린「동문의 노래」東門行, 평생을 전장을 떠돌다 여든 살에 돌아온 노병의 고통을 그린「성남의 전투」戰城南 등은 당시 사회상의 실록이다. 지방관의 선정善政을 예찬한 노래도 역사서에 많이 나오는데「안문 태수의 노래」雁門太守行가 대표적이다. 백성의 노래 가사에서 민심을 읽고 이를 정치에 반영하겠다는 것은 유가 정치사상의 발로이다. 악부시의 채집은 비록 정치적 목적에서 이루어졌지만, 그 결과 사회의 면모를 상세하게 기록하였고 문학 발전에도 중대한 공헌을 하였다.

사회상과 가정을 소재로 한 악부시도 상당수 있다.「길가의 뽕」陌上桑과「우림랑」羽林郎은 귀족의 권세에 굴하지 않는 여인의 모습을 서사시의 형식으로 표현하였고,「산에 올라 궁궁이를 뜯고」上山采蘼蕪는 아내를 버린 남자의 이야기를 희극적으로 그리고 있다.「초중경의 아내」焦仲卿妻는 대가정의 갈등에서 희생된 부부의 애절한 사랑을 장편의 대화 속에 각화하였다. 그밖에 인생의 이치나 신선 세계에 대한 동경을 표현한 작품도 다수 있다. 어느 것 하나 절실하지 않은 작품이 없다.

동한 시기에는 문인들이 오언시를 점점 많이 짓게 되어 초가체의 지위를 대신하게 되었다. 최초의 오언시로 간주되는 반고의「영사」詠史는 교훈적인 내용을 오언시 형식에 담아본 일종의 상시嘗試 작품이다. 이후 장형이「동성가」同聲歌에서 문인들이 좀처럼 다루지 않던 남녀의 애정을 소재로 삼았다. 환제 시기 이후에는 진가와 서숙 부부의 증답시, 역염의「현지시」見志詩, 조일의「세태를 꾸짖는 시」疾邪詩, 채옹의「물총새」翠鳥

등이 모두 오언시로, 오언시가 시단의 주류를 차지하였다. 이들 시들은 전통적인 주제와 기법을 수용해나가면서 오언시의 표현성을 넓혀나갔다. 신연년의 「우림랑」羽林郎과 송자후의 「동교요」董嬌饒도 문인들이 오언 악부체를 중시하고 모의模擬해간 과정을 잘 보여준다.

동한 말기에 대거 나타난 고시古詩는 오언시의 발전에 결정적인 역할을 하였다. '고시십구수'와 '이릉 소무 시' 등 무명씨 작품은 하층 문인과 민간에 크게 유행하였다. 비슷한 주제가 악부에도 보이는 것으로 보아 하층 문인들이 마치 이들 시를 유행가 가사처럼 공유하고 개작하였던 것으로 보인다. 그 내용은 부부의 이별, 고향에 대한 그리움, 인생 무상에 대한 우려, 성공에 대한 추구 등이다. 이로써 오언시는 형식에 적합한 일군의 소재를 갖추게 되었다. 이들 시를 통하여 당시를 살아가는 사람들의 기본적인 욕망과 진지한 감정이 맑고 유창한 언어로 드러났다. 얼른 보면 수식과 조탁이 없어 보이지만 완곡하고 함축적인 묘사는 폭넓은 공감과 깊은 맛을 준다. 종영은 '일자천금'一字千金이라 했고 유협은 '오언시의 관면'冠冕이라 한 데서 알 수 있듯, 고시는 위진남북조 시기의 문인들이 시의 전범으로 여긴 대상이었다. 뿐만 아니라 당대 이후에도 계속 주목되어 명대 육시옹陸時雍은 '시의 어머니'詩母라고 하였다.

동한 시대에 들어서 칠언시는 여전히 형식적 탐색을 계속하였다. 마원의 「무계는 깊어」武溪深와 장형의 「네 가지 근심의 시」四愁詩를 비롯하여 동요와 부賦 등에 칠언구들이 섞여 나타났다. 칠언시는 『초사』와 관련이 깊고, 이의 영향 아래 형성된 한대의 부賦에서도 종종 칠언구들이 나타난다. 예컨대 「네 가지 근심의 시」에서 "我所思兮在太山"는 4자+3자로 리듬이 이루어지는데, 이는 "欲往從之梁父艱" 이하 칠언구에서도 마찬가지로 4자+3자 리듬으로 되어 있다. 이는 초가체와 칠언구의 근친성을 잘 보여준다. 이처럼 동한 칠언구에는 초사체의 요소가 갈

수록 줄어드는 방향으로 나아갔다. 그밖에 악부와 민요에서도 종종 칠 언구가 나타났다. 위진남북조 시대에 조비曹조와 포조鮑照 등 일부 시인 이외에는 칠언시를 짓지 않은 것은, 지우挚虞가 말했듯이 배우와 창기 들이 많이 사용한 탓에 용속하다고 여겼기 때문이었다.

한대漢代 시와 관련하여 몇 가지 생각해볼만한 점이 있다. 먼저 왜 양 한 4백년 동안 기억할만한 시인이 없느냐 하는 점이다. 물론 시대가 오 래되어 작품들이 없어진 이유도 있을 것이다. 그러나『한서』「예문지」 에 저록한 서한 시기의 가시歌詩가 총 314편인데서 알 수 있듯 당시에도 그렇게 많지는 않았던 것으로 보인다. 또 문인들이 지은 '시'는 전혀 저 록하지 않았으니 당시에 시를 중시하지 않았음을 알 수 있다. 현재 양 한 시대의 시는『사기』,『한서』,『후한서』,『송서』등 역사서와『문선』, 『옥대신영』등 시가 총집, 그리고 기타 유서類書 등에 흩어져 있다. 당 시 문학의 중심은 부賦였고, 문인들은 문학적 재능을 부 짓기에 쏟았기 때문에 시는 상대적으로 소홀히 여겨졌다. 이런 까닭에 한대 시는 시인 이 아닌 시대를 중심으로 살펴보아야 할 것이다. 악부시와 고시는 한대 시의 정화精華로 한대 시의 특징이 잘 담겨있다.

두 번째로 생각해볼 점은 다양한 시 가운데 오언시가 왜 동한 말기에 갑자기 그처럼 많이 제작되었는가 하는 점이다. 이후 오언시는 위진남 북조의 주요 시형식이 되었고 당대에는 과거시험의 시체詩體가 되는 등 중국고전시의 대표적인 형식이 되었다. 유협이 "유행하는 가락"(流調) 이라 한 오언시에 대해, 학계에서는 통속 음악이 유행하면서 오언시가 갑작스럽게 발전하였다고 설명한다. 한대 시가는 어느 시대보다 노래 나 음악과 관련이 깊다. 문재文才를 드러내려고 시집詩集을 만드는 후대 의 경향과는 달리 노래는 삶의 중요한 순간에 지어진 경우가 많다. 운 명적인 순간이 담겨 있는 노래에는 운명에 대한 사색이 있다. 한대에는 이들을 '시가'詩歌 혹은 '가시'歌詩라고 하여 문인들이 짓는 '시'詩라는 말과 구별하였다. 한대의 상당수 시는 원래 노래였다는 사실을 염두에 두어야 할 것이다.

세 번째로 생각해볼 점은 한대 시가는 2천년이 지났지만 어느 시대 못지않게 깊은 울림을 가지고 있다는 사실이다. 제량齊梁 시기 이후 문인들은 시 짓기에 일정한 방식을 만들기 시작하였고 사성四聲 등 조화로운 율격도 의식적으로 추구하였다. 본인이 보기에 후대의 시인들은 시 짓기에 일정한 제작방식을 가정한데 비해, 한대에는 이러한 요소가 상대적으로 적거나 없다. 명청 시대 시평가詩評家들이 높이 평가한 개념 중에 "의식과 무의식의 사이"(有意無意之間)라는 말이 있다. 작위적이지도 않으면서 동시에 무의식만도 아닌 조화롭고 자연스러운 정서적 상태를 가리키며, 형식에 구속되지 않으면서 감정의 유로가 자연스러운 경지를 가리킨다. 이러한 시경詩境은 악부시와 고시에서 두드러지지만 한대 문인시에서도 곧잘 정감과 의식이 인생과 사회에 밀접히 닿아 있다. 표현방식을 고려하기 전에 감정이 깊었으며, 기교를 생각하기 전에 육성이 강렬하였다. 형식의 힘과 겨루는 이러한 생생한 표현력이야말로 후대의 시가 따를 수 없는 한대 시가의 생명력이자 매력일 것이다.

# 양한시(兩漢詩) 연표

## 기원전 2세기 후반

| 연도 | 재위 | 後元 | 내용 |
|---|---|---|---|
| -206 | 高 1 | | 秦이 劉邦에 항복하여 秦 멸망. 項羽27가 西楚覇王이라 자칭, 劉邦42을 韓中王에 봉함. |
| -202 | 祖 5 | | 漢軍이 垓下에서 楚軍을 격파. 項羽31 자살. 「垓下歌」 |
| -200 | 7 | | 長安으로 천도. ○賈誼 생 ○晁錯 생 ○公孫弘 생 |
| : | : | | : |
| -196 | 11 | | 蕭何가 相國이 됨. 陸賈『新語』를 헌상. 陸賈 南越에 사신으로 감. ●彭越 피살 ●韓信 피살 |
| -195 | 12 | | 劉邦53 붕. 惠帝 즉위하고 呂后가 專政. 劉邦「大風歌」●英布(黥布) 졸 |
| -194 | 惠 2 | | 長安城 축조 시작. 戚夫人이 呂后에 피살. 「舂歌」 |
| -193 | 帝 3 | | 夏侯寬이 樂府令이 됨. ●蕭何 졸 ●盧綰55 졸 |
| -192 | 4 | | 曹參이 相國이 됨. ●項伯 졸 |
| -191 | 5 | | 挾書律을 폐하고 藏書의 자유를 허락함. |
| -190 | 6 | | 長安城 축조 완성. ●曹參 졸 |
| -189 | 7 | | 王陵이 右丞相, 陳平이 左丞相 됨. ●樊噲 졸 ●季布-졸 |
| -188 | 8 | | 惠帝 붕. 少帝 즉위. 呂太后 專政. ○嚴忌-생 |
| -187 | 高 2 | | 몇몇 呂氏가 王이 됨. |
| -186 | 后 3 | | ●張良-졸 ●黃石公 졸 ●韓信 졸 |
| -185 | 4 | | |
| -184 | 5 | | 呂后가 少帝를 세우고 恒山王을 세움. |
| -183 | 6 | | 南越王이 長沙를 공격. |
| -182 | 7 | | |
| -181 | 8 | | 劉章「耕田歌」. ●王陵 졸 |
| -180 | 9 | | 陳平과 周勃 등이 呂后62 일족을 살해, 文帝23를 세움. 枚乘-「七發」 |
| -179 | 文 2 | | 賈誼22가 大中大夫 됨. 「過秦論」●陸賈-졸 ○司馬相如 생 ○劉安 생 ○董仲舒 생 |
| -178 | 帝 3 | | 賈誼23「論積貯疏」●陳平 졸 |
| -177 | 4 | | 賈誼24가 長沙王의 傅가 됨. 「弔屈原賦」 |
| -176 | 5 | | 賈誼25「階級」●灌嬰 졸 |
| -175 | 6 | | ●劉章27 졸 |
| -174 | 7 | | 匈奴 冒頓 선우가 죽고 老上 선우가 즉위. 賈誼27 「鵩鳥賦」●劉長(淮南王)25 졸 |
| -173 | 8 | | |
| -172 | 9 | | ●夏侯嬰 졸 |
| -171 | 10 | | 晁錯을 파견하여 伏生에게 尙書를 배우게 함. |
| -170 | 11 | | |
| -169 | 12 | | ●周勃 졸 |
| -168 | 13 | | 晁錯「論貴粟疏」●賈誼33 졸 |
| -167 | 14 | | |
| -166 | 15 | | |
| -165 | 16 | | 晁錯이 中大夫가 됨. |
| -164 | 17 | | 齊를 6國으로 나누고 淮南을 3國으로 나누어 그 지역의 힘을 약화시킴. |
| -163 | 18 | 後元 | |
| -162 | 19 | 二 | |
| -161 | 20 | 三 | |
| -160 | 21 | 四 | |
| -159 | 22 | 五 | |
| -158 | 23 | 六 | 이 무렵 陸賈 활동. 이 무렵 韓詩學을 연 韓嬰 활동. |
| -157 | 24 | 七 | 文帝46 붕, 아들 景帝 즉위. 論語, 孝經, 孟子, 爾雅 등 博士 설치. |
| -156 | 景 2 | | 景帝의 아들 河間獻王이 유학을 장려. ○孔安國-생 |
| -155 | 帝 3 | | 晁錯이 御使大夫가 됨. 韋孟-「諷諫詩」●申屠嘉 졸 ●申不害 졸 |
| -154 | 4 | | 吳楚 七國이 반란, 周亞夫가 평정. 枚乘이 弘農都尉가 됨. ●晁錯47 졸 ○東方朔 생 |
| -153 | 5 | | ○枚皐 생 |
| -152 | 6 | | ●張蒼104 졸 ●韋孟74-졸 |
| -151 | 7 | | |

기원전 2세기 전반

```
-150    8
-149    9中元  ●袁盎 졸
-148   10   二  ●羊勝 자살  ●公孫詭 자살
-147   11   三  公孫乘-「月賦」 路喬加-「鶴賦」
-146   12   四
-145   13   五  司馬相如-「子虛賦」「美人賦」 ●欒布 졸 ○司馬遷 생 ○霍去病 생
-144   14   六
-143   15   七  司馬相如-「琴歌」 ●周亞父 졸
-142   16   八  이 무렵 毛詩學을 연 毛亨 활동.
-141   17   九  景帝48 붕, 아들 武帝16 즉위.
-140武 2建元  이때부터 연호 제정. 司馬談이 太史令이 됨. 董仲舒가 江都相 됨. ●枚乘-졸 ○蘇武-생
-139帝 3   二  동방삭이 自薦함.
-138    4   三  東方朔이 大中大夫給事中이 됨. 張騫 서역에 사신 나감. 司馬相如-「哀秦二世賦」
-137    5   四
-136    6   五  董仲舒의 건의로 五經博士를 세우고 儒敎를 국교로 함.
-135    7   六  韓嫣好가 금 탄환을 만들어 쏘니 장안의 아이들이 따라 다님. ●竇太后 졸
-134    8元光  董仲舒가 天人三策을 올림.
-133    9   二  司馬相如「大人賦」
-132   10   三
-131   11   四  ●灌父 졸 ●竇嬰 졸 ●田蚡 졸
-130   12   五  公孫弘이 博士가 됨. 司馬相如-「長門賦」
-129   13   六  司馬相如「難蜀父老」 ●鄒陽78 졸
-128   14元朔  衛子夫가 황후가 되자 백성들이 「衛皇后歌」를 지음.
-127   15   二  ●韓安國 졸
-126   16   三  張騫이 중앙아시아 사신으로 13년만에 돌아옴. 司馬遷20 각지를 遊歷. ●主父偃 생
-125   17   四  司馬遷21 각지를 유력.
-124   18   五  公孫弘 승상이 됨. 衛靑이 匈奴 右賢王을 공격. 孔臧-「楊柳賦」 司馬談「論六家要指」
-123   19   六  董仲舒-「士不遇賦」 ●孔臧79-졸
-122   20元狩  武帝가 巡狩하다가 白麟을 잡고 白麟歌」 지음. ●劉安58 모반 실패하여 자살. ●嚴助 졸
-121   21   二  곽거병이 흉노를 공격. ●公孫弘80 졸
-120   22   三  董仲舒-「春秋繁露」
-119   23   四  소금과 철의 전매를 시작함. 東方朔-「答客難」「七諫」 ●李廣 졸
-118   24   五  司馬相如-「封禪文」
-117   25   六  ●司馬相如63 졸 ●霍去病24 졸
-116   26元鼎
-115   27   二  武帝가 柏梁臺를 세움. ●張湯 졸 ●朱買臣 졸
-114   28   三  函谷關을 新安으로 옮김. ●張騫 졸
-113   29   四  10월에 武帝가 東巡, 11월 后土祠를 세움. 武帝44 「秋風辭」「天馬」 ●劉偃76-졸
-112   30   五  11월에 泰一祠를 세움. 사마천이 郎中이 됨. ●終軍 졸 ●汲黯 졸 ●劉勝(中山王) 졸
-111   31   六  이 무렵 樂府를 세워 李延年을 協律都尉로 함. 郎中 司馬遷이 武帝의 雍 행차에 수행.
-110   32元封  司馬遷이 武帝의 封禪을 수행함. ●司馬談80-졸
-109   33   二  武帝「瓠子歌」
-108   34   三  司馬遷38이 太史令이 됨.
-107   35   四
-106   36   五  司馬遷40이 武帝의 봉선을 수행하며 九江까지 감. ●衛靑 졸
-105   37   六  劉細君-「悲愁歌」 ●嚴忌84-졸
-104   38太初  司馬遷과 壺遂 등이 太初曆을 제정. ●董仲舒76 졸
-103   39   二  민요「鷄謠」 ●兒寬 졸
-102   40   三
-101   41   四  劉徹「天馬」
```

## 기원전 1세기 후반

| | | | |
|---|---|---|---|
| -100 | 42天漢 | 蘇武가 中郎將으로 匈奴에 사신으로 감. |
| -99 | 43 二 | 李陵이 흉노에 항복. 司馬遷이 李陵을 변호하다 투옥됨. |
| -98 | 44 三 | 司馬遷이 李陵의 일로 宮刑을 당함. 李陵의 가족이 처형됨. |
| -97 | 45 四 | 司馬遷이 『史記』-집필. |
| -96 | 46太始 | 司馬遷이 赦免을 받아 출옥하여 中書令이 됨. |
| -95 | 47 二 | 白公이 수로를 완성하여 백성들이 「鄭白渠歌」 지음. |
| -94 | 48 三 | 武帝가 東海 琅琊에 순행하는 중 「象載瑜」 지음. |
| -93 | 49 四 | 東方朔 「誡子詩」 ◉東方朔62 졸 |
| -92 | 50征和 | |
| -91 | 51 二 | 武帝의 戾太子37가 모반하여 任安이 연좌됨. 司馬遷 「報任少卿書」 ◉衛皇后 졸 |
| -90 | 52 三 | 司馬遷 『史記』-완성. |
| -89 | 53 四 | ◉虞初-졸 |
| -88 | 54後元 | 이 무렵 魯 共王이 孔子의 舊宅에서 古文尙書를 발견. ◉李廣利 졸 ◉金日磾 졸 |
| -87 | 55 二 | 武帝70 붕, 아들 昭帝8 즉위. 桓寬 『鹽鐵論』 완성. ◉李延年 졸 |
| -86昭 | 2始元 | 昭帝 「黃鵠歌」「淋池歌」 ◉司馬遷60-卒 |
| -85帝 | 3 二 | |
| -84 | 4 三 | |
| -83 | 5 四 | |
| -82 | 6 五 | |
| -81 | 7 六 | 蘇武가 흉노에서 19년만에 한으로 돌아옴. 李陵 「別歌」 |
| -80 | 8元鳳 | 劉旦(燕王) 「歌」 ◉桑弘羊73 피살 |
| -79 | 9 二 | |
| -78 | 10 三 | |
| -77 | 11 四 | ○劉向 생 ○京房 생 |
| -76 | 12 五 | |
| -75 | 13 六 | |
| -74 | 14元平 | 昭帝21 붕, 宣帝18 즉위. ◉李陵이 흉노에서 졸 ◉孔安國83-졸 |
| -73宣 | 2本始 | |
| -72帝 | 3 二 | 武帝의 廟에서 「盛德」「文始」「五行」 舞曲을 연주함. |
| -71 | 4 三 | |
| -70 | 5 四 | 霍光의 딸이 皇后가 됨. |
| -69 | 6地節 | |
| -68 | 7 二 | ◉霍光 졸 |
| -67 | 8 三 | |
| -66 | 9 四 | |
| -65 | 10元康 | 쿠차 왕 부부가 방문함. ◉傅介子 졸 ◉趙廣漢 졸 |
| -64 | 11 二 | 疏廣과 疏受가 스스로 관직에서 물러남. |
| -63 | 12 三 | |
| -62 | 13 四 | ◉張安世 졸 |
| -61 | 14神爵 | 張敞이 京兆尹이 됨. ◉王襃 졸 |
| -60 | 15 五 | ◉蘇武84 졸 |
| -59 | 16 六 | ◉魏相 졸 |
| -58 | 17 七 | ◉嚴延年 졸 |
| -57 | 18五鳳 | 흉노가 다섯 선우로 분립하여 상호 투쟁. ◉韓延壽 졸 |
| -56 | 19 二 | 劉向이 금을 만들다 실패하여 투옥됨. 흉노 좌장군 烏厲屈 등 투항함. |
| -55 | 20 三 | ◉丙吉 졸 |
| -54 | 21 四 | 楊惲이 참형을 당하고 韋玄成은 면직됨. 흉노가 남북으로 분열됨. |
| -53 | 22甘露 | ○揚雄 생 ○劉歆 생 |
| -52 | 23 二 | ◉趙充國86 졸 |
| -51 | 24 三 | 학자들이 石渠閣에서 五經의 異同을 논의. 功臣 11명을 麒麟閣에 그림. 韋玄成 「自劾詩」 |

## 기원전 1세기 전반

| | | | |
|---|---|---|---|
| -50 | 25 | 四 | |
| -49 | 26黃龍 | | 宣帝43 붕, 아들 元帝17 즉위. ●鄭吉 졸 |
| -48元 | 2初元 | | 劉向30이 散騎宗正이 되고 給事中으로 발탁됨. ●王吉 졸 ○班婕妤-생 |
| -47帝 | 3 | 二 | 환관 石顯이 中書令이 됨. ●蕭望之60 자살. ○傅毅-생 |
| -46 | 4 | 三 | |
| -45 | 5 | 四 | ○王莽 생 |
| -44 | 6 | 五 | 백성 가운데 一經에 능통하면 본인의 征役을 면제함. ●貢禹 졸 |
| -43 | 7永光 | | 환관 弘恭, 石顯 專政함. |
| -42 | 8 | 二 | 韋玄成이 승상이 됨. 「戒子孫詩」 匡衡이 光祿大夫가 됨. 민요 「鄒魯諺」 지어짐. |
| -41 | 9 | 三 | 史游 『急就章』 |
| -40 | 10 | 四 | 石顯이 周堪과 張猛을 죽임. 劉向 「疾讒」 「九歎」 ●于定國 졸 |
| -39 | 11 | 五 | ●馮奉世 졸 |
| -38 | 12建昭 | | 곰이 우리에서 나오자 馮婕妤가 元帝 앞을 막아섬. |
| -37 | 13 | 二 | 石顯이 牢梁 등과 黨友를 맺고 권력을 농단함. 「牢石歌」 지어짐. ●京房41 졸 |
| -36 | 14 | 三 | 匡衡이 승상이 됨. ●韋玄成 졸 |
| -35 | 15 | 四 | |
| -34 | 16 | 五 | |
| -33 | 17竟寧 | | 元帝44 붕, 아들 成帝 즉위. 흉노 呼韓邪 선우가 王昭君을 데려감. |
| -32成 | 2建始 | | 石顯이 귀향하는 중 울분으로 죽음. 「長安謠」 지어짐. |
| -31帝 | 3 | 二 | 呼韓邪 선우가 죽자 그 아들이 王昭君을 처로 삼음. |
| -30 | 4 | 三 | 匡衡이 재산 문제로 탄핵받아 면직되고 庶人으로 됨. |
| -29 | 5 | 四 | 王商이 승상이 됨. |
| -28 | 6河平 | | |
| -27 | 7 | 二 | 成帝가 외삼촌 5명을 후로 봉함. 「五侯歌」. 京兆尹 樓護의 善政에 「樓護歌」 지어짐. |
| -26 | 8 | 三 | 成帝가 전국에 典籍을 구함. 劉向이 經傳, 諸子, 詩賦를 교감함. 劉向 「洪範五行傳論」 |
| -25 | 9 | 四 | ●甘延壽 졸 |
| -24 | 10陽朔 | | 揚雄30 「反離騷」 「廣騷」 「畔牢愁」 「天問解」 |
| -23 | 11 | 二 | 劉向이 王氏의 권력을 경계함. ○桓譚 생 |
| -22 | 12 | 三 | 劉歆32이 王莽과 함께 黃門郎이 됨. ●王鳳 졸 |
| -21 | 13 | 四 | |
| -20 | 14鴻嘉 | | ○夏恭-생 |
| -19 | 15 | 二 | |
| -18 | 16 | 三 | 趙飛燕이 총애를 받고 班婕妤를 헐뜯음. 班婕妤 「自悼賦」 「怨歌行」 劉向 『列仙傳』 |
| -17 | 17 | 四 | ○馮衍-생 |
| -16 | 18永始 | | 趙飛燕이 皇后 됨. 劉向 『列女傳』 『新序』 『說苑』을 헌상. 揚雄38 「蜀都賦」 |
| -15 | 19 | 二 | |
| -14 | 20 | 三 | ○馬援 생 |
| -13 | 21 | 四 | |
| -12 | 22元延 | | 揚雄42이 蜀에서 장안으로 감. ●辛慶忌 생 |
| -11 | 23 | 二 | 揚雄43 「甘泉賦」 「羽獵賦」 「河東賦」 「趙充國頌」 劉歆43 「甘泉宮賦」 |
| -10 | 24 | 三 | 揚雄44 「長楊賦」 ●殷會宗75 졸 |
| -9 | 25 | 四 | ●谷永 졸 |
| -8 | 26綏和 | | 王莽이 大司馬가 됨. |
| -7 | 27 | 二 | 成帝 붕, 아들 哀帝 즉위. 哀帝가 樂府 폐함. 劉歆47 『七略』 桓譚17 「仙賦」 揚雄 「酒箴」 |
| -6哀 | 2建平 | | ●劉向72 졸 ●班婕妤43-졸 ○包咸 생 |
| -5帝 | 3太初 | | |
| -4 | 4建平 | | 揚雄50 『太玄經』 「解嘲」 「解難」 「太玄賦」 |
| -3 | 5 | 二 | |
| -2 | 6元壽 | | ●王嘉 졸 |
| -1 | 7 | 二 | 哀帝 붕, 平帝9 즉위. 王莽이 정권을 잡음. 息夫躬 「絶命辭」 ●趙飛燕 자살 |

382  양한 시집(兩漢 詩集)

## 1세기 전반

| | | | |
|---|---|---|---|
| 1 | 平 2 | 元始 | 王莽이 太傅가 되고 安漢公 호칭이 추가됨. 劉歆55이 京兆尹이 됨. ●董賢25 졸 |
| 2 | 帝 3 | 二 | 전국 家戶 1223만 3천, 인구 5959만 4978명. 揚雄56 『法言』 완성. |
| 3 | 4 | 三 | 王莽이 딸을 皇后로 하여 정권을 공고히 함. 劉歆57이 光祿大夫가 됨. ○班彪 생 |
| 4 | 5 | 四 | 王莽이 明堂, 辟雍, 靈臺 건립을 상주함. 王莽이 揚雄의 「琴淸英」에 따라 『樂經』을 세움. |
| 5 | 6 | 五 | 王莽이 平帝를 시해. 섭정 시작. 揚雄 「訓纂篇」 ●孔光71 졸 ●夏賀良 졸 |
| 6 | 孺 1 | 居攝 | 劉嬰2을 太子로 함. 桓譚이 諫大夫가 됨. |
| 7 | 子 2 | 二 | 9월 翟義가 군사를 일으켜 王莽에 반대. 劉歆61이 揚武將軍이 되어 宛에 주둔. 翟義 패망. |
| 8 | 3 | 初始 | 王莽54이 眞天子에 즉위. 국호 新. 西漢 망함. 揚雄 「州箴」「官箴」 |
| 9 | 王 2 | 始建國 | 揚雄63이 中散大夫가 되어 「劇秦美新」을 지음. 劉歆63이 國師가 됨. |
| 10 | 莽 3 | 二 | 王莽이 위엄을 보이려 大臣들의 아들을 체포하여 죽임. ●史岑61-졸 |
| 11 | 4 | 三 | 揚雄이 天祿閣에서 뛰어내려 죽을 뻔함. 민요 「揚雄投閣」 揚雄 「逐貧賦」 ●龔勝 졸 |
| 12 | 5 | 四 | 장안을 西都, 낙양을 東都라 함. 桓譚36이 講學祭酒가 됨. |
| 13 | 6 | 五 | 揚雄 「元后誄」 |
| 14 | 7 | 天鳳 | |
| 15 | 8 | 二 | ○梁鴻-생. |
| 16 | 9 | 三 | 劉歆이 揚雄에게 편지로 『方言』을 구하니, 揚雄이 집필중이라 함. |
| 17 | 10 | 四 | 桓譚이 掌樂大夫가 됨. |
| 18 | 11 | 五 | ●揚雄71 졸 |
| 19 | 12 | 六 | 桓譚이 揚雄을 "東道孔子"라 함. |
| 20 | 13 | 地皇 | ○杜篤-생. |
| 21 | 14 | 二 | 劉歆의 딸 劉愔이 王莽의 아들 王臨과 王莽을 살해하려다 발각되어 자살함. |
| 22 | 15 | 三 | 劉秀(光武帝)가 王莽의 군대를 昆陽에서 깸. ●廉丹 졸 |
| 23 | 劉 1 | 更始 | 劉玄이 황제라 자칭하고 長安에 도읍. 王莽69이 피살. 新 망함. ●劉歆77 자살 |
| 24 | 玄 2 | 二 | 장안으로 천도. 劉玄이 酒色에 빠짐. 「南陽童謠」 지어짐. |
| 25 | 光 1 | 建武 | 劉秀32가 한실을 재흥하여 洛陽에 도읍. 劉玄이 ,赤眉에 살해당함. |
| 26 | 武 2 | 二 | 桓譚이 議郎이 되어 「陳時政疏」 지음. |
| 27 | 帝 3 | 三 | 馮異가 赤尾를 대파함. 馮衍이 光武帝에 항복함. ○王充 생 |
| 28 | 4 | 四 | ○周防 생 |
| 29 | 5 | 五 | 太學을 건립하여 禮樂을 정리. 班彪 「王命論」 |
| 30 | 6 | 六 | ●夏恭49-졸 ○賈逵 생 |
| 31 | 7 | 七 | 光武帝가 讖緯를 좋아하자 鄭興이 圖讖을 반대함. |
| 32 | 8 | 八 | 이 무렵 梁鴻이 태학에서 수학함. ○班固 생 |
| 33 | 9 | 九 | ●祭遵 ●隗囂 |
| 34 | 10 | 十 | ●馮夷 ●銚期 |
| 35 | 11 | 一一 | ●來歙 ●岑彭 |
| 36 | 12 | 一二 | 班彪34가 竇融을 따라 洛陽에 감. ●寇恂 ●公孫述 |
| 37 | 13 | 一三 | 光武帝가 蜀을 평정하여 전국을 통일. 班彪35 「覽海賦」「與金昭卿書」 |
| 38 | 14 | 一四 | ●杜詩 |
| 39 | 15 | 一五 | 민요 「張君歌」 지어짐. |
| 40 | 16 | 一六 | 이 무렵에 趙曄이 활동. ●王隆51-졸 |
| 41 | 17 | 一七 | 馬援이 伏波將軍으로 交阯를 공격. 王充15이 洛陽 太學에서 수학함. |
| 42 | 18 | 一八 | |
| 43 | 19 | 一九 | |
| 44 | 20 | 二十 | 班彪가 太學에서 講學함. 王充이 班彪에게 배움. 杜篤 「吳漢誄」「論都賦」 ●吳漢 졸 |
| 45 | 21 | 二一 | |
| 46 | 22 | 二二 | |
| 47 | 23 | 二三 | 班固16가 이때부터 7년간 太學에서 수학함. ●郭伋87 졸 |
| 48 | 24 | 二四 | 馬援 「武溪深」 |
| 49 | 25 | 二五 | 賈逵21가 太學에서 수학함. ●馬援64 졸 ●鄧晨 졸 ○班昭 생 |
| 50 | 26 | 二六 | |

1세기 후반

| | | | |
|---|---|---|---|
| 51 | 27二七 | | |
| 52 | 28二八 | 崔駰와 傅毅가 太學에서 수학함. 이 무렵 梁鴻이 孟光과 결혼. 馮衍 「楊節賦」 |
| 53 | 29二九 | 班彪 「冀州賦」 |
| 54 | 30三十 | ●班彪52 졸 |
| 55 | 31三一 | 班固 「幽通賦」 「終南山賦」 馮衍 「顯志賦」 ●郭憲84－졸 |
| 56 | 32建武中元 | 桓譚 『新論』 헌상. ●桓譚80 졸 ○黃香－생 |
| 57 | 33 二 | 光武帝64 붕, 아들 明帝 즉위. |
| 58明 | 2永平 | 杜子春90가 남산에서 『周官』을 강학, 鄭衆과 賈逵 등이 배움. ●鄧禹57 졸 |
| 59帝 | 3 二 | 傅毅 「迪志詩」 「七激」 王充 「大儒論」 崔駰 「達旨」 「西巡頌」 |
| 60 | 4 三 | 劉蒼 「武德舞歌詩」 ●馮衍81－卒 |
| 61 | 5 四 | 梁竦 「悼騷賦」 ●馬武 졸 |
| 62 | 6 五 | 班固가 蘭臺令史가 됨. ●竇融79 졸 |
| 63 | 7 六 | 班固가 尙書郞, 典校秘書가 됨. 賈逵34 『左氏解詁』 헌상. |
| 64 | 8 七 | 班固 「世祖本紀」 傅毅 「北海王誄」 ●陰麗華60 졸 |
| 65 | 9 八 | 蔡愔 등이 인도에 가서 불경을 구함. 班昭가 蘭臺令史가 됨. ●包咸72 졸 |
| 66 | 10 九 | 班固35가 칙명을 받아 『漢書』를 씀. 「兩都賦」 ●朱浮73－졸 |
| 67 | 11 十 | 蔡愔이 迦葉摩騰과 竺法蘭을 데리고 귀국. 賈逵 『左傳解詁』 『國語解詁』 헌상. |
| 68 | 12一一 | 중국 최초의 절 白馬寺를 낙양에 건립. |
| 69 | 13一二 | 杜篤이 馬防의 문하에 들어감. 楊終이 蘭臺令史가 됨. |
| 70 | 14一三 | 卞渠를 축조. ●馮衍88－졸. ○史岑－생 |
| 71 | 15一四 | |
| 72 | 16一五 | 劉蒼이 「光武受命中興頌」을 헌상하고, 賈逵가 이를 訓詁함. |
| 73 | 17一六 | 班超가 서역을 공격함. ●祭肜 졸 |
| 74 | 18一七 | 班固, 賈逵, 傅毅 등이 明帝의 명을 받아 「神雀頌」을 지음. |
| 75 | 19一八 | 明帝 붕, 아들 章帝 즉위. |
| 76章 | 2建初 | 梁鴻－「五噫歌」 賈逵 『左傳大義』 |
| 77帝 | 3 二 | 班固47 「答賓戲」 傅毅가 蘭臺令史가 됨. 王充 「備乏」 「禁酒」 |
| 78 | 4 三 | 傅毅가 馬防의 司馬가 됨. ●杜篤59 戰死 ○張衡 생 ○崔瑗 생 |
| 79 | 5 四 | 학자들이 白虎觀에서 五經의 異同을 논의. 班固 『白虎通義』 賈逵 『左傳長義』 ○馬融 생 |
| 80 | 6 五 | ●梁鴻66－졸 |
| 81 | 7 六 | 민간에서 蜀郡太守 康範을 칭송하는 「康範歌」 지어짐. ●鮑昱 졸 |
| 82 | 8 七 | 班固52가 『漢書』를 헌상. 賈逵 『古文尙書同異』 『詩同異』 『周官解詁』 |
| 83 | 9 八 | 傅毅가 馬防에 연루되어 면직됨. ●劉蒼54 졸 ●梁竦 졸 ●鄭衆 졸 |
| 84 | 10元和 | 崔駰 「南巡頌」 |
| 85 | 11 二 | 章帝가 曲阜에 가 孔子와 72제자를 제사함. 崔駰 「東巡頌」 班固 「東巡頌」 ○王符 생 |
| 86 | 12 三 | 崔駰 「北巡頌」 |
| 87 | 13章和 | 崔駰이 竇憲의 문하에 들어감. 班固 「南巡頌」 |
| 88 | 14 二 | 章帝 붕, 아들 和帝 즉위. 王充 『論衡』 완성. ●竇固 졸 |
| 89和 | 2永元 | 傅毅 「竇將軍北征頌」 班固58 「北征頌」 「封燕然山銘」 崔駰 「北征頌」 「與竇憲牋」 |
| 90帝 | 3 二 | 班固 「涿邪山祝文」 崔駰 「大將軍西征賦」 ●傅毅56－졸 |
| 91 | 4 三 | 黃香 「天子冠頌」 王充－『養性書』 완성. 匈奴가 「匈奴歌」 지음. ●耿秉 졸 ○胡廣 생 |
| 92 | 5 四 | ●崔駰63 卒 ●班固61 졸 ●竇憲 졸 ●袁安 졸 |
| 93 | 6 五 | 張衡16이 장안과 낙양을 둘러봄. 「溫泉賦」 |
| 94 | 7 六 | 黃香이 尙書令이 됨. ○李固 생 |
| 95 | 8 七 | 崔瑗이 낙양에서 賈逵의 수업을 받고, 馬融과 張衡과 사귐. |
| 96 | 9 八 | 賈逵가 侍中이 됨. 李尤가 蘭臺令史 되고 '120銘' 「懷戎頌」 「政事論」 지음. 班昭 「大雀賦」 |
| 97 | 10 九 | ●王充71 졸 |
| 98 | 11 十 | 馬融의 부친 馬嚴83 졸. |
| 99 | 12一一 | 崔寔 「大赦賦」 張衡 「定情賦」 |
| 100 | 13一二 | 許愼 『說文解字』 완성. 張衡 「同聲歌」 ○朱穆 생 |

## 2세기 전반

| | | | |
|---|---|---|---|
| 101 | 14一三 | 馬融23이 摯恂에 배움. 蘇順「賈逵誄」劉珍「賈逵碑」張衡「扇賦」 ●賈逵72 졸 |
| 102 | 15一四 | 崔瑗25이 형의 복수를 갚고 도망감. ●班超55 졸 |
| 103 | 16一五 | |
| 104 | 17一六 | ○皇甫規 생 ○張奐 생 |
| 105 | 18元興 | 和帝 붕, 아들 殤帝 즉위. 鄭太后가 정권을 잡음. 張衡「二京賦」 |
| 106殤帝 | 2延平 | 殤帝 붕, 安帝 즉위. 張衡「陳公誄」崔瑗「淸河王誄」 |
| 107安 | 2永初 | 史岑「出師頌」 ○桓麟 생 |
| 108帝 | 3 二 | ○趙岐一생 |
| 109 | 4 三 | 張衡32이 鮑德의 主簿가 됨.「綏笥銘」 |
| 110 | 5 四 | 班昭62「女誡」馬融이 典校秘書가 됨. ○李膺 생 |
| 111 | 6 五 | 張衡34이 郎中이 됨. 張衡『太玄經注』崔瑗『太玄經注』 |
| 112 | 7 六 | |
| 113 | 8 七 | 班昭65「東征賦」張衡36「南都賦」「南陽文學儒林書讚」崔瑗「南陽文學官志」 |
| 114 | 9元初 | 張衡37이 尙書侍郎 됨. 劉毅「漢德論」「憲論」 ●鄭衆 졸 |
| 115 | 10 二 | 張衡38이 太史令이 됨.  馬融「廣成頌」 |
| 116 | 11 三 | 王逸이 校書郎 됨.『楚辭章句』 |
| 117 | 12 四 | 張衡이 尙書侍郎 됨. 李固24가 太學에서 수학함. |
| 118 | 13 五 | 桓麟「答客詩」崔瑗「堋銘」 張衡『靈憲』 ●任尙 졸 |
| 119 | 14 六 | 張衡이 渾天儀 제작.「算罔論」 |
| 120 | 15永寧 | 王逸『漢書』李尤『漢紀』劉珍『名臣傳』 ●班昭72 졸 |
| 121 | 16建光 | ●梁太后45 졸 ●蔡倫 졸 ●鄧騭 졸 |
| 122 | 17延光 | 劉珍이 張衡과 禮를 논함. ●黃香67-졸. |
| 123 | 18 二 | 張衡이 尙書가 됨. |
| 124 | 19 三 | 朱穆이 侍郎이 됨. 馬融46「東巡頌」張衡「東巡誥」 ●許愼95 졸 ●楊震 졸 |
| 125 | 20 四 | 安帝 붕, 北鄕侯 즉위. 北鄕侯 붕, 順帝 즉위. ●蘇順61-졸 ●劉騊駼61 졸 |
| 126順 | 2永建 | 馬融48「長笛賦」 ●李尤83 졸 ●劉珍61-졸 |
| 127帝 | 3 二 | 張衡50「鴻賦」 ○鄭玄 생 |
| 128 | 4 三 | 張衡이 다시 太史令이 됨.「應間」「舞賦」 ○郭泰 생 ○荀爽 생 |
| 129 | 5 四 | 張衡-「羽獵賦」 ○何休 생 ○陳紀 생 |
| 130 | 6 五 | 李固「與黃瓊書」 ●葛龔61-졸 ●史岑61-졸 ○曹娥 생 |
| 131 | 7 六 | |
| 132 | 8陽嘉 | 張衡55이 候風地動儀 제작. 左雄이 孝廉 추천 대상자를 40세 이상으로 하자고 주장. |
| 133 | 9 二 | 張衡56「論擧孝廉疏」 ○蔡邕 생 ○邯鄲淳 생 |
| 134 | 10 三 | 邊韶「河激頌」張衡「駁圖讖疏」 |
| 135 | 11 四 | 張衡「思玄賦」『周官訓詁』『補漢紀』王逸「九思」崔瑗「太公廟碑」 |
| 136 | 12永和 | 張衡이 河間相이 됨. |
| 137 | 13 二 | 張衡-「四愁詩」「髑髏賦」「塚賦」 ○范滂 |
| 138 | 14 三 | 張衡이 尙書가 됨.「歸田賦」班昭『漢書』완성. 馬融이 경전에 傳을 붙임. |
| 139 | 15 四 | 崔瑗「張平子碑」 ●張衡62 졸 |
| 140 | 16 五 | 王符『潛夫論』완성. |
| 141 | 17 六 | 張奐『尙書章句』洛陽令 祝良을 위해 백성들이「洛陽令歌」를 지음. |
| 142 | 18漢安 | |
| 143 | 19 二 | ●崔瑗66 졸 ●張綱36 졸 ●曹娥14 익사. ○王延壽 생 |
| 144 | 20建康 | 順帝 붕, 아들 沖帝 즉위. 馬融『周官傳』朱穆45이 梁冀의 막부에 들어감. |
| 145沖帝 | 2永憙 | 沖帝 붕, 梁冀가 質帝를 세움. ●王逸 졸 |
| 146質帝 | 2本初 | 梁冀가 質帝를 시해하고 桓帝15 세움. 崔琦가「外戚箴」「白鵠賦」로 梁冀를 풍자. |
| 147桓 | 2建和 | 馬融69「西第頌」月支國 승려 支讖이 낙양에서 불경 번역. 朱穆 侍御史 됨. ●李固54 피살 |
| 148帝 | 3 二 | 安息國 승려 安世高가 낙양에서 불경 번역. ○荀悅 생 |
| 149 | 4 三 | 朱穆「崇厚論」「絕交論」「與劉伯宗絕交詩」 |
| 150 | 5和平 | 朱穆이 梁冀에게 간언했으나 듣지 않음. ●崔琦61-졸 ●桓麟41-졸 ○酈炎 생 |

## 2세기 후반

| | | | |
|---|---|---|---|
| 151 | 6元嘉 | 邯鄲淳「曹娥碑」, 朱穆『漢紀』○鍾繇 생 |
| 152 | 7 二 | 盧植이 馬融에게 배움. 蔡邕이 胡廣에게 師事 받음. |
| 153 | 8永興 | 朱穆이 환관의 미움 받아 면직되었으나 劉陶 등의 상소로 사면 받음. ○孔融 생 |
| 154 | 9 二 | 蔡邕「琅邪王傳蔡朗碑」. |
| 155 | 10永壽 | 崔寔「四民月令」○曹操 생 ○王朗 생 |
| 156 | 11 二 | 延篤이 京兆尹이 되면서 趙岐를 功曹로 삼음. |
| 157 | 12 三 | 秦嘉와 徐淑이 贈答詩와 서간을 주고받음. |
| 158 | 13延熹 | 趙岐가 北海에서 떡을 팜. |
| 159 | 14 二 | 외척 梁冀가 살해되고 환관이 정권을 잡음. 蔡邕「述行賦」「霖雨賦」「汝南周勰碑」 |
| 160 | 15 三 | 延篤「仁孝論」「與李文德書」●單超 졸 |
| 161 | 16 四 | 朱穆이 尙書가 됨. 蔡邕「釋誨」「檢逸賦」○劉備 생 |
| 162 | 17 五 | 王延壽20「魯靈光殿賦」「夢賦」, 酈炎13과 王延壽20가 친구 됨. ●王符78-卒 |
| 163 | 18 六 | 王逸이 豫章太守가 됨. ●朱穆64 졸 ●王延壽21 익사 |
| 164 | 19 七 | 崔寔『政論』●黃瓊79 졸 |
| 165 | 20 八 | 邊韶「老子銘」, 蔡邕「太尉楊秉碑」●王逸76-졸 ●秦嘉36-졸 ●朱穆66 졸 ○阮瑀-생 |
| 166 | 21 九 | 黨錮의 禍로 李膺, 陳蕃 등 2백여명이 투옥됨. 酈炎17『酈篇』●馬融88 졸 |
| 167 | 22永康 | 桓帝36 줄, 靈帝12 즉위. 趙壹「報皇甫規書」「解摘賦」, 侯瑾「矯世論」「賓應難」●延篤68 졸 |
| 168靈 | 2建寧 | 환관들이 陳蕃, 竇武 등 살해. ●崔寔69-졸 ●馮緄 졸 ●徐稚72 졸 |
| 169帝 | 3 二 | 2차 黨錮의 禍로 李膺60 등 백여명이 살해됨. ●范滂33 졸 ●郭泰62 졸 |
| 170 | 4 三 | ●邊韶71-졸 ●徐淑36-졸 ○徐幹 생 ○蔡琰-생 |
| 171 | 5 四 | 蔡邕「郭泰碑」「東鼎銘」「中鼎銘」, 鄭玄45이 禁錮를 당해 杜門不出하며 經典을 연구. |
| 172 | 6熹平 | 蔡邕「太傅胡廣碑」●胡廣82 졸 ●侯覽 졸 |
| 173 | 7 二 | 趙壹「窮鳥賦」「刺世嫉邪賦」, 酈炎『州書』蔡邕『獨斷』○禰衡 생 |
| 174 | 8 三 | 曹操20이 孝廉으로 천거되어 郞이 됨. ●皇甫規71 졸 |
| 175 | 9 四 | 蔡邕이 熹平石經을 태학에 세움. 劉備와 公孫瓚이 盧植에 배움. ●張升51-피살 ○楊修 생 |
| 176 | 10 五 | 蔡邕「伯夷叔弟碑」, 酈炎27「七平」 |
| 177 | 11 六 | 盧植「酈炎誄」●酈炎28 옥사. ●趙苞 졸 ○王粲 생 ○吳質 생 |
| 178 | 12光和 | 趙壹이 上計가 됨.「報羊陟書」蔡邕이 환관의 誣告로 사형에 처해졌으나 사면 받음. |
| 179 | 13 二 | 蔡邕이 羊陟에 의지함, 焦尾琴 만들고「琴操」지음.「太尉陳球碑」「西鼎銘」○韋誕 생 |
| 180 | 14 三 | ●劉梁61 졸 ○仲長統 생 |
| 181 | 15 四 | 京兆尹 李燮의 善政에 백성들이「京兆謠」지음. ●張奐78 졸 ○諸葛亮 생 |
| 182 | 16 五 | ●何休54 졸 |
| 183 | 17 六 | 劉陶『春秋條例』 |
| 184 | 18中平 | 黃巾의 봉기 일어남. 曹操 騎都尉가 됨. 蔡邕「黃鉞銘」●高彪45 졸 |
| 185 | 19 二 | 이 무렵 蔡琰이 衛仲道와 결혼. 蔡邕「太尉楊賜碑」●劉陶61 졸 ●趙壹56-졸 |
| 186 | 20 三 | 鄭玄60이 何進의 우대를 받았으나 하룻밤만에 달아남. 蔡邕「陳寔碑」 |
| 187 | 21 四 | 曹嵩이 재물로 太尉 직에 오름. ○曹丕 생 |
| 188 | 22 五 | 이때부터 州牧을 중시함. |
| 189獻 | 1光熹 | 靈帝34 붕, 아들 少帝 즉위. 何進 피살. 董卓이 少帝를 폐하고 獻帝9 세움. 蔡邕 尙書됨. |
| 190帝 | 2初平 | 董卓이 長安으로 천도. 劉辯「悲歌」阮瑀가 蔡邕에 배움. 蔡琰이 南匈奴에 잡힘. |
| 191 | 3 二 | 鄭玄이 徐州 陶謙의 환대를 받고 南城山에서 孝經을 注함. ●孫堅37 졸 ●服虔-졸 |
| 192 | 4 三 | 董卓 피살. 蔡邕60 피살. 曹操가 黃巾을 침. ●盧植63 졸 ○曹植 생 |
| 193 | 5 四 | 王粲17이 劉表에 의탁함. 王粲「初征賦」 |
| 194 | 6興平 | 曹嵩이 陶謙에 해를 입자 曹操가 도겸을 침. ●陶謙63 졸 |
| 195 | 7 二 | 孫策이 江東에 웅거함. 孔融이 鄭玄의 학설을 비판함. |
| 196 | 8建安 | 曹操가 獻帝를 許都로 맞이함. 屯田 시작. 孔融이 將作大匠 되어 禰衡과 邊讓 추천. |
| 197 | 9 二 | 袁術이 天子를 참칭, 曹操가 원술을 공격. 이 무렵 應劭『風俗通義』『漢官儀』완성. |
| 198 | 10 三 | 諸葛亮과 徐庶가 동문 수학함. 王粲「三輔論」「贈文叔良詩」禰衡「鸚鵡賦」●禰衡26 피살 |
| 199 | 11 四 | 曹操가 官渡에서 袁紹와 대치. 曹操「薤里行」陳琳「武軍賦」●袁術 졸 |
| 200 | 12 五 | 曹操가 袁紹를 격파. 陳琳「爲袁紹檄豫州」●應劭61-졸 ●鄭玄74 졸 ●孫策26 졸 |

### 3세기 전반

| 西曆 | 皇帝 | 在位年數 | 年號 | |
|---|---|---|---|---|
| 201 | 13 | 六 | | 曹操가 汝南의 劉備를 공격하자 유비가 형주로 달아남. ◉趙岐94-졸 |
| 202 | 14 | 七 | | 원소가 죽자 세 아들이 쟁립. 蔡琰이 흉노에서 돌아옴. 「悲憤詩」 曹丕 「蔡伯喈女賦」 |
| 203 | 15 | 八 | | 曹操 「與荀彧書」 曹丕 「黎陽詩」 仲長統24이 幷州를 유람하고 高幹의 우대를 받음. |
| 204 | 16 | 九 | | 曹操가 袁尙을 이기고 鄴을 함락. 曹丕가 甄氏를 들임. 陳琳, 阮瑀, 路粹가 조조에 들어감. |
| 205 | 17 | 十 | | 曹操가 南皮에서 袁譚을 죽이고 冀州를 평정. |
| 206 | 18 | 一一 | | 曹操가 幷州를 얻음. 「苦寒行」「求言令」 仲長統이 尙書郞 됨. 王粲 「登樓賦」「七哀詩」 |
| 207 | 19 | 一二 | | 曹操가 袁尙과 袁熙를 죽임. 「步出夏門行」 曹植 「泰山梁甫行」 陳琳 「神武賦」 應瑒 「撰征賦」 |
| 208 | 20 | 一三 | | 赤壁大戰. 曹丕 「述征賦」 陳琳 「神女賦」 徐幹 「序征賦」 ◉孔融56 피살 「臨終詩」 ◉劉表67 졸 |
| 209 | 21 | 一四 | | 繁欽 「撰征賦」 曹丕 「浮淮賦」 王粲 「浮淮賦」 劉楨 「贈五官中郎將」 |
| 210 | 22 | 一五 | | 曹操가 鄴에 銅雀臺를 지음. 曹操 「求賢令」 曹植19 「銅雀臺賦」 ◉周瑜36 졸 ○阮籍 생 |
| 211 | 23 | 一六 | | 曹操가 韓遂와 馬超 침. 劉備가 入蜀함. 曹丕25가 五官中郎將에 부재상이 됨. |
| 212 | 24 | 一七 | | 손권이 石頭城 쌓고 秣陵을 建業이라 改名. 曹丕, 曹植 「登臺賦」 ◉阮瑀43-졸 ◉荀彧50 졸 |
| 213 | 25 | 一八 | | 曹操가 魏公이라 자칭. 「讓九錫表」 潘勖 「九錫文」 曹丕 「臨渦賦」 曹植 「敍愁賦」 |
| 214 | 26 | 一九 | | 유비가 蜀을 취함. 諸葛亮이 軍師將軍이 됨. 曹丕, 王粲, 陳琳 각기 「柳賦」 지음. |
| 215 | 27 | 二十 | | 曹操 「秋胡行」 曹丕 「與吳質書」 曹植 「贈丁儀王粲詩」 ◉潘勖61 졸 ◉蔡琰46-졸 ◉路粹46 피살 |
| 216 | 28 | 二一 | | 曹操가 魏王이라 자칭함. 曹植 「籍田賦」「與楊德祖書」 王粲 「從軍詩」 ◉崔琰58 졸 |
| 217 | 29 | 二二 | | 曹丕가 태자가 됨. ◉陳琳, 徐幹, 應瑒, 劉楨, 王粲 역병으로 졸. ◉魯肅46 졸 ○傅玄 생 |
| 218 | 30 | 二三 | | 曹丕 「又與吳質書」 曹植 「侍太子坐」「贈丁儀」 邯鄲淳 「贈答詩」 ◉繁欽49 졸 ○孫楚 생 |
| 219 | 31 | 二四 | | 유비가 漢中王 자칭함. 關羽 죽고 荊州 잃음. 曹丕 「露陌刀銘」「劍銘」 ◉楊修45 피살 |
| 220 | 1黃初 | | | 曹操66 졸, 曹丕34 황제 칭함. 東漢 망함. 九品中正制 실시. ◉丁儀, 丁廙 피살 ◉仲長統41 졸 |

이름 혹은 나이 옆의 "-" 표시는 생졸년이나 저작 시기가 추정되었음을 나타냄.

# 양한 문학 간표

| BC221 | BC206 | | | 8 | 25 | | 220 |
|---|---|---|---|---|---|---|---|
| 秦 | 西漢 | | | 新 | 東漢 | | 三國 |
| | \|서한초기\|서한중기\|서한말기\| | | \|동한전기\| | 동한후기 | \| | | |
| | BC141 | BC87 | BC49 | | 88 | 建安(196-219) | |
| | 文 景 武帝 | 昭 宣 元 成 | | | 明 章 和 安 順 桓 靈 獻 | | |

---

賈誼 司馬相如(-118)　　　　揚雄(18)　　　　張衡(139)

枚乘　東方朔(-93)　　　　　　　　　　　蔡邕(192)

李斯(-208)　　　司馬遷(-87)　　　　班固(92)

董仲舒(-93)　　劉向(8)　　　　曹操(220)

李陵(-74)　　　　　　　　建安七子

# 주요 참고도서

## 1. 시 전집과 선집

[梁]蕭統 編, [唐]李善 注, 『文選』, 上海古籍出版社, 1986년.

[梁]蕭統 編, [唐]李善・呂延濟 等注, 『文選六臣注』, 浙江古籍出版社, 1999년.

[陳]徐陵 編, [清]吳兆宜 注, 程琰 刪補, 『玉臺新詠箋注』, 中華書局, 1985년.

[唐]歐陽詢 撰, 『藝文類聚』, 上海古籍出版社, 1982年.

[宋]郭茂倩 編撰, 『樂府詩集』, 中華書局, 1979년.

[明]張溥 編, 『漢魏六朝百三名家集』, 上海古籍出版社, 1994년.

[明]王夫之 評選, 『古詩評選』, 文化藝術出版社, 1997년.

[清]沈德潛 編撰, 『古詩源』, 中華書局, 1963년.

[清]王士禎 編, 『古詩選』, 『四庫備要』本, 臺灣中華書局, 1965년.

[清]張玉穀 著, 『古詩賞析』, 上海古籍出版社, 2000년.

[清]朱嘉徵 著, 『樂府廣序』, 『續修四庫全書』本, 上海古籍出版社, 1995년.

[清]陳祚明 評選, 『采菽堂古詩選』, 『續修四庫全書』本, 上海古籍出版社, 1995년.

[清]王闓運 編選, 『湘綺樓八代詩選』, 『續修四庫全書』本, 上海古籍出版社, 1995년.

[清]嚴可均 校輯, 『全上古三代秦漢三國六朝文』, 中華書局, 1958년.

逯欽立 輯校, 『先秦漢魏晉南北朝詩』, 中華書局, 1983년.

## 2. 현대 주석본

黃節 箋釋, 『漢魏樂府風箋』, 人民文學出版社, 1958년.

聞一多, 『樂府詩箋』, 『國文月刊』, 1940-1944년.

余冠英 選注, 『樂府詩選』, 人民文學出版社, 1953년.

余冠英 選注, 『漢魏六朝詩選』, 人民文學出版社, 1958년.

北京大學中國文學史敎硏室 選注, 『兩漢文學史參考資料』, 中華書局, 1962년.

林庚・馮元君 主編, 『中國歷代詩歌選』, 人民文學出版社, 1964년.

內田泉之助・星川淸孝, 『古詩源』上下, 集英社, 1964-65년.

伊藤正文・一海知義 編譯, 『漢・魏・六朝詩集』, 平凡社, 1972년.

김학주 역주, 『악부시』, 민음사, 1976년.

이계주 지음, 『고시십구수 연구』, 서문당, 1977년.

汪中, 『樂府詩選注』, 學海出版社, 1979년.

鄭文 箋注, 『漢詩選箋』, 上海古籍出版社, 1986년.

張永鑫・劉桂秋 譯注, 『漢詩選譯』, 巴蜀書社, 1988년.

姜書閣・姜逸波 選注, 『漢魏六朝詩三百首』, 岳麓書社, 1992년.

王運熙・王國安 評注, 『漢魏六朝樂府詩評注』, 齊魯書社, 2000년.

趙道衡 選注, 『兩漢詩選』, 中華書局, 2005년.

기태완 선역, 『한위육조시선』, 보고사, 2005년.

鄔國平 選注, 『漢魏六朝詩選』, 上海古籍出版社, 2005년.

권혁석 역, 『옥대신영』, 소명출판, 2006년.


## 3. 참고도서

[漢]司馬遷 撰, [宋]裴駰 集解, [唐]司馬貞 索隱, 『史記』, 中華書局, 1982년.

[漢]班固 撰, [唐]顔師古 注, 『漢書』, 中華書局, 1992년.

[劉宋]范曄 撰, [唐]李賢 等注, 『後漢書』, 中華書局, 1993년.

[晋]陳壽 撰, 『三國志』, 中華書局, 1985년.

[宋]沈約 撰, 『宋書』, 中華書局, 1983년.

[梁]劉勰 著, 周振甫 注, 『文心雕龍』, 人民文學出版社, 1981년.

[梁]鍾嶸 著, 陳延杰 注, 『詩品注』, 人民文學出版社, 1998년.


## 4. 연구서

劉師培 著, 『中國中古文學史・論文雜記』, 人民文學出版社, 1959년.

陸侃如 著, 『樂府古辭考』, 商務印書館, 1925년.

羅根澤 著, 『樂府文學史』, 東方出版社, 1996년.

余冠英 著, 『漢魏六朝詩論叢』, 棠棣出版社, 1952년.
王運熙 著, 『樂府詩論叢』, 古典文學出版社, 1958년.
김학주 저, 『한대시 연구』, 광문출판사, 1974년.
王瑤 著, 『中國中古文學史論』, 北京大學出版社, 1986년.
馬茂元 著, 『古詩十九首初探』, 陝西人民出版社, 1981년.
逯欽立 著, 『漢魏六朝文學論集』, 陝西人民出版社, 1984년.
蕭滌非 著, 『漢魏六朝樂府文學史』, 人民文學出版社, 1984년.
趙道衡 著, 『中古文學史論文集』, 中華書局, 1986년.
葛曉音 著, 『八代詩史』, 陝西人民出版社, 1989년.
葛曉音 著, 『漢唐文學的嬗變』, 北京大學出版社, 1990년.

**역자 서성**

고려대 중문과 및 동대학원 졸업
북경대학 중문과 박사
현재 열린사이버대학교 조교수

# 양한 시집(兩漢 詩集)

**초판 1쇄 발행**  2007년 7월 30일

**역  자 _** 서 성
**발행인 _** 김홍국

**발행처 _** 도서출판 보고사
**주  소 _** 서울시 성북구 보문동 7가 11번지 2층
**등  록 _** 6-0429(1990.12)
**전  화 _** 922-5120~1(편집부) / 922-2246(영업부)
**팩  스 _** 922-6990
**메  일 _** kanapub3@chol.com
**정  가 _** 16,000원
**ISBN _** 978-89-8433-579-0  (94810)

www.bogosabooks.co.kr

* 잘못된 책은 바꾸어 드립니다.
* 저자와의 협의에 의하여 인지는 생략합니다.